纳兰性德全集

[清]纳兰性德 著
闵泽平 评注

① 词集

图书在版编目（CIP）数据

纳兰性德全集. 1 /（清）纳兰性德著；闵泽平评注. —哈尔滨：哈尔滨出版社，2021.6
　ISBN 978-7-5484-5683-4

Ⅰ. ①纳… Ⅱ. ①纳… ②闵… Ⅲ. ①纳兰性德（1654-1685）—全集　Ⅳ. ①I214.92

中国版本图书馆CIP数据核字（2020）第210992号

书　　　名：	纳兰性德全集.1
	NALAN XINGDE QUANJI.1

作　　　者：	[清]纳兰性德　著　闵泽平　评注
责任编辑：	尉晓敏　孙　迪
责任审校：	李　战
封面设计：	济南新艺书文化 | 蔡小波

出版发行：	哈尔滨出版社（Harbin Publishing House）
社　　址：	哈尔滨市香坊区泰山路82-9号　邮编：150090
经　　销：	全国新华书店
印　　刷：	天津光之彩印刷有限公司
网　　址：	www.hrbcbs.com　　www.mifengniao.com
E-mail：	hrbcbs@yeah.net
编辑版权热线：（0451）87900271　87900272	
销售热线：（0451）87900202　87900203	

开　　本：	880mm×1230mm　　1/32　　印张：35　　字数：545千字
版　　次：	2021年6月第1版
印　　次：	2021年6月第1次印刷
书　　号：	ISBN 978-7-5484-5683-4
定　　价：	228.00元（全4册）

凡购本社图书发现印装错误，请与本社印制部联系调换。　服务热线：（0451）87900278

出版说明

纳兰性德，字容若，号楞伽山人，满洲正黄旗人，清代最著名的词人之一。纳兰性德的作品，清丽浪漫，文字优美，感情真挚、美好。其诗词"纳兰词"在清代以至整个中国词坛上都享有很高的声誉，在中国文学史上也占有光采夺目的一席。

一直以来，纳兰性德的《饮水词》为很多读者所喜闻乐见，争相诵读，一句"人生若只如初见"，更是感动了无数读者，成为多少人眼中亘古而永恒的爱情绝唱。

其实，纳兰性德不仅精于词作，在诗和散文方面也有不少佳作。今天，读者已经不再满足于对"纳兰词"的欣赏，他们更希望能够深入了解纳兰的生活和内心世界。

目前市场上关于纳兰性德的图书大多局限于"纳兰词"，注释、解说版本居多，另有许多是对于纳兰性德生活、情感经历的臆测,虽能以缠绵悲情打动读者,却不够客观、全面。

其实,最能反映纳兰性德作为一个真实的人、真实存在过的传奇才子的,必然是他亲手写下的文字。纳兰性德为文字而生,为文字而死,真正爱他的读者必然会回归纳兰性德留下的文字,这部《纳兰性德全集》就是极好的选择。本书将给读者一个原汁原味的纳兰性德,严谨不失浪漫,客观兼具格调。

本书不仅收录了纳兰性德的所有词作,还囊括了其诗、散文、杂文、序跋等作品,全面展现了纳兰性德的卓越才华和超逸、脱俗的情志。另外,本书还附上史学大师张荫麟撰写的《纳兰成德传》(纳兰性德,原名成德)一篇。这些无疑将最客观、最全面地反映纳兰性德的成就和人生,让读者零距离接触词人那细腻、丰富的情感以及精神世界。

以下对《纳兰性德全集》的命名、内容、编次和体例等作些说明。

一、本书之所以用《纳兰性德全集》为名,主要是出于方便读者查阅这一原则。虽然先生为避太子名讳,将其名字改为纳兰性德仅一年,但如今最被人们熟悉的还是纳兰性德一名。故在本书中涉及其名时,除引文依其原状外,他处均用性德之名。

二、本书收录了纳兰性德的全部遗作,并在《通志堂集》的基础上有所增补。

本书参照了康熙三十年（一六九一年）刊行的《通志堂集》刻本，并在此基础上参用了一些相关资料编纂而成。此版《通志堂集》是在纳兰性德去世后的第六年，由其师友将其生前的诗词文章等整理结集、刊印出版的，保留了纳兰性德在各个方面的大量遗作，使后人获益匪浅。

全书共分为四册：

第一、二册为词：除包括《通志堂集》的三百阕外，另增加了四十九阕，并附《纳兰成德传》一篇。

第三册为诗：诗除包括《通志堂集》的三百五十四首外，另增加了八首。

第四册为赋、杂文和其他一些内容：杂文除包括《通志堂集》中的二十一篇外，另增加两篇，即《节录嵇中散〈与山巨源绝交书〉并书后》和《曹司空手植楝树记》。书简除包括《通志堂集》中的五件外，另增加三十六件。经解诸文除《通志堂集》中的六十五篇外，另增补二篇，即《吕氏〈春秋集解〉序》和《〈赵氏《四书》纂疏〉序》。至于《通志堂集》中的五篇赋和《渌水亭杂识》，两者均加了标点和个别注语，除对前者的顺序有所改变，后者按本书体例由四卷改为四节外，内容没有增减。

三、本书各词牌名有不同于各原刊本者（包括《通志堂集》），乃本书编者考虑其通俗性以及一些按律实为误标者，经过研究遂将本书有关的词牌名加以统一。而本书各词顺序则按字数排列，依次为小令、中调、长调。若不同词牌总字数相同，首字笔画亦相同，则按诸字全部笔画分先后，少者居先。

四、在整理工作上，本书为了便于读者阅读和欣赏，全书都加了标点。词和诗作为本书的重要组成部分，各阕均有注释，词部分还配以精致的赏析。但限于能力和篇幅，其他部分只在少数篇章后加了一些注语。

五、本书采用简体横版的形式，所有简体字均根据原版繁体字简化而来，其中对于还未有简化版的文字，我们不轻易造字而保持原状。对于有些通假字，我们本着通俗易懂的原则，酌情改动，便于读者阅读。

六、对于一些现缺乏可靠证据实难辨明的地方，我们在作注释、加注语以及其他有关文字陈述时一般采取选录并列之法，见仁见智，不强求统一。譬如对某些词的系年和注释在本书的不同篇章中说法即不尽相同，还望读者能予以理解和明辨。

目录

【词集】

捣练子（惊晓漏）……………………… 002
又（风淅淅）…………………………… 003
渔父（收却纶竿落照红）……………… 004
望江南（昏鸦尽，小立恨因谁）……… 005
又（心灰尽，有发未全僧）…………… 006
又（挑灯坐，坐久忆年时）…………… 008
又（新来好，唱得虎头词）…………… 009
又（江南好，佳丽数维扬）…………… 010
又（江南好，铁瓮古南涂）…………… 011
又（江南好，一片妙高云）…………… 012
又（江南好，虎阜晚秋天）…………… 013
又（江南好，真个到梁溪）…………… 014
又（江南好，水是二泉清）…………… 015

又（江南好，建业旧长安）…………016
又（江南好，城阙尚嵯峨）…………018
又（江南好，怀古意谁传）…………019
又（江南好，何处异京华）…………020
又（初八月，半镜上青霄）…………021
又（春去也，人在画楼东）…………022
又（江南忆，鸾辂此经过）…………023
玉连环影（何处。几叶萧萧雨）…………024
又（才睡，愁压衾花碎）…………025
忆王孙（暗怜双绁郁金香）…………026
又（刺桐花底是儿家）…………027
又（西风一夜剪芭蕉）…………028
遐方怨（欹角枕，掩红窗）…………029
调笑令（明月，明月）…………030
如梦令（纤月黄昏庭院）…………031

又（正是辘轳金井）……032
又（黄叶青苔归路）……033
又（万帐穹庐人醉）……034
诉衷情（冷落绣衾谁与伴）……035
天仙子（梦里蘼芜青一剪）……036
又（水浴凉蟾风入袂）……038
又（月落城乌啼未了）……039
又（好在软绡红泪积）……040
江城子（湿云全压数峰低）……041
长相思（山一程，水一程）……042
相见欢（落花如梦凄迷）……043
又（微云一抹遥峰）……044
生查子（鞭影落春隄）……045
又（东风不解愁）……046
又（惆帐彩云飞）……047

又（散帙坐凝尘）……………………… 049
又（短焰剔残花）……………………… 050
昭君怨（深禁好春谁惜）……………… 051
又（暮雨丝丝吹湿）…………………… 052
酒泉子（谢却荼蘼）…………………… 053
点绛唇（五夜光寒）…………………… 054
又（一种蛾眉）………………………… 055
又（小院新凉）………………………… 057
又（别样幽芬）………………………… 058
又（一帽征尘）………………………… 059
浣溪沙（一半残阳下小楼）…………… 060
又（容易浓香近画屏）………………… 061
又（十二红帘窣地深）………………… 063
又（旋拂轻容写洛神）………………… 064
又（泪浥红笺第几行）………………… 065

又（溦晕娇花湿欲流）……………066
又（谁道飘零不可怜）……………067
又（雨歇梧桐泪乍收）……………068
又（五字诗中目乍成）……………069
又（记绾长条欲别难）……………070
又（伏雨朝寒愁不胜）……………072
又（酒醒香销愁不胜）……………073
又（藕荡桥边理钓筒）……………073
又（抛却无端恨转长）……………075
又（莲漏三声烛半条）……………076
又（肠断班骓去未还）……………077
又（肯把离情容易看）……………078
又（锦样年华水样流）……………079
又（睡起惺忪强自支）……………080
又（消息谁传到拒霜）……………081

又（残雪凝辉冷画屏）……………… 082
又（谁念西风独自凉）……………… 084
又（凤髻抛残秋草生）……………… 085
又（燕垒空梁画壁寒）……………… 086
又（出郭寻春春已阑）……………… 088
又（收取闲心冷处浓）……………… 089
又（海色残阳影断霓）……………… 091
又（桦屋鱼衣柳作城）……………… 092
又（欲寄愁心朔雁边）……………… 094
又（身向云山那畔行）……………… 095
又（败叶填溪水已冰）……………… 096
又（万里阴山万里沙）……………… 097
又（已惯天涯莫浪愁）……………… 098
又（杨柳千条送马蹄）……………… 099
又（十里湖光载酒游）……………… 100

又（无恙年年汴水流）……………… 102

又（十八年来堕世间）……………… 104

又（脂粉塘空遍绿苔）……………… 105

又（欲问江梅瘦几分）……………… 106

又（五月江南麦已稀）……………… 107

霜天晓角（重来对酒）……………… 108

卜算子（娇软不胜垂）……………… 109

又（村静午鸡啼）……………… 110

又（寒草晚才青）……………… 111

采桑子（嵩周声里严关峙）……………… 112

又（冷香萦遍红桥梦）……………… 114

又（凉生露气湘弦润）……………… 115

又（嫩烟分染鹅儿柳）……………… 116

又（而今才道当时错）……………… 117

又（明月多情应笑我）……………… 118

又（那能寂寞芳菲节）……………………119
又（桃花羞作无情死）……………………121
又（拨灯书尽红笺也）……………………122
又（谁翻乐府凄凉曲）……………………123
又（土花曾染湘娥黛）……………………124
又（白衣裳凭朱阑立）……………………126
又（海天谁放冰轮满）……………………127
又（彤霞久绝飞琼字）……………………128
又（深秋绝塞谁相忆）……………………129
又（严霜拥絮频惊起）……………………130
又（非关癖爱轻模样）……………………131
又（谢家庭院残更立）……………………132
菩萨蛮（春云吹散湘帘雨）………………133
又（阑风伏雨催寒食）……………………135
又（飘蓬只逐惊飙转）……………………136

又（榛荆满眼山城路）…………137
又（乌丝曲倩红儿谱）…………138
又（为春憔悴留春住）…………140
又（车尘马迹纷如织）…………141
又（晓寒瘦著西南月）…………142
又（窗前桃蕊娇如倦）…………143
又（隔花才歇帘纤雨）…………144
又（梦回酒醒三通鼓）…………146
又（催花未歇花奴鼓）…………147
又（雾窗寒对遥天暮）…………148
又（研笺银粉残煤画）…………149
又（客中愁损催寒夕）…………150
又（晶帘一片伤心白）…………151
又（萧萧几叶风兼雨）…………152
又（新寒中酒敲窗雨）…………153

又（问君何事轻离别）……………154
又（玉绳斜转疑清晓）……………155
又（朔风吹散三更雪）……………156
又（黄云紫塞三千里）……………158
又（荒鸡再咽天难晓）……………159
又（白日惊飚冬已半）……………160
又（知君此际情萧索）……………161
又（乌丝画作回纹纸）……………162
又（惜春春去惊新燠）……………164
减字木兰花（晚妆欲罢）…………165
又（烛花摇影）……………………166
又（相逢不语）……………………167
又（从教铁石）……………………168
又（断魂无据）……………………169
又（花丛冷眼）……………………170

好事近（帘外五更风）……171
又（马首望青山）……172
又（何路向家园）……173
谒金门（风丝袅）……174
一络索（密洒征鞍无数）……175
又（野火拂云微绿）……176
又（过尽遥山如画）……178
清平乐（瑶华映阙）……179
又（烟轻雨小）……180
又（风鬟雨鬓）……181
又（凄凄切切）……182
又（角声哀咽）……184
又（麝烟深漾）……185
又（参横月落）……186
又（画屏无睡）……187

又（青陵蝶梦）……188
又（将愁不去）……190
又（泠泠彻夜）……191
又（塞鸿去矣）……192
又（孤花片叶）……193
又（才听夜雨）……194
忆秦娥（春深浅）……195
又（山重叠）……197
又（长飘泊）……198
阮郎归（斜风细雨正霏霏）……199
画堂春（一生一代一双人）……200
青衫湿（近来无限伤心事）……202
海棠春（落红片片浑如雾）……203
眼儿媚（重见星娥碧海查）……204
又（独倚春寒掩夕扉）……206

又（手写香台金字经）…… 207

又（骚屑西风弄晚寒）…… 209

又（莫把琼花比淡妆）…… 210

又（林下闺房世罕俦）…… 212

朝中措（蜀弦秦柱不关情）…… 213

落花时（夕阳谁唤下楼梯）…… 214

锦堂春（帘际一痕轻绿）…… 215

摊破浣溪沙（小立红桥柳半垂）…… 217

又（昨夜浓香分外宜）…… 218

又（欲话心情梦已阑）…… 219

又（一霎灯前醉不醒）…… 221

又（林下荒苔道蕴家）…… 222

又（风絮飘残已化萍）…… 223

太常引（晚来风起撼花铃）…… 224

又（西风乍起峭寒生）…… 225

四和香（麦浪翻晴风飐柳）……………………… 227
河渎神（风紧雁行高）…………………………… 228
又（凉月转雕阑）………………………………… 229
少年游（算来好景只如斯）……………………… 230
荷叶杯（帘卷落花如雪）………………………… 231
又（知己一人谁是）……………………………… 233
添字采桑子（闲愁似与斜阳约）………………… 234

【词集】

捣练子[1]

惊晓漏[2],护春眠。格外[3]娇慵只[4]自怜。寄语酿花[5]风日好,绿窗来与[6]上琴弦。

【注释】

①捣练子:在《通志堂集》中本作《赤枣子》。有学者考证云:"词第三句系用仄仄平平仄仄平之调,与《赤枣子》相反,故当作《捣练子》。"

②惊晓漏:也作"听夜雨"。漏,古代计时用的工具。

③格外:也作"端的"。

④只:另作"也"。

⑤酿花:催花绽放。

⑥来与:也作"来看"。

【赏析】

春天到了,少女的心事复杂起来。娇憨的模样逐渐褪去,她开始顾影自怜了。风和日丽的时候,少女拿出琴弦慢慢调理,心中若有所思,若有所待。

又

风淅淅①,雨纤纤②,难怪春愁细细添。记不分明疑是梦,梦来还隔一重帘。

【注释】

①淅淅:象声词,形容轻微的风声。
②纤纤:形容雨丝细小。

【赏析】

春愁涌来,少女幽独自怜。柔和之风,细密之雨,让人惝恍迷离,似睡非睡,似醒非醒,莫可名状。前人有云"一重帘外即天涯，何必暮云遮"（许柴《喜迁莺》），但她的故事尚未发生，她也不知道等待自己的将会是些什么。

渔父①

收却纶竿②落照红，秋风宁③为剪④芙蓉⑤。人淡淡⑥，水濛濛，吹入芦花短笛中。

【注释】

①渔父：也作《渔歌子》。此词为题画之作。

②纶竿（lún gān）：即钓竿。

③宁：竟，乃。

④剪：摧残。

⑤芙蓉：一种植物，即莲花。

⑥淡淡：心神不宁的样子。

【赏析】

画家徐釚（一六三六年至一七〇八年）于康熙十四年作《枫江渔父图》，康熙十七年携图入京后，名流多有题咏。毛际可《枫江渔父图记》云："图修广不盈幅，烟波浩荡，有咫尺千里之势。舟中贮酒一瓮，图书数十卷，虹亭（徐釚）纶竿箬笠，箕踞徜徉。"性德此词，写其西风夕阳中垂钓芦花深处之风采。唐圭璋《梦桐词话》卷二以为此词可与张志和《渔歌子》并传不朽。

望江南①

昏鸦②尽，小立恨因谁。急雪乍翻香阁③絮④，轻风吹到胆瓶梅。心字已成灰⑤。

【注释】

①望江南：也作《忆江南》《梦江南》。

②昏鸦：黄昏时分，昏暗不明的乌鸦群。

③香阁：古时年轻女子所住内室的美称。

④絮：飘雪犹如柳絮。

⑤心字已成灰：心字，即心字香；此处以心字香烧尽成灰来比喻低迷的心情。

【赏析】

日落时分，众鸟散尽，各自投林。主人公伫立香阁之上，极目远眺，心中人迟迟不见踪影。唯有急速旋转的飞雪，似翩翩起舞的柳絮，随风飘进了香阁，缓缓沾落到瓶中梅花上，给欹斜的梅花带来几分凄迷。心字香早已燃尽，昏暗的室内冷冷清清，她的心情也在多次失望中变得更灰暗了。这是一首凄美迷离的相思之词。

又

宿双林禅院①有感

心灰②尽，有发未全僧。风雨消磨生死别，似曾相识只孤檠③。情在不能醒。

摇落④后,清吹⑤那堪听。淅沥暗飘金井⑥叶,乍闻风定又钟声。薄福荐倾城⑦。

【注释】

①双林禅院:万历四年(一五七六年)始建于北京西郊二里沟附近的西域双林寺。此寺遗址在如今紫竹院公园南门内。

②心灰:佛教语,指心中的世俗杂念。此处谓心如死灰,极言消沉。

③檠(qíng):灯架,也指灯。

④摇落:本指叶子凋残零落,后引申为人事凋零。

⑤清吹:清脆悠扬的管乐。

⑥金井:古代诗人用以描述井栏雕饰华美之井。也可引申为有井的庭院。

⑦倾城:形容容貌绝美之女子,此处指所悼念的亡人。

【赏析】

性德之妻卢氏卒后,曾厝柩于京城外双林寺,此词即写词人夜宿禅院时的伤感。陆游《衰病有感》一诗云"在家元是客,有发亦如僧",而卢氏亡后,词人心如死灰,来到禅院也感到自己已如僧人一般。他曾经以为经过一番风雨冲刷,随着时间的流逝,自己的苦痛也会有所削弱。可看着枯黄的梧桐叶飘零于井栏之上,听着远处传来的隐约钟声,依然有一种撕心裂肺的感觉。

又

宿双林禅院有感

挑灯①坐,坐久忆年时②。薄雾笼花娇欲泣,夜深微月③下杨枝。催道太眠迟。

憔悴去,此恨有谁知。天上人间俱怅望,经声佛火④两凄迷。未梦已先疑。

【注释】

①挑灯:点灯。

②年时:去年。

③微月:月初之月亮。

④佛火:寺院之香火。

【赏析】

此词也是性德在双林禅院中怀念亡妻时所作。挑灯独坐,往日与卢氏相处时的种种情形,一一闪现在眼前。夜已深,人已静,雾渐浓,花欲泣。经声佛火中,他不胜恍惚,总觉得眼前的处境并非实况,心理上还不愿意接受这样的现实。

又

新来好①,唱得虎头②词。一片冷香惟有梦,十分清瘦更无诗。标格③早梅知。

【注释】

①新来好:也作"江南好"。新来,近来。

②虎头:东晋著名画家顾恺之,小字虎头。纳兰性德的好友顾贞观(一六三七年至一七一四年),因与恺之同姓,又都是无锡人,故以"虎头"戏称。

③标格:风格。此处指顾贞观其人其词。

【赏析】

康熙十八年（一六五九年）前后，顾贞观有咏梅词写与性德："物外幽情世外姿，冻云深护最高枝。小楼风月独醒时。一片冷香惟有梦，十分清瘦更无诗。待他移影说相思。"性德即有此作，词中多檃栝顾氏之词原句，表达了对其词的击节叹赏以及获得词后的欣喜之情，同时还以词中所咏早梅清瘦、冷香之高格，称颂顾贞观其人其词。

又

江南①好，佳丽数维扬②。自是琼花③偏得月，那应金粉④不兼香。谁与话清凉。

【注释】

①江南：清初江苏曾被称为江南，此处性德或沿旧俗称其为"江南"。

②佳丽数维扬："佳丽"，既可指景色宜人之地，又可指美

女。维扬,扬州的别称。

③琼(qióng)花:本是扬州珍贵名花,此处泛指扬州的花卉。

④金粉:本指女子所用化妆品,后常代指年轻貌美之女子。

【赏析】

扬州为六朝金粉之地,风景旖旎,自古繁华,所谓"天下三分明月夜,二分无赖是扬州"(徐凝《忆扬州》)。更有佳丽无数,与满目春色之琼花争妍斗艳。

又

江南好,铁瓮①古南徐②。立马江山千里目,射蛟③风雨百灵④趋。北顾更踟蹰⑤。

【注释】

①铁瓮(wèng):即铁瓮城,为三国时期孙权所筑之古城,十分坚固。

②南徐：今江苏省镇江市。
③射蛟：此处比喻康熙皇帝在渡长江时耀武扬威之态。
④百灵：各路神灵。
⑤踌躇（chóu chú）：踌躇满志。

【赏析】

铁瓮城为古润州子城，向来为兵家要地，杜牧诗《润州》即云："城高铁瓮横强弩，柳暗朱楼多梦云。"因此，古往今来，不知曾有多少英雄豪杰驻马横槊于此，踌躇满志，有凌云之态。

又

江南好，一片妙高①云。砚北峰峦米外史②，屏间楼阁李将军③。金碧矗斜曛。

【注释】

①妙高：指妙高峰，在江苏省镇江市金山之最高处，上有妙高台。

②米外史：指北宋书画家米芾。

③李将军：指唐代画家李思训。

【赏析】

词写镇江景色之优美，尤其是登上妙高峰之后。浮云缭绕，烟雾缥缈，宛如米芾之山水画，而夕阳西下，金光四射，显得富丽辉煌，又如李思训的金碧山水画。

又

江南好，虎阜①晚秋天。山水总归诗格②秀，笙箫恰称③语④音圆。谁在木兰船⑤。

【注释】

①虎阜（fù）：指名胜之地虎丘山。

②诗格：诗的风格。

③称：符合。

④语:也作"女"。

⑤木兰船:古代有鲁班刻木兰为舟的传说。后多用作对船的美称。

【赏析】

性德有《渌水亭杂识》,对虎丘之行有细致描述:"虎丘山在吴县西北九里,先名海涌山,高一百三十尺,周二百十丈。遥望平田中一小丘,比入山,则泉石奇诡,应接不暇。"此首词写苏州之秋景,倾诉了对苏州的迷恋难舍之情。苏州山水之清秀,催生了多少俊逸诗篇,又酝酿了多少婉转的乐曲,连吴语都是那么轻柔迷人。

又

江南好,真个①到梁溪②。一幅云林③高士画,数行泉石故人题。还似梦游非。

【注释】

①真个:的确,确实。

②梁溪:水名,在无锡,后来代指无锡。

③云林:元末明初无锡著名画家倪瓒,号云林居士。他也是江苏无锡人。《清史列传》卷七十《严绳孙传》:"兼工书画,梁溪人争以倪云林目之。"

【赏析】

词写抵达无锡时的喜悦之情。性德曾有词《临江仙·寄严荪友》云"生小不知江上路,分明却到梁溪",写他梦中到此一游的情形,如今真正踏上了魂牵梦萦的这块土地,惊喜之余,不免恍惚。词中的"故人",特指无锡友人严绳孙。

又

江南好,水是二泉①清。味永出山那得浊,名高有锡更谁争。何必让②中泠③。

【注释】

①二泉:即"天下第二泉",位于无锡西郊的惠山东麓,水清味醇。

②让:亚于。

③中泠(líng):即中泠泉,在江苏镇江西北,曾被称为"天下第一泉"。

【赏析】

词写无锡泉水之清洌。江苏无锡西郊的惠山泉,陆羽品其为"天下第二泉"。性德以为它虽有天下第二之称,实不让第一。

又

江南好,建业旧长安。紫盖①忽临双鹢②渡,翠华③争拥六龙④看。雄丽却高寒。

【注释】

①紫盖：帝王仪仗中遮雨蔽日的物件，后比喻王者的气概。

②鹢（yì）：即鹢水鸟，古人在船头画鹢水鸟，传说这样能镇住水神。

③翠华：皇帝仪仗中的一种旗帜。

④六龙：指皇帝所乘之车。因以六匹马拉，故得名。

【赏析】

康熙二十三年（一六八四年）九月末至十一月，康熙首次南巡，性德扈驾随行，先后曾至南京、苏州、无锡、扬州、镇江等江南名城，集中十首《梦江南》即作于此间。在他的《与顾梁汾书》中，词人对此行程有生动描述："至于铁锁横江，金焦矗日，倚妙高之台畔，访瘗鹤之遗踪。瓜步雄风，神鸦社鼓；扬州逸兴，坐月吹箫。听六代之钟声，半沉流水；望三山之云影，时动褰裳。此亦可以兴吊古之思，发游仙之梦矣。更有鹤林旧刹，甘露精蓝，近海岳之幽偏，多老颠之遗墨。零缣断素，虽不可求；薛碣牛磨，时有可同。此又仆所徘徊慨慕而不自已者也。"此一首先写词人对金陵古都的总体感受，着重描述了御驾宸游、万人空巷的盛况。

又

江南好,城阙尚嵯峨①。故物陵前惟石马,遗踪陌上②有铜驼。玉树夜深歌。

【注释】

①嵯峨(cuó é):山势险峻的样子。
②陌上:路上。

【赏析】

陵前石马、路上铜驼,揭示了这所城池深厚的历史底蕴。响彻古今的《玉树后庭花》,似乎在表明经历无数风风雨雨、起起落落之后,这样的故事并没有结束。词人游览金陵,不仅为它的宏阔壮丽所打动,更被蕴藏在其间的历史韵味所吸引。

又

江南好,怀古意谁传。燕子矶①头红蓼②月,乌衣巷③口绿杨烟。风景忆当年。

【注释】

①燕子矶:江边胜地,因形如飞燕得名。被世人称为万里长江第一矶。

②红蓼(liǎo):植物名,花色浅红,多生水边。

③乌衣巷:在今南京城内之东南,秦淮河南岸。

【赏析】

词人凭吊乌衣巷口、燕子矶头等历来诗家吟唱之地,不无盛衰变迁之慨,故曰"风景忆当年"而非"似当年"。燕子矶头的红蓼月,与乌衣巷口的绿杨烟,尽管褪去了历史的痕迹,却充斥着勃勃生机。

又

江南好,何处异京华。香散翠帘多在水,绿残红叶胜于花。无事①避风沙。

【注释】
①无事:没必要。

【赏析】
此词为江南诸篇的总述,概说江南的清山秀水胜过京华,多红花绿叶而无风沙之苦。

又

咏弦月[①]

初八月，半镜[②]上青霄。斜倚画阑娇不语，暗移[③]梅影过红桥。裙带北风飘。

【注释】

①弦月：上弦月或下弦月。从文中"初八月"可知，此处指上弦月。

②半镜：比喻弦月。

③暗移：悄悄移动。

【赏析】

上弦之月，如半块妆镜悬挂于夜空。月下娇人伫立红桥，斜倚阑干，任风吹裙带，默默无语。

又

春去也,人在画楼东。芳草绿黏天一角,落花红沁水三弓①。好景共谁同。

【注释】

①弓:古代测量长度以五尺为一弓。此处"弓"或同"泓"。

【赏析】

刘禹锡《忆江南》:"春去也,多谢洛城人。弱柳从风疑举袂,丛兰裛露似沾巾,独坐亦含颦。"此篇写送春,与刘氏之作格调相同。女子独坐画楼东畔,望芳草连天,落红遍地,顿觉韶华易逝,红颜易老,不无惆怅。

又

江南忆,鸾辂①此经过。一掬胭脂沉碧甃②,四围亭壁幛红罗③。消息暑风多。

【注释】

①鸾辂(luán lù):天子所坐之车。

②甃(zhòu):指井或井壁。

③红罗:红色的轻软丝织品。

【赏析】

词追忆在金陵时的见闻感受,当作于康熙二十三年(一六八四年)冬后。胭脂井为陈后主与张丽华、孔贵嫔躲避隋兵之处。词人想到堂堂天子,最后避身于胭脂井中,不禁哂然。当初后主极尽奢华时,是否料到会有这种结局呢?

玉连环影

何处①。几叶②萧萧③雨。湿尽檐花④,花底人无语。掩屏山⑤,玉炉⑥寒⑦。谁见两眉愁聚倚阑干⑧。

【注释】

①何处:何时。

②几叶:稀稀落落。

③萧萧:此处比喻雨声,也常比喻风声、马鸣声、落叶声等。

④檐花:屋檐下的花。

⑤屏山:屏风。

⑥玉炉:玉制的香炉。

⑦寒:指炉中的香火要燃尽了。

⑧阑干:同"栏杆"。

【赏析】

词写迷蒙细雨中的绵绵相思。萧萧细雨,为吹面不寒之杨柳风所送来,湿润了屋檐下的春花,牵惹出屋内佳人无限的思绪。百无聊赖的佳人,孤枕难眠,在袅袅炉烟中,情思日重。心上人究竟身在何处呢?他是否知晓,有佳人正紧蹙双眉,身倚栏杆,日复一日苦苦等待?

又

才睡,愁压衾花①碎。细数更筹②,眼看银虫③坠。梦难凭,讯难真,只是赚④伊终日两眉颦⑤。

【注释】

①衾花:绣在被子上的花样。此处指思绪繁重。

②更筹:本指古代夜里打更用的,用竹、木制成的牌子,此处比喻时间。

③银虫:蜡烛之花。

④赚:赢得。

⑤颦(pín):蹙眉。

【赏析】

词写春眠之际的种种情思。佳人被浓浓的思念所缠绕,辗转不得成眠。勉强躺下,满腹的愁绪,似乎压碎了被服上的细花;全无睡意,只好数着更筹,看着灯花慢慢坠落。即使入睡后,在梦中与良人得以相遇,可也终究只是美梦而已,只会让梦后的她更加伤心。

忆王孙

暗怜双緤^①郁金香。欲梦天涯思转长。几夜东风昨夜霜。减容光。莫为繁花又断肠。

【注释】

①緤(xiè):此处指袜子。

【赏析】

看着眼前成双结对的袜儿,想想茕茕孑立的自己,委屈便涌上了心头。而连续几夜东风,已将繁花摧折,春天又将过去了,闺中人哪能不柔肠寸断?

又

刺桐①花底②是儿家③。已拆秋千未采茶。睡起重寻好梦赊④。忆交加⑤。倚著闲窗数落花。

【注释】

①刺桐:植物名,海桐,产于岭南。
②花底:也作"花下"。
③儿家:我家。
④赊(shē):渺茫。
⑤交加:男女相依偎貌。

【赏析】

朱庆馀《南岭路》有云:"经冬来往不踏雪,尽在刺桐花下行。"性德此词化用前诗,写出思春女子之痴情苦恋。刺桐花开,春天即将离去;秋千已拆,女子即将成年。但她毕竟未到上山采茶的年龄,依然沉醉在绮丽的美梦之中,有无数浪漫的幻想。她一面独自靠着窗儿,无意的数着落花,一面咀嚼着昨夜的春梦。

又

西风一夜剪芭蕉。满眼芳菲总寂寥①。强把心情付浊醪②。读离骚。洗尽秋江日夜潮③。

【注释】

①满眼芳菲总寂寥(liáo):也作"倦眼经秋耐寂寥"。
②浊醪(zhuó láo):黏米酿制的浊酒。
③洗尽秋江日夜潮:也作"愁似湘江日夜潮"。

【赏析】

六朝尚清谈,以饮酒、读《离骚》、无所事事为名士风采。词人欲有所作为而不得,只得借喻清闲名士词以自我解嘲。由于他终不甘心,所以饮酒显得勉强,无名士之痛快;读《离骚》也心不在焉,耳畔总是回荡着涨潮时的汹涌之声;无事枯坐,眼前亦满是狼藉,令他坐卧难安。

遐方怨

欹^①角枕^②,掩红窗。梦到江南,伊家博山^③沉水香^④。浣裙^⑤归晚坐思量。轻烟笼浅黛^⑥,月茫茫。

【注释】

①欹:倚,斜靠。

②角枕:用角装饰的枕头。此处泛指华美的硬枕。

③博山:香炉名,即博山炉。

④沉水香:也叫"水沉香"。

⑤浣(huàn)裙:也作"澣裙"或"溅裙",即浣洗衣裙。

⑥浅黛:也作"翠黛"。黛是青黑色颜料,古时女子用它来画

眉，后比喻美女。

【赏析】

轩窗下，斜倚角枕，幽思沉沉，不知不觉梦魂飘荡，飞驰千里，来到烟火迷离的江南，与心中人得以纠缠厮守。但"睡里销魂无说处，觉来惆怅销魂误"，美梦醒来，更觉惆怅，朦胧月色中静默独坐，仔细思量：梦中人在他乡，现如今是何种情状？

调笑令①

明月，明月，曾照个人②离别。玉壶红泪相偎，还似当年夜来。来夜，来夜，肯把清辉重借。

【注释】

①调笑令：也作《转应曲》。
②个人：此处指情人。

【赏析】

　　此词看似浅约，明白如话，实则情极深婉，意味悠长。佳人一入深宫，便音容渺茫。即使天遂人愿，清辉照见当年离人，也只徒增烦忧而已。"玉壶红泪""夜来"等典故，巧妙地嵌入其中，可谓淡语天成，妙合无垠。难言之事与难堪之情，都得以展露。王嘉《拾遗记》卷七："文帝所爱美人，姓薛，名灵芸，常山人也。……时文帝选良家子女以入六宫，习以千金宝赂聘之，既得，乃以献文帝。灵芸闻别父母，歔欷累日，泪下沾衣。至升车就路之时，以玉唾壶承泪，壶则红色。既发常山，及至京师，壶中泪凝如血。""灵芸未至京师十里，帝乘雕玉之辇以望车徒之盛，嗟曰：'昔者言朝为行云，暮为行雨，今非云非雨，非朝非暮。'改灵芸之名曰'夜来'，入宫后居宠爱。"

如梦令

　　纤月黄昏庭院。语密翻教①醉浅。知否那人心，旧恨新欢相半。谁见，谁见，珊枕②泪痕红泫③。

【注释】

①翻教：反使。"翻"同"反"。

②珊枕：以珊瑚制作或装饰的枕，泛指红枕。

③泫（xuàn）：滴落。

【赏析】

经年相见，思极而怨，喜极而泣，一啼一笑，写尽思妇情怀。长久的离别之后，良人终于归来，在新月下，在黄昏时刻，在庭院中，时而举杯相饮，时而喁喁低语，缠绵的情话比醇厚的浓酒还让人陶醉。喜悦之中，佳人开始埋怨丈夫没有早日归来，使她不知在寂寞中度过了多少凄楚的夜晚。珊瑚枕上那千行眼泪，不是相思之泪，而是恨君之泪。

又

正是辘轳①金井，满砌②落花红冷。蓦地③一相逢，心事眼波难定。谁省④，谁省，从此簟⑤纹灯影。

【注释】

①辘轳（lù lu）：井上打水的工具，摇动有声。

②砌：台阶。

③蓦地：突然。

④省：明白，理解。

⑤簟（diàn）：席子。

【赏析】

落花时节，辘轳声中，两人蓦然相逢，秋波一转，便从此情迷意乱，陷入相思苦恋之中，夜夜萦怀难眠。词写一见钟情之过程，尤为生动。"新系青丝百尺绳，心在君家辘轳上。我心皎洁君不知，辘轳一转一惆怅。"（顾况《短歌行》）。但自己有意，却不知晓对方是否有情，故心中不免有些忐忑。

又

黄叶青苔①归路。屧②粉衣香何处。消息竟沈沈③，今夜相思几许。秋雨，秋雨，一半因④风吹去。

【注释】

①黄叶青苔：形容山居人家沉寂荒凉的景象。

②屧（xiè）：木底鞋。

③竟沈沈：也作"半沈沈"。沈沈作音讯全无。

④因：也作"西"。

【赏析】

黄叶飘零，青苔丛生，当年与伊人聚会之所如今面目全非，佳人也一去杳无踪迹，不知残月晓风中伫立何处，泫然欲啼。缠绵秋雨，一半都为秋风所散去，而相思愁情，却越来越浓，越来越密，几乎要使人窒息。

又

万帐穹庐①人醉，星影摇摇欲坠。归梦隔狼河②，又被河声搅碎。还睡，还睡，解道③醒来无味。

【注释】

①穹庐（qióng lú）：毡帐。游牧民族居住的圆顶帐篷。

②狼河：即白狼河，因发源于白狼山而得名。

③解道：理解，知道。

【赏析】

此篇大约与《长相思》"山一程"同时而作，意旨也相近，既表现出了茫茫草原辽阔壮丽的景象，又透露出了浓郁的思乡情绪，还展示出了词人疲惫而无奈的羁旅情怀。雄浑之中，颇多凄凉。

诉衷情

冷落绣衾谁与伴，倚香篝①。春睡起，斜日照梳头。欲写②两眉愁。休休③。远山残翠收④。莫登楼。

【注释】

①香篝（gōu）：熏笼。

②写：画眉。

③休休：不要。

④收：消散，指模糊，看不清楚。

【赏析】

春日迟迟，闺中寂寂，佳人鬓云散乱，斜倚熏笼。夜半辗转难眠，白昼困酣娇眼。夕阳西下，寒山远翠，想到良人更在春山之外，她无心梳妆，不愿登楼。

天仙子

梦里蘼芜①青一剪②。玉郎③经岁音书远④。暗钟⑤明月不归来，梁上燕。轻罗扇⑥。好风又⑦落桃花片。

【注释】

①蘼芜（mí wú）：一种香草。多用来比喻夫妻分离。

②一剪：一枝。

③玉郎：诗词中常用来表示对丈夫或情人的爱称。

④远：也作"断"。

⑤暗钟：晚钟。

⑥轻罗扇：质地轻薄的丝织品所制的扇子，女子夏日所用。轻罗，也作"生罗"。

⑦又：也作"吹"。

【赏析】

蘼芜这一香草，向来同女子凄苦的命运联系在一起。"上山采蘼芜，下山逢故夫"，这是被抛弃者的不甘；"相逢咏蘼芜，辞宠悲团扇"（谢朓《和王主簿季哲怨情诗》），这是被遗忘者的凄楚。情人一去，音信渺茫，桃花落尽，柳絮翻飞，犹自未归，等待闺中人的命运将会是什么呢？梦里一剪蘼芜，如何不叫她心痛！秋后的团扇，或许就是她的归宿。词写闺中人内心的惆怅寂寞，哀怨而又凄厉，多檃栝前人语句而又明白如话。

又

渌水亭^①秋夜

水浴凉蟾风入袂。鱼鳞蹙损^②金波^③碎。好天良夜酒盈尊,心自醉。愁难睡。西南月落城乌起。

【注释】

①渌(lù)水亭：是纳兰性德与朋友们的雅聚之所,为一傍水建筑,具体地点待考。

②蹙损(cù sǔn)：指眉头皱缩。形容忧伤至极。

③金波：月亮照在水波上映出的闪亮之光。

【赏析】

天是好天,夜是良夜,景是美景,酒是美酒,词人却愁闷难眠,听西风缠绵了一宿,直至寒月下坠而城乌惊起。他究竟为何而愁呢?

又

月落城乌啼未了。起来翻为无眠早。薄霜庭院怯生衣①,心悄悄。红阑绕。此情待共谁人晓。

【注释】

①生衣:夏衣。王建《秋日后》:"立秋日后无多愁,渐觉生衣不著身。"

【赏析】

月落乌啼,夜来无眠。清晨早起,足履薄霜。凉意袭来,词人也觉得夏衣不合时宜了。季节将换,使他若有所失。倚遍阑干,心中的愁苦却找不到人倾诉。

又

好在①软绡②红泪积。漏痕③斜罥④菱丝碧⑤。古钗⑥封寄玉关⑦秋,天咫尺。人南北。不信鸳鸯头不白。

【注释】

①好在:依然。

②软绡(xiāo):棉软轻薄的丝织品。即轻纱。

③漏痕:即书法术语"屋漏痕",笔法凝重且自然,如屋壁间之雨水漏痕。

④罥(juàn):挂。

⑤菱丝碧:书写用之帛。

⑥古钗:书法术语,形容书写浑厚有力的样子。

⑦玉关:玉门关,泛指边塞之地。

【赏析】

《昭代词选》曾有副题"古意",则当拟古之作。揣摩词意,或是从《上邪》等脱化而来。"不信鸳鸯不白头",是海枯石烂、此心永恒的誓言。这誓言似屋漏之痕,似古钗之态,一挥而成。有了这样的决心,春风不度的玉门关也在咫尺之间,伸手可以触及,那还有什么障碍能够隔断他们的情意?

江城子

咏史

湿云全压数峰①低,影凄迷,望中疑。非雾非烟,神女②欲来时。若问生涯原是梦,除梦里,没人知。

【注释】

①数峰:此处指巫山之山峰。
②神女:仙女,此处比喻所爱之人。

【赏析】

词借巫山神女之故事,咏男女之间迷蒙恍惚之情事,似与史实无所关涉。词中所言,只是对人间情事有所感而已,似花非花,似雾非雾,道不明,理不清,并非一定眼前见得雨中数峰矗立之景,也并非如学者所言写他自身之经历或远去之恋人。

长相思

山一程,水一程,身向榆关①那畔行,夜深千帐灯。
风一更②,雪一更,聒③碎乡心梦不成,故园无此声。

【注释】

①榆(yú)关:即山海关。
②更:古代计时单位,一夜分为五更,每更约两小时。
③聒(guō):声音杂乱刺耳。

【赏析】

康熙二十一年(一六八二年)二月,性德扈驾东巡,出山海关而有此作。跋山涉水,颇为疲惫,夜来风雪交加,搅碎乡梦,更觉惆怅。此词语言淳朴而意味深长,取景宏阔而对照鲜明,故多为人所称道。

相见欢①

落花如梦凄迷②。麝烟③微,又是夕阳潜下小楼西。愁无限,消瘦尽,有谁知。闲教玉笼鹦鹉念郎诗。

【注释】

①相见欢:也作《乌夜啼》。
②凄迷:凄凉模糊。
③麝(shè)烟:指焚烧麝香发出的烟。

【赏析】

落花时节,芳草处处凄迷。画堂深处,麝烟袅袅升起。每到春来,佳人惆怅依旧。独立小楼,望尽天涯路。情人远在他乡,教鹦鹉吟诵欢郎之诗,聊解心中之凄苦。

又

微云一抹遥峰。冷溶溶①。恰与个人清晓②画眉同。红蜡泪,青绫被,水沉浓。却向③黄茅野店听西风。

【注释】

①冷溶溶:冷,也作"淡"。溶溶,寒冷状。

②清晓:天微亮时。

③却向:也作"却与"。

【赏析】

山抹微云,天连衰草,旅人不禁想起了闺中的妻子,便觉远处的山峰分明就是她的眉黛。转念又想起这时的佳人,任那水沉香的香气沉晕,独自面对红烛,苦苦地思念奔波在荒野之中的自己,不禁痴了。

生查子

鞭影落春隄①,绿锦鄣泥②卷。脉脉③逗④菱丝,嫩水⑤吴姬⑥眼。啮膝⑦带香归,谁整樱桃宴。蜡泪恼⑧东风,旧垒眠新燕。

【注释】

①隄:同"堤"。

②鄣泥:鄣同"障"。鄣泥,垫在马鞍下,垂于马背两旁,挡避尘土之物。

③脉脉:眼中含情的样子。

④逗:投射。

⑤嫩水:比喻眼波。

⑥吴姬:吴地之美女。

⑦啮(niè)膝:良马名。

⑧恼:捉弄,戏弄。

【赏析】

樱桃宴为贺新进士及第的宴席,王定保《唐摭言·慈恩寺题书游赏赋咏杂记》:"新进士尤重樱桃宴。乾符四年,永宁刘公第二子皆及第……独置是宴,大会公卿,时京国樱桃初出,虽贵达未适口,而覃山积铺席,复和以糖酪者,人享蛮榼一小盏,亦不啻数升。"此词为纳兰性德进士及第时所作,当写于康熙十五年(一六七六年)春,生动展示了性德登科后的喜悦心情。孟郊曾以"春风得意马蹄疾,一日看尽长安花"来表达他的欣喜若狂;词人亦扬鞭策马,踏花郊外,踌躇四顾,得意扬扬。

又

东风不解愁,偷展湘裙衩。独夜背纱笼①,影著纤腰画。
爇②尽水沉烟,露滴鸳鸯瓦③。花骨冷宜香,小立樱桃④下。

【注释】

①纱笼:纱制灯笼。

②爇(ruò):烧。

③鸳鸯瓦:成双成对的瓦。一俯一仰,形同鸳鸯互相依偎,故得名。

④樱桃:也作"东风"。

【赏析】

李商隐《无题·八岁偷照镜》有"十岁去踏青,芙蓉作裙钗"等诗句,后人多认为写初恋的朦胧与青春过后的叹息,诗歌从八岁写到十五岁,写出了这位少女的生活经历,也写出爱慕者的情感历程。性德的这首词,似乎是承接"十五泣春风,背面秋千下"而来,将笔墨停驻在一个个空间场所,从风中到灯下及花间,勾勒出一个模糊的背影。我们仿佛听到一声长长的叹息,或许是在叹息一段无果的初恋,也或许叹息终将逝去而一无所成的青春。

又

惆怅彩云飞,碧落①知何许②。不见③合欢花,空倚④相思树。总⑤是别时⑥情,那待⑦分明语。判得最长宵⑧,数尽⑨厌厌⑩雨。

【注释】

①碧落：泛指天空，青天。

②何许：何处。

③不见：也作"当日"。

④空倚：也作"今日"。

⑤总：纵使。

⑥别时：也作"离时"。

⑦那待：也作"那得"。

⑧判得最长宵：也作"只合断肠人"。判，豁出去。

⑨数尽：也作"听尽"。

⑩厌厌：绵绵不绝。

【赏析】

词写中夜相思。昔日欢会，无数甜蜜，无限温馨；今日相思，无数苦痛，无限凄楚。别离之情景，令人撕心裂肺，不愿记起却总难忘记。心中所爱之人，如彩云流散，不知飘落何处，孤独的自己，中夜伫立，听细雨绵绵，点点滴滴，从夜半直到天明。

又

散帙①坐凝尘②,吹气幽兰并。茶名龙凤团③,香字鸳鸯饼。玉局④类弹棋⑤,颠倒双栖影。花月不曾闲,莫放相思醒。

【注释】

①散帙(zhì):打开书卷。

②凝尘:堆积的尘土。

③龙凤团:即"龙凤团茶",为皇家专用茶,后泛指高级的茶。

④玉局:棋盘的美称。贺铸《南乡子》:"玉局弹棋无限意,缠绵,肠断吴蚕两处眠。"

⑤弹棋:一种古代棋戏。此处比喻围棋。

【赏析】

词写相思,极为浓烈。龙凤、鸳鸯与双栖的鸟儿,正反衬着闺中人的孤单,表明了深闺中人的寂寞。玉局、香饼与名茶,暗示出了思念者的身份。

又

短焰剔残花,夜久边声寂①。倦舞②却闻鸡,暗觉③青绫④湿。天水接冥蒙⑤,一角西南白。欲渡浣花溪⑥,远⑦梦轻⑧无力。

【注释】

①寂:也作"急"。

②倦舞:也作"未卧"。

③暗觉:也作"惆怅"。

④青绫:青色有花纹的丝织品,古时常用来做被服。此处指丝织的青被。

⑤冥蒙:昏暗不明。

⑥欲渡浣花溪:也作"忽忆浣花人"。

⑦远:也作"轻"。

⑧轻:也作"浑"。

【赏析】

此词或有副题"边声",词中又言"边声寂"与"一角西南白",则词人所瞩目之处当为西南,浣花溪则指成都西郊之锦江支流,杜甫草堂之所在。其时有三藩之乱,词人闻鸡倦舞,似有倦怠之意,无踊跃之心。

昭君怨

深禁①好春谁惜,薄暮瑶阶②伫立。别院③管弦声,不分明。
又是梨花欲谢,绣被春寒今夜。寂寂锁朱门,梦承恩④。

【注释】

①深禁:深宫。
②瑶阶:宫中的台阶。
③别院:也作"隔院"。
④承恩:得到君王宠幸。

【赏析】

词写宫怨,与白居易《宫词》"泪尽罗巾梦不成,夜深前殿按歌声"、韦庄《小重山》"一闭昭阳春又春,夜寒宫漏永,梦君恩"等同出一机杼,均写深宫之女子期待恩宠,唯此作情感更为蕴藉。作宫词者,历来多借物以寓悲,而学者或以为借写身世之感,寓其郁郁不得志之情,不免为过度阐释。更有甚者,按之实事,以为纳兰所钟爱者被纳入宫中,故以词写遗恨,自是附会。

又

暮雨丝丝吹湿,倦柳愁荷风急。瘦骨不禁秋,总成愁。
别有心情怎说,未是诉愁时节。谯鼓①已三更,梦须②成。

【注释】

①谯（qiáo）鼓：古代城门瞭望楼上的更鼓。
②须：应该。

【赏析】

秋日黄昏,晚风正急,满目红衰绿败。微雨随风飘至,带来丝丝凉意。秋风秋雨愁煞人,更何况相思正浓。辗转难眠,一直折腾到夜半时分,谯楼传来了三通鼓,他暗自询问自己:这时候总该可以进入梦乡了吧?

酒泉子

谢却荼蘼①,一片月明如水。篆香②消,犹未睡,早鸦啼。

嫩寒③无赖④罗衣薄,休傍阑干角。最愁人,灯欲落⑤,雁还飞。

【注释】

①荼蘼(tú mí):春末夏初开花,凋谢之后表示花季结束。王淇《春暮游小园》:"开到荼蘼花事了,丝丝天棘出莓墙。"

②篆香(zhuàn xiāng):盘香。

③嫩寒:微寒。

④无赖:无奈,怎奈。

⑤落:熄灭。

【赏析】

荼蘼凋谢后的月光，也与往日不同，似乎更为明亮，搅得人无法安睡。佳人罗衣轻纱，独倚阑干，望极天涯。天渐晓，灯欲落，人无眠。

点绛唇

黄花城①早望

五夜②光寒，照来积雪平于栈③。西风何限④，自起披衣看。对此茫茫⑤，不觉成长叹。何时旦⑥。晓星欲散。飞起平沙雁。

【注释】

①黄花城：在今北京怀柔境内，风景秀美奇特。
②五夜：包括甲夜、乙夜、丙夜、丁夜、戊夜。即五更。
③栈（zhàn）：栈道。
④何限：无限，无边。形容风势强劲。

⑤茫茫：旷远，形容水势之大。
⑥旦：天亮。

【赏析】

夜来大雪纷纷，连栅栏都深埋其中。雪后更觉凄寒，月光之下，凉意更胜，何况一夜北风紧促。拂晓时分，词人披衣眺望，但见白茫茫一片，大地真空旷。词写雪后风景，或赴边牧马时所作。

又

一种①蛾眉②，下弦③不似初弦④好。庾郎⑤未老，何事伤心早。素壁⑥斜辉，竹影横窗扫。空房悄。乌啼欲晓。又下西楼了。

【注释】

①一种：一样。
②蛾眉：古时用来比喻女子美丽的眉毛，后代指美女。此处指

弦月。

③下弦：即下弦月。

④初弦：即上弦月，比下弦月更圆。

⑤庾（yǔ）郎：即庾信（五一三年至五八四年），字子山，小字兰成。初仕南朝，后仕北周。晚年作有《伤心赋》。

⑥素壁：白墙。

【赏析】

同样是弯月，词人认为下弦月不如上弦月好，因为下弦月是残月，是团圆破裂之后的景象，而上弦月则是圆月前的雏形。词人独守空房，唯有下弦月相伴随，以及疏窗上斑驳横斜的竹影。到了拂晓时分，它们也离词人远去。词人认为自己连庾信都比不上了，因为庾信"追悼前亡，惟觉伤心"是暮年，而他正处壮年，竟已遭此劫难。词当是悼亡之作。

又

小院新凉,晚来顿觉罗衫薄。不成孤酌,形影空酬酢。
萧寺①怜君,别绪应萧索②。西风恶。夕阳吹角③。一阵槐花落。

【注释】

①萧寺:佛寺。

②萧索:凄凉,冷落。

③角:号角。

【赏析】

姜宸英曾馆于德胜门北之千佛寺,离京南归后,性德想起了他,写下了这首词,表达思念之情。词人说在秋日萧索之际,形单影只,独酌相亲,怅然无绪,不由揣测友人离开萧寺之后,大概也是这样的心绪吧。

又

咏风兰①

别样幽芬,更无浓艳催开处。凌波欲去,且为东风住。

忒煞②萧疏,争奈③秋如许④。还留取⑤。冷香半缕。第一湘江雨。

【注释】

①风兰:兰花的一种,白色花。

②忒煞(tuī shà):太过分。

③争奈:也作"怎耐"。

④秋如许:秋意如此之浓。

⑤留取:留着,留存。取,语助词。

【赏析】

词为题画之作,一本副题作"题见阳画兰"。康熙十八年(一六七九年)秋,张见阳在湖南江华任上,纳兰题词相赠,后者有和词《点绛唇·咏兰和性德韵》:"弱影疏香,乍开犹带湘江雨。随风拂处。似共骚人语。九畹亲移,倩作琴书侣。清如许。纫来几缕。结佩相朝暮。"两词同咏凤兰时,均紧扣楚地风情,不无骚人雅旨。

又

寄南海梁药亭①

一帽征尘,留君不住从君去。片帆何处,南浦②沉香雨。回首风流,紫竹村边住。孤鸿③语。三生④定许。可是梁鸿侣⑤。

【注释】

①梁药亭:即梁佩兰(一六二九年至一七〇五年),字芝五,号药亭,南海(治今广州)人,与屈大均、陈恭尹并称为"岭南三大家"。

②南浦(pǔ):泛指南方的水滨,后也泛指水边送别之地。

③孤鸿:孤单的鸿雁。此处比喻科场不顺的梁药亭。

④三生：佛语，即前生，今生，来生。
⑤梁鸿侣：指梁鸿与妻子孟光。两人相敬相爱，为世所称。

【赏析】

康熙二十一年（一六八二年），梁入京应试求举不果，怅然而归。性德赋此词相送，表达了惋惜之意，并以梁鸿为喻，安慰与鼓励对方。词人说他千方百计挽留友人，还是没有成功。友人失利于场屋，是因为他与梁鸿有缘，均是尚节不俗之士。友人的隐居，也不失为风雅高洁之事，只是一路风尘，远去万里之外的南海，从此两人远隔天涯，只能相见梦中了。

浣溪沙①

一半残阳下小楼，朱帘斜控软金钩。倚阑无绪不能愁。
有个盈盈②骑马过，薄妆浅黛③亦风流。见人羞涩却回头。

【注释】

①浣溪沙:也作《浣溪纱》《浣纱溪》。

②盈盈:形容女子体态轻盈,举止美好。出自《古诗十九首》之二:"盈盈楼上女,皎皎当窗牖。"

③浅黛:轻描的淡眉。

【赏析】

此词写得轻盈别致,一顿一挫,风情婉然。黄昏时分,词人凭栏独立,怅然无绪。正意兴阑珊时刻,忽见楼下一貌美女子,淡妆素裹,骑马款款而过,蓦然回眸,别具娇羞。

又

容易①浓香近画屏,繁枝影著②半窗横。风波狭路③倍怜卿。

未接语言犹怅望,才通商略④已蕾腾⑤。只嫌⑥今夜月偏明。

【注释】

①容易:从容,顺畅。

②著:附着。

③风波狭路:不知所措之处境。

④商略:商议。

⑤瞢腾(méng téng):形容模模糊糊,神志不清。此处指紧张无措。

⑥嫌:也作"言"。

【赏析】

疏影横斜,暗香浮动,蓦地与心上人相遇于小径,惊喜之余竟不知所措。未见面时,他曾经设想过千百种情形,觉得有无数的话儿要倾述。如今终于面对面了,寒暄完毕,就变得懵里懵懂,手足无措。他不怪自己失去了往日的伶俐,只怪这天上的圆月过于明亮,让他变得紧张起来。词写情人在月下偶遇的情形。

又

十二红①帘窣地②深,才移刬袜③又沉吟。晚晴天气惜轻阴。珠衱④佩囊三合字⑤,宝钗拢髻两分心⑥。定缘何事湿兰襟。

【注释】

①十二红:即小太平鸟。

②窣(sū)地:垂地。

③刬(chǎn)袜:不穿鞋只穿袜子着地。

④衱(jié):衣裙之带。

⑤三合字:于两个香囊上分别绣上三个"半"字,合起来则是三个完整的字,由两个相爱之人各佩其一。

⑥分心:一种首饰,戴在正面使头发从中缝分开。

【赏析】

词写少女的春情闺思。词中末尾言"缘何事"而湿透兰襟,即追问女子为何而泪珠滑落,并非"定缘"即因缘前定而黯然心伤。主人公头上有双髻,腰中悬双囊,都表明了她少女的身份。轻阴弄晴,秀色空山,少女心头涌上一丝难以言说的愁绪,她心思不能让人知晓,欲说还休,欲去还留,于是用踌躇显示了她的羞涩。

又

旋拂轻容①写洛神②,须知浅笑是深颦③。十分天与可怜④春⑤。掩抑⑥薄寒施软障⑦,抱持纤影藉⑧芳茵⑨。未能无意下香尘⑩。

【注释】

①轻容：无花之薄纱。

②洛神：神话传说中洛水之神，亦可代指美女。

③颦（pín）：皱着眉头。

④怜：爱。

⑤春：比喻面带桃红，面露喜色。

⑥掩抑：遮避。

⑦软障：古代的画轴。

⑧藉：坐。

⑨芳茵：比喻华贵的地毯。

⑩香尘：女子鞋子上带起来的尘土。此处指尘世。

【赏析】

此为题画之词，所画为一佳丽。学者或言画中人为其爱妻，但与洛神身份不合。洛神即宓妃，曹植有《洛神赋》，后多指爱慕狎昵之对象。上阕说画中女子美若天仙，满脸春色，似颦似笑。下阕说她袅娜多姿，掩映在花丛中，仪静体闲，有出尘之姿。

又

泪浥①红笺②第几行。唤人娇鸟怕开窗。那能③闲过好时光。
屏障④厌看金碧画⑤，罗衣不奈水沉香。遍翻眉谱⑥只寻常。

【注释】

①浥（yì）：浸湿。

②红笺（jiān）：红色的信纸，后代指情人间的信笺。

③能：也作"更"。

④屏障：屏风。

⑤金碧画：也作"金碧尽"。

⑥眉谱：古代画眉用的图谱。

【赏析】

荡子年少易别离,往往辜负大好春光。殊不知闺中少妇度日如年,看尽屏障山山水水,换尽头饰衣妆,都无人爱怜。画眉之事,更是奢望。她拟把相思写入信中,笔未落而泪已千行。

又

咏五更,和湘真①韵

微晕娇花湿欲流,簟纹灯影一生愁。梦回疑在远山楼。
残月暗窥金屈戌②,软风徐荡玉帘钩。待听怜女唤梳头。

【注释】

①湘真:即陈子龙(一六〇八年至一六四七年),字人中、懋中,号大樽、轶符,明末诗人,松江华亭人。有《湘真阁存稿》。

②金屈戌(shù):门窗、橱柜等的金属搭扣,一般是铜质的,此处代指闺房。

【赏析】

陈子龙曾作《浣溪沙》词:"半枕轻寒泪暗流,愁时如梦梦时愁,角声初到小红楼。风动残灯摇绣幕,花笼微月淡帘钩。陡然旧恨上心头。"性德和作,亦写闺中闲愁,着力描绘女子之慵懒情态,色彩华美,辞藻艳丽,较与陈子龙原作脂粉更重,绮思更浓。

又

谁道飘零不可怜,旧游时节好花天。断肠人①去自今年。
一片晕红才②著雨,几丝柔绿乍和烟③。倩魂④销尽夕阳前。

【注释】

①断肠人:海棠又名断肠花,此处"断肠人"一语双关,花、人兼及。

②才:也作"疑"。

③几丝柔绿乍和烟:也作"几丝柔柳乍和烟"。乍,也作"又"。

④倩魂:少女之梦魂。

【赏析】

他刻本有副题"西郊冯氏看海棠,因忆香严词有感",龚鼎孳之词集初名《香严词》,可见词为悼念龚氏而作。龚鼎孳《菩萨蛮》有云:"爱花岁岁看花早,今年花较去年老。生怕近帘钩。红颜人白头。那禁风似箭。更打残花片。莫便踏花归。留他缓缓飞。"性德于北京西郊冯氏园林赏海棠,想起龚氏此类词句,不无花残人去、物是人非之感。旧游时节,花好人好;今年重游,景色依旧,春雨缠绵,烟雾迷蒙,但念及亡友,不胜凄然。

又

雨歇梧桐泪乍①收,遣怀翻自忆从头。摘花销恨旧风流。
帘影碧桃②人已去,屧痕③苍藓径空留。两眉何处月如钩。

【注释】

①乍:突然,忽然。
②碧桃:又名千叶桃花,色彩鲜艳,颜色繁多。

③屟（xiè）痕：即鞋子走过的痕迹。

【赏析】

漫漫长夜，孤衾清寒。佳人为离情所苦，听雨声点点，从有到无。她暗伤心事，往日欢会一一涌上心头，其中滋味唯有独自咀嚼。当年"舞低杨柳楼心月，歌尽桃花扇低风"，曾以为与萱草无缘，不会后悔，如今碧桃犹在，苍痕空留，唯有寂寞清秋，无言独上西楼。

又

五字诗①中目乍成②，尽教残福折书生。手挼③裙带那时情。
别后心期④和梦杳，年来憔悴与愁并。夕阳依旧小窗明。

【注释】

①五字诗：即五言诗。
②目乍成：目成，男女眉来眼去，以目定情。《楚辞·七

歌·少司命》:"满堂兮美人,忽独与余兮目成。"乍,刚,开始。

③挼(ruó):搓揉。

④心期:以心相互期许,引申为相思。

【赏析】

词写邂逅之相思。宴会之中,书生当筵赋诗,诗成而赢得美人青目。佳人手握裙带,含情凝睇,不胜娇柔,结得半宵之缘。可惜好景不长,两人就此永别,书生一寸相思,千头万绪,都付与了半帘幽梦,只落得触目凄凉,满身疲惫。想那佳人,也当含颦傍窗,目极天涯。

又

记绾①长条欲别难,盈盈自此隔银湾②。便无风雪也摧残。

青雀③几时裁锦字④,玉虫⑤连夜剪春旛⑥。不禁⑦辛苦况相关⑧。

【注释】

①记绾(wǎn)：也作"折得"。

②银湾：银河。

③青雀：青褐色的鸟，传说是西王母的信使，后常比喻传信之人。

④锦字：比喻情书。

⑤玉虫：比喻灯火。常用来报喜，如范成大《客中呈幼度》"今朝合有家书到，昨夜灯花缀玉虫"。

⑥春旛(fān)：旧俗于立春日挂春旗于树梢，以示迎春。

⑦不禁：也作"愁他"。

⑧况相关：也作"梦相关"。

【赏析】

折柳赠别，欲行不行，各自黯然神伤。自此一别，良人将浪迹天涯，淡云孤雁，寒日暮天，从此千山万水，阻隔云霄，恐怕佳人就要备受相思之摧折了。她唯有希望对方不要忘记自己，早日能够寄家书归来。

又

伏雨①朝寒愁不胜,那能还傍杏花行。去年高摘②斗轻盈③。漫惹炉烟双袖紫,空将酒晕④一衫青。人间何处问多情。

【注释】

①伏雨:连续不止的雨。

②高摘:登高摘花。

③轻盈:形容女子动作体态之轻快,优美。

④酒晕:喝酒后两颊呈现出的红晕。

【赏析】

去年春日此门中,杏花飞满头,曾与佳人携手,一同嬉游,何等温馨。今春重来,杏花依旧,而佳人已不可见。一袭青衫,独酌遣闷,不胜惆怅。

又

酒醒香销愁不胜,如何更向落花行。去年高摘斗轻盈。
夜雨几番消瘦了,繁华如梦总无凭①。人间何处问多情。

【注释】
①无凭:无所依仗。

【赏析】
此篇与《浣溪沙》"伏雨朝寒愁不胜"字句大略相同,意脉情绪也相近,均是以对比手法写春日重游之怅惋。

又

寄严荪友

藕荡桥①边理钓筒②,苎萝西去五湖东③。笔床茶灶太从容④。

况有短墙银杏雨,更兼高阁⑤玉兰⑥风。画眉闲了⑦画芙蓉⑧。

【注释】

①藕荡桥:桥名,在严绳孙家乡无锡之西北。严绳孙故自号"藕荡渔人"。

②钓筒:插在水中用来捕鱼的工具。

③苎(zhù)萝西去五湖东:也作"批襟濯足碧流中"。苎萝:山名,在今浙江诸暨。五湖:范蠡泛舟之处,指太湖附近一带。

④笔床茶灶太从容:也作"江南好梦绕吴宫"。笔床,放置毛笔的器具。

⑤高阁:也作"小阁"。

⑥玉兰:也作"玉箫"。

⑦闲了:也作"才了"。

⑧画芙蓉:亦即画美人,取"芙蓉如面柳如眉"之意。芙蓉,荷花的别称,也叫莲花,后代指美女。

【赏析】

康熙十六年(一六七七年),严绳孙归隐故里,性德赋此词相赠,表达了对其悠闲生活的向往。藕荡桥、苎萝山均是江南名胜。想友人或孤舟箬笠,濯足五湖,啸傲江南,或亭台上,细雨中,赏名花,对玉人,何等惬意自在。

又

抛却无端①恨转长,慈云②稽首③返生香④。妙莲花说试推详⑤。但是有情皆满愿,更从何处著思量。篆烟残烛并回肠⑥。

【注释】

①无端:无缘无故。

②慈云:佛语,比喻佛祖慈悲心广大。

③稽首(qǐ shǒu):古代跪拜之礼,头手伏地跪下。

④返生香:香名。传闻死者闻其香气可返生。

⑤推详:推究考量。

⑥回肠:情思缠绵,无法释怀。

【赏析】

词人在佛前稽首祈求,盼亡妻得以复活生还。如果有情者皆能相拥白头,他就真的相信佛法无边,诸如惆怅遗恨之类的情绪也从此与人们告别。

又

莲漏①三声②烛半条,杏花微雨湿红③绡。那④将红豆⑤记⑥无聊。春色已看浓似酒,归期安得信如潮⑦。离魂入夜倩⑧谁招。

【注释】

①莲漏:即莲花漏,指古代计时所用的工具。

②三声:比喻夜已深。

③红:也作"轻"。

④那:奈何,怎奈。

⑤红豆:比喻相思之情。

⑥记:也作"寄"。

⑦信如潮:守信用之意。

⑧倩:请求,央求。

【赏析】

杏花微雨,沾衣不湿,吹面不寒,春色已浓。消魂时节,断肠人漂泊天涯,有家难回,灯下独坐,红烛烧残,芳心一点,顾影自怜,恨不能如倩女离魂,唯有把玩红豆以寄相思。王彦泓《错认》"夜视可怜明似月,秋期只愿信如潮",是从佳人眼中写出;而"归期安得信如潮"则是良人对佳人埋怨的解释,表达他的身不由己。

又

肠断班骓①去未还,绣屏深锁凤箫②寒③。一春幽梦有无间。
逗雨④疏花浓淡改,关心芳字⑤浅深难。不成⑥风月⑦转摧残。

【注释】

①班骓(zhuī):也作"斑骓",本指毛色相杂的骏马,也可泛指马。

②凤箫:竹制的排箫。

③寒:此处比喻箫声凄凉低沉。

④逗雨:遭遇雨水。

⑤字:也作"草"。

⑥不成:岂非,难道。

⑦风月：清风明月，比喻美好的事情。此处比喻爱情。

【赏析】

嘶骑一去，征辔不还，玉楼歌吹已随风飘散。佳人高楼望断，静掩屏帷，愁对绮窗，黯然神伤。她停灯向晓，抱影斜倚，半睡半醒之间，一帘幽梦，若隐若现。草熏风暖，春色日浓，一片相思，转成凄楚。"人生自是有情痴，此恨不关风与月"，风月摧折，却使人更加憔悴。词写闺情。

又

肯把离情容易看，要从容易见艰难。难抛往事一般般①。
今夜灯前形共影，枕函虚置翠衾②单。更无人与共春寒。

【注释】

①一般般：一件件。王周《道中未开木杏花》："粉英香萼一般般，无限行人立马看。"

②翠衾（qīn）：即翠被。绣有翡翠花纹的被子。

【赏析】

难得相逢容易别，离别总是那样简单，不经意间就发现自己已经孤孤单单，而相逢却是如此艰难。主人公不由得追悔万分，当初轻言别离，如今灯下抱影独坐，谙尽了孤眠滋味。枕虚衾寒，件件往事涌上心头，"眉间心上，无计相回避"。

又

锦样年华水样流，鲛珠①迸落更难收。病余常是怯梳头。
一径绿云②修竹怨，半窗红日落花愁。惜惜③只是下帘钩。

【注释】

①鲛（jiāo）珠：神话传说里鲛人眼泪化成的珍珠，此处借指眼泪。

②云：此处比喻枝繁叶盛貌。

③愔愔（yīn yīn）：安静无声；默默无言。此处指柔弱的样子。

【赏析】

词写春愁。花样般年华，似水样流年，青春如鸟儿一去不回，时光如鲛珠一般迸落。因畏见落发而惧怕梳头，坐看落花而又触景伤情。生命亦如半窗夕阳，转眼遁入虚空。修竹美似绿云，更平添几分惆怅。夜色已深，主人公等待良久而无所获，悻悻然落下窗帘。

又

睡起惺忪①强自支，绿②倾蝉鬓③下帘时。夜来愁损小腰肢。远信不归空伫望，幽期④细数却参差⑤。更兼何事耐寻思⑥。

【注释】

①惺忪（xīng sōng）：刚睡醒还没完全清醒的样子。
②绿：指头发黑亮。

③蝉鬓（chán bìn）：古代妇女的发式，两鬓薄如蝉翼。

④幽期：男女间秘密定下的见面日期。

⑤参差（cēn cī）：错过。

⑥寻思：思考。

【赏析】

半夜突然从梦中醒来，佳人惺眼迷离，不知所措，她沉吟半饷，勉强起身梳洗弄妆。对着镜儿，反复察看，发现夜来又消瘦了几分。屈指一算，郎君当应归来，而今不闻郎马之嘶，他究竟滞留在何处呢？或许是自己算错了归期，但郎君一天尚未返家，就一天让人揪心不已。

又

消息谁传到拒霜①，两行斜雁碧天长。晚秋风景倍凄凉。
银蒜②押帘人寂寂，玉钗敲竹③信茫茫。黄花开也近重阳。

【注释】

①拒霜:花名,即木芙蓉(李时珍《本草纲目·木三》:"木芙蓉八月始开,故名拒霜。"),又叫地芙蓉,喜欢温暖、潮湿的环境,不耐寒。

②银蒜(suàn):银制的帘坠,形似蒜条。

③敲竹:也作"敲烛"。打节拍之意。

【赏析】

当木芙蓉盛开的时候,佳人终于失望了。她愤怒地质问道:究竟是谁传来的消息,说木芙蓉花开的时候他就会归来呢?眼看到了菊花满地盛开的重阳,心中人依然杳无踪迹,这如何不叫人伤心失望?帘幕低垂,玉钗敲竹,飞云归尽,"佳期难会信茫茫",这大雁爱也不得,恨也不是。

又

残雪凝辉冷画屏①,落梅②横笛已三更。更无人处月胧明③。

我是人间惆怅客,知君何事泪纵横。断肠声里忆平生。

【注释】

①画屏:绘有彩画的屏风。

②落梅:指《梅花落》,横笛吹奏的曲名。高适《和王七玉门关听吹笛》:"胡人吹笛戍楼间,楼上萧条海月闲。借问落梅凡几曲,从风一夜满关山。"

③胧(lóng)明:月色朦胧。

【赏析】

月华似水,洒在残雪之上,天地都为凄清的氛围所笼罩,室内的画屏也泛着阵阵寒意。远处传来的一曲《落梅花》,到三更之时尤显悠扬低回,似乎在倾诉着满腹辛酸。同是天涯沦落人,凄楚的曲调让词人泪湿青衫,平生的痛楚随着哀怨的曲调一一闪现在他眼前。

又

谁念西风独自凉,萧萧黄叶闭疏窗①。沉思往事立残阳。被酒②莫惊春睡重,赌书消得③泼茶香。当时只道④是寻常。

【注释】

①疏窗:即窗户。

②被酒:喝醉。

③消得:享用。

④只道:也作"止道"。

【赏析】

词是悼亡之作。赌书泼茶,用李清照之典,指往日闺中琴瑟相和、情趣相投之甜蜜。李清照《金石录后序》云:"余性偶强记,每饭罢,坐归来堂烹茶,指堆积书史,言某事在某书某卷第几页第几行,以中否角胜负,为饮茶先后。中即举杯大笑,至茶倾覆杯中,反不得饮而起,甘心老是乡矣。"但这温馨甜蜜,对性德而言已成云烟般的往事。他独立残阳,秋风渐紧而黄叶漫天飞舞,寒意袭来而无人关怀,自然思悠悠,恨悠悠,忆起往日情事而哽咽无言。曾经以为，生活中不经意发生的那些点点滴滴，只是寻常之事，毋须在意，失去之后，才恍然发现它们才最值得珍惜。

又

凤髻①抛残秋草生，高梧湿月冷无声。当时七夕记深盟②。

信得羽衣③传钿合④，悔教罗袜⑤葬⑥倾城。人间空唱雨淋铃。

【注释】

①凤髻（jì）：古代妇女的一种发型，此处指杨贵妃。《新唐书·五行志》："杨贵妃常以假髻为首饰，时人为之语曰：'义髻抛河里，黄裙逐水流。'"

②记深盟：也作"有深盟"。

③羽衣：道士或神仙所穿的衣服。此处代指道士。

④合：同"盒"。

⑤罗袜：丝罗制的袜子。

⑥葬：也作"送"。

【赏析】

词咏杨贵妃之事,借以感怀亡妻。上阕说唐明皇自安史之乱后回长安,佳人早已长眠于马嵬坡,大内之中秋草蔓生,落叶满阶,"芙蓉如面柳如眉,对此如何不泪垂",明皇记起当年七月七日长生殿夜半无人时之山盟海誓,不由长恨绵绵。下片说自从倾城一葬,明皇辗转难忘,上下求索不得,而方士所传"但令心似金钿坚,天上人间会相见"之语,只是安慰之词罢了。

又

大觉寺①

燕垒空梁画壁②寒,诸天③花雨散幽关④。篆香清梵⑤有无间。蛱蝶乍从帘影度,樱桃半⑥是鸟衔残。此时相对一忘言⑦。

【注释】

①大觉寺:所指难以确定,或以为在京郊,或认为在河北。

②画壁：寺中画有佛像之墙壁。

③诸天：佛家说欲界有六天，四禅十八天，其他还有诸多天神，总称为诸天；后泛指天界、天空。

④幽关：指皈依佛法之门，入道之门，也叫玄关或法门。

⑤清梵（fàn）：僧人清透的诵读佛经的声音。

⑥半：泛指多。

⑦忘言：心中明白其意，就没必要用言语表达了。

【赏析】

词人游览大觉寺时，古刹内一片空寂，壁画森严，清香飘拂空中，梵音若隐若现。寺院外蝴蝶翩翩起舞，鸟儿衔着樱桃飞来飞去，一片忙碌。此时此刻，词人若有所悟。

又

郊游联句

出郭寻春春已阑①（宜兴陈维崧其年②），东风吹面不成寒（无锡秦松龄留仙③）。青村几曲到西山（无锡严绳孙荪友④）。

并马未须愁路远（慈溪姜宸英西溟⑤），看花且莫放杯闲（彝尊⑥）。人生别易会常难（成德）。

【注释】

①阑：尽，晚。

②陈维崧（一六二五年至一六八二年）：字其年，号迦陵，宜兴人，明末举人，清初词人，骈文作家，词风豪放，著有《湖海楼词》等。

③秦松龄（一六三七至一七一四年）：字汉石，号留仙，又号对岩，晚号苍岘山人，江苏无锡人，顺治十二年进士，著有《微云词》《苍岘山人集》等。

④严绳孙（一六二三年至一七〇二年）：字荪友，号秋水，别号藕荡渔人，江苏无锡人，工诗词画，著有《秋水集》等。

⑤姜宸英(一六二八年至一六九九年):字西溟,号湛园,浙江慈溪人,明末清初书法家、史学家,著有《姜先生全集》《苇间诗集》等。

⑥彝尊:朱彝尊(一六二九年至一七〇九年),字锡鬯,号竹垞,别号金风亭长,晚号小长芦钓鱼师,浙江秀水人,参加编纂《明史》,著有《曝书亭集》等。

【赏析】

康熙十八年(一六七九年)春,诸多才子名士齐聚京城,应博学鸿儒试。张见阳曾宴客于其西山之别业,预宴诸人陈维崧、秦松龄、严绳孙、姜宸英、朱彝尊等有此联句。

又

庚申除夜①

收取②闲心冷处浓,舞裙犹忆柘枝③红。谁家④刻烛⑤待春风。

竹叶⑥樽空翻彩燕,九枝灯⑦炧⑧颤金虫⑨。风流⑩端合⑪倚天公⑫。

【注释】

①庚申除夜:康熙十九年(一六八〇年)除夕夜。

②收取:也作"净扫",取是助词。

③柘(zhè)枝:即柘枝舞,南方少数民族之舞,舞者身着五色绣罗宽袍,头戴角状红色物。节奏多变,舞姿变化丰富,既刚健明快,又婀娜俏丽。

④谁家:此处指自家。

⑤刻烛:古人在蜡烛上刻度数,燃烧以计时。

⑥竹叶:竹叶青酒。

⑦九枝灯:古代九枝或多枝的灯,灯座覆盆形,中心立着灯柱。

⑧炧(xiè):同"灺",常指灯烛燃烧过后的余烬,此处代指灯光。

⑨金虫:古代妇女的一种发饰,由黄金制成,模仿蝴蝶等虫形,镶于钗上。

⑩风流:男女之间的情爱。

⑪端合:应当,应该。

⑫倚天公:由上天决定。倚,依赖,依靠。

【赏析】

词写于康熙十九年（一六八〇年）除夕之夜。词人手持着美酒，笑语盈盈，一边欣赏着轻快的舞蹈，一边等待着新春的到来。

又

姜女祠①

海色残阳影断霓②，寒涛日夜女郎祠③。翠钿④尘网上蛛丝。澄海楼高空极目，望夫石⑤在且留题。六王⑥如梦祖龙⑦非。

【注释】

①姜女祠：即孟姜女庙。

②断霓（ní）：即断虹。

③女郎祠：亦是指孟姜女祠。

④翠钿（diàn）：翠玉制成的头饰。

⑤望夫石：古迹名，属民间传说，妻子伫立望夫日久而化为

石。此处指姜女祠后殿之巨石。

⑥六王：战国时期齐、楚、燕、韩、赵、魏六国之王。

⑦祖龙：秦始皇。

【赏析】

康熙二十一年（一六八二年），性德扈驾东巡，来到山海关。在孟姜女庙，他见其衰败破落，布满灰尘蛛网，心有所感。当日秦始皇穷极国力，所建不世之功，如今都做了尘土，唯有孟姜女一祠矗立斜阳，在阵阵寒涛中默默无言。

又

小兀喇①

桦屋鱼衣柳作城，蛟龙鳞动浪花腥。飞扬应逐海东青②。犹记当年军垒迹，不知何处梵钟③声。莫将兴废话分明。

【注释】

①小兀喇（wū là）：地名，当指吉林乌拉，大约在今吉林省吉林市松花江畔，萨英额《吉林外记》载"吉林乌拉为满洲虞猎之地"。

②海东青：雕的一种，学名矛隼，也叫海青，擅长捕食水禽小兽，分布极广，代表勇敢、坚忍、进取之精神。

③梵钟：寺院钟楼里的钟。梵，清静之意。

【赏析】

康熙二十一年（一六八二年）春，康熙东巡，祭祀祖墓，并至乌拉行猎。性德扈驾，有感而赋此词。桦木为屋、鱼皮为衣、植柳为城的小乌拉一带，如今是猎鹰飞扬，渔浪翻滚，一派祥和气象。当年大战的痕迹早已不见，战斗的呐喊也被悠扬的佛寺钟声所代替。

又

欲寄愁心朔雁①边,西风浊酒惨离颜②。黄花③时节碧云天。古戍烽烟迷斥堠④,夕阳村落解鞍鞯⑤。不知征战几人还。

【注释】

①朔雁:北方南飞的雁,又名"朔鸿"。
②离颜:也作"离筵",离别的筵席。
③黄花:指菊花。
④斥堠(hòu):探望敌情的土堡。
⑤鞍鞯(ān jiān):马鞍和托马鞍的垫子。

【赏析】

词作于康熙二十一年(一六八二年)秋,时性德正赴梭龙勘察。任务紧急,词人一路奔波,至夕阳西下时才得以休息。古来出塞征战,埋骨荒原者众多,如今他身怀重任,不免也有些忐忑。浊酒一杯,离家已万里。西风渐紧,大雁正南飞,希望能带去对亲人的惦念。

又

身向云山那畔①行,北风吹断马嘶声。深秋远塞若为情②。一抹晚烟荒戍垒③,半竿斜日④旧关城。古今幽恨几时平。

【注释】

①那畔:那边。

②若为情:何以为情。

③荒戍垒:荒凉萧条的营垒。

④半竿斜日:日落时分,视线内的日光只剩大概半竿竹子那么高。

【赏析】

康熙二十一年(一六八二年)八月,性德与副都统郎谈等觇察梭龙,十二月还京,诗词作于途中。呼啸的北风声中,夹杂着马嘶人语。远赴穷漠,本有一种悲怆之怀,途经边关,见西风残照,荒垒静穆,不知历经多少变迁,顿生沧桑之感。

又

败叶填溪水已冰,夕阳犹照短长亭①。何年②废寺失题名。倚马③客临碑上字,斗鸡人拨佛前灯。净消尘土礼金经④。

【注释】

①短长亭:古代设在路旁的供旅人歇息的驿站,通常五里设短亭,十里设长亭,也指送别之处。

②何年:也作"行来"。

③倚马:也作"驻马"。

④净消尘土礼金经:也作"劳劳尘世几时醒"。金经,即《金刚经》。

【赏析】

词人奔波于旅途之中,偶见荒败之野寺,所感而赋此词。性德于斜阳残照中,见得无数短长亭,不免为劳碌奔波而心碎无奈。残枝败叶之外,他偶然瞥见古刹一座,前去辨认碑上模糊的字迹,不由想起当年唐时斗鸡人贾昌,一度富贵荣耀之极,使人感叹"生儿不用识文字,斗鸡走马胜读书",最终却栖宿于古寺,蔬食粗饭。

词人对自己忙碌的意义也产生了怀疑。

又

万里阴山①万里沙,谁将绿鬓②斗霜华。年来强半③在天涯。魂梦不离金屈戍,画图亲展④玉鸦叉⑤。生⑥怜瘦减一分花。

【注释】

①阴山:内蒙古自治区中部山脉,位于黄河河套以北,大漠以南。此处泛指我国北方地区之边远大山。

②绿鬓(bìn):也作"绿发"。乌黑亮丽的秀发。

③强半:大半,过半。

④亲展:也作"重展"。

⑤鸦叉:即丫叉,上面分叉,悬挑画障的叉竿。

⑥生:甚,极。

【赏析】

词中有言"画图亲展",《瑶华集》有副题"塞外",则词为题画之作,所题亦为《楞伽山人出塞图》,大约作于康熙二十一年冬,性德自梭龙返京不久。此次出塞,对性德影响甚大,词人亦借此缅怀当日万里奔波之苦。

又

已惯天涯莫浪愁①,寒云衰草渐成秋。漫②因睡起又登楼。
伴我萧萧惟代马③,笑人寂寂有牵牛④。劳人⑤只合一生休。

【注释】

①浪愁:无谓地发愁。

②漫:姑且,暂且。

③代马:北方所产的骏马。

④牵牛:即牵牛星。

⑤劳人:劳苦之人。

【赏析】

康熙十九年（一六八〇年）前后，性德由司传宣改经营内厩马匹，常至昌平、延庆、怀柔、古北口等地督牧，是年七夕之夜作有此词。词写他长期奔波于牧场，与家人久久分离，满眼秋色，不胜劳苦，似乎连牛郎都比不上。因为即使是牛郎，也能在七夕和织女相会。

又

古北口①

杨柳千条送马蹄，北来征雁旧南飞②。客中谁与换春衣。
终古闲情归落照③，一春幽梦逐游丝④。信回刚道⑤别多时。

【注释】

①古北口：也叫虎北口，长城重要关口之一，在今北京市密云县之东北。

②旧南飞：也作"向南飞"。

③落照：夕阳的余晖。

④游丝：飘动在空中的蜘蛛等虫类所吐的丝。

⑤刚道：偏说。

【赏析】

古北口为长城重要隘口，顾炎武《昌平山水记》载："唐庄宗取幽州，辽太祖取山南，金之破辽兵、败宋取燕京，皆由古北口。"性德来到这里，接到家中书信，思乡之情更浓。他念及春天已来，杨柳飘拂，旧雁南飞，而自己独处关口，一春幽梦，何以寄托。

又

十里湖光载酒游，青帘低映白蘋洲①。西风听彻②采菱讴。

沙岸有时双袖拥，画船何处一竿收。归来无语晚妆楼。

【注释】

①白苹洲：长满白色苹花的沙洲，在今浙江吴兴。
②彻：遍。

【赏析】

词写于康熙二十三年（一六八四年）十月，其时性德扈驾南巡。此首词中所描绘之湖光山色，既有作者所亲见目睹，也不乏虚拟想象之辞。采菱、画船等，未必是词人所亲见，却是江南所实有。性德所谓"十里湖光载酒游"，亦取杜牧"江湖载酒行"之意，表达他欲沉涵清山秀水以获得心灵自由的梦想。"一船明月一竿竹，家住五湖归去来"（罗隐《曲江春感》），这样的生活，他无限向往，不过也只是向往而已。

又

红桥①怀古,和王阮亭②韵

无恙年年汴水③流,一声水调短亭秋。旧时明月照扬州。曾是长堤牵锦缆④,绿杨清瘦至今⑤愁。玉钩斜路近迷楼⑥。

【注释】

①红桥:即虹桥,旧时扬州城镇淮门西北风景宜人之地。

②王阮亭:即王士祯(一六三四年至一七一一年),字子真、贻上,号阮亭,别号渔洋山人,顺治年间进士,山东新城人,工古文,诗词。

③汴(biàn)水:古水名,即汴渠,连接黄淮。

④曾是长堤牵锦缆:也作"惆怅绛河何处去"。

⑤至今:也作"绾离"。

⑥玉钩斜路近迷楼:也作"至今鼓吹竹西楼"。玉钩斜,隋朝埋葬宫女的墓地,在今徐州铜山之南。迷楼,隋炀帝所建之游乐场所,在今扬州之西北。

【赏析】

　　康熙元年（一六六二年），时任扬州府推官的王士祯（号阮亭），与袁于令、陈维崧等游红桥，作《红桥倡和》诗，赋《浣溪沙》三首。康熙二十三年（一六八四年），性德扈驾至扬州，用王士祯《浣溪沙》第一首之韵而作此词，凭吊遗迹，感怀隋炀帝旧事。王士祯原词为："北郭清溪一带流，红桥风物眼中秋。绿杨城郭是扬州。西望雷塘何处是？香魂零落使人愁。淡烟芳草旧迷楼。"红桥为扬州名胜，王士祯有《红桥游记》云："出镇淮门，循小秦淮而北，陂岸起伏多态，竹木蓊郁，清流映带。人家多因水为园，亭榭溪塘，幽窈而明瑟，颇尽四时之美。挐小舟，循河西北行，林木尽处，有桥，宛然如垂虹下饮于涧，又如丽人靓妆袨服，流照明镜中，所谓红桥也。游人登平山堂，率至法海寺，舍舟而陆，径必出红桥。下桥四面皆人家荷塘，六七月间，菡萏作花，香闻数里，青帘白舫，络绎如织，良谓胜游矣……"

又

十八年来堕世间,吹花嚼蕊①弄冰弦②。多情情寄阿谁边。紫玉钗③斜灯影背,红绵④粉冷枕函⑤偏⑥。相看好处却无言。

【注释】

①吹花嚼(jiáo)蕊:指弹奏、演唱。
②弄冰弦:弹琴的意思。冰弦,唐朝的冰蚕弦,泛指琴弦。
③紫玉钗:泛指头钗。
④红绵:红色的棉粉扑。
⑤枕函(zhěn hán):古代中间可以藏物品的木制或瓷制枕头。
⑥偏:也作"边"。

【赏析】

词写新婚之喜悦。十八年来吹花嚼蕊,一片冰心,如今合卺,满怀衷情终有所托付。吉日之夜,不胜恍惚。灯下倩影,枕旁玉人,有无数的欣喜却无从说起。李商隐《曼倩辞》有云:"十八年来堕世间,瑶池归梦碧桃闲。"词人亦以为对方似天仙莅临人间,来与自己相会,故喜不自胜。

又

脂粉塘①空遍绿苔,掠泥营垒②燕相催。妒③他飞去却飞回。一骑近从梅里④过,片帆遥自藕溪⑤来。博山香烬⑥未全灰。

【注释】

①脂粉塘：传说是西施沐浴的地方。

②掠泥营垒（lěi）：指燕子衔泥筑巢。

③妒（dù）：同"妒"。

④梅里：地名，在今无锡东南。

⑤藕溪：地名，在今无锡西北三十里。

⑥烬：也作"炉"。

【赏析】

性德有《病中过无锡》诗二首，可见他曾因病滞留无锡，此首词亦写于其间。脂粉塘相传为西施沐浴之溪，梅里为吴太伯所居。这些遗迹与江南风光，曾让词人无限向往。如今身处无锡，却因守房中，不得一探究竟，只有呆望炉烟袅袅，所以对飞来飞去的燕子不无妒意。一骑过梅里，片帆渡藕溪，是他的畅想与期待。

又

欲问江梅①瘦几分,只看愁损翠罗裙。麝篝②衾冷惜余熏。
可耐③暮寒长倚竹,便教春好不开门。枇杷花底④较书人⑤。

【注释】

①江梅:一种野生梅花,又称"野梅"。
②麝篝(shè gōu):燃麝香之薰笼。
③可耐:也作"可奈"。无可奈何之意。
④花底:也作"花下"。
⑤较书人:较,也作"校"。此处代指沈宛。

【赏析】

词为沈宛而作,唐人胡曾赠薛涛诗曰:"万里桥边女校书,枇杷树下闭门居。扫眉才子知多少,管领春风总不知。"女校书不仅烘托出了沈氏的才华,也暗示出她的身份。词作于沈氏归性德之前,人比梅花瘦,虽不离相思,如程垓《摊破浣溪沙》"一夜无眠连晓角,人瘦也,比梅花瘦几分",下文也明言"愁损翠罗裙",衣带渐宽,但只是概言而已,意在渲染其瘦削之风韵,一如日暮天寒倚修竹,有林下风致,如绝代佳人,幽独空谷。所谓"春好不开门",亦是夸奖对方耐得住寂寞,有出尘之态。

又

五月江南麦已稀,黄梅时节雨霏微。闲看燕子教雏飞。
一水浓阴如罨画①,数峰无恙又晴晖。溅裙谁独上渔矶②。

【注释】
①罨(yǎn)画:色彩鲜艳的彩画。
②渔矶(yú jī):供人垂钓的水边岩石。

【赏析】
词写江南五月风景。黄梅时节,细雨霏微,近处燕子来回穿梭,远处数峰沐浴夕阳。景致如画,画中人独上小渔矶,似有所待。顾贞观《画堂春》云:"溅裙独上小渔矶,袜罗微溅春泥。一篙生绿画桥低,昨夜前溪。回首楝花风急,催归暮雨霏霏。扑天香絮拥凄迷,南北东西。"则此篇或是题画之作。

霜天晓角

重来对酒,折尽风前柳。若问看花情绪,似当日、怎能彀①。
休为西风瘦,痛饮频搔首②。自古青蝇白璧③,天已早安排就。

【注释】

①彀(gòu):同"够"。
②搔首:用手挠头,比喻人焦虑或若有所思的样子。
③青蝇白璧:比喻忠良遭小人毁谤。青蝇,比喻谗人。白璧,白玉,比喻清白的正义之士。刘向《九叹·怨思》:"若青蝇之伪质兮,晋骊姬之反情。"王逸注:"青蝇变白使黑,以喻谗佞。"

【赏析】

此首词当为劝解遭受冤屈的友人而作。友人因蒙受不白之冤,含恨而去;词人置酒送别,折柳而赠,曲为劝解。自古以来,青蝇相点，白璧成冤，这样的事情屡见不鲜，这些委屈姑且把它当作上天的磨砺。

卜算子

咏柳

娇软不胜垂，瘦怯那禁舞。多事年年二月风，剪出鹅黄①缕。一种可怜生②，落日和烟雨。苏小③门前长短条，即渐迷行处④。

【注释】
①鹅黄：淡黄色。
②生：此处表示样子、状态之意。
③苏小：指南齐钱塘的名妓苏小小。
④行处：一路走过的地方。

【赏析】

轻舞飞扬的柳条,如少女般娇嫩柔弱,在二月春风中,展露出点点鹅黄。落日下,烟雨中,有无数凄迷,有无限娇羞,使人欲罢不能,欲走还留。

又

五日^①

村静午鸡啼,绿暗新阴覆。一展轻帘出画墙,道是端阳酒。
早晚夕阳蝉,又噪长堤柳。青鬓长青自古谁,弹指②黄花九③。

【注释】

①五日:也作"午日",端午节,即农历五月初五,起源于中国。

②弹指:形容时间极短,如弹指一挥间。

③黄花九:即重阳节,农历九月初九。

【赏析】

端午节的正午,清风吹拂,酒帘招展,柳枝摇摆,乡村一片静谧,唯有偶尔响起鸡叫声,伴随着一阵一阵的蝉鸣,打破了这片静寂。时序的变化,往往让人措手不及,眼下还是端午,转眼就会到了重阳。在纷至沓来的佳节中,人也一天天老去。

又

塞梦①

塞草晚才青,日落箫笳②动。戚戚凄凄③入夜分④,催度星前梦。小语⑤绿杨烟,怯踏银河冻。行尽关山到白狼,相见惟珍重。

【注释】

①塞梦:也作"塞寒"。
②箫笳:管乐器名。笳,胡笳。
③戚戚凄凄:悲凉凄惨之意。

④夜分:夜半。

⑤小语:也作"小雨"。

【赏析】

词写行役中的思家情怀,颇为新巧别致。词人不写自己因为旅途劳顿而如何恋家,而是从对面写来,写自己刚刚进入梦中,妻子不辞辛劳,一路追随,从绿杨烟外来到塞外,与自己团聚。此情此景,更为感人。

采桑子①

居庸关②

巂周③声里严关峙,匹马登登④。乱踏黄尘。听报邮签⑤第几程。
行人莫话前朝事,风雨诸陵。寂寞鱼灯⑥。天寿山头冷月横。

【注释】

①采桑子：也叫《罗敷媚》。

②居庸关：著名的古长城，在今北京昌平西北，形势险要。

③嶲（guī）周：即杜鹃鸟，也叫子规。

④登登：马蹄声。

⑤邮签：古代驿站夜里报时的工具，也可代指行程。

⑥鱼灯：鱼烛，鱼膏做的蜡烛。此处指陵墓之灯。

【赏析】

居庸关两山夹峙，一水旁流，悬崖峭壁，极为险要，为兵家必争之地。斜阳下，黄尘漫天，词人匹马而来。杜鹃声里，夜宿严关，望山头冷月，听晓筹阵阵，不胜兴亡之感。天寿山下，前明皇陵在风吹雨打中静穆地矗立，传说中不灭的鱼烛守望着它们。鱼烛燃烧的时间其实很短，但大明的岁月似乎更短。即使有居庸关这样的险关，又能有多大作用呢？

又

冷香①萦遍红桥梦,梦觉城笳②。月上桃花。雨歇春寒燕子家。箜篌③别后谁能鼓④,肠断天涯。暗损韶华⑤。一缕茶烟透碧纱。

【注释】

①冷香:花果的清香。

②城笳:也作"闻鸦"。

③箜篌(kōng hóu):古代一种弹弦乐器。

④鼓:弹奏。

⑤韶(sháo)华:美好的年华,美好的时光。

【赏析】

词写羁旅情怀。春寒料峭,风雨消歇,燕子双飞,梦中正与佳人携手月下,漫步红桥,看桃花灿烂,嗅冷香四起。醒来唯有胡笳呜咽,不闻箜篌之声,怎能不黯然销魂?伊人清香犹在,蓦然风烟万里,相隔天涯,又是何等怅恨!转念佳人一别之后闺中独处,愁绪满怀,韶华虚掷,更觉无比凄凉。

又

凉生露气湘弦①润,暗滴花梢。帘影谁摇。燕蹴②风丝上柳条。舞鹍③镜匣开④频掩,檀粉⑤慵调。朝泪如潮。昨夜香衾⑥觉梦遥。

【注释】

①湘弦:泛指琴瑟。

②蹴(cù):踏。

③舞鹍(kūn):也作"舞余",镜子后面的雕饰。鹍,形似鹤,黄白色。

④开:也作"闲"。

⑤檀粉:古代女子化妆所用之香粉。

⑥香衾(qīn):也作"香轻"。

【赏析】

词写闺中思妇芳恻之怀,词心婉妙。凉生庭院,露气氤氲,绮梦褪去,春情萦绕。燕蹴花落,风吹帘动,恍惚之间,若有所待。佳人独处,幽思难耐,几度打开镜奁,又随手合上。她想精心修饰,来迎接情人的回归,却分明知晓那只是一厢情愿,所以又失去了梳妆打扮的勇气。

又

咏春雨

嫩烟分染鹅儿柳①,一样风丝。似整如欹②。才著春寒瘦不支。凉侵晓梦轻蝉③腻,约略④红肥。不惜葳蕤⑤。碾取名香⑥作地衣⑦。

【注释】

①鹅儿柳:鹅黄色的柳枝。

②欹:歪斜。

③轻蝉:女子的蝉鬓。

④约略:略微,不经意。

⑤葳蕤(wēi ruí):形容草木生长得繁茂。

⑥名香：指雨后掉落之花。
⑦地衣：地毯，此处形容雨后掉在地上的花铺成的地毯。

【赏析】

词写绵绵春雨期间迷离惝恍的氛围。春雨霏微，飞散在空中，沾染在弱嫩的柳枝上，使后者泛起了鹅黄。春风拂来，柳枝轻轻摇摆，似不胜春寒。一夜春雨，润物无声，花肥绿瘦，落红满地，化作一层地衣。

又

而今才①道当时错，心绪凄迷。红泪②偷垂。满眼春风百事非。情知此后来无计③，强说欢期④。一别如斯。落尽梨花月又西。

【注释】

①才：也作"谁"。
②红泪：女子的眼泪。

③无计:无法。

④欢期:佳期,多指男女欢聚的日子。

【赏析】

词以懊恼之意写分离之苦,语少而意足,辞新而情悲,有跌宕摇曳之姿。梁启超盛赞此词"哀乐无常,情感热烈到十二分,刻画到十二分"(《中国韵文里头所表现的情感》)。词人曾经以为分离是一件容易的事情,临到离别,无言有泪,心迷意乱,草色烟光都成春愁,才知道做出这种决定是多么错误。但大错已经铸成,分离无法避免,只好强颜欢笑,约他日再聚首以重续前缘,虽然双方都知道这是一种安慰之词。但此情此景,还有什么比这种安慰之辞更能抚慰凄迷伤感的心绪呢?

又

明月多情应笑我,笑我如今。辜①负春心②。独自闲行独自吟。近来怕说当时事,结遍兰襟。月浅灯深。梦里云归何处寻。

【注释】

① 辜：也作"孤"。
② 春心：因春天的美景触动而引起的兴致和情怀。

【赏析】

词或以为写相思，或以为谈友情，原因在于对"兰襟"一词的理解不同。兰襟本意是芬芳香洁的衣襟，可指男女，前者如"遽痛兰襟断，徒令宝剑悬"（卢照邻《哭明堂裴主簿》），后者如"眉叶颦愁，泪痕红透兰襟润"（陈允平《点绛唇》）。性德此词多檃栝晏幾道词（《采桑子》）"别来长记西楼事，结遍兰襟。遗恨重寻"之意，当是追悔往日情事。晏幾道以为夜莺与鲜花见证了同名的情事，"莺花见尽当时事，应笑如今，一寸愁心"（《采桑子》），在性德那里变成了明月。

又

那能寂寞芳菲节①，欲话生平。夜已三更。一阕②悲歌泪暗零③。

须知秋叶春花促④,点鬓星星⑤。遇酒须倾,莫问千秋万岁名。

【注释】

①芳菲节:花草盛放之时,即春天。

②一阕:歌曲或词一首叫一阕。

③零:滴落。

④促:短促,时间紧。

⑤星星:花白。形容白发星星点点地生出。

【赏析】

康熙二十三年(一六八四年)九月,性德有《致顾贞观书》:"弟比来从事鞍马间,益觉疲顿;发已种种,而执殳如昔;从前壮志,都已隳尽。昔人言身后名不如生前一杯酒,此言大是。"词中嗟叹人生短暂,春花秋叶转眼飘零,青春不再,雄心壮志亦随之流逝,其劳顿疲惫之感与前引书信相合。

又

桃花羞作无情死,感激东风。吹落娇红①。飞入闲窗②伴懊侬③。谁怜辛苦东阳瘦④,也为春慵⑤。不及芙蓉。一片幽情⑥冷处浓。

【注释】

①娇红:指花。

②闲窗:也作"窗间"。

③懊侬(ào nóng):忧郁之人。

④东阳瘦:原谓人因操劳日渐消瘦,后比喻身体消瘦。东阳,即南朝齐梁诗人沈约,曾为东阳(今属浙江)太守。

⑤春慵:由于春天结束而懒散倦怠的情绪。

⑥幽情:也作"幽香"。

【赏析】

终将凋谢的桃花,不愿意默默地枯萎。和煦的春风,满足了它的心愿,将之送入窗棂,使它得以依偎在佳人身旁,消磨掉冷淡的残春。无情之草木,对远方的玉人尚且眷念;而多情之诗人,在慵懒的季节,日渐憔悴而无人知晓。有心如幽独的芙蓉孤芳自赏,心中的一念赤忱却难以割舍。有学者以为词写因病不得参与殿试的遗憾,有待考证。

又

拨灯书尽红笺也,依旧无聊。玉漏①迢迢。梦里寒花②隔玉箫③。几竿修竹三更雨,叶叶萧萧。分付④秋潮。莫误双鱼⑤到谢桥⑥。

【注释】

①玉漏:漏壶的美称。古计时器。

②寒花:即寒冷时节开的花,一般指菊花。

③隔玉箫:比喻消息渺茫。

④分付:嘱咐,命令。

⑤双鱼:代指书信。

⑥谢桥:此处指心中思恋之人的居所。

【赏析】

梦回谢桥，诗家恒用之语，至今已不觉新鲜。性德词中说吩咐秋潮送信至谢桥，以极玄幻之笔写极痴情之想，便见别致，与王彦泓《错认》"夜视可怜明似月，秋期只愿信如潮"同一机杼。秋潮虽有信，终难以承担重任。长夜漫漫，漏声迢迢，灯下相思无奈，不得不修书以遣怀，但写尽平生相思之意，却无由送达。落寞凄苦，可想而知。

又

谁翻①乐府②凄凉曲，风也萧萧。雨也萧萧。瘦尽灯花又一宵。不知何事③萦怀抱，醒也无聊。醉也无聊。梦也何曾到谢桥。

【注释】

①翻：填词。

②乐府：古代音乐机构，汉武帝时正式设立，后来将词曲也叫乐府。

③何事：也作"何处"。

【赏析】

词人以萧索之景，寓怏怏之怀，令人感喟。雨夜潇潇，孤苦无聊，对灯黯然独坐，触目一片衰飒，看那灯花点点剥落，听那风声、雨声与凄凉的乐曲声重叠而来，可谓诉尽了心中的凄苦与悲凉。彻夜难眠，说词人不知为何事所萦绕，实际上是不好说或不愿说。晏几道说"梦魂惯得无拘检，又踏杨花过谢桥"（《鹧鸪天》），而性德感叹连梦也到不了谢桥，这就透露了其中的消息。他之所以"醒也无聊，睡也无聊"，不知如何是好，终究还是因为相思的缘故。

又

土花①曾②染湘娥黛，铅泪③难消。清韵谁敲。不是犀椎④是凤翘⑤。

只应长伴端溪紫⑥，割取秋潮。鹦鹉偷教。方响⑦前头见玉箫⑧。

【注释】

①土花：比喻金属物品表面受侵蚀而留下的斑痕。

②曾：同"争"，怎么，如何。

③铅泪：比喻物品上的锈迹。

④犀椎（xī zhuī）：同"犀槌"，古代一种打击乐器方响中的犀角制小槌，也叫"响槌"。

⑤凤翘（qiào）：古代妇女头上所戴的凤形饰物。

⑥端溪紫：广东省端溪产的浅紫色砚石，此处指乐器的颜色。

⑦方响：古代一种长方形打击乐器。

⑧玉箫：玉制成的箫，此为双关语，表达对亡妻的怀念。

【赏析】

此为咏物词。性德明言"不是犀椎是凤翘"，意思是说看这古物的模样，不明就里的人还以为它是一只凤翘，哪里会把它当作犀椎？或者说，轻轻敲击它，发出的声响分明如凤翘的颤栗撞击。由此可见，所咏之物为方响中的犀椎。整首词也围绕音乐入手，先以湘妃竹，喻犀椎之外观；后以端砚秋潮，形容犀椎之色泽；所谓玉箫清韵，则是模想敲击时之清音。

又

白衣裳凭朱阑立,凉月趖①西。点鬓霜微。岁晏②知君归不归。

残更③目断传书雁④,尺素⑤还稀。一味相思。准拟⑥相看似旧时。

【注释】

①趖(suō):快速走动。

②晏:迟、晚。

③残更:最后一更,即天要亮了。

④传书雁:把书信系在雁脚上以传递信息。

⑤尺素:书信。

⑥准拟:也作"准忆",盼望,料想。

【赏析】

一袭白衣,凭栏独立,望寒月西沉,怀远之思涌上心头。鬓霜皆白,则伫立已久;一年将终,则分离更久。音信殊绝,人事阻隔,友人境况难以明了。只愿相见之时,对方能风采依然。

又

海天谁放冰轮①满,惆怅离情。莫说离情。但值凉宵总泪零。只应碧落重相见,那是②今生。可奈③今生。刚④作愁时又忆卿。

【注释】

①冰轮:指天上之皓月。

②那是:哪是。

③可奈:无奈。

④刚:正赶上。

【赏析】

词为悼念爱侣之作。上片说爱妻亡故之后,每逢良辰佳日,离情满怀,思幽幽,恨悠悠,尚是寻常蹊径,下片竟然企盼碧落重逢,自是天外落笔,可谓情至之语,而随即一顿,言重逢已是来生之事,而今生却要在无奈中度过,便觉满纸萧索。结句脱口而出,情真语真,与"才下眉头却上心头"同一机杼,不过一凄婉,一悠然。

又

彤霞①久绝飞琼②字，人在谁边。人在谁边，今夜玉清③眠不眠。

香消被冷残灯灭，静数秋天。静数秋天。又误心期④到下弦。

【注释】

①彤霞：也作"彤云"，道家传说仙人所住之处有彤霞庇护。

②飞琼：传说中西王母的侍女许飞琼，此处比喻所爱之人。

③玉清：道家三清境之一，元始天尊的住处。

④心期：心愿。如晏几道《采桑子》："夜痕记尽窗间月，曾误心期。"

【赏析】

此篇写离别相思，多用道家神仙故事，词意字面都恰到好处，而文笔回环吞吐，辞复层深，给人印象尤其深刻。上阕思绪皆由眺望秋空所引发，丝丝入扣，婉转凄恻。晚霞满天，七彩变幻，让他记起了远在天涯的伊人。音讯久绝，也不知她究竟身处何方？这样的夜晚，是否一样和我徘徊难眠？下阕叙说其情深意苦，径遂直陈,情感凄厉。香消被冷、残灯又灭,写尽了凄凉之意。更使人难堪的是,整个秋天就这样消失在期待与失望之中,而相见之日仍遥遥无期。

又

九日①

深秋绝塞谁相忆,木叶萧萧。乡路迢迢。六曲屏山②和梦遥。佳时倍惜风光别,不为登高。只觉魂销。南雁归时更寂寥。

【注释】

①九日:即重阳节,农历九月初九。
②六曲屏山:指六扇屏风。

【赏析】

康熙二十一年(一六八二年)九月初九,性德出使北塞,途中登高怀远,思及亲人,作此词。在木叶萧萧的深秋,值此佳节,有谁在想念深入绝塞的自己呢?路途如此遥远,恐怕连梦中相聚都是奢望了。在本应团聚的重阳佳节,这种孤独感就更为强烈了,而风景的萧瑟加重了凄清的氛围。

又

严霜[①]拥絮频惊起,扑面霜空。斜汉[②]朦胧。冷逼毡帷火不红。香篝翠被浑闲事,回首西风。何处疏钟[③]。一穗[④]灯花似梦中。

【注释】

①霜:也作"宵"。

②斜汉:秋天的银河。比喻天气已凉。

③何处疏钟:也作"数尽残钟"。

④穗:也作"繐",指灯穗。

【赏析】

词写行役北地时苦寒与凄凉。秋日的北方,已经是严霜扑面,冷得毡帷都挡不住寒气的侵逼,跳动的火苗也带不来一丝暖意。词人拥紧絮被,依然频频被冻醒。他想起平素拥翠被、对熏笼的生活,听着远处传来的钟声,真是恍如梦中。

又

塞上①咏雪花

非关癖爱②轻模样,冷处偏佳。别有根芽。不是人间富贵花。谢娘③别后谁能惜,飘泊天涯。寒月悲笳④。万里西风瀚海⑤沙。

【注释】

①塞上:泛指北方边塞。
②癖爱:也作"僻爱"。
③谢娘:指东晋才女谢道韫。

④ 笳：古代管乐器，形似笛子。
⑤ 瀚海：泛指边塞荒漠之地。

【赏析】

词人说他之所以喜爱雪花，不是因为它的轻盈飘逸，而是因为它的冰清玉洁，与滚滚红尘中的富贵之花不同。自从谢道韫之后，还有谁能生动地描摹出它的风姿呢？如今身处塞外，寒风呼啸，冷月映照，悲笳交鸣，万里雪花一眼望去都变成了瀚海之沙。"不是人间富贵花"，写雪亦写人，可谓不即不离。

又

谢家庭院①残更立，燕宿雕梁②。月度银墙。不辨花丛那辨香。此情已自成追忆，零落鸳鸯。雨歇微凉。十一年前梦一场。

【注释】

① 谢家庭院：指佳人所住的地方。

②雕梁:装饰华美之屋梁。

【赏析】

此词多化用元稹《杂忆》、李商隐《锦瑟》等诗成句,当为悼念亡妻之作。又云"十一年前梦一场",则作于卢氏亡故十一年后,即康熙二十三年。性德追忆往事,其时雕梁画栋,燕子双宿,月下回廊,花丛暗香,是何等温馨。如今鸳鸯零落,阴阳殊途,前事如潮,涌上心头,真如一场梦。有学者以为是代他人所作,尚待考证。

菩萨蛮

春云吹散湘帘①雨,絮粘蝴蝶飞还住。人在玉楼②中,楼高四面风。

柳烟丝一把,暝色笼鸳瓦③。休近④小阑干,夕阳无限山。

【注释】

①湘帘:湘妃竹制成的帘子,蕴含高雅、浪漫之意,此处泛指竹帘。

②玉楼:传说是天帝或仙人居所,此处泛指华丽的楼阁。

③鸳(yuān)瓦:鸳鸯瓦。

④休近:原作"休问"。

【赏析】

此词写景,惆怅的情怀隐约可见。春云四处漂浮,去留无意;蝴蝶来往双飞,乍走乍还。佳人独坐玉楼,见春色渐深,一阵风连着一阵雨,风雨之后,匆匆春就归去。蒙蒙烟雾之中,婆娑的柳丝若隐若现,慢慢模糊成一片,最终连小楼也隐入暮色之中。山映斜阳,人在斜阳外。即使靠近阑干极目眺望,也难觅情人踪影。

又

阑风伏雨①催寒食②，樱桃一夜花狼藉③。刚④与病相宜，锁窗⑤熏绣衣⑥。

画眉烦⑦女伴，央及⑧流莺唤。半饷⑨试开奁⑩，娇多直⑪自嫌⑫。

【注释】

①阑风伏雨：原指夏秋之交的风雨，后泛指风雨不止。

②寒食：节日名。古代自春秋后习惯在清明前一天或两天，禁用炊火，只吃冷食，为寒食节，也有禁火三天的。

③狼藉：散乱。

④刚：正好。

⑤锁窗：绘有花纹的窗户。

⑥熏绣衣：用香料薰衣。

⑦烦：客气语。

⑧央及：恳求。

⑨饷（xiǎng）：同"晌"，顷刻。

⑩奁（lián）：古代女子的梳妆盒。

⑪直：只是。

⑫自嫌：自己不满意自己。

【赏析】

寒食期间，风雨不定，气候多变换，极易生病。少女身体刚刚有所好转，就急急忙忙打开奁笼，迫不及待地试穿单衣。由于大病初愈，气力不足，连画眉都得让女伴帮忙，开箱检衣这样的小事也累得她气喘吁吁，她对自己这娇弱的身躯也有些不满了。

又

飘蓬只逐惊飙转，行人过尽烟光远。立马认河流，茂陵①风雨秋。

寂寥行殿②锁，梵呗琉璃火③。塞雁与宫鸦④，山深日易斜。

【注释】

①茂陵：汉武帝刘彻的陵墓，在今陕西省兴平县。此处泛指古代帝王的陵墓。

②行殿:皇帝的圣殿。
③琉璃火:用玻璃制成的油灯,佛寺常见。
④官鸦:栖息在行殿上的乌鸦。

【赏析】

中唐诗人李贺,以《金铜仙人辞汉歌》"茂陵刘郎秋风客,夜闻马嘶晓无迹",写尽盛衰转换之怅惘。词人路过十三陵,亦不无思古之幽情。世事漫似流水,人生恰如飘蓬。前明皇陵,一派寂寥,斜阳沉沉,灯火幽幽。孤雁倏然掠过,寒鸦嘶哑一声,平添几分萧索阴森。

又

榛荆满眼山城路,征鸿①不为愁人住。何处是长安②,湿云吹雨寒。

丝丝③心欲碎,应是悲秋泪。泪向④客中多,归时又奈何。

【注释】

①征鸿:即征雁,多指秋天南飞的大雁。

②长安:今陕西西安,此处指北京。

③丝丝:比喻雨丝细小。

④向:一直。

【赏析】

词写乡关之思。行走于山城,抬眼望去,无非是荆棘榛莽。举头唯见日,不知何处是长安。绵绵秋雨,打湿了山路,也打湿了心情。秋色日浓,乡情日重,征鸿自顾南飞,不为离人稍作停留。客中不胜凄凉,可佳人已去,归后又能如何,依然是伤心欲绝。

又

为陈其年题照

乌丝曲倩①红儿②谱,萧然半壁惊秋雨③。曲④罢髻鬟⑤偏,风姿真可怜⑥。

须髯浑似戟,时作簪⑦花剧。背立讶⑧卿卿⑨,知卿无那⑩情。

【注释】

①倩:也作"付",请。

②红儿:原是唐代一名妓,善歌舞。后泛指乐妓、歌女。

③萧然半壁惊秋雨:也作"洞箫按出霓裳舞"。萧然半壁比喻屋子简陋不堪。惊秋雨形容乐声高亢振奋,惊动了秋雨。

④曲:也作"舞"。

⑤髻鬟(jì huán):

⑥可怜:可爱。

⑦簪(zān):佩戴。

⑧讶:惊诧,惊异。

⑨卿卿:男女间有爱的昵称。

⑩无那:无限。

【赏析】

陈维崧(一六二五年至一六八二年),字其年,号迦陵,江苏宜兴人。康熙十八年(一六七九年)试鸿词科,授翰林院检讨,其词初刊名为《乌丝词》,约在康熙八年。性德所题之画,为《迦陵填词图》。康熙十七年闰三月二十四日,僧大汕在扬州曾为陈维崧画像。是年秋,陈维崧携此像入京,才人名士多有题咏,性德亦为其中之一。是词先称颂陈维崧词名流播海内,风采迷人,戴花为戏,时作惊人之举,有伟丈夫之风而不失诙谐柔情。

又

为春憔悴留春住,那禁半霎①催归雨。深巷卖樱桃,雨余②红更娇。黄昏清泪阁③,忍便④花飘泊。消得⑤一声莺,东风⑥三月情。

【注释】

①霎(shà):顷刻,瞬间。

②雨余:雨后。

③阁:含泪。

④忍便:也作"忍共"。

⑤消得:忍得,禁得起。

⑥东风:也作"春风"。

【赏析】

词写春愁,为传统题材,但极富新意。陆游诗《临安春雨初霁》有云:"小楼一夜听春雨,深巷明朝卖杏花。"词人改为"深巷卖樱桃,雨余红更娇",极有表现力,使樱桃之鲜嫩如在眼前。在阳春三月,在和煦的东风中,还有什么比它更让人留恋与回味呢?

又

过张见阳山居①赋赠

车尘马迹纷如织,羡君筑处真幽僻。柿叶一林红,萧萧四面风。功名应看镜,明月秋河②影。安得此山间,与君高卧闲。

【注释】

①张见阳山居:在今北京西山。
②秋河:即银河。

【赏析】

康熙十八年（一六七九年）三月十五日，朱彝尊、陈维崧等人与性德游西山，宿于张纯修处。是年秋，张纯修出任阳江令，性德此词作于此前，故于柿叶红遍、秋风四起之日，而有功业未就之叹。张纯修之隐居西山，只是等待良机，并非视功名为虚幻，如同镜花水月一般。

又

晓寒瘦①著西南月，丁丁漏箭②余香咽③。春已十分宜，东风无是非。

蜀魂④羞顾影，玉照⑤斜红⑥冷。谁唱后庭花，新年忆旧家。

【注释】

①瘦：指弯月。

②漏箭：漏壶的部件，指示时间用。

③咽：充满。

④蜀魂：鸟名，即杜鹃鸟。

⑤玉照：镜子的别名。

⑥斜红：头上戴的红花。

【赏析】

词中言"新年忆旧家"，自当是新春之际流落在外，佳节思亲，难忘故里。主人公正独自惆怅，而旁人不解他心中凄苦，犹唱《玉树后庭花》欢庆新春。词中又言西南的月亮也消瘦了，且多用蜀地掌故如杜鹃等，则所写为蜀中之感受。

又

窗前①桃蕊娇如倦，东风泪洗胭脂面。人在小红楼，离情唱石州②。

夜来双燕宿，灯背屏腰③绿④。香尽雨阑珊⑤，薄衾寒不寒。

【注释】

①前:也作"间"。

②石州:乐府商调曲名,多表达相思哀怨之情。李商隐《代赠二首》之二:"东南日出照高楼,楼上离人唱石州。"

③屏腰:屏风中间的部分。

④绿:颜色暗的几乎接近黑色。

⑤阑珊:将尽,将停。

【赏析】

春雨过后,窗前的桃花经过一番冲刷,显出几分零落散乱,好比浓妆艳抹的女子,脸上挂满道道泪痕。春意阑珊,闺中人百无聊赖,高唱《石州》曲来抒发别离之情。夜晚降临,她更觉孤苦,在昏暗的灯光下辗转难眠,燕子尚且双宿双飞,人却幽凄独处。

又

隔花才歇帘纤①雨,一声②弹指③浑④无语。梁燕自双归,长条脉脉⑤垂。

小屏山色远,妆薄铅华⑥浅。独自立瑶阶⑦,透寒金缕鞋⑧。

【注释】

①廉纤:细微,微弱。

②一声:也作"一身"。

③弹指:形容时间极短,司空图《偶书五首》之四:"平生多少事,弹指一时休。"此处指落寞沉郁之感。

④浑:完全。

⑤脉脉(mò mò):饱含温情而不说话,用眼神来表达。

⑥铅华:古代妇女化妆用的铅粉。

⑦瑶阶:本指玉砌成的台阶,后多作为石阶的美称。

⑧金缕鞋:金丝线绣成的女鞋。

【赏析】

词写春愁别恨。佳人屈指一算,良人离别已久,千愁万绪,顿时涌上心头。环顾室内室外,闺阁庭院,寻寻觅觅,几处徘徊。站定石阶,看燕子双飞微雨中,柳条摇摆春风里,不知不觉湿透了鞋袜。

又

梦回酒醒三通①鼓,断肠啼鴂②花飞处。新恨隔红窗,罗衫泪几行。

相思何处说,空有当时月。月也异当时,团乐③照鬓丝。

【注释】

①三通:鸣鼓三遍,即三更。

②啼鴂:杜鹃鸟,苏轼《蝶恋花》:"小院黄昏人忆别,落红处处闻啼鴂。"初夏时节昼夜不停地鸣叫。

③乐:同"圆"。

【赏析】

酒醒时分,却是三更已过。本想借酒浇愁,谁知夜半醒来,相思涌上心头。恰在此时,窗外又传来杜鹃悲啼,似乎也在叫着不如归去,自己归途在何处呢?满腹心事,又能向谁诉说?前人曾言"当时明月在,曾照彩云归"(晏几道《临江仙》),但现在连这明月,也与往日不同了。

又

催花未歇花奴鼓①,酒醒已见残红舞②。不忍覆馀觞③,临风泪数行。

粉香④看又别,空剩当时月。月也异当时,凄清照鬓丝。

【注释】

①花奴鼓:唐玄宗时汝阳王的小字,擅长羯鼓。

②残红舞:形容花瓣飞舞飘落。

③覆馀觞(yú shāng):饮完杯中的残酒。

④粉香:代指爱妻。

【赏析】

此词与《菩萨蛮·梦回酒醒》立意遣词相同处较多,或为词人亲自修订而两者并存。繁花似锦,令人心醉,酒醒梦回,落红满地。惜春而不愿花开早,但时光催人老,花儿无可奈何而落去,正如佳人牵扯不住而终将远离。凝眸处,依依而别,踽踽前行,且将杯中残酒,留待他日再聚。"临风数行泪""月也异当时"等,本为习见之语,一经词人道出,略加点染,便成佳句,齿颊生香。

又

回文

雾窗寒对遥天暮,暮天遥对寒窗雾。花落正啼鸦,鸦啼正落花。袖罗垂影瘦,瘦影垂罗袖。风剪①一丝红,红丝一剪风。

【注释】

①风剪:风吹。剪,迅速之意。

【赏析】

回文指顺读与回读都能通顺的语句或诗文,历代文人往往用来展示才学与训练文字技巧,多游戏之作,性德此作亦不例外。

又

回文

砑笺①银粉残煤②画,画煤残粉银笺砑。清夜一灯明,明灯一夜清。

片花惊宿燕,燕宿惊花片。亲自梦归人,人归梦自亲。

【注释】

①砑笺(yà jiān):压印有图案的信笺。
②残煤:残墨。

【赏析】

银粉与煤为写信所用之物,如墨等。接到情人来信,灯下翻来覆去,一直读到了拂晓,将燕子折腾得一夜都无法安定。黎明时分,终于进入了梦乡,梦见情人笑嘻嘻地回来了。

又

回文

客中愁损催寒夕,夕寒催损愁①中客。门掩月黄昏,昏黄月掩门。

翠衾孤拥醉,醉拥孤衾翠。醒莫更多情,情多更莫醒。

【注释】

①损愁:极度忧愁。

【赏析】

性德此作,虽无深刻意义,但其凄婉格调与主导风格依然保持了一致,结尾两句也颇耐咀嚼。

又

晶帘①一片伤心②白，云鬟香雾成遥隔。无语问添衣，桐阴月已西。

西风③鸣络纬④，不许愁人睡。只是去年秋，如何泪欲流。

【注释】

①晶帘：水晶帘，此处泛指白色的幕帘。

②伤心：极其，犹言万分。

③西风：也作"秋风"。

④络纬（luò wěi）：虫名，即蟋蟀，也叫络丝娘或纺织娘，夏秋夜间振翼发声，叫声宛若纺线。

【赏析】

词或作于卢氏辛后之次年。词人徘徊月下，望月思人，忆起阴阳阻隔的爱侣，黯然神伤。当年杜甫于长安月夜怀念身处鄜州的妻子，嗣后终于相见相会；而词人的爱侣一去，再也无法听到嘘寒问暖的喁喁之声。想起去年此时的关怀，对照今日眼前的孤寂，如何不让他潸然泪下。

又

萧萧几叶风兼雨,离人偏识长更苦①。欹枕数秋天,蟾蜍②早下弦。

夜寒惊被薄,泪与灯花落。无处不伤心,轻尘在玉琴③。

【注释】

①长更苦:也作"愁滋味"。长更,长夜。

②蟾蜍(chán chú):传说月中有蟾蜍仙,后便以此代指月亮。

③轻尘在玉琴:也作"风吹壁上琴"。玉琴,琴的美称,古诗词中常用来泛指琴。

【赏析】

风雨交加,萧萧叶落,漫漫长夜,孤枕难眠。女子数着飘零的落叶来打发时间,一片一片,不知不觉就到了后半夜。寒意上来,伤心的泪珠悄然滑下,与跳落的灯花一样无人知晓,又如玉琴一样被遗忘。泪眼之中,触目尽是难堪的回忆。

又

新寒中酒①敲窗雨,残香细裊②秋情绪。才道莫伤神③,青衫湿一痕④。

无聊成独卧⑤,弹指韶光过⑥。记得别伊时,桃花柳万丝。

【注释】

①中酒:醉酒。

②细裊(niǎo):也作"细学"。

③才道莫伤神:也作"端的是怀人"。

④湿一痕:也作"有泪痕"。

⑤无聊成独卧:也作"相思不似醉"。

⑥弹指韶光过:也作"闷拥孤衾睡"。韶光,美好的时光。

【赏析】

此篇为怀念严绳孙之作。康熙十五年(一六七六年)八月六日,性德有《致严绳孙书》云:"别后光阴,不觉已四月,重来之约,应成空谈。明年四月十七,算吾咏'正是去年别君时'也。"是词言别后思念之情。秋意日浓,满目萧瑟,冷冷清清中靠窗而坐,淅淅沥沥中举杯独饮,念知己远去,黯然神伤。词人拥衾独卧,思绪百端。韶光似水流年,前人分手之际,桃花灿烂,杨柳依依,如今寒雨敲窗,秋意正浓。

又

问君①何事轻离别,一年能几②团圆月。杨柳乍如丝,故园春尽时。

春归归不得③,两桨松花隔④。旧事逐⑤寒潮,啼鹃⑥恨未消。

【注释】

①问君:也作"人生"。

②能几:也作"几度"。

③不得:也作"未得"。

④松花隔:也作"空滩黑"。松花,即松花江。

⑤旧事逐:也作"急雨下"。

⑥啼鹃:也作"精灵"。传说蜀主杜宇死后化为杜鹃鸟,哀鸣

时好像在说:"不如归去"。

【赏析】

康熙二十一年(一六八二年)三月二十五日,康熙皇帝一行抵达吉林乌拉,在松花江岸举行了望祭长白山等仪式。性德随扈之日既多,不免有思乡之情,所谓杨柳如游丝、故园春将尽等,乃是以惜春伤春来表现对亲人的思念,对离多会少的喟叹。啼鹃、旧事等语词,或是先世之事对他有所触动,毕竟望祭处为其祖居之地。

又

宿滦河①

玉绳②斜转疑清晓,凄凄月白③渔阳④道。星影漾寒沙,微茫织浪花。

金笳鸣故垒,唤起人难睡。无数紫鸳鸯⑤,共嫌今夜凉。

【注释】

①滦（luán）河：在今河北省东北部，华北地区的大河之一。

②玉绳：星名，常泛指群星，此处代指北斗星。

③月白：也作"白月"。

④渔阳：地名，在今北京密云县之西南。此处泛指燕北之地。

⑤紫鸳鸯：一种比鸳鸯个头大，比野鸭小的紫色水鸟，扁嘴，长颈，雌雄常相伴游于水。

【赏析】

康熙十七年（一六七八年）秋，性德扈从康熙，宿于滦河而有此作，词写滦河一带月下之秋景。玉绳低转，星斗微茫，寒沙荡漾，角声呜咽，驿路如一道白色消失在远方。鸳鸯双栖双宿，离人孤枕难眠，偏怪今夜凄冷。

又

朔风①吹散三更雪，倩魂②犹恋桃花月③。梦好莫催醒，由他好处④行。

无端⑤听画角⑥,枕畔红冰⑦薄。塞马一声嘶,残星拂大旗。

【注释】

①朔风:北风,也指寒风。

②倩魂:本指少女的梦魂,此处是性德自喻。

③桃花月:即桃月,农历二月桃花初绽,称作桃月,此处指花间月下的美好时光。

④好处:美满的梦境。

⑤无端:没有原由。

⑥画角:古代乐器,用于行军打仗时。

⑦红冰:指美人泪水结成的冰。

【赏析】

北风呼啸,大雪纷飞,塞外的词人梦里回到了家乡,享尽了温暖甜蜜,迟迟不愿醒来。梦后晓风吹画角,边马正长嘶,风景全然不同,心中自是惆怅满怀。

又

黄云①紫塞②三千里,女墙③西畔啼乌起。落日万山寒,萧萧④猎马还。

笳声⑤听不得,入夜空城黑。秋梦不归家,残灯落碎花⑥。

【注释】

①黄云:边塞之云。

②紫塞:指北方边塞之地。

③女墙:也叫"女儿墙",为城墙上筑起的墙垛。

④萧萧:马嘶叫声。

⑤笳声:本指胡笳吹奏之曲调,此处指边地之声。

⑥碎花:比喻灯花。

【赏析】

词写羁旅情怀。苍凉的边塞,紫云千里,望不到尽头,也看不见自己的家乡。夕阳西下,万山萧索,猎马嘶鸣。夜深月过女墙,惊起寒鸦。城头画角悲鸣,旅人辗转难眠,独坐孤灯下,看落花,听残漏,思家乡。

又

荒鸡①再咽②天难晓,星榆③落尽秋将老。毡幕绕牛羊,敲冰饮酪浆。

山程兼④水宿,漏点⑤清钲⑥续。正是梦回⑦时,拥衾⑧无限思。

【注释】

①荒鸡:不到三更就啼叫的鸡。

②咽:比喻鸡的啼叫声似哽咽。

③星榆(yú):繁星。

④兼:也作"寻"。

⑤漏点:漏壶滴水的声音。

⑥钲(zhēng):古代民族打击乐器,铜制,军中巡夜用。

⑦梦回:也作"晚香"。

⑧拥衾:也作"临风"。

【赏析】

荒鸡报晓,群星落尽,旅人匆匆踏上征途。牛羊遍野,毡幕朵朵,倚岸敲冰,肉为食兮酪为浆,一眼望去尽是异域风味。山一程,水一程,满身疲惫,午夜梦回,引出无限乡思。词写行役塞外之仆仆风尘,或作于康熙二十一年(一六八二年)秋。

又

白日惊飚冬已半①,解鞍正值昏鸦乱。冰合②大河流,茫茫一片愁。

烧痕③空极望,鼓角高城上。明日近长安④,客心愁未阑。

【注释】

①白日惊飚(biāo)冬已半:也作"惊飙掠地冬将半"。惊飚,暴风。

②冰合:冰封。

③烧痕:野外焚烧草木所留下的痕迹。

④长安:借指京师,即北京。

【赏析】

性德《菩萨蛮》"榛荆满眼山城路"有"何处是长安"之叹,此篇言"明日近长安",则两词作期甚近,情怀亦相同,唯所见景物渐有差异。或许是从山城进入了平原,词人的视野也开阔起来。令人疑惑的是,前词言悲秋,此词说"冬已半",时间跨度太大,似乎不能看作写实。

又

寄梁汾苕中①

知君此际情萧索,黄芦苦竹孤舟泊。烟白酒旗青,水村鱼市晴。柁楼②今夕梦,脉脉③春寒送。直过画眉桥④,钱塘江上潮。

【注释】

①苕(tiáo)中:泛指今浙江湖州一带。苕,苕溪,在今湖州。
②柁(tuó)楼:船上掌舵的屋子,此处借指乘船。

③脉脉：一缕缕。

④画眉桥：原名"广德桥"，因桥墩每个石柱上刻有画眉鸟图案而得名。

【赏析】

茗中为其时顾贞观所滞留之处。长期分离而境况不佳，词人的情绪颇为复杂。寄给友人的这首词中，有两人不得相聚的惆怅与萧索，有对友人身处佳丽江南的欣慰与艳羡，还有对友人书信的期盼。

又

乌丝①画作回纹纸，香煤②暗蚀③藏头字。筝雁④十三双，输⑤他作一行。

相看仍似客，但道休相忆。索性不还家，落残红杏花。

【注释】

①乌丝：即乌丝栏，印有墨线格子的纸。

②煤：墨。

③暗蚀：香烟逐渐散去。

④筝雁：筝柱，柱行斜列好似雁阵。

⑤输：不如。

【赏析】

此篇以妻子埋怨的口吻，生动地展示出相思之情。在妻子看来，那些含蓄婉转的情词，早已无法表达心中的苦楚；长期的等待，也使她不愿再作温婉之态，于是在信中大发牢骚，说丈夫不必再惦记家中了，反正家在你眼中只是旅店而已，甚至也不必匆匆忙忙赶回家了，因为等你归来的时候，花早就凋零了，我也人老珠黄了。

又

惜春春去惊新燠①,粉融轻汗红绵扑。妆罢只思眠,江南四月天②。

绿阴帘半揭,此景清幽绝。行度竹林风,单衫杏子红。

【注释】

①惜春春去惊新燠(yù):也作"淡花瘦玉轻妆束"。燠,暖、热。

②四月天:初夏之时。

【赏析】

词写江南四月风光。初夏时节,天气日渐转暖,绿阴已成帷幄。妆后的佳人半卷帘幕,任凭清风吹拂,睡意朦胧。她虽身着单衣,却依然轻汗微透,粉脸晕红。

减字木兰花

新月

晚妆欲罢,更把纤眉临镜画。准待①分明,和雨②和烟两不胜③。莫教星替,守取④团圆⑤终必遂。此夜红楼⑥,天上人间一样愁。

【注释】

①准待:期待。

②和雨:连绵不断的细雨。

③不胜:不尽。

④守取:盼望、等待。

⑤团圆:一指月亮终会再圆,一指相爱之人也一定会再欢聚。

⑥红楼:古诗词中常用来指富贵显达人家女子的居所。

【赏析】

夜空的新月,如美人晚妆之弯眉,在镜子前细心描出,在烟雨之中显得那样凄迷。这夜空的新月啊,虽然那样纤细,可终究是星星无法相比的,耐心等下去,就会有圆满的时候。词人所伤心的是,他一直等下去,会等到他所期盼的结果么?

又

烛花摇影,冷透疏衾刚欲醒。待不思量,不许[1]孤眠不断肠。茫茫碧落[2],天上人间情一诺[3]。银汉难通,稳耐[4]风波愿始从[5]。

【注释】

[1]不许:哪能,怎能。
[2]碧落:碧空,天空。
[3]一诺:诚信。
[4]稳耐:忍耐。
[5]愿始从:愿望才能实现。

【赏析】

寒夜孤眠,难耐凄清。夜半惊醒,睡眼惺忪。室内灯影明灭,顿感凄凉。往日陪伴自己的爱侣,如今是什么模样?真希望人间天上,能有相聚之日。倘若能同至牵牛织女之家,哪怕银河风波险恶,也定要乘槎而上。

又

相逢不语,一朵①芙蓉著秋雨。小晕②红潮,斜溜③鬟心只④凤翘。

待将低唤,直为凝⑤情恐人见。欲诉幽怀,转过回阑叩玉钗⑥。

【注释】

①一朵:也作"一抹"。

②小晕:也作"眉眼"。

③溜:滑行。

④鬟心只:也作"金钗与"。

⑤直为凝:也作"无限凝"。直,仅仅,只是。

⑥转过回阑叩玉钗:也作"选梦凭他到镜台"。

【赏析】

词写少女与意中人相逢时的羞涩之态。情人见面,应该是炽热的,充满激情的,如金风玉露之相逢,胜却人间无数。但娇羞的少女,还缺乏勇气。小脸上的红潮,如秋雨中的芙蓉。望着朝思暮想的意中人,有心上前,双脚却没有气力,无法向前挪动半分,低头偷觑,生怕有人注意到自己,于是假装转身靠着回栏,不经意地敲击着玉钗。

又

从教①铁石,每见花开成惜惜②。泪点难消,滴损苍烟③玉一条④。怜伊太冷,添个纸窗疏竹影。记取相思,环珮⑤归来月上时。

【注释】

①从教:即使是,纵然是。从,同"纵"。

②惜惜:怜惜。

③苍烟:苍茫的云雾。

④玉一条:比喻竹子。
⑤珮(pèi):通"佩",玉佩,此处代指女子。

【赏析】

词咏梅花。皮日休《桃花赋序》:"余尝慕宋广平之为相,贞姿劲质,刚态毅状,疑其铁肠与石心,不解吐婉媚辞,而有《梅花赋》,清便富艳,得南朝徐庾体,殊不类为人也。"首句即用宋璟赋梅花之事,说梅花之清艳使铁石心肠人也会动心。以下檃栝唐宋文人咏梅花之诗词,写寒梅之清幽令人怜惜。

又

断魂无据①,万水千山何处去。没个音书,尽日东风上绿除②。故园春好,寄语落花须自扫。莫更③伤春,同是恹恹④多病人。

【注释】

①无据:没有依据。

②除:台阶。

③莫更:也作"莫恨"。

④恹恹(yān yān):精神萎靡,困倦。

【赏析】

词为夫妻间的两地书。妻子说春风又绿小庭院,情郎一去杳无音讯,千山万水何处寻得踪迹?丈夫说他滞留在外,不无乡关之思,可惜身不由己,无法还家与妻子同扫落花。两人都是伤心者,唯有各自珍重。

又

花丛冷眼①,自惜寻春来较晚。知道今生,知道今生那见卿。天然绝代,不信相思浑②不解。若解相思,定与韩凭③共一枝。

【注释】

①冷眼:眸光冰冷,比喻心情悲凉凄苦。

②浑：完全。
③凭：也作"冯"或"朋"。

【赏析】

长期以来，他取次花丛而漫不经心，是因为没有心仪之人。可好不容易怦然心动，却是相见已晚，有缘无分。他不愿轻易放手，也不敢有太多的奢望。只愿这一片痴情，能打动对方，活着的时候无法相依偎，就让两人如韩凭夫妇那样死后长相厮守。

好事近

帘外五更风，消受①晓寒时节。刚剩秋衾②一半，拥透帘残月。争教③清泪不成冰，好处便轻别。拟把伤离情绪，待晓寒重说。

【注释】
①消受：禁受，忍受。
②衾：被子。

③争教:怎教。

【赏析】

听着帘外萧瑟的寒风,女主人公越发感到晓寒难耐,于是干脆拥衾而坐。她呆望着帘外的残月,一行清泪缓缓滑落下来。"算人生,悲莫悲于轻别"(柳永《倾杯乐》)。她唯有期待下一个晓寒时分,能与爱人双拥而坐,慢慢诉说今日别离的凄苦。

又

马首望青山①,零落繁华如此。再向断烟衰草,认藓碑题字。休寻折戟话当年,只洒悲秋泪。斜日十三陵②下,过新丰猎骑③。

【注释】

①青山:此处指天寿山,即明十三陵所在地。

②十三陵:即明皇陵,在今北京昌平之北,共十三处。

③新丰猎骑:比喻新朝新贵。猎骑,打猎者的坐骑。

【赏析】

词写沧桑兴废之感。驻马停步,眺望郁郁葱葱之青山,想到人生飘忽,繁华难以持久,当年阮籍所谓"秋风吹飞藿,零落从此始。繁华有憔悴,堂上生荆杞",不为虚言。西风残照中,冷落之前明十三陵就是一例。盛极一时的皇陵,眼前只剩下残垣断壁,衰草苔藓。一切似梦似幻,怎能不令人潸然。

又

何路向家园,历历①残山剩水。都把一春冷淡,到麦秋②天气。料应重发隔年花③,莫问花前事。纵使东风依旧,怕红颜不似。

【注释】

①历历:零落的样子。
②麦秋:收麦时节。
③隔年花:去年的花。

【赏析】

离家万里之外,怅然无绪,山一程,水一程,令人疲惫不堪,尤其是在冷淡的暮春时节,更让人提不起半点精神。或许明年春暖花开之时,就会回到家园。但自己即使归去后又能如何呢?风景依旧,人却非昨日之人。

谒金门

风丝袅,水浸碧天清晓。一镜湿云青未了①,雨晴春草草②。

梦里轻螺③谁扫④,帘外落花红小。独睡起来情悄悄,寄愁何处好。

【注释】

①青未了:青色一望无际。

②草草:匆忙。

③螺(luó):画眉用的,也称螺子黛。

④扫:描,画。

【赏析】

词写闺中情思。春日雨后,碧空似洗,和风吹拂,柳丝袅袅。闺中少妇梦见丈夫,醒来不胜惆怅。她想将自己的愁绪寄予对方,但却不知现在良人身处何方。"春草草,草离离,离人归未归"(仇远《更漏子》)。她一方面感觉离恨如春草,铺天盖地,无处可逃,另一方面是又感到春天一闪而过,她还没有做好准备,似乎太草草。

一络索①

雪

密洒征鞍无数,冥迷远树。乱山重叠杳难分,似五里濛濛雾。

惆怅琐窗深处,湿花②轻絮③。当时悠扬④得人怜,也都是浓香助。

【注释】

①一络索:也作《洛阳春》或《一落索》。

②湿花:雪花。

③轻絮:比喻飘雪。

④悠扬:形容雪花飘落之轻盈。

【赏析】

高士奇《东巡日录》:"三月己未,告祭永陵,大雪弥天。七十里中,岫嶂嵯峨,溪间曲折,深林密树,四会纷迎,映带层峦,一里一转。时时隔树窥见行人,远从峰顶自上者下,自下者上。复有崖岫横亘,岭头雪霏云罩,登降殊观,恍如洪谷子《关山飞雪图》也。"性德词亦写此次行军见闻,不过更为轻盈,更富有诗意。

又

野火①拂云②微绿,西风夜哭。苍茫雁翅列秋空,忆写向屏山曲。

山海几经翻覆,女墙斜矗。看来费尽祖龙心,毕竟为谁家筑。

【注释】

①野火:指磷火,俗称"鬼火"。

②拂云:触到云。此处泛指边远塞外。

【赏析】

此词与《一络索》"过尽遥山如画"为同时而作,不过意绪却与《浣溪沙·姜女祠》更为接近,旨在抒写兴亡之悲。取景亦苍茫辽阔,所谓野火拂云、西风夜哭等,显得沉重而压抑。词人最后问道:秦始皇费尽心机,劳民伤财,修筑了这一道屏障。如今来看,这长城究竟是为谁而修筑的呢?这一问,问得不免惊心动魄。如此看来,明清易代在他眼中,似乎也不过是山海几经翻覆中的一次而已。

又

过尽遥山如画,短衣匹马。萧萧落木①不胜秋,莫回首斜阳下。别是柔肠萦挂,待归才罢。却愁拥髻②向灯前,说不尽离人话。

【注释】

①落木:也作"木落",树叶凋零飘落。
②拥髻:妇女用手捧持发髻。

【赏析】

秋日里,夕阳下,词人短衣匹马,翻山越岭,风尘仆仆。夜晚安顿下来,乡思涌上了心头。料想佳人正柔肠萦挂,词人只希望早日归乡,到那时拥髻灯前,再闲话当日别离之情事,则此间别离之苦痛,尽化为他日温馨之回忆。词是康熙二十一年(一六八二年)秋,性德觇梭龙时所作。

清平乐

上元①月蚀

瑶华②映阙,烘散蓂③墀④雪。比似寻常清景别,第一团圆时节。

影娥⑤忽泛初弦⑥,分辉借与宫莲⑦。七宝⑧修成合璧,重轮⑨岁岁中天。

【注释】

①上元:即元宵节。

②瑶华:此处比喻入蚀之月仿佛是光彩照人的美玉一般。

③蓂(míng):传说中尧时的一种瑞草。亦称"历荚"。

④墀(chí):古代殿堂上经过涂饰的地面。

⑤影娥:即影娥池,汉代未央宫中池名。在这里比喻水中的月影。

⑥初弦:指阴历每月初七、初八的月亮。也就是形如弓弦的弯月。

⑦宫莲:莲花瓣的美称。此处指宫廷中的金莲花烛。

⑧七宝:据古代民间的传说,月是由金、银、玛瑙、珊瑚等七

宝合成的。

⑨重轮：这里指月亮周围的光圈，在古代这是一种吉祥的象征。

【赏析】

此首与《梅梢雪·元夜月蚀》为同时之作。前篇联系神话传说，从天上之月形入手，想象丰富，描绘生动；此篇从清辉入手，着眼于人间宫殿，写出其非比寻常。

又

烟轻雨小，望里青难了。一缕断虹垂树杪，又是乱山残照。

凭高目断征途，暮云千里平芜①。日夜河流东下，锦书②应托双鱼。

【注释】

①平芜（wú）：指草木长势甚好的原野之地。

②锦书：锦字，锦字书，多用以指妻子写给丈夫表达思念之情的书信，有时也指丈夫写给妻子的表达思念的情书。后来是书信的一种美称。

【赏析】

词写客中思家的情怀。又到了暮春时分，轻烟飘拂，细雨霏微，乱山残照，青草蔓生，而离恨恰如春草，更行更远还生。词人登高望远，千里暮云，大河东下，归途漫漫，自己有家难回，想必家书此时也该抵达了吧。

又

风鬟雨鬓①，偏是来无准。倦倚玉兰看月晕，容易语低香近。

软②风吹遍③窗纱，心期便隔天涯。从此伤春伤别，黄昏只对梨花。

【注释】

①风鬟雨鬓：鬟，环形的发髻。鬓是耳朵前边的头发，形容妇女头发蓬松散乱。在这里指主人公对某女子的想念。

②软：这里是轻微、轻柔之意。

③遍：这里是过的意思。

【赏析】

久约不至，顾盼之余，心思慵懒，倦倚小楼。她独坐窗前，任清风吹拂，相思愈浓，顿生咫尺天涯之感。因为只要有离别，无论距离远近，相思涌上心头，便如远隔天涯。所谓"语低香近"，乃是化用晏几道词意，写临别时低徊缠绵，行人为别绪所苦，故以"莫道后期无定，梦魂犹有相逢"强作安慰。

又

凄凄切切，惨淡黄花节①。梦里砧②声浑未歇，那更乱蛩③悲咽。尘生燕子空楼④，抛残弦索⑤床头。一样晓风残月，而今触绪添愁。

【注释】

①黄花节：黄花即菊花，这里借指的是重阳节。

②砧（zhēn）：形声词，古人洗衣服用的捣衣石。

③蛩（qióng）：指蝗虫，是蟋蟀的别名。

④燕子空楼：指燕子楼，在江苏徐州。

⑤弦索：乐器上的弦，这里用来指代所有的乐器。

【赏析】

词紧扣各种声响，写物是人非之感。开篇用李清照《声声慢·寻寻觅觅》词意，描绘秋意正浓，菊花满地，词人孤寂清冷，凄惨忧戚，陪伴他的唯有梦中的砧声，与夜半醒来后所听闻的蟋蟀声。下片先用唐代关盼盼之典，暗指佳人逝去已久，当年爱侣抒写心曲的弦吹之声，早已没入漫漫长夜；再用柳永《雨霖铃》词意，引出清秋节冷落萧索之感，良辰美景尽是虚设，千般凄楚无人倾诉。燕子楼，在今江苏徐州。唐朝贞元年间，张尚书爱妾关盼盼居于此处。张死后，盼盼独居是楼十余年。

又

角声哀咽,襆被^①驮残月。过去华年如电掣^②,禁得^③番番离别。一鞭冲破黄埃,乱山影里徘徊。蓦忆去年今日,十三陵下归来。

【注释】

①襆(fú)被:本意是用包袱装衣服、被子等物件,这里指行李。

②电掣(chè):本意是闪电,这里是说那些逝去的年华如闪电般飞快。

③禁得:也作"禁的",承受得住的意思。

【赏析】

词写行役之苦。画角阵阵,催人将息,而词人马裹行囊,昼夜兼程,不得稍作停留。他猛下一鞭,冲破漫天黄尘,身影消失在群山之中。这样日复一日地奔走在旅途,感觉生命就如此慢慢流逝。才为眼前的劳顿而抱怨,又猛然想起去年今日,自己正从十三陵归来。

又

麝烟深漾，人拥缑笙氅①。新恨暗随新月长，不辨眉尖心上。

六花②斜扑疏帘，地衣③红锦轻沾。记取暖香如梦，耐他一晌寒岩④。

【注释】

①缑笙氅：一种用鸟毛做成的犹如仙衣道服式的大氅。

②六花：因雪花结晶的时候有六个瓣而得名，即雪花。

③地衣：指地毯。

④寒岩："岩"同"严"，寒严指极度的寒冷。

【赏析】

冬日里雪花漫天飞舞，不断从稀疏的帘幕中探头窜入，轻盈地降落在房中地毯之上。佳人一身大氅，将自己紧紧包裹，难以抵御寒凉的侵袭。她唯有以温馨的香梦，来挨过这漫长的寒冬。

又

发汉儿村①题壁

参横②月落,客绪从谁托。望里家山云漠漠③,似有红楼一角。不如意事年年,消磨绝塞风烟。输与④五陵公子⑤,此时梦绕花前。

【注释】

①汉儿村:即现在的汉儿庄乡,位于河北省唐山市迁西县北部,与兴隆县、宽城县、遵化市接壤。

②参横:指参星横斜着的时候,说明已到深夜了。

③漠漠:辽远广阔的样子。

④输与:赶不上,比不上。

⑤五陵公子:这里借以指贵族公子们。

【赏析】

此篇与《念奴娇·宿汉儿村》前后相承接,内容也多有绾合之处,一写来到,一写离开。前词言"梦绕家山",此篇言望家山而

"梦绕花前",意绪一致。年年不如意,"消磨绝塞风烟",则可以视作对上篇内容的总括。前词多写实,以景融情,情感更为慷慨;此篇直抒胸臆,简洁直致,殊少盘旋。前词多烘托奔波的疲惫与情绪的无奈,此篇更突出思家的情怀。茫茫云海中,似乎看见了红楼一角,自是相思之极而生幻觉。

又

画屏无睡,雨点惊风碎。贪话零星兰焰①坠,闲了半床②红被。生来柳絮飘零,便教咒③也无灵。待问归期还未,已看双睫盈盈④。

【注释】

①兰焰:烛花,这里是灯花的别称。

②半床:即独卧。

③呪(zhòu):同"咒"。这里是求助于神灵的意思。

④双睫盈盈:指眼泪盈盈,欲要滴下来的样子。

【赏析】

　　临别前夜，双栖缱绻，絮絮低语，极尽缠绵之事，以至灯花落尽，东方将晓，终不愿睡去。尽管无法面对，分离还是来临，情人苦苦挽留，亦是无济于事。分离既然不可避免，待调转话头追问团聚之日，话未出口，泪水已充满眼眶。身如柳絮，随风飘零，身不由己的他连分离都无法避免，更遑论归程？

又

　　青陵蝶梦①，倒挂怜么凤②。退粉③收香④情一种，栖傍玉钗⑤偷共。

　　愔愔镜阁飞蛾⑥，谁传锦字秋河⑦。莲子依然隐雾，菱花暗惜横波⑧。

【注释】

　　①青陵蝶梦：据晋干宝《搜神记》："大夫韩凭取妻美，宋康王夺之，凭怨王，自杀，妻腐其衣，与王登台，自投台下，左右揽

之,着手化为蝶。"这里借此典喻与妻子别离。

②么凤:羽毛斑斓五彩,为川西南名鸟,亦称"桐花凤"。

③退粉:"退"同"褪",退粉在这里指蝴蝶交配。

④收香:绿毛么凤喜欢停留在女子的金钗上,闻到好香便收藏于尾翼之间,故云"收香"。

⑤栖傍玉钗:绿毛么凤停于美人金钗上收香之情景。

⑥愔愔(yīn yīn)镜阁飞蛾:愔愔,形容悄寂、幽深的样子。"镜阁"是女子梳妆起居的卧室。这句话的意思可以理解为:阁中悄寂,只有飞蛾相伴。

⑦秋河:天河。

⑧菱花暗惜横波:"菱花"指铜镜。"横波"指像水波一般闪动流转的眼神。这句话可理解为:我只好对着镜子顾影自怜。

【赏析】

化蝶的传说虽然美好,却是心碎后的怅望,死别后的心理补偿。词人也知道梦想终究只是梦想,蓬莱珍禽,绿衣使者,固然非尘埃间之物,但毕竟寄托着万一之希望。往事已成风,情意尚未消散,没有这些使者,如何传达自己的牵挂?如何得知对方的情感是否一如既往?此词多化用李商隐之诗意,亦如李诗写得婉丽缠绵而又隐晦迷离。词人闪烁其辞,当有所指。

又[1]

将[2]愁不去,秋色行[3]难住。六曲屏山深院宇,日日风风雨雨。雨晴篱菊初香,人言此日重阳。回首凉云暮叶,黄昏无限思量[4]。

【注释】

①有版本题为《重九》。

②将:长久。

③行:将要。

④量:这里读轻声。思量为思念之意。

【赏析】

日日风风雨雨,秋色渐浓,唯有躲进庭院深处,支起屏风,使渐渐沥沥的风雨声不再搅碎人的好梦。雨过天晴,篱边的菊花散发出阵阵幽香。又到了重阳日,又是黄昏时候,凭栏眺望,只见凉云掠过,枯叶飞落,满目凄凉。

又

弹琴峡①题壁

泠泠②彻夜,谁是知音者。如梦前朝何处也,一曲边愁难写。极天关塞云中,人随落雁③西风。唤取红襟④翠袖,莫教泪洒英雄。

【注释】

①弹琴峡:位于八达岭南,三堡村北,五贵(鬼)头山间。

②泠泠:形容水流的声音。

③落雁:指脱离群体的孤雁。

④红襟:也作"红巾"。

【赏析】

南渡豪杰之辛弃疾,壮志难酬,抱负不申,故有"倩何人唤取,红巾翠袖,揾英雄泪"之感叹;钟鸣鼎食之华胄贵要,竟然引稼轩居士为知己。当他路过弹琴峡,闻水声潺潺,似琴声悠悠,不禁恍然。千百年来,这鸣琴如此执着,从不停息,究竟是在为谁而鸣呢？不惜歌者苦，但伤知音稀。谁又懂得它的落寞与不甘呢？曾经多少英雄，蹭蹬失志，泪洒西风。

又

塞鸿去矣，锦字何时寄。记得灯前佯忍泪，却问明朝行未。

别来几度如珪①，飘零落叶成堆。一种晓寒残梦，凄凉毕竟因谁。

【注释】

①珪（guī）：古玉器名。长条形，上端作三角形，下端正方。这里借喻为每月中旬前后的月亮。

【赏析】

分离数月之久，不知不觉中已经到了落叶飘零的时节，寒意日渐浓厚，拂晓时分便不胜清寒，从梦中惊醒。塞鸿早已离去，不知家书何时到来。记得离别前夕，爱侣灯前佯装低头，忍住了泪水，一一询问行程事宜,如今她恐怕清泪如注了。词当是性德身处塞外时,思念爱妻而作。

又

孤花片叶①,断送清秋节。寂寂绣屏香篆灭,暗裹朱颜消歇。

谁怜散髻②吹笙,天涯芳草③关情④。懊恼隔帘幽梦,半床⑤花月纵横。

【注释】

①孤花片叶:指零星的花叶之景。有萧条惨败之感。

②散髻:即解散髻。古时的一种发式。

③天涯芳草:天涯,遥远的地方。芳草,香草。

④关情:动情,牵起情怀。

⑤床:也作"窗",指小窗。

【赏析】

《瑶华集》有副题"秋思",词写秋日相思之情。花叶飞落之中,清秋一片萧索。深闺独处之佳人,眼看日趋憔悴。夜来一帘幽梦,春风十里柔情,又为月华搅碎,起坐散髻吹笙,千回万转肠断。

又

忆梁汾①

才听夜雨,便觉秋如许。绕砌蛩螀②人不语,有梦转愁无据。

乱山千叠横江,忆③君游倦何方。知否小窗④红烛,照人此夜凄凉。

【注释】

①梁汾:即顾贞观(一六三七年至一七一四年),清代文学家。原名华文,字远平、华峰,亦作华封,号梁汾,江苏无锡人。

②蛩螀（qióng jiāng）：蛩，蝗虫的别名，另有传说中的异兽，古书中也指蟋蟀；螀即"寒蝉"，蝉的一种，比较小，墨色，有黄绿色的斑点，秋天出来叫。

③忆：猜测、猜想。

④小窗：有其他本作"绿窗"。

【赏析】

秋雨过后，一派清泠之状。小窗红烛下，听蟋蟀声此起彼伏，不禁想起了他乡的友人，不知今夜他飘零在何方，也不知道浪迹江湖的友人，是否知晓还有朋友在默默地思念着他。赵彦端《点绛唇》说"我是行人，更送行人去，愁无据"，词人本是游子，却牵挂着倦游的友人，也可谓"愁无据"了。

忆秦娥

春深浅①，一痕摇漾青如剪。青如剪，鹭鸶立处，烟芜平远。吹开吹谢东风倦，细桃②自惜红颜变。红颜变③，兔葵燕麦④，重来相见。

【注释】

①春深浅：深浅，偏义词，指深。春深浅即春深。

②缃（xiāng）桃：即缃核桃，结浅红色果实的桃树。亦指此树的花或果实。

③"红颜变"三句：谓旧地重来，物是人非，不禁有前度刘郎之感。

④兔葵（kuí）燕麦：形容景象荒凉。

【赏析】

东风莅临，桃红柳绿。平芜尽处，春色荡漾。芳草萋萋，与天相连。景色如昔，红颜已老。刘禹锡《再游玄都观绝句·引》云："重游玄都，荡然无复一树，唯兔葵燕麦，动摇于春风耳。"则词人亦是重游有感。

又

龙潭口①

山重叠,悬崖一线天疑裂②。天疑裂,断碑题字,古苔横啮③。风声雷动鸣金铁④,阴森潭底蛟龙窟。蛟龙窟,兴亡满眼,旧时明月。

【注释】

①龙潭口:龙潭山口,地在清代吉林府伊通州西南,即今吉林市东郊龙潭山。此处有"龙潭印月"之胜景。康熙二十一年春,性德扈驾东巡经过此地。又,今山西省盂县北之盂山亦有"龙潭",又称"黑龙池"。性德曾几度赴山西五台山,本篇所指或为此地。

②"悬崖"句:谓群山环绕,举头望去,天空只露一线,仿佛是天幕裂开了。

③古苔横啮(niè):意谓断碑上长满了苍苔,那苍苔好像在啃咬着碑文。

④风声雷动鸣金铁:谓龙潭口处如同风雷大作,发出了金征戈矛撞击般的巨大声响;鸣金铁,形容风雷声如同金征戈矛撞击之声。

【赏析】

龙潭山位于今吉林境内,距离性德祖居之地较近。其曾祖父所依附的海西女真叶赫部,终为努尔哈赤率众所灭。康熙二十一年(一六八二)春,性德随驾至龙潭山口,见断碑苍苔,不由得想起当日各部落争斗之事,故有兴亡之叹。

又

长飘泊,多愁多病心情恶。心情恶,模糊一片,强①分哀乐②。拟将欢笑排离索③,镜中无奈颜非昨。颜非昨,才华尚浅,因何福薄④。

【注释】

①强:勉强。

②哀乐:偏义复词,只表示"乐"。

③离索:指离群独居。此处有种寂寞之蕴味在其中。

④才华尚浅,因何福薄:我的才华尚且浅薄,可为什么没有厚

福呢?(之所以这么说是因为民间一种迷信的说法,即有才的人会折福。)

【赏析】

多年漂泊,多病又多愁,自然情绪低落。强作欢笑,也无甚滋味。眼看韶华流逝,岁月虚掷,不由人不焦虑。自古以来,才人多福薄,自己为何也命运多舛呢?

阮郎归①

斜风细雨正霏霏②,画帘拖地垂。屏山几曲篆香③微,闲亭④柳絮飞。

新绿密,乱红稀⑤,乳莺残日啼。余⑥寒欲透缕金衣⑦,落花郎未归。

【注释】

①阮郎归:词牌名。又名《醉桃源》《醉桃园》《碧桃春》。

②霏霏（fēi fēi）：绵绵不绝，形容雨势茂盛。

③香：也作"烟"。

④闲亭：寂静的小亭。

⑤乱红稀：乱红，残存的花朵；稀，少。此处指经风雨之后惨败飘零的花朵。

⑥余：指雨后所带来的寒气。也可作"春"理解。

⑦缕金衣：即金缕衣。缕金，绣以金丝为饰。

【赏析】

斜风细雨，帘幕低垂，闺中人以手支颐，驻目春柳，久久不动，惆怅若失。想必那风雨之后，就是绿肥红瘦，阵阵莺啼急忙送春归去。流光易逝，芳华易去，大好青春就在这苦苦地等待中虚掷了。"落花郎未归"，一语双关。

画堂春

一生一代一双人，争教两处销魂。相思相望不相亲，天为谁春。

浆向蓝桥易乞①,药成碧海难奔②。若容相访饮牛津③,相对忘贫。

【注释】

①浆向蓝桥易乞:蓝桥在今陕西省蓝田县东南蓝溪上。相传裴航于此处遇仙女云英,后访得玉杵臼,双双飞升。"易乞"是说求得佳偶并非难事。

②药成碧海难奔:相传后羿从西王母那里求得不死之药,可还没来得及服用就被他的妻子嫦娥偷吃了,之后便成了神仙,奔向月宫,成为月精。这里借用此典说,表达纵有不死之灵药,却难像嫦娥那样飞入月宫之意。纵有深情却难以相见。

③饮牛津:指传说中的天河边。这里是借指与恋人相会的地方。

【赏析】

词写生离死别之怅恨。词人说他本以为今生今世不弃不离,可以携手白头,谁知转眼天人永隔。若是黯然离别,天各一方,两地相思相望,即使如蓝桥觅梦,终有相见之希望;如今阴阳殊途,相见无由,哪怕得到不死之药,也只落得夜夜相思而已。他唯有希翼乘槎而去,直至饮牛之津,如牛郎与织女那样厮守于银河。

青衫湿

悼亡①

近来无限伤心事,谁与话长更②。从教③分付,绿窗红泪④,早雁初莺。

当时领略,而今断送,总负多情。忽疑君到,漆灯⑤风飐⑥,痴数春星⑦。

【注释】

①纳兰标有"悼亡"字样的词共七首,其中《青衫湿遍》一首作于康熙十六年(一六七七年)六月中,这一首作于何年不详。词中所抒发的仍是对亡妻深切怀念的痴情。

②长更:彻夜,即整个夜晚。

③从教:听任。

④红泪:指伤离或死别的眼泪。

⑤漆灯:灯明亮如漆谓之"漆灯"。

⑥飐(zhǎn):摇动、颤动。

⑦痴数春星:谓痴情地数着天上的星斗。

【赏析】

　　痛失爱侣之后,知己难以再得,心中伤心之事,因而也无处倾诉。春去又秋来,花开复花落,早雁初莺,风暖杏黄,种种感触无人领会。倘若当初逆知今日之孤苦凄楚,必定会加倍珍惜爱人的细心与体贴,可惜唯有失去后才知晓辜负了她的情意。夜黑如漆,灯火飘忽,恍惚中,爱侣似乎又回到了身边,原来她也不忍心离开自己。

海棠春

　　落红①片片浑如雾,不教更觅桃源路②。香径③晚风寒,月在花飞处。

　　蔷薇影暗空凝贮④,任碧飑⑤轻衫萦住。惊起早栖鸦,飞过秋千去。

【注释】

　　①落红:指飘落的花朵。

②桃源路：桃源，即桃花源，后代指理想的境界。此谓通往理想的境界。

③香径：花间小路，或指满是落花的小路。

④凝贮：同"凝伫"。凝望伫立。

⑤碧飐：指摇晃着的花枝花叶。飐，摇动、颤动。

【赏析】

桃源有两出处，或出于陶渊明《桃花源记》，或出于《幽明录》载刘晨、阮肇入天台山桃源洞。据词中所言"香径"等，当与后者相关。刘晨、阮肇所进入的天台山桃源洞，让词人无限向往，他真希望与心上人生活其间，可片片飞舞的落红遮断了桃源路。他无处寻觅，颇为惆怅。

眼儿媚

重见星娥①碧海查②，忍笑却③盘鸦④。寻常多少，月明风细，今夜偏佳。

休笼⑤彩笔闲书字,街鼓⑥已三挝⑦。烟丝欲袅,露光微泫⑧,春在桃花。

【注释】

①星娥:神话传说中的织女。

②查:同"槎",木筏。

③却:除去。

④盘鸦:指女子乌发盘卷而成的发髻。

⑤笼:通"拢",牵、拈之意。

⑥街鼓:即更鼓,古时多设于谯楼之上。

⑦三挝(zhuā):即三通。古时街鼓打了三通之后,就意味着进入后半夜了。

⑧微泫(xuàn):本意是水下滴流动之貌,这里形容爱妻的眼眸光彩照人。

【赏析】

词写久别重逢的旖旎场面,学者以为是回家与爱侣团聚,恐非。词中言历经艰辛,终得一面,相聚之夕,满心喜悦。由于心情舒畅,便觉风日也好过往时。春宵一刻值千金,室内青烟袅袅,暗香浮动,休息的时间就要到了,街鼓已经敲过三通,不要再装模作样写写画画了,剩下的话儿也不妨留着明天再说。

又①

独倚②春寒掩夕扉,清露泣铢衣③。玉箫吹梦,金钗划影④,悔不同携。

刻残红烛⑤曾相待,旧事总依稀。料应遗恨,月中教去,花底催归。

【注释】

①此词充满了悔痛之情。词中所思所念为何人,不详。

②独倚:也作"依约"。依约,隐约。

③铢(zhū)衣:传说中仙人所穿的衣服,因其仅重数铢,故借指极轻的衣衫。

④划影:指不真切的画像或美景。

⑤刻残红烛:古人在蜡烛上刻度以计时。即夜已深沉。

【赏析】

当年月下花前，匆匆为人催去，不得携美而归，留下无限怅恨。如今独立夕阳，寂寞掩扉，任凭清露尽湿薄衣。

又

中元①夜有感

手写香台金字经②，惟愿结来生。莲花漏转③，杨枝露滴④，想鉴微诚。

欲知奉倩神伤极，凭诉与秋擎⑤。西风不管，一池萍水⑥，几点荷灯⑦。

【注释】

①中元：指农历的七月十五日。旧俗民间在此日有祭祀亡故亲人的活动，当日于水上放荷灯，以奠亡灵。

②手写香台金字经：谓亲手写佛经，为的是乞求与亡故的爱妻

再结来生。香台,即烧香之台,佛殿之别称。金字经,佛经。

③莲花漏转:莲花漏,古代一种计时器;这里指时光推移。

④杨枝露滴:杨枝,杨柳之枝条。露,指佛家所云之能使万物复苏的甘露。

⑤擎(qíng):由文意可知此处"擎"应是灯架的意思。此处可能是误把"檠"作为"擎"。"秋擎"即荷灯。

⑥一池萍水:萍,浮萍;比喻随风飘荡,聚散离合不定的一种蕨类植物。此语借以来喻主人公怀往伤逝的心境。

⑦荷灯:旧时人们在中元节时把荷灯放在湖面上来祭奠亡魂。

【赏析】

荀粲,字奉倩,三国魏国人,爱妻死后即哀思而亡。性德此词写于康熙十六年七月十五日,为卢氏卒后的中元之夜。词人说爱侣亡后他悲痛欲绝,满腹辛酸无由诉说,哪怕是等待来生结缘,也难以消释他当前的悲伤。唯一的解脱方式,就是如荀粲那样随即追随亡妻而去。

又

咏红姑娘①

骚屑②西风弄晚寒,翠袖倚阑干。霞绡③裹处,樱唇微绽,靺鞨④红殷。

故宫事往凭谁问,无恙是朱颜。玉埒争采,玉钗争插,至正⑤年间。

【注释】

①红姑娘:为元代宫殿前之浆果,色彩绛红。萧洵《元故宫遗录》载:"金殿前有野果,名姑娘,外垂绛囊,中空,有桃子如丹珠,味酸甜可食,盈盈绕砌,与翠草同芳,亦自可爱。"

②骚屑(sāo xiè):风声。

③霞绡(xiāo):指轻柔艳丽的丝织物,此处形容红姑娘的花冠。

④靺鞨(mò hé):中国古代少数民族之名,因其地产宝石,故又称宝石为"靺鞨"。

⑤至正:元顺帝年号,即一三四一至一三六八年。

【赏析】

此词上片描摹浆果在金殿前袅娜之态,微风中斜倚栏杆,如翠袖之绿叶,如晚霞之花冠,如玛瑙之浆果,无不令人爱惜。下片由此生发开来,想浆果生长之日,必定是莺歌燕舞,热闹非凡,如今唯有遗踪,由人凭吊。

又

咏梅

莫把琼花①比淡妆,谁似白霓裳②。别样清幽,自然标格,莫近③东墙。

冰肌玉骨④天分付,兼付与凄凉。可怜遥夜⑤,冷烟和月,疏影⑥横窗。

【注释】

①琼花:又称聚八仙、蝴蝶花。忍冬科落叶或半常绿灌木。

四五月间开花，花大如盘，洁白如玉。

②白霓裳（ní cháng）：神仙白色的衣服。相传神仙以云为裳。这里是以白霓裳比喻梅花之色泽形貌。

③莫近：不要靠近，有只可远观不可亵玩之意。

④冰肌玉骨：指女子洁美之体态，此处借喻梅花之娇好。

⑤遥夜：漫漫的长夜。

⑥疏影：疏朗的影子。多用于形容梅花之形貌。

【赏析】

宋代以来，文人多咏梅，兼以展示自己的孤芳自赏，此词亦是自喻。性德先写梅花之洁白，以表现其冰清玉洁，飘逸出尘之姿；再渲染其清香清幽，暗含"雪却输梅一段香"之意；嗣后再写自适之状，与凉月冷烟为伍，无意苦争春，也无意和光同尘，高自标置。

又

　　林下①闺房世罕俦，偕隐足风流。今来忍②见，鹤孤华表③，人远罗浮。

　　中年定不禁哀乐，其奈④忆曾游。浣花微雨，采菱斜日，欲去还留。

【注释】

①林下：本指山林田野隐居之处，但这里则含有"林下风气"之意。

②忍：怎忍见。

③鹤孤华表：有孤独之意。鹤性孤高，这里指友人。华表，指房屋外部的华美的装饰。

④其奈：怎奈，无奈之意。

【赏析】

再次来到当日与佳人偕隐之处，词人不禁黯然神伤。风景依旧，佳人已去，只剩下他独自一人来到这里。他既想寻觅往时旖旎之风情，重温当日之温馨；又怕触景伤情，所以徘徊不定，欲去还留。词中所谓"中年",来自《世说新语·言语》:"谢太傅语王右军曰:'中年伤于哀乐,与亲友别,辄作数日恶'。"词人年仅三十,而以中年自居,暗指心态已老。

朝中措①

蜀弦秦柱②不关情③,尽日掩云屏。已惜轻翎退粉,更嫌弱絮为萍。

东风多事,余寒吹散,烘暖微酲④。看尽一帘红雨⑤,为谁亲系花铃⑥。

【注释】

①《瑶华集》此篇题作《春暮》。

②蜀弦秦柱:蜀弦,即蜀琴,泛指蜀中所制之琴。秦柱,犹秦弦,指秦国所制琴瑟之类的乐器。这里泛指蜀秦两地的乐器。

③关情:动情。

④酲(chéng):酒醉昏沉的样子。

⑤红雨：指花瓣纷纷落下之貌。
⑥花铃：即为防鸟雀而置的护花铃铛。

【赏析】

　　花粉已然褪尽，浮萍悄然泛出。东风吹走了余寒，但也送走了芬芳。落红满地，一片狼藉，细雨冲刷，不知送至何处。佳人心中愁闷难遣，蜀弦秦柱也无法诉说她寂寥的情怀，唯有静掩云屏，幽思盈盈。《瑶华集》有副题"春暮"，则词写暮春之情思。

落花时①

　　夕阳谁唤下楼梯，一握香荑②。回头忍笑阶前立，总③无语，也依依。

　　笺书直恁④无凭据，休说相思。劝伊好向红窗醉，须莫及，落花时。

【注释】

①此词另有版本作《好花时》。

②香荑（yí）：指女子柔嫩的手指。荑，茅草的嫩芽。

③总：即使，纵然。

④直恁（nèn）：竟然如此，竟然这样。

【赏析】

词写当日邂逅之温馨场面。最令词人销魂的，是佳人阶前忍笑回头的那一刹那。那个时刻，正值夕阳西下，佳人为他人所唤，从小楼缓步而下，伫立阶前，回眸一笑，秋波一转，"便铁石人也意惹情牵"。这一场面永远驻留在脑海，但此后无由相见，连书信也没法写，真令人沮丧，只好向红窗一醉以化解心中愁怅。

锦堂春①

帘际②一痕轻绿，墙阴几簇低花③。夜来微雨西风软，无力任欹斜④。

彷佛个人睡起，晕红⑤不著铅华⑥。天寒翠袖添凄楚，愁近欲栖鸦⑦。

【注释】

①有其他版本的词题作《秋海棠》，而细玩词意，其所咏之物亦与秋海棠相合。

②帘际：帘边，帘幕之外。

③低花：这里指海棠。

④攲（qī）斜：歪斜不正。

⑤晕红：中心浓而四周渐淡的一团红色。这里形容花朵之颜色仿佛是美丽的少女刚刚睡起，脸上泛起的红晕。

⑥铅华：指脸上擦的脂粉。

⑦欲栖鸦：谓乌鸦欲栖息之时，即指黄昏时候。

【赏析】

在被人遗忘的墙角，有一株海棠默默地绽放了。在凄风苦雨中，它是那样的柔弱，仿佛是刚从梦中醒来的少女，不施粉黛。满脸稚嫩，像一朵水莲花不胜凉风的娇羞。

摊破浣溪沙①

小立红桥②柳半垂,越罗③裙飐缕金衣。采得石榴双叶子④,欲贻⑤谁。

便是有情当落日。只应无伴送斜晖。寄语东风休著力⑥,不禁吹。

【注释】

①《通志堂集》中此词牌作《山花子》。

②红桥:在这里只是个代称,无具体对象可言。

③越罗:越地所产之丝织物,轻柔而精美。

④石榴双叶子:古代人用两片石榴叶来寄托相思,它象征着成双成对。

⑤贻(yí):赠送。

⑥著力:用力。

【赏析】

春日柳条半垂,微风吹拂,少女独立小桥,罗裙轻飐而心事重重。当日杜秋娘高唱"劝君莫惜金缕衣,劝君惜取少年时。花开堪折直须折,莫待无花空折枝",如今少女也不愿年华虚掷,想尽快寻找到归宿。可归宿又在哪里呢?眼看春天又要被东风吹走了,她不禁急了。

又

昨夜浓香分外宜,天将妍暖①护双栖。桦烛②影微红玉③软,燕钗④垂。

几为愁多翻自笑,那逢欢极却含啼。央及莲花清漏滴,莫相催。

【注释】

①妍暖:天气晴朗暖和。

②桦烛:以桦木皮卷裹的蜡烛。

③红玉:本指红色宝石,此处比喻美人的肌肤。

④燕钗:燕子形的钗头。

【赏析】

词写久别重逢时的欢会情形。昨夜红玉香软,燕钗低垂,烛影晃动,腻香正浓。长期分离,几多离索愁绪;昨日相逢,喜极而涕,直至黎明时分,犹以为是梦中。她祈求这更漏滴得再慢一些,希望这幸福的时光能多停留一会儿。"愁多翻自笑""欢极却含啼",自是期待已久,又对相聚全无信心,所以只想抓住当下的这一刻。词中又涕又笑,自是情人关系,非学者所谓新婚。

又

欲话心情梦已阑,镜中依约①见春山②。方悔从前真草草,等闲③看。

环佩④只应归月下,钿钗⑤何意寄人间。多少滴残红蜡泪,几时干。

【注释】

①依约:隐约。

②春山:这里是借春日黛青的山色来比喻妇女的眉毛。

③等闲:轻易,随便。

④环佩:指美女,即王昭君。佩,亦作"珮"。

⑤钿钗:钿和钗都是女子的饰物,唐玄宗和杨贵妃以钿钗寄情。

【赏析】

词写梦醒时分的悲伤与失落之感。梦中亡妻前来相会,满心喜悦,正要把妻子离去后阑珊的心事一一诉说,梦却已破碎。醒来不胜酸楚,惶然四望,室内尽是妻子的遗物,梳妆镜中似乎还可以看见她的容颜。但词人知道,斯人已逝,一切已经无法更改,纵使月下归来,也只是妻子的魂魄而已,何况所谓"天上人间会相见"只是安慰之词。早知会生离死别,就应该好好珍惜相聚的日子,免得如今泪水在风中飘散。

又

　　一霎^①灯前醉不醒,恨如春梦畏分明。淡月淡云窗外雨,一声声。

　　人到情多情转薄,而今真个不多情。又听鹧鸪^②啼遍了,短长亭。

【注释】

①一霎:瞬间,极短的时间。

②鹧鸪(zhè gū):鸟的名字。鹧鸪的叫声嘶哑,很容易勾起离愁别绪,所以,鹧鸪也就成了一种哀怨的象征。

【赏析】

《摊破浣溪沙》"风絮飘残已化萍"一词,有"人到情多情转薄,而今真个悔多情",与此词"人道情多情转薄,而今真个不多情"两句极为相似,故此首词可能为其词之修订。前词明言"记前生",此首说只愿沉醉于春梦中而不愿醒来,情境亦相似,只不过情怀一浓烈,一婉曲。此首将哀思寄托于淡云疏雨之间,又闻鹧鸪啼遍长短亭,则是表明一年来思念不能须臾忘怀,故作期在卢氏亡故后之次年。

又①

林下荒苔道蕴家，生②怜玉骨③委④尘沙。愁向风前无处说，数归鸦。

半世浮萍随逝水，一宵冷雨葬名花。魂似⑤柳绵吹欲碎，绕天涯。

【注释】

①这是一首没有写明是悼亡的悼亡词，有说此作悼念的是所爱之人。

②生：甚，深。

③玉骨：形容女子苗条的身段，这里指代亡逝的心爱的女人。

④委：弃，丢。

⑤似：又有作"是"者。

【赏析】

谢道韫,谢安侄女,王凝之的妻子,有诗才。词人说才女香消玉碎,使自己顿失知音,满腹心事再也无处诉说。他半生飘零,彷徨无依,好不容易找到情感归宿,却又在一夜之中丧失知己,日暮乡关,数尽寒鸦,梦魂如柳絮杨花漂泊天涯。词写冷雨葬花,为悼亡之作。

又[①]

风絮飘残已化萍,泥莲刚倩[②]藕丝萦。珍重别拈香一瓣[③],记前生。

人到情多情转薄,而今真个悔多情。又到断肠回首处,泪偷零。

【注释】

①这首词也是悼亡之作。

②倩:请、恳请。

③瓣:片。

【赏析】

多情却似总无情，人到情多转无情。爱到深处，这炽热的情怀经过反复压缩，终难以表现出来，因而越是多情，便越显得无情；情到浓处，这纯洁的情感便经不起丝毫损伤，爱得越深，失去爱后所带来的伤害便越大，最终巨大的痛苦将使人变得麻木。爱侣已离去，这种撕心裂肺的痛苦使词人难以招架，他禁不住开始埋怨自己，当初为什么要爱得那么深沉？每每回首往事，泪水便不由自主地随风飘零。他极力想忘记过去，但那一缕情思总是会从心底泛起，好比柳絮飘残又被绿水托起，又如红藕香残而丝丝相连。或许唯一能够治愈这相思之苦的，只有拈香一瓣，来生再续前缘。

太常引

晚来风起撼花铃[①]，人在碧山亭。愁里不堪听，那更杂泉声雨声。

无凭踪迹[②]，无聊心绪，谁说与多情[③]。梦也不分明，又何必催教梦醒。

【注释】

①花铃：即护花铃。

②无凭踪迹：踪迹全无，难于寻觅。无凭，无所凭据，即无法寻找。

③多情：指自己所爱的人。

【赏析】

《国朝词综》有副题"自题小照"，故当是词人无聊烦闷时的写照。清幽的环境中，隐约可以听见微风中颤动的风铃声、泉水的叮咚声及细雨的淅沥声，但这些声音却让他烦躁不安，因为他刚要在梦中见到所思之人，就被这些声响所惊醒。

又

自题小照

西风乍起峭寒①生，惊雁避移营。千里暮云平，休回首长亭短亭。

无穷山色，无边往事，一例②冷清清。试倩玉箫③声，唤千古英雄梦醒。

【注释】

①峭寒：严寒，常形容春寒。此处谓"西风乍起"，当为初秋之日。

②一例：一样的，同样的。

③玉箫：指玉制做的箫，亦是箫的美称。

【赏析】

康熙二十一年（一六八二年）秋，性德曾赴梭龙，归来后友人为此行绘制了《楞伽山人出塞图》，吴雯与姜宸英等均有题画之作，前者云："出关塞草白，立马独伤心。秋风吹雁影，天际正茫茫。岂念衣裳薄，还惊鬓发苍。金闺千里月，中夜拂流黄。"此词为性德自题，回顾了他对此次行役的总体感受。千里奔波，一路长亭短亭，带来的是劳顿与无奈；无穷山色，冷清凄凉；无边往事，让英雄梦碎。

四和香①

麦浪翻晴风飐②柳，已过伤春候。因甚为他成僝僽③，毕竟是春迤逗④。

红药⑤阑边携素手，暖语浓于酒。盼到园花铺似绣，却更比春前瘦。

【注释】

①此词牌在《通志堂集》中作《四犯令》。

②飐：风吹物使其颤动摇曳。

③僝僽（chán zhòu）：忧愁、烦恼。

④迤逗：挑逗、引诱。

⑤红药：红芍药花。

【赏析】

清风轻拂，麦浪翻滚，轻絮飞扬，似乎应该过了伤春时节，但佳人憔悴如昔，因为她尚未从春愁中解脱出来，正所谓"从来清瘦，更被春僝僽，瘦得花身无可有"（王质《清平乐》）。

她神思恍惚，仿佛又回到红药阑边携手漫步的日子，耳旁也似乎传来情人的呢喃细语。在苦苦期待中，她这样度过了漫长的春天，一直等到"万花如绣，海棠经雨胭脂透"，情人未归，她却比春前更为消瘦了。词写相思。

河渎神

风紧雁行高，无边落木萧萧①。楚天魂梦与香消，青山暮暮朝朝。

断续凉云来一缕，飘堕几丝灵雨②。今夜冷红③浦溆④，鸳鸯栖向何处。

【注释】

①无边落木萧萧下：该句描绘的是一幅深秋萧瑟的景象。

②灵雨：好雨。

③冷红：轻寒时节的一种花。

④溆（xù）：水边。

【赏析】

词为寄赠之作,学者多以为为张见阳南赴江华上任时所作,或是。楚天清秋,风急天高,落木萧萧,浮云掠过,丝丝雨落,今夜友人栖息何处?"朝朝暮暮""鸳鸯",当指张见阳携眷前行,也可见作者与其亲昵,故有调侃之意。

又

凉月转雕阑①,萧萧木叶声乾②。银灯飘落琐窗③闲,枕屏④几叠秋山。

朔风吹透青缣⑤被,药炉火暖初沸。清漏⑥沉沉无寐,为伊判得憔悴。

【注释】

①雕阑:即雕栏,华美之栏杆。

②乾(gān):形容声音清脆响亮。

③琐(suǒ)窗:镂刻有连琐图案之窗棂。

④枕屏:枕前的屏风。

⑤缣(jiān):细密的绢。

⑥清漏:清晰的滴漏声。

【赏析】

词写相思成疾而无怨无悔。秋风萧瑟,木叶飘零,寒月低徊,银灯黯淡。在这凄凉的寒夜中,唯一让闺中人感受到暖意的,是那药炉上跳动的火苗。虽然病中陪伴她的,只有低沉的清漏之声,但她依然痴情不改初衷,执着地等待着。

少年游

算来好景只如斯,惟许有情知。寻常风月①,等闲②谈笑,称意即相宜。

十年青鸟③音尘④断,往事不胜思。一钩残照⑤,半帘飞絮,总是恼人时。

【注释】

①风月：本指清风明月，后代指男女间的情爱。

②等闲：轻易，随便。

③青鸟：神话传说中为西王母取食传信的神鸟。这里是信使的代称。

④音尘：音信，消息。

⑤残照：指月亮的余晖。

【赏析】

往日情事已经消散在风花雪月之中，时过境迁再去寻思，那些温馨甜蜜的场面，其实也就是生活中的琐事细节，诸如一觞一饭、一颦一笑而已。心心相印，即是幸福，可惜这样的日子总也不能长久。所以那些残月、飞絮，当日的点点滴滴，真让人心悸。

荷叶杯

帘卷落花如雪，烟月。谁在小红亭。玉钗敲竹乍闻声，风影①

略分明。

化作彩云飞去,何处。不隔枕函②边。一声将息③晓寒天,肠断又今年。

【注释】

①风影:随风晃动之物影,这里指那人的身影。

②枕函:中间可以贮物的枕头。

③将息:珍重,保重。

【赏析】

词悼念亡妻卢氏,词中言"断肠又今年",则当作于卢氏卒后之次年,即康熙十七年。在落花如雪深的季节,性德仿佛又看见妻子的身影隐约出现在了小红亭——他们常携手相处的地方,用玉钗敲着青竹。不过,这只是他的幻想而已。枕空函虚,妻子确实已经化为彩云飞去。唯有当日留下的一声将息,陪伴自己度过了凄冷的冬天,迎来缤纷的时节。

又

知己一人谁是，已矣。赢得误他生。有①情终古似无情，别语悔分明。

莫道芳时易度，朝暮。珍重②好花天③。为伊指点再来缘，疏雨洗遗钿。

【注释】

①有：作"多"理解，有情即多情。

②珍重：保重，同"将息"。

③好花天：指美好的花开季节。

【赏析】

性德《南乡子·为亡妇题照》有"别语忒分明"，此词作"别语悔分明"，均是悼念亡妻，不堪思念之苦。临别时究竟是什么样的话语，让他在伊人已去之后还难以释怀呢？前词说"卿自早醒侬自梦"，此词说"为伊指点再来缘"，可见亡妻临别所言，大约是此生已休，他生再聚，是希望再结来生缘，不必伤感与苦痛；而性德所念念不忘的，却是"再来缘"而非"再生缘"，这一生的情缘他仍然舍不得放弃,所以他感叹良辰美景奈何天,感叹朝朝暮暮在眼前,感叹多情总比无情苦,感叹他生未卜此生休。

添字采桑子

闲愁似与斜阳约,红点①苍苔,蛱蝶飞回。又是梧桐新绿影,上阶来。

天涯望处音尘断,花谢花开,懊恼离怀。空压钿筐金缕绣,合欢鞋②。

【注释】

①红点:指下句之蛱蝶飞来落在苍苔上之状。

②合欢鞋:古时把绣有鸳鸯、鸾凤等图案的鞋子叫作合欢鞋。

【赏析】

每当夕阳西下,就到了离愁潜滋暗长的时候,何况此刻蛱蝶双双起舞。徘徊的月光,将新绿的梧桐映射在台阶上,似乎在提醒着佳人又是一年春暮了。离人远在天涯，音信隔绝，佳人苦苦等待，连她精心制作的合欢鞋也因为没有用武之地，只好被深藏在箱箧中。

纳兰性德全集

［清］纳兰性德 —— 著
闵泽平 —— 评注

② 词集

哈尔滨出版社
HARBIN PUBLISHING HOUSE

图书在版编目（CIP）数据

纳兰性德全集 . 2 /（清）纳兰性德著；闵泽平评注
. —哈尔滨：哈尔滨出版社，2021.6
ISBN 978-7-5484-5683-4

Ⅰ. ①纳… Ⅱ. ①纳… ②闵… Ⅲ. ①纳兰性德（1654-1685）—全集　Ⅳ. ①I214.92

中国版本图书馆CIP数据核字（2020）第210993号

书　　名：纳兰性德全集 . 2
NALAN XINGDE QUANJI. 2

作　　者：[清] 纳兰性德　著　闵泽平　评注
责任编辑：尉晓敏　孙迪
责任审校：李战
封面设计：济南新艺书文化 | 蔡小波

出版发行：哈尔滨出版社（Harbin Publishing House）
社　　址：哈尔滨市香坊区泰山路82-9号　　邮编：150090
经　　销：全国新华书店
印　　刷：天津光之彩印刷有限公司
网　　址：www.hrbcbs.com　　www.mifengniao.com
E-mail：hrbcbs@yeah.net
编辑版权热线：（0451）87900271　87900272
销售热线：（0451）87900202　87900203

开　　本：880mm×1230mm　　1/32　　印张：35　　字数：545千字
版　　次：2021年6月第1版
印　　次：2021年6月第1次印刷
书　　号：ISBN 978-7-5484-5683-4
定　　价：228.00元（全4册）

凡购本社图书发现印装错误，请与本社印制部联系调换。　服务热线：（0451）87900278

目录

【词集】

满宫花（盼天涯，芳讯绝）……………… 002

南歌子（翠袖凝寒薄）……………………… 003

又（暖护樱桃蕊）…………………………… 004

又（古戍饥乌集）…………………………… 006

菊花新（愁绝行人天易暮）………………… 007

寻芳草（客夜怎生过）……………………… 008

秋千索（药阑携手销魂侣）………………… 010

又（游丝断续东风弱）……………………… 011

又（垆边唤酒双鬟亚）……………………… 012

又（锦帏初卷蝉云绕）……………………… 014

浪淘沙（双燕又飞还）……………………… 015

又（紫玉拨寒灰）…………………………… 016

又（眉谱待全删）…………………………… 017

又（红影湿幽窗）……………………018

又（清镜上朝云）……………………020

又（闷自剔残灯）……………………021

又（霜讯下银塘）……………………022

又（夜雨做成秋）……………………023

又（墨阙半模糊）……………………024

又（野宿近荒城）……………………025

雨中花（楼上疏烟楼下路）…………026

又（天外孤帆云外树）………………027

河传（春残，红怨）…………………029

鹧鸪天（背立盈盈故作羞）…………030

又（尘满疏帘素带飘）………………031

又（握手西风泪不干）………………033

又（马上吟成促渡江）………………034

又（小构园林寂不哗）………………035

又（冷露无声夜欲阑）……………………036

又（雁帖寒云次第飞）……………………037

又（独背斜阳上小楼）……………………038

又（谁道阴山行路难）……………………040

又（别绪如丝睡不成）……………………041

木兰花令（人生若只如初见）……………042

明月棹孤舟（一片亭亭空凝伫）…………044

南乡子（飞絮晚悠扬）……………………045

又（烟暖雨初收）…………………………046

又（灯影伴鸣梭）…………………………048

又（鸳瓦已新霜）…………………………050

又（红叶满寒溪）…………………………051

又（泪咽却无声）…………………………052

又（何处淬吴钩）…………………………053

茶瓶儿（杨花糁径樱桃落）………………054

虞美人（凭君料理花间课）……………… 055

又（春情只到梨花薄）………………… 057

又（绿阴帘外梧桐影）………………… 058

又（曲阑深处重相见）………………… 059

又（峰高独石当头起）………………… 061

又（风灭炉烟残烛冷）………………… 062

又（银床淅沥青梧老）………………… 063

又（彩云易向秋空散）………………… 064

又（愁痕满地无人省）………………… 065

又（黄昏又听城头角）………………… 067

鹊桥仙（乞巧楼空）…………………… 068

又（梦来双倚）………………………… 069

又（月华如水）………………………… 071

又（倦收缃帙）………………………… 072

踏莎行（春水鸭头）…………………… 073

又（倚柳题笺）……………………………… 074

梅梢雪（星球映彻）……………………… 076

红窗月（燕归花谢）……………………… 077

唐多令（丝雨织红茵）…………………… 079

又（金浪镇心惊）………………………… 080

又（古木向人秋）………………………… 081

蝶恋花（眼底风光留不住）……………… 083

又（准拟春来消寂寞）…………………… 084

又（萧瑟兰成看老去）…………………… 085

又（辛苦最怜天上月）…………………… 086

又（露下庭柯蝉响歇）…………………… 088

又（城上清笳城下杵）…………………… 089

又（又到绿杨曾折处）…………………… 090

又（今古河山无定据）…………………… 091

又（尽日惊风吹木叶）…………………… 093

临江仙（飞絮飞花何处是）…… 094

又（夜来带得些儿雪）…… 095

又（别后闲情何所寄）…… 097

又（长记碧纱窗外语）…… 098

又（丝雨如尘云著水）…… 099

又（绿叶成阴春尽也）…… 100

又（点滴芭蕉心欲碎）…… 102

又（霜冷离鸿惊失伴）…… 103

又（独客单衾谁念我）…… 104

又（雨打风吹都似此）…… 105

又（六曲阑杆三夜雨）…… 107

又（昨夜个人曾有约）…… 108

踏莎美人（拾翠归迟）…… 109

苏幕遮（枕函香，花径漏）…… 111

又（鬓云松，红玉莹）…… 112

淡黄柳（三眠未歇）……………… 113

青玉案（东风七日蚕芽软）……… 115

又（东风卷地飘榆荚）…………… 116

月上海棠（原头野火烧残碣）…… 117

又（重檐淡月浑如水）…………… 119

一丛花（阑珊玉佩罢霓裳）……… 120

金人捧露盘（藕风轻，莲露冷）… 121

洞仙歌（铅华不御）……………… 123

剪湘云（险韵慵拈）……………… 124

东风齐著力（电急流光）………… 126

满江红（为问封姨）……………… 127

又（问我何心）…………………… 129

又（代北燕南）…………………… 130

又（籍甚平阳）…………………… 132

水调歌头（空山梵呗静）………… 134

又（落日与湖水）……………………………… 135

满庭芳（似有猿啼）……………………………… 137

又（堠雪翻鸦）……………………………… 139

凤凰台上忆吹箫（荔粉初装）……………………………… 140

又（锦瑟何年）……………………………… 142

金菊对芙蓉（金鸭消香）……………………………… 143

御带花（晚秋却胜春天好）……………………………… 145

琵琶仙（碧海年年）……………………………… 147

百字令（人生能几）……………………………… 148

又（绿杨飞絮）……………………………… 150

又（片红飞减）……………………………… 151

又（无情野火）……………………………… 152

东风第一枝（薄岁东风）……………………………… 154

木兰花慢（盼银河迢递）……………………………… 155

秋水（谁道破愁须仗酒）……………… 157

水龙吟（人生南北真如梦）…………… 158

又（须知名士倾城）……………………… 160

台城路（阑珊火树鱼龙舞）…………… 161

又（六宫佳丽谁曾见）………………… 163

又（白狼河北秋偏早）………………… 164

瑞鹤仙（马齿加长矣）………………… 166

雨霖铃（横塘如练）……………………… 168

剪梧桐（新睡觉）………………………… 169

望海潮（漠陵风雨）……………………… 171

疏影（湘帘卷处）………………………… 172

风流子（平原草枯矣）………………… 174

潇湘雨（长安一夜雨）………………… 176

沁园春（瞬息浮生）……………………… 177

又（梦冷蘅芜）…………………… 179

又（试望阴山）…………………… 181

金缕曲（德也狂生耳）…………… 182

又（酒浣青衫卷）………………… 184

又（洒尽无端泪）………………… 186

又（疏影临书卷）………………… 187

又（生怕芳樽满）………………… 189

又（何事添凄咽）………………… 190

又（谁复留君住）………………… 192

又（此恨何时已）………………… 194

又（木落吴江矣）………………… 196

又（未得长无谓）………………… 197

摸鱼儿（问人生，头白京国）…… 199

又（涨痕添，半篙柔绿）………… 200

青衫湿遍（青衫湿遍）…………… 202

忆桃源慢（斜倚熏笼）……………………… 204
大酺（只一炉烟）…………………………… 205
罗敷媚（如君清庙明堂器）………………… 207

附 …………………………………………… 209

后记 ………………………………………… 242

【词集】

满宫花

盼天涯,芳讯①绝。莫是故情全歇。朦胧寒月影微黄,情更薄于寒月。

麝烟②销,兰烬③灭。多少怨眉愁睫。芙蓉莲子待分明,莫向暗中磨折。

【注释】

①芳讯:即音讯,此为对亲友、恋人音讯之美称。
②麝(shè)烟:焚烧麝香所散发出的香烟。
③兰烬:燃烬之烛心状似兰花。

【赏析】

天各一方,音讯久绝,女方心中不知不觉产生了疑虑:往日的情分难道就这样随着岁月流逝殆尽,竟无半点遗存,不然怎么会长时间没有半点消息？往日柔情似水，如今想来，直似那寒夜中的朦胧月色捉摸不定。思来想去，不知熬过了多少无眠之夜，也得不出一个肯定的答案。她迫切地等待着解脱的消息，哪怕是一个并不太好的消息。

南歌子

翠袖凝寒薄，帘衣①入夜空。病容扶起月明中，惹②得一丝残篆③、旧熏笼。

暗觉欢期过，遥知别恨同。疏花已是不禁风，那更夜深清露、湿愁红④。

【注释】

①帘衣：即帘幕。

②惹：原意为招引、牵扯，此处系缭绕之意。

③篆（zhuàn）：指盘香。唐宋时将香料做成篆文形状，点其一端，依香上的篆形印记，烧尽计时。

④愁红：即惨绿愁红，指残花败叶。

【赏析】

据词中所言"欢期过""别恨同"等，此篇自然是写病中相思之苦。黑夜沉沉，寒气渐重，室内佳人强扶病体，斜倚床头，静静地望着悬挂在夜空的残月。残香燃尽，熏笼将灭，她犹自不肯歇息。春已暮，花已残，叶已疏，微风一过，落英满地。她暗自怜惜，这样娇弱的身体，本不堪疾病折磨，又加上离愁别恨，如何挨得过残春？

又

暖护樱桃蕊，寒翻蛱蝶翎①。东风吹绿渐冥冥②，不信一生憔悴、伴啼莺。

素影③飘残月，香丝④拂绮棂⑤。百花迢递⑥玉钗声，索⑦向绿窗⑧寻梦、寄余生。

【注释】

①翎(líng)：鸟翅和尾上的长而硬的羽毛。后泛指羽毛，在这里指蝶翅。

②冥冥：本指幽深貌，此处谓绿荫渐渐浓密。

③素影：月影。

④香丝：即柳条，亦指美人头发。

⑤绮棂(líng)：饰有花纹图案的窗棂。

⑥迢递(tiáo dì)：连绵不断之意。

⑦索：应该。

⑧绿窗：绿色纱窗，代指女子所居之处。

【赏析】

此篇是悼念卢氏的词，或作于康熙十七年（1678年）早春。又是一年春来到，上下翩翩起舞的蛱蝶犹带着去年冬天的丝丝寒意，而和暖的春风已经开始呵护绽放的花蕊了。春风吹绿，万象更新，莺啼燕唤，词人心底却是无限凄凉。佳人已去，他的余生就要在憔悴中度过了。夜晚来临，朦胧的月色里柳丝飘拂，词人似乎看见妻子的身影飒然而至，耳畔还有玉钗撞击的声响，但这样的情形只能在梦中出现了，这样的梦将是他今生唯一的寄托了。

又

古戍①

古戍饥乌集,荒城野雉飞。何年劫火②剩残灰,试看英雄碧血③,满龙堆④。

玉帐⑤空分垒,金笳⑥已罢吹。东风回首尽成非,不道兴亡命也,岂人为。

【注释】

①戍:指古代将士守边之处,筑有城堡、营垒、烽火台等。

②劫火:佛家语。谓坏劫之末所起的大火。这里指兵火。

③碧血:指为国捐躯者所流的血。

④龙堆:沙漠名,即白龙堆。

⑤玉帐:主帅所居之军帐,取如玉之坚的意思。

⑥金笳:指铜笛之类。

【赏析】

高士奇《扈从东巡日录》载:"(康熙二十一年)三月丁巳

（初九），銮舆发盛京，过抚顺。旧堡败垒，蓁莽中居人十余家，与鬼伥为邻。前朝版图尽于此矣。"性德此词亦记其事。性德扈驾随行塞外，见古戍荒城，战火余烬，不无兴亡沧桑之感。

菊花新

用韵送张见阳①令江华

愁绝行人天易暮。行向鹧鸪声里住。渺渺洞庭波，木叶下、楚天何处。

折残杨柳应无数。趁离亭②笛声吹度③。有几个征鸿④，相伴也、送君南去。

【注释】

①张见阳：即张纯修，字子敏，号见阳，隶汉军正白旗。康熙十八年任江华县令。本词应当作于此年。

②离亭：即驿亭。古时人们常在这个地方举行告别宴会。

③吹度：吹送。

④征鸿：征雁，大雁秋来南飞，春来北往，但诗词中多指南飞之雁。

【赏析】

康熙十八年（1679年），张纯修任湖南江华县令，性德赋词相送。张纯修将去之楚地，天高气清，秋风袅袅，鹧鸪声声，残阳如血。词人折柳送别，依依难舍，长亭外数声风笛，天际里几个征鸿，一派落寞。

寻芳草

萧寺纪梦

客夜怎生过，梦相伴、绮①窗吟和②。薄嗔佯笑③道，若不是恁④凄凉，肯来么。

来去苦匆匆，准拟待、晓钟敲破。乍偎人、一闪灯花堕，却对著、琉璃火⑤。

【注释】

①绮：同"倚"。靠着的意思。

②吟和：吟诗唱和。

③佯（yáng）笑：假意嗔怒。

④恁：那么，那样，如此。

⑤琉璃火：指琉璃灯，即用角质透明的灯罩装饰之灯火。

【赏析】

此为记梦之词，写梦中的欢会与醒后的惆怅。客居他乡，夜半枯坐于佛寺，不知不觉进入梦乡，梦见伊人前来相伴，倚窗吟诗、唱和、嬉戏。在梦中，她娇嗔笑道："若不是看你孤零零惨兮兮的模样，我才不会来呢。"原以为晨钟敲响才会让甜梦破碎，谁知伊人来去匆匆，灯花一落，即杳然而去，词人也从梦中惊醒。他面色惨然，对着幽幽的灯烛，半晌无言。

秋千索[1]

药阑[2]携手销魂侣,争不[3]记、看承[4]人处。除向东风诉此情,奈[5]竟日、[6]春无语。

悠扬扑尽风前絮,又百五[7]、韶光难住。满地梨花似去年,却多了、廉纤[8]雨。

【注释】

①这是一首怀念恋人的爱情词。

②药阑:即药栏,庭园中芍药花的围栏,亦泛指一般花栏。

③争不:怎不。

④看承:特别迎待之意。

⑤奈:无奈、怎奈。

⑥竟日:终日,即从早到晚。

⑦百五:寒食日,在冬至后的一百零五天,白居易《寒食夜》:"四十九年身老日,一百五夜月明天。"

⑧廉纤(lián xiān):细小,细微。多用以形容微雨。

【赏析】

此词是性德追忆去年情事。去年寒食日,他曾与佳人携手,漫步药栏,今年又到了清明时分,柳絮漫天飞舞,满地梨花依旧,佳人却杳无踪影。蒙蒙细雨中,词人默默伫立,不胜惆怅。《国朝词综》有副题"渌水亭春望",则词人作于自家苑中。

又

游丝①断续东风弱,浑无语、半垂帘幕。茜袖②谁招曲槛边,弄③一缕、秋千索④。

惜花人共残春薄,春欲尽、纤腰如削。新月才堪照独愁,却又照、梨花落。

【注释】

①游丝:指蜘蛛等昆虫吐的丝,飘荡在空中。古诗词中常以之表示春天将残。

②茜袖:绛红色的衣袖,这里借指女子。

③弄：戏弄、游戏。

④索：绳索，指秋千之绳索。

【赏析】

东风无力，百花凋残，春天将去，衣带渐宽。帘幕低垂，闺中人独坐楼中，正百无聊赖之际，有女伴前来相邀，去曲槛处戏耍秋千。白天好不容易打发过去了，漫长的夜晚紧随而来，人散后新月如钩，这样的夜晚，又如何排遣？谢懋《蓦山溪》"愁里见春来，又只恐、愁催春去。惜花人老，芳草梦凄迷，题欲偏，琐窗纱，总是伤春句"，词中说"惜花人老"，自是美人迟暮之意，而纳兰词中反复出现的"梨花落""惜花人"，当别有所指。

又

渌水亭春望

垆①边唤酒双鬟亚③，春已到、卖花帘下。一道香尘③碎绿苹，看白袷④、亲调马。

烟丝宛宛⑤愁萦挂,剩几笔、晚晴图画。半枕芙蕖压浪眠,教费尽、⑥莺儿话。

【注释】

①垆(lú):旧时酒店里安放酒瓮的土台子。

②双鬟亚:双鬟,古代年轻女子之两环形发髻,此处代指婢女。亚,通"压",低垂之貌。

③香尘:本指芳香之尘。此处代指湖水中浮游之水禽划破水面。

④白袷(jiá):即白袷蓝衫,旧时士人之服装,此处借指未取得功名之人。

⑤宛宛(wǎn wǎn):形容细弱的样子。

⑥费尽:用尽之意。

【赏析】

渌水亭为纳兰性德家中的园亭,在北京什刹海后海,今已无存。性德《渌水亭》诗有云:"野色湖光两不分,碧云万顷变黄云。分明一幅江村画,着个闲亭挂夕曛。"此词作于康熙二十四年(1685年)。词人于自家园亭,手持酒杯,悠然而望,见春景如画,芙蕖半枕,烟丝萦绕,鸭鹅戏水,莺啭风暖,极为自得。

又

锦帷初卷蝉云①绕,却待要、起来还早。不成薄睡倚香篝②,一缕缕、残烟袅。

绿阴满地红阑悄,更添与、催归③啼鸟。可怜春去又经时④,只莫被、人知了。

【注释】

①蝉云:谓蝉鬓形的发式像乌云一样地盘绕着。此处指女子睡起时头发已松散的形貌。

②香篝:即熏笼。

③催归:鸟名。子规,杜鹃的别称。

④经时:许久,历久。

【赏析】

佳人黎明醒来,睡意全无,可起床又实在太早,真可谓睡也无聊,醒也无聊,只好头发松散,斜倚熏笼,呆望着残烟想自己的心事。听着室外鸟儿的啼叫,想着绿荫下定然是落红满地,佳人知道这春天又要离去了,她不禁有些气恼:既然要走,何不悄悄一走了之？如今慢腾腾折腾出这般动静，让人何以为情？

浪淘沙

双燕又飞还，好景阑珊。东风那惜①小眉弯②。芳草绿波吹不尽，只隔遥山。

花雨③忆前番，粉泪④偷弹。倚楼谁与话春闲。数到今朝三月二⑤，梦见犹难。

【注释】

①那惜：不顾惜，不管。

②小眉弯：眉头紧皱，指美丽女子。

③花雨：落花纷飘。

④粉泪：女子的眼泪。

⑤三月二：古代"上巳"节，是游春之日，是日人们到水边洗濯、饮酒、欢聚等，以为驱邪避祸，消除不祥。

【赏析】

去年上巳之日,曾与欢郎一起度过。今年春天又要过去了,燕子也飞回来了,她一天天数着日子,一直数到上巳节的前一天,而情郎还不见踪影,这让人情何以堪。

又

紫玉①拨寒灰,心字②全非。疏帘③犹是隔年垂。半卷夕阳红雨入,燕子来时。

回首碧云西,多少心期④。短长亭外短长堤。百尺游丝千里梦,无限凄迷。

【注释】

①紫玉:紫玉钗。

②心字:即"心字香",古人将盘香制成心字形。这里喻指心如死灰。

③疏帘:指编织稀疏的竹帘。

④心期：心愿，心意。

【赏析】

燕子来时，雨后清明，本是春光明媚，但佳人毫无喜悦之情，每日于低垂的帘幕下，等待奇迹的出现，但无数次的眺望只能换来无数次的失望。窗外的百尺游丝，系不住春晖，更系不住春梦，系住的只有她的春愁。她闲极无聊，随手拨弄着燃尽的香灰，把心字香灰弄得一团糟，她的心绪也是这样乱如麻。

又

眉谱①待全删，别画秋山②。朝云渐入有无间。莫笑生涯浑似梦，好梦原难。

红咮③啄花残，独自凭阑。月斜风起袷衣单。消受春风都一例，若个④偏寒。

【注释】

①眉谱：古代女子描画眉毛的图谱。

②秋山：秋天里的远山山形、山色。古诗文中常以之比喻年轻女子的眉毛。

③咮（zhòu）：鸟的嘴。

④若个：哪个，何处。

【赏析】

月斜时分，独自凭栏，春风拂过，衣单人只，丝丝凉意顿时从心底生起。前人曾言风无雌雄，为什么他人如沐春风而自己不胜凄寒？仔细想来，不是身寒是心寒。巫山神女原是梦，小姑居处本无郎，但拥有梦也是一种幸福，真正让人心寒的，是连梦都没法去做。

又

红影湿幽窗，瘦尽①春光。雨余花外却斜阳。谁见薄衫低髻子②，抱膝思量③。

莫道不凄凉,早近持觞④。暗思何事断人肠。曾是向他春梦里,瞥遇回廊。

【注释】

①瘦尽:以人之清瘦比喻春天将尽。

②低鬟子:低垂的发鬟,代指低垂着头。

③思量:想念,记挂。此处"量"读轻声。

④持觞(shāng):持,拿起,举起。觞,酒杯。

【赏析】

词或有副题"无题",说明其内容词人不能明说,不愿明说,但又实在不得不说。这复杂的情感自然与他的情事有关,而"回廊"一词也多次出现在纳兰词中,每次出现都使他黯然肠断,可见是其伤心处。或许正是在回廊,他惊鸿一瞥,偶然看见心中牵挂的人,不过此后再也无处相见。这惊鸿一现,在脑海中反复回放,逐渐模糊起来,如今感觉恍然如梦中了。情人身影模糊了,那些刻骨铭心的情感也会被搁置吗?雨后的夕阳,一袭春衫,低头抱膝、沉思不语的瘦弱身影,有谁怜惜呢?

又

清镜①上朝云,宿篆②犹熏。一春双袂尽啼痕。那更夜来山枕③侧,又梦归人。

花底病中身,懒约溅裙④。待寻闲事度佳辰。绣榻重开添几线,旧谱翻新。

【注释】

①清镜:明镜。

②宿篆:夜来点燃的篆香。

③山枕:枕头。

④溅裙:即溅裙人,代指情人或某女子。这里指女伴。

【赏析】

闺中少妇夜来又一次梦见丈夫回到家中,醒来不胜伤感。"罗衣湿,红袂有啼痕"(韦庄《小重山》),身上的衣衫,满是这一春留下的泪痕。丈夫未还家,她也提不起赏花、溅裙的兴致,一个人躲在家中做她的女红,消磨时日。

又

闷自剔残灯,暗雨空庭。潇潇已是不堪听。那更西风偏著意①,做尽秋声②。

城柝③已三更,欲睡还醒。薄寒中夜掩银屏④。曾染戒香⑤消俗念,莫又多情。

【注释】

①著意:专意、用心。

②秋声:古人将万木零落之声称为秋声。

③城柝(tuò):谓城垣上传来的柝声。柝,古代巡夜时敲击之木梆。

④银屏:银饰之屏风。

⑤戒香:佛教说戒时所燃之香。这里代指超脱尘世烦恼之意。

【赏析】

秋雨潇潇,空庭寂寥,灯下独坐,听西风飒然而来,不胜落寞。城头传来三更鼓,犹自不能入梦来。曾经想方设法消去世情,可如今依然为闲愁所困,一夜无眠。

又

秋思

霜讯①下银塘②,并作新凉。奈他青女③忒轻狂。端正一枝荷叶盖,护了鸳鸯。

燕子要还乡,惜别雕梁。更无人处倚斜阳。还是薄情还是恨,仔细思量。

【注释】

①霜讯:即霜信,霜期到来之消息。

②银塘:清澈明净的池塘。

③青女:传说掌管霜雪之女神。这里指冷风。

【赏析】

秋色已深,天气转凉,词人伫立池塘旁,见亭亭荷叶下鸳鸯成双,心中满是惆怅。霜冷风急,燕子也要还乡了,而自己还羁留他方,这究竟是为了什么呢?他自己也说不清缘由,而佳人定会以为是他太薄情。

又

夜雨做成秋,恰上心头。教他珍重护风流①。端的②为谁添病也,更③为谁羞。

密意未曾休,密愿难酬。珠帘四卷④月当楼。暗忆欢期真似梦,梦也须留。

【注释】

①风流:指美好动人之风韵。

②端的:究竟、到底。

③更:却。

④珠帘四卷:谓楼阁四面的珠帘卷起。

【赏析】

"何处合成愁,离人心上秋"(吴文英《唐多令》)。绵绵秋雨,带来不尽的秋思,也带来数不清的离愁。佳人由思成愁,因愁生疾,但一片痴情,却无处倾诉。谁懂得她的娇憨,谁关注她的凄楚?当时的欢会,如梦境一般;不过事后想来,即使当初明知是梦,她也宁愿留在这梦中。

又

望海

蜃阙①半模糊,踏浪惊呼。任将蠡测②笑江湖。沐日光华还浴月,我欲乘桴③。

钓得六鳌④无,竿拂珊瑚。桑田清浅问麻姑⑤。水气浮天天接水,那是蓬壶⑥。

【注释】

①蜃阙(shèn què):即海市蜃楼。

②蠡(lí)测:即以蠡测海。比喻见识短浅,以浅量度人。

③桴(fú):小竹筏,小木筏。

④鳌(áo):传说中海里的大龟,以喻气概非凡。

⑤麻姑:道教神话人物,古代以麻姑比喻高寿。

⑥蓬壶:指海上仙山。

【赏析】

康熙二十一年(1682年),纳兰随皇帝东巡,出入山海关。高士奇《扈从东巡日录》载:"(二月)壬寅迟旦,海日欲出,朝烟变幻,散若绮霞,接顾之顷,焱然四彻,海光浩淼,极目无际。昔荀中郎羡在京口,登北固山望海,云虽未睹三山,便自使人有陵云之气。今东临碣石,近指扶桑,觉蓬莱方丈,隐隐欲出也。……四月朔戊寅(初一日),乙巳,驻跸中后所。丁未,将入山海关,过欢喜岭。……澄海楼在关西八里许,飞栋承霄,层檐接水,楼前有台,平临海岸,海水潝湃。台下初望,海水深碧,万里无波,天风忽来,殷雷四振,遥见海上,银涛矗立,㳽漫沉瀁,少近岸则玄浪飚飞,颓波云驶。登楼下望,水及衣裾。"四月一日,康熙有《观海》诗,性德词也是写海上日出之壮丽景色。

又

野宿近荒城,砧杵①无声。月低霜重莫闲行②。过尽征鸿书未寄,梦又难凭。

身世等浮萍,病为愁成。寒宵一片枕前冰。料得绮窗孤睡觉,一倍关情③。

【注释】

①砧杵（zhēn chǔ）：捣衣石和棒槌。古诗词中砧杵之声有思妇之怨的意思。

②闲行：微行，本指行动隐秘之意，此处谓独自悄然缓行，即闲步之意。

③一倍：加倍。

【赏析】

只身在外，夜宿于荒城。月色如水，霜华满树。远处传来几家砧杵之声，引起无穷乡思。征鸿过尽，归梦总是难成。词人自叹身如浮萍，总为雨打风吹去。寒夜中已经不胜相思之凄苦，又想到闺中佳人也正倚窗眺望，苦苦期待自己的归来，更觉凄楚。

雨中花

楼上疏烟①楼下路，正招余、绿杨深处。奈卷地西风，惊回残梦，几点打窗雨。

夜深雁掠东檐去,赤憎是、断魂砧杵。算酌酒忘忧,梦阑酒醒,梦思知何许②。

【注释】
①疏烟：指香火冷落。
②何许：如何，怎样。

【赏析】
梦中正要与佳人相会,却被落在窗棂上的几滴秋雨惊醒。听窗外西风卷地而来,孤雁哀鸣而去,捣衣声中,离人有无数孤苦,无限惆怅。

又

送徐艺初①归昆山

天外孤帆云外树,看又是、春随人去。水驿②灯昏,关城月落，不算凄凉处。

计程应惜天涯暮，打叠起③、伤心无数。中坐波涛④，眼前冷暖⑤，多少人难语。

【注释】

①徐艺初，名树榖，字艺初，徐乾学之子，康熙十三年受其父牵连而回昆山，性德赋词相送。

②水驿（yì）：水路驿站。

③打叠起：收拾起。

④中坐波涛：指触犯了朝纲。

⑤冷暖：寒冷和温暖。泛指人的生活起居。亦以喻世态炎凉。

【赏析】

上片写友人一叶孤舟，在春水中渐行渐远，沿途月落灯昏，一片惨淡，有无限凄楚；下片写自己虽不能伴友人远行，但会时时关注，默默计算其归程。友人如波涛之心事，或许也会因为自己的惦念而得到缓解。

河传

春残,红怨①,掩双环②。微雨花间昼闲。无言暗将红泪弹。阑珊③,香销轻梦还。

斜倚画屏④思往事,皆不是,空作相思字⑤。记当时,垂柳丝,花枝,满庭蝴蝶儿。

【注释】

①红怨:意思是春残花落,令人倍感凄凉。

②掩双环:掩门,关起门来。

③阑珊:稀疏零落的样子。

④画屏:绘有彩画的屏风。

⑤相思字:韦应物有"反复故人心,中有相思字"诗句,此处化用。

【赏析】

词写暮春情怀。春残时节,落红处处,一片狼藉。佳人不忍目睹,紧锁深闺,杜门不出。她斜倚画屏,于垂柳边追忆往日同情人赏花戏蝶之情事。当日柳丝漂浮,花儿满枝,蝴蝶飞舞,何等温馨。如今细雨迷蒙，百无聊赖，暗自销魂，粉泪盈盈。

鹧鸪天

离恨

背立盈盈①故作羞。手挼②梅蕊打肩头。欲将离恨寻郎说，待得郎来恨却休。

云淡淡，水悠悠。一声横笛锁③空楼。何时共泛春溪月，断岸④垂杨一叶舟。

【注释】

①盈盈：指女子之风姿、仪态的美妙动人。

②手挼：用手揉弄。

③锁：萦绕，凝滞。

④断岸：江边绝壁。形容山壁之陡峭。

【赏析】

　　词写女子娇羞袅娜之态,轻盈活泼,不失民歌风味。开篇所言"故作羞",可见是不知愁滋味而强作愁,写出了初识相思滋味的情致。"手接梅蕊打肩头",亦是少女独有的娇羞,虽与情郎分离而并未谙尽孤独滋味,故而情郎一旦归来就会恢复活泼之态。风淡云轻,笛锁空楼,留下的是无数的期待与憧憬。想到情郎归来之日,就可以一叶扁舟,共泛春溪,所以这种等待是甜蜜的,其实是有"离"而无"恨"。

又

十月初四夜风雨其,明日是亡妇生辰

　　尘满疏帘①素带飘,真成暗度可怜宵。几回偷拭②青衫泪,忽傍犀奁③见翠翘④。

　　惟有恨,转无聊。五更依旧落花朝。衰杨叶尽丝难尽⑤,冷雨凄风打画桥。

【注释】

①疏帘：编织稀疏的竹制的窗帘。

②拭：擦拭。

③犀奁（lián）：以犀角制成安放饰物的匣子。

④翠翘（qiào）：古代女子之首饰，即翡翠翘头。此处代指亡妻生前之遗物。

⑤丝难尽：丝即柳丝，这里用以借指绵绵不断的情意。

【赏析】

卢氏卒后，在其诞辰的前一夜，性德写了这首悼亡词，抒写他的恍惚之感。虽然已经为爱侣的过世做好了准备，可真当妻子离去之后，自己还是无法接受这样的现实，不敢相信自己真成了一个可怜之人，在孤寂中独自度过这漫漫长夜。忽然看见亡妻留下的饰物，又注意到帘幕因无人打理已沾满灰尘，禁不住揩拭眼泪。又是一年落花季节，又到了风雨飘过画桥的日子，花落人亡起相思，凄风苦雨又平添多少愁绪。

又

送梁汾①南还,为题小影

握手西风泪不干,年来多在别离间。遥知独听灯前雨,转忆同看雪后山。

凭②寄语,劝加餐。桂花时节约重还。分明小像沉香缕,一片伤心欲画难。

【注释】

①梁汾:即顾贞观(1637—1714年),清代文学家。原名华文,字远平、华峰,亦作华封,号梁汾,江苏无锡人。康熙二十年(1681年)秋日,顾贞观南归,性德赋此词。

②凭:凭借。

【赏析】

秋风萧瑟之际,友人黯然南归,词人心中落寞。这些年来聚少离多,分离后,想必雨下灯前的寂寥时刻,友人也会记起往日相聚的温馨。分离之日,唯有希望多加珍重,待到明年桂花飘香的时候再来相聚。临别题小影一帧，聊作纪念。

又

咏史

马上吟成促渡江，分明间气属闺房①。生憎②久闭铜铺③暗，花冷回心玉一床。

添哽咽，足凄凉。谁教生得满身香。只今西海④年年月，犹为萧家⑤照断肠。

【注释】

①闺房：本指女子之卧房，此处代指萧观音。

②生憎：最恨、偏恨。

③铜铺：古代门之美称。

④西海：本指传说中之西方神海。此处指京都中之太液池。

⑤萧家：指萧观音家。

【赏析】

词有副题"咏史",所咏为萧观音之事。辽懿德皇后萧观音,才色特出,曾被天祐帝赞为"女中才子",却因劝阻其畋猎而遭厌弃,后受谗而死。间气,指英雄豪杰秉天地之气应世而出。性德以为,如此杰出之人物,在男子亦不多得,却横遭不测,不能不令人惋惜。

又

小构园林寂不哗,疏篱曲径仿山家。昼长吟罢风流子[①],忽听楸枰[②]响碧纱。

添竹石,伴烟霞。拟凭尊酒慰年华。休嗟髀[③]里今生肉,努力春来自种花。

【注释】

①风流子:词牌名。

②楸枰(qiū píng):棋盘。古代棋盘多以楸木制作,故名。

③髀(bì):大腿。

【赏析】

词写隐居小园中的矛盾心情。结庐都市,无车马之喧。草堂落成,疏篱曲径,自是悠然自得。闲来吟诗下棋,分外惬意。不过,以竹石为伍,以烟霞为伴,种花饮酒,虽极清净,有潇洒出尘之姿,但终是事业无成,功业未就,留下了深深的遗憾。当年刘备闲居荆州,感叹"长身不离鞍,髀肉皆消,今不复骑,髀里肉生,日月若驰,老将至矣,而功业不建",词人亦心有戚戚。

又①

冷露无声夜欲阑,栖鸦不定朔风寒。生憎画鼓楼头急,不放征人梦里还。

秋淡淡②,月弯弯。无人起向月中看。明朝匹马相思处,如隔千山与万山。

【注释】

①词作于康熙二十一年（1682年）秋，时性德正赴梭龙。

②淡淡：广漠、辽阔的样子。

【赏析】

朔风飞扬，栖鸦徘徊不定；寒露滑落，夜色将尽未尽。梦中征人正要归乡，却为城楼画角悲鸣惊醒；冷月无声，秋色渐浓，明日又要继续远行，离家也就越来越远了。

又

雁帖①寒云次第②飞，向南犹自怨归迟。谁能瘦马关山道，又到西风扑鬓③时。

人杳杳，思依依。更无芳树有乌啼。凭将扫黛④窗前月，持向今宵照别离。

【注释】

①雁帖（tiè）：指书信。

②次第：依次，按照顺序或依一定顺序，一个接一个地。

③鬓：本指脸旁靠近耳朵的头发。扑鬓在这里也可作扑面理解。

④扫黛：画眉。

【赏析】

秋风正浓，大雁匆促南飞，唯恐落后。自己滞留他乡，有家难回，犹自骑着瘦马，迎着西风，迤逦在古道之上。家中之幽人愁思依依，整日里呆在深闺中，无心寻芳弄草，任凭月落乌啼。百无聊赖之际，她随手把玩着窗前的月光，想象着这月光落在离人身上的模样。

又

独背斜阳①上小楼，谁家玉笛②韵偏幽。一行白雁③遥天暮，几点黄花满地秋。

惊节序,叹沉浮。秾华④如梦水东流。人间所事⑤堪惆怅,莫向横塘问旧游。

【注释】

①斜阳:傍晚西斜的太阳,也可作"残阳"理解。

②玉笛:笛子的美称。

③白雁:候鸟,体色纯白。

④秾(nóng)华:繁盛艳丽的花朵,指女子的青春美貌。

⑤所事:亦作"所是"。凡事,事事。

【赏析】

秋日之黄昏,词人独上小楼,抬眼望去,只见黄花点点,大雁南飞;倾耳聆听,远处还传来悠扬婉转的笛声。季节的变换与岁月的流逝,无不使他惊诧,惆怅中不禁想起了南方的友人。横塘为江南古堤名,温庭筠《池塘七夕》:"万家砧杵三篙水,一夕横塘似旧游。"

又①

谁道阴山②行路难,风毛雨血③万人欢④。松梢露点沾鹰细,芦叶溪深没马鞍。

依树歇,映林看。黄羊⑤高宴簇金盘。萧萧一夕霜风紧,却拥貂裘怨早寒。

【注释】

①纳兰塞上之作多是感伤的情调,而此篇却是一个特例。此篇大约是侍康熙皇帝狩猎之作。

②阴山:今河套以北、大漠以南诸山的统称。

③风毛雨血:指狩猎时禽兽毛血纷飞的情状。

④欢:欢跃,欢快。

⑤黄羊:黄羊的形状与羊相同,但四肢短小而肋骨很细,腹下夹带着黄色的毛。

【赏析】

词写扈从行猎时所见之欢宴场面。风毛雨血,洒野蔽天,万人齐声欢呼的盛大场面令人震撼;猎鹰盘旋,溪没马鞍的行猎过程使人难忘;席地围坐,痛饮高歌的欢宴,更让人留恋。一切显得那样新奇,甚至连清晨的寒气都与他处不同。

又

别绪如丝睡不成,那堪孤枕梦边城。因听紫塞三更雨,却忆红楼半夜灯。

书郑重,恨分明①。天将愁味酿多情。起来呵手封题②处,偏到鸳鸯两字冰。

【注释】

①书郑重,恨分明:这两句指给妻子写信。

②封题:特指在书札的封口上签押。

【赏析】

身处边城,别绪如细丝;孤枕难眠,听潇潇夜雨;想红楼佳人,直到三更。为离情所苦,聊借书信寄相思,但紫塞天寒,墨砚都结上了冰。梦做成了,信写不了,凄清孤寂的滋味如何排遣呢?

木兰花令

拟古决绝词

人生若只如初见,何事秋风悲画扇①。等闲变却故人心,却道故心人易变②。

骊山语罢清宵半,泪雨零铃终不怨。何如薄幸锦衣郎③,比翼连枝当日愿。

【注释】

①"何事"句:用汉朝班婕妤被弃的典故。班婕妤为汉成帝之妃,被赵飞燕谗害,退居冷宫,后有诗《怨歌行》,以秋扇闲置为喻抒发其被弃之怨情。后世遂以秋扇见捐来比喻女子被弃。

②却道故心人易变:出自南朝齐国山水诗人谢朓的《同王主簿怨情》后两句"故人心尚永,故心人不见"。

③锦衣郎：锦衣，华美的衣服。锦衣郎即指唐明皇。

【赏析】

此词主旨有两说。一种以为是论交友之道当始终不渝，因为有一刻本的副题注明了"柬友"两字，不过"柬友"之"友"，并非一定要理解为友情，或许指友人更为恰当，即劝慰友人在某些方面诸如爱情等问题上不可过于执拗。另一说认为是在以女子的口吻驳斥薄情郎，从词中所用典故及词意来看，似乎不无不可。但作者说他是"拟《古决绝词》"，而非拟《决绝词》或"拟古"，古辞《白头吟》是因为情郎变心而提出分手，元稹《古决绝词》是相思难耐恨不得以决绝来求得解脱，两种意思刚好相反。性德所模拟的，应该是后者。性德以为两地分别，很多事情都会发生，但感情却不会变。如果情感真为这些变故所影响，那这爱情也好，友情也罢，也就不值得珍惜了。因为"不变"，所以才"不怨"。班婕妤有怨，因为她预见了变故的发生；李隆基不怨，虽然有了变故，但他没有忘记往日的誓愿，他的痴情没有改变。古辞《白头吟》有"闻君有两意，故来相决绝"，元稹《古决绝词》其一为："夜夜相抱眠，幽怀尚沉结。那堪一年事，长遣一宵说。但感久相思，何暇暂相悦。虹桥薄夜成，龙驾侵晨列。生憎野鹊性迟回，死恨天鸡识时节。曙色渐瞳瞳，华星欲明灭。一去又一年，一年何可彻。

有此迢递期,不如死生别。天公隔是妒相怜,何不便教相决绝。"

明月棹孤舟

海淀①

一片亭亭②空凝伫,趁西风、霓裳偏舞。白鸟惊飞,菰蒲③叶乱,断续浣纱人语。

丹碧驳残④秋夜雨,风吹去采菱越女⑤。辘轳声断,昏鸦欲起,多少博山⑥情绪。

【注释】

①海淀:纳兰性德家曾在海淀有别墅,吴长元《宸垣识略》载:"自怡园在海淀,大学士明珠别墅。"

②亭亭:明亮而美好的样子,这里用来形容荷花的美态。

③菰蒲(gū pú):指菰和蒲。水边生多年草本植物,地下茎白,地上茎直立,开紫红色小花。嫩茎即茭白,果实为菰米,一名

"雕胡米"。

④丹碧驳残：指荷花荷叶凋残了。

⑤越女：古代诗人也常把南方的女子称为"越女"。这里指采菱之女。

⑥博山：博山炉，代指名贵之香炉。因其形似传说的海上的博山，故名。

【赏析】

是词乃写性德在海淀别墅眺望荷塘时的感受。秋风吹起，亭亭玉立的荷叶随风翻舞；白鸟掠过，扇起阵阵涟漪。江南女子，想必正荡着双桨，唱着采菱曲。

南乡子

飞絮晚悠扬，斜日波纹映画梁。刺绣女儿楼上立，柔肠。爱看晴丝①百尺长。

风定却闻香，吹落残红在绣床。休堕玉钗惊比翼，双双。共唼②蘋花绿满塘。

【注释】

①晴丝：谓在空中游荡的蜘蛛等虫类所吐的丝。
②唼（shà）：形容鱼或水鸟吃食的声音，也指鱼或水鸟吃食。

【赏析】

　　傍晚时分，微风轻轻拂过池塘，柳絮漫天飞舞，画楼的倒影在波中荡漾。楼上正在刺绣的女孩，柔肠百转，情思一缕，幽幽难言。花儿随风闯入绣房，片片躺绣床之上，似乎在提醒着她不要辜负青春年华，也该梳妆打扮得如花儿一样。女孩却忖思道：花儿一般的模样收拾整齐后给谁欣赏呢？看看池塘偎依的鸟儿，她不由得痴了。

又①

　　烟暖雨初收，落尽繁花小院幽。摘得一双红豆子②，低头。说著分携③泪暗流。

人去似春休,卮酒④曾将酹⑤石尤⑥。别自有人桃叶渡⑦,扁舟,一种烟波各自愁。

【注释】

①此篇《瑶华集》有副题"孤舟"。

②红豆子:即相思树所结之子。果实成荚,微扁,子大如豌豆,色鲜红或半红半黑。古人以此作为爱情或相思的象征。

③分携:离别。

④卮酒:杯酒。

⑤酹:将酒倒在地上,表示祭奠或立誓。

⑥石尤:指石尤风,即逆风。

⑦桃叶渡:渡口名,位于江苏省南京市秦淮河畔。因王献之于此为其妾桃叶作歌而得名。后人以此代指情人分别之地。

【赏析】

雨后初霁,幽静的小院里落花满地,此时此际,泪眼相别,赠与红豆以寄相思之情。送行者伤春复离别,无可奈何春归去;远行者身不由己,黯然销魂。当年桃叶渡,扁舟远逝,今日一别,烟波依然,惆怅依旧。石尤风,即逆风或顶头风。《琅嬛记》引《江湖纪闻》载：石尤风者，传闻为石氏女嫁尤郎，情好甚笃，为商远行，石氏阻之，不从。尤经久不归，石氏思而致病亡，终前曰："吾恨不能阻其行，以至于此。今凡有商旅远行，吾当作大风为天下妇人阻之。"

又

柳沟①晓发

灯影伴鸣梭②，织女③依然怨隔河。曙色远连山色起，青螺④。回首微茫忆翠娥⑤。

凄切客中过，料抵秋闺一半多。一世疏狂⑥应为着，横波⑦。作个鸳鸯消得⑧么。

【注释】

①柳沟：在今北京延庆八达岭北。

②鸣梭（suō）：梭，梭子；织具。鸣梭即梭子织布时发出的

声音。

③织女：即织女星。这里也是以此比喻与闺中人的分离。

④青螺（luó）：比喻青山。

⑤翠蛾：本指女人之眉毛，后代指美丽的女子。

⑥疏狂：豪放，不受拘束。

⑦横波：比喻眼神流动，如水闪波。这里代指所爱之女子。

⑧消得：值得、抵得之意。

【赏析】

词人从柳沟出发时，天色尚未大亮，曙色才动，远山恰似青螺，让他忆起翘首以待的佳人。这些年聚少离多，闺中的妻子总是独自一人在灯下织布，想来定是十分寂寞，他多么希望能够为红粉而疏狂一把。进入仕途之后的性德，东奔西走，不免身心俱疲，颇感厌倦与无奈。

又

捣衣

鸳瓦已新霜,欲寄寒衣转自伤。见说征夫容易瘦,端相①。梦里回时仔细量。

支枕怯空房,且拭清砧②就月光。已是深秋兼独夜,凄凉。月到西南更断肠。

【注释】

①端相:细看,端详。

②清砧(zhēn):即捶衣石。

【赏析】

秋天到了,屋顶已落满新霜。"长安一片月,万户捣衣声。秋风吹不尽,总是玉关情"(李白《子夜吴歌》),家家户户都忙着为戍守边关的亲人缝制冬衣。词中的女主人公,更为细心,她决定在梦中去仔细端详远戍的丈夫,看看他究竟消瘦多少,以免寄去的寒衣不合身。

又

秋暮村居

  红叶满寒溪,一路空山万木齐。试上小楼极目望,高低。一片烟笼十里陂①。

  吠犬杂鸣鸡,灯火荧荧②归路迷。乍逐横山时近远,东西③。家在寒林独掩扉。

【注释】

①陂(bēi):水池,湖泊。
②荧荧(yíng):灯光闪烁之貌。
③东西:即时东时西。

【赏析】

  一路缓步行来,只见万山空寂,千木萧索,红叶满溪。暮色苍茫中,词人伫立小楼,默默无语。犬吠鸡鸣,若有若无;灯火黄昏,星星点点。穿过寒林,他回到了静谧的小屋。

又

为亡妇题照

泪咽却无声,只向从前悔薄情。凭仗丹青①重省识②,盈盈③。一片伤心画不成。

别语忒分明,午夜鹣鹣④梦早醒。卿自早醒侬自梦,更更。泣尽风前夜雨铃。

【注释】

①丹青:因我国古代绘画常用朱红色和青色,故又称画为"丹青"。

②省识:认识,察识。

③盈盈:这里代指貌美的亡妻。

④鹣鹣(jiān jiān):比翼鸟,《尔雅·释地》:"南方有比翼鸟焉,不比不飞,其名谓之鹣鹣。"

【赏析】

这是一首题画词,为卢氏画像而作。诀别时的叮咛还回荡在耳畔，比翼齐飞的梦想早已破碎，词人抚摸着亡妻的画像，悲上心头，他后悔当初没能好好珍惜，如今只能凭借画像寄托哀思。亡妻脱离了苦海，自己还在尘世间煎熬，想到这一切，唯有无声哽咽。

又

何处淬①吴钩②，一片城荒枕碧流。曾是当年龙战地③，飕飕。塞草霜风满地秋。

霸业等闲休，跃马横戈总白头。莫把韶华轻换了，封侯。多少英雄只废丘。

【注释】

①淬（cuì）：用水急速冷却，制造巨大温度反差的方法或技术。

②吴钩：宝刀，形似剑而曲。

③龙战地：指古战场。后代指群雄割据之争。

【赏析】

深秋时刻,词人来到塞外当年龙战之处,但见寒风萧萧,衰草遍野。当年多少英雄,横戈跃马,力图建立霸业,为封侯留名耗尽了心血,如今都成了一抔黄土。词作于康熙二十一年(1682年)觇梭龙之时。

茶瓶儿

杨花糁①径樱桃落。绿阴下晴波燕掠。好景成担阁②。秋千背倚,风态③宛如昨。

可惜春来总萧索。人瘦损纸鸢④风恶。多少芳笺⑤约。青鸾⑥去也,谁与劝孤酌。

【注释】

①糁(sǎn):煮熟的米粒,这里是散落的意思。

②担阁:耽搁,延误。

③风态:犹风姿。

④纸鸢（yuān）：一般指风筝。相传墨翟以木头制成木鸟，研制三年而成，是人类最早的风筝起源，后来鲁班用竹子，改进墨翟的风筝材质，进而演变成为今日的多线风筝。

⑤芳笺：带有芳香的信笺。

⑥青鸾（luán）：指女子，柳永《木兰花》："坐中年少暗消魂，争问青鸾家远近。"

【赏析】

杨花铺满小路，荷叶遮蔽了池塘，樱桃落尽，蝴蝶翻飞，燕子从水面轻快地划过。春光灿烂，想必佳人也依然风姿绰约。只可惜面对如此美景，词人却心情落寞，因为佳人一去，从此他只得孤酌独饮，自然"春来总萧索"。

虞美人①

凭君料理②花间课③，莫负当初我。眼看鸡犬上天梯④，黄九⑤自招秦七⑥共泥犁⑦。

瘦狂那似痴肥好⑧,判任痴肥笑。笑他多病与长贫,不及诸公衮衮⑨向风尘⑩。

【注释】

①此篇有版本副题作"为梁汾赋",故这词或是写给好友顾贞观的。

②料理:本为指点、指教。此处含有辑集之意。

③课:指词作。

④天梯:古人想象中登天的阶梯,此处比喻入仕朝堂,登上高位。

⑤黄九:指北宋诗人黄庭坚,因其排行第九,故称黄九。

⑥秦七:指北宋词人秦观,其排行第七,故称秦七。

⑦泥犁:佛家语,地狱之意。

⑧瘦狂那似痴肥好:其中"瘦狂"与"痴肥"皆比喻仕途失意与得意。

⑨衮衮(gǔn gǔn):相继不绝的样子。

⑩风尘:指宦途、官场。

【赏析】

康熙十七年,顾贞观与吴绮共编校纳兰之《饮水词》。性德赋词相赠,叮咛之外不无愤世之意。词人开篇郑重托付,希望对方不要辜负当初引为知己的一番心意,随即反复强调两人均是畸零之人,本不肯苟同,亦不愿随波逐流。他人但愿腾达飞黄,我辈不能为俗物败坏兴趣。词中自有佳趣,可为知己者道。

又

春情只到梨花薄,片片催零落①。夕阳何事近黄昏,不道人间犹有未招魂②。

银笺别梦当时句,密绾同心苣③。为伊判作梦中人,长向画图清夜唤真真④。

【注释】

①零落:指草木、花草凋零散落。

②未招魂:未召归的旅魂。

③同心苣(jù):相连结的火炬状图案花纹。古人常用以象征爱情。

④真真：出自一典故。杜荀鹤《松窗杂记》有载，唐朝进士赵颜得到一幅仕女图，所画之女据说名为真真，于是他每天对着画像呼唤真真，最后使其从画中走出。范成大诗《戏题赵从善两画轴》有云："情知别有真真在，试与千呼万唤看。"

【赏析】

词为悼亡之作。暮春时节，梨花片片飞落，似乎在为春天的逝去而哭泣，又如同在为新亡之人而招魂。当日曾立下海誓山盟，又以为既结同心，自然生则同室，死则同穴，可谁知转眼阴阳殊途，天人永隔。为了能再续前缘，词人甘愿做那痴梦中人，每天对着画像念你的名字，直到把你从画像中唤出。

又

绿阴帘外梧桐影，玉虎①牵金井②。怕听啼鴂③出帘迟，恰到年年今日两相思。

凄凉满地红心草④，此恨谁知道。待将幽忆寄新词，分付⑤芭蕉⁶风定月斜时。

【注释】

①玉虎：井上的辘轳。

②金井：井栏上有雕饰之井，多指宫廷园林之井。

③鴂（jué）：杜鹃鸟。

④红心草：草名。喻美人之遗恨。

⑤分付：托付，寄意。

⑥芭蕉：叶子很大，长椭圆形，花白色，果实跟香蕉很相似。

【赏析】

金蟾啮锁，玉虎牵丝，梧桐青霜，啼鴂哀鸣。自从旧楼新垄两依依，年年今日，凄凉满怀，相思成灰。词为悼亡之作。

又

曲阑深处重相见，匀泪偎人颤。凄凉别后两应同，最是不胜清怨月明中。

半生已分①孤眠过，山枕檀痕②浣③。忆来何事最销魂，第一折枝④花样画罗裙。

【注释】

①分：料想到之意。

②檀（tán）痕：带有香粉的泪痕。

③浣（wò）：玷污，弄脏。

④折枝：花卉画的一种。画花卉不写全株，只画从树干上折下来的部分花枝，故名。

【赏析】

我对你念念不忘的究竟是什么？在这踽踽独行的日子，刻骨铭心的记忆就是你的罗裙。那画有折枝的罗裙，总是闪现在我脑海里。而当庭院深处两相依偎，重逢一旦成为现实，罗裙真正展现在眼前，所有的凄苦都变成了美好的回忆。

又

峰高独石当头起,影落双溪水。马嘶人语各西东,行到断崖无路小桥通。

朔鸿①过尽归期杳②,人向征鞍老。又将丝泪③湿斜阳,回首十三陵④树暮云黄。

【注释】

①朔鸿:从北方向南飞去的大雁。

②杳(yǎo):遥不可知。

③丝泪:谓泪如雨丝。

④十三陵:北京市昌平天寿山一带之明陵,为十三座皇陵。

【赏析】

巨石当头而起,横亘道中;断崖无路,仅有小桥勾连;山路险峻,人马各自西东,人抄近路马绕行。上片写尽了旅途的艰难,又由双溪水所映照之人影,暗示出行役者孤寂的心情。下片进一步渲染这种孤寂的心情。眼看年华流逝,而归期难定,回首行经处,唯有千里暮云,不禁泪洒斜阳。词写羁旅行役之苦,或与其任职牧马监有关。

又

风灭炉烟①残炧②冷,相伴惟孤影。判③教狼藉醉清尊④,为问世间醒眼是何人。

难逢易散花间酒⑤,饮罢空搔首。闲愁总付醉来眠,只恐醒时依旧到尊前。

【注释】

①炉烟:熏炉或香炉之烟。

②残炧(xiè):烧残的烛灰。

③判:情愿、甘愿、不惜之意。

④清尊:酒器,借指清醇之酒。

⑤花间酒:谓美景良辰时之酒宴。

【赏析】

灯火已残,炉烟已冷,茕茕孑立,满腹牢骚。他唯有借酒消愁,独饮花间,而饮罢踌躇四顾,更有世人皆醉而己独醒之慨。

又

银床①淅沥②青梧老,屧粉③秋蛩扫。采香行处蹙连钱④,拾得翠翘何恨不能言。

回廊⑤一寸相思地,落月成孤倚。背灯和月就花阴,已是十年踪迹十年心。

【注释】

①银床:指辘轳架。

②淅沥(xī lì):象声词,形容风雨落叶等声音。

③屧(xiè)粉:借指所恋之女子。屧,鞋之木底,与粉字连缀即代指女子。

④连钱:连钱马,又名连钱骢。毛色有深浅,花纹、形状似相连的铜钱。

⑤回廊:用春秋吴王"响屧廊"之典。此处借指与所爱之人相恋的地方。

【赏析】

十年漂泊,十年苦忆,如今终于回到当日相处之所,却难于寻觅到往时的痕迹了。青桐已老,辘轳架长期闲置而干涩,转动时发出阵阵嘶哑的声音。庭院长满了青苔,意中人的踪迹也消散在蟋蟀声中。唯有当时失落在草丛中的翠翘,似乎可以见证逝去的青春。最让人魂牵梦绕的那处回廊,在月下显得那样清冷。词人重游故地所作。

又

彩云易向秋空散,燕子怜长叹。几番离合总无因,赢得一回僝僽①一回亲。

归鸿②旧约霜前至,可寄香笺③字。不如前事不思量,且枕红蕤④欹侧看斜阳。

【注释】

①僝僽(chán zhòu):烦恼,愁苦。

②归鸿:归来的大雁,这里借指回信。

③香笺:散发着香气的信笺。

④红蕤（ruí）：红蕤枕。传说中的仙枕，此处代指绣花枕。

【赏析】

美好的事物总难持久，就好比天空的彩云，固然灿烂，也最易消散。让人痴迷的感情就这样结束，虽不甘却无奈，分分合合，几番折腾，剩下的除了愁苦与心碎，还有温馨与甜蜜的回味。夜间长吁短叹，连梁上的燕子也被惊扰得难以安宁。清晨起来，思量对方该不会就此松手吧？按照以往的惯例，他的书信就快到了，今天不会是例外吧？思来想去，直到夕阳西下还没理清头绪。

又

秋夕信步

愁痕①满地无人省，露湿琅玕②影。闲阶小立倍荒凉，还剩旧时月色在潇湘③。

薄情转是多情累，曲曲④柔肠碎。红笺向壁字模糊，忆共灯前呵手为伊书。

【注释】

①愁痕：指青青的苔痕。

②琅玕（láng gān）：一种美玉。

③潇湘（xiāo xiāng）：出自唐·刘禹锡《潇湘神》词："斑竹枝，斑竹枝，泪痕点点寄相思。楚客欲听瑶瑟怨，潇湘深夜月明时。"

④曲曲：弯曲，有回旋绵延不绝之势。

【赏析】

秋霄残月之下，信步于闲庭之中，只见竹影婆娑，翠微露湿，荒寂无人。除了水面上的明月与当年有几分相似，一切都褪去了昔日的光彩，连伊人所写的书信，字迹也变得模糊起来。原以为自己算不上多情之人，也以为所有的记忆为时间所抹去，可当年灯下呵手一同写字的画面，却依然那样清晰。

又

黄昏又听城头角，病起心情恶。药炉初沸短檠①青，无那残香半缕恼多情。

多情自古原多病，清镜怜清影。一声弹指②泪如丝，央及③东风休遣玉人④知。

【注释】

①短檠（qíng）：短柄之灯烛。

②一声弹指：指青春转瞬即逝，故不无美人迟暮之感。或以为是顾贞观《弹指词》，非是。王之望《醉花阴》有云："弹指片声中，不觉流年，五十还加二。"

③央及：恳请、请求。

④玉人：对所爱者的爱称。

【赏析】

词写春日病中之情思。黄昏时刻，城头笳声四起，春天中的一日又在浓浓的药味中流逝。自古以来，多情者往往源于多病，因为多病使他们对外界的变化尤为敏感，因为敏感而觉得镜中的倩影愈加消瘦，因为脆弱而希望得到安慰，但又愿意对方看见自己憔悴的模样，所以内心极为焦虑。

鹊桥仙

七夕

乞巧楼空，影娥池①冷，佳节只供愁叹。丁宁②休曝旧罗衣③，忆素手、为予缝绽。

莲粉飘红，菱丝翳碧④，仰见明星空烂。亲持钿合⑤梦中来，信天上、人间非幻。

【注释】

①影娥池：汉代未央宫中的池名。本凿以玩月，后以指清澈鉴月的水池。

②丁宁：同"叮咛"。叮嘱，嘱咐之意。

③罗衣：软而轻的丝制衣服。

④菱丝翳（yì）碧：菱丝，菱蔓。翳，遮掩之意。

⑤钿（diàn）合：金饰之盒。"合"即"盒"字。古代女子以此为定情之信物。

【赏析】

词为七夕悼念亡妻而作。自从佳侣离去，便带走了他所有的欢愉，往日天上人间齐欢欣的七夕，也变得冷冷清清。当日妻子一针一线缝制的那些罗衣，被深藏在箱底。词人怕翻拣出来，勾起他难堪的回忆。虽然不愿回忆，可在这特殊的日子，忍不住想起了当初的点点滴滴。在回忆中进入梦乡，看见爱妻手持金钿，缓缓走来，仿佛在诉说着"但令心似金钿坚，天上人间会相见"。

又

梦来双倚，醒时独拥，窗外一眉新月。寻思①常自悔分明，无奈却照人清切②。

一宵灯下，连朝镜里，瘦尽十年花骨③。前期④总约上元⑤时，怕难认、飘零人物⑥。

【注释】

①寻思：思索、考虑。

②清切：清晰真切。

③花骨：形容人的容貌优美俏丽。此处是说容颜消瘦衰老。

④前期：指以前的约定。

⑤上元，阴历正月十五日。

⑥飘零人物：谓失意之人。

【赏析】

梦中与爱人相依相拥，醒来却孤枕独眠。望着窗外的那轮新月，不禁懊悔万分：当初月下共处，总是不甚珍惜，以为来日方长。转眼分离已十年，灯下镜中，映出的是憔悴的身影。欧阳修《生查子·元夕》曾说："今年元夜时，月与灯依旧。不见去年人，泪湿春衫袖。"性德更进一步，以为今日纵使相见，也应难识我这飘零之人了。又结语有苏轼"纵使相逢应不识"之意，或为悼亡之作。

又

月华如水,波纹似练,几簇淡烟衰柳。塞鸿一夜尽南飞,谁舆问、倚楼人瘦。

韵拈风絮①,录成金石②,不是舞裙歌袖。从前负尽扫眉才③,又担阁、④镜囊⑤重绣。

【注释】

①风絮:比喻才华出众、文思敏捷的才女。

②金石:指《金石录》一书。此书由宋赵明诚撰,但其妻李清照亦参与撰写,方使之成立。

③扫眉才:指有才能的女子。

④担阁:耽误。

⑤镜囊:盛镜子或其他梳妆用具的袋子。

【赏析】

月华如水,月色似练,淡烟衰柳,塞鸿南飞,人倚高楼,岑寂中有无限相思。所怀之人有谢道韫、李清照之才,非等闲舞裙歌袖之女所能比,只可惜她的这些才华,迫于身份而不得施展。词为月下怀人之作。

又

倦收缃帙①,悄垂罗幕,盼煞一灯红小。便容②生受③博山香,销折得狂名多少。

是伊缘薄,是侬情浅,难道多磨更好。不成④寒漏也相催,索性尽荒鸡唱了。

【注释】

①缃帙(xiāng zhì):浅黄色书套。这里代指书卷、书籍。

②容:作者自指,即容若之意。

③生受:享受。

④不成:表示反问。

【赏析】

词写痛失爱情后的内心挣扎。上片描写欢会。夜深人静,漫卷诗书,等待佳人莅临,享尽人间至乐,不复有所拘检,赢得一时狂名。下片抒写失意。寒夜独坐,偏听阒寂,直至荒鸡长鸣而犹有不甘:到底是缘分太薄,还是用情太浅?难道说好事非得要多磨?荒鸡,三更以前啼叫的鸡。

踏莎行

春水鸭头,春衫鹦嘴。烟丝无力风斜倚。百花时节好逢迎,可怜人掩屏山①睡。

密语②移灯,闲情枕臂。从教③酝酿孤眠味。春鸿不解讳相思,映窗书破④人人字。

【注释】

①屏山:屏风。

②密语:私密的话语,悄悄话。

③从教:任凭,听凭。

④书破:指书写错乱。

【赏析】

春天到了,春水碧绿了,百花齐放,烟丝袅袅。春衫飘飘的佳人却掩起了屏风,倒头闷睡,因为陌头杨柳让她想起了远去的情人,想起了窗前灯下、夜半私语时的温馨画面。她躲进小楼,怕面对春色,但大雁不遂人愿,偏偏排成人字形从窗前飞过,让她谙尽孤眠滋味。

又①

倚柳题笺②,当花侧帽③。赏心应比驱驰好。错教双鬓受东风,看吹绿影④成丝早。

金殿⑤寒鸦,玉阶春草。就中冷暖和谁道。小楼明月镇长⑥闲,人生何事缁尘⑦老。

【注释】

①这首词有副题"寄见阳"。
②倚柳题笺:指作诗填词等优闲自适的生活。

③侧帽：斜戴着帽子。形容洒脱不羁，风流自赏的装束。

④绿影：绿发，指乌黑发亮的头发。

⑤金殿：代指皇宫、朝堂。

⑥镇长：经常、常常。

⑦缁（zī）尘：黑色灰尘。常喻世俗污垢。

【赏析】

康熙十六年秋冬间，性德充乾清门三等侍卫，两年后友人张纯修出令江华，是词当作于此后，透露出性德不堪驱使，厌倦扈从生涯的情绪。词中言傍柳题诗，穿花劝酒，自是赏心乐事，可惜时日无多，这样的生活还没有充分享受，就不得不早早出仕，奔波劳顿，耗费岁月。金殿之寒鸦，玉阶之春草，看起来光鲜荣耀，其凄苦愁怨却无处诉说。小楼明月的悠闲生活，才是他所喜欢的，可眼下又不得不在名利场中穿梭，如何不让人感到疲惫？

梅梢雪①

元夜②月蚀

星球映彻。一痕微褪梅梢雪。紫姑③待话经年别。窃药④心灰,慵把菱花揭。

踏歌⑤才起清钲⑥歇。扇纨仍似秋期洁。天公毕竟风流绝,教看蛾眉⑦,特放些时⑧缺。

【注释】

①此篇为咏节序风物之作。

②元夜:即元宵。

③紫姑:神话中厕神名。又名"子姑""坑三姑娘"。传说其为妾,因为大妇所妒,常被役为秽事。于正月十五日愤愤而死。世人每以此日作其形,夜于厕间或猪栏迎之。

④窃药:传说后羿得不死之药,其妻嫦娥盗食之,成仙奔月。后便以"窃药"比喻求仙。

⑤踏歌:拉手而歌,以脚踏地为节拍。

⑥清钲(zhēng):打击乐器,锣之一种。

⑦蛾眉：原为形容女子修长弯细的眉毛，这里借喻月蚀之时剩余之明亮部分。

⑧些时：片时、一会儿。

【赏析】

康熙二十年（1681年）正月十五，天空出现了月蚀，词人记录了当时的情形。在火树银花不夜天的特殊时刻，月蚀的出现，使如雪的梅花染上一道暗痕。这也许是月中的嫦娥悔偷灵药，无心梳妆而使菱花镜蒙上了灰尘；或许又是天公偏爱蛾眉，特意为之。而满城男女以为是天狗贪心，忙着敲击铜锣。

红窗月

燕归花谢，早因循①、又过清明。是一般风景，两样心情。犹记碧桃影里誓三生。

乌丝阑纸②娇红篆，历历③春星。道休孤④密约，鉴取⑤深盟⑥。语罢一丝香露湿银屏。

【注释】

①因循：本为道家语，意谓顺应自然。此处则含有不得不顺应自然之义。

②乌丝阑纸：指书写作画用的丝绢。

③历历：清晰貌。

④孤：辜负、对不住之意。

⑤鉴取：察知，了解。

⑥深盟：指男女对天发誓，永结同心的盟约。

【赏析】

又到了燕子归来的时候，又到了桃花零落雨纷纷的清明时节，一样的风景，却是两种心境。想起去年桃花丛中，密约相处时所说的千般誓愿，她既甜蜜，又担心：我在这里痴痴地等着，对方究竟会不会辜负当时的盟约呢？看着信中的甜言蜜语，她似乎释然了。

唐多令

雨夜

丝雨织红茵①,苔阶压绣纹。是年年、肠断黄昏。到眼芳菲都惹恨,那更说,塞垣②春。

萧飒不堪闻,残妆拥夜分③。为梨花、深掩重门。梦向金微山④下去,才识路,又移军。

【注释】

①红茵(yīn):红色垫褥,此处形容红花开遍,犹如铺了红色的地毯。

②塞垣(sài yuán):指长安以西之长城地带。

③夜分:夜半。

④金微山:即今之阿尔泰山。

【赏析】

霏霏细雨如丝,满地落红似茵。碧窗斜日,梨花春雨,芳菲渐褪,本已令人黯然销魂,而丈夫出使边塞,更使人柔肠寸断。夜半难眠，拥衾独坐，听户外风雨肆虐，推想丈夫之所在，不知不觉魂越关山，来到她所认定的戍守之所，却发现丈夫已经离开了那个地方。梦魂都无法追逐到丈夫的踪迹，心中的凄苦就可想而知了。

又

金液①镇心惊，烟丝似不胜。沁鲛绡、②湘竹无声。不为香桃③怜瘦骨，怕容易，减红情④。

将息⑤报飞琼⑥，蛮笺⑦署小名。鉴凄凉、片月⑧三星。待寄芙蓉心上露，且道是，解朝醒。

【注释】

①金液：古代方士炼的一种丹液，谓服之可以成仙。

②鲛绡（jiāo xiāo）：传说鲛人所织的绢。亦代指手帕。

③香桃：指仙境的桃树。亦指香桃骨，喻女子坚贞的风骨。

④红情：即艳情。

⑤将息：保重、调养。

⑥飞琼：原指西王母之侍女许飞琼。后借指美丽的女子。

⑦蛮笺（mán jiān）：唐时高丽纸之别称。亦指蜀地所产的彩色笺纸。

⑧片月：一弯月。

【赏析】

白居易《江上送客》有云："杜鹃声似哭，湘竹斑如血。"陆游《钗头凤》亦说："春如旧，人空瘦，泪痕红浥鲛绡透。"性德此词，抑或写分手的无奈与苦痛。上片说变故发生之后，形销骨立，幽愤难安，唯有借酒消愁，图一醉以忘却凄楚。下片写收到来信一封，看着对方的签名，无数凄凉。打开信来，信中满是安慰之词，原来是对方牵挂自己的酗饮，送来了解酒的良方。

又

塞外重九

古木向人秋，惊蓬掠鬓稠。是重阳、何处堪愁。记得当年惆怅事,正风雨,下南楼。

断梦几能留,香魂一哭休。怪凉蝉①、空满衾裯②。霜落乌啼浑不睡,偏想出,旧风流。

【注释】

①凉蝉:皎月。

②衾裯:衣被。

【赏析】

词写重九日对亡妻的怀念,或与《采桑子·九日》同作于康熙二十一年(1682年)。塞外古木萧索,惊蓬飞旋,枯草漫天,使人心情黯淡。恰逢重阳佳节,不由想起往日与亡妻的点点滴滴。夜来梦断,温馨难以挽留,只能让香魂在泪水中飘散。无情的明月,照在清冷的衾被之上,使人一夜无眠。

蝶恋花

眼底风光留不住,和暖和香,又上雕鞍去。欲倩烟丝遮别路,垂杨那是相思树。

惆怅玉颜成闲阻①,何事东风,不作繁华主。断带②依然留乞句,斑骓一系无寻处。

【注释】

①闲阻:阻隔之意。

②断带:割断了的衣带。这里暗用李商隐《柳枝词序》所叙故事。

【赏析】

词写闺情。草薰风暖之中,恋人跨马而去。佳人无法挽留心上人,就好像无限春光终将逝去一样。她希望这烟丝柳条遮住恋人离去的影子,免得勾起伤心的记忆,但那依依杨柳在泪眼朦胧中,又分明变成了相思之树。花开总有花落,春风如客,做不了繁华之主。当初写下的诗句历历在目,耳旁还回响着情人的呢喃细语,但其人已杳无踪影。

又

准拟①春来消寂寞,愁雨愁风,翻②把春担阁。不为伤春情绪恶,为怜镜里颜非昨。

毕竟春光谁领略,九陌③缁尘④,抵死⑤遮云壑⑥。若得寻春终遂约,不成长负东君⑦诺。

【注释】

①准拟:打算、想要。

②翻:同"反"。

③九陌:指汉代长安城中的九条大道。后泛指都城中繁华热闹的街道。

④缁(zī)尘:黑色尘土,喻指尘俗之事。谢朓《酬王晋安》:"谁能久京洛,淄尘染素衣。"

⑤抵死:总是,老是。

⑥云壑(hè):云雾遮覆的山谷。此处借指幽静的隐居之所。

⑦东君:司春之神,晏殊《采桑子》:"春风不负东君信,遍拆群芳。"

【赏析】

原以为春天的到来，可以借以排遣心中的烦闷。可是接连几天的风风雨雨，使自己的期待完全落空。眼看着韶华流逝，朱颜已改，自己却还在尘世中消磨，为琐事俗务所纠缠，无法高蹈世外，避居云壑之间，拂衣委巷，渔樵江渚。

又

萧瑟兰成①看老去，为怕多情，不作怜花句。阁泪②倚花愁不语，暗香飘尽知何处。

重到旧时明月路，袖口香寒③，心比秋莲苦。休说生生④花里住，惜花人去花无主。

【注释】

①兰成：庾信之小字，陆龟蒙《小名录》："庾信幼而俊迈，聪敏绝伦。有天竺僧呼信为兰成，因以为小字。"杜甫《咏怀古迹五首》之一："庾信生平最萧瑟，暮年诗赋动江关。"此处为作者

自喻。

②阁泪：含着眼泪。

③袖口香寒：古人常以香熏衣，此处指袖口。

④生生：世世代代。

【赏析】

词人说他一如晚年之庾信，日渐落寞萧瑟，不过庾信之伤感是为乡关之思，他却是为情所伤。这伤痕如此之深，即使徘徊花下，任花瓣萎落在地，也唯有默默不语，生怕牵动那情丝，但再次走在月下那条熟悉的小路上，还是忍不住想起了往事。袖口仿佛还残留着佳人的余香。当年佳人爱花惜花，笑言生生世世要与花为伴，如今花依然在风中摇曳，人却不在身旁了。词言"惜花人"已离去，当为悼念亡妻之作。

又

辛苦最怜天上月，一昔①如环，昔昔都成玦②。若似月轮终皎洁,不辞冰雪为卿热。

无那③尘缘容易绝,燕子依然,软踏帘钩说。唱罢秋坟愁未歇,春丛认取④双栖蝶。

【注释】

①昔:通"夕",即一夜的时间。

②玦(jué):玉玦,半环形之玉,借喻不圆的月亮。

③无那:无奈,无可奈何。

④认取:注视着。

【赏析】

望月怀远,是中国古代诗词的最常见的题材。但人在远方,总有几分团聚的希望,也留有几分温馨与若干期许。而对于性德而言,卢氏已卒,望月所带来的只有绝望与心碎了。他感叹幸福的日子总是短暂的,正如天上的月亮,只有一夕团圆,剩下的全都是缺憾。他感叹这种遗憾无法避免,即使他想如荀粲当年那样,用自己的身躯为对方送去温暖,也依然无法换来两人的长相厮守。尘缘如此短暂,什么样的词作能够表达出他的悲伤呢?唯一能企盼的,就只有与妻子同化为蝴蝶,双宿双飞于花丛了。

又

露下庭柯①蝉响歇,纱碧如烟,烟里玲珑月。并著香肩②无可说,樱桃③暗解丁香结④。

笑卷轻衫鱼子缬⑤,试扑流萤,惊起双栖蝶。瘦断玉腰⑥沾粉叶,人生那不相思绝。

【注释】

①庭柯(kē):庭院中的树木。

②香肩:散发着香气的肩背。

③樱桃:喻女子之唇,此处代指恋人。

④香结:本指丁香花蕾,后以之喻郁冈之愁绪。

⑤鱼子缬(xié):一种绢织之物。

⑥玉腰:指蝴蝶。陶谷《清异录》:"温庭筠尝得一句云:'蜜官金翼使。'遍干知识,无人可属。久之,自联其下曰:'花贼玉腰奴。'予以谓道尽蜂蝶。"

【赏析】

这首词回忆了与情人共度夏夜的一个生活片段。朦胧的月光下，两人挨肩而坐，庭中树上的知了也停止叫嚷，一切都是那么安静。并不需要有太多的话语，心中的愁绪在这一刻都随风远去。佳人调皮地卷起衣袖，蹑手蹑脚地去捕捉闪动的萤火虫，没想到惊动了早已栖息的一双蝴蝶。

又

散花楼送客[①]

城上清笳城下杵，秋尽离人，此际心偏苦。刀尺[②]又催天又暮，一声吹冷蒹葭浦[③]。

把酒留君君不住，莫被寒云，遮断君行处。行宿黄茅山店[④]路，夕阳村社迎神鼓。

【注释】

①是词作于康熙十八年（1679年）秋，为性德送张见阳赴江华令任时所作。

②刀尺：剪刀和尺。裁剪工具。
③浦（pǔ）：水滨。
④黄茅山店：荒村野店。

【赏析】

清秋时节，友人远行。词人置酒楼中，劝君更尽一杯酒，杵声四起，寒意留君君不住。友人从此鸡声茅月，荒山野店，栖尽荒凉，醉眠小坞，而词人望断寒云，亦自凄苦。

又

又到绿杨曾折处①，不语垂鞭，踏遍清秋路。衰草连天无意绪，雁声远向萧关②去。

不恨天涯行役苦，只恨西风，吹梦成今古。明日客程还几许，沾衣况是新寒雨。

【注释】

①又到绿杨曾折处：古人有折杨柳枝绾结以表示别离之意的习俗。此处代指离别之地。

②萧关：为古代西北边地著名关隘。

【赏析】

词写于康熙十八年八月性德去梭龙之时。"绿杨曾折处"，是指他此年三月曾扈驾至奉天；秋日再出榆关，自然是"又到"，只不过此时情绪分外低落。凄风苦雨，路途遥远，心情自是灰暗。衰草连天，大雁南去，行役天涯，已觉格外凄苦，而世事无常，梦想失落，更使人难堪。故陈廷焯盛赞它"情景兼胜，亦有笔力。一味凄感"。

又

出塞

今古河山无定据①，画角②声中，牧马频来去。满目荒凉谁可语，西风吹老丹枫树。

从前幽怨应无数，铁马金戈③，青冢④黄昏路。一往情深深几许，深山夕照深秋雨。

【注释】

①无定据：无定、无准。

②画角：古代乐器名，相传创自黄帝，或曰传自羌族。形如竹筒，以竹木或皮革制成，外加彩绘，故称"画角"。

③铁马金戈：这里指代战争。

④青冢（zhǒng）：本指王昭君之墓，此处泛指塞上的坟墓。

【赏析】

康熙二十二年（1683年）秋，性德身处边塞，见牧马去来，不禁想起了征战之事，耳畔顿时回荡起金戈铁马之声。古往今来，塞北江南，或战或和，留下了多少悲欢离合。此前已留下无数幽怨，今后又将如何呢？无论是金戈铁马，还是青冢黄昏，都一样为秋雨所冲刷。

又

尽日惊风①吹木叶,极目嵯峨,一丈天山②雪。去去丁零③愁不绝,那堪客里还伤别!

若道客愁容易辍,除是朱颜,不共春销歇。一纸乡书和泪折,红闺此夜团圞④月。

【注释】

①惊风:狂风。

②天山:在新疆境内。因性德从未到过新疆,故此处代指塞外之山。

③丁零:古代民族名。汉时游牧于我国北部和西北部。

④团圞:圆貌。

【赏析】

康熙二十一年(1682年)十月十五日,有使者姚江人经纶先行返京,时奉命"觇梭龙"的性德与之话别,赋诗词而赠。其诗《梭龙与经岩叔夜话》有云:"草白霜气空,沙黄月色死。哀鸿失其群,冻翮飞不起。"词则表达了依依难舍之情及对京城亲人的牵挂。词人远巡极北寒荒之地,触目皑皑冰雪,耳畔狂风呼啸,此时友人南归,怎能不让人羡慕。妻子正在家中翘首以待,自己未能启程,唯有托友人捎家书一封。

临江仙

寒柳

飞絮飞花何处是,层冰①积雪摧残。疏疏一树五更寒。爱他明月好,憔悴也相关。

最是繁丝摇落后,转教人忆春山②。湔裙③梦断续应难。西风多少恨,吹不散眉弯。

【注释】

①层冰:厚厚之冰。

②春山:春日之山。又,春山山色如黛,故借喻女子之眉毛,而此处指代亡妻。

③湔裙：即溅裙。代指情人或某女子。

【赏析】

繁丝摇落，飞絮散尽，冬日之寒柳备受摧折，在层冰积雪中显得落寞萧瑟。虽然所有的梦想都离它远去，但这种憔悴模样也让人着迷。性德咏柳词较多，此首借物寓情，既能生动地展示出寒柳之姿态，又能不黏着于物上，故最为人所称道。陈廷焯《白雨斋词话》卷八："性德《饮水词》，才力不足。合者得五代人凄惋之意。余最爱其《临江仙·寒柳》云：'疏疏一树五更寒。爱他明月好，憔悴也相关。'言中有物，几令人感激涕零。性德词亦以此篇为压卷。"

又①

夜来带得些儿雪，冻云②一树垂垂。东风回首不胜悲。叶干丝未尽，未死只颦眉③。

可忆红泥亭子④外，纤腰舞困因谁。如今寂寞待人归。明年依旧绿,知否系斑骓⑤。

【注释】

①此篇为咏寒柳之作,意含悼亡之旨。

②冻云:严冬之阴云。

③颦(pín)眉:皱眉。这里指低垂的柳叶。

④红泥亭子:即红亭,为古代行人休憩或送别之处。

⑤斑骓:毛色青白之马。

【赏析】

夜来一阵风雪,寒树更为凄楚。不过它虽然在严冬中饱受摧残,却依然蕴藏了无限生机,面对冰霜严寒,仅仅蹙眉而已,待到新年春风吹来,又会在红泥亭外舞动纤腰,伸出枝条系住荡子斑骓,免除闺中人的寂寞。

又

寄严荪友

别后闲情何所寄,初莺①早雁相思。如今憔悴异当时。飘零心事,残月落花知。

生小②不知江上路,分明却到梁溪③。匆匆刚欲话分携④。香消梦冷⑤,窗白一声鸡。

【注释】

①初莺:比喻春暮之时。

②生小:从小,自幼。

③梁溪:此处代指荪友的家乡。

④分携:离别。

⑤香消梦冷:指一梦醒来。香消,熏香已经烧完。梦冷,梦断、梦醒。

【赏析】

康熙十七年(1678年)前后,严绳孙身在江南,性德赋词相寄，表达对他的相思相忆之情。自从友人南归，早莺初雁，秋夜月明，夏日朗风，无不引起他的思念。这种情绪如此强烈，以至于词人的梦魂竟踏上了陌生道路，飘飘悠悠寻觅到友人故里。只可惜刚刚找到友人，还未及倾诉别后之情，就被鸣鸡从梦中叫醒。

又

长记碧纱窗外语，秋风吹送归鸦。片帆从此寄天涯。一灯新睡觉①，思梦月初斜。

便是欲归归未得，不如燕子还家。春云春水带轻霞。画船②人似月，细雨落杨花。

【注释】

①觉：醒来。

②画船：装饰华丽，绘有彩画之游船。

【赏析】

词写羁旅情怀,他乡虽好,难以久居。当日送别,碧纱窗外,执手相看,喁喁叮嘱。孤帆一片,漂泊天涯,夜半醒来,面对孤灯,抱膝而坐。念及长年奔波在外,不由羡慕北归的燕子。南方风景优美,春水春云,皓腕凝雪,画船雨眠,细雨落花,都令人陶醉,却消释不了对家的惦念。

又

丝雨如尘云著水,嫣香①碎拾吴宫。百花冷暖避东风。酷怜娇易散,燕子学偎红②。

人说病宜随月减,恹恹③却与春同。可能留蝶抱花丛。不成双梦影,翻笑杏梁④空。

【注释】

①嫣(yān)香:娇艳芳香的花。

②偎(wēi)红:紧贴着红花。

③恹恹（yān yān）：精神萎靡不振貌。

④杏梁：用文杏木制成的屋梁。

【赏析】

细雨如丝，悄无声息，润入尘土之中。东风无力，百花凋残，芬香散尽小园。蝴蝶双双飞舞，穿梭往来于衰红败绿之中。"酷怜风月为多情，还到春时别恨生。"（张泌《寄人》），此情此景，唯有黯然销魂而已。

又

谢饷①樱桃

绿叶成阴春尽也，守宫②偏护星星③。留将颜色慰多情。分明千点泪，贮作玉壶冰。

独卧文园方病渴④，强拈红豆酬卿。感卿珍重报流莺。惜花须自爱，休只为花疼。

【注释】

①饷（xiǎng）：赠送。

②守宫：即守宫槐，俗称马缨花。其叶白日聚合，夜间舒展。这里指浓密的枝叶。

③星星：斑点。

④文园方病渴：谓文人落魄，病困潦倒。

【赏析】

性德卧病，友人馈之以樱桃，性德酬之以词章。词尾"惜花须自爱，休只为花疼"两句，尤为新颖别致，韵味深长，不禁使人联想到宝玉雨中看龄官写蔷字的场景，把感激与惦念对方的复杂感情展露无遗。樱桃晶莹剔透，如传说中储存红泪的玉壶；绿叶青翠欲滴，似乎是春天离去时留下的慰藉。病中无聊之极，得到友人送至的樱桃，唯有酬以红豆才得匹配这份深情厚谊，也希望对方好生保重，不要一味牵挂自己。词多用典，色彩艳丽，故历来多有附会。红豆之相思，并非仅指爱情，友情则为时人之大宗。

又

点滴芭蕉心欲碎,声声催忆当初。欲眠还展旧时书。鸳鸯小字①,犹记手生疏。

倦眼乍低缃帙②乱,重看一半模糊。幽窗冷雨一灯孤。料应情尽,还道有情无。

【注释】

①鸳鸯小字:指相思相恋的文字。

②缃帙:浅黄色书套。亦泛指书籍、书卷。

【赏析】

雨打芭蕉,点点滴滴,声声令人心碎。想睡又无法安睡,不由自主地翻开过往的书信,回忆起飞鸿往来的日子。那个时候,她的字是那样稚嫩,一如情感之淳朴。记忆一页页被翻开,泪水随之流下来,书信也在朦胧的泪眼中模糊起来。转头遥望窗外,不禁苦笑:这么多年过去了,以为当初的痴情已经随风消散了,谁知道它们还深深地埋藏在心底。

又

孤雁

霜冷离鸿①惊失伴,有人同病相怜。拟凭尺素寄愁边。愁多书屡易②,双泪落灯前。

莫对月明思往事,也知消减年年③。无端嘹唳④一声传。西风吹只影⑤,刚是早秋天。

【注释】

①离鸿:失群的大雁。

②愁多书屡易:愁绪太多,屡写屡改。指难以表达内心的情感。

③年年:一年又一年。

④嘹唳(liáo lì):声音响亮而凄清。这里指孤雁的叫声。

⑤只影:比喻孤单的人。

【赏析】

秋天刚刚来到,就见西风中一只孤雁在空中掠过,耳畔还传来它凄凉的哀鸣。这离群的哀雁,使词人想到了孤单的自己。"同病相怜，冻吟谁伴，漫怀举案齐眉。"（洪适《满庭芳》）于是他拿出纸笔，准备写信寄予远方，却因满腹心事，不知如何下笔。

又[①]

永平[②]道中

独客单衾谁念我，晓来凉雨飕飕。械书[③]欲寄又还休。个侬[④]憔悴，禁得更添愁。

曾记年年三月病[⑤]，而今病向深秋。卢龙[⑥]风景白人头。药炉烟里，支枕听河流。

【注释】

[①]康熙二十一年（1682年），罗刹觊觎清廷东北边境，副都统郎谈等前往黑龙江沿岸勘察，性德随行，途经永平一带时赋有此词。

[②]永平：清代永平府，在今山海关一带，纳兰护驾巡游关外，

此为必经之地。

③械(jiān)书：书信。

④个侬：那人。

⑤三月病：或与闺中人之病有关；或是指伤春愁绪。

⑥卢龙：今山海关西南一带，滦河流经此地，清代属永平府。深秋之时，卢龙地区风景萧瑟，故云令人伤感而致暗生白发。

【赏析】

在风飕飕、雨飕飕、天凉好个秋的时节，词人远离家乡，人单影只，想给家人写信以倾诉相思之苦，又怕给对方平添几分愁苦。原本家人只有春愁，如今更添秋恨，恐怕会为远在卢龙的自己相思成疾。

又

卢龙①大树

雨打风吹都似此，将军一去谁怜。画图曾见绿阴圆。旧时遗镞②地，今日种瓜田。

系马南枝③犹在否，萧萧欲下长川。九秋④黄叶五更烟。只应摇落尽，不必问当年。

【注释】

①卢龙：地名。清属永平府。在今山海关西南一带。

②遗镞（zú）：谓损折箭矢。

③南枝：朝南的树枝。古诗词中常用以表达怀念故乡、故国之意。

④九秋：深秋。

【赏析】

康熙二十一年（1682年）秋，词人赴梭龙，多有凭吊感怀之作。此篇歌咏大树将军，不但没有大力赞颂其功绩，反而提出了自己的疑虑："旧时遗镞地，今日种瓜田。"当日的所作所为，今天看来真的有意义吗？草木萧瑟，黄叶飘零，沧海桑田，世事如幻。当年事不必问，今日事会有来者问吗？

又

塞上得家报云秋海棠开矣,赋此

六曲阑杆三夜雨,倩谁护取娇慵①。可怜寂寞粉墙东。已分裙衩绿,犹裹泪绡红②。

曾记鬓边斜落下,半床凉月惺忪③。旧欢如在梦魂中。自然肠欲断,何必更秋风。

【注释】

①娇慵:指秋海棠花。此处是以人拟花,为作者想象的句子。

②绡(xiāo)红:生丝织成的薄纱。

③惺(xīng)忪:形容刚刚醒来,眼睛、精神尚模糊不清的样子。

【赏析】

词歌咏秋海棠。性德在塞上时得到家书,知晓家中秋海棠已开,不胜慨叹。秋来凄风凉雨,盛开在六曲阑干下的秋海棠,自己不在身边,有谁去怜惜它呢?它的娇慵也只得在寂寞中消散了,想必花蕊上的露水就是它凄楚的泪珠吧。当日曾与佳人夜半同赏秋海棠，如今凉月似水，花开如旧，而佳人只能在梦中相聚了。不必等到秋风萧瑟之际，睹花落而人悲，单是这迎风摇曳的海棠花就已经令人愁肠欲断了。

又

昨夜个人①曾有约，严②城玉漏③三更。一钩新月几疏星。夜阑犹未寝，人静鼠窥灯。

原是瞿唐④风间阻，错教人恨无情。小阑杆外寂无声。几回肠断处，风动护花铃⑤。

【注释】

①个人：那人。

②严：警戒森严。

③玉漏：漏壶，古代的计时器。

④瞿（qú）唐：亦作"瞿塘峡"。为长江三峡之首，两岸悬崖

峭壁，水速风疾，古时行船者常在此遇难。这里来比喻阻隔约会的意外变故。

⑤护花铃：为保护花朵驱赶鸟雀而设置的铃。

【赏析】

词写失约后的复杂心绪。昨晚情人相约，三更见面于城隅。临到出发却退缩了，始终鼓不起勇气迈出这一步，直到深夜还犹豫不决，一晚的时光就在徘徊中流逝。第二天醒来，心中忐忑不安，情绪极为复杂，有遗憾亦有庆幸，在清脆的风铃声中，她还在反复思量：自己的选择真的是对的吗？有没有两全其美的办法呢？

踏莎美人

清明

拾翠①归迟，踏青②期近。香笺小叠邻姬③讯。樱桃花谢已清明，何事绿鬟斜軃④宝钗横。

浅黛⑤双弯，柔肠几寸。不堪更惹其他恨。晓窗窥梦有流莺。也觉个侬憔悴可怜生。

【注释】

①拾翠：拾取翠鸟羽毛作为首饰。后多指妇女游春。吴融《闲居有作》："踏青堤上烟多绿，拾翠江边月更明。"

②踏青：现指清明节前后到郊外散步游玩。旧时清明节即为踏青节。

③邻姬：领居家的女子。

④軃（duǒ）：下垂。

⑤浅黛：指女子淡画的眉。

【赏析】

清明时节，天真烂漫的邻家小妹，迫不及待来信邀约同去野外踏青，但闺中少女正为春恨所缠绕，芳心无主，终日怏怏，连梳妆打扮的心情都没有，更不用说去见那残红愁绿，牵引出无数新恨。她的慵懒与娇弱，让滑过窗外的黄莺见了，也禁不住分外怜惜。

苏幕遮①

枕函香,花径漏②。依约③相逢,絮语黄昏后。时节薄寒人病酒。刬地④梨花,彻夜东风瘦。

掩银屏,垂翠袖。何处吹箫,脉脉情微逗⑤。肠断月明红豆蔻⑥。月似当时,人似当时否。

【注释】

①《苏幕遮》又名《鬓云松令》。

②漏:有漏泄春光的意思。

③依约:按照规定。

④刬(chǎn)地:无端地,平白地。

⑤逗:引起、触发。即引逗出感情来。

⑥红豆蔻(kòu):这里用红豆蔻来比喻爱情。

【赏析】

词写别后刻骨相思,一句"月似当时,人似当时否"道出心中的无限牵挂。夜来东风起,梨花飘落满地,昭示着春天业已过去,但随风起舞的柳条,依依难舍,试图挽留残存的丝丝春意。佳人也随之而去，令人难以置信，因为仔细嗅去，枕上分明还留有她的余香。惝恍迷离中，她似乎正缓步走来。当年的欢会，使人刻骨铭心。银屏掩映，垂袖低垂，轻快的箫声中，正值豆蔻年华的她含情脉脉。如今明月依旧，她还会是当初那副使人怦然心动的模样吗？

又

咏浴

鬓云松，红玉①莹。早月多情，送过梨花影。半饷斜钗慵未整。晕入轻潮②，刚③爱微风醒。

露华④清，人语静。怕被郎窥，移却青鸾镜。罗袜⑤凌波⑥波不定。小扇单衣，可耐星前冷。

【注释】

①红玉：红色的宝石，这里比喻美人红润的肤色。

②潮：脸上泛起红晕。

③刚：偏偏。

④露华：冷清的月光。

⑤罗袜：丝罗所制之袜。此处代指女子之足。

⑥凌波：比喻女子步履轻盈，行于水上。此处谓拨动所沐浴之水。

【赏析】

词咏美人出浴。刚出浴的佳人，身着单衣，赤足戏水，煞是可爱。她鬓发蓬松，肤如红玉，脸有潮红，似乎刚刚从梦中醒来。

淡黄柳

咏柳

三眠①未歇，乍到秋时节。一树斜阳蝉更咽，曾绾灞陵②离别。絮已为萍风卷叶，空凄切。

长条莫轻折，苏小③恨，倩④他说。尽飘零、游冶章台⑤客。红板桥⑥空,溅裙⑦人去,依旧晓风残月。

【注释】

①三眠:即三眠柳。此柳枝条柔弱,在风中摇曳,时时伏倒。

②灞(bà)陵:汉文帝之墓地。在今陕西省西安市。

③苏小:即苏小小,白居易《杭州春望》:"涛声夜入伍员庙,柳色春藏苏小家。"

④倩:请求,恳求。

⑤章台:此处指妓院舞馆。

⑥红板桥:红色木板的桥。诗词中常代指情人分别之地。

⑦溅裙:这里代指情人或女子。

【赏析】

春日之柳,年年伤别,固然使人柔肠寸断,但毕竟曾执手相看;清秋时节,风卷残叶,人去楼空,只剩下斜阳与蝉声哽咽,欲折长条而不得,令人深感凄婉。

青玉案

人日①

东风七日蚕芽②软,青一缕,休教剪。梦隔湘烟征雁远。那堪又是,鬓丝吹绿,小胜③宜春颤。

绣屏浑不遮愁断,忽忽年华空冷暖。玉骨④几随花换。三春醉里,三秋别后,寂寞钗头燕。

【注释】

①人日:农历正月初七日。

②蚕芽:即桑芽。

③小胜:古代妇女头饰。传说为西王母所戴,亦称玉胜,汉代又称华胜。

④玉骨:形容女子清瘦秀丽的身形。

【赏析】

旧俗人日这一天,妇女往往要剪彩纸为华胜,戴于头上。此词作于康熙二十年(1681年),写人日之风情。立春才七日,桑叶刚刚发出嫩芽,本不堪剪作小胜。而春去秋来,韶华虚度,纵有彩胜相伴,佳人也难掩闺中寂寞。

又

宿乌龙江①

东风卷地飘榆荚②。才过了,连天雪。料得香闺香正彻③。那知此夜,乌龙江畔,独对初三月④。

多情不是偏多别,别离只为多情设。蝶梦百花花梦蝶。几时相见,西窗剪烛⑤,细把而今说。

【注释】

①乌龙江:指松花江。

②榆荚(yú jiá):榆树之荚,夏天结荚。

③彻:浓,盛。

④初三月:指新月。

⑤西窗剪烛：语出李商隐诗《夜雨寄北》："何当共剪西窗烛，却话巴山夜雨时。"此处指与所思之闺中人聚谈。

【赏析】

飞舞的大雪刚刚停息下来，恍然发现就已经到了三月。关内的三月，应该早已是春暖花开香飘万里了。多情总是伤离别，词人滞留在塞外苦寒之地，牵挂家中，也知道闺中情人正思念着自己。唯有希望相聚之日，再细细分说今日之情思。

月上海棠

中元①塞外

原头野火烧残碣②，叹英魂、才魄暗消歇③。终古江山，问东风、几番凉热。惊心事，又到中元时节。

凄凉况是愁中别，枉沉吟、千里共明月。露冷鸳鸯，最难忘、满池荷叶。青鸾④杳，碧天云海音绝。

【注释】

①中元:即中元节,农历七月十五日,又称"七月半""鬼节"。这一天佛家作盂兰盆会,道家作斋醮,民间祭祖扫墓等,分外热闹。

②残碣(jié):残碑。

③消歇:消失。

④青鸾:即青鸟,神话中西王母身边传递消息的鸾鸟,后代指传递爱情信息之书信等。

【赏析】

康熙二十三年(1684年)七月十五日,性德随驾塞外,另是一番感慨。他见到原野上、荒草间,四处皆是残碑断碣,由此想到多少英烈忠魂,埋没草野之间,无人祭奠。而山海翻覆,几番凉热,世事播迁,所谓功业,终究有何值得留恋?他所看重的,只是长久厮守如荷池中之鸳鸯。

又

瓶梅

重檐淡月浑如水,浸寒香①一片小窗里。双鱼②冻合,似曾伴个人无寐。横眸处,索笑而今已矣。

与谁更拥灯前髻,乍横斜疏影③疑飞坠。铜瓶小注,休④教近麝炉烟气。酬伊也,几点夜深清泪。

【注释】

①寒香:形容梅花的香气。
②双鱼:即双鱼洗,镌刻有双鱼形象的洗手器。
③疏影:指梅花稀疏的花影。
④休:勿、不要。

【赏析】

卢氏亡故之后,性德偶尔看见寒梅,不由忆起往日与爱侣盘桓在瓶梅之旁的时光,潸然泪下而有此作。人散后,淡月如钩天如水。寒气逼人,双鱼洗都结上了冰,而小窗下的梅花却依然傲然绽放，它的芬香穿过层层帘幕四处飘散。可惜佳人已去，无法再与她灯前拥髻，仔细端详冷蕊疏枝，故嗅到芬香，也只一眼瞥去，提不起兴致。唯有在夜深人静的时候，用数行清泪来酬谢它带来的慰藉。

一丛花

咏并蒂莲

阑珊①玉佩罢霓裳，相对绾红妆②。藕丝风送凌波③去，又低头、软语④商量。一种情深，十分心苦，脉脉背斜阳。

色香空尽转生香，明月小银塘。桃根桃叶⑤终相守，伴殷勤、双宿鸳鸯。菰米漂残，沉云⑥乍黑，同梦寄潇湘。

【注释】

①阑珊：零乱、歪斜之意。

②绾红妆：谓两朵莲花盘绕连结在一起。

③凌波：本指女子步履轻盈，若行水面，后代指美女。

④软语:柔和温婉的话语。

⑤桃根桃叶:桃根、桃叶均为晋王之爱妾,而且桃根是桃叶的妹妹。后泛指美女。此处以二人喻并蒂莲。

⑥沉云:浓云、阴云。

【赏析】

词为酬唱之作,当作于康熙十八年(1679年)秋,时顾贞观返京后不久,同时酬唱者还有严绳孙等人。诸作之中,性德词最为低沉伤感。"一种情深,十分心苦",写尽郁悒之情。所谓桃根桃叶、鸳鸯双宿等,皆用来形容友情,期待两人之友谊始终不渝,与爱情无涉。

金人捧露盘

净业寺①观莲,有怀荪友

藕风轻,莲露冷,断虹收。正红窗、初上帘钩。田田②翠盖,趁斜阳、鱼浪香浮。此时画阁垂杨岸,睡起梳头。

旧游踪,招提③路,重到处,满离忧。想芙蓉、湖上悠悠。红衣狼藉④,卧看桃叶送兰舟。午风吹断江南梦,梦里菱讴⑤。

【注释】

①净业寺:据《啸亭杂录》云:"成亲王府在净业湖北岸,系明珠宅。"故净业寺约在净业湖边,其旧址大约在今北京什刹海后海宋庆龄故居附近。

②田田:形容荷叶相连,盛密的样子。

③招提:梵语,原为"四方"之意,后北魏太武帝造伽兰,创招提之名,遂"招提"又为寺院之别称。此处代指净业寺。

④狼藉:形容乱七八糟,杂乱不堪。这里指荷花惨败之状。

⑤菱讴(líng ōu):即菱歌,采菱人所唱之歌。

【赏析】

康熙十五年(1676年)夏日,在严绳孙返乡后不久,性德在德胜门西边的净业寺观赏莲荷,记起往日与友人同游的情形,于是写下此词,表达他对友人的思念之情。上片说秋日已深,荷花已残,净业寺之莲池,一派狼藉,不由让人想到"莲叶何田田"的江南,想起正在斜阳下、垂柳边,逍遥自在的江南友人。下片说旧处重游，感慨良多，友人摇橹湖上，赏荷花，听吴曲，或许真过上了梦中的生活。

洞仙歌

咏黄葵

铅华①不御，看道家妆②就，问取旁人入时否。为孤情淡韵，判不宜春③，矜标格、开向晚秋时候。

无端轻薄雨，滴损檀心④，小叠宫罗镇长皱。何必诉凄清，为爱秋光，被几日、西风吹瘦。便零落、蜂黄⑤也休嫌，且对倚斜阳，胜偎红袖。

【注释】

①铅华：搽脸之粉。

②道家妆：即身着黄色之道袍。

③判不宜春：情愿不合春时之意。

④檀心:浅红色的花蕊。

⑤蜂黄:古代指妇女涂额的黄色妆饰,也称花黄、额黄。

【赏析】

黄葵又名羊豆角,开黄花,文人歌咏多重其淳朴淡雅,如晏殊《菩萨蛮》:"秋花最是黄葵好,天然嫩态迎秋早。染得道家衣,淡妆梳洗时,晓来清露滴。"性德也先是由其色入手,写其不施铅华,不迎合潮流,自然标格,然后荡开一笔,写它不在春天争奇斗妍,只在晚秋默默绽放,哪怕历经凄风苦雨,零落憔悴,也依然对秋光一往情深,自然是夫子自道。

剪湘云

送友

险韵①慵拈,新声②醉倚。尽历遍情场,懊恼曾记。不道当时肠断事,还较而今得意。向西风、约略③数年华,旧心情灰矣。

正是冷雨秋槐，鬓丝憔悴。又领略愁中、送客滋味。密约④重逢知甚日，看取青衫和泪⑤。梦天涯、绕遍尽由人，只尊前迢递⑥。

【注释】

①险韵：指险僻难押的诗韵。

②新声：新作的乐曲。此处是说填写新词，不受任何音律的约束。

③约略：大约，粗略。

④密约：秘密的约定。

⑤青衫和泪：出自白居易《琵琶行》："座中泣下谁最多，江州司马青衫湿。"后人借此指仕途失意。此处为临别伤感至深之意。

⑥迢递（tiáo dì）：形容时间长久。

【赏析】

《剪湘云》为顾贞观自度曲，本是赋秋海棠之作。性德是词，借以送别友人，所送者或即为顾贞观。词人说他与友人倚声填词，弄险韵，醉新曲，阅尽欢场，其间虽有不少懊恼遗憾，但现在想来只剩下了自得与惬意。只是随着友人离去，一切都成为过去，很难再有这样的心绪了，尤其是在秋槐叶落、冷雨飘散的季节，在鬓丝憔悴、心情黯淡的时刻，登临送别，想起往日点点滴滴，自然有无限的怅惋，恨不得让魂魄追随而去。

东风齐著力

电急流光①,天生薄命,有泪如潮。勉为欢谑,到底总无聊。欲谱频年离恨,言已尽、恨未曾消。凭谁把,一天愁绪,按出琼箫②。

往事水迢迢。窗前月、几番空照魂销。旧欢新梦,雁齿③小红桥。最是烧灯④时候,宜春髻⑤、酒暖蒲萄⑥。凄凉煞,五枝青玉⑦,风雨飘飘。

【注释】

①电急流光:形容时间过得很快,宛如电闪急流。

②琼箫(qióng xiāo):即玉箫。

③雁齿:此处指桥之台阶。

④烧灯:点灯。

⑤宜春髻:旧时春日妇女所梳的髻,即将"宜春"字样贴在彩胜上。

⑥酒暖蒲萄:用热水温葡萄酒。

⑦五枝青玉:指所燃之灯。

【赏析】

时光如梭，转眼分离多年。独处无精打采，强作欢悦亦是无趣，连抒写离愁别恨也提不起兴致，话语早已说完，惆怅依然满腹，往日的欢聚实在无法忘记。宜春髻，葡萄酒，小红桥上鱼龙飞舞，这样的场景历历在目。

满江红

为问①封姨②，何事却、排空卷地。又不是、江南春好，妒花天气。叶尽归鸦栖未得，带垂惊燕③飘还起。甚天公、不肯惜愁人，添憔悴。

搅一霎，灯前睡。听半饷，心如醉。倩④碧纱遮断，画屏深翠。只影凄清残烛下，离魂缥缈⑤秋空里。总随他、泊粉⑥与飘香，真无谓。

【注释】

①为问：相问，借问。

②封姨：即风神，谷神子《博异志·崔玄微》载，唐天宝中，

崔玄微于春季月夜，遇美人绿衣杨氏、白衣李氏、绛衣陶氏、绯衣小女石醋醋和封家十八姨。后崔乃悟诸女皆花精，而封十八姨乃风神。

③惊燕：画轴上的一种装饰带，也称"惊绳"。用于比较宽的画轴上。早先的惊燕带是一头固定，一头活动的飘带，随风飘动，可以拂虫惊燕。

④倩：乞求，恳求。

⑤缥缈：高远、隐隐约约的样子。

⑥泊粉：指少许的残花。泊，通"薄"，轻微、少许之意。

【赏析】

词写塞北风中的思家情怀。塞上秋风呼啸而至，排空卷地，让词人颇感无奈：江南的风雨是嫉妒春暖花开，塞北的狂风则为何而来？莫非是为了扫尽落叶让寒鸦无枝可栖，还是故意搅乱离人灯前的乡梦使他更加憔悴？唯一的好处，是离魂可以风飘万里，随之而去。

又

茅屋新成却赋①

问我何心,却构此、三楹②茅屋。可学得、海鸥③无事,闲飞闲宿。百感都随流水去,一身还被浮名束。误东风、迟日杏花天,红牙曲④。

尘土梦⑤,蕉中鹿⑥。翻覆手,看棋局。且耽闲孴酒⑦,消他薄福。雪后谁遮檐角翠,雨余好种墙阴绿。有些些⑧、欲说向寒宵,西窗烛。

【注释】

①却赋:再赋。

②三楹(yíng):三间。

③海鸥:古人用与海鸥为伴表示闲适或隐居之情愿。

④红牙曲:意为拍击着红牙板歌唱。

⑤尘土梦:这里比喻世事变幻无常。

⑥蕉中鹿:《列子·周穆王》载:"郑人有薪于野者,遇骇鹿,御而击之,毙之。恐人见之也,遽而藏诸隍中,覆之以蕉,不

胜其喜。俄而遗其所藏之处,遂以为梦焉。"这里借此比喻事情真假难辨,得失无常。

⑦殢(tì)酒:纵酒。

⑧有些些:有少量,有一点点。

【赏析】

性德借修葺新屋,表达了其高蹈遁世的愿望。词人以为世事如棋,人生如梦,身处局中,为浮名所束缚,极为抑郁,不如忘却机心,忘怀世事,倜傥风流于天地之间,学堂前燕、海中鸥,自来自去,相亲相近。性德另有诗《寄梁汾并葺茅屋以招之》,或是同时而作。

又

代北燕南①,应不隔、月明千里。谁相念、胭脂山②下,悲哉秋气。小立乍惊清露湿,孤眠最惜浓香腻。况夜乌、啼绝四更头,边声③起。

销不尽,悲歌意。匀不尽,相思泪。想故园今夜,玉阑谁倚。青海④不来如意梦,红笺⑤暂写违心字。道别来、浑是不关心,东堂桂⑥。

【注释】

①代北燕南:泛指山西、河北一带。

②胭脂山:即燕支山。在古匈奴境内,以产燕支草而得名,其地水草丰美,是为塞外之宝地。多代指值得怀念之地。

③边声:指边境上羌管、角号等诸多声响。

④青海:本指青海省内之最大的咸水湖。后以之喻边远荒漠之地。

⑤红笺:红色笺纸,多用以题写诗词等,这里是指书写信札。

⑥东堂桂:指科举考试及第。

【赏析】

康熙二十二年(1683年)秋,性德随扈五台山而有此作。词人说代北燕南,离家本不甚远,算不上明月千里寄相思,不过终究还是能够听到边声四起,终究还是感受到一片萧瑟,一片衰飒,何况客居孤眠?想必故园今夜,家中的玉人正斜靠阑干,望尽天涯路。为了不让对方担心,词人在家信中故意显得漫不经心。

又

为曹子清①题其先人所构楝亭②,亭在金陵署中

籍甚平阳③,羡奕叶④、流传芳誉。君不见、山龙补衮,昔时兰署⑤。饮罢石头城下水,移来燕子矶边树。倩一茎、黄楝作三槐⑥,趋庭处。

延夕月,承晨露。看手泽⑦,深余慕。更凤毛⑧才思,登高能赋。入梦凭将图绘写,留题合遣纱笼⑨护。正绿阴、青子⑩盼乌衣⑪,来非暮。

【注释】

①曹子清:即曹寅(1658—1712年),字子清,曾任江宁织造等。

②楝(liàn)亭:为曹玺修于江宁署衙,后曹寅重筑,并绘有《楝亭图》。

③平阳:地名,在今山西省境内,相传尧时为都。此处代指金陵。

④奕叶:累世,世代。

⑤兰署（shǔ）：即兰台。汉代宫中收藏典籍之处。

⑥三槐：相传周代宫廷外植三株槐树，三公朝见天子时面三槐而立，后世遂以三槐喻三公一类之高级官员。此处预示了曹家鼎盛，必有三公之功高位显者在。

⑦手泽：本指手汗，后代指先人、前辈之遗物或遗墨等。

⑧凤毛：形容人能继承父辈遗风。这里是说曹寅等人承继了祖上的遗风遗业，都有着超人的才华。

⑨纱笼：即宰相纱笼。后比喻世态炎凉，以势取人。此处是说曹家自祖上便显赫，如今也是地位不同一般。

⑩青子：又称橄榄，也可代指梅实，后泛指未成熟的果实。

⑪乌衣：即燕子。

【赏析】

康熙二十三年（1684年），纳兰性德扈驾南巡，会曹寅于江宁织造府。次年五月，曹寅来京，携所作《楝亭图》，纳兰为之题咏，顾贞观亦有唱和。此篇以楝树为线索，对曹家家世进行称颂，盛赞曹寅能秉承其父之志。性德另有《曹司空手植楝树记》记其事。

水调歌头

题西山秋爽图

空山梵呗①静,水月影俱沉。悠然一境人外,都不许尘侵。岁晚忆曾游处,犹记半竿斜照,一抹界疏林。绝顶茅庵里,老衲②正孤吟。

云中锡③,溪头钓,涧边琴。此生著几两屐④,谁识卧游⑤心。准拟⑥乘风归去,错向槐安⑦回首,何日得投簪⑧。布袜青鞋⑨约,但向画图寻。

【注释】

①梵呗:指寺庙中诵经的声音。

②老衲(nà):衲是指僧衣,故称老僧为老衲。

③锡:即飞锡,指僧人出行。

④几两屐(jī):几双鞋子。《世说新语·雅量》:"祖士少好财,阮遥集好屐,并恒自经营,同是一累而未判其得失。人有诣祖,见料视财物……或有诣阮,见自吹火蜡屐,因叹曰:'未知一生当着几两屐。'神色闲畅。于是胜负始分。"

⑤卧游：观赏山水画以代游览。

⑥准拟：打算、希望。

⑦槐安：槐安之梦，即南柯一梦。

⑧投簪（zān）：丢下固冠用的簪子，比喻弃官。

⑨布袜青鞋：平民百姓之装束，此处借指弃官隐居。

【赏析】

词为题画之作。上片写所画之景。斜晖脉脉，山林萧疏，绝顶之上，一孤僧悠然闲坐。下片写词人的感触。老僧闲云野鹤般的生活让他无限向往，他希望能摆脱尘累，挂冠而去。

又

题岳阳楼①图

落日与湖水，终古岳阳城。登临半是迁客②，历历数题名。欲问遗踪何处，但见微波木叶，几簇打鱼罾③。多少别离恨，哀雁下前汀。

忽宜雨,旋宜月,更宜晴。人间无数金碧④,未许⑤著空明⑥。淡墨生绢⑦谱⑧就,待倩横拖一笔,带出九疑⑨青。彷佛潇湘夜,鼓瑟⑩旧精灵⑪。

【注释】

①岳阳楼:著名古城楼,在今湖南省岳阳市。

②迁客:被贬斥放逐之人。

③罾(zēng):捕鱼之网。

④金碧:指金碧山水画。

⑤未许:未如此。

⑥空明:空旷澄澈。

⑦生绢(juàn):未漂煮过的丝织品,古代多用以作画。

⑧谱:这里指绘画。

⑨九疑:亦作"九嶷",即九嶷山,在湖南省宁远县南。

⑩鼓瑟:弹瑟。

⑪精灵:指湘灵。

【赏析】

此为题画之词。岳阳楼的美景,多为文人迁客所咏叹,而其中之落日、湖水、秋风、木叶，留给人们的印象尤为深刻。词人则以为其景色无时不美，不当瞩目于秋日，所谓"宜雨""宜月""宜晴"，淡妆浓抹总相宜，丹青难谱其丽色。

满庭芳

题元人芦洲聚雁图

似有猿啼，更无渔唱，依稀落尽丹枫。湿云[1]影里，点点宿宾鸿[2]。占断[3]沙洲寂寞，寒潮上、一抹烟笼。全不似，半江瑟瑟，相映半江红。

楚天秋欲尽，荻花吹处，竟日冥濛。近黄陵祠庙[4]，莫采芙蓉。我欲行吟去也，应难问、骚客遗踪。湘灵杳[5]，一尊遥酹[6]，还欲认青峰。

【注释】

①湿云：湿度很大的云。

②宾鸿：即鸿雁、大雁。

③占断：占尽、全部占有。

④黄陵祠庙（cí miào）：即黄陵庙。传说为舜二妃娥皇、女英之庙，亦称二妃庙，在今湖北省湘阴县之北。

⑤湘灵杳：谓舜妃之踪影已杳不可见。湘灵，此处指舜妃，即湘夫人。

⑥酹（lèi）：以酒浇地，表示祭奠。

【赏析】

朱竹作有《卢洲聚雁图》，自题云："夜窗剪烛听雨，偶阅叔升钱君所画古木寒鸦小景，因写《芦洲聚雁》以记之。黄德谦曰：'似潇湘水云景也。昔年过二妃庙，今复观此图，恍若重游，但少苦竹丛深耳。'予遂添丛篠中其间，殊有天趣，并赋诗一绝：'夜窗听雨话巴山，又入潇湘水竹间。满渚冥鸿谁得似，碧天飞去又飞还。'"此画一度为性德所收藏，故题有是词。词摹潇湘迷濛萧远之景。远处青峰默默矗立，山下为黄陵庙，庙前为夕阳斜照的江水；江中一片沙洲，上有排排丹枫；江边芦苇摇曳，数个飞鸿出没其间。此种景致，定是当日屈子行吟之处。

又

堠①雪翻鸦,河冰跃马,惊风吹度龙堆。阴磷②夜泣,此景总堪悲。待向中宵起舞,无人处、那有村鸡。只应是,金笳③暗拍,一样泪沾衣。

须知今古事,棋枰胜负,翻覆如斯。叹纷纷蛮触④,回首成非。剩得几行青史,斜阳下、断碣残碑。年华共、混同江⑤水,流去几时回。

【注释】

①堠(hòu):古代瞭望敌情之土堡。

②阴磷(lín):即阴火,磷火之类,俗谓鬼火。

③金笳:指铜笛之类。笳,古代北方民族的一种乐器,类似笛子。

④蛮触:分别指蛮氏和触氏这两个国家。双方常为争地而战。后比喻因小事争吵的双方。

⑤混同江:指松花江。

【赏析】

大战的硝烟早已散尽，斜阳下只有断碣残碑，让人得以想见当日之惨烈。夜晚磷火荧荧，更增添无数悲怆。莫要说自己早已没有了闻鸡起舞的豪情壮志，即使能一展抱负又如何呢？天地翻覆，事过境迁，当日的争斗与执着，也不过是青史上的几行字而已。滚滚东逝水，淘尽了多少英雄。词为凭吊感怀之作。

凤凰台上忆吹箫

除夕得梁汾闽中信，因赋

荔粉初装，桃符①欲换，怀人拟赋然脂②。喜螺江③双鲤④，忽展新词。稠叠⑤频年⑥离恨，匆匆里、一纸难题。分明见，临缄重发，欲寄迟迟。

心知。梅花佳句，待粉郎香令⑦，再结相思。记画屏今夕，曾共题诗。独客料应无睡，慈恩⑧梦、那值微之。重来日，梧桐夜雨，却话秋池。

【注释】

①桃符：古代挂在大门上的两块桃木板，上画神荼、郁垒二神以压邪。

②然脂（zhī）：指点燃火炬、灯烛等。

③螺（luó）江：江名，亦称螺女江，在福建省福州市西北。

④双鲤：代指书信。

⑤稠（chóu）叠：稠密层叠，形容相思愁绪之深重。

⑥频年：连年，多年。

⑦粉郎香令：粉郎，即心爱的郎君。香令，指三国魏荀彧。后以粉郎香令借指风流高雅之士。这里指顾梁汾。

⑧慈恩：慈恩寺的简称。

【赏析】

纳兰性德于除夕收到友人顾贞观的书信，喜不自胜，写下此词。上片说他在新桃换旧符之际，得到友人千里之外的书信，感受到了厚厚的情意，以及友人临发信前匆匆说不尽的情怀。下片说自己其实也正惦记友人，当年元稹与白居易的佳话，并不会让他们专美独享。等到来日相聚，我们再来分享异地同日赋诗以写友情的温馨。

又

守岁

锦瑟①何年,香屏②此夕,东风吹送相思。记巡檐③笑罢,共捻梅枝。还向烛花影里,催教看、燕蜡鸡丝④。如今但,一编消夜⑤,冷暖谁知。

当时。欢娱见惯,道岁岁琼筵,玉漏如斯。怅难寻旧约,枉费新词。次第朱幡⑥剪彩,冠儿侧、斗⑦转蛾儿⑧。重验取⑨,卢郎⑩青鬓,未觉春迟。

【注释】

①锦瑟:漆有织锦纹的瑟。这里指往日的好时光。

②香屏:指华美之屏风。

③巡檐:来往于檐前。

④燕蜡鸡丝:古时元旦之日所做的节日食品。

⑤消夜:消磨除夜。

⑥朱幡(fān):尊显之家所用的红色的旗幡。

⑦斗:纷纷、纷乱之意。

⑧蛾儿：古代妇女于元宵节前后插戴在头上的剪彩小帽之类的应时饰物。

⑨验取：检验，查看。

⑩卢郎：传说为唐代卢家之子，年老才为校书郎，后娶妻而遭妻怨。此处是以卢郎自喻。

【赏析】

往日守岁，热闹非凡。词人手捻着梅花，穿梭于屋檐下，在烛花影里品评美食。今日守岁，孤孤单单，异常冷清，唯有持书一卷，坐待天明。自己曾以为温馨的日子会持续下去，可既相睽违，旧约成空，或许元宵之日，重新相聚亦未为迟。

金菊对芙蓉

上元①

金鸭②消香，银虬③泻水，谁家夜笛飞声。正上林④雪霁，鸳鸯

⑤晶莹。鱼龙舞⑥罢香车杳,剩尊前、袖掩吴绫。狂游似梦,而今空记,密约烧灯⑦。

追念往事难凭。叹火树星桥⑧,回首飘零。但九逵⑨烟月,依旧笼明⑩。楚天⑪一带惊烽火,问今宵、可照江城。小窗残酒,阑珊灯灺⑫,别自关情⑬。

【注释】

①上元:上元节。农历正月十五日,又称"元宵节"。

②金鸭:鸭形之铜香炉。古人多用以薰香或取暖。此处代指薰香。

③银虬(qiú):古代一种计时器,漏壶中有箭,水满而箭出,箭上有刻度,用来计时。

④上林:即上林苑,秦汉时长安、洛阳等地之皇家宫苑,后泛指帝王之宫苑园囿。

⑤鸳甃(yuān zhòu):用对称的砖瓦砌成的井壁。

⑥鱼龙舞:一种杂戏,又称鱼龙杂戏。古时于元宵节盛行此戏。

⑦烧灯:即燃灯。

⑧火树星桥:形容元宵日灯火辉煌的景色。

⑨九逵(kuí):京城之大道。

⑩笼明:指月色微明。

⑪楚天：本指楚地的天空，后泛指南方的天空。
⑫阑珊灯灺（xiè）：指灯火将尽，烛光微弱。灺，烧残的灯灰。
⑬关情：动情。

【赏析】

雪霁之后，天街凉如水，月影冷似冰，火树银花，一夜鱼龙翻舞，当年与友人狂欢的细节又涌上心头。京城热闹非凡，香车宝马亦一如往昔，但友人远在楚地，正处烽火之中，不知他所在的江城是否灯火通明。词中所牵挂之友人，一般认为是时任江华令的张纯修。词作于康熙十九年（1680年）元宵夜。

御带花

重九①夜

晚秋却胜春天好，情在冷香②深处。朱楼六扇小屏山，寂寞几分尘土。虬尾烟销，人梦觉、碎虫零杵③。便强说欢娱，总是无憀④

心绪。

转忆当年,消受尽、皓腕⑤红萸⑥,嫣然一顾。如今何事,向禅榻茶烟,怕歌愁舞。玉粟⑦寒生,且领略、月明清露。叹此际凄凉,何必更、满城风雨。

【注释】

①重九:农历九月九日,为传统的重阳节。

②冷香:指花之清香气。这里指菊花香气。

③碎虫零杵(chǔ):谓零零碎碎的秋虫鸣叫声和砧杵之响声。

④无憀(liáo):精神无所依。

⑤皓腕:洁白之手腕,代指年轻女子。

⑥红萸(yú):指插戴茱萸。

⑦玉粟:形容皮肤因受寒凉而呈粟状。

【赏析】

词写重阳节之夜的孤寂心情。常人都喜爱春天,词人却以为晚秋更富有情韵,褪去了表面的浮华,如幽香一般,不知不觉地令人陶醉。但今年的晚秋,终不比往日,词人无论怎样强颜欢笑,也无法使自己高兴起来。断断续续的虫鸣,隐隐约约的砧杵声,搅得他无法入睡。想起当年佳人偎依在身边,皓腕如雪,把玩茱萸,回眸嫣然，使人不知今夕何夕。只可惜美景如烟花，很快消散，时过境迁，今日唯有禅榻茶烟，消磨时光。前人曾以"满城风雨近重阳"说尽栖遑，此刻的自己，不用满城风雨，已无力承受这凄凉。

琵琶仙

中秋

碧海年年，试问取冰轮①，为谁圆缺。吹到一片秋香，清辉②了如雪。愁中看、好天良夜，知道尽成悲咽。只影而今，那堪重对，旧时明月。

花径里戏捉迷藏，曾惹下萧萧井梧叶③。记否轻纨小扇④，又几番凉热。只落得填膺百感，总茫茫不关离别。一任紫玉⑤无情，夜寒吹裂。

【注释】

①冰轮：即明月。

②清辉:指明亮的月光。
③井梧叶:谓井边的梧桐树叶。
④轻纨(wán)小扇:即纨扇。细绢做成的团扇。
⑤紫玉:指笛箫,因用紫竹制成,故称紫玉。

【赏析】

　　青天中那一轮明月,到底是为谁在时圆时缺呢?月华皎洁如雪,暗香浮动,如此好天良夜,词人只是悲伤与哽咽。此时的他人单影只,怎堪面对那一轮圆月?旧时明月,曾见证多少温馨的时刻,逢迎花径,戏捉迷藏,如今茕茕孑立,碧海青天,夜夜相思。词为中秋悼念亡妻之作。

百字令

　　人生能几,总不如休惹、情条恨叶。刚是尊前同一笑,又到别离时节。灯炧挑残,炉烟蒸尽,无语空凝咽①。一天凉露,芳魂②此夜偷接③。

怕见人去楼空,柳枝无恙,犹扫窗间月。无分暗香深处住,悔把兰襟④亲结。尚暖檀痕,犹寒翠影,触绪添悲切。愁多成病,此愁知向谁说。

【注释】

①凝咽:嗓子被气憋住,哭不出声,说不出话。形容声音幽咽悲凉。

②芳魂:美人的魂魄,这里指亡妻。

③接:指相会。

④兰襟:本指芬芳的衣襟,此处指与情人的绵绵情意。

【赏析】

人生短暂,快乐的日子尤其这样。倘若有所牵挂,更觉时光如梭,似乎是刚刚聚首,就要离别。炉烟散尽了,残灯将灭了,已经找不到停留的借口了,执手相看,泪眼朦胧,无语凝噎。情人一去,满楼空寂,心中的惆怅能向谁说呢?

又

绿杨飞絮,叹沉沉①院落、春归何许。尽日缁尘吹绮陌②,迷却③梦游归路。世事悠悠,生涯未是,醉眼斜阳暮。伤心怕问,断魂何处金鼓④。

夜来月色如银,和衣独拥,花影疏窗度。脉脉此情谁得识,又道故人别去。细数落花,更阑未睡,别是闲情绪。闻余长叹,西廊惟有鹦鹉。

【注释】

①沉沉:茂盛的样子。

②绮陌:繁华的街道,亦指风光美丽的郊野道路。

③迷却:迷失。

④金鼓:即钲。古代乐器名。形如铃,有柄可执,行军时用。

【赏析】

在绿叶成荫、柳絮漫天飞舞的时刻,友人将踏上征程,前往金戈铁马之处,这不能不让词人忐忑不安。在银色的月光下,他和衣独坐,细数落花,长吁短叹,深夜难眠。

又

废园有感

片红飞减,甚东风不语、只催漂泊。石上胭脂①花上露,谁与画眉商略②。碧甃③瓶沉,紫钱④钗掩,雀踏金铃索⑤。韶华如梦,为寻好梦担阁。

又是金粉空梁,定巢燕子,一口香泥落。欲写华笺凭寄与,多少心情难托。梅豆圆时,柳绵飘处,失记⑥当初约。斜阳冉冉,断魂分付残角⑦。

【注释】

①胭脂:指落在石上的花瓣。

②商略:商讨。

③碧甃(zhòu):青绿色的井壁,代指井。

④紫钱:指苔藓。

⑤金铃索:系护花铃的绳索。

⑥失记:忘记。

⑦残角:远处隐约的角号声。

【赏析】

词人来到一处废园,只见苔藓爬上了井台,满眼衰红败绿,唯有叽叽喳喳的鸟雀,才给荒芜的园地带来一丝生机。又是柳絮飞舞、梅子青如豆的时节,燕子开始筑巢了,与友人的约定也成空了。他想把满腹心事写给对方,却又不知从何说起,断角残阳中,无限落寞。

又

宿汉儿村[①]

无情野火,趁西风烧遍、天涯芳草。榆塞[②]重来冰雪里,冷入鬓丝吹老。牧马长嘶,征笳乱动,并入愁怀抱。定知今夕,庾郎[③]瘦损多少。

便是脑满肠肥,尚难消受此,荒烟落照。何况文园[④]憔悴后,非复酒垆风调。回乐峰寒,受降城远,梦向家山绕。茫茫百感,凭高惟有清啸[⑤]。

【注释】

①汉儿村：河北省迁安县有汉儿乡，或是。

②榆塞（yú sài）：即榆关、边关之意。

③庾（yǔ）郎：指北周诗人庾信，因羁留北地而悲愁忧思，深怀故土，尝作《愁赋》以抒身世之慨。性德此处乃是自喻。

④文园：司马相如曾为文园令。

⑤清啸：谓孤清地长啸。啸，大声呼喝。

【赏析】

词写性德再度赴边时的感触。再次来到山海关，只见寒风呼啸，万里尘昏，胡笳四起，牧马长鸣，真可谓"笳声未断肠先断"，他不由深深体会到了当年庾信羁留北地的心情。这种荒芜凄凉的场景，即使脑满肠肥者也难以消受，何况这些年来词人日益憔悴。

东风第一枝

桃花

薄劣①东风,凄其夜雨,晓来依旧庭院。多情前度崔郎,应叹去年人面。湘帘②乍卷,早迷了、画梁栖燕。最娇③人、清晓莺啼,飞去一枝犹颤。

背山郭、黄昏开遍。想孤影、夕阳一片。是谁移向亭皋④,伴取晕眉青眼⑤。五更风雨,莫减却、春光一线。傍荔墙、牵惹游丝⑥,昨夜绛楼⑦难辨。

【注释】

①薄劣:薄情之意。

②湘帘:用湘妃竹编织的帘子。

③娇:指声音细嫩、清润。

④亭皋(gāo):水边的平地。

⑤晕眉青眼:这里比喻柳叶。

⑥游丝:飘动着的蛛丝。

⑦绛楼:红楼。

【赏析】

词咏桃花。上片摹写雨后清晨之姿态。夜来风雨，使人揪心，不知是否红瘦依旧。清晨卷起门帘，来到庭院探望，莺啼燕啭，桃花依旧笑于春风之中，心中顿时坦然。下片写夕阳下之桃花。山郭下桃花烂漫，春风徐来，片片飞舞，或落在亭皋，或驻留墙边，更使春光无限。

木兰花慢

立秋夜雨，送梁汾南行

盼银河迢递①，惊入夜，转清商②。乍西园③蝴蝶，轻翻麝粉④，暗惹蜂黄。炎凉。等闲瞥眼，甚丝丝、点点搅柔肠。应是登临送客，别离滋味重尝。

疑将⑤。水墨画疏窗。孤影淡潇湘。倩一叶高梧，半条残烛，做尽商量。荷裳。被风暗剪，问今宵、谁与盖鸳鸯。从此羁愁万叠⑥，梦回分付啼螀。

【注释】

①迢递（tiáo dì）：遥远貌。

②清商：古代五音之一，即商音，其调悲凉凄切。

③西园：本为园林名，后泛指园林。

④麝粉：香粉，此处代指蝴蝶翅膀。

⑤疑将：仿佛，类似。将，无实际意义。

⑥万叠：形容愁情的深厚浓重。

【赏析】

康熙二十年（1681年）立秋之夜，顾贞观因母丧，仓皇雨中南归，性德赋此词送之。银河迢迢，秋风萧索，蝶翻蜂舞，西园一片狼藉。秋雨丝丝点点，更增添了几分凄迷的氛围。此时登高送别，可谓萧索满怀。

秋水

听雨

谁道破愁须仗酒,酒醒后,心翻①醉。正香销翠被,隔帘惊听,那又是、点点丝丝和泪。忆剪烛、幽窗小憩。娇梦垂成,频唤觉、一眶秋水。

依旧乱蛩声里,短檠②明灭,怎教人睡。想几年踪迹,过头风浪③,只消受、一段横波④花底。向⑤拥髻、灯前提起。甚日还来,同领略、夜雨空阶滋味。

【注释】

①翻:同"反",反而。

②短檠(qíng):短柄的灯。

③过头风浪:比喻生活不平静。

④横波:水波闪动,比喻女子美丽的眼睛。

⑤向:与、对之意。

【赏析】

帘外雨声渐沥，室内灯火明灭，蛩声时起，回顾平生有无数凄婉低回，也有几分温馨甜蜜。这些年来四处飘零，遭受了多少无端风雨，只因为有佳人的一泓秋水，怅然中便平添无数柔情。词写雨夜独卧时的纷乱思绪，由雨声散发开去，想到他风风雨雨的人生，想到风雨中佳人的期盼，想到何日共剪西窗之烛，话巴山夜雨时的甜蜜。

水龙吟

再送荪友南还[①]

人生南北真如梦，但卧金山[②]高处。白波[③]东逝，鸟啼花落，任他日暮。别酒盈觞，一声将息，送君归去。便烟波万顷，半帆残月，几回首，相思否。

可忆柴门深闭，玉绳低[④]、剪灯夜语。浮生如此，别多会少，不如莫遇。愁对西轩，荔墙[⑤]叶暗，黄昏风雨。更那堪几处，金戈铁马,把凄凉助。

【注释】

①严绳孙,字荪友,江苏无锡人,曾于康熙十五年夏自京南归,性德赋词相送。

②金山:山名,指江苏镇江西北之金山。这里代指荪友之家乡。

③白波:水流。这里比喻时光。

④玉绳低:谓夜已深。玉绳,天乙、太乙二星。

⑤荔墙:即薜荔墙。

【赏析】

世事悠悠如风絮,人生南北多歧路,分离自是等闲事。友人归去,高卧金山,对江水,听鸟啼,赏落花,自是惬意,可惜不能与其共赏共游。斜阳西下,执手相别,道一声珍重,从此烟波万里,半帆残月,留下无限相思。一度柴门相聚,蒻灯夜语,这样的情景,此后唯有在梦中重现。这种销魂的滋味,让人感叹当初不如不相识相知,免得留下如此多的遗憾。何况友人所去之处,战火纷纷,不能不让人揪心。

又

题文姬①图

须知名士倾城②,一般易到伤心处。柯亭③响绝,四弦④才断,恶风吹去。万里他乡,非生非死,此身良苦。对黄沙白草,呜呜卷叶,平生恨、从头谱。

应是瑶台⑤伴侣。只多了、毡裘夫妇。严寒觱篥⑥,几行乡泪,应声如雨。尺幅重披⑦,玉颜千载,依然无主。怪人间厚福,天公尽付,痴儿呆女。

【注释】

①文姬:汉·蔡文姬,名蔡琰,字文姬。为汉大文学家蔡邕之女。博学多才,通音律。

②倾城:代指美女。

③柯亭:即柯亭笛。

④四弦:指蔡文姬所弹奏的琵琶。因琵琶为四根弦而得名。

⑤瑶台:美玉砌筑之楼台。此处借指天子。

⑥觱篥(bì lì):古代簧管乐器名。

⑦披：披露、陈述。

【赏析】

词为题画之作，画中人物为蔡文姬。蔡文姬博学多才，尤妙于音律，原本应受到敬重爱惜，谁知流落塞外，与黄沙白草为伍，饱受摧折，"欲死不能得，欲生无一可"（蔡琰《悲愤诗》）。这样的遭遇，令人深感痛心，而那些痴儿呆女却享尽了人间的厚福。

台城路

上元

阑珊火树①鱼龙舞，望中宝钗楼远。鞚鞯②余红，琉璃剩碧，待③嘱花归缓缓。寒轻漏浅。正乍敛烟霏④，陨星⑤如箭。旧事惊心，一双莲影藕丝断。

莫恨流年逝水，恨销残蝶粉⑥，韶光忒贱⑦。细语吹香，暗尘笼鬓，都逐晓风零乱。阑干敲遍。问帘底纤纤⑧，甚时重见。不解相思,月华今夜满。

【注释】

①火树:指灯。

②靺鞨(mò hé):红靺鞨,又称靺鞨芽,红色宝石之一种,即红玛瑙。

③待:直等到。

④烟霏(fēi):烟火所形成的烟雾。

⑤陨星:代指燃放之烟火。

⑥蝶粉:即"蝶粉蜂黄",唐人之宫妆。这里代指美丽的容貌。

⑦忒贱:谓美好时光太短暂。忒,太、过于。

⑧纤纤:原指女子手之柔细,这里代指所思念之女子。

【赏析】

上元之夜,火树银花,凤箫声动,满城舞动鱼龙。琉璃光射、烟火怒放之际,词人突然想起了旧日上元发生的情事,心中不免一阵痛楚。时光真如流水,当日种种都已在雨丝风片中飘散,如今把栏杆敲遍,也不知何日重见。而明月不谙离恨苦,圆满一如当初。

又

洗妆台①怀古

六宫佳丽谁曾见,层台②尚临芳渚③。露脚斜飞,虹腰④欲断,荷叶未收残雨。添妆⑤何处。试问取雕笼⑥,雪衣⑦分付。一镜空蒙,鸳鸯拂破白苹去。

相传内家结束,有帕装孤稳⑧,靴缝女古⑨。冷艳全消,苍苔玉匣,翻出十眉遗谱⑩。人间朝暮。看胭粉亭西,几堆尘土。只有花铃,绾风深夜语。

【注释】

①洗妆台:金章宗为李宸妃筑,在今北京北海琼华岛上,历来多误以为辽后萧观音之梳妆楼。

②层台:高台,谓高大的宫殿。

③芳渚(zhǔ):长满芳香花卉的水边。

④虹腰:即虹桥,今北海太液池之永安桥。

⑤添妆:指向宫中后妃赠送财礼。

⑥雕笼:饰有雕花的鸟笼,代指笼中之鸟。

⑦雪衣：即雪衣娘，一种白色鹦鹉。

⑧孤稳：契丹语，玉的意思。

⑨女古：契丹语，黄金之意。

⑩十眉遗谱（pǔ）：即《十眉图》，为十种眉妆。

【赏析】

此词亦是咏萧观音之事，多惋惜之情。金露亭、荷叶殿、脂粉亭及虹桥等，均为洗妆台周遭之景致；孤稳等契丹语词，也与萧观音身份相吻合；词尾用辛弃疾《摸鱼儿》"君不见玉环飞燕皆尘土"之典，绾合辽后身份，照应其结局。

又

塞外七夕

白狼河①北秋偏早，星桥②又迎河鼓。清漏③频移，微云欲湿，正是金风玉露④。两眉愁聚。待归踏榆花，那时才诉。只恐重逢，明明相视更无语。

人间别离无数,向瓜果筵前,碧天凝伫。连理千花,相思一叶,毕竟随风何处。羁栖良苦,算未抵空房,冷香⑤啼曙。今夜天孙⑥,笑人愁似许。

【注释】

①白狼河:今辽宁省之大凌河。

②星桥:即天河中的鹊桥。

③清漏:清晰的漏壶滴水声。

④金风玉露:金风,秋风。玉露,白露。指秋天到了。

⑤冷香:本指清香之花,后亦代指女子。这里借指闺中妻子。

⑥天孙:织女星。

【赏析】

纳兰作于"七夕"的三首词中,以此篇作期最晚,当作于康熙二十二年(1683年)。词中所言"只恐重逢,明明相视更无语",令人想到苏轼《江城子》之"夜来幽梦忽还乡,小轩窗,正梳妆。相顾无言,惟有泪千行",如此性德此篇则为悼亡之作。至于归踏榆花之日,再来倾诉别离之苦,就是强作安慰了,因为一叶相思已经随风散去了,词人独栖空房已多时。所以词人的痴情等待,遭到了织女的嘲笑。

瑞鹤仙

丙辰①生日自寿，起用弹语句②，并呈见阳

马齿③加长矣。柱碌碌乾坤，问女④何事。浮名总如水。拚⑤尊前杯酒，一生长醉。残阳影里，问归鸿、归来也未。且随缘⑥、去住无心，冷眼华亭鹤唳。

无寐。宿醒⑦犹在，小玉⑧来言，日高花睡。明月阑杆，曾说与，应须记。是蛾眉便自、供人嫉妒，风雨飘残花蕊。叹光阴、老我无能，长歌而已。

【注释】

①丙辰：康熙十五年（1679年），此年性德二十二岁。

②弹语句：据张纯修刻本，指性德好友顾贞观《弹指词》的语句。

③马齿：马之牙齿。马齿随年而增，以此比喻人年龄增长。

④女：通"汝"。

⑤拚（pàn）：甘愿。

⑥随缘：原为佛家语。此处谓顺应自然，不与世争。

⑦宿醒：宿醉。

⑧小玉：原指神话中仙人侍女之名，此处代指侍女。

【赏析】

此词作于康熙十五年十二月十二日，为性德二十二岁生日时自赋。《弹指词》为顾贞观词集名，其曾作《金缕曲·丙午生日自寿》："马齿加长矣。向天公、投笺试问，生余何意？不信懒残分芋后，富贵如斯而已。惶愧杀、男儿堕地。三十成名身已老，况悠悠、此日还如寄。惊伏枥，壮心起。直须姑妄言之耳，会遭逢、致君事了，拂衣归里。手散黄金歌舞就，购尽异书名士。累公等、他年谥议。班范文章虞褚笔，为微臣、奉敕书碑记。槐影落，酒醒未。"性德套用顾词起句，表达他的郁郁不平之情。顾贞观进士及第后，擢升内国史院典籍，时年已三十，故感叹"三十成名身已老"。性德年方二十出头，本自年轻，但因及第后赋闲在家，不得任用，心中自然耿耿难平，故有随缘无心之说与冷眼旁观之意。

雨霖铃

种柳

横塘①如练。日迟②帘幕,烟丝斜卷。却从何处移得,章台③彷佛,乍舒娇眼。恰带一痕残照,锁黄昏庭院。断肠处、又惹相思,碧雾濛濛度双燕。

回阑④恰就轻阴转。背风花⑤、不解春深浅。托根幸自天上,曾试把、霓裳舞遍。百尺垂垂,早是酒醒,莺语如剪。只休隔、梦里红楼,望个人儿见。

【注释】

①横塘:泛指水塘。

②日迟:白昼变长。

③章台:春秋时楚国离宫有章华台,也称章台。这里泛指京城之宫苑。

④回阑:曲折的栏杆。

⑤风花:指风中之花。

【赏析】

词写性德移植栽柳的过程与感受,其中所用典故如章台、娇眼等之类,只是绾合柳树而已,与相思情怀了无关涉。上片说他于春日迟迟之时,移来一株柳树,植在庭院之中,等到柳絮飞舞之日,双燕穿梭,碧雾濛濛,定会惹人怜惜。下片说百尺垂垂,参差披拂,袅袅依依,再加上黄莺驻留,真可谓梦中美景。

剪梧桐

自度曲

新睡觉,正漏尽、乌啼欲晓。任百种思量,都来拥枕,薄衾颠倒①。土木形骸②,分甘③抛掷,只平白、占伊怀抱。听萧萧,一剪梧桐,此日秋声重到。

若不是、忧能伤人,甚青镜、朱颜易老。忆少日清狂④,花间马上,软风斜照。端的⑤而今,误因疏起,却懊恼、孅⑥人年少。料应他,此际闲眠,一样积愁难扫。

【注释】

①颠倒:被子颠倒之状,指难以入睡。

②形骸(hái):指人的形体。

③分甘:原意是分享甘甜之味,后比喻慈爱、关心、友好等。

④清狂:放逸不羁。

⑤端的:真的,确实。

⑥瀌(tì):困扰,纠缠。

【赏析】

词写怅恨懊恼之情。静寂的黎明时分,万物犹在酣睡,主人公却从梦中惊醒,听着窗外梧桐树叶飒飒的声音,便再也无法入睡。往日种种情事,此时此际一起涌上了心头。当日年少轻狂,不识愁滋味,整日花间马上,浓香腻粉,耽误佳人一往情深。如今苍颜白发,一无所成,只剩下一种相思,两处闲愁。

望海潮

宝珠洞①

漠陵风雨,寒烟衰草,江山满目兴亡。白日空山,夜深清呗②,算来别是凄凉。往事最堪伤。想铜驼巷陌③,金谷④风光。几处离宫,至今童子牧牛羊。

荒沙一片茫茫。有桑干⑤一线,雪冷雕翔⑥。一道炊烟,三分梦雨,忍看林表斜阳。归雁两三行。见乱云低水,铁骑荒冈。僧饭黄昏,松门⑦凉月拂衣裳。

【注释】

①宝珠洞:位于北京西郊八大处平坡山之上。

②清呗:清晰的诵经之声。

③铜驼巷陌:即铜驼街。原址在今河南省洛阳市,为古代著名的繁华之地。

④金谷:古地名。后代指繁华之地。

⑤桑干:指桑干河。今永定河之上游。因每年桑椹成熟时河水干涸而得名。

⑥雕翔：谓雕鹰在空中盘旋。

⑦松门：此处代指寺庙之门。

【赏析】

性德登临翠微山，触目皆是兴亡之景，不无沧桑之感。寒烟朦胧，衰草连天，汉陵萧萧，空山寂静，一片冷落。想当年，亦曾车如流水马如龙，多少风流人物，就这样风吹雨打而去。雄伟的宫阙，如今成为牧童流连之所。永定河外，濛濛雨中，唯有归雁两三行，掠过荒山凉水，与朦胧的铁骑一起消失在天际。悠闲的僧人，对凉月，迎清风，令人羡慕。

疏影

芭蕉

湘帘卷处。甚离披①翠影，绕檐遮住。小立吹裾，常伴春慵②，掩映绣床金缕③。芳心④一束浑难展，清泪里、隔年愁聚。更夜深、细听空阶,雨滴梦回无据⑤。

　　正是秋来寂寞,偏声声点点,助人离绪。缬被⑥初寒,宿酒全醒,搅碎乱蛩双杵。西风落尽庭梧叶,还剩得、绿阴如许。想玉人⑦、和露折来,曾写断肠句。

【注释】

①离披:摇动、晃动貌。

②春慵:因春天的到来而生出的懒散情绪。

③金缕:指金属制成的穗状物,或金丝所织之物。比喻极其华美。

④芳心:女子之情怀。

⑤无据:无所依凭。

⑥缬(xié)被:染有彩色花纹的丝被。

⑦玉人:指对心爱之人的爱称。

【赏析】

　　此为咏物词,描摹雨中芭蕉摇曳之态,渲染离愁别绪。上片说尽春愁。慵懒无聊,卷起湘帘,看芭蕉叶在风中披拂,如裙裾一般来回舞动。一束芳心,也如为风卷裹的芭蕉叶,无法施展。夜来雨急,如佳人之眼泪,点点滴滴,空阶滴到天明。下片说尽秋恨。西风卷走梧桐叶,窸窸窣窣,平添萧索,唯独芭蕉,依然绿阴如故。想必佳人,和着露水,在上面写满了断肠诗句。

风流子

秋郊即事

平原草枯矣,重阳后,黄叶树骚骚①。记玉勒青丝②,落花时节,曾逢拾翠③,忽听吹箫。今来是,烧痕残碧尽,霜影乱红凋。秋水映空,寒烟如织④,皂雕⑤飞处,天惨⑥云高。

人生须行乐,君知否,容易两鬓萧萧⑦。自与东君作别,划地⑧无聊。算功名何许,此身博得,短衣⑨射虎⑩,沽酒西郊。便向夕阳影里,倚马挥毫。

【注释】

①骚骚:风吹树木的声音。

②玉勒青丝:玉勒,以玉装饰的马勒。青丝,青色的马缰绳。

③拾翠：拾取翠鸟羽毛作首饰。后多代指女子游春。

④寒烟如织：意为弥漫着寒冷的烟雾。

⑤皂雕：一种黑色大型猛禽。

⑥天惨：天色昏暗。

⑦萧萧：头发稀疏的样子。

⑧刬（chǎn）地：只是，依旧，照旧。

⑨短衣：打猎的装束。

⑩射虎：形容人英勇豪迈，具有英雄气概。

【赏析】

词写秋郊行猎。秋日的原野一望无际，纵马驰骋于其间，何等心旷神怡。回想落花时节，也曾青丝骢马，玉勒雕鞍，与佳人共踏青。如今重来，烧痕连天，秋水映空，寒烟漠漠，猎鹰高飞，别是一番滋味。人生当及时行乐，不得为功名利禄所羁绊，打猎饮酒，挥毫赋诗，自是赏心乐事。一本副题作"秋尽友人邀猎"，可见是与友人行猎之作。

潇湘雨

送西溟归慈溪①

长安一夜雨,便添了、几分秋色。奈此际萧条,无端又听,渭城风笛。咫尺层城留不住,久相忘②、到此偏相忆。依依白露丹枫,渐行渐远,天涯南北。

凄寂。黔娄③当日事,总名士、如何消得④。只皂帽⑤蹇驴⑥,西风残照,倦游踪迹。廿载江南犹落拓⑦,叹一人、知己终难觅。君须爱酒能诗,鉴湖⑧无恙,一蓑一笠。

【注释】

①姜宸英(1638—1699年),字西溟,又字湛园,浙江慈溪人。

②相忘:即相忘鳞之意。典出《庄子集释》:"相呴以湿,相濡以沫,不如相忘於江湖。"后因以"相忘鳞"比喻悠然自在者。

③黔娄(qián lóu):为春秋时鲁人。后代指隐士、贫士。

④消得:禁得住。

⑤皂帽:黑色的帽子。

⑥蹇(jiǎn)驴:跛脚的驴。
⑦落拓:穷困失意,景况凄凉。
⑧鉴湖:又名长湖、大湖等。在浙江省绍兴市西南。

【赏析】

对于友人姜宸英年逾五十而犹求仕于京中,性德似乎不以为然。故送别时一方面有依依惜别之情,犹为其落拓江湖而惋惜,另一方面却不无劝勉之意,所用黔娄及贺知章事,隐约可见劝去不如归去之意。长安夜雨后,秋色更浓。此际相别,耳畔似乎又回荡起《渭城曲》。西风残照中,友人乘蹇驴,黯然回归故里。多年漂泊,不免倦游。斜风细雨,一蓑一笠,亦是人间乐事。

沁园春

丁巳①重阳前三日,梦亡妇淡妆素服,执手哽咽,语多不复能记。但临别有云"衔恨愿为天上月,年年犹得向郎圆"。妇素未工诗,不知何以得此也。觉后感赋。

瞬息浮生，薄命如斯，低徊怎忘。记绣榻闲时，并吹红雨[2]；雕阑曲处，同倚斜阳。梦好难留，诗残莫续，赢得更深哭一场。遗容在，只灵飙[3]一转，未许端详。

重寻碧落[4]茫茫，料短发、朝来定有霜。便人间天上，尘缘未断。春花秋叶，触绪还伤。欲结绸缪[5]，翻惊摇落[6]，减尽荀衣昨日香。真无奈，倩声声邻笛，谱出回肠[7]。

【注释】

①丁巳：指康熙十六年（1677年），当时纳兰性德二十三岁。

②红雨：这里指落花。

③灵飙：神风。

④碧落：天空。

⑤绸缪（chóu móu）：缠绵的情缘。

⑥摇落：原指树叶凋零飘落，此处指代亡逝。

⑦回肠：比喻愁怀萦绕。

【赏析】

纳兰之妻卢氏亡于康熙十六年五月三十日，四个月后，词人梦见其妻淡妆素服而来，并留下了"衔恨愿为天上月，年年犹得向郎圆"诗句。梦后的性德，重新记起当日他们夫妻在一起的那些温馨的画面，如绣榻上赏花、雕栏旁看夕阳，等等，不胜怅惋伤感。他既为梦中看不清亡妇的容颜而凄楚，更为梦一般的生活画面的破碎消失而心酸。

又

代悼亡

梦冷蘅芜①，却望姗姗②，是耶非耶。怅兰膏③渍粉④，尚留犀合⑤，金泥⑥蹙绣，空掩蝉纱⑦。影弱难持，缘深暂隔，只当离愁滞海涯。归来也，趁星前月底，魂在梨花。

鸳胶⑧纵续琵琶。问可及、当年萼绿华⑨。但无端摧折，恶经风浪；不如零落，判⑩委尘沙。最忆相看，娇讹道字，手剪银灯自泼茶⑪。今已矣，便帐中重见，那似伊家。

【注释】

①蘅芜（héng wú）：香草名。

②姗姗：形容女子走路缓慢从容的样子。

③兰膏：一种润发的香油。

④渍（zì）粉：残留的香粉。

⑤犀合：犀角制成的匣子。

⑥金泥：金屑，用来装饰物品。

⑦蝉纱：即蝉翼纱，像蝉翼一样薄的轻纱。

⑧鸾胶：续娶后妻之意。《海内十洲记·凤麟洲》载："西海中有凤麟洲，多仙家，煮凤喙麟角合煎作膏，能续弓弩已断之弦，名续弦胶，亦称鸾胶。"

⑨萼绿华：传说中的仙女名。这里代指亡妻。

⑩判：甘愿，甘心。

⑪泼茶：煮茶。

【赏析】

梦中恍惚感觉妻子姗姗而来，醒来依然迷迷糊糊，总觉得身边还散发着她的气息。抬眼望去，四处都有她留下的痕迹。也许她真的只是暂时远离，星夜月下会再回来看望自己。身边有了新人，就一定会忘记旧人吗？不过，忘不了旧人又能如何？即使亡妻的一颦一笑都刻印在脑海，妻子归来，也会发现这家早已不同往日，再也不是她原来的家了。

又

试望阴山①,黯然销魂,无言徘徊。见青峰几簇,去天才尺;黄沙一片,匝地②无埃。碎叶城③荒,拂云堆④远,雕外寒烟惨不开。踟蹰久,忽冰崖转石,万壑惊雷。

穷边自足秋怀,又何必、平生多恨哉。只凄凉绝塞⑤,蛾眉遗冢⑥;销沉腐草,骏骨空台⑦。北转河流,南横斗柄⑧,略点微霜鬓早衰。君不信,向西风回首,百事堪哀。

【注释】

①阴山:今河套以北,大漠以南等山的统称。

②匝(zā)地:遍地。

③碎叶城:唐代古城。这里泛指边塞之地。

④拂云堆:在内蒙古自治区境内。此处亦泛指边地边城。

⑤绝塞:极远的边塞。

⑥蛾眉遗冢(zhǒng):谓古代和亲女子之墓。

⑦骏骨:骏马之骨。

⑧斗柄(bǐng):斗柄是指北斗柄。指北斗的第五至第七星,即玉衡、开阳、摇光。

【赏析】

词作于康熙二十一年（1682年）秋，纳兰奉命出使梭龙之时。开疆拓土，曾是多少英雄豪杰的梦想；驰骋沙场，也是多少壮烈之士的理想归宿；但山海翻覆，豪杰志士尽同腐草，只剩下凄凉的青冢与空寂的黄金台，如今来到穷漠边地，尘满面，鬓已霜，回首西风，遗恨无穷。词写边地绝域风光，借以抒心中不平，吐胸中块垒。

金缕曲

赠梁汾

德也狂生耳。偶然间、缁尘京国①，乌衣门第②。有酒惟浇赵州土，谁会成生此意。不信道、遂成知己。青眼③高歌俱未老，向樽前、拭尽英雄泪。君不见，月如水。

共君此夜须沉醉。且由他、蛾眉谣诼，古今同忌。身世悠悠何足问，冷笑置之而已。寻思起、从头翻悔。一日心期千劫在，后身缘④、恐结他生里。然诺⑤重,君须记。

【注释】

①京国:京城。

②乌衣门第:指名门望族。

③青眼:有对人喜爱或器重之意。

④后身缘:即后生缘,佛家相信有来生。

⑤然诺:许诺,答应。

【赏析】

顾贞观(1637—1714年),字华峰,号梁汾,江苏无锡人,康熙十五年(1676年)馆于纳兰家,与性德遂成忘年交。是词作于两人初见时,顾贞观和词附跋云:"岁丙辰,性德年二十有二,乃一见即恨识余之晚,阅数日,填此曲为余题照。"(《弹指词》卷下)。上片说顾贞观才华满腹,旅食京都,与词人一见如故,顿成知己。下片说两人订交,由于门第等方面的因素,自然会引来诸多冷嘲热讽,不过既然以心相许,结下深重情谊,他人质疑,可冷笑置之不理。

又

再赠梁汾，用秋水轩①旧韵

酒涴②青衫卷。尽从前、风流京兆③，闲情未遣。江左④知名今廿载，枯树⑤泪痕休泫⑥。摇落尽、玉蛾金茧⑦。多少殷勤红叶句。御沟深、不似天河浅。空省识⑧，画图展。

高才自古难通显。枉教他、堵墙落笔，凌云⑨书扁。入洛⑩游梁⑪重到处，骇看村庄吠犬。独憔悴、斯人不免。衮衮门前题凤客，竟居然、润色朝家典。凭触忌⑫，舌难剪。

【注释】

①秋水轩：明末清初孙承泽之旧宅，康熙十年（1671年），周亮工之子周在浚借居其中，与曹尔堪、龚鼎孳酬唱，后辑录为《秋水轩唱和词》，计二十六家一百七十六阕。嗣后，大江南北多有赓和。

②涴（wò）：污染。

③京兆：京都。

④江左：指长江下游以东地区。梁汾为江苏无锡人，所以说

江左。

⑤枯树：指南朝庾信之《枯树赋》。其赋布满哀思。此处以庾信喻梁汾，是劝慰之语。

⑥泫（xuàn）：流泪。

⑦玉蛾金茧：玉蛾，白色飞蛾，比喻雪花。金茧，金黄色之蚕茧，比喻灯火。

⑧省识：认识，略识。

⑨凌云：比喻作文章的高超才华。

⑩入洛：用陆机、陆云兄弟入洛之典。陆氏二人自吴入洛，后得以发迹，但最终被谗遇害。这里比喻仕途不得志。

⑪游梁：此处亦比喻仕途不得志。

⑫触忌：触犯禁忌。

【赏析】

副题"再赠梁汾"，说明作于《金缕曲·赠梁汾》后不久，词意亦一脉相承，即表达词人对顾贞观的才高受屈、流落不偶的同情。此阕写顾贞观一袭青衫，自江南成名至辗转京洛，写出了无数佳作，让无数才子景仰。下阕说自古以来，高才之士仕途就难以通达，故冠盖满京华，而顾氏独憔悴，一身才华，无处施展。

又

简①梁汾

洒尽无端泪。莫因他、琼楼寂寞②,误来人世。信道痴儿多厚福,谁遣偏生明慧。莫更著、浮名相累。仕宦何妨如断梗③,只那将、声影供群吠。天欲问,且休矣。

情深我自判憔悴。转丁宁、香怜易爇④,玉怜轻碎。羡杀软红⑤尘里客,一味醉生梦死。歌与哭、任猜何意。绝塞生还吴季子,算眼前、此外皆闲事。知我者,梁汾耳。

【注释】

①简:简札,书信。

②琼楼寂寞:仕宦不利,未得朝廷重用。琼楼,即琼楼玉宇,代指月中宫殿,这里借指朝廷。

③断梗:断枝,比喻漂泊无定的微贱之物。这里是指仕途为官如同断梗,微不足道。

④爇(ruò):烧,点燃。

⑤软红:即红尘,指繁华的都市。

【赏析】

吴兆骞（1631—1684年），字汉槎，吴江人，以顺治十四年（1657年）江南乡试案，流放宁古塔（今黑龙江省宁安市）。康熙十五年（1676年）顾贞观填写了两首《金缕曲》，寄给身处流放之地的吴汉槎。性德见后，为两人友情所感动，于是挺身而出，奔走营救吴汉槎。在他的帮助下，五年后吴兆骞得以被遣还。是词即作于性德得知吴兆骞一事之后，在词中他郑重许下诺言，定会把生还吴汉槎作为急切之事，同时也安慰友人顾贞观不要过于伤感，不要因外界的猜疑影响他们之前的友情。

又

疏影①临书卷。带霜华、高高下下，粉脂都遣。别是幽情嫌妩媚，红烛啼痕休泫。趁皓月、光浮冰茧②。恰与花神③供写照④，任泼⑤来、淡墨无深浅。持素障，夜中展。

残缸⑥掩过看逾显。相对处、芙蓉玉绽，鹤翎⑦银扁⑧。但得白衣时慰藉，一任浮云苍犬。尘土⑨隔、软红偷免。帘幕西风人不寐，恁清光、肯惜骦裘⑩典。休便把，落英剪。

【注释】

①疏影：这里指疏朗的梅影。

②冰茧：即蚕茧纸。

③花神：指花之精神、神韵。

④写照：映照。

⑤泼：指泼墨写意。

⑥残缸：将要熄灭的灯烛。

⑦鹤翎（hè líng）：本指鹤之羽毛，此处喻白色的花瓣。

⑧银扁：遍地银白色。扁，通"遍"。

⑨尘土：庸俗肮脏之尘世。

⑩骦（shuāng）裘：指用珍贵的雁毛编织而成的皮衣。

【赏析】

词写月夜赏梅，以梅写人，展示词人孤傲不平之气。高华的梅花，满带霜华，静穆淳朴，褪尽了脂粉，别有一番清幽滋味。淡淡的月光，把它萧索的影子印在书卷上，似一幅随手画出的写意图。词人手举残灯，前去看个分明。夜晚下的梅花，姿态更为清幽动人，有如刚刚绽放的芙蓉，缀满银白色的花瓣。有此花相伴，任凭白云苍狗,世事迁贸,即使典衣赏酒,也不会对软红香尘有任何眷念。

又

  生怕芳樽①满。到更深、迷离醉影,残灯相伴。依旧回廊新月在,不定竹声撩乱。问愁与、春宵长短。人比疏花还寂寞,任红蕤、落尽应难管。向梦里,闻低唤。

  此情拟倩东风浣。奈吹来、余香病酒,旋②添一半。惜别江郎浑易瘦,更著轻寒轻暖。忆絮语③、纵横茗碗。滴滴西窗红蜡泪,那时肠、早为而今断。任枕角,倚孤馆④。

【注释】

①芳樽:精致的酒杯。

②旋:即刻。

③絮语:连绵不断地低声说话。

④欹:通"倚",斜倚,斜靠。

【赏析】

斜阳日暮,孤馆春寒,魂牵梦绕,肠牵梦断,借酒消愁,图一醉而不得。停灯向晓,抱影望月,相依坐到天明。忆及往日情事,不胜物是人非之感。当年明月在,依旧照着回廊,而佳人身在何处呢?西窗剪烛,喁喁絮絮,书房赌茶,神采飞扬,如今只剩下无数凄寒,任梨花落尽,无人怜惜。

又

慰西溟

何事添凄咽。但由他、天公簸弄①,莫教磨涅②。失意每多如意少,终古几人称屈。须知道、福因才折。独卧藜床看北斗③,背高城、玉笛吹成血。听谯鼓④,二更彻。

丈夫未肯因人热⑤。且乘闲、五湖料理⑥,扁舟一叶。泪似秋霖⑦挥不尽,洒向野田黄蝶。须不羡、承明⑧班列。马迹车尘忙未了,任西风、吹冷长安月。又萧寺,花如雪。

【注释】

①簸弄：玩弄、拨弄。

②磨涅（niè）：比喻所经受的考验。

③北斗：指北斗七星，常用来指代朝廷。

④谯（qiáo）鼓：指谯楼上之鼓声。古代于城门望楼之上置鼓，击鼓以报时。

⑤热：热中、急躁之意。

⑥料理：安排，安置。

⑦秋霖（lín）：秋雨。

⑧承明：承明庐，汉代侍臣值宿所居之屋，后为入朝、在朝为官之典。

【赏析】

姜宸英（1628—1699年），字西溟，号湛园，浙江慈溪人。康熙十八年，他为叶方蔼、韩菼所举荐应博学鸿儒科而未果，心情不免低落。性德赋此词加以劝慰，指出自古人才终要经过一番磨砺，希望他不要因此挫折而沉沦，大丈夫本来就应该自强自立，更何况虚名也不值得孜孜以求。乘扁舟一叶，遨游五湖，也是一种不错的选择。

又

姜西溟言别，赋此赠之

谁复留君住。叹人生、几番离合，便成迟暮。最忆西窗同剪烛，却话家山夜雨。不道只、暂时相聚。衮衮①长江萧萧木，送遥天、白雁哀鸣去。黄叶下，秋如许。

曰归因甚添愁绪。料强似、冷烟寒月，栖迟②梵宇③。一事伤心君落魄，两鬓飘萧④未遇。有解忆、长安儿女。裘敝入门空太息，信古来、才命真相负。身世恨，共谁语。

【注释】

①衮衮：同"滚滚"。此句化用杜甫诗句"无边落木萧萧下，不尽长江滚滚来"描绘深秋的景象。

②栖迟：隐遁。

③梵宇：佛寺。西溟在京中时曾居住在"萧寺"。

④飘萧：飘动。

【赏析】

康熙十八年,姜宸英因母丧而归,严绳孙有《金缕曲》"送西溟奔母丧南归次韵":"此恨何当住。也须知、玉和生死,总成离阻。真使通都闻恸哭,废尽蓼莪诗句。算母子、寻常欢聚。秔稻登场春韭绿,便休论、万里封侯去。须富贵、竟何许。片帆触处成悲绪。问从今、樯乌堠燕,几番风雨。不尔置君天禄阁,未算人生奇遇。甚一种、世间儿女。画荻教成羞半豹,早高堂、鸾诰偏无负。天可问,倘相语。"性德此作,则不提及母丧之事,从西溟不得志而归立论,为其落魄而伤心,为其不遇而黯然。他还感叹两人相聚不到一年,又要在黄叶飘零的秋天分离,无限的怅然只待来日相会时再来弥补。最终,性德劝慰说,西溟此次黯然归乡,固然令人痛惜,不过家中"有解忆"之儿女,总强似萧寺离索苦居。

又

亡妇忌日有感

此恨何时已。滴空阶、寒更雨歇,葬花天气①。三载悠悠魂梦杳,是梦久应醒矣。料也觉、人间无味。不及夜台②尘土隔,冷清清、一片埋愁地。钗钿约③,竟抛弃。

重泉④若有双鱼⑤寄。好知他、年来苦乐,与谁相倚。我自终宵成转侧,忍听湘弦⑥重理。待结个、他生知己。还怕两人俱薄命,再缘悭⑦、剩月零风⑧里。清泪尽,纸灰起。

【注释】

①葬花天气:指春末落花时节,大概是农历五月。

②夜台:指坟墓。

③钗钿约:钗钿即"金钗""钿合",女子饰物。指爱人间的盟约。

④重泉:即"黄泉""九泉",这里指与亡妻生死相隔。

⑤双鱼:书信。

⑥湘弦:即湘灵鼓瑟之弦。

⑦缘悭（qiān）：缘分少。悭，缺少。

⑧剩月零风：比喻极好的光景、美好的情缘难长久。

【赏析】

此词作于康熙十九年（1680年）农历五月三十日，其时卢氏已亡故三年。爱妻亡故之后，词人遗恨不已，正伤心时刻，又逢一夜寒雨，点点滴滴落在空旷的石级上，一声声从夜半滴到黎明。当年葬花时节爱侣故去，如今三年过去，悠悠生死相别多年，魂魄不曾来入梦，想必是她也觉得这人世间无甚滋味。天上人间终相厮守的盟誓，就这样渐成空言。倘若泉下有知，她理当捎个音信。在没有词人的黄泉，谁与你相携相依呢？词人一心企盼来生再续前缘，可又担心来生命薄缘浅，难偿夙愿，又一次在孤单中痛苦地度过余生。

又

寄梁汾

木落吴江①矣。正萧条、西风南雁,碧云千里。落魄②江湖还载酒,一种悲凉滋味。重回首、莫弹酸泪。不是天公③教弃置,是南华④、误却方城尉。飘泊处,谁相慰。

别来我亦伤孤寄⑤。更那堪、冰霜摧折,壮怀都废。天远难穷劳望眼,欲上高楼还已。君莫恨、埋愁无地。秋雨秋花关塞冷,且殷勤、好作加餐计。人岂得,长无谓⑥。

【注释】

①吴江:即吴淞江。

②落魄:失意的样子。

③天公:此处代指朝廷。

④南华:《南华真经》之略称,即《庄子》一书。

⑤孤寄:意同"孤寂"。孤单寂寞之意。

⑥无谓:即无所作为。

【赏析】

康熙二十三年秋,顾贞观即将北上,性德赋词相寄。他一方面提醒对方好生将息,祝愿他一路顺风;另一方面,抒发自己别来的苦闷和思念,并对顾氏长期滞留南方、难展抱负的处境表示同情,将之比喻为流落不遇的杜牧、温庭筠。

又

未得长无谓。竟须将、银河亲挽,普天一洗。麟阁①才教留粉本②,大笑拂衣归矣。如斯者、古今能几。有限好春无限恨,没来由、短尽英雄气。暂觅个,柔乡避。

东君轻薄知何意。尽年年、愁红惨绿,添人憔悴。两鬓飘萧容易白,错把韶华虚费。便决计、疏狂③休悔。但有玉人常照眼④,向名花、美酒拚沉醉。天下事,公等在。

【注释】

①麟阁:即麒麟阁,在汉未央宫中。

②粉本：指图画。

③疏狂：不受拘束、豪放不羁。

④照眼：耀眼，光彩夺目之意。

【赏析】

词作于康熙二十三年（1684年）。性德此间曾致书顾贞观，多有感喟："从前壮志，都已灰尽。昔人言，身后名不如生前一杯酒，此言大是。弟是以甚慕魏公子之饮醇酒、近妇人也。沦落之余，方欲葬身柔乡，不知安得如鄙人之愿否？"词中情绪之低沉及逃身于温柔之乡的愿望，都与信中所言吻合。词人说他曾豪情壮志，希望成就一番事业后功成身退，可惜这样的事情从古到今都没有几例。眼看着韶华一年年虚度，青春即将耗尽，而他依然无所作为，不免英雄气短，寄情于名花、美酒与知己。

摸鱼儿

送座主①德清蔡先生

问人生，头白京国，算来何事消得②。不如罨画③清溪上，蓑笠扁舟一只。人不识。且笑煮、鲈鱼趁著莼丝碧。无端酸鼻，向歧路销魂，征轮驿骑，断雁西风急。

英雄辈，事业东西南北。临风因甚成泣。酬知有愿频挥手，零雨凄其此日。休太息。须信道、诸公衮衮皆虚掷。年来踪迹。有多少雄心，几番恶梦，泪点霜华④织。

【注释】

①座主：科举考试之主考官、总裁官，亦称座师。

②消得：值得。

③罨（yǎn）画：色彩鲜明之图画，这里形容蔡先生家乡美丽如画。

④霜华：即白发。

【赏析】

康熙十一年（1672年），纳兰性德应顺天乡试，其时蔡启僔与徐乾学为主考。次年，蔡、徐以"副榜不及汉军镌卷"遭劾去职，归乡之际，性德赋此词送蔡师，并为之鸣不平。词人首先安慰座师，人生一世，以适意为上。追逐名利，耗得满头白发，在凛冽西风中，东奔西走，与离群的大雁为伍，在夕阳下黯然销魂，又有什么意义呢？还不如逍遥于斜风细雨，驾一叶扁舟，啸傲清溪，享受家乡风味。那些所谓建功立业的英雄，都免不了奔波劳顿之苦。心酸的只是，曾经有多少雄心壮志都在奔波中消磨，留下的只是一个个噩梦陪伴头上的星星白发。不过想一想那些衮衮诸公只是蝇营狗苟之徒，根本支撑不了多久，也就不用太失望了。

又

午日[①]雨眺

涨痕[②]添，半篙柔绿[③]，蒲梢荇叶无数。台榭空濛烟柳暗，白鸟衔鱼欲舞。红桥路。正一派、画船箫鼓中流住。呕哑柔橹。又早拂新荷，沿堤忽转，冲破翠钱雨④。

蒹葭渚。不减潇湘深处。霏霏漠漠如雾。滴成一片鲛人⑤泪，也似汨罗投赋。愁难谱。只彩线、香菰脉脉成千古。伤心莫语。记那日旗亭⑥，水嬉散尽，中酒阻风去。

【注释】

①午日：五月初五日，即端阳节。

②涨痕：涨水的痕迹。

③柔绿：嫩绿，此处代指嫩绿的水色。

④翠钱雨：指新荷生出时所下的雨。翠钱，新荷的雅称。

⑤鲛人：神话传说中的人鱼。

⑥旗亭：酒楼。汉代称市亭或市楼，并以其上高悬旗帜为标志，故被称为旗亭。

【赏析】

端午这一天，天空洒下了蒙蒙细雨，好似鲛人的眼泪，它们都在为自沉汨罗的诗人而悲泣。站在水边亭台中望去，有一道涨痕，半篙冷绿，无数荇菜，百鸟衔鱼而去，画船箫鼓而来。

青衫湿遍

悼亡

青衫湿遍,凭伊慰我,忍便相忘。半月前头扶病①,剪刀声、犹在银缸②。忆生来、小胆怯空房。到而今、独伴梨花影,冷冥冥、尽意凄凉。愿指魂兮识路,教寻梦也回廊。

咫尺玉钩斜③路,一般消受,蔓草残阳。判把长眠滴醒,和清泪、搅入椒浆④。怕幽泉⑤还为我神伤。道书生、薄命宜将息,再休耽、怨粉愁香⑥。料得重圆密誓,难禁寸裂柔肠。

【注释】

①扶病:指带病工作或行动。

②银缸:银白色的灯盏、烛台。

③玉钩斜:古代著名游宴之地。这里指亡妻的坟墓所在之地。

④椒浆(jiāo jiāng):即椒酒,是用椒浸制而成的酒。古代多用以祭神。

⑤幽泉:幽冥之下是为黄泉。代指死亡。这里指亡妻。

⑥怨粉愁香:比喻男女间的恩怨情愁,此处代指与妻子昔日的

深情厚意。

【赏析】

纳兰之妻卢氏卒于康熙十六年（1677年）五月三十日，此词即作于卢氏卒后半月之内。起手写词人又一次想起卢氏临终前的安慰之词，泪水顿时湿透了青衫。你说要我从此放下，不用再思念逝去的你，可我如何能够做到？临终前的那些天，你还拖着病体，在灯下忙着缝制衣服，这样的画面永远印在了我的脑海。生前的你尤其胆小，独自待在空房子里就会惊恐不安，如今一个人独自躺在幽暗的灵柩中，无尽的黑暗与凄凉，又如何得以承受？多么希望能够为你的魂魄引路，将它引至回廊——当日我们相拥的地方。你我虽近在咫尺，一般消受夕阳残照、荒原蔓草，却人鬼殊途，多么想用串串热泪，将你从长眠中唤醒，却又怕醒来的你嗔怪我耽于儿女之情。终身厮守的誓言犹在耳旁，怎能不悲痛欲绝？

忆桃源慢

斜倚熏笼①,隔帘寒彻,彻夜寒于水。离魂②何处,一片月明千里。两地凄凉多少恨,分付③药炉烟细。近来情绪,非关病酒,如何拥鼻④长如醉。转寻思、不如睡也,看道夜深怎睡。

几年消息浮沉,把朱颜、顿成憔悴。纸窗风裂,寒到个人衾被。篆字香销灯烬⑤冷,忽听塞鸿嘹唳。加餐千万,寄声珍重,而今始会当时意。早催人、一更更漏,残雪月华满地。

【注释】

①熏笼:覆盖于火炉上供熏香、取暖的器物。

②离魂:指远游他乡的旅人。

③分付:交付,交与。

④拥鼻:指拥鼻吟,即用雅音吟咏。

⑤烬:灯烛余烬。

【赏析】

红颜未老,已谙尽离别滋味。斜倚熏笼,独坐到天明。帘外明月一片,绵绵相思千里,两地酝酿多少离情别恨。多年离别,音容逐渐渺茫；消息隔绝，幽思终于成疾。终日与药炉为伴，朱颜早已憔悴。篆字香消，灯烛幽暗，正伤心时刻，忽听闻飞鸿凄厉一声，倏然而去。多么希望寒鸿能带去自己的祝福与关怀。当初离别时的反复叮咛，如今才一一体会。

大酺

寄梁汾

只一炉烟，一窗月，断送朱颜如许。韶光①犹在眼，怪无端吹上，几分尘土。手捻残枝，沉吟往事，浑似前生无据②。鳞鸿③凭谁寄，想天涯只影，凄风苦雨。便砑损④吴绫，啼沾蜀纸，有谁同赋。

当时不是错，好花月、合受天公妒。准拟倩、春归燕子，说与从头，争教⑤他、会人言语。万一离魂遇，偏梦被、冷香萦住。刚听得、城头鼓。相思何益，待把来生祝取。慧业⑥相同一处。

【注释】

①韶光：美景，此处指春光。

②无据：未定、无准。

③鳞鸿：鱼、雁。此处代指书信。

④砑（yà）损：指反复书写。砑，在物体上碾砑使其光亮。

⑤争教：怎教，怎奈。

⑥慧业：佛语，有智慧的业缘。

【赏析】

词写于康熙十六年（1677年）顾贞观南归后不久，表达了性德对友人深深的思念之情。上片摹写顾氏走后词人的怅然若失。由于与顾氏的投契，生活从来没有单调枯燥。自从友人南归，整日与窗前月、炉中烟为伍，顿时感到百无聊赖，日子难熬。想到友人也是飘零江湖，在凄风苦雨中流荡，无数的感触，不知向谁诉说。下片写两人分离，各自东西，也不是错误，而是老天对他们身后友谊的嫉妒。分离以后，如果梦中的游魂被冷香羁绊，不得前去探望，就准备让燕子学会言语，等待春归时带去问候。

罗敷媚

赠蒋京少①

如君清庙明堂器②,何事偏痴。却爱新词,不向朱门和宋诗。
嗜痂莫道无知己,红泪③偷垂。努力前期,我自逢人说项斯。

【注释】

①蒋京少:蒋景祁(1646—1695年),清代词人,字京少,一作荆少。宜兴(今属江苏)人。以岁贡生至府同知。康熙间曾举博学鸿词,未遇。与性德有交。

②清庙明堂器:太庙之祭器。喻指可以担当国家重任的人。

③红泪:《拾遗记》中说,魏文帝(曹丕)所爱的美人薛灵芸离别父母登车上路之时,用玉唾壶承泪,壶呈红色。及至京师,壶中泪凝如血。后世因而称女子的眼泪为"红泪"。这里指蒋京少。

【赏析】

是词为人从《西余蒋氏宗谱》卷十六辑出,为性德与蒋景祁酬唱之作。据赵秀亭考证,"成德以词相赠,京少或有回赠。倘得见蒋氏回赠之作,便可证明此词之不伪。因检京少《卷画溪词》,翻阅数页,即赫然发现《采桑子》'答性德'四阕……此四词与《罗敷媚》词'赠''答'相关,同调同韵,正是一唱一和。至此,《罗敷媚》'赠蒋京少'为性德佚词,终得认定"(《纳兰丛话》)。

附

纳兰成德传

纳兰成德,以避嫌讳,改名性德,字容若,号楞伽山人,满洲正黄旗人。纳兰本作纳喇,为金三十一姓之一。明初纳喇星恳达尔汉据有库伦叶赫之地,为部落长,内附于明。其后二百余年,中国所谓"北关"者,即其地也。六传至养汲弩,为容若高祖。养汲弩有子三人,其第三子金台什(或作锦台什),为容若曾祖。有女嫔清太祖,生太宗。叶赫故附明,清太祖崛起,陵吞邻部,与叶赫积不相能。万历四十七年(清太祖天命四年,1619年)遂灭之,金台什死焉。金台什二子德勒格、尼雅哈(或作倪迓韩)降满。太祖悯之,厚植其宗,俾延世祀。尼雅哈任佐领,屡从征有功,世祖定鼎燕京,予骑都尉世职,顺治三年(1646年)卒。长子振库袭,其次子明珠,即容若父也。容若母为爱新觉罗氏,其家世不详。(本节据《国朝耆献类征》初篇九,采国史《明珠传》,徐乾学《憺园全集》卷三十一《纳喇君神道碑文》、又卷二十七《纳兰君墓志铭》,韩菼《有怀堂文稿》卷十四《纳兰君神道碑》、又卷二十一《祭成容若同年文》。)

容若以顺治十一年十二月(是年十二月朔,1655年1月8日)生于北京。(此据徐乾学《墓志铭》,《续疑年录》作顺治十二年,误。)时明珠年甫二十。容若为明珠长子(此据徐撰《墓志》及《啸亭杂录》卷九),有两弟,今仅知其一名揆叙,字恺功,少容若二十岁。(查慎行《敬业堂集》卷十七《恺功将有塞外之行,邀余重宿郊园,赋此志别》中云:"忆子从我游,翩翩富词章。十三见头角,已在成人行。"而慎行之初馆明珠家,据《本集》卷八《〈人海集〉序》,乃在康熙丙寅。以此推之,恺功少容若二十岁。)容若十七岁以前之事迹,除下列一类笼统之考语外,别无可稽。

(一)韩菼《神道碑》:自少已杰然见头角,喜读书,有堂构志,人皆曰宫傅有子。

(二)徐乾学《墓志铭》:君自龆龀,性异恒儿。背诵经史,常若夙习。

(三)徐乾学《神道碑》:自幼聪敏,读书一再过,即不忘。善为诗,在童子已出惊人之句。(中略)数岁即善骑射。

综观之，容若盖自幼已敏慧逾恒，喜读书，有远志。讽习经史，尤嗜诗歌，斐然有作。读书之外，兼习骑射。在此十七年中，明珠方腾达宦场。明珠始官侍卫，继授銮仪卫治仪正，迁内务府郎中。任此诸职之起讫年，今不可详。康熙三年（时容若十岁）擢内务府总管，五年授弘文院学士，六年充《世祖实录》副总裁，七年奉命察阅淮扬河工，旋迁刑部尚书，八年改都察院左都御史，十年二月充经筵讲官，十一月复迁兵部尚书。明珠性格，盖精明果敢，第乏学术，故使权招贿，无殊于寻常显吏。此七年中，其兴革之见于史书者，惟康熙十年八月奏停巡盐御史遍历州县之例一事而已。（《耆献类征》采国史馆《本传》）然明珠颇知亲附风雅（《熙朝雅颂》卷二有《明珠汤泉应制诗》一首，苟其不出捉刀，则明珠亦亲翰墨者也），结交词臣，延纳名士，一时江南以才华显著之文匠、骚人、词客、学者，罕有不先后为其座上之宾。故后世《红楼梦》索隐家，致有以十二金钗为指明珠馆中所供养之名士者焉。此固半缘于容若与彼辈声气之相投，然使非明珠好客礼贤，一世倜傥，欸奇之士曷能容身于其馆第。以明珠崇尚风雅，当容若少时，或颇注意其学业。观其后此馆查慎行于家，使课其次子若孙而可知也。

明珠邸宅，盖在内城西北。（《宸垣识略》卷八，内城西北属正黄旗。又《敬业堂集》卷八言馆明珠家，有移馆北门之语。）虽不知其皇丽如何，要当与其豪贵相称。又于玉泉山之麓营一别墅，名渌水亭（《宸垣识略》卷十四）。容若于其中读书馆客焉。渌水亭景物之胜，试读以下之诗词而可想见：

（一）朱彝尊《台城路·夏日饮容若渌水亭》（《曝书亭集》卷二十六）

一湾裂帛湖流远，沙堤恰环门径。岸划青秧，桥连皂荚，惯得游骢相并。林渊锦镜，爱压水亭虚，翠螺遥映。几日温风，藕花开遍鹭鹚顶。不知何者是客，醉眠无不可，有底心性。砑粉长笺，翻香小曲，比似江南风景，算来也胜。只少片天斜树头帆影。分我鱼矶，浅莎吟到暝。

（二）严绳孙《渌水亭观荷》（《秋水诗集》卷四）

久识林塘好，新亭惬所期。花底随燕掠，波动见鱼吹。凉气全侵席，轻阴尚覆池。茶瓜留客惯，行坐总相宜。远见帘纤雨，都随断续云。渍花当径合，添涨过城分。树杪惊残角，鸥边逗夕曛。渔歌疑可即，此外欲何闻。官云湿更浮，清漏接章沟。抗馆烟中远，疏泉天上流。银鞍临水映，金弹隔林收。多谢门前客，风尘刺漫投。碧瓦压堤斜，居人半卖花。却思湖上女，并舫折残霞。蘸绿安帆幅,搴红卷袖纱。空留薜萝月,应识旧渔家。

(三)姜宸英《渌水亭送张丞》(《苇间诗集》卷三)

忆过桑乾别业时,禁城寒食柳丝丝。行看篱落参差影,开到杏花三两枝。落照村边逢猎骑,清流石上对围棋。(下略)

此林泉幽秀之地,实容若大部分生活之背景也。

康熙十年,容若年十七,补诸生,读书国子监。时昆山徐元文为祭酒,深器重之,谓其兄乾学曰"司马公子,非常人也"。次年秋八月,举顺天乡试。主考官为德清蔡立齐,副主考官为徐乾学,他日徐之自述曰:"余忝主司宴,(容若)于京兆府偕诸举人拜堂下,举止闲雅。越三日,谒余邸舍,谈经史原委及文体正变,老师宿儒,有所不及。"乾学与明珠接近,此后容若遂师事之。

容若完婚之年,诸碑传俱无可征,亦不见别记。其词《浣沙溪》有一阕云:

十八年来堕世间,吹花嚼蕊弄冰弦,多情情在阿谁边?紫玉钗头灯影背,红绵粉冷枕函偏,相看好处却无言。

据此，则容若在十八岁时已有闺中之友，惟不知其成婚是否即在此年，抑在此年以前，又前若干时。容若所娶，乃两广总督卢兴祖（镶白旗人，康熙六年卒。《耆献类征》卷一五二有传）之女，虽非翰墨之友，然相爱极笃，读上引一词已可见。盖容若生性浪漫，肫厚恳挚，善感多情。其对幼弟，对朋友，对素不相识之人，犹且"竭其肺腑"（徐乾学语），而况于夫妇之间乎！读饮水诗词，其伉俪间之柔情蜜意、雅趣逸致，随处流露。兹摘引数则，以见其概：

红药阑边携素手，暖语浓于酒。盼到园花铺似绣，却更比春前瘦。（《回犯令》下半阕）

夕阳谁唤下楼梯，一握香荑，回头忍笑阶前立。总无语，也依依。（《落花时》上半阕）

花径里，戏捉迷藏，曾惹下萧萧井梧叶。（《琵琶仙·中秋》）

水榭同携唤莫愁，一天凉雨晚来收。戏将莲菂抛池里，种出花枝是并头。（《四时无题诗》之七）

露下庭柯蝉响歇。纱碧如烟，烟里玲珑月。并着香肩无可说，樱桃暗吐丁香结。笑卷轻衫鱼子缬。试扑流萤，惊起双栖蝶。瘦尽玉腰沾粉叶，人生那不相思绝。（《临江仙·夏夜》）

最忆相看，娇讹道字，手剪银镫自拨茶。（《沁园春》句）

芭蕉影断玉绳斜，风送微凉透碧纱。记得夜深人未寝，枕边狼藉一堆花。(《别意》之四)

挑灯坐，坐久忆年时。薄雾笼花娇欲泣，夜深微月下杨枝。催道太眠迟。(《忆江南》上半阕)

容若《沁园春》词有一阕自序云：

丁巳重阳前三日，梦亡妇淡妆素服，执手哽咽，语多不复能记，但临别有云："衔恨愿为天上月，年年犹得向郎圆。"妇素未工诗，不知何以得此也。(下略)

据此，则是时（康熙十六年）容若已赋悼亡。惟卢氏究卒于何年耶？容若悼亡词之有时间关系可考者，其中有一首云：

谢家庭院残更立，燕宿雕梁，月度银墙，不辨花丛那辨香。此情已自成追忆，零落鸳鸯，雨歇微凉，十一年前梦一场。(《采桑子》)

就本文可知此词作于卢氏卒后十一年，而此词之作最迟不能后于容若逝世之年，故卢氏之卒，最迟不能后于容若卒前十一年，即不能后于康熙十三年甲寅，时容若年二十。又《金缕曲》（《亡妇忌日有感》）一词中有"滴空阶、寒更雨歇，葬花天气"之句，则卢氏之卒乃在暮春。上举之《沁园春》中有"几年恩爱"之句，可见其自结婚至悼亡之间，有"几年"之久。上文言容若之结婚不知其是否即在十八岁，由今观之，若假定其为十八岁，则自十八岁至二十岁之春，至多不过两年，容若不当云几年恩爱。然结婚过早又不类，大略以十六七为近。假定如此，又就最低限度，假定"几年"为三年，则容若悼亡，当在十九与二十岁之间也。现在大略可推测者如此，须俟他日新发现材料之证实。今可确知者，容若与卢氏之同居生活，为期不过数年。绮梦之促，比似昙花；缱绻之心，忽然失寄。其伤痛之深、思念之苦，不待言矣。容若悼亡之词甚伙，皆缠绵惨恻，今不具引。但读其"回廊一寸相思地，落月成孤倚。背灯和月就花阴，已是十年踪迹十年心"及"零落鸳鸯，雨歇微凉，十一年前梦一场"诸句，怀念之心，十余年如一日，其相爱之挚可见。卢氏死后，容若续娶官氏，不知其事在何年。然"鸾胶纵续琵琶，问可及当年绿萼华"，"知否那人心，旧恨新欢相半。谁见，谁见，珊枕泪痕红泣"。然容若对后妻似亦有相当情爱，观其行役思闺之作而可知也。

容若虽出贵盛之家，生长纨绮之丛，却不慕荣华，不事享乐，若戚戚然于富贵而以贫贱为可安者。身在高门广厦，常有山泽鱼鸟之思。其所自述，则"曰余餐霞人，簪绂忽如寄"（《拟古》之一），"仆亦本狂士，富贵轻鸿毛"（《野鹤吟赠友》）。其居处也，"闲庭萧寂，外之无扫门望尘之谒，内之无裙屐丝管呼卢秉烛之游。每夙夜寒暑休沐定省片晷之暇，（辄）游情艺林"。（严绳孙《秋水文集》卷一《成容若遗集序》）初尤致力词章，诗摹开元大历间风格。尝辑全唐诗选，尤喜长短句，自唐五代以来诸名家词，皆有选本。独好观北宋以上之作，不喜南渡诸家。尝以洪武韵改并联属，名词韵正略。以词为诗体正宗，刻意制作。其论词也，曰：

诗亡词乃兴，比兴此焉托。往往欢娱工，不如忧患作。……芒鞋心事杜陵知，只今惟赏杜陵诗。古人且失风人旨，何怪俗眼轻填词。词源远过诗律近，拟古乐府特加润。不见句读参差三百篇，已自换头兼转韵。（《饮水诗集》卷上填词）

近人有谓苏、辛始以词作新体诗，然盖皆未尝自觉者。自觉的以词作新体诗，当推容若为首也。容若词初印行者名《侧帽词》，不知刊于何年。其第二次刻本名《饮水词》，刊于康熙十九年闰三月（榆园丛刻本，顾贞观序）。吴绮之于此集之序（《林蕙堂文集续刻》卷四载此文，题作《〈饮水词〉二刻序》，故知此为二次刊本）中云：

一编侧帽，旗亭竞拜双鬟。千里交襟，乐部惟推只手。吟哦送日，已教刻遍琅玕。把玩忘年，行且装之玳瑁矣。

则是时《侧帽词》流播极广，尝诵一时，其去初印行之日当颇久。且新制增积，至有重刻之需要，亦须经过颇久之时间。约略推之，《侧帽词》之刻，当去容若乡举后不远。据阮吾山《茶余客话》所载：

吴汉槎（兆骞）戍宁古塔，行笥携徐电发（釚）《菊庄词》、成容若（德）《侧帽词》、顾梁汾（贞观）《弹指词》三册。会朝鲜使臣仇元吉、徐良崎见之，以一金饼购去。……良崎题《侧帽》、《弹指》二词云："使事昨渡海东边，携得新词二妙传。谁料晓风残月后，如今重见柳屯田。"以高丽纸书之，寄来中国。《渔洋续集》有"新传春雪咏。蛮徼织弓衣"，指此。

按其涉及《侧帽词》之事必有误。吴兆骞之戍宁古塔，乃在顺治十六年闰三月。（看吴兆骞《秋笳集》卷四，又孟森《心史》丛刊一集《科场案篇》）时容若才五岁，兆骞安得携其《侧帽词》

也?（以上除注明出处者外，余皆据徐乾学《墓志铭》及韩菼《神道碑》）

容若于诗词外，又工书法。摹《褚河南临本禊帖》，间出入于《黄庭内景经》。亦好罗聚故籍，评鉴书画，间以意制器，多巧俍所不能及。居恒慕赵孟頫之生平，为诗曰：

吾怜赵松雪，身是帝王裔。神采照殿庭，至尊叹昳丽。少年疏远臣，侃侃持正议。才高兴转逸，敏妙擅一切。旁通佛老言，穷探音律细。鉴古定谁作，真伪不容谛。亦有同心人，闺中金兰契。书画掩文章，文章掩经济。得此良已足，风流渺难继。（《拟古》之三十九）

盖半自传而半自期许也。尝读赵松雪《自写照诗》有感，即绘小象，仿其衣冠。坐客或期许过当，弗应也。徐乾学谓之曰"尔何酷似王逸少"，心独喜之。（徐乾学《墓志铭》）

康熙十二年癸丑，容若年十九，会试中式，以患寒疾，不及廷对。（《通志堂经解》卷首载乾隆五十年二月二十九日上谕，谓容若"癸丑科中式进士，年甫十六"。盖据册籍填写之缩减耳。）于是益事"经济"之学，用力于《通鉴》及古文词。约自是年始，容若渐在"文人"社会中露头角，渐与当世才人交结。是时"文人"

社会之状况为何如耶？明遗民中之巨子，若顾炎武、黄宗羲、王夫之、魏禧等尚健在，然皆入山惟恐不深，罕与市朝相接。贰臣则"江左三大家"（钱谦益、吴伟业、龚鼎孳）之文彩犹照映诗坛。其年辈稍晚者，则首推"江南三布衣"（朱彝尊、姜宸英、严绳孙），名满公卿，上动宸听。诗则王士禛主盟坛坫。词则徐釚、顾贞观之作海外争传。骈俪则陈维崧、吴绮以雄放纤柔相颉竞。此外卓然名家者，若汪琬、邵长蘅等之于古文，施闰章、宋琬、吴雯、梁佩兰、吴兆骞之于诗，彭孙遹、秦松龄、李雯等之于词，未易悉数。上举诸人中，顾贞观（梁汾）、严绳孙（荪友）、姜宸英（西溟）后此成为容若之密友。其次秦松龄（对岩）、朱彝尊（锡鬯）、陈维崧（其年）亦与容若有交谊。此外如王士禛（贻上）、吴绮（园次）、吴雯（天章）、梁佩兰（药亭）则皆尝为其座上宾，与有酬唱之雅焉。其营救吴兆骞，则后世传为佳话者也。盖容若虚怀好客，肝胆照人，于单寒羁孤、侘傺困郁、守志不肯悦俗之士，咸能折己礼接之，生馆死殡，于资财无所吝惜。其或未一造门，而闻声相思，必致之乃已。故海内风雅知名之士，乐得容若为归，藉之以起者甚众。

是年（康熙十二年）始交严绳孙、朱彝尊。时严不过生员，朱则布衣也。绳孙此后之自述曰：

始余与容若定交，年未二十，才思敏异，世未有过者也。（《秋水集》卷二《〈成容若遗集〉序》）

又曰：

余始以文章交于容若。时容若方举礼部，为应世之文。（《秋水集》卷二《成容若哀辞》）

彝尊此后之自述曰：

往岁癸丑，我客潞河。君年最少，登进士科。伐木求友，心期切磋。投我素书，懿好实多。改岁月正，积雪初霁。纼履布衣，访君于第。君情欢剧，款以酒剂。命我题扇，炙砚而睇。是时多暇，暇辄填词。我按乐章，缀以歌诗。剪绡补衲，他人则嗤。君为绝倒，百诵过之。（《曝书亭集》卷八十《祭纳兰侍卫文》）

可见其初交时之情况。容若尝构一曲房，题其额曰：鸳鸯社，属绳孙书之。（《修竹吾庐随笔》）

同年（癸丑）五月，容若所作《通志堂经序》中有"向余属友人秦对岩（松龄）、朱竹垞购诸经籍藏书之家"之语，则是年已识

秦松龄，惟不知是否自是年始耳。《通志堂经解》者，乃唐宋经注之汇刻，据徐乾学序，乃彼悉其

兄弟家藏本，覆如校勘。更假秀永曹秋岳、无锡秦对岩、常熟钱遵王、毛斧季、温陵黄喻邵及竹垞家藏旧版书若抄本，厘择是正。……谋雕版行世。门人纳兰容若尤怂恿是举，捐金倡始，同志群相助成。

容若序亦谓：

先生（乾学）乃尽出其藏本，示余小子曰："是吾三十年心力所择取而校定者。"余且喜且愕，求之先生，钞得一百四十四种。……请捐资经始，与同志雕版行世，是吾志也。

是则容若原未尝以校订之功自居，乾学亦未尝以此归之容若。而乾隆五十年二月二十九日上谕，乃指乾学校刊此书而托之容若，为之市名，以要结权贵，则于原书之首数页尚未一检，而信口加罪，其昏聩有如是也。据上引二序，则校订之力，全出乾学。惟伍崇曜（实谭莹代作）《粤雅堂丛书》本《通志堂经解》目录跋云"《经解》其（容若）所刻，而健庵（乾学）延顾伊人（湄）校定者"，

不知何据。（此文写成后，检知其据《八旗通志·艺文志》。）其或然欤？全书凡一百若干种，其中有容若叙文者约六十种。据徐乾学序，此书之雕印"经始癸丑，逾二年讫工"。然容若于各序文之记年，无在丙辰及丁巳之外者。岂书先刻成，然后作序欤？抑上引二语，乃乾学经始时之预算，而非事实欤？后说殆近。

当容若辈流连文酒之欢，议论铅椠之事，正南徼风云飙起之时。此后扰攘十年始已。是年三月，镇广东之平南王尚可喜请撤藩归辽东，吴三桂、耿精忠亦以是请。下议政大臣、九卿等议，多谓吴三桂久镇云南，不可撤。独明珠与户部尚书朱司翰、刑部尚书莫洛等坚持宜撤，诏从其议，立下移藩之谕。已而吴三桂兵起，廷臣争咎首谋者。上曰："此出朕意，伊等何罪？"盖帝久有削灭诸藩之决心，明珠等之议适符其意也。十四年，明珠调吏部尚书。十五年（丙辰）耿精忠降，三藩已有敉平之望。以明珠主张撤藩称易，授武英殿大学士。

是年容若应殿试，名在二甲，赐进士出身，旋授三等侍卫。后由二等擢至一等侍卫。自是年后，簪缨羁身，"值上巡幸，时时在钩陈豹尾之间。无事则平旦而入、日晡未退以为常"。（《〈成容若遗集〉序》，《秋水文集》卷一）即在休暇，亦旦夕有"正欲趋庭被急宣"（姜宸英赠容若句，《苇间诗集》卷三）之事，不复如前之逍遥自在矣。是年始友顾贞观。时贞观已举顺天乡试。先是以龚芝麓为之延誉，名声大起。据其同时人徐釚《词苑丛谈》所言：

顾梁汾舍人风神俊朗，大似过江人物。无锡严孙友诗"曈曈晓日凤城开，才是仙郎下直回。绛蜡未销封诏罢，满身清露落宫槐"，其标格如此。

顾自述曰：

岁丙辰，容若年二十二，乃一见即恨识余之晚。阅数日，即填此曲，为余题照。（《弹指词》卷下《〈金缕曲〉自注》）

此曲即《金缕曲》，其词曰：

德也狂生耳。偶然间，缁尘家国，朱衣门第。有酒惟浇赵州土，谁会成生此意？不信道竟逢知己。痛饮狂歌俱未老，向尊前拭尽英雄泪。君不见，月如水。与君此夜须沉醉，且由他蛾眉谣诼，古今同忌。身世悠悠何足问，冷笑置之而已，寻思起从头翻悔。一日心期千劫在，后身缘恐结他生里。然诺重，君须记。

读此可见容若之性情与气概焉。据徐釚《词苑丛谈》，此词都下竟相传写。于是教坊歌曲，无不知有《侧帽词》者。贞观之和作，亦极慷慨缠绵之致，兹并录如下：

且住为佳耳。任相猜，驰笺紫阁，曳裾朱第。不是世人皆欲杀，争显怜才真意。容易得一人知己。惭愧王孙图报薄，只千金当酒平生泪。曾不值，一杯水。歌残击筑心逾醉，忆当年侯生垂老，始逢无忌。亲在许身犹未得，侠烈今生已矣，但结托来生休悔。俄顷重投胶在漆，似曾相识屠沽里。名预籍，石函记。

容若友朋中，以与贞观为情谊最深。贞观有挚友吴兆骞，亦江南才士也，以科场案被累，戍宁古塔。是年冬，贞观为《金缕曲》二阕，代书寄之，以稿示容若。其词曰：

季子平安否？便归来，生平万事，那堪回首？行路悠悠谁慰藉，母老家贫子幼。记不起从前杯酒。魑魅搏人应见惯，总输他覆雨翻云手。冰与雪，周旋久。泪痕莫滴牛衣透，数天涯依然骨肉，几家能够？比似红颜多命薄，更不如今还有，只绝塞苦寒难受。廿载包胥承一诺，盼乌头马角终相救。置此札，兄怀袖。

我亦飘零久。十年来，深恩负尽，死生师友。宿昔齐名非忝窃，只看杜陵穷瘦。曾不减夜郎僝僽。薄命长辞知己别，问人生到此凄凉否？千万恨，为兄剖。兄生辛未吾丁丑。共些时，冰霜摧折，早衰蒲柳。词赋从今须少作，留取心魂相守，但愿得河清人寿。归口急缮行戌橐，把空名料理传身后。言不尽，观顿首。

贞观之自述曰：

二词容若见之，为泣下数行，曰："河梁生别之诗，山阳死友之传，得此而三。（《啸亭杂录》卷九作'都尉河桥之作、子荆楚雨之吟，并此而三矣'。）此事三千六百日中，弟当以身任之，不俟兄再嘱也。"余曰："人事几何？请以五载为期。"恳之太傅，亦蒙见许。而汉槎果以辛酉入关矣。

明珠许救汉槎之事，据《随园诗话》所记如下：贞观之请救汉槎也。明珠方宴集，坐间手巨觥，引满，谓贞观曰："若饮此，为救汉槎。"贞观素不饮，至是一爵而尽。明珠壮之，笑曰："余戏耳。君即不饮，余岂即不救汉槎耶？"又传："兆骞得释归，因诣明珠谢。留府中，闲行入一室，上书一行曰'顾梁汾为吴汉槎屈膝处'。"（据杨寿楠《贯华丛录》引刘继增《顾梁汾诗传》）此一事可见明珠、容若及顾贞观之性格，故备载之。

康熙二十年辛酉十二月，姜宸英始至京师（《苇间诗集》卷

三)。其识容若,当在是时。方苞记姜西溟遗言云:

康熙丙子(时容若殁已十一年)同西溟客天津。将别之前,抚余(方苞)背而叹曰:"吾老矣,会见不可期。吾自少常恐为《文苑传》中人,而蹉跎至今。他日志吾墓,可录者三事耳:(其一)吾始至京师,明氏之子成德延至其家,甚忠敬。一日进曰:'吾父信我,不若信吾家某人。先生一与为礼,所欲无不得者。'吾怒而斥曰:'始吾以子为佳公子,今得子矣。'即日卷书装,遂与绝。"

全祖望《姜宸英墓表》所记,则视此较详而稍异。其言曰:

枋臣(明珠)有长子,多才,求学先生。枋臣以此颇欲援先生登朝。枋臣有幸仆曰安三,势倾京师,内外官僚多事之。……欲先生一假借之而不得。枋臣之子乘间言于先生曰:"家君待先生厚,然而卒不得大有佽助。某以父子之间亦不能为力者,何也?盖有人焉。愿先生少施颜色,则事可立谐。某亦知斯言非可以加之先生,然念先生老,宜降意焉。"先生投杯而起曰:"吾以汝为佳儿也,不料其无耻至此。"绝不与通。于是枋臣之子百计请罪于先生,始终执礼。而安三闻之恨甚。(《文献征存录》卷二所载与此同,而较略。)

比观方、全二氏之记载，有微异者二处：（一）全氏所记容若之进言，视方记为婉转。（二）方记所示，似宸英一怒遂与容若永绝也者。惟据全表，则此后二人尚有往来。按关于后一点，全表为信。宸英《苇间诗集》卷三有《哭亡友容若侍卫》四首，中有云"平生知己意，惟有泪悬河"。又于其死前一年，有《容若从驾还，值其三十初度，席上书赠》六首，则终容若之世，二人友谊如故也。宸英一生辕轲，读容若投赠之词，所以慰藉之者良厚，宜乎其有知己之感。虽然，宸英拒容若之劝，宜也。以此拂袖行，矫矣。为身后之名，不惜特彰挚友之失，且欲抹杀其以后之友谊焉（假设方苞所记为信）。吾有以知此自少即希为《文苑传》中人者之品格矣。

严绳孙言，容若"丙辰以后，傍览百氏"。（《成容若哀辞》）今观《通志堂经解》中五十余种之序录，皆丙辰及丁巳两年间所作。容若除草《经解》序外，又从事经学之著作。丁巳二月，辑成《合订删补大易集义粹言》八十卷。是书乃取宋陈友文《大易集义》及方闻一《大易粹言》合辑之。二书皆荟萃宋儒之《易》说。《集义》原书只有上下经，《粹言》兼具经传。惟《集义》所采摭，视《粹言》多十一家。容若因将二书合并，去其重复繁芜，又采十一家著作中论《系辞》诸传，为《集义》所未采者补之，"间以臆见、考其原委"（自序）。此书今刻《通志堂经解》中。《四库全书总目提要》（卷六）谓此书"相传谓其稿本出陆元辅。性德殁后，徐乾学刻入《九经解》中，始署性德之名，莫之详也"。予按此缀辑之事，原属易易，宜为容若之智力所优为。至若移录原文，搜寻资料，或假门客之助，原非异事。若谓其纯出捉刀，吾不信也。容若又有《陈氏〈礼记集说〉补正》三十八卷，刻《通志堂经解》中，前后无序跋，度亦作于此两年前后。此书乃

因（宋）陈澔《礼记集说》疏舛太甚，乃为条析而辨之。凡澔所遗者谓之补，澔所误者谓之正。皆先引经文，次列澔说，而援引考证以著其失。其无所补正者，则经文与游说并不载焉。颇采宋、元、明人之论，于郑注、孔疏亦时立异同。大抵考训诂、名物者十之三四。辨义理是非者十之六七。以澔注多主义理，故随文驳诘者亦多也。凡澔之说，皆一一溯其本自何人，颇为详核。……凡所指摘，中者十之七八。（《四库全书总目提要》卷二十一）

康熙十七年三月（容若二十四岁），严绳孙在吴中，与吴绮共订定容若词集刻之，名《饮水词》（《严绳孙〈饮水词〉序》）。十月，清帝巡视北边（《东华录》卷七），容若盖在扈从之列。是年三藩已渐次戡定。清帝惩于此次大乱，知非恩络一世才智之士。无以服汉人。先是正月二十二日诏曰：

自古一代之兴，必有博学鸿儒，振起文运，阐发经史，润色词章。以备著作顾问之选。朕万几时暇，游心文翰，思得博洽之士，用资典学。……凡有学行兼优、文词卓越之人，无论已未出仕者，著在京三品以上及科道官员、在外督抚布按，各举所知，朕将亲试录用。其余内外各官，若果有真知灼见，在内开送吏部，在外开报于该督抚代为题荐。务令虚公延访，期得真才。（《鹤征录》卷首）

此即第一次博学鸿词之召举也。次年四月六日，考试既竣，诏取一等二十人、二等三十人。其中容若之友秦松龄、陈维崧、朱彝尊以一等见录，严绳孙以二等见录，皆授翰林院检讨（严、朱本布衣，陈本生员，秦本已革翰林院检讨），纂修明史，留居京师。然容若自官侍卫，日在禁中，罕友朋游宴之乐。观朱彝尊《祭文》云："迢我通籍，簪笔朵殿。君侍羽林，鲛函雉扇。或从豫游，或陪典宴。虽则同朝，无几相见。"又徐乾学《墓志铭》云："禁庭严密，其言论梗概有非外臣所得而知者。"从可想见矣。

康熙十年（辛酉）三月，清帝幸汤泉（在遵化州西北四十里福泉山下）行宫，明珠及容若皆扈从，并有应制诗。是年冬，滇师告捷，内乱全息。次年正月上元夜，清帝举行大庆祝，欢宴群臣。据严绳孙《升平嘉宴诗记》（《秋水文集》卷二）云：

十四日，赐宴乾清宫。日小迁，诸臣候宫门之外。……少焉，宫门洞启，雁行序进升阶，闻教坊乐作。天子乃登黼座，诸臣叩首就列。时圆月始上，万炬毕陈。陛立双盘龙柱，高殆数丈，周悬五彩角灯，相续至地，流苏珠缀，天风微引，使人眩视。自墀历陛，御道中属文石栏楯，皆缀灯于柱端，上列鳌山。御屏之后，见山川人物，隐若海市。顷之，大学士明珠起进酒为寿。乐作，上饮毕，遂酌以赐明珠。……（以下遍赐与会诸臣）……于是梨园奏阳春布令之曲。重农事也。终两阕，上命臣英谕诸臣无废言笑，于是执法罢纠，上下和畅。俄闻乐作于内，鳌山机转，帆樯人马，不运而驰。遂诏大臣更上纵观，因复命酒遍赐如前。夜分月午，群臣皆醉。

"内庭之宴，前此未有"。（同上）容若父子同预其盛，一时纷张眩异之情状，可想见焉。二月，清帝以云南底定，诣盛京陵寝告祭，癸巳启行（《东华录》卷七）。容若随驾，徐乾学有诗赠别（《憺园集》卷八）。五月辛亥回京（《东华录》卷八）。"秋奉使觇梭龙（疑即索伦）羌，道险远，君间行疾抵其界，劳苦万状，卒得其要领还报。"（韩菼《神道碑》）因作《出塞图》纪念其事，姜宸英为题诗其上（诗见《苇间诗集》卷三）。及梭龙诸羌输诚，已在容若殁后旬日。清帝念其有劳于是役，遣宫使拊其几筵，哭而告之。此是后事（徐乾学《墓志铭》）。是时，明珠为清帝最宠信之人，廷议大抵以明珠之意见为主。"时诏重修太祖、太宗《实录》，乃编纂《三朝圣训》、《圣治典训》、《平定三逆方略》、《大清会典》，皆以明珠为总裁官。两遇《实录》造成，加太子太傅，晋太子太师。"（国史馆本传）位既极乎人臣，权遂倾于中外。惜明珠未尝凭此机遇，为福民利国之谋，惟植势敛贿，以遂私欲。据康熙二十七年正月御史郭琇劾疏，所举明珠"背公营私实迹"如下：

（一）凡阁中票拟，俱由明珠指麾，轻重任意。……皇上圣明，时有诘责，乃漫无省改。

（二）明珠凡奉谕旨，或称其贤，则向彼云由我力荐；或称其不善，则云上意不喜，吾当从容挽救，且任意增添，以示恩立威，因而结党群心，挟取货贿。至于每日启奏毕，出中左门，满汉部院诸臣及其心腹，拱立以待，皆密语移时，上意无不宣露。部院衙门稍有关系之事，必请命而行。

（三）靳辅与明珠、余国柱交相固结，每年糜费河银，大半分肥。

（四）科道官有内升出差者，明珠、余国柱悉皆居功要索。至于考选科道，即与之订约，凡有本章，必先行请问，由是言官多受其制。（《东华录》卷八）

他日倾踬之因，已预伏矣。然明珠所为，亦不过古今寻常肉食者之惯例，初非穷凶大憝，亦未尝为残贼人道之事，未可与严嵩、魏忠贤等同日语也。

后世读《饮水集》者，莫不讶容若"貂珥朱轮，生长华膴，而其词则哀怨骚屑，类憔悴失职者之所为"。（杨芳灿《〈饮水词〉序》，见榆园丛刻本）而容若自述亦曰：

余生未三十，忧愁居其半。心事如落花，春风吹已断。行当适远道，作计殊汗漫。寒食青草多，薄暮烟冥冥。山桃一夜雨，茵萏随飘零。愿餐红玉草，一醉不复醒。（《拟古》之十三）

又曰：

冬郎一生极憔悴，判与三闾共醒醉。美人香草可怜春，凤蜡红巾无限泪。（填词）

其他类此之悲歌尚众，岂皆无病而呻吟哉？据其挚友严绳孙所记：

（己丑）岁四月（距容若卒前一月）余以将归，入辞容若。时座无余人，相与叙生平之聚散，究人事之终始，语有所及，怆然伤怀。久之别去，又返我于路，亦终无所复语。然观其意，若有所甚

不释者。(《秋水文集》卷二《成容若哀辞》)

可见其中心确有难言之悲楚矣。今读书而想见其为人，盖其心境之怆恻，厥有三故：生性之多情善感，一也；爱情之摧挫，二也；理想与实现之冲突，三也。所谓理想与实现之冲突，又有二事。其（一）容若具浪漫性格，爱自由，爱闲逸，而其所官侍卫（换言之，即皇帝跟班）却为最不自由、最戕灭个性之奴隶职，苦可知矣。此观其《野鹤吟赠友》而可证：

鹤本生自野，终岁不见人。朝饮碧溪水，暮宿沧江滨。忽然被缯缴，矫首望青云。仆亦本狂士，富贵鸿毛轻。冲举道无由，幡然逐华缨。动止类循墙，戢身避高名。怜君是知己，习俗共不更。安得从君去，心同流水清。

其（二）容若一生高洁，慕善亲贤，而目睹其父所为，龌龊苟且，黑幕重重，而又无从规谏（观上述安三之事可见），更无从匡救，曷能无恫于中？严绳孙云：

容若年甚少，于世无所措意。既而论文之暇，亦间语及天下事，无所隐讳。顷岁以来，究物情之变态，辄卓然有所见于其中。

或经时之别,一再接其绪论,未尝不使人爽然而自失也,盖其警敏如此。……吾阁师(明珠)……方朝夕纶扉,以身系天下之望。容若起科目,擢侍殿陛,益密迩天子左右,人以为贵近臣无如容若者。夫以警敏若此,而贵近若此,其夙夜寅畏,视凡人臣之情必有百倍,而不敢即安者,人不得而知也。(《成容若哀辞》)

绳孙为明珠门客,此文又作于明珠炙手可热之时,其言自多委婉,然其言外之意可得而知也。虽然,容若岂独忧危虑倾而已哉?抑且其内心有洁污是非之搏战焉耳。或谓容若别有难言之隐:

《红楼梦》中之宝玉,相传为即纳兰成德。黛玉未嫁,何以称潇湘妃子?第(百十六回)言宝玉梦入宫殿,见黛玉非人世服,惊呼林妹妹。传者谓此王者妃,非林妹妹云云。黛玉不知何许人,盖与纳兰为表兄妹,曾订婚约而选入宫,纳兰念之。曾因宫中唪经,纳兰伪为喇嘛僧,入宫相见,彼固不知纳兰之易装而入也。书中所言盖谓此。(万松山房丛书《饮水诗词集》署名"阿检"者跋语)

按宝玉影射纳兰之说,根本无据,此传说之来历不明。而清代宫禁森严,此事本身之可能性极小。凡兹悬测,允宜刊落。顾好事者或将曰:《饮水词》中,言私情密会,如"情知此后来无计,强说欢期，强说欢期，一别如斯，落尽梨花月又西"等类无题之作甚多，岂能无事实之背景欤？曰：若然，则欧阳修直一荡子矣。顾吾独有不解者，《饮水词》有《浣沙溪》一阕，题作庚申除夜（时容若年二十六），当是纪实之作。其辞曰：

收取闲心冷处浓，舞裙犹忆柘枝红。谁家刻烛待春风。竹叶将空翻彩燕，九枝灯颤颤金虫。风流端合倚天公。

此所忆者为谁？若指前妻耶？则两广总督家之闺秀，当非舞女。殆容若悼亡之后，别有所恋而未遂耶？观其同时人之品评，谓容若"负信陵之意气，而自隐于醇酒美人。有叔原之词章，而更妙于舞裙歌扇"。（吴绮《募修香界庵疏》，《林蕙堂集续刻》卷六）窃恐其悼亡以后，所欢必有在妻室之外者也，惟不必牵入宫嫔之事耳。

二十三年壬午九月，清帝南巡，容若扈驾。辛卯启行，十月庚子，至济南，观趵突泉。壬寅至泰安，登泰山极顶。丙辰登金山，游龙禅寺，又登焦山，遂驻跸苏州，游无锡惠山。惠山，秦松龄、严绳孙、顾贞观钓游之乡也。是时，顾贞观方居里，容访之于其家，与贞观及姜宸英偕宿惠山忍草庵。（秦松龄《〈梁溪杂事诗〉自注》及《修竹吾庐随笔》皆谓陈其年亦同宿庵中，按其年已卒于康熙二十一年，此处必误。）庵右有贯华阁，容若尝月夜与贞观登阁第三层，屏从去梯，作竟夕谈。容若诗有《桑榆墅同梁汾夜望》，即咏此时事。又尝与品茗于惠山之松苓、蟹眼二泉。时容若年甫三十，丰采甚都。贞观长性德十八岁，须鬓已苍。两人往来空山烟霭中，携手相羊。人望之，疑为师若弟，而不知其为忘年交也。濒行，为书贯华阁额，并留小像而去。容若卒后，贞观奉其像于阁中。其后阁毁，像与题额皆亡。回述清帝南巡事。十一月车驾至江宁，自江宁回銮，经泗水东境，游泉林寺（相传为"子在川上"处）。又至曲阜谒孔子庙，遂还京师。（本段除注明出处者外，余采《东华录》、《修竹吾庐随笔》及杨寿楠《贯华阁丛录》转载刘继增《成容若小传》。）容若之扈驾出行，除上述各次外，又尝至南海子、西苑、沙河、西山、五台山、医无闾山等处，其年时不详。（徐乾学《墓志铭》及韩菼《神道碑》）

容若自在环卫，益习骑射，发无不中。其扈跸时，雕弓书卷，错杂左右；夜则读书，书声与他人鼾声相和（徐乾学《墓志铭》）。出则"常佩刀随从。……每导行在上前。骑前却视，不失尺寸，遇事劳苦必以身先，不避艰险"（徐乾学《神道碑》）。或据鞍占诗，应诏立就，因得帝眷，白金文绮、中衣佩刀、名马香扇、上尊御馔之赐相属云（韩菼《神道碑》）。既还京，明年万寿节，清帝亲书唐贾至早朝七言律赐之。月余，令赋乾清门应制诗，译御制《松赋》，皆称旨。外庭佥言其简在帝心，将有不次之迁攫，乃遽得疾，七日不汗，以五月三十日己丑，即西历一六八五年七月一日卒，葬皂荚村。（杜紫纶《云川阁诗集》，《〈登贯华阁诗〉自注》）容若既得疾，清帝使中官侍卫及御医日数辈至第诊治。时清帝将出关避暑，命以疾增减报，日再三。疾亟，亲处方药赐之，未及进而卒。清帝为之震悼。中使赐奠，恤典有加焉。容若卒前未及一旬，尚有《夜合花同梁药亭、顾梁汾、吴天章、姜西溟作》之诗，盖其绝笔矣。容若事亲以孝称，友爱弱弟，或出，遣亲近僮仆护之，反必往视，以为常云。（以上未注出处者，据徐乾学《墓志铭》）所生男子二，长名福哥；女子二。当容若卒时诸儿俱幼。（此据韩菼《神道碑》，徐《志》作女子一，不知孰是。）

　　容若既殁，徐乾学哀刻其遗著为《通志堂全集》，凡二十卷。卷一赋，卷二至卷五诗，卷六至卷九词，卷十至卷十三《〈经解〉序》，卷十四杂文，卷十五至卷十八《渌水亭杂识》，卷十九至二十附录墓志铭、神道碑、哀词、诔、祭文、挽诗、挽词等。此书世希传本，所知惟八千卷楼藏书中有之，今未得见。（上目录乃据伦明万丛山房丛书本《〈饮水诗词集〉跋》）又韩菼所作《神道碑》，言顾贞观、姜宸英曾为容若作《行状》。今顾贞观文无传本，姜宸英集中复不载此状，余亦未得见。他日若发现此状及全集，其可以增补此文者当不少也。

　　容若遗物之流传于后世者，以余所知有二：一为容若玉印。一面镌绣佛楼，一面镌鸳鸯馆。曾藏武进费念慈（屺怀）所。（叶昌炽《〈藏书纪事诗〉注》）一为《天香满院图》，乃容若三十岁像。朱邸峥嵘，红阑绿曲，老桂数株，柯叶作深黛色，花绽如黄雪，容若青袍络缇，伫立如有所思，貌清癯特甚，禹鸿胪之鼎绘（沈宗畸《便佳簃杂志》），曾藏缪荃荪（小山）所。今二物皆不知流落何所，记此以当访问，闻图有影印本，予亦未见。

容若赠贞观词，有"后身缘恐结他生里"之句，殁后竟被附会而成一段神话。据《炙砚琐谈》所传如下：

侍中（容若）没后，梁汾旋亦归里。一夕梦侍中至曰："文章知己，念不去怀。泡影石光，愿寻息壤。"其夜嗣君（谓贞观子）举一子，梁汾就视之，面目一如侍中，知为侍中身后无疑也。……月后，复梦侍中别去，醒起急询之，已卒矣。

至《锡金识小录》所传，则愈歧而愈繁，谓：

梁汾家居，一夕，梦容若至曰："吾来践约矣。"厥明，报仲子举一孙。梁汾心异之，视其生命，决其必夭，遂名之曰益寿。资甚聪颖，十一岁而殇。时梁汾居惠山积书岩，夜梦容若曰："吾践约为子孙，今去矣。家人不予棺而欲以席裹我，何待我薄也！"梁汾凌晨归，而益寿已死。问家人，无席裹事。询其母，曰有之，始死启姑，将具木治棺，姑以儿幼，取肆中棺殓之。母以市棺薄，心恚，哭不如席裹也。

荒唐之言，录之聊备掌故，亦以见容若与梁汾之友谊最足吸引后世文人之想像也。（上两段据《贯华丛录》引。）

　　容若殁后一年，而查慎行（康熙间名诗人）来馆明珠家，课其子揆叙，时年十三。又二年（康熙二十七年二月）明珠为御史郭琇所劾，革大学士职，交与领侍卫大臣酌用，宾客星散。寻授内大臣，后屡从征，虽无陟擢，亦无大踬，四十七年卒，年七十有四（国史馆本传）。揆叙则由康熙二十三年甲戌翰林，历官翰林院掌院，位至副相（《敬业堂集》）。著有《益戒堂诗》前后集及《鸡肋集》（《熙朝雅颂》卷六），今罕传本。《熙朝雅颂》（卷六至卷七）载其六十九首，亦一时作者也。

　　康熙二十二年辛酉四月，查慎行再馆明珠家。此时明府早已复兴，宾客云集，是时揆叙则

　　结束随龙骧，腰悬八札弓。行逐楯椊郎……下笔尤老苍。……贯穿及韩苏，结撰卑齐梁。居然希作者，耻与时颉颃。（《敬业堂集》卷十七：恺功将有塞外之游，邀余重宿郊园，赋此志别。）

盖俨然一容若之仿影也。

明府另有别业，名自怡园，在海淀傍。此园经始于容若卒后一年，其胜也

绮陌东西云作障，画桥南北草含烟。凿开丘壑藏鱼鸟，勾勒风光入管弦。毬场车坼互相通，门径宽间五百弓。但觉楼台随处涌，不知风月与人同。（《敬业堂集》卷十七《过相国明公园亭》）

又是一番豪华气象矣。惟渌水亭则已荒芜不治。是年四月，查慎行《渌水亭与唐实君话旧》诗云：

镜里清光落槛前，水风凉逼鹭鹚肩。菰蒲放鸭空滩雨，杨柳骑牛隔浦烟。双眼乍开疑入画，一尊相属话归田。江湖词客今星散，冷落池亭近十年。（《敬业堂集》卷十七）

至于今，又二百四十四年矣。余读书于清华园且七载，去玉泉山甚近，春秋暇日，恒有登临，近始知渌水亭之址在是。然访其遗迹，已渺不可得。空对西山之落照，吊此多情短命之词人。

后记

　　此文写成后，得读清华大学朱保雄君《纳兰成德评传》稿本。中据高士奇《〈蔬香词〉题注》，考知容若生于顺治十一年十二月十二日，可补本传一大遗憾。

　　又于容庚教授处得读燕京大学罗慕华君《纳兰成德传》稿本，其考容若世系及奉使索伦事，别有所据，视本传加详，惜未注明出处。待彼文发表后，读者可按其所列参考书目复核之。余今未得罗君同意，无权力为此，亦无权力引录其文也。（亦深望罗君见此文后，能将上述两段录寄，并注明出处，则读者与作者当无限感幸。）

　　更有一意外之获，近从伦明先生处，得读余数年来谒求而未得之《通志堂集》，喜可知矣。据此书可补正本传之处甚多。会余将有远行，他事相催，未及将本传改作，兹将可采用之新资料之重要者分条写列于后。（若遍检高士奇著作，或更可得关于容若之资料，余今亦未能为是，附记于此，以待来者。朱保雄君又云，容若之弟除揆叙外，尚有一人，亦风雅士。一时未能检得出处。盼其能检出录寄。）

（一）容若自乡举后与徐乾学往还甚密。徐序《通志堂集》云"自癸丑（时容若年二十）五月，始逢三、六、九日，（容若）黎明骑马过余邸舍讲论书史，日暮乃去，至为侍卫而止"。则徐氏于容若《墓志铭》中，谓其"于余绸缪笃挚，数年之中，殆以余之休戚为休戚"者当非夸也。徐序又言：

容若病且殆，邀余诀别，泣而言曰："性德承先生之教，思钻研古人文字……执经左右，十有四年。先生语之以读书之要，及经史百家源流，如行者之得路。然性喜作诗余，禁之难止。今方欲从事古文，不幸遘疾短命。"

则容若之自然嗜好及其所受乾学之影响可知也。

（二）翁叔元《容若哀辞》（《通志堂集》卷十九）云："壬子同举京兆。……同举之士百二十有六人，相与契合者数人而已。"此数人中，除叔元及韩菼（《本集》卷十三有与韩商榷《明文选》书；韩除为容若撰神道碑铭外，有祭容若文）较接近者外，当尚有王鸿绪、徐倬、李国亮、蒋兴芭、高琯。（《本集》卷十九附有诸人与翁、韩合祭容若文云："吾侪同年几人，盖十二三年来离合聚散，亦间会兴于寝门。"）叔元与容若过从尤密，其自述云：

明年（癸丑）或进士，余落第。君时过从，执手相慰藉，欲延余共晨夕。余时应蔡氏之聘不果就。是岁冬谓余曰："子久客不归省坟墓，知子以贫故艰于行，吾为子治行。"于是余作客十五年，至是始得归拜先人丘垅，馆数椽居妻子，君之赐也。迨余丙辰幸登第留都门，往来逾密。君益肆力于诗歌、古文词，时出以相示，邀余和，余愧不能也。亡何，君入为侍卫，旦夕弼丞，出入起居，多在上侧，以是相见稀少，然时时读君诗及所与朋友往还笔墨。（《通志堂集》卷十九）

（三）本传据《苇间诗集》卷三，谓容若之识姜宸英当在康熙辛酉。今据《通志堂集》卷十九附录宸英祭文，知实在癸丑。祭文中，且述与容若结交之经历，亦为极重要之传记材料，采录于下：

兄一见我，怪我落落，转亦以此，赏我标格。人事多乖，分袂南还，旋复合并，于午未间。我蹶而穷，百忧萃止，是时归兄，馆我萧寺。人之狁狁，笑侮多方，兄不谓然，待我弥庄。俯循弱植，恃兄而强。继余忧归，涕泣弥弥，所以腆赆，怜余不子。非直兄然，太傅则尔，趋庭之言，今犹在耳。何图白首，复谱斯行，削牍怀桀，著作之庭。梵筵栖止，其室不远，纵谈良夕，枕席书卷。余来京师，刺字漫灭，举头触讳，动足遭跌。见辄怡然，亡其颠蹶，数兄知我，其端非一。我常箕踞，对客欠伸，兄不余傲，知我任真。我时漫骂，无问高爵。兄不余狂，知余疾恶。激昂论事，眼瞪舌桥，兄为抵掌，助之叫号。有时对酒，雪涕悲歌，谓余失志，孤愤则那。彼何人斯，实应且憎，余色拒之，兄门固扃。充兄之志，期于古人，非貌其形，直肖其神。在贵不骄，处富能贫，宜其胸中，无所厌欣。忽然而夭，岂亦有云。病之畴昔，信促余往，商略文选，感怀凄怆。梁（佩兰）、吴（雯）与顾（贞观），三子实来，夜合之诗，分咏同裁。诗墨未干，花犹烂开，七日之间，玉折兰摧。

（四）容若与顾贞观之交谊，据顾之祭容若文（《通志堂集》卷十九），有可补记者如下：

屈指丙辰，以迄今兹。十年之中，聚而复散，散而复聚，无一日不相忆，无一事不相体，无一念不相注。……吾母太孺人之丧，三千里奔讣，而吾哥（容若）助之以麦舟。……每戆言之数进，在总角之交，尚且触恶忌于转喉，而吾哥必曲为容纳。洎逸口之见攻，虽毛里之戚，未免致疑于投杼，而吾哥必阴为调护。此其知我之独深,亦为我之最苦,岂兄弟之不为友生,至今日而竟非虚语。又若尔汝形忘,晨夕心数,语惟文史,不及世务。或子衾而我覆,成我触而子举。君赏余弹指之词,我服君饮水之句。歌与哭总不能自言,而旁观者更莫解其何故。又若风期激发,慷慨披露,重以久要,申其积素。吾哥既引我为一人,我亦望吾哥以千古。他日执令嗣之手而谓余曰:"此长兄之犹子。"复执余之手而谓令嗣曰:"此孺子之伯父也。"……吾哥示疾前一(?)日,集南北之名流,咏中庭之双树。余诗最后,读之铿然,喜见眉宇,若惟恐不肖观之落人后者。

(五)容若与严绳孙及秦松龄之交游,据二人合作之祭文(《通志堂集》卷十九),有可补记者如下:

绳孙客燕,辱兄相招。松龄客楚,惠问良厚。谓严君言,子才可取,虽未识面,与子为友。无可相见,去年冬暮,今岁春残,绳孙奉假,龄则去官。(绳孙以是年四月请假出都,详于其容若哀词。则"去年冬暮"之别指松龄也。)……别未无几,思我实深。两奉兄书,见兄素心。

(六)梁佩兰祭容若文(《通志堂集》卷十九)亦有传记材料

可采者如下：

我离京师，距今（康熙乙丑）四年，此来见公，欢倍于前。留我朱邸，以风以雅，更筑闲馆，渌水之下。仲夏五月，朱荷绕门，西山飞来，青翠满轩。我念室家，南北万里，不能即归，暂焉依止。公为相慰，至于再三，谓我明春，同出江南。公昨乞假，恩许休沐。静披图史，闲聆丝竹。顷复入侍，上临乾清，谕以奏赋，振笔立成。……四方名士，鳞集一时，埙篪迭唱，公为总持。良宵皓月，更赋夜合，或陈素纸，或倚木榻。陶觞抒咏，其乐洋洋。（集卷十三有《〈渌水亭宴集诗〉序》，以骈俪出之，无传记材料，今不录。）

（七）康熙辛酉，吴汉槎自塞外归，容若即延馆其家。《通志堂集》卷十四《祭吴汉槎文》中云：

皂帽归来，呜咽霑巾。我喜得子，如骖之靳。花间草堂，月夕霜辰。未几思母，翩然南棹。……中得子讯，卧疴累月。数寄尺书，促子遄发。授馆甫尔，遂苦下泄。两月之间，遂成永诀。

汉槎弟兆宣能文，亦馆容若家。有祭容若文，见《通志堂集》卷十九。

（八）刘继增《成容若小传》（见本传引）记康熙甲子容若扈驾过无锡，与顾贞观、姜宸英、陈其年偕宿惠山忉草庵，又与贞观倘佯山中。尝偕登贯华阁，屏从去梯，作竟夕谈。前已考，知其年草率，所记可疑。今读《通志堂集》卷十三《与顾梁汾书》云："扈跸遄征，远离知己。若留北阙，仆逐南云。"则是时贞观实不在里。刘传所记，皆子虚也。考刘君及其前人所以致误者，盖彼等以容若有《桑榆墅同梁汾夜望》诗，又贞观《弹指词》注有"忆桑榆墅有三层小楼，容若与余昔年乘月去梯处"之语，因以为贞观所谓"桑榆"乃指其故里，而桑榆墅之小楼乃指贯华阁也。不知桑榆墅乃一专名，容若诗题可证。其所在虽不可考，今按容若致梁汾书，可决其非贯华阁也。容若扈驾南巡时与梁汾一段故事，二百余年来成为文学史上佳话，播于吟咏，施于画图，且构成贯华阁古迹上之重大意义，不谓今乃得知其幻。（惟容若登贯华阁留像额题事，则有后人见证可信。）深望世之与贯华阁有关系者，更正前误，揭于阁中，使后来登临凭吊者得知其实。虽足以减却彼等之诗意与历史兴趣不少，然真理终属可爱也。

容若在南巡期内创作颇多，有《金山赋》、《灵岩赋》。诗有《泰山》、《曲阜》、《江行》、《圣驾临江赋》、《江南杂诗》、《秣陵怀古》、《金陵》、《病中过锡山》等作。词有《虎头词》

《忆江南》十一首。附记于此。

（九）梁任公尝跋容若《渌水亭杂识》（见中华本《饮冰室文集》卷七十七）盛称道之。余曩草本传，以未得见其书为憾。传成后，朱保雄君告余，《昭代丛书》中有之。因循未及觅阅，旋得《通志堂集》中有之，凡五集，自序云：

癸丑病起披读经史，偶有管见，书之别简。或良朋莅止，传述异闻，客去辄录而藏焉。逾三、四年遂成卷，曰《渌水亭杂识》。

盖十九至二十二三岁时所作也。是书以考古迹、论述古事古制占大部分，论文学次之，记异闻及感想又次之。兹据大书，参以集中他文，可考见容若之文学见解与普通思想。其论诗歌以性情为主，以"才"、"学"为用，以比兴与造意为最高技术，以模仿为初步，而以"自立"为终鹄，而力斥步韵之非。其论性情与才学之关系也，曰：

诗乃心声，性情之事也，发乎情止乎义，故谓之性。亦须有才乃能挥拓，有学乃不虚薄杜撰，才学之用于诗者如是而已。昌黎逞才，子瞻逞学，便与性情隔绝。

其论比兴也,曰:

雅颂多赋,国风多比兴。楚词从国风而出,纯是比兴,赋义绝少。唐人诗宗风骚多比兴,宋诗比兴已少。明人诗皆赋也,便觉腐板少味。

容若所谓比兴,略即今日所谓明喻与暗喻。其论造意也,曰:

古人咏史,叙事无意,史也,非诗矣。唐人实胜古人,如"江流石不转,遗恨失吞吴","武帝自知身不死,教修玉殿号长生","东风不假周郎便,铜雀春深锁二乔","此日六军同驻马,当时七夕笑牵牛"。诸有意而不落议论故佳,若落议论,史评也,非诗矣。

又曰:

唐人诗意不在题中,亦有不在诗中者,故高远有味,虽作咏物诗,亦必意有寄托,不作死句。……今人论诗惟恐一字走却题目,时文也,非诗也。

其论模仿与自立也,曰:

> 诗之学古,如孩提不能无乳姆也。必自立而后成诗,犹之能自立然后成人也。明之学老杜、学盛唐者,皆一生在乳姆胸前过日。

其《原诗》一篇(《本集》卷十四)阐此说尤详尽痛快。文繁不引,其斥步韵之敝也,曰:

> 今世之为诗害者,莫过于作步韵诗。唐人中晚稍有之,宋乃大盛。故元人作《韵府群玉》,今世非步韵无诗,岂非怪事?诗既不敌前人,而又自缚手臂以临敌,失计极矣。愚曾与友人言此,渠曰:"今以止是作韵,那是作诗?"此言利害,不可不畏。若人不戒绝此病,必无好诗。

凡此固不尽容若之创说,而其中允当透辟,后之论诗者莫之能易也。
容若之文学史观,尤卓绝前人,彼确有见乎"时代文学"之理,故曰:

> 自五代兵革,中原文献凋落,诗道失传,而小词大盛。宋人专意于词,实为精绝。诗其尘羹涂改,故远不及唐人。

又曰：

　　曲起而词废，词起而诗废，唐体起而古诗废。作诗欲以言情耳，生乎今之世，近体足以言情矣。好古之士，本无其情，而强效其体，以作古乐府，殆觉无谓。

明乎词曲之为新体诗，明乎复古之无谓，此实最"近代的"见解。近代自焦循、王国维，以至胡适之文学史观，胥当以容若为祖也。其论词之演化，亦极精绝。其言曰：

　　花间之词，如古玉器，贵重而不适用。宋词适用而少贵重。李后主兼有其美，更饶烟水迷离之致。词虽苏、辛并称，而辛实胜于苏。苏诗伤学词伤才。

容若少笃好《花间词》（《本集》十三《致梁药亭书》），为此言，见解已有转变，至更趋于成熟矣。

　　容若于诗词之选集，亦有独见。朱彝尊《词综》出，容若《与梁药亭书》（同上）论之曰：

　　近得……《词综》一选，可称善本。闻锡鬯所收词集，凡百六十余种，网罗之博，鉴别之精，真不易及。然愚意以为吾人选书，不必务博，专取精诣杰出之彦，尽其所长，使其精神风致，涌现于楮墨之间。每选一家，虽多取至什至佰无厌，其余诸家，不妨竟以黄茅白苇，概从芟薙。仆意欲有选如北宋之周清真、苏子瞻、晏叔原、张子野、柳耆卿、秦少游、贺方回，南宋之姜尧章、辛幼安、史邦卿、高宾王、程巨夫、陆务观、吴君持、王圣与、张叔夏诸人。多取其词，汇为一集，余则取其词之至妙者附之，不必人人有见也。

容若于此书中已具道有志于词之选集，徐乾学谓容若"自唐五代以来诸名家词皆有选本"（见本传引），其言必不虚。今其书不可见，惟读上引其文，可窥见其选择之标准，与所选之人物焉。

容若又尝与顾贞观同选《今词初集》二卷，录同时人自吴伟业至徐灿女士凡百八十八家。书有鲁超序，作于康熙十六年。此书今存，余于伦明先生处得见之。

以上述容若之文学见解，并附记其选业竟。

本传中引容若以赵松雪自况之诗，中有云"旁通佛老言，穷探音律细"，盖非虚语。《杂识》中数谈音乐，且涉佛道之书。容若于佛、道二家有极开明之"近世的"态度，谓：

三教中皆有义理，皆有实用，皆有人物。能尽知之，犹恐所见未当古人心事，不能伏人。若不读其书，不知其道，惟恃一家之说，冲口乱骂，只自见其孤陋耳。昌黎文名高出千古，元晦道统自继孔孟，人犹笑之，何况余人？大抵一家人相聚，只说得一家话，自许英杰，不自知孤陋也。读书贵多、贵细，学问贵广。开口提笔，驷马不及，非易事也。

梁任公评之曰："可为俗儒辟异端者当头一棒。翩翩一浊世公子有此器识……使永其年，恐清儒中须让此君出一头地（《〈渌水亭杂识〉跋》）。"其言盖无溢美也。

容若亦与缁徒往来，共作哲理谈。《与某上人书》（《本集》十三）云：

昨见过，时天气甚佳。茗碗熏炉，清谈竟日。……承示万法归一。一归何处？令仆参取。时即下一转语曰："万法归一，一仍归万。"此仆实有所见，非口头禅也。……自有天地以来，有理即有数。数起于一，一与一对而为二，二积而成万。凡二便可见，一便不可见，故乾坤也、阴阳也、寒暑也、昼夜也、呼噏也，皆可见者也。一者何？太极也。……吾儒太极之理，即在物物之中，则知一之为一，即在万法之中。竺氏亦知所谓太极者。彼误认太极为一物。而其教又主于空诸所有，并举太极而空之，所以有一归何处之语。……求空而反滞于有，不如吾道之物物皆实，而声臭俱冥，仍不碍于空也。

此虽幼稚之言谈，然可见容若之好思，而智力的兴趣之广也。

容若对于当时西方耶稣会教士所传入之异闻奇艺，亦颇留意。《杂识》中屡及之，尝言"西人取井水以灌溉，有恒升车，其理即中国风箱也"。其巧悟有如此。

（十）容若词集先后至少有四种原刻本。其一为《侧帽词》，刻于康熙十七年戊午以前。其一为《饮水词》，顾贞观以是年刻于吴下，皆详本传。今《榆园丛刻》本似即据康熙戊午本而增辑者。观其所冠序文及排列次序而可见。（此本卷四以前，以词之长短为次。最短者在前，而《忆江南》小令乃在卷五。此诸词如考定为作于戊午后，似前四卷为戊午原本，而卷五以下则为后来增辑者。）其一为张纯修（容若诗词题注中之张见阳即其人）所衷刻之《饮水诗词集》本。张序记时在"康熙（三十年）辛未秋"。其一为徐乾学《通志堂集》本，严绳孙序记时在"康熙三十年秋九月"。故二本之先后不易定。严氏《〈通志堂集〉序》云"今健庵先生已缀辑其遗文而刻之"，似其时书尚未刻成。而张氏《〈饮水诗词集〉序》云"既刻成，谨此笔而为之序"，似《饮水诗词集》成于

《通志堂集》之前。今《粤雅堂集丛书》本及万松山房本《饮水诗词集》，即以张纯修刻本为祖者也。除第一次刊本不可考外，其余三本中以张刻本所收词为最多，羡于榆园本两首。《通志堂集》本最少，仅三百首。《通志堂集》本与张纯修本次序既相同，其本文除一二字之变异外，亦大体相同；惟以之较榆园本，不独次序不同，其本文亦恒有一句以上之差异。《万松山房丛书》中之翻张刻本书题下有"锡山顾贞观阅定"一行，而张序亦云"此卷得之梁汾手授"，疑其不同者，由于贞观之得容若同意而点改者。即康熙戊午亦非不经贞观等点改者，观顾序谓"与吴君园次共为订定"而可证。今日欲观容若词在被点改前之本来面目，盖无从矣。予确信榆园本之来源为较早，他日若编校纳兰词，凡可依此本者皆依之，庶几所失本来面目者较少焉。

张荫麟

纳兰性德全集

[清] 纳兰性德 —— 著
闵泽平 —— 评注

③ 诗集

哈尔滨出版社
HARBIN PUBLISHING HOUSE

图书在版编目（CIP）数据

纳兰性德全集.3／（清）纳兰性德著；闵泽平评注.—哈尔滨：哈尔滨出版社，2021.6
ISBN 978-7-5484-5683-4

Ⅰ．①纳… Ⅱ．①纳… ②闵… Ⅲ．①纳兰性德（1654-1685）—全集 Ⅳ．①I214.92

中国版本图书馆CIP数据核字（2020）第210856号

书　　名：纳兰性德全集.3
NALAN XINGDE QUANJI. 3

作　　者：[清]纳兰性德　著　闵泽平　评注
责任编辑：尉晓敏　孙　迪
责任审校：李　战
封面设计：济南新艺书文化｜蔡小波

出版发行：哈尔滨出版社（Harbin Publishing House）
社　　址：哈尔滨市香坊区泰山路82-9号　　邮编：150090
经　　销：全国新华书店
印　　刷：天津光之彩印刷有限公司
网　　址：www.hrbcbs.com　　www.mifengniao.com
E-mail：hrbcbs@yeah.net
编辑版权热线：（0451）87900271　87900272
销售热线：（0451）87900202　87900203

开　　本：880mm×1230mm　　1/32　　印张：35　　字数：545千字
版　　次：2021年6月第1版
印　　次：2021年6月第1次印刷
书　　号：ISBN 978-7-5484-5683-4
定　　价：228.00元（全4册）

凡购本社图书发现印装错误，请与本社印制部联系调换。　　服务热线：（0451）87900278

目录

【五言古诗】

早春雪后同姜西溟作 …………………… 002

挽刘富川 …………………………………… 004

为王阮亭题戴务旃画 …………………… 006

桑榆墅同梁汾夜望 ……………………… 007

送施尊师归穹窿 ………………………… 009

寄朱锡鬯 ………………………………… 011

茅斋 ……………………………………… 012

杂诗七首 ………………………………… 014

山中 ……………………………………… 021

效江醴陵杂拟古体诗二十首 …………… 022

和友人饮酒 ……………………………… 046

题画寄友人 ……………………………… 049

高楼望月 ………………………………… 050

送梁汾	051
唆龙与经岩叔夜话	052
效齐梁乐府十首	053
拟古四十首	060
平原过汉樊侯墓	090
圣驾临江恭赋	091
虎阜	092
江行	093
宿龙泉山寺	094
题李空同诗卷和王黄湄韵	096
野鹤吟赠友	097
暮春别严四荪友	098

【七言古诗】

填词 ·· 100

新晴 ·· 101

长安行赠叶讱庵庶子 ······················· 102

送马云翎归江南 ······························· 104

又赠马云翎 ······································ 105

送荪友 ··· 106

柳条边 ··· 108

春晓曲效金荃体 ······························· 109

题赵松雪画鹊华秋色卷 ···················· 110

【五言律诗】

茉莉 ·· 112

丁香 ·· 113

鱼子兰 ··· 114

荷 ·· 115

桂 ·· 117

题苏文忠黄州寒食诗卷 ················· 118

郊园即事 ··· 119

入直西苑 ··· 120

景山 ·· 121

蕉园 ·· 122

雄县观鱼 ··· 123

戒台同见阳作 ································ 124

送张见阳令江华 ···························· 125

寄梁汾并葺茅屋以招之 …………………… 126

岁晚感旧 …………………………………… 127

盛京 ………………………………………… 128

松花江 ……………………………………… 129

沈进士尔燝归吴兴诗以送之 …………… 130

与经生夜话 ………………………………… 131

咏笼莺 ……………………………………… 132

塞外示同行者 ……………………………… 133

驾幸五台恭纪 ……………………………… 134

扈从圣驾祀东岳礼成恭纪 ……………… 135

金陵 ………………………………………… 136

夜合花 ……………………………………… 137

【七言律诗】

春柳 ··· 140

赋得月下听泉得阳字 ······················· 141

通志堂成 ··· 142

幸举礼闱以病未与廷试 ···················· 144

秋日送涂健庵座主归江南四首 ········ 146

即日又赋 ··· 150

再送施尊师归穹窿 ··························· 151

南海子 ··· 152

扈驾西山 ··· 154

拟冬日景忠山应制 ··························· 155

秋夜 ··· 157

中元前一夕枕上偶成 ······················· 158

净业寺 ··· 159

垂丝海棠 …………………………… 160

杏花 ………………………………… 161

上巳清明 …………………………… 164

绿阴 ………………………………… 165

雨后 ………………………………… 166

汤泉应制四首 ……………………… 167

喜吴汉槎归自关外次座主涂先生韵 ………… 171

兴京陪祭福陵 ……………………… 172

山海关 ……………………………… 173

古北口 ……………………………… 174

扈跸霸州 …………………………… 175

泰山 ………………………………… 176

病中过锡山 ………………………… 177

曲阜 ………………………………… 179

题竹炉新咏卷 ……………………… 180

【五言排律】

扈驾马兰峪赐观温泉恭纪十韵 ············ 184
玉泉十二韵 ············ 186
和唐李昌谷恼公诗原韵 ············ 188

【五言绝句】

雪中和友 ············ 194
秋意 ············ 196
题胡瑰射雁图 ············ 198
题赵松雪水村图 ············ 199

【七言绝句】

上元月食 …… 202
敬题元公张大中丞遗照二首 …… 203
题见阳小照 …… 204
从友人乞秋葵种 …… 205
咏史 …… 206
密云 …… 218
南海子 …… 219
上元即事 …… 220
咏柳偕梁汾赋 …… 221
题虞美人蝴蝶画扇 …… 222
有感 …… 223
书鲍让侯诗后 …… 224
记证人语 …… 225

赋得柳毅传书图次陈其年韵 ………… 232

题照 ………… 234

别意 ………… 235

暮春见红梅作简梁汾 ………… 238

咏絮 ………… 239

柳枝词 ………… 240

又柳枝词 ………… 248

初夏月偕仲弟作 ………… 251

龙泉寺书经岩叔扇 ………… 252

上元竹枝词 ………… 254

杂题 ………… 257

缑山曲 ………… 259

和元微之杂忆诗 ………… 264

东西溟 ………… 266

题歌儿诗册 ………… 267

松花江……268

渌水亭……269

玉泉……270

西苑杂咏和荪友韵……271

从军曲……281

塞垣却寄……283

平山堂……285

江南杂诗……286

秣陵怀古……288

四时无题诗……289

艳歌……298

为友人赋……300

偕梁汾过西郊别墅……304

别荪友口占……305

【五言古诗】

早春雪后同姜西溟作①

西山雪易积,北风吹更多。
欲寻高士②去,层冰郁嵯峨③。
瑠璃一万片,映彻桑干河④。
耳目故以清,苦寒其如何。
朝鸦背城来,晴旭满岩阿⑤。
春泥冻尚合,九衢交鸣珂⑥。
忽睹新岁华,履端⑦布阳和。
不知题柱客⑧,谁和郢中歌⑨。

【注】

①姜西溟:即姜宸英,字西溟,号湛园,又号苇间,浙江慈溪人。清初著名文学家、书法家。曾屡试不第,直至七十高龄时才中进士。不料两年后任顺天乡试副考官一职时,受主考官连累入狱,最后病死狱中。而性德与姜的结识时间颇早,系康熙十二年(一六七三年)夏便与姜缔交,两人之后也保持着密切联系。此诗应当作于性德与姜交往中的某年早春姜在京时,但具体时间无

法求证。

②高士：志趣、品行高尚的人，多指隐士。

③嵯峨（cuó é）：山高峻貌。

④桑干河：其上游河段流经山西黄土高原，称之为桑干河；下游始称永定河，又因该河段常患洪水，因而便常改河道，故原俗称无定河。

⑤岩阿：山之曲折处。

⑥鸣珂（kē）：玉器相撞之声。

⑦履端：一年之初，即正月元旦。

⑧题柱客：指风流才俊、荣显之士。

⑨郢（yǐng）中歌：指高雅的诗歌。郢中之歌有《阳春白雪》和《下里巴人》。

挽刘富川①

人生非金石,胡为年岁忧。
有如我早死,谁复为沉浮。
我生二十年,四海息戈矛②。
逆节忽萌生,斩木起炎州③。
穷荒苦焚掠,野哭声啾啾。
墟落断炊烟,津梁④绝行舟。
片纸入西粤,连营倏相投。
长吏或奔窜,城郭等废丘。
背恩宁有忌,降贼竟无羞。
余闻空太息,嗟彼巾帼俦⑤。
黯澹金台望,苍茫桂林愁。
卓哉刘先生,浩气凌斗牛。
投躯赴清川,喷薄万古流。
谁过汨罗水⑥,作赋从君游。
白云如君心,苍梧⑦远悠悠。

【注】

①刘富川：即刘钦邻（一六四四年至一六七四年），今江苏仪征人，因其曾任广西富川知县，故又称为刘富川。康熙十三年（一六七四年）九月于三藩之乱中被捕，后不忍被叛军羞辱，自缢殉节。

②戈矛（gē máo）：原意指武器，此处指代战争。

③炎州：《楚辞·远游》："嘉南州之炎德兮，丽桂树之冬荣。"后以"炎州"泛指南方广大地区。

④津梁：江河。

⑤巾帼俦（chóu）：巾帼指古代妇女裹首的头巾或发饰；俦，同类，辈。

⑥汨（mì）罗水：指汨罗江，为湖南省北部的一条河。诗人屈原忧愤国事，投此江而死。此处以此赞颂刘富川如屈子投汨罗般的伟大献身赴义精神。

⑦苍梧：指苍梧县，位于今广西壮族自治区东部，地处浔、桂两江汇合处。

为王阮亭题戴务旃画[1]

心与西山清,坐对西山[2]雪。
山空多幽响,芳草久云歇。
白云如沧洲[3],缥缈不可越。
丹青意何长,宛此山径折。
卧游失所见,空林一片月。

【注】

[1]王阮亭:即王士禛(一六三四年至一七一一年),原名王士禛,字子真,又字贻上。号阮亭,又号渔洋山人。清初著名诗人、文学家。王于康熙十五年(一六七六年)春入京,曾与性德有往来,故此诗当作于其时。戴本孝(一六二一年至一六九一年),字务旃(zhān),号前休子,又号鹰阿山樵,别号黄水湖渔父、太华石屋叟等,安徽和县人。能诗,善画山水。王士禛在《渔洋诗话》中谓其"诗画皆绝俗。"

[2]西山:当指北京西山,古称"太行山之首"。

[3]沧洲:隐士之住所。

桑榆墅同梁汾夜望①

朝市竞初日,幽栖闲夕阳。
登楼一纵目,远近青茫茫。
众鸟归已尽,烟中下牛羊。
不知何年寺,钟梵②相低昂。
无月见村火,有时闻天香。
一花露中坠,始觉单衣裳。
置酒当前檐,酒若清露凉。
百忧兹暂豁③,与子各尽觞。
丝竹在东山,怀哉讵能忘④。

【注】

①顾梁汾《弹指词·大江东去》词自注云:"忆桑榆墅在二层小楼,容若与余昔年乘月去楼中夜对谈处也。"因两人多年交往晤面均在北京,故可知桑榆墅也应在北京,但其详址待考。此诗的写作时间也待考。

②钟梵：寺院的钟声和诵经声。

③豁：去除。

④讵（jù）能忘：怎能忘，反诘语气。

送施尊师归穹窿①

突兀穹窿②山，丸丸③多松柏。
造化钟灵秀，真人爱此宅。
真人号铁竹，鹤发④长生客。
天风吹羽轮，长安驻云舄⑤。
偶然怀故山，独鹤去无迹。
地偏宜古服，世远忘朝夕。
空坛松子落，小洞野花积。
苍崖采紫芝，丹灶煮白石。
檐前一片云，卷舒何自适。
他日再相见，我鬓应垂白。
愿此受丹经⑥，冥心炼金液。

【注】

①施尊师：即施名道源，字亮生，别号铁竹，清初著名道士，尊师是对其的敬称。后被委施主持重修穹窿山道观，被封为养元抱一宣教演化法师。此诗当作于康熙十五年（一六七六年）秋，

其入都宣法期间。

②穹窿（qióng lóng）：山名，在江苏吴县西南。

③丸丸：高大挺直貌。

④鹤发：白发。

⑤云舄（xì）：漫漫无边的云海。

⑥丹经：讲述炼丹术的经书。

寄朱锡鬯①

萍梗②忽南北,相聚复相离。
去年一相见,正值落花时。
秋风苦催归,转眼岁已期。
淅淅秋叶落,绵绵秋夜迟。
开户见残月,道远有所思。
丈夫故慷慨,此别何凄其③。
明发揽尘镜,新寒生鬓丝。

【注】

①朱锡鬯:即朱彝(yí)尊(一六二九年至一七〇九年),字锡鬯(chàng),号竹垞(chá),又号驱芳,今浙江嘉兴人。清代著名文学家,也是清初著名藏书家之一。又朱于康熙十四年九月自京返乡奔父丧,直至十七年夏才再入京。结合诗意,此诗似作于康熙十五年秋。

②萍梗:浮萍与断梗,比喻行踪不定。

③凄其:凄凉、悲怆貌。其,乃词尾词,无意。

茅斋①

我家凤城北，林塘似田野。
蘧庐②四五楹，花竹颇闲雅。
客俗鸡能谈，忧来酒堪把。
容膝岂在宽，惬意自潇洒。
静中生虚白，念虑③寂然寡。
忽悟形与器，万物尽虚假。
窗中见斗牛，门前骤④车马。
试问此间阎⑤，当时住谁者。
因之叹尘世，我心聊以写。

【注】

①茅斋：又称茅屋、草堂或花间草堂。纳兰性德的茅斋建成于康熙十八年夏，此二诗系作于康熙十九年之春。

②蘧庐（qú lú）：古代驿站里供人休息的屋子。

③念虑：思虑。

④骤：马快跑貌。

⑤闾阎（lú yán）：闾，泛指门户，人家；阎，指里巷的门，此处指房屋建筑。

又

闲庭照白日，一室罗古今。
偶焉此栖迟，抱膝悠然吟。
吟罢有余适，散瞩复披襟。
时开玉杯卷，或弹珠柱琴。
檐树吐新花，枝头语珍禽。
花发饶冶色，禽鸣多姣音。
色冶眩春目，音姣伤春心。
夕阳下虞渊①，寂寞还空林。
清光复相照，片月西山岑②。

【注】

①虞渊：隅谷，古神话传说中日没之处。
②岑：寂静、寂寞之意。

杂诗七首

举世觅仲连①,乃在海中岛。
往问齐赵事,默然望林表。
灌园于陵中,绝食太枯槁。
神龙亦见首,不然同腐草②。
虚言托泉石,蒲轮恨不早。
登朝表宿誉,食肉③以终老。

【注】
①仲连:鲁仲连,战国时齐人。喜为人排忧解难,高蹈不仕。
②腐草:比喻卑微之态。
③食肉:出自《左传·庄公十年》:"肉食者鄙,未能远谋。"肉食者泛指只能食肉的高官贵族。此处暗喻鲁公变为废人。

又

李白①谪夜郎,杜甫②困庸蜀。

纷纷蜍志辈③,昏塞饱粱肉④。
造物岂无意,与角去其足。
末俗谀高位,文成贵珠玉。
纵云咸池⑤奏,我愚不能读。
一言欲赠君,焚砚削简牍。
此事属穷人,君其享百禄。

【注】

①李白(七〇一年至七六二年):字太白,号青莲居士,唐代浪漫主义诗人。被誉为"诗仙"。安史之乱时,作为永王幕僚,因永王被肃宗陷害,李白受到牵连,被流放夜郎,后又中途获赦。

②杜甫(七一二年至七七〇年):字子美,号少陵,唐代著名现实主义诗人,与李白合称"李杜",被誉为"诗圣"。安史之乱时,杜甫几经辗转,来到成都浣花溪畔,并建了"杜甫草堂",困顿度日。最后病死在湘江的一只小船中。

③蜍(chú):癞蛤蟆;蜍志辈乃嘲讽胸无大志者之意。

④粱肉:精美的饭食。

⑤咸池:《礼记·乐记》中有云:"《咸池》,备矣。"郑玄对其注曰:"黄帝所作乐名也,尧增脩而用之。"故"咸池"乃为古乐曲名。

又

雅颂十九首①,议者死三尺②。
曹刘③始宏放,颜谢④颇雕饰。
亦有射洪子,变风厉逸翮⑤。
希古⑥惜已勤,形合理则隔。
泉明自澹荡,尽变待甫白。
轻举游五城⑦,冥研破八极⑧。
咿唔奏皇华,末俗自不识。
我诚拙文词,四顾复不适。
异士今何在,山川故如昔。
幼时颇脑满⑨,芜秽⑩期荡涤。
兹事亦大难,中年飞扬息。
砚有前岁尘,书惟稚龄迹。
述作非吾愿,一杯永今夕。

【注】

①雅、颂:皆属于《诗经》;十九首:指代《古诗十九首》。

②三尺:因古代的剑长约三尺,故以"三尺"代指剑。

③曹刘:曹操、刘备的并称。

④颜谢：南朝宋诗人颜延之与谢灵运的并称。

⑤翮（hé）：翅膀。

⑥希古：仰慕古人之意。

⑦五城：传说中神仙居住之所。

⑧八极：古时谓八方极远之地。

⑨脑满：肥头大耳，常说脑满肥肠，形容饱食终日，无所进取之人。

⑩芜秽（wú huì）：原意为荒芜、荒废，此处指诗坛之复古现象。

又

逸骥千里足，君行日一舍①。
休暇岂不欣，何以塞高价②。
鹤鸣引双雏，欲集高堂下。
见君养凫鸥，矫翮复悲吒③。

【注】

①一舍：古以三十里为一舍。

②高价：通常指器物的珍贵，后又比喻人的身份、地位之高。

③悲吒（zhà）：亦作悲诧，悲叹、悲愤之意。

又

重衣①少不胜，跃马今踰险。
落景②望戈留，孤云迎阵敛。
元戎爱仲宣③，荒碛同帷簟。
军前笳鼓沸，幕后琴书澹。
清尊侍华灯，谈宴不知疲。
一言合壮志，磨盾记其词。
悲吟击龙泉④，涕下如縻縻⑤。
不悲弃家远，不惜封侯迟。
所伤国未报，久戍嗟六师。
激烈感微生，请赋从军诗。

【注】

①重衣：衣上加衣。

②落景：落日的余晖。

③仲宣：王粲，字仲宣，汉末文学家，"建安七子"之一。善于诗赋。

④龙泉：剑名。

⑤绠（gěng）縻：形容泪如雨下。

又

卮酒①洒荒郊，缟衣②泣少妇。
金屏③方宛转，一夕向长暮④。
狐兔呼凄飙，鸺鹠⑤啸宿雾。
忆子伴刺绣，赪颜⑥恶君语。
邻人起踯躅⑦，哀响凋芳树。
不知吹箫人，离魂渺何处。
我生不能闻，猿哭与嫠诉。
三声断肠迟，不如妇一词。

【注】

①卮（zhī）酒：卮同"卮"，指盛酒的容器；卮酒即一杯酒。

②缟衣：举办丧事时所穿的白色衣服。

③金屏：门内的屏风，此处指居所。

④长暮：死亡。

⑤鸺鹠（xiū liú）：一种鸟类。

⑥赪(chēng)颜：因羞愧而脸红之态。
⑦踯躅(zhí zhú)：徘徊不前。

又

药误求仙人，禄湛①患失客②。
文章猎貊噉，勋名过眼息。
西方有至人，莲花护金碧。
艳艳池水中，列圣坐相觌③。
风声宣上法，鸟韵开迷魄。
称名弹指④到，百劫慈云侧。
捐兹宇宙乐，从彼金仙迹。

【注】

①禄湛：高官厚禄。
②失客：失意的文人志士。
③觌(dí)：见，相见。
④弹指：时间量词，比喻时间短暂。

山中

微月翳^①高岭,松风起群壑。
近山无术阡,高下森华薄^②。
涉涧愁窈窕^③,顾步眩冥莫。
高树暗如山,倾崖石欲落。
羁离^④悲夜猿,险峭伤病鹤。
缅怀万物情,此时欣有托。
山中一声磬,禅灯破寥廓。

【注】

①翳(yì):遮蔽、掩盖。
②薄:草木丛生之处。
③窈窕:深邃幽美貌。
④羁离:飘泊异乡。

效江醴陵杂拟古体诗二十首①

班婕妤②怨歌

团团望舒月,皜皜③冰蚕绢。
欲却炎天暑,比月裁成扇。
望舒圆易缺,金风换炎节。
风凉秋气寒,匣扇复谁看。
扇弃何足道,感妾伤怀抱。
对月泪如丝,君恩异旧时。

【注】

①江醴陵:即江淹(四四四年至五〇五年),字文通,宋州考城人,南朝著名文学家。梁武帝时官至醴陵候。性德此诗便是效其体。

②班婕妤(jié yú):西汉女辞赋家。为汉成帝之妃,初入宫时为少使,随即便立为婕妤。其人善诗赋,且作品颇多,但现今仅存三篇:《自伤赋》《捣素赋》和一首五言诗《怨歌行》。

③皜皜(hào hào):皜同"皓",明亮洁白。

王仲宣从军

中原嗟丧乱，志士奋从军。
所从智勇宰，仗钺渡漳滨。
龙旗①飞壁垒，豹尾肃勾陈。
戈铤耀晴日，甲胄②炫屯云。
孙吴萃猛将，管乐聚谋臣③。
予时备七校，秉羽介犀鳞。
一麾服荆扬，再举靖巴黔。
东征西载怨，泽洽④威自振。
箪壶夹道路，筐篚⑤馈玄纁。
文皮裹十戚，奏凯邺城闉。
功名垂钟鼎，丹青图麒麟。

【注】

①龙旗：与下句中的"豹尾"均指军中之仪仗。
②甲胄（zhòu）：甲指铠甲；胄指头盔。二者结合亦称盔甲。
③孙吴：三国时期的吴国；管乐：齐国名相管仲与燕国名将乐毅的并称。该句讲吴、蜀人才济济。
④泽洽（qià）：恩泽给予。

⑤筐篚（kuāng fěi）：盛放物品的竹器。

刘公干公宴①

曜灵下濛汜②，素魄③复徘徊。
浃日盛娱游，清夜还追陪。
华池俯高馆，波光映丹榱。
锦茵藉丰席，绮宴罗金杯。
舞袖空中扬，歌声清且哀。
鲦鳞跃文藻，六马仰刍荄④。
灵囿鹿麎麎⑤，灵台鹤皑皑。
燕喜时未央，福履恒厥绥。
明明衮衣⑥宰，济济薪樲⑦才。
何幸厕文学，得尽朽钝材。
愿赋振鹭⑧诗，常歌醉言归。

【注】

①刘公干：即刘桢（？至二一七年），字公干，"建安七子"之一。与同为"建安七子"之一的王粲关系要好。东汉著名文学家，尤善诗歌。

②曜（yào）灵：指太阳；濛汜：日出之处。

③素魄：月亮。

④刍荄（chú gāi）：喂马的草料。

⑤麌麌（yǔ yǔ）：群聚貌。

⑥衮（gǔn）衣：又称衮服，因其上绘有龙的图案而得名，为古代皇帝与王侯的礼服。

⑦槱（yǒu）：《诗经·大雅·棫朴》："芃芃棫朴，薪之槱之。"堆积之意。

⑧振鹭：此诗表达了宴请宾客时欢歌起舞之状。此处泛指公宴诗。

曹子建七哀①

东园桃李姿，是妾嫁君时。
燕婉②为夫妇，相爱不相离。
良人忽远征，妾独守空帷。
忧来恒自叹，冀死魂追随。
又念妾死时，谁制万里衣。
幸有双鲤鱼③，拟为寄君辞。
终日不成章，含泪自封题。

君若得鲤鱼，剖鱼开素书。

但看书中字，一一与泪俱。

【注】

①曹子建：即曹植（一九二年至二三二年），字子建，曹操之子，曹魏著名文学家。生前被称为陈王，死后谥号"思"，因此后世又称其为陈思王。著有《七哀》诗。

②燕婉：汉·苏武《诗》之二："结发为夫妻，恩爱两不疑。欢娱在今夕，燕婉及良时。"比喻夫妻和爱。

③双鲤鱼：古代以双鲤鱼寄相思信，后以此泛指书信。

左太冲咏史①

吾闻赵公子，好客埒②三君。

能令千载后，买丝绣其真。

讵如燕昭王③，金台筑嶙峋。

迎驺既隆礼，师郭亦殊伦。

奕世④储壮士，殉义忘厥身。

荆轲⑤去不返，渐离⑥踵入秦。

至今易水上，歌筑声犹新。

何代无奇人，台荒蔓荆榛。

【注】

①左太冲：即左思（约二五〇年至三〇五年），字太冲，西晋著名文学家，齐国临淄人。左思出身贫寒，自幼便其貌不扬，好在自身发愤勤学，终有所成。著有《咏史八首》。

②埒（liè）：等同，相同。

③燕昭王（前三三五年至前二七九年）：名职，又称昭王或襄王。公元前三一二年至公元前二七九年在位，原为韩国人质。其在位期间派兵遣将打破东胡、齐国，成就了燕国之盛世。

④奕世：累世，一代接着一代。

⑤荆轲（？至前二二七年）：字次非，战国末期魏国人。为人慷慨仗义。后受燕太子丹委托入秦刺杀秦王，不中，被肢解而死。

⑥渐离：燕国著名琴师，容貌俊美，与荆轲是好友。荆轲刺秦出发前，他与太子丹将其送至易水，并弹奏一曲变徵之声，为荆轲送行。后亦因刺杀秦王未中而被害。

陆士衡赠弟①

我形子洛城，子影只华亭。

仰看鸿雁翔，能不念平生。
昔为同根树，今若叶辞枝。
凉风起阊阖②，各自东西飞。
鸰原③日以远，棣萼日以晚。
终当复旋归，勉子加餐饭。

【注】

①陆士衡：即陆机（二六一年至三〇三年），字士衡，西晋著名文学家，与其弟陆云合称"二陆"，被誉为"太康之英"。吴郡吴县人。他"少有奇才，文章冠世"，却最终死于"八王之乱"。李白在《杂曲歌辞·行路难》中感慨道："陆机才多岂自保"。著有《赠第士龙》一首。

②阊阖（chāng hé）：典故名，出自《楚辞·离骚》。原意为传说中的天门，此处指洛阳都门。

③鸰（líng）：《诗·小雅·常棣》："脊令在原，兄弟急难。"脊令即鹡鸰，原为水鸟，若失去居所，便飞鸣求类，比喻兄弟有难应互相帮助。现以"鸰原"代指兄弟。后句中之"棣萼（dì è）"亦代指兄弟。

嵇叔夜言志①

杨朱②泣路岐，墨翟③悲素丝。
灵蔡甘曳尾，郊牛惮为牺。
处则尚其志，出则颠其颐。
子云自投阁，董生④常下帷。
琅玕啄凤鸾，腐鼠吓鸱鸢。
寒蝉饮清露，苍蝇集腥膻。
予生实懒慢，傲物性使然。
涉世违世用，矫俗迕俗欢。
金羁非鹿饰，丰草意所安。
琴弹广陵散⑤，啸上苏门巅。
采术服黄精，终期学长年。

【注】

①嵇叔夜：即嵇（jī）康（二二四年至二六三年），字叔夜，三国时期魏国著名文学家、思想家、音乐家。为"竹林七贤"的精神领袖。后因遭小人谗言，被司马昭处死。

②杨朱：字子居，战国时期著名哲学家，反对儒墨思想，主张"贵生""重己"。

③墨子（前四六八年至前三七六年）：名翟，战国时期著名的教育家、思想家、军事家。为墨家学派的创始人。他提出"兼爱、非攻"等观点，著有《墨子》一书。

④董生：董仲舒（前一七九年至前一〇四年），西汉著名思想家、教育家、政治家。汉景帝时任博士，讲授《公羊春秋》。

⑤广陵散：又名《广陵止息》。古代大型琴曲。嵇康便以善谈此曲而著称。

阮嗣宗咏怀①

凉燠②递推迁，今古迭朝暮。
出岫无还云，落花宁上树。
朱颜瞬息改，鬓发③须臾素。
浮生匪金石，焉得常贞固。
途穷行辙返，恸哭畏迷误。
青眼予何好，白眼予何恶。
诞矣鲁阳戈，荒哉夸父④步。
长啸复衔杯，松乔安可睹。

【注】

①阮嗣宗：即阮籍（二一〇年至二六三年），字嗣宗，三国魏之著名文学家、思想家。"竹林七贤"之一。阮籍在政治上采取明哲保身的态度，常以醉酒来躲避司马昭对时事的询问。后因被迫为司马昭自封晋公写过"劝进文"，才使得司马昭对其违背礼法的行为采取容忍态度，最终得以终其天年。

②燠（yù）：《尔雅》："燠，煖也。"暖、热之意。

③鬒发：黑发。

④夸父：古神话传说人物。有"夸父逐日"之说。

许玄度寓居①

巢父②逊箕颍，善卷遁淮甸。
家世本高阳，于越爱葱蒨③。
云兴秀岩壑，霞蔚美金箭。
镜水碧芙蕖，铜溪红菡萏。
石匮屡冥搜，丹梯惬凌缅。
漾舟樵风湾，筑室兰渚岸。
涧清缨斯濯，蕈④滑羹可荐。
玄从王子谈，理同谢公⑤辨。

欲祛义常胜，内朗胸无战。
风月偶行游，萍踪何足羡。

【注】

①许玄度：即许询（生卒年不详），字玄度，才华横溢，善属文。他终身不仕，常与友人游山玩水，吟咏作对。且善析玄理，与孙绰同为东晋玄言诗的代表人物。

②巢父：因其筑巢而居，故得名"巢父"。唐尧时的隐士。

③葱蒨（qiàn）：草木茂盛秀美之貌。

④蓴（chún）：同"莼"。

⑤谢公：指谢安。南朝·刘义庆《世说新语·任诞》："桓子野每闻清歌，辄唤'奈何！'谢公闻之曰：'子野可谓一往有深情。'"

郭景纯游仙①

蒙庄主养生，苦李②贵道德。
为善无近名③，知白守其黑。
梦蝶岂寓言，犹龙信难测。
漆园春秋久，柱下商周易。

大道生之根,背福即罹极。
昔人求神仙,嗜欲戕其直。
浩乎鲲鹏^④飞,去矣六月息。
无为自清静,葆光常不匿。
何必从山癯^⑤,餐霞服琼液。

【注】

①郭景纯:即郭璞(二七六年至三二四年),字景纯,东晋著名文学家和训诂学家。三二四年,王郭命他占卜造反胜算多大,璞言必败,被杀之。

②苦李:指老子。因其生于楚国苦县历乡曲仁里,故得名。

③为善无近名:出自《庄子·养生主》:"吾生也有涯,而知也无涯;以有涯随无涯,殆已!已而为知者,殆而已矣。为善无近名,为恶无近刑;缘督以为经,可以保身,可以全生,可以养亲,可以尽年。"

④鲲鹏(kūn péng):《庄子·逍遥游》:"北冥有鱼,其名曰鲲,鲲之大,不知其几千里也;化而为鸟,其名为鹏,鹏之背,不知其几千里也,怒而飞,其翼若垂天之云。""鲲"为一种大鱼;"鹏"为一种鸟。常用来比喻一些宏伟之事。

⑤山癯(qú):指山脊。

陶渊明田家①

结庐柴桑村,避喧非避人。
当春务东作,植杖躬耔耘。
秋场登早秫,酒熟漉葛巾②。
采罢东篱菊,还坐弹鸣琴。
磬折辱我志,形役悲我心。
归华③托陈茭,倦鸟栖故林。
壶觞④取自酌,吟啸披予襟。

【注】

①陶渊明(约三六五年至四二七年):字元亮,号五柳先生。东晋著名诗人、文学家。曾任江州祭酒、镇军参军等小职,后辞官归隐,过起了悠闲自在的田园生活。

②漉(lù)葛巾:陶渊明嗜酒,曾取头巾过滤酒喝。

③归华:落花。

④壶觞(shāng):饮酒之器具。

鲍明远玩月[1]

娟娟秋月辉，皎皎明镜飞[2]。
清如积水光，莹若凝冰霜。
窈窕女墙东，徘徊绮户中。
晃惊梁上燕，微见网中虫。
天香生桂树，玉露泣芙蓉。
佳人坐空房，金波映高张。
乌啼既含怨，嫦娥更怀伤[3]。
牛女隔银渚，终岁犹相望。
自妾嫁征夫，关山路何长。
安得为清影，夜夜在君旁。

【注】

①鲍明远：即鲍照（约四一五年至四六六年），字明远，南朝宋著名文学家。任临海王刘子顼的前军参军时被乱军所杀。著有《玩月城西门解中》一首。

②该句中的"娟娟""皎皎"皆形容月光明亮美好之貌。

③以该句中的"乌""嫦娥"的怨来衬托佳人与丈夫的分别之苦。

谢康乐游山①

会稽②东南美，淳渊③环峙岳。
绣嶂郁盘纡，金峰耸崭削。
非由巨灵④劈，无假五丁凿。
芙蓉敷⑤秀萼，列壁展丹膜⑥。
虬松偃苍盖，蟠藤森翠幕。
鲜葩耀阳崖，芳兰媚幽薄。
披榛出风磴，援葛度烟壑。
见叱初平羊，看飞道林鹤。
弦歌禽鸟哢，琴筑涧泉落。
云霞烂锦绫，薇蕨⑦傲珍错。
世慕簪组贵，宁知考盘乐。
永怀园绮踪，将寻晨肇药。

【注】

①谢康乐：指谢灵运（三八五年至四三三年），东晋阳夏人。因其小名为"客儿"，故又称谢客。因曾任临川内史一职，又称谢临川。他兼通史学，工书法。江淹著有《谢临川游山》。

②会稽：因浙江绍兴的会稽山而得名。谢康乐曾于此处游山

玩水。

③渟（tíng）渊：聚水深潭。

④巨灵：古时传说洪水泛滥，人间疾苦不堪，天帝便命巨灵神下凡解救万民。后人便以巨灵神为河神。

⑤敭（yáng）：同"扬"。

⑥丹雘（huò）：可供涂饰的红色颜料。

⑦薇蕨（wēi jué）：指薇和蕨两种植物。穷困之人常食之。

颜延年侍宴①

枫陛②叶紫微，桂宫御黄屋。
阁道驰凤辇，芳苑骋鸾毂。
乘阳布春令，税驾③钟山麓。
卿云④冠绝巘⑤，复旦光浚谷。
风飏绵羽嘽，烟染黄丝绿。
依阜列琼筵，临湖张黼幄。
宫悬金奏阕，鼓吹笳箫⑥续。
圣德弘诞被，皇情畅遐瞩。
江清冯夷俯，海静阳侯伏。
潮随献琛舫，汐送输赆舶。

宝气蜃楼幻，冰轮玭珠⑦浴。
龙瓒和睿容，羽爵醉揆牧。
方聆燕镐咏，旋听横汾曲。
拜手⑧进赓扬，微才惭朴樕⑨。

【注】

①颜延午：即颜延之（二八四年至四五六年），字延年，南朝宋著名文学家，琅琊临沂人。博览群书，文章烜赫一时。与谢灵运并称"颜谢"。有文集三十卷。江淹著有《颜特进侍宴》。

②枫陛：指朝廷。

③税驾："税"通"脱"，解驾、停车之意。

④卿云：彩云，祥瑞之兆。

⑤巘（yǎn）：大山上的小山。

⑥笳箫：指笳管。

⑦玭（pín）珠：指蚌珠，珍珠。

⑧拜手：古代男子跪拜礼的一种，又叫"空手""拜首"。

⑨朴樕（sù）：小树。

谢惠连捣衣①

火正辞炎曙，金行御商镳②。
摵摵③风惊叶，湛湛露盈条。
月迟素砧冷，霜早青林凋。
蟋蟀怨空堀，鸿雁哀层霄。
秋容脆纤葛，雪色嫌轻绡④。
深闺怀藁砧，万里边城遥。
罗帷怯凉飔，况乃朔地飙。
柔荑⑤运双杵，清响发严宵。
金釭焰稀微，珠斗横寂寥。
捣此八蚕绮，将为御寒袍。
量以金粟尺，裁用并州刀。
长短记君身，肥瘦昧君腰。
同心绾绣带，合欢藏翠翘⑥。
带表相思切，翘明企望劳。
应知着衣时，泪点当未消。

【注】

①谢惠连（四○七年至四三三年）：南朝宋著名文学家。其十

岁便能文，十分聪慧。因谢惠连举止轻薄，有违当时世论，故不得仕进。后人把他和谢灵运、谢朓合称为"三谢"。

②商飙（biāo）：秋风。

③槭槭（sè sè）：象声词，落叶声。

④轻绡（xiāo）：一种透明带花纹的轻纱。

⑤柔荑：出自《诗经·硕人》："手如柔荑，肤如凝脂。""柔荑"本指初生的茅草，后常用来比喻女子之手。

⑥翠翘：古代妇女首饰的一种，因状似翠鸟尾部翘起的长羽而得名。

卢子谅时兴①

代谢感时序，迭微叹日月。
憨彼鹖鸠②鸣，忍此众芳歇。
林园无鲜蕊，原野飞陨叶。
王孙伤岁暮，志士励穷节。
劲莛蠹惊飙，贞松翠霜雪。
昂昂泽中雉，矫矫韝③上鹰④。
物性不可渝，人宁不如物。
努力崇明义，岂为威武屈。

【注】

①卢子谅：即卢谌（二八四年至三五〇年），字子谅，范阳涿人。有才华，善属文。谌与姨夫刘琨关系密切，屡有赠答。后琨被杀，朝廷不敢吊祭，谌为其上表审理，言辞十分恳切。后在襄国遇害。

②鶗鴂（tí jué）：指杜鹃鸟。

③韝（gōu）：古代射箭时戴的皮制袖套。

④鷢（jué）：一种鸟，白鹰，即白鷢子。

谢玄晖观雨①

冉冉敬亭云，泠泠北崎风。
仰见城西隅，崇朝②隋蝃蝀③。
霡霂④散帷幔，霏微入帘栊。
讼庭滋草碧，铃阁泫花红。
之子期未至，琴尊谁与同。
登楼一以望，山城如画中。
青笠岩际叟，绿蓑溪上翁。
白鸟讵有营，飞飞西复东。
嗟予徇⑤微禄，润物惭无功。

【注】

①谢玄晖：即谢朓（四六四年至四九九年），字玄晖，陈郡阳夏人，南朝齐著名山水诗人，与谢灵运对称为"小谢"。东昏侯永元初，遭人诬陷，下狱，并死于狱中。谢玄晖著有《观朝雨一首》。

②崇朝：一个早晨；比喻时间短暂。崇，通"终"。

③螮蝀（dì dōng）：指虹。

④霡霂（mài mù）：《尔雅·释天》："小雨谓之霡霂。"小雨之意。

⑤徇：追求，谋求。

沈休文东园①

暮出石城东，青郊行迤逦。
纵横阡复陌，村舍炊烟起。
落日隐远峰，霞雯蔚成绮。
骎骎②骤归骑，林鸦鸣未已。
折柳旧樊圃，蔬药种霡霂③。
荆扉临曲碕，淮水绿弥弥④。
萝径足幽寻，茅亭可延伫。
清风为我客，皓月为我主。

信宿⑤即吾庐，乾坤皆逆旅。

【注】

①沈休文：即沈约（四四一年至五一三年），字休文，吴兴武康人，南朝著名文学家、史学家。勤奋好学，博览群书，善于诗文。历仕宋、齐、梁三朝。著作颇多，明人张溥辑有《沈隐侯集》。沈著有《宿东园》一首。

②骎骎（qīn qīn）：形容马快跑的样子。

③靃靡（huò mí）：形容草木柔弱，随风飘浮状。

④弥弥：水满，水盛之貌。

⑤信宿：连住两夜。

范彦龙古意①

左披缪补衮，西清翊垂旒。
祥风玉墀②度，丽日金掌浮。
篹羽鹓鹭序，接迹夔龙③俦。
岱畎有威凤，千秋瑞虞周。
舜文正当阳，池上复来游。
雊嗜叶笙磬，黼黻④宣皇猷。

文章贵纶綍,佩玉锵琳球。
珠露饮帝梧,琅霜啄昆丘。
饮啄得所止,砥志无外求。
嗤彼随阳雁,但为稻粱谋。

【注】

①范彦龙:即范云(四五一年至五〇三年),字彦龙,南乡舞阴人,南朝著名文学家。他自幼才思敏捷,八岁便能诗,善属文。曾任侍中、吏部尚书等职。任职期间直言善谏,天监二年病故,梁武帝闻讯痛苦不已,死后追赠侍中、卫将军,赐谥曰文。

②墀:宫殿前的台阶。

③夔(kuí)龙:传说中的单足爬行动物。

④黼黻(fǔ fú):指文章写得好;此处做名词讲,指华美的辞藻、诗文。

张景阳忆友①

浓阴晦郊墅,重云结岩岫②。
匣瑟鸣鹍弦,林花浥绮绣。
适适③响径泉,淙淙泻檐溜。

兔隐失弦望，乌潜昧昏昼。
原田稌黍浸，陇坂苍稂莠。
求友息嘤鸣，携俦寡猿狖。
茅斋久岑寂，离索④常在疚。
郁陶⑤王贡冠，绵邈萧朱绶。
一日为三秋，盍簪何时又。

【注】

①张景阳：即张协（生卒年不详），字景阳，安平人，西晋著名文学家。官至河间内史，为官清廉。后至天下大乱之时，辞官隐居，吟咏为乐。永嘉初年，复征为黄门侍郎，终因病重逝于家中。

②岩岫：峰峦。

③适适（kuò kuò）：此处代指象声词。

④离索：离群索居。

⑤郁陶：内心忧郁、郁闷之态。

和友人饮酒

君有饮酒诗,足继柴桑翁①。
言得此中理,一醉等洪濛②。
我性虽不饮,劝客愁尊空。
遇我高阳徒,酣适颇能同。
自君贻此编,浩如沃心胸。
岂知古达者,半藉麹③糵功。
学道与识字,苦心终见穷。
未老习便宜,趋事舍劳躬。
愿君多酿黍,暇日来相从。

【注】

①柴桑翁:因陶渊明晚年隐居柴桑,故称之。
②洪濛:天地形成之前的混沌之态。
③麹(qū):同"曲",酒母。

又

我生如飞蓬，飘然落天际。
太虚①浩漠漠，生理偶然契。
神明本无方，耳目有拘系②。
循想起形迹，蕴积为身世。
穷神知化源，外物敢为厉。
我欲尽世人，梦梦③遇一切。
惟有饮者心，庶几得所憩。

【注】

①太虚：天空。
②有拘系：有拘束，有限制。
③梦梦：昏暗不明。

又

秦皇作长桥，驾海跨烟雨。
三山苦相招，石重不可举。
我不梦蝴蝶，醉后亦栩栩。

遐哉勾漏令①,丹砂未堪许。
不如营一尊②,迟我山中侣。

【注】

①勾漏令:官名,勾漏县县令。

②一尊:指一樽酒。

题画寄友人

梁燕忽已去,飒然秋在堂。
澹澹东篱姿,疏花不成行。
闲窗展缣素①,丹青破微茫。
咫尺烟雾生,隐映枫林苍。
屈注天河水,倒挂千尺梁。
岩壑竞喷薄,倏令心骨凉。
山川似剡中②,扁舟兴难忘。
因之寄远道,矫首飞鸿翔。

【注】
①缣(jiān)素:可作书画的细绢;此处指画卷。
②剡(shàn)中:指剡县一带。乃山水胜地。

高楼望月

戚戚①复戚戚,高楼月如雪。
二八正婵娟②,月明翡翠钿。
由来工织锦,生小倚朱弦。
朱弦岂解愁,素手似云浮。
一声落天上,闻者皆泪流。
别郎已经年,望郎出楼前。
青天入海水,碧月如珠圆。
月圆已复缺,不见长安客③。
古道白于霜,沙灭行人迹。
月出光在天,月高光在地。
何当同心人,两两不相弃。

【注】

①戚戚:相亲相近的样子。

②婵娟:指美女。

③长安客:泛指出门在外之人。

送梁汾①

西窗凉雨过，一灯乍明灭。
沉忧从中来，绵绵不可绝。
如何此际心，更当与君别。
南北三千里，同心不得说。
秋风吹蓼花②，清泪忽成血。

【注】

①康熙二十年（一六八一年）秋，顾贞观返乡奔母丧，性德作此诗送行。

②蓼花：一年生草本植物，花小，呈白色或浅红色，可用以调味或入药。后代指对亡亲的哀悼。

唆龙与经岩叔夜话①

绝域②当长宵,欲言冰在齿。
生不赴边庭,苦寒宁识此。
草白霜气空,沙黄月色死。
哀鸿失其群,冻翮③飞不起。
谁持花间集④,一灯毡帐里。

【注】

①唆龙:即梭龙,康熙二十一年秋,性德奉命侦察梭龙的动态,而岩叔亦参加其中。

②绝域:极边远之地。

③翮(hé):鸟的翅膀。

④花间集:由后蜀人赵崇祚所编。其内容大都描写美人妆容及日常生活之貌,又以花喻女人娇媚之姿态,故得名。被认为是最早的词选集。

效齐梁乐府十首①

朱鹭②

整翮辞炎服③,乘春向帝畿。
沉浮茄下④食,容与藻中依。
瑞日明丹羽,恩波浣赤衣。
醉颂于胥乐,鸣珂踏月归。

【注】
①南朝齐、梁时代有一种诗体称为"齐梁体"。其内容多吟咏风月,形式讲求音律精美。

②朱鹭:又名朱鹮,全身羽毛以白色为主,掺杂红色,面颊皮肤呈鲜红色,嘴细长而末端弯曲。古时以在鼓上装饰朱鹭叼鱼之形象为美。

③炎服:代指南方。

④茄下:此处代指鱼。

巫山高

江声送客帆,巫峡望巉岩①。
秋夜猿啼树,霜朝鹤唳岩。
花红神女颊,草绿美人衫。
阳台②不可见,风雨暗松杉。

【注】

①巉(chán)岩:高峻陡峭的山岩。

②阳台:指楚·宋玉《高唐赋》中所云巫山神女一事;后指男女相会之处。

芳树

连理无分影,同心岂独芳。
傍檐巢翡翠①,临水宿鸳鸯。
叶叶含春思,枝枝向画廊。
君情若比树,妾意复何伤。

【注】

①翡翠：一种水鸟，羽毛颜色鲜艳。

有所思

雁帛①音尘绝，河桥草色青。
愁凝远山黛，梦断隔花铃。
并语红襟燕，双移碧汉星②。
夫君在何处，顾影惜娉娉。

【注】

①雁帛：古代将帛系在雁足上传信，又称"雁足书"，此处代指书信。

②碧汉星："碧汉"即银河；"碧汉星"即指牛郎和织女二星。

折杨柳

陌上①谁攀折，闺中思忽侵。
眼凝清露重，眉敛翠烟深。

羌笛临风曲,悲笳②出塞音。
纵垂千万缕,那系别离心。

【注】

①陌上:"陌"即东西走向的小路;指路上。

②笳:指"胡笳",古代北方民族的一种类似于笛子的吹奏乐器。

梅花落

春色凤城来,寒梅逼岁开。
条风①初入树,缥雪渐侵苔。
粉逐莺衣散,香黏蝶翅回。
陇头②人未返,急管莫频催。

【注】

①条风:《山海经·南山经》:"(令邱之山)其南有谷焉,曰中谷,条风自是出。"郭璞注:"东北风为条风。"指东北风。

②陇(lǒng)头:借指边塞。

洛阳道

九重开帝阙①,八达②控天街。
金马蛾眉柳,铜驼兔目槐③。
歌钟④传甲第,桀戟列台阶。
何事扬雄宅,春风草径埋。

【注】

①帝阙:皇城宫门。

②八达:又作"八闼"。作八窗解。

③"金马"指金马门,"铜驼"指铜驼门。

④歌钟:古代的一种铜制的编钟。

长安道

井干①通帝座,太液起蓬莱。
衔壁金釭列,悬黎②甲帐开。
仙盘承晓露,凤轸③殷春雷。
偏令路旁客④,日暮走黄埃。

【注】

①井干：原为井上面的围栏，后泛指楼台。

②悬藜：指县藜，一种美玉的名字。

③凤轸：华美之车；此处为天子之车。

④路旁客：路旁流离颠沛的穷苦人民。

雨雪①

朔地寒威至，征人未寄衣。

龙城风早劲，葱岭雪初飞②。

已听谣黄竹，复闻歌采薇。

那禁望乡泪，不及雁南归。

【注】

①汉《横吹曲》之名。纳兰性德于康熙二十一年（一六八二年）秋奉命到东北边疆"觇梭龙"，此诗当于其时所作。

②"龙城""葱岭"皆指偏远之地。

王明君①

椒庭充选后,玉辇②未曾迎。
图画君偏弃,和亲妾请行。
不辞边徼③远,只受汉恩轻。
颜色黄尘老,空留青冢名。

【注】

①王明君:指王昭君,名嫱,晋时为避司马昭名讳而改为"明君"或"明妃"。

②玉辇(niǎn):皇帝所乘之车。

③边徼:边塞。

拟古四十首

煌煌古京洛①，昭代盛文治。
曰予餐霞人②，簪绂忽如寄。
微尚竟莫宣③，修名期自致。
荣华及三春，常恐秋节至。
学仙既蹉跎，风雅④亦吾事。

【注】

①京洛：原指京城洛阳；后代指都城。

②餐霞人：《文选·颜延之》："中散不偶世，本自餐霞人。"李周翰注："餐霞，仙者之流。"指得道成仙之人。

③莫宣：未曾向外人提及。

④风雅：《诗经》中包括《国风》《大雅》《小雅》等部分，后世以"风雅"泛指文学。

又

相彼东田麦,春风吹袅袅①。
过时若不治,瓜蔓同枯槁。
天道本杳冥②,人谋苦不早。
荒庐日旰③坐,百虑依春草。
四顾何茫然,凝思失昏晓。

【注】
①袅袅:柔软纤长、随风摇曳的样子。
②杳(yǎo)冥:幽暗看不清的样子。
③日旰(gàn):日暮。

又

乘险叹王阳,叱驭来王尊。
委身置岐路,忠孝难并论。
有客赍①黄金,误投关西门。
凛然四知言,清白贻②子孙。

【注】

①赍(jī)：送东西给别人。

②贻：遗留。

又

客从东方来，叩之非常流。
自云发扶桑①，期到海西头。
白日当中天，浩荡三山秋。
回风②忽不见，去逐灵光③游。
烛龙莫掩照，使我心中愁。

【注】

①扶桑：传说日出于扶桑之下，故代指日出之处。

②回风：回旋的风。

③灵光：神异的光辉。

又

天门诀荡荡①，翕赩②罗星躔。

白日瞩微躬③,假翼令飞骞。
平生紫霞心,翻然向凌烟。
双吹凤笙歇,宛转辞群仙。
越影籋④浮云,横出天驷前。
玉绳耿中夜,斗杓何时旋。

【注】

①诀(dié)荡荡:开朗明亮的样子。

②翕䜣(xī xì):茂盛状。

③微躬:自谦词,卑贱的身躯。

④籋(niè):通"蹑"。踩、踏。

又

旷然成独立,片月相古今。
眷①兹西北楼,斜晖明玉琴。
清影②忽以去,怅惘予何心。

【注】

①眷:亦作"睠",回顾,思慕。

②清影:原为月光,此处代指所爱之人。

又

竹生本孤高,翛然^①自植立。
矫矫云中鹤,翱翔何所集。
丈夫故豁达,身世何汲汲^②。
外物信非意,潦倒翻成泣。
瞻彼岭头云,扶疏^③被原隰^④。
延伫当重阴,西风吹衣急。

【注】

①翛(xiāo)然:形容无拘无束、自由自在的样子。

②汲汲:形容急切的样子。

③扶疏:大树枝叶繁盛之貌。

④原隰(xí):指原野。

又

寒沙连云起,遥空白雁落。

之子①方从军,深闺竟寂寞。
天远岂知返,路阻长河②络。
北风吹瘦马,铁衣不堪着。
从军日未久,朱颜镜中削。
悠悠复悠悠,人生胡不乐。

【注】

①之子:这个人。

②长河:特指黄河。唐·王维《使至塞上》:"大漠孤烟直,长河落日圆。"

又

妾如三春花,君如二月风。
澹澹从东来,吹作夭桃红①。
一朝从军行,令人叹飞蓬。
何似云间月,清辉千里同。

【注】

①夭桃红:以艳丽的桃花比喻少女美丽的容貌。

又

天地忽如寄,人生多苦辛。
何如但饮酒,邈然①怀古人。
南山有闲田,不治委荆榛。
今年适种豆,枝叶何莘莘②。
豆实既可采,豆秸尔可薪。

【注】

①邈然:遥远、久远的样子。
②莘莘(shēn shēn):众多的样子。

又

宇宙何荡荡,彼苍亦安知。
屈平放江潭,子胥乃鸱夷①。
升沉本偶然,遇合宁有时。
千古恨如此,徒为吊者悲。
微生一何幸,勖②哉遘昌期③。

【注】

①鸱夷:革囊。

②勖(xù):勉励。

③昌期:昌盛兴隆的时期。

又

三月燕已来,清阴①杏子落。
春风在青草,吹我度城郭。
道逢贵公子,银鞍紫丝络。
藉草展华茵,相邀共杯酌。
为言相见欢,殷勤费酬酢②。
久之语渐洽,礼数少脱略③。
初夸身手好,漫叙及勋爵。
惜哉君卿才,何事失宦学。
予笑但饮酒,日暮风沙恶。
走马东西别,归路烟漠漠。

【注】

①清阴:天气阴凉。

②酬酢（chóu zuò）：亦作"酧酢"。相互敬酒。
③脱略：放任不拘。

又

予生未三十，忧愁居其半。
心事如落花，春风吹已断。
行当适远道，作计殊汗漫①。
寒食青草多，薄暮烟冥冥。
山桃一夜雨，茵箔②随飘零。
愿餐玉红草③，一醉不复醒。

【注】

①汗漫：漫无边际，渺茫无际。
②茵箔（bó）：用来养蚕的竹帘和竹席。
③玉红草：传说中的一种草，长于昆仑山，有"食其一实则醉卧三百年"之说。

又

松生知何年，崎嶮①倚天碧。
其上无女萝②，其下远荆棘。
何用托孤根，苍崖多白石。
亦有青兰花，吐芬在其侧。

【注】

①崎嶮（yín）：险峻崎岖之山。

②女萝：《诗·小雅·頍弁》："茑与女萝，施于松柏。"毛传："女萝，菟丝，松萝也。"即松萝。

又

美人临残月，无言若有思。
含颦但斜睇①，吁嗟怜者谁。
予本多情人，寸心聊自持。
浩歌幽兰曲，援琴终不怡②。
私恨托远梦，初日照帘帏。

【注】

①睇（dì）：斜眼看，比喻女子多情之态。

②怡：心情美好、愉悦之态。

又

安石①负盛名，乃在衡门②初。
名僧既接席，妙伎③亦同车。
仕进良偶然，年已四十余。
军国事方棘，围棋看捷书。
所以丝竹欢，陶写④待桑榆。
晚造泛海装，始志终不渝。
马策西州门，想像生存居。
君看早达者，怀抱竟何如。

【注】

①安石：谢安之字，东晋著名学者、政治家。他多才多艺，不仅善文法，更通音律。曾指挥东晋军队打败前秦大军，因被晋孝武帝猜忌，至广陵避难，后病死，谥号文靖。

②衡门：简陋的房屋。

③妙伎:妙龄歌女。

④陶写:宋·辛弃疾《满江红·自湖北漕移湖南席上留别》词:"富贵何时休问,离别中年堪恨,憔悴鬓成霜。丝竹陶写耳,急羽且飞觞。"愉悦情性、消除郁闷之意。

又

凉风飒然至,秋雨满空阶。
室有积忧人,所思在天涯。
蟋蟀鸣北牖,蛛丝落高槐。
明发①出门望,爽气正西来。
西山有涧阿②,肥遁③以为怀。

【注】

①明发:黎明,天明。

②涧阿:山涧弯转处。

③肥遁:唐·牟融《登环翠楼》诗:"我亦人间肥遁客,也将踪迹寄林丘。"退隐、隐遁之意。

又

生本蒲柳姿①,回飙任西东。
心如秋潭水,夕阳照已空。
落花委波文,天地如飘蓬。
忽佩双金鱼,予心何梦梦。
不如葺茅屋②,种竹栽梧桐。
贵贱本自我,荣辱随飞鸿。
何哉阮步兵,慷慨泣途穷。

【注】

①蒲柳姿:比喻体质衰弱,容颜易老。

②葺(qì)茅屋:康熙二十三年,性德修建茅屋三间招顾梁汾归京。并写下《寄梁汾并葺茅屋以招之》一诗云:"三年此离别,作客滞何方?随意一尊酒,殷勤看夕阳。世谁容皎洁,天特任疏狂。聚首羡麋鹿,为君构草堂。"可见二人之交情非同一般。

又

客遗缃绮琴,言是雷霄斫。

能啼空山猿，亦飞秋涧瀑。
援之发古调，三奏不成曲。
朱弦①澹无味，予亦聊免俗。

【注】

①朱弦：以熟丝做成的琴弦，古有"朱弦三叹"一说，意谓音乐之美妙。

又

白云本无心，卷舒南山巅。
遥峰如梦中，孤影相与还。
忽然间高霞①，霏霏②欲成烟。
风花落不已，流辉转可怜。
皎洁自多愁，况复对下弦。
高楼夜已半，惜此不成眠。

【注】

①高霞：霞本不该在高空，但此处为梦境之描写，故作"高霞"。
②霏霏：烟雾缭绕之态。

又

岁星^①不在天,大隐金马门^②。
微言亦高论,一一感至尊。
文园苦愁疾,凌云气萧瑟^③。
乘传^④威始伸,谏猎情亦切。
所为一卷书,乃在身后出。

【注】

①岁星:指木星。

②金马门:汉代之宫门,在当时为文人聚集之所,曾有很多人待诏金马门,后来比喻功成名就。

③萧瑟:景象凄凉之感。

④乘传:《史记·田儋列传》:"田横乃与其客二人乘传诣雒阳。"裴骃集解引如淳曰:"四马下足为乘传。"古时用四匹下等马拉的车子。

又

西汉有贾生^①,卓荦^②真奇士。

赍③志终未达,盛年身竟死。
为文吊屈平,可怜湘江水。
愤俗谢勋贵④,轻生答知己。
临风忽搔首,吾亦从逝矣。

【注】

①贾生:指贾谊(前二〇〇年至前一六八年),洛阳人,西汉著名文学家、政治家。十八岁便才学显著,二十几岁便被破格提为太中大夫,后因群臣嫉妒,贬为太傅,终病死。

②卓荦(luò):卓越,出众。

③赍(jī):怀着

④勋贵:功名富贵之辈。

又

凤翔几千仞,羽仪①在寥廓。
结巢梧桐顶,层云覆阿阁②。
非无青琅玕③,不寄西飞鹤。
一鹤正西飞,翩翩长苦饥。
玉潭照清影,独自刷毛衣。

生得谢虞罗,光彩非所希。

【注】

①羽仪:比喻才德出众,受人尊重。

②阿阁:四面有檐的楼阁。

③琅玕:唐·杜甫《郑驸马宅宴洞中》诗:"主家阴洞细烟雾,留客夏簟青琅玕。"仇兆鳌注:"青琅玕,比竹簟之苍翠。"指竹子。

又

初日澹杨柳,对之何所言。
东风几千里,吹入十二门。
天地忽如寤①,青草招迷魂。
堂堂复堂堂②,春去将谁论。

【注】

①寤:睡醒。

②堂堂:形容气势强,有气魄的样子。

又

世运倏代谢,风节①弃已久。
磬折②投朱门,高谈尽畎亩。
言行清浊间,术工乃逾丑③。
人生若草露,营营苦奔走。
为问身后名,何如一杯酒。
行当向酒泉,竹林呼某某。
时有西风来,吹香满罂缶④。
不问今何时,仰天但搔首。

【注】

①风节:风骨节操。
②磬折(qìng shé):表卑躬屈膝、受耻辱之态。
③逾丑:极丑的败类。
④罂缶(fǒu):大腹小口的陶制容器。

又

宛马①精权奇,欸②从西极来。

蹴踏不动尘，但见烟云开。
天闲③十万匹，对此皆凡材。
倾都看龙种，选日登燕台。
却瞻横门道，心与浮云灰。
但受伏枥恩，何以异驽骀④。

【注】

①宛马：古西域大宛所产的名马。

②欻（xū）：忽然，迅速。

③天闲：皇帝养马之处。

④驽骀：劣质马匹。

又

落日忽西下，长风自东来。
天地果何意，逝水去不回。
世事看奕棋①，劫尽昆池②灰。
长安罗冠盖，浮名良可哀。
不如巢居子③，遁迹从蒿莱。

【注】

①奕棋：又作"奕碁"。下围棋。

②昆池：此处当指汉武帝在长安修建的昆池。

③巢居子：指巢父，相传尧曾让位于他，他不接受；后世便用以泛指隐居不仕之人。

又

行行重行行，分手向河梁①。

持杯欲劝君，离思激中肠②。

努力饮此酒，无为居者伤。

【注】

①河梁：分手送别之地。

②中肠：内心的情感。

又

长安游侠子，黄金视如土。

结交及屠博①，安知重珪组②。

一朝列华筵③,羞与朱履伍。

惜哉意气尽,委身逐倾吐。

时俗尚唯阿,至人亦伛偻④。

惟昔有赠言,深藏乃良贾。

【注】

①屠博:屠夫和赌博者一类的人,用以指代地位低贱之人。

②珪组:官职、爵位。

③华筵(yán):华美高贵的筵席。

④伛偻(yǔ lǚ):对权贵弯腰折背的丑陋姿态。

又

闭关谢西域,汉文何优柔。

圣泽余亥步,遐荒如甸侯①。

旅獒②既充贡,越雉亦见收。

蜑③族进珊瑚,不烦使者求。

昭回④云汉章,烛及海外州。

人生睹盛事,岂羡乘槎游。

【注】

①甸（diàn）侯：甸服之内的诸侯；甸服，距王都二千里。

②旅獒：《尚书》篇名，当时的西方部族献上獒，太保作《旅獒》，以劝诫武王不要沉湎于酒乐之中。

③蜑（dàn）：同"蛋"，为南方一带的少数民族。

④昭回：星辰闪耀回旋，后指代日月。

又

圣主①重文学，清时无隐沦②。
遂令拂衣者，还为弃繻人③。
适意聊复尔，去来若无因。
昔采西山薇，今忆淞江莼④。

【注】

①圣主：英明的天子。

②隐沦：《文选·鲍照诗》："尊贤永照灼，孤贱长隐沦。"李善注："隐沦，谓幽隐沉沦也。"幽隐沉沦于乱世者。

③弃繻人：原指汉代之终军。后借指年少便立下大志之人。

④莼：江浙一带的一种水生蔬菜，《世说新语·言语》："陆

机诣王武子,武子前置数斛羊酪,特以示陆曰:'卿江东何以敌此?'陆曰:'有千里莼羹,但未下盐豉耳!'"可见莼菜之味美。

又

结庐①依深谷,花落长闭关②。
日出众鸟去,良久孤云还。
回风送疏雨,微芬扇幽兰。
白日但静坐,坐对门前山。
生世多苦辛,何如日闲闲③。

【注】

①结庐:出自陶渊明《饮酒》中"结庐在人境,而无车马喧"。构建房屋之意。

②闭关:闭门谢客。

③闲闲:从容自得、悠闲自在的样子。

又

与君昔相逢,乃在苎萝村①。

相逢即相别,后期安可论。
扬蛾启玉齿,声发已复吞。
讵绝赏音者,其如一顾恩[②]。

【注】

①苎萝村:为中国古代四大美女之首西施的故乡,此处并不是实指,而是借此来表示与"君"相逢正如在苎萝村遇见西施一样美。

②一顾恩:原指汉帝从未对王昭君有过一顾之恩;后借指帝王对下臣之薄情。

又

信陵[①]敬爱客,举世称其贤。
执辔过市中,为寿监门前。
邯郸解围日,鞴[②]矢引道边。
救赵适自危,故国从弃捐。
功成失去就,始觉心茫然。
再胜却秦军,遭谗竟谁怜!
趣归不善后,作计非万全。

博徒卖浆者,名字亦不传。
惜哉所从游,中讵无神仙。
饮酒虽达生,辟谷③乃长年。

【注】

①信陵:信陵君(? 至前二四三年),名无忌,战国时期著名的政治家、军事家。他于魏国衰落之际,延揽食客,自成一派。后曾两度击败秦军,挽救魏国危机。最终因伤于酒色而死。

②韊(lán):皮革制的盛置弩箭的袋子。

③辟谷:指不吃五谷,只食气,为道家修炼的一种方法。后借指与世无争的处世态度。

又

积雪在房栊①,新月光欲凝。
照地若无迹,娟娟②破初暝。
明灯迟我友,揽裘坐开径③。
人生何茫茫,即事偶成兴。
南飞有乌鹊,绕树栖不定。
持杯欲问之,东风吹酒醒。

【注】

①房栊（lóng）：窗户。

②娟娟：美好的样子。

③开径：心情极好。

又

魏阙①有浮云，荫兹白日暮。
返景下铜台②，歌声发纨素③。
流辉如有情，千载照长路。
漳河不西还，百川尽东赴。
时哉不可失，谠言④思所悟。
雨后望西陵，蔓草萦古墓。
安得为飘风，永吹连枝树⑤。

【注】

①魏阙：宫门之上赫然显立的观楼，后借指朝廷。

②铜台：指铜雀台，位于河北临漳县境内。该地古时称邺，三国时期曹操营建邺都，修建了"三台"之一的铜雀台。

③纨（wán）素：洁白的细绢。此处代指歌女。

④谠(dǎng)言:正直、慷慨之言。
⑤连枝树:枝叶相连之树。常用来比喻爱情,而此处比喻兄弟之情。

又

春风解河冰,戚里①多欢娱。
置酒坐相招,鼓瑟复吹竽。
而我出郭门,望远心烦纡②。
垂鞭信所历,旧垒啼饥乌。
吁嗟献纳者,谁上流民图。
一骑红尘来,传有双羽书③。
慷慨欲请缨,沉吟且踟蹰。
终为孤鸣鹤,奋翥④凌云衢。

【注】
①戚里:君主外戚聚集之地。
②纡:心中郁闷盘结。
③双羽书:类似鸡毛信,表军事急件。
④翥(zhù):振翼而上,高飞

又

彩虹亘东方，照耀不知晚。
川长组练明，关塞若在眼。
我友昔从征，三岁胡不返。
边马鸣萧萧，落日照沙苑①。
封侯固有时，寄语加餐饭。

【注】

①沙苑：又称"沙海"，位于大荔县洛、渭河之间。其地多沙，环境恶劣。此处泛指沙漠一带。

又

朔风①吹古柳，时序忽代续。
庭草萎已尽，顾视白日速。
吾本落拓②人，无为自拘束。
倜傥寄天地，樊笼非所欲。
嗟哉华亭鹤③，荣名反以辱。
有客叹二毛④，操觚序金谷⑤。

酒空人尽去,聚散何局促。
　　揽衣起长歌,明月皎如玉。

【注】

①朔风:冬天的寒风。

②落拓:不受约束,放荡不羁。

③华亭鹤:有"华亭鹤唳"一说;指华亭谷的鹤的叫声,表示对过去的留恋不舍之情。

④二毛:斑白的头发。

⑤金谷:晋石崇所筑的金谷园。

又

　　吾怜赵松雪①,身是帝王裔。
　　神采照殿廷,至尊叹昳丽②。
　　少年疏远臣,侃侃持正议。
　　才高兴转逸,敏妙擅一切。
　　旁通佛老言,穷探音律细。
　　鉴古定谁作,真伪不容谛。
　　亦有同心人,闺中金兰契③。

书画掩文章，文章掩经济。

得此良已足，风流渺谁继。

【注】

①赵松雪：即赵孟頫（一二五四年至一三二二年），号松雪，吴兴人，元代著名画家、书法家，亦工诗文。曾受元世祖赞赏，历任集贤直学士、济南路总管府事等职。后虽因朝廷矛盾重重，曾借病归隐，但到了延祐三年，太子对其信赖有加，使其官至一品，声震天下。

②昳（yì）丽：神采奕奕，容颜焕发。

③金兰契：又称"金兰会"。旧时汉族妇女婚姻习俗及组织。相传旧时少女多人结为姐妹，她们互相依偎，不肯嫁人，即使嫁人，也不肯住在夫家。更有甚者还加害强迫她们成婚的丈夫。

平原过汉樊侯墓①

云龙会影响,驾驭从豁达。
樊侯鼓刀人,时来遂挥喝。
一撞重瞳②营,再排隆准③囟。
良平④信美好,对此气应夺。
斯人在层泉,犹胜懦夫活。

【注】

①樊侯:即樊哙(前二四二年至前一八九年),沛县人。汉初大将军,封舞阳侯,谥武侯。其墓在平原(今山东平原县)。康熙二十三年(一六八四年)十月初六日(十一月十二日)纳兰性德随皇帝南巡经过平原,作此诗。

②重瞳:一个眼睛里有两个瞳孔;传说项羽便是重瞳子。

③隆准:宋·苏轼《送郑户曹》诗:"隆准飞上天,重瞳亦成灰。"代指汉高祖刘邦。

④良平:指张良、陈平,皆为刘邦立下汗马功劳。

圣驾临江恭赋①

黄幄②临大江，山川借颜色。
鲸鲵③久已尽，不待天弧射。
按图识要汛，怀古讨遗迹。
帆樯擒虎渡，营垒佛狸④壁。
时清非恃险，何事限南北。
却上妙高台⑤，悠悠天水碧。

【注】

①康熙二十三年（一六八四年）十月二十三日及二十四日，纳兰性德随扈南巡镇江，作此诗。

②黄幄：天子所用之黄色帐幕。

③鲸鲵：比喻凶狠的敌人；这里指吴三桂等三藩之徒。

④佛狸：《宋书·索虏传》："嗣死，谥曰明元皇帝，子焘，字佛狸，代立。"北魏太武帝拓跋焘的小字。

⑤妙高台：位于浙江省宁波市，又名妙高峰，因顶上有坪如台，故名妙高台。又"妙高"乃梵语"须弥"之意，故又名"晒经台"。

虎阜①

孤峰一片石,却疑谁家园。
烟林晚逾密,草花冬尚繁。
人因警跸②静,地从歌吹喧。
一泓剑池水,可以清心魂。
金虎既销灭,玉燕亦飞翻。
美人与死士,中夜相为言。

【注】

①即虎丘,康熙二十三年(一六八四年)十月二十七日纳兰性德随皇帝南巡至虎丘,作此诗。

②警跸(jǐng bì):古代皇帝出入时,侍卫站于道路两旁,为其清道;出为警,入为跸。

江行①

木落江已空,清辉澹鸥鹭。
不见系缆石②,寒潮没瓜步③。
帆移青枫林,人归白沙渡。
似有山猿啼,窈然④潇湘暮。

【注】

①康熙二十三年(一六八四年)十月二十三日纳兰性德随皇帝乘舟南巡至镇江,后又于十一月初四日乘舟江行北返。结合诗意,此诗当作于此次江行北返途中。

②系缆石:船只靠岸时用以系缆绳之石。

③瓜步:"步"又作"埠",山名,且此山南临大江,相传吴人曾于江畔卖瓜,故得名。

④窈然:深远、幽然貌。

宿龙泉山寺①

招提②偶然到，再宿离喧杂。
列岫霁③始开，双扉晚初阖。
禅心投钵龙，梵响④下檐鸽。
既闲陵阙望，亦谢主宾答。
遥夜一灯深，石炉烧艾蒳⑤。

【注】
①关于"龙泉山寺"的所在地，各家颇执一说。一说此寺在河北阜平县之龙泉关附近。云康熙二十二年（一六八三年）二月和九月纳兰性德曾随扈途经此关，此诗或作于其时。但考《康熙起居注》，当时并无登山诣寺之记载。又一说此寺在今辽宁千山，云康熙二十一年（一六八二年）春性德随扈至此处时曾诣该寺，并于其时作此诗。但考《康熙起居注》，此年四月二十一日（五月二十七日）皇帝虽曾诣寺，但并未停驻，与诗中所云"再宿无喧杂"情景不合。又北京城不远之处有古刹潭柘寺（曾名嘉福寺、龙泉寺）和灵光寺（曾名龙泉寺、觉山寺），或亦有可能为此诗所云之"龙泉

山寺"。

②招提：宋应麟《杂识》："私造者为招提、若兰，杜枚所谓善台野邑是也。"寺院的别称。

③霁：《说文》："霁，雨止也。"此处指雪停。

④梵响：诵经念佛之声。

⑤艾蒳：又作"艾纳"，松树皮上生出的一种莓苔，散发香气。

题李空同诗卷和王黄湄韵①

李侯卓荦②人,骨体本不媚。
貂珰③焰屡触,全生偶然遂。
昌言④勖友朋,赠答不无谓。
想其诗成时,良亦自矜贵。
果得身后名,讥谗复何畏。

【注】

①李空同:即李梦阳(一四七三年至一五三〇年),号空同,字献吉,明朝著名文学家,工诗文,为前七子之一,与何景明并称文坛领袖。曾因写弹劾刘瑾奏章,被谪山西布政司,不久又因他事下狱,后得幸免。王黄湄(一六四五年至一六九七年):名又旦,字幼华,清顺治十五年(一六五八年)进士,善诗文词句,文采风流,清初著名诗人。

②卓荦(luò):卓越出众。

③貂珰(diāo dāng):原意为古代侍中的冠饰;此处借指宦官、权贵一类。

④昌言:正当、正大的言论。

野鹤吟赠友

鹤生本自野,终岁不见人。
朝饮碧溪水,暮宿沧江滨。
忽然被缯缴①,矫首盼青云。
仆亦本狂士,富贵鸿毛轻。
欲隐道无由,幡然②逐华缨③。
动止类循墙④,戢身⑤避高名。
怜君是知己,习俗苦不更。
安得从君去,心同流水清。

【注】

①缯缴(zēng zhuó):又作矰缴,射取飞禽的工具。

②幡(fān)然:快速而彻底地改变。

③华缨:古代宦官的冠缨,此处代指官场。

④循墙:沿墙而走,表示小心而畏惧之感。

⑤戢(jí)身:藏身隐迹,代指引退。

暮春别严四荪友①

高云媚春日,坐觉鱼鸟亲。
可怜暮春候,病中别故人。
莺啼花乱落,风吹成锦茵②。
君去一何速,到家垂柳新。
芙蓉湖上月,照君垂长纶③。

【注】

①严绳孙(一六二三年至一七〇二年),字荪友,晚号藕荡渔人,无锡人。善诗词书画,与朱彝尊、姜宸英并称为"江南三布衣"。康熙十四年(一六七五年),与性德结交,康熙二十四年(一六八五年),严辞官归隐,此诗当为其年四月性德送严归乡时作。

②锦茵:锦制的垫子。这里指花草铺地之景。

③垂长纶:垂下长长的钓鱼丝。这里借指闲逸的隐居生活。

【七言古诗】

填词

诗亡词乃盛,比兴①此焉托。

往往欢娱工,不如忧患作。

冬郎②一生极憔悴,判与三闾共醒醉。

美人香草可怜春,凤蜡红巾无限泪。

芒鞋心事杜陵③知,只今惟赏杜陵诗。

古人且失风人旨,何怪俗眼轻填词。

词源远过诗律近,拟古乐府特加润。

不见句读参差三百篇,已自换头④兼转韵。

【注】

①比兴:古代诗歌的一种传统表现手法,指诗有寄托之意。

②冬郎:韩偓(八四二年至九二三年),字致光,号致尧,乳名为冬郎,晚唐著名诗人。其人才华横溢,工诗,满腔抱负却不获用,仕途十分坎坷,故有"冬郎憔悴"一说。

③杜陵:指杜甫。

④换头:诗词的下阕开始处句式与上阕开始处不同。

新晴

新晴暖风吹柔荑①,绿烟如剪稻苗齐。
夕阳一片照长堤,隔林残雨犹凄凄。
柳外如闻骢马②嘶,柳丝带雨拂深闺。
谁家少妇最高梯,凝情空怨锦江西。

【注】

①柔荑:柔嫩的茅草嫩芽。
②骢(cōng)马:御史所乘之马。

长安行赠叶讱庵庶子①

　　长安旧是帝王宅，万户千门丽金碧，歌钟甲第②尽王侯，绣幰③雕鞍照长陌。

　　纷纷入眼竞繁华，春日春光好谁惜。春风初吹上林草，一夜雪深山尽老。

　　雪花飞来大如席，化作新泥遍周道④。角声呜呜破早烟，惊鸦飞去未明天。

　　青楼绮阁不卷帘，玉河冻合层冰坚。只疑此际行人绝，宁知槐柳森成列。

　　经过借问此为谁，云是东南贵游客。嗟哉人生何不齐，清者如云浊者泥。

　　忽忆昆山叶夫子，磊磊落落随所栖。羡君著书穷岁月，羡君意气凌云霓。

　　世无伯乐谁相识，骅骝⑤日暮空长嘶。我亦忧时人，志欲吞鲸鲵。

　　请君勿复言，此道弃如遗。闻道西山有瑶草⑥，何不同君一采之。

【注】

①叶讱庵：即叶方霭（一六二九年至一六八二年），字子吉，号讱庵，苏州昆山人。顺治十六年（一六五九年）进士。顺治十八年（一六六一年），清廷借口"抗粮"，发生"江南奏销案"，因欠银一厘即被降官，因此民间有"探花不值一文钱"的说法。不久授上林苑蕃育署丞。康熙十四年（一六七五年），迁国子监司业，再迁侍讲。康熙十七年（一六七八年），撰修《明史》，任总裁官。康熙二十一年（一六八二年）病卒。谥文敏。有《读书斋偶存稿》《独赏集》留世。

②甲第：豪门贵族。

③幰（xiǎn）：车上的帷幔。

④周道：大路，官路。

⑤骅骝（huá liú）：红色的骏马。

⑥瑶草：传说中的一种仙草，能医治百病。

送马云翎归江南①

侧身宇宙间,长啸久独立。
之子我友人,南归事蓑笠。
交情如谷风,澹澹②复习习③。
吹君渡江去,片帆春雨湿。
弃捐④世所悲,予独为君喜。
君归茸屋南山里,燕麦青青才覆雉。
新莺啼过眠未起,笑看我辈红尘死。

【注】

①马云翎:即马翀(一六四九年至一六七八年),字云翎,江苏无锡人,工诗,尤擅《柳枝词》。康熙十一年(一六七二年)考中举人,与性德相交甚契。马分别于十二年、十五年两应会试均未中,返无锡故里,十七年秋逝,年仅三十。此诗当写于云翎第一次落第归乡之时。

②澹澹:恬美安静的样子。

③习习:微风和煦的样子。

④弃捐:遗弃,废置。

又赠马云翎①

岧峣②最高山,山气蒸为云。
物本相感生,相感乃相亲。
吁嗟人生不可拟③,君南我北三千里。
一朝倾盖便相欢,两人心事如江水。
君身似是秋风客④,身轻欲奋凌霄翮。
语君无限伤心事,终古长江江月白。
世事纷纷等飞絮,我今潦倒随所寓。
惟愿饮酒读君诗,花前醉卧梦君去。

【注】

①此诗作于《送马云翎归江南》之后不久。
②岧峣(tiáo yáo):又作"岹峣"。山之高峻貌。
③拟:猜测、揣度。
④秋风客:因汉武帝曾作《秋风辞》,故得名"秋风客"。

送荪友[①]

人生何如不相识，君老江南我燕北。
何如相逢不相合，更无别恨横胸臆。
留君不住我心苦，横门骊歌[②]泪如雨。
君行四月草萋萋，柳花桃花半委泥。
江流浩淼江月堕，此时君亦应思我。
我今落拓[③]何所止，一事无成已如此。
平生纵有英雄血，无由一溅荆江水。
荆江日落阵云低，横戈跃马今何时。
忽忆去年风雨夜，与君展卷论王霸。
君今偃仰[④]九龙间，吾欲从兹事耕稼。
芙蓉湖上芙蓉花，秋风未落如朝霞。
君如载酒须尽醉，醉来不复思天涯。

【注】

①康熙十五年（一六七六年）四月严绳孙将自京返乡之时，性德作此诗以送别。当时各地战事如火如荼，性德此诗中亦显示出其

壮志难酬之情，感慨良多。

②骊歌：作者是弘一法师李叔同；分别之时唱的歌。

③落拓：穷困潦倒，寂寞失落。

④偃仰（yǎn yǎng）：《荀子·非相》："与时迁徙，与世偃仰。"比喻跟随世俗进退。

柳条边

边墙也。以柳为之,在塞外[1]

是处垣篱防绝塞[2],角端[3]西来画疆界。
汉使今行虎落[4]中,秦城合筑龙荒外。
龙荒虎落两依然,护得当时饮马泉。
若使春风知别苦,不应吹到柳条边。

【注】

①此诗系纳兰性德于康熙二十一年春随扈至东北时所作。
②绝塞:极远的边塞地区。
③角端:弓名,是以异兽之角做成的。
④虎落:用以边界防御的竹篱。

春晓曲效金荃体①

铜龙②水尽霞光小,细雾纤纤织幽草。
烟锁绿纱春色深,帘钩燕踏呢喃早。
海棠咽露胭脂重,花底嫩寒吹鸟梦。
娇眠绣被起来迟,一枕香云③坠金凤。
芙蓉泪湿鸳鸯绮,郎骑嘶风④蹴花去。
游丝不解系相思,半萦愁绪横塘⑤路。

【注】

①唐代著名诗人、词人温庭筠著有《金荃集》(已佚)。其所撰之《乐府倚曲》中有《春晓曲》,纳兰性德此诗乃效其体。

②铜龙:铜制的龙形喷水器。

③香云:比喻妇女带有香味的头发。

④嘶风:形容马势迅猛。

⑤横塘:古堤名,此处指山水之路。

题赵松雪画鹊华秋色卷①

历下亭②边两拳石,不似江南好山色。
乍看落日照来黄,浑疑劫火烧将黑。
更无枫橘点清秋,惟见萧萧白杨白。
君为此山令山好,空翠俄从楮间滴。
知君着意在明湖,掩映山光若有无。
曲折似还通泺口③,苍茫定不属城隅。
鲤鱼风高网罟集,仿佛渔唱来菰蒲④。
一竿我欲随风去,不信扁舟是画图。

【注】

①《鹊华秋色图》是赵孟頫于一二九五年回到故乡时为周密所画。此诗系纳兰性德于康熙二十三年所作。

②历下亭:位于济南,因南临历山,故得名。

③泺口:位于济南市北部地区,因地处古泺口而得名。

④菰蒲(gū pú):代指湖泊河泽。

【五言律诗】

茉莉

南国素婵娟①,春深别瘴烟。
镂冰含麝气,刻玉散龙涎。
最是黄昏后,偏宜绿鬓②边。
上林声价重,不忆旧花田。

【注】
①婵娟:形容女子姿态优美,这里代指美女。
②绿鬓:乌亮的鬓发,形容女子年轻貌美。

丁香

芳谱称佳客,仙株也姓丁。
鹤翎风细细,鸡舌①气冥冥。
紫胜心中结,银珰耳上星②。
深闺多韵事,名爱借余馨。

【注】

①鸡舌:指丁香。其气芬芳,可治口气。
②紫胜、银珰:妇女的首饰和银质耳饰。

鱼子兰

石家金谷里,三斛^①买名姬。
绿比琅玕^②嫩,圆应木难^③移。
若兰芳竟体,当暑粟生肌。
身向楼前堕,遗香泪满枝。

【注】

①斛(hú):古代量器名,也是容量单位。一斛十斗,后改为五斗。

②琅玕:翠绿的竹子。

③木难:又作"莫难",宝珠名。

荷

鱼戏叶田田①,凫飞唱采莲。
白裁肪玉瓣,红剪彩霞笺。
出浴亭亭媚,凌波步步妍。
美人怜并蒂②,常绣枕函边。

【注】

①田田:莲叶茂密相连的样子。

②并蒂:两朵或两朵以上的花并排长在同一根茎上。常用来比喻夫妻恩爱。

又

华藏①分千界,凭阑每独看。
不离明月鉴,常在水晶盘。
卷雾舒红幕,停风静绿纨②。
应知香海③窄,只似液池④宽。

【注】

①华藏:又称"华府",佛家之府库。

②纨:细绢。

③香海:借指佛门。

④液池:指太液池,是唐代最重要的皇家御池。

桂

丛树淮南茂,秋林峤①外芳。
碧珊天女珮,金缕月娥纕②。
露铸鸾钗色,风熏鹫岭③香。
酿花新醑熟,味美胜椒浆④。

【注】

①峤:泛指高峻陡峭之山。
②纕(xiāng):女子身上的佩带。
③鹫岭:因在印度佛曾居住于此地,故后世借指佛寺。
④椒浆:指用椒浸泡而制成的酒,古时多用来祭奠神灵。

题苏文忠黄州寒食诗卷①

古今诚落落②,何意得斯人。
紫禁称才子,黄州忆逐臣。
风流如可接,翰墨③不无神。
展卷逢寒食,标题想后尘。

【注】

①苏文忠:即北宋著名文学家、书画家苏轼,字子瞻,号东坡居士,死后追谥文忠。嘉祐间进士,学识渊博,天资聪颖,精通诗文书画。元丰初被贬至黄州,于元丰三年(一〇八〇年)寒食节作《黄州寒食》一诗。

②落落:众多而堆积的样子。

③翰墨:指"笔墨",泛指文章、书法。

郊园即事

胜侣招频懒①,幽寻②度石梁。
地应邻射圃③,花不碍球场。
解带晴丝弱,披襟露叶凉。
此间萧散绝,随意倒壶觞④。

【注】

①懒:懒惰,懈怠。

②幽寻:探胜寻幽。

③射圃:习射场所。

④壶觞:盛酒之器具。

入直西苑[1]

望里蓬瀛[2]近,行来阆苑齐。
晴霞开碧沼[3],落月隐金堤。
叶密莺先觉,花繁径不迷。
笙歌回辇[4]处,长在凤城西。

【注】

①西苑:指旧时北京的北海、中海、南海以及太液池,为清代宫禁之内苑。此诗当系纳兰性德任侍卫期间某次值班时所作。

②蓬瀛(yíng):指蓬莱和瀛洲。相传为神仙所居之处。泛指仙境。

③碧沼:碧水池。

④回辇(niǎn):天子御驾回转。

景山[1]

雪里瑶华岛，云端白玉京[2]。
削成千仞势，高出九重城[3]。
绣陌回环绕，红楼宛转迎。
近天多雨露，草木每先荣。

【注】

①景山：又称煤山，在今北京神武门之北。据考，康熙曾多次至此，此诗当为其中某次性德随扈到此时所作。

②玉京：道家传说为天尊居住之所。

③九重城：古代天子所居之紫禁城有门九重而得名。

蕉园①

见说斋坛闭，前朝大乙②祠。
莺边花树树，燕外柳丝丝。
宫籞③人稀到，词臣例许窥。
今朝陪豹尾④，新长万年枝。

【注】

①蕉园：指芭蕉园，在北京太液池东。

②大乙：又作"太乙"。

③宫籞（yù）：天子的禁苑。

④豹尾：天子车乘上的装饰物，挂在最后一辆车上。

雄县观鱼①

渔师②临广泽,侍从俯清澜。
瑞入王舟好,仁知圣网宽。
拨鳞③飞白雪,行鲙缕④金盘。
在藻同周宴,时容万姓看。

【注】

①据《康熙起居注》记载,康熙皇帝曾多次到雄县,而作为侍卫的纳兰性德必当随扈前往。此诗应是在其中某次观鱼时节的随扈中所作。

②渔师:渔人。

③拨鳞:鱼儿在水中嬉戏游动。

④缕:细丝、细线。

戒台同见阳作①

敧斜②一径入,门向夕阳边。
何必堪娱赏,凋零自可怜。
松寒疑有雪,僧老不知年。
只合千峰上,长吟看月圆。

【注】

①此首并未载于《通志堂集》中,而是据《饮水诗词集》补入。戒台即"戒台寺",位于北京西郊门头沟区马鞍山麓,历史悠久。见阳与纳兰性德二人于国子监就读时相识,后多年来往密切,康熙十八年秋见阳离京赴湖南就任江华知县。此诗当作于上述交往期间内。

②敧斜:歪斜不正。

送张见阳令江华①

楚国连烽火,深知作吏难。
吾怜张仲蔚②,临别劝加餐。
避俗诗能寄,趋时术恐殚③。
好名无不可,聊欲砥④狂澜。

【注】

①张见阳:即张纯修,号见阳,字子敏,溧阳人;江华,位于湖南省西南部;康熙十八年,张见阳令江华县,性德作此诗以送。

②张仲蔚:张纯修之别称。

③殚:《广雅》:"殚,尽也。"

④砥:比喻力量所起的支柱作用。

寄梁汾并葺茅屋以招之①

三年此离别,作客滞何方②。
随意一尊酒,殷勤看夕阳。
世谁容皎洁,天特任疏狂③。
聚首羡麋鹿,为君构草堂。

【注】

①性德与梁汾(顾贞观)二人感情深厚。康熙二十年梁汾归乡丧母,后性德特为其修建茅屋招他回京,直至康熙二十三年梁汾才自乡返京。此诗当作于其年春。

②此处云梁汾"归乡"为"作客",可见性德认为梁汾的故乡应在北京才对。表达了其希望梁汾速速归京之情。

③疏狂:狂放无拘束。

岁晚感旧

时序忽云暮,离居倍悄然①。
谁将仙掌露②,换却日高眠。
短梦分今古,长愁减岁年。
平生无限泪,一洒烛花前。

【注】

①悄然:忧愁的样子。

②仙掌露:汉武帝好神仙之道,特命人作承露盘,上有仙人墩以接甘露,服之以延年。

盛京①

拔地蛟龙宅②,当关虎豹城。
山连长白③秀,江入混同清。
庙社灵风肃,豪强右族④更。
明明开创业,休拟作陪京⑤。

【注】

①盛京:即今辽宁省沈阳市,曾为后金都城,一六三四年清太宗皇太极改称沈阳为"盛京"。康熙二十一年三月上旬纳兰性德曾随皇帝在盛京驻留。

②蛟龙宅:蛟龙象征帝王,为帝王居所。

③长白:指长白山,横亘于中国的吉林、辽宁、黑龙江三省的东部及朝鲜两江道交界处,为东北第一高峰。

④右族:名门贵族。

⑤陪京:指陪都,是国家在正式首都之外设立的辅助性首都,以加强对全国的控制。

松花江①

宛宛经城下,泱泱②接海东。
烟光浮鸭绿,日气射鳞红。
胜擅佳名外,传讹旧志中。
花时春涨暖,吾欲问渔翁。

【注】

①松花江发源于中、朝交界的长白山天池,跨越黑龙江省、吉林省、辽宁省和内蒙古四省区,是黑龙江右岸的最大支流。康熙二十一年(一六八二年)春,纳兰性德随皇帝到东北,曾多次泛舟松花江上,此诗当系其时之作。

②泱泱:形容水势浩大。

沈进士尔燝归吴兴诗以送之①

成名方得意,几日问归舟。
独有离居者②,萧然感素秋③。
一筇④黄叶寺,孤棹白苹洲。
无限江湖兴,因君寄虎头⑤。

【注】

①沈进士:即沈尔燝,康熙二十一年进士,浙江吴兴人,与性德为好友。中进士不久旋即返乡。性德赠此诗以送别。

②离居者:离开友人单独居住者。

③素秋:指秋季。古代五行中说,秋属金,其色白,故称素秋。

④筇:一种竹子,适合作拐杖。

⑤虎头:指虎丘,顾梁汾归江南后居住在此。

与经生夜话①

率意②元无咎③,经心④始自疑。

昔人犹有恨,今我竟何期。

客与齐书帙⑤,人来问画师。

若无心赏⑥在,愁绝更从谁。

【注】

①经生:指经纶,字岩叔,浙江余姚人,画家,善绘侍女,纳兰性德之同事及友人。

②率意:率性,随意。

③无咎:无过失。

④经心:留心,注意。

⑤帙:量词,用以装套的书。

⑥心赏:心情舒畅,怡然自得。

咏笼莺

何处金衣客①,栖栖②翠幕中。
有心惊晓梦,无计啭③春风。
漫逐梁间燕,谁巢井上桐。
空将云路翼,缄恨④在雕笼。

【注】

①金衣客:指指莺,因其浑身羽毛金黄而得名。

②栖栖:忙碌不安的样子。

③啭:鸟婉转地鸣叫。

④缄恨:含恨。

塞外示同行者①

西风千万骑,飒沓②向阴山。
为问传书雁,孤飞几日还。
负霜③怜戍卒,乘月望乡关。
王事兼程促④,休嗟⑤客鬓斑。

【注】

①此诗系康熙二十一年(一六八二年)秋纳兰性德奉命出使边塞参与"觇梭龙"时所作。

②飒沓(sà tà):快速迅猛的样子。

③负霜:受霜寒之苦。

④促:紧急,急迫。

⑤嗟:慨叹,伤叹。

驾幸五台恭纪①

杳杳②丹梯上,迤迤翠辇回。
慈云笼户牖,佛日③现楼台。
珠树④参天合,金莲⑤布地开。
共传天子孝,亲侍两宫来。

【注】

①康熙二十二年(一六八三年)二月及九月纳兰性德曾随皇帝两次赴五台山。而结合诗意,此诗系九月赴五台山时(或其后)所作。

②杳杳:幽远宁静的样子。

③佛日:比喻佛法慈悲为怀,普渡无私,如日之普照大地。

④珠树:传说中的仙树。

⑤金莲:金莲花,唯山中有此种。

扈从圣驾祀东岳礼成恭纪①

岱宗柴望②处,仙跸③迥云霄。
礼乐犹三代,诸侯协肆朝。
东封金牒字,南指玉衡杓④。
阙里⑤应相近,回銮亦不遥。

【注】

①东岳即泰山,康熙二十三年(一六八四年)纳兰性德随扈南巡至此,并于十月初十日、十一日两次临东岳庙。此诗当系其时之作。

②柴望:古时的祭礼。"柴"就是烧柴祭天地;"望"就是祭山川。

③仙跸:帝王的车乘。

④玉衡杓:北斗俗称"杓星",北斗七星之第五星为玉衡。

⑤阙里:孔子故里山东曲阜。

金陵①

胜绝江南望,依然图画中。
六朝几兴废,灭没但归鸿。
王气倏云尽,霸图谁复雄。
尚疑钟隐②在,回首月明空。

【注】

①金陵:即今南京,别名秣陵、建业、扬州、建邺、建康等。康熙二十三年(一六八四年)十一月初一至初四日(十二月六日至九日),纳兰性德随皇帝南巡至金陵,此诗当作于其时。

②钟隐:指李煜(九三七年至九七八年),字重光,号钟隐,又号莲峰居士,彭城人。在位十五年,世称南唐后主。

夜合花①

阶前双夜合,枝叶敷华荣。
疏密共晴雨,卷舒因晦明。
影随筠箔②乱,香杂水沉生。
对此能销忿,旋移近小楹③。

【注】

①此诗是纳兰性德逝前七日即康熙二十四年(一六八五年)五月二十三日所作,也是性德一生中的最后一首诗。

②筠箔(yún bó):竹帘。

③楹:屋前的柱子。

【七言律诗】

春柳

苑外银塘乍①泮②冰，柳眠初起鬓鬅鬙③。
谢娘微黛轻难学，楚女纤腰弱不胜。
袅雾萦烟枝濯濯④，鲛风困雨浪层层。
絮飞时节青春晚，绿锁长门半夜灯。

【注】

①乍：刚刚开始。

②泮（pàn）：融化。

③鬅鬙（péng sēng）：头发凌乱貌。

④濯濯（zhuó zhuó）：光亮，明朗的样子。《晋书·王恭传》："恭美姿仪，人多爱悦，或目之云，濯濯如春月柳。"

赋得月下听泉得阳字

阴森松桧敞虚堂,月白泉清入户凉。
半岭清晖涵①水木,断崖风雨溅衣裳。
濛濛碧草侵阶合,嗷嗷②惊乌出岫长③。
兴熟只应来往惯,明朝携酒待斜阳。

【注】
①涵:包含。
②嗷嗷:鸟叫声。
③出岫长:飞出山峰,向远方去。岫,山峰。

通志堂成①

茂先②也住③浑河④北,车载图书事最佳。
薄有缥缃⑤添邺架⑥,更依衡泌⑦建萧斋⑧。
何时散帙⑨容闲坐,假日消忧未放怀。
有客但能来问字,清尊宁惜酒如淮⑩。

【注】

①通志堂:在今北京什刹后海北沿性德的旧居之中,早已湮没。因《通志堂经解》最初刻于康熙十二年,那时就用此堂作为该书书名,所以建成时间应该不晚于康熙十二年(一六七三年)。另外徐乾学《通志堂经解序》也有记载:"经始于康熙癸丑(十二年),自《通志堂经解》刊出。"

②茂先:才德兼备的前人。

③也住:同皇上一样也住在这里。

④浑河:桑干河,后改名叫永定河。

⑤缥缃(piǎo xiāng):缥,淡青色。缃,浅黄色。古代常用这两种颜色来作书套或者书袋的丝卷,所以后来代指书卷。

⑥邺（yè）架：后世把他人的藏书称作邺架。

⑦衡泌：隐居的地方，或指隐居生活。泌，指泉水。

⑧萧斋：书房。

⑨散帙：打开书卷。

⑩淮：表示酒多。

幸举礼闱以病未与廷试①

晓榻茶烟揽鬓丝,万春园里误春期②。
谁知江上题名日③,虚拟兰成射策④时。
紫陌⑤无游非隔面⑥,玉阶⑦有梦镇⑧愁眉。
漳滨⑨强对新红杏⑩,一夜东风感旧知。

【注】

①此诗作于康熙十二年(一六七三年)三月。徐乾学《纳兰墓志铭》:"会试中式,将廷对,患寒疾,太傅曰:'吾子年少,其少俟之。'"礼闱,自唐朝以后在京举行的进士的会试都归礼部主持,所以叫礼闱或者礼部试。明朝多是在春天举行,又称为春闱或春试。廷试,也叫殿试,会试后到殿廷上由皇上亲自发问的考试。

②纳兰性德已经通过了这次会试,但却因病没能参加廷试,这里比喻耽误了廷试的机会。

③江上提名日:指进士提名日。

④射策:对策。皇帝发问,考生来回答。

⑤紫陌:比喻京师。

⑥隔面：比喻考试对策相隔。

⑦玉阶：金殿。

⑧镇：经常。

⑨漳滨：漳河的岸边，也指京师。

⑩新红杏：比喻金榜题名的新科进士。

秋日送徐健庵座主归江南四首[①]

江枫千里送浮飔[②],玉佩[③]朝天[④]此暂辞。
黄菊承杯频自覆,青林系马试教骑。
朝端事业留他日,天下文章重往时。
闻道至尊[⑤]还侧席,柏梁[⑥]高宴待题诗。

【注】

①徐健庵:即徐乾学(一六三一年至一六九四年),字原一,号健庵,别号玉峰先生,曾任内阁学士、刑部尚书等职。南直隶苏州府昆山县(今江苏省昆山市)人。曾奉命编纂《大清一统志》《清会典》《明史》等,著有《澹园集》《虞浦集》《词馆集》《碧山集》等。康熙三十三年九月十日(一六九四年十月二十八日)病逝。座主:科考的主考官。

②飔(sī):冷风或者疾风。

③玉佩:古代贵族以玉为配饰,以玉来喻德。

④朝天:拜见帝王。

⑤至尊:皇帝。

⑥柏梁：七言古诗的一种，汉武帝元封三年在柏梁台上与众臣饮酒作赋，每人一句，每句用韵，后世大多仿此。

又

玉殿西头落暗飔，回波①宁作望恩辞。
蛾眉②自是从相妒③，骏骨④由来岂任骑。
白首尽为酬遇⑤日，青山真奈⑥送归时。
严装欲发频相顾，四始重拈教咏诗。

【注】

①回波：每句六言，第一句用"回波尔时"四字起，所以叫回波。后来也指舞曲。

②蛾眉：比喻美人，后来也比喻君子。

③妒：同"妒"，嫉妒。

④骏骨：比喻贤才。

⑤遇：知遇。

⑥真奈：怎奈。

又

不同纨扇怨凉飔,咫尺重华①好荐辞②。
衡岳雁排回日字,葛陂龙待化来骑。
斑斓③正好称觞④暇,丝竹谁从着展时。
弱植⑤敢忘春雨润,一生长诵《角弓》诗。

【注】

①重华:指代圣主。

②好荐辞:好的举荐之辞。

③斑斓:色彩错杂、鲜艳灿烂的样子。

④称觞:举起酒杯祝酒。

⑤弱植:软弱并且难以扶持的人。

又

惆怅离筵拂面飔,几人鸾禁①有宏辞。
鱼因尺素殷勤剖,马为障泥郑重骑。
定省②暂应纡③远望,行藏端④不负清时⑤。
春风好待鸣驺⑥入,不用凄凉录别诗⑦。

【注】

①鸾禁：帝王的住处。

②定省：儿女早晚向家人问安。

③纾：排除。

④端：真的。

⑤清时：清平时代，太平盛世。

⑥鸣邹（zōu）：古代贵族进门，随从的骑卒在前面呼喊开道。

⑦别诗：离别之诗。

即日又赋①

商飙②猎猎③帝城西,极目平沙草色齐。

一夜霜清林叶下,五原秋迥④塞鸿低。

相将绿酒浮萸菊⑤,莫向黄云听鼓鼙。

此日登高兼送远,欲归还听玉骢⑥嘶。

【注】

①即日又赋:当天又作赋,想要表达的感情还没有尽兴。

②商飙:秋天的风。

③猎猎:风声。

④迥:远。

⑤萸(yú)菊:萸,茱萸,有香味的植物。菊,菊花。两种都是用来泡酒的香料。

⑥玉骢:白马。

再送施尊师归穹窿①

紫府②追随结愿深，曰归行色乍骎骎③。
秋风落叶吹飞䋈④，夜月横江照鼓琴。
历劫飞沉宁有意，孤云去住亦何心。
贞元朝士⑤谁相待，桃观重来试一寻。

【注】

①此诗应当作于康熙十五年秋。

②紫府：仙人居住的地方。

③骎骎（qīn qīn）：迅疾。

④飞䋈（xì）：漫天飘扬。

⑤贞元朝士：指唐贞元年间的八司马、刘禹锡、柳宗元等。刘禹锡《听旧宫中乐人穆氏唱歌》诗云："曾随织女渡天河，记得云间第一歌；休唱贞元供奉曲，当时朝士已无多。"刘禹锡在贞元年间担任郎官御史，后遭逸被贬，二十多年后，以太子的宾客再入朝，感慨今昔，后来诗文中多用此典。

南海子①

相风②微动九门③开,南陌离宫万柳栽。
草色横粘下马泊,水光平占晾鹰台④。
锦鞲⑤欲射波间去,玉辇疑从岛上回。
自是软红⑥惊十丈,天教到此洗尘埃。

【注】

①南海子:北京南郊的南苑,在永定门外,为辽、金、元、明、清五代的皇家猎场和花园。康熙十六年(一六七七年)和十九年(一六八〇年)农历二月中旬纳兰性德作为侍卫随皇帝到南苑,此诗应当是性德其时某次随扈所作。

②相风:观测风向的仪器。

③九门:古代天子有九门,即路门、应门、雉门、库门、皋门、城门、近郊门、远郊门、关门。

④晾鹰台:位于南海子南部,皇家射猎和游玩的地方,同时也是皇帝阅兵操练的地方,所以也叫练兵台。

⑤锦鞯（jiān）：此处指代马。

⑥软红：原意是绵软的尘土；后来代指尘世的繁华热闹。此处形容春天的落花。

扈驾西山①

凤翥龙蟠②势作环,浮青不断太行山。
九重殿阁③葱茏里,一气风云吐纳间。
熊虎自当驰道④伏,蛟螭长捧御书闲。
黄图⑤此日论形胜,惭愧频⑥叨侍从班。

【注】

①西山:在北京西郊的丰台区,为太行山的支脉。由诗意来看,此诗的写作时间应当在草木茂盛的时节。

②凤翥龙蟠:形容西山之势犹如凤凰飞舞,蛟龙盘踞一般。

③九重殿阁:天子的宫殿。

④驰道:天子所用的道路。

⑤黄图:本是书名,此处引申为皇帝与臣子之意。

⑥频:多次。

拟冬日景忠山应制①

岩峣②铁凤③锁琳宫④,亲侍鸾舆⑤度碧空。

圣主⑥岂因崇象教⑦,宸游⑧直自接鸿濛⑨。

远山雪有一峰白,别浦枫余几树红。

天意不教常肃杀,伫看宇宙遍春风。

【注】

①景忠山:在今河北省迁安市的西北,滦河附近。据《康熙起居注》,康熙十七年(一六七八年)十月二十日皇帝曾登山游览,此诗应当是性德在那时所作。

②岩峣(tiáo yáo):山势高俊的样子。

③铁凤:山势如凤凰展翅。

④琳宫:仙人所住的宫,也指道观、殿堂。

⑤鸾舆:皇帝的车驾。

⑥圣主:康熙皇帝。

⑦象教:佛教。释迦牟尼佛离世,各大弟子十分羡慕,刻木成

佛,用其形象教人,所以称佛教为象教。

⑧宸游:帝王的巡游。

⑨鸿濛:宇宙没形成时的混沌之状,这里指九天之上。

秋夜

庾亮①南楼发兴同②,稍闻疏响起梧桐。
苹风凉晕初弦月,草露秋归满院虫。
灯火有情添夜课,文章无效悔前功。
相思此际江边客,夹岸蒹葭听不穷③。

【注】

①庾亮:东晋大臣,颍川鄢陵(今河南鄢陵北)人,曾仕东晋元帝、明帝、成帝三朝。

②发兴同:秋夜同庾亮赏月的兴致相同。

③夹岸蒹葭听不穷:蒹,荻,没有长穗的芦苇。葭,刚开始长的芦苇。此句指秋风吹芦荻的萧索之声充斥着两岸。

中元前一夕①枕上偶成

酒醒池塘耿②不眠,帐纹漠漠隔轻烟。
溪风到竹初疑雨,秋月如弓渐满弦。
残梦远经吹角戍③,明河④长亘⑤捣衣天。
哀蛩⑥饯晓⑦浑多事,也似严更⑧古驿边。

【注】

①中元前一夕:农历的七月十四日。

②耿:靠着枕头而睡。或说心情不安。

③角戍:戍边的号角。

④明河:银河。

⑤亘:横贯。

⑥蛩:蝗虫,俗称"蚱蜢",也指蟋蟀。

⑦饯晓:送走月色,迎接天亮。

⑧严更:警夜行的更鼓。

净业寺[1]

红楼高耸碧池深,荷芰生凉豁远襟。
湖色静涵孤刹[2]影,花香暗入定僧心[3]。
经翻佛藏[4]研朱荚[5],地赐朝家[6]布紫金[7]。
下马长堤一吟望,梵钟杂送海潮音。

【注】

[1]净业寺:建于明嘉靖年间,清初期重修。《啸亭杂录》有记载:"成亲王府在净业湖北岸,系明珠宅。"由此可知,净业寺在净业湖畔,离纳兰性德家很近。

[2]刹:本来是佛塔顶上的装饰,叫作相轮,后来多指佛塔或者佛寺。

[3]定僧心:将混乱的俗世念头去除,以平静安定的内心取代。

[4]佛藏:佛教经书的总称。

[5]荚:书简。

[6]朝家:朝廷或者国家。

[7]布紫金:布,布施。向贫民布散钱财。

垂丝海棠

天孙①剪绮系赪②丝,似睡微醒困不支。

晓露冷匀新茜靥③,春烟晴晕淡胭脂。

樱桃对面羞酣态,棠棣④相窥妒艳姿。

惟有粉垣⑤斜日色,爱扶红影弄参差。

【注】

①天孙:星名,织女星。

②赪(chēng):浅红色。

③茜靥(yè):晕红的脸庞。

④棠棣:俗称棣棠,黄色花,春末开,初夏熟。

⑤垣:墙。

杏花

不是心伤艳蕊梢,依稀扶醉过花朝。
枕函宿粉匀无迹,病颊微红淡欲消。
羯鼓①催开春艳艳,早莺啼破雨飘飘。
竹篱村店年时会,想得当垆②尔许娇。

【注】

①羯(jié)鼓:一种乐器。两面蒙着公羊的皮,腰部细,所以叫羯鼓。南北朝时期由西域传入内地,盛行于唐开元、天宝年间。

②当垆:也作当卢,即卖酒。垆,放置酒坛的土垛。

又

马上墙头往往迎,一枝低亚①帽檐横。
画桥压浦知何处,红袖招人绰有情。
深巷月斜留蝶宿,小池烟晓拂衾轻。
秋千索下春才半,暗数流光到卖饧②。

【注】

①亚：树的枝桠。

②饧（táng）：麦芽或谷芽制成的糖。

又

吹罢江梅才几日，一枝闲淡又斜晖。
寒禁花信①愆期易，病减春游好事稀。
池面留脂娇独绝，楼头听雨梦相违。
社钱掠得茅庵去，也胜前村买醉归。

【注】

①花信：从小寒到谷雨，一百二十天，八个节气，我国古代每五日为一候，计二十四候，人们在每一候内开花的植物中，选一种花期最准的植物作代表，为一种花信，并称之为"二十四番花信"。

又

婷婷谁伴度春宵，点染疏枝浅色娇。
丁字帘前香梦断，粉光亭外薄寒消。

移来片月如梅影,从此东风到柳条。

花似去年人忆别,卖花消息绝无憀①。

【注】

①憀(liáo):悲切。

又

一段柔情百媚生,妬他流水去无声。

凝妆似解登垣望,薄怒何当破笑迎。

绣户红云烘壁带,画梁残照泊檐旌。

曲江好在花千树,憔悴谁知浪①得生。

【注】

①浪:妄加。

上巳清明①

怅望天涯②令节同,酒怀诗思两匆匆。
流杯③亭榭鸣鸠雨,近水人家插柳风。
芳草何心长自绿,桃花无赖只能红。
踏青祓禊④相将去,牢记归途此日逢。

【注】

①古代原定于三月上旬的一个巳日,因此叫上巳。曹魏之后,这个节日改定为三月三日。过去的习俗,于此日在水边洗去污垢,祭祀祖先。魏晋以后便在这个节日进行水边宴会、春天郊游。然而有时还是以三月上旬为巳日,不一定是三月三日。清明,农历二十四节气之一。在春分后,谷雨前。清明按过去的习俗有踏青扫墓等活动。此时上巳与清明赶到了一起。

②天涯:此处指在江南的顾梁汾。

③流杯:古代的习俗,上巳节日,在水边宴会,把酒杯放到水上,顺流而下,停在谁面前,那人便取杯饮酒。

④祓禊(fú xì):古代的习俗,上巳节日,在水边洗去污垢,称作祓禊。

绿阴

春雨春风洗故枝,残红落尽碧参差。
烟光薄处蜂犹觅,日影添来马不知。
匝地①重阴迷别径,卷帘浓翠润枯棋②。
乱蝉转眼柴门路,又见先生坦腹时。

【注】

①匝地:满地。匝,环绕。
②枯棋:木质的棋子。

雨后

宿雨芦村暑乍清,归云^①天外一峰晴。

蝉嘶柳陌多相应,燕踏琴弦别作声。

白日旋消高枕^②过,秋风又向乱砧^③生。

伤心咫尺江干路^④,拟着渔簑计未成。

【注】

①归云:雨停云散。

②高枕:无所忧虑。

③乱砧(zhēn):把衣服放在石砧上用棒子打击的嘈杂声。

④江干路:泛指江边的道路。

汤泉应制四首①

清时礼乐萃朝端,次第郊原引玉銮。
河岳千年归带砺②,寝园③三月拜衣冠。
便从畿甸亲民隐,更启神泉示从官。
非独炎灵④钟坎德,恩波深处不知寒。

【注】

①汤泉:此处指的是马兰峪温泉,康熙皇帝曾多次来到此地,由诗中的"寝园三月拜衣冠"可知,此首诗应当于康熙二十年三月所作。应制诗,起自唐、宋,封建时代官僚奉旨所作、所和的诗。唐代后大多为五言六韵或八韵的排律。内容多为歌颂功德,少数的也表达一些对皇帝的盼望。

②带砺:也作带厉,比喻长久。

③寝园:陵园,天子的墓穴。

④炎灵:炎帝神农氏。

又

六龙①初驻浴兰天,碧瓦朱旗共一川。
润逼仙桃红自舞,醉酣人柳②绿犹眠。
吹成暖律回③燕谷,散作熏风入舜弦。
最是垂衣④深圣德,不须词笔颂甘泉⑤。

【注】

①六龙:古代皇帝的车驾有六马,马八尺称为龙,所以六龙即为皇帝车驾的代称。

②人柳:树名,柽柳。李商隐《江之嫣赋》有记载:"岂如河畔牛星,隔岁祇闻一过。不及苑中人柳,终朝剩得三眠。"

③回:回旋,回荡。

④垂衣:称颂皇帝拱手垂衣,无为而治。

⑤甘泉:汉朝有甘泉宫,武帝经常来此避暑,接见各个侯王及外国客。

又

鱼鳞①雁齿②镜③中开,溅沫为霖④遍九垓。

不用劫灰⑤求仿佛⑥,便从天汉象昭回⑦。
桑坛法驾⑧乘春转,鹤禁⑨仙镳⑩问寝来。
遥祝海隅同帝泽,年年长听属车⑪雷。

【注】

①鱼鳞:水的波纹。

②雁齿:比喻排列整齐的事物,因为桥的台阶排列很整齐,所以常常用来比喻桥。

③镜:比喻水面好像镜子一般。

④溅沫为霖:传说龙吐出的沫为霖,比喻皇帝广施恩德。

⑤劫灰:汉武帝开凿昆明池底部,有很多黑灰,高僧称它为劫灰。此处指长安的昆明池。

⑥求仿佛:求与昆明池相类似。

⑦象昭回:星辰的光辉回转。

⑧桑坛法驾:皇帝的车驾。

⑨鹤禁:天子所住的地方。

⑩仙镳(biāo):皇宫。

⑪属车:皇帝出行时候的侍从车。

又

身向咸池①傍末光,三危露暖不成霜。
金铺②照日初涵影,玉甃③生烟别作香。
地接蓬莱④通御气,波翻豆蔻⑤散朝凉。
微臣幸属赓歌⑥日,愿借如川献寿觞⑦。

【注】

①咸池:古人认为西方王母娘娘有很多年轻漂亮的侍女,咸池是这些仙女沐浴的地方。此处比喻汤泉。

②金铺:门上用金装饰的铺子。

③玉甃:院子里面的井。

④蓬莱:海上的仙岛。

⑤豆蔻:多年生常绿草本植物,可入药,有香味。

⑥赓(gēng)歌:作歌以回答。

⑦寿觞:祝寿用的酒杯。

喜吴汉槎归自关外次座主徐先生韵①

才人今喜入榆关②,回首秋笳冰雪间。
玄菟③漫闻多白雁,黄尘空自老朱颜。
星沉渤海无人见,枫落吴江④有梦还。
不信归来真半百,虎头⑤每语泪潺湲。

【注】

①吴兆骞(一六三一年至一六八四年),字汉槎,江南才子。"座主徐先生"即徐乾学。汉槎被顾贞观、徐乾学和性德等人所救,在康熙二十年十月,从宁古塔戍地返回京,此诗应当作于其时(或其后)。

②榆关:今天的山海关。

③玄菟:古郡名,汉武帝所置。后来泛指边塞要地。

④吴江:吴汉槎的家乡。

⑤虎头:指虎头牌,清朝衙门的门首挂着虎头牌,写着"禁止闲人擅入"等字。因为吴汉槎遭受官衙之害二十余年,所以用"虎头"比喻压迫势力。

兴京陪祭福陵①

龙盘凤翥气佳哉,东指斋宫②御辇来。
影入松楸仙仗远,香升俎豆③晓云开。
盛仪备处千官肃,神贶④承时万马回。
豹尾叨陪⑤须献颂,小臣惭愧展微才。

【注】

①此首诗题系刊登错误。在盛京(今沈阳市)的是福陵,而在兴京(今辽宁省新宾县西)的是永陵。此诗题应为《盛京陪祭福陵》或《兴京陪祭永陵》。纳兰性德在康熙二十一年三月初六日(一六八二年四月十三日)跟随皇帝祭福陵,十一日(四月十八日)又祭永陵。而两地相距甚远,此诗当是写其中之一。

②斋宫:皇帝行祭天地大典前的斋戒的地方。

③俎豆:俎和豆,旧时祭祀、飨宴所用的装食物用的两种礼器,也泛指各种礼器,后引申为尊敬祭奉的意思。

④神贶(kuàng):神灵的恩赐。

⑤叨陪:担任陪侍。

山海关①

雄关阻塞戴灵鳌,控制卢龙②胜百牢。
山界万重横翠黛,海当三面涌银涛。
哀笳带月传声切,早雁迎秋度影高。
旧是六师开险处,待陪巡幸扈星旄③。

【注】

①山海关:位于河北秦皇岛市东北部,有"天下第一关"的美称。而诗中结语"待陪巡幸",可以看出不是随皇帝出行时所作。性德在康熙二十一年秋奉命"觇梭龙"到东北去,这首诗有可能是于此行中经过山海关时所作。

②卢龙:位于山海关西,是古代的战场。

③星旄(máo):皇帝的仪仗。

古北口[1]

乱山如戟拥孤城,一线人争鸟道行。
地险东西分障塞,云开南北望神京。
新图已入三关[2]志,往事休论十路兵。
都护[3]近来长不调,年年烽火报升平。

【注】

[1]古北口:位于北京市密云区东北的古北口镇,长城的重要关口,地势险峻。由诗意可知,应是平定三藩(康熙二十年十二月)及收复台湾(二十二年闰六月)后所作,具体时间待考。

[2]三关:此处指地势险要。

[3]都护:官名,戍守边关的将士。

扈跸霸州①

霸山重镇奠神京,鸾辂②春游淑景明。

万派银涛冲古岸,四围玉甃③护严城。

花承暖日迎来骑,柳带新膏绾去旌。

八砦④雄图今更固,行随赏乐胜蓬瀛。

【注】

①霸州:位于今河北省霸州市。此诗系纳兰性德于康熙二十三年二月随康熙皇帝出巡经过此地时所作。

②鸾辂:皇帝所坐的车。

③玉甃:此处形容城墙好像井壁一样坚实光滑。

④八砦(zhài):现在作八寨,地名。此处指八方的外藩。

泰山①

灵符作镇敞天门②,群岳称宗秩望尊。
三观峰高擎日月,五株松偃老乾坤。
雕甍③贝阙④神宫⑤壮,碧藓苍崖古碣存。
远眺齐州⑥烟九点,不知身在白云根。

【注】

①康熙二十三年九月,纳兰性德随皇帝南巡,在十月初十日(一六八四年十一月十六日)及十月十一日(一六八四年十一月十七日)连登泰山,此诗应当是那时或之后所作。

②天门:泰山顶上的天门。

③甍:屋脊。

④阙:门观。

⑤神官:此指碧霞的君祠。碧霞君,传说是东岳大帝的女儿。

⑥齐州:此指中国的九州。

病中过锡山①

润州②山尽路漫漫,天入蓉湖漾碧澜。
彩鹢风樯连塔影,飞鸿云阵度峰峦。
泉烹绿茗徐蠲渴③,酒泛青瓷渐却寒。
久爱虎头三绝誉,今来仍向画中看。

【注】

①锡山:在江苏无锡惠山的东部。纳兰性德在康熙二十三年(一六八四年)十月二十七日(十二月三日)随皇帝南巡到无锡,第二天游惠山,此诗应当是那时或之后所作。

②润州:古地名,今天的镇江,隋朝时置此州,到宋朝时改名为镇江府。

③蠲(juān)渴:解渴。蠲,去除。

又

棹女①红妆映茜衣,吴歌清切傍斜晖。

林花刺眼篷窗入,药裹②关心蜡屐③违。

藕荡波光思澹永,碧山岚气望霏微。

细莎斜竹吟还倦,绣岭停云有梦依。

【注】

①棹女:划船的女人。

②药裹:药包。

③蜡屐:用蜡来涂饰木鞋做装饰。

曲阜①

万骑新过五父衢②,玉銮停御璧池初。

弦歌疑尚闻兴阕③,荆棘④还看自剪除。

秘笈⑤琳琅怀里玉,宝光腾跃壁中书。

小臣久已瞻麟角⑥,何幸趋承俎豆余。

【注】

①康熙二十三年(一六八四年)秋天纳兰性德随皇帝南巡,从江南返京的途中到曲阜祭祀孔庙。此诗应当是那时所作。

②五父衢:古代的道路名,旧址在今山东曲阜县的东南。

③兴阕:作歌。

④荆棘:比喻苦难。

⑤秘笈:收藏珍贵稀缺之书的箱子。

⑥麟角:本用来比喻稀世的珍宝。此处指孔子的遗迹。

题竹炉新咏卷①

并序

惠山听松庵竹茶炉岁久损坏,甲子②秋,梁汾仿旧制复为之,置积书岩中,诸名士作诗以纪其事。是冬,余适得一卷,题曰《竹炉新咏》,则明时王舍人孟端、李相国西涯诗画并在,实听松故物也。喜以归梁汾,即名其岩居曰新咏堂。因次原韵。

炉成卷得事天然,乞与幽居置坐边。
恰映芙蓉亭下月,重披斑竹岭头烟。
画如董巨③真高士,诗在成弘④极盛年。
相约过⑤君同展看,淡交终始似山泉。

【注】

①此诗作于康熙二十三年农历十二月(一六八五年初)。

②甲子:康熙二十三年。

③董巨:南唐画家董源、五代宋画家巨然,并称为"董巨"。

④成弘：明成化、弘治年（一四五五至一五零五年），是明代的盛世之年。

⑤过：经过其门，顺便去看看。

【五言排律】

扈驾马兰峪赐观温泉恭纪十韵①

御天来凤辇②,浴日启③龙池④。
野迥⑤纡⑥皇览,春浓值圣时。
落花萦彩仗,初柳拂朱旗。
行漏⑦三辰⑧拥,停銮万象⑨随。
瑞征⑩泉是醴⑪,喜溢沼⑫生芝。
特许观灵液⑬,相将⑭陟禁墀⑮。
气凝浆五色,味结露三危。
仙跸程遥度⑯,慈闱⑰驾近移。
倍隆长乐⑱养,兼采广微诗。
扈从诚多幸,重华⑲赏荐辞。

【注】

①此诗应当作于康熙二十年(一六八一年)三、四月之间。

②凤辇:皇帝的车。

③启:开。

④龙池:咸池,比喻汤泉。

⑤野迥：旷野。

⑥纡：缓慢的样子。

⑦行漏：夜行。

⑧三辰：此处指三星。

⑨万象：指众多的星星或者万物。

⑩瑞征：吉祥的好兆头。

⑪醴（lǐ）：甘甜的泉水。

⑫沼：小的水池。

⑬灵液：汤泉。

⑭相将：被特别允许赏泉的官员互相提携。

⑮禁墀（chí）：皇宫的台阶。

⑯程遥度：从很远的地方过来。

⑰慈闱：两宫的太后。

⑱长乐：汉朝设有长乐宫，太后住的地方，也叫东宫。

⑲重华：本来是古代圣贤之君虞舜的号，此处指皇帝。

玉泉十二韵①

地涌西山脉,名标禁籞泉。
百层飞作雨,万顷汇成渊。
润下②终归海,源高却自天。
紫烟来树杪③,带雪落云边。
隐见瑶光④曳,琤瑽⑤珮响传。
红栏桥宛转,乌榜⑥棹洄⑦沿。
星汉⑧随湾泻,楼台倒影鲜。
蛟龙蟠翠岛,雁鹜起琼田。
镜面晶荧合,珠痕荡漾圆。
翠流初放荇⑨,娇拥半开莲。
睿赏悬孤鉴,余波溢九璿⑩。
那居⑪真有庆,鱼藻在诗篇。

【注】

①玉泉:在北京西郊的玉泉山下,"玉泉垂虹"是燕京的八景之一。康熙皇帝曾多次来此处游玩休息。此诗应当是某次随皇帝出

巡到此所作。

②润下：指水。由于水往下流，滋润万物，所以叫润下。

③树杪：树梢，树枝的末尾。

④瑶光：美玉的光彩，祥瑞之兆。

⑤琤瑽（chēng cōng）：玉佩的碰撞声。

⑥乌榜：游湖的船。

⑦棹洄（zhào huí）：水流回旋的样子。

⑧星汉：指银河。

⑨荇（xìng）：也作"莕"，一种贴着水面生长的小草。

⑩璇：美玉。

⑪那居：清闲的样子。

和唐李昌谷恼公诗原韵①

洞户层层碧，雕阑处处红。屏山开孔雀，绮石缀芳丛。
麝②靥③安黄小，蛾眉④点黛浓。纤腰欺柳带，慧思展蕉筒⑤。
粉盒调湘芷⑥，瓷瓶插水萸。宿枝寻晓蝶，书叶爱春虫。
被浪翻灵粟，帷云飐紫茸。昼眠妆复整，晚浴汗初融。
罗袜宜乘雾，仙裙⑦可趁风。寄诗搴芍药，擘纸研⑧芙蓉。
砚拂琉璃匣，香熏翡翠笼。媚花⑨簪⑩蔓鹤⑪，心果⑫剥荷蜂。
乍见波⑬先注，佯羞意若蒙⑭。投梭嗤北里⑮，抱布炫⑯南賨。
华烛然青凤，文茵⑰藉绿熊。柔携荑⑱样手，笑映月如弓。
讵信⑲为行雨，还疑化彩虹。梦中游洛浦，意外到崆峒。
只合巫山住，何须石窌⑳封。但期常比翼，即似骖乘龙。
续续㉑更催箭㉒，丁丁㉓漏尽铜㉔。誓要长久约，密订往来踪。
汉渚㉕明星隐，咸池旭日烘。霞光生绮㉖縠，树色辨青葱。
喜气胶投漆，离情泪染枫。王昌联井舍㉗，宋玉隔墙墉㉘。
露浥桃初绽，风披李正秾。异香㉙专寄寿㉚，射鸟莫过冯㉛。
鸾影㉜昏㉝秦镜，鹍弦㉞解蜀桐㉟。白头吟早就，黄耳信无从。
苔满斜纹砌，尘凝刻琐栊。暗添瑶瑟㊱怨，渐减雪肌丰。

郎性翩秋蒂，侬操励晚菘㊲。选歌嗔傅婢㊳，买卜㊴倩驺僮。
水面窥金鲤，楼头望玉骢。自怜江柳态，谁忆海棠容。
尽日怀将仲，无时见子充。赠遗传陌上，期㊵送说桑中。
四叶裁新袖，三花剪细鬃。笑言知宴宴㊶，弃置叹邛邛。
鹦鹉声犹唤，鸳鸯梦少通。夜将愁共永，春与意俱融。
写恨盈千叠，思君不再逢。挑灯增懊恼，依枕即惺忪㊷。
镜听㊸何曾吉，瓢占㊹并是凶。凄凉怜永夜，寂寞类深宫。
独瘗悲青女㊺，烧香问碧翁㊻。合欢虚旧绣，连理悔重缝。
薄命嗟秋扇，伤心泣曙钟。代题闺里怨，未觉锦囊㊼空。

【注】

①李昌谷：即李贺（七九〇至八一六年），字长吉，唐代著名诗人，福昌昌谷（今河南洛阳宜阳县）人。后人因为他的家在福昌昌谷，所以叫他李昌谷。此诗作于康熙二十四年（一六八五年）春天，怀疑是纳兰性德怀念沈宛之作，诗中深深地表达了怀念和伤感的情思。

②麝：香味。

③靥：脸上的酒窝。

④娥眉：蛾的须子，弯曲细长，比喻女子的眉毛。

⑤蕉筒：酒杯。

⑥芷:香草,又叫白芷,女子用的香粉。

⑦裾:衣服上的大襟。

⑧砑:展开。

⑨媚花:像花一样娇媚。

⑩簪:此处用作动词,插上这样的簪钗。

⑪蔓鹤:簪钗上面用小鹤作装饰,以细细的铜丝当作蔓茎缀上去,戴上它走起路来颤悠悠的。

⑫心果:心中最喜爱的水果。

⑬波:眼中的余波。

⑭意若蒙:好像是怀有真情意。

⑮北里:唐代长安平康里位于城北,称作北里,其地是妓院的所在地。后来泛指娼妓聚集的地方,多用于贬义。

⑯炫:迷惑。

⑰文茵:车上的坐席。

⑱荑:刚长出来的白色嫩芽,常用来形容女子的手指。

⑲讵信:岂可相信。

⑳石窌:古代春秋齐地的邑名。故址在今山东省长清县东南。

㉑续续:连续不断。

㉒更催箭:催更用的箭。

㉓丁丁:滴水声。

㉔漏尽铜：铜漏一直滴水。

㉕汉渚：天河。

㉖绮：细绫，有花纹的丝织物。

㉗井舍：乡邻家舍。

㉘墙墉：高墙。

㉙异香：美女。

㉚寄寿：让寿命有所寄托。

㉛冯：欺负、凌辱。

㉜鸾影：美人的妙影。

㉝昏：不清楚。

㉞鹍弦：用鹍鸡筋经加工后制成的琵琶弦，剔透光亮，非常坚韧，余音清晰悦耳。

㉟蜀桐：蜀中产的桐木。也代指用这种桐木制成的乐器。

㊱瑶瑟：用玉制成的琴瑟。

㊲励晚菘：用冬天坚挺的菘鼓励自己。

㊳傅婢：亲信的侍婢。

㊴买卜：买居住的地方。

㊵期：约会。

㊶宴宴：喜悦，高兴。

㊷惺忪：苏醒。

㊸镜听：也叫"听镜""听响卜""耳卜"等，一种占卜的方法。在除夕或岁首的夜里，把镜子抱在胸前，偷听路人无意说出的话，来占卜吉凶祸福。

㊹瓢占：也是一种占卜的方法。

㊺青女：天上的神仙。

㊻碧翁：指上天。

㊼锦囊：用绸、缎、帛等制成的袋子，古人用来装信件或者书稿。

【五言绝句】

雪中和友

哀雁兼邻杵①,共君寒夜心。
窗前吹宿火②,朔雪满空林。

【注】

①杵:捣衣用的木槌。
②宿火:深夜里的烛火。

又

竹坞①寂无人,雪深山路涩。
涧底响层冰,居人自朝汲②。

【注】

①竹坞:竹林繁茂的山坞。
②汲:从涧底或者井底打水。

又

白屋①无人事,况逢春雪余。
山中问梅蕊,频寄一行书。

【注】

①白屋:贫穷之人住的茅草屋。

秋意

苑云①衔日去,疏雨欲来时。
忽见小庭中,草花三两枝。

【注】
①苑云:浓云。

又

凉风昨夜至,枕簟①已瑟瑟。
小女笑吹灯,床头捉蟋蟀。

【注】
①枕簟(diàn):枕席。

又

雨声池馆秋,漠漠①横塘水。
水鸟故窥人,飞入荷花里。

【注】

①漠漠:密实或大面积分布的样子。

题胡瓌射雁图①

人马一时静,只听哀雁音。
塞垣无事日,聊欲②耗雄心。

【注】

①胡瓌:五代后唐画家,擅长画边塞射猎,尤其擅长画马,形象逼真。

②聊欲:不得已而为之。

题赵松雪水村图①

北苑②古神品,斯图得其秀。
为问鸥波③亭,烟水无恙否。

【注】
①此诗作于康熙二十四年春夏期间。
②北苑:南唐的画家董源曾经是北苑使,所以世人称他为董北苑,最擅长画山水。
③鸥波:隐居者住的地方,后比喻无拘无束的安乐生活。

【七言绝句】

上元月食①

夹道香尘拥狭斜②,金波③无影暗千家。
姮娥④应是羞分镜,故倩⑤轻云掩素华⑥。

【注】

①有人说此诗是康熙三年(一六六四年)正月十五日(二月十一日)上元节的晚上所作,这种说法正确的话,性德那时只有十岁,那么此诗是他诗作中最早的一首。上元,指农历正月十五日,也叫元宵节。

②狭斜:僻静、昏暗的小街曲巷。

③金波:月亮。

④姮娥:也指月亮。

⑤倩:请别人做事。

⑥素华:皎白的光华。

敬题元公张大中丞遗照二首①

豸冠丰采著垂鱼，共拟威稜肃剪除。
今日拜瞻温克甚，悬知宿好但诗书。

又

忆从驹齿奖空群，执戟谁知似子云。
钟鼎旗常公不朽，好凭班范纪余芬。

【注】
①此二诗是根据张纯修在康熙三十年（一六九一年）刊行的《饮水诗词集》补进来的。"元公张大中丞"指的是纯修的父亲张滋德。

题见阳小照①

雨雪山空独悟迟,羡君潇洒出尘姿。
灵和别殿临风晚,最忆春前第一枝。

【注】
①此诗是根据张纯修刊行的《饮水诗词集》补进来的。

从友人乞秋葵种①

空庭脉脉②夕阳斜,浊酒盈樽对晚鸦。
添取一般秋意味,墙阴小种断肠花。

【注】

①此诗是根据《词人纳兰容若手简》补进来的。秋葵与秋海棠(俗称断肠花)分别属于锦葵科和秋海棠科,所以有人说最后一句好像不是想种秋海棠,而是种秋葵的意思。

②脉脉:饱含温情,默默地用眼神表达感情。

咏史

千秋名分绝君臣①,司马编年继获麟②。
莫倚区区周鼎③在,已教俱酒作家人。

【注】

①古代封建社会,把君臣名分看得很重要,觉得这是亘古不变的规定。

②获麟:传说春秋时期鲁忠公于十四年春天去西方狩猎,猎得了麒麟。

③周鼎:王权的象征。

又

一死难酬国士①知,漆身吞炭只增悲。
英雄定有全身策②,狙击③君看博浪椎。

【注】

①国士：济国的将士。

②全身策：保护自己不遭迫害的安全策略。

③狙击：趁人不注意的时候，突然袭击。

又

章武①谁修季汉②书，建兴③名号亦模糊。

笑他典午④标凡例，不遣青龙⑤混赤乌⑥。

【注】

①章武：三国时期蜀汉昭烈帝刘备的年号（二二一至二二三年），一共三年。这是蜀汉政权的第一个年号。

②季汉：蜀汉。

③建兴：三国时期蜀汉后主刘禅的第一个年号，一共十五年。这是蜀汉政权的第二个年号。但是三国时期东吴的君主吴废帝孙亮也以建兴为年号（二五二年四月至二五三年），一共两年。所以此处意思模糊。

④典午：典和司都有掌管的意思。午，生肖是马，故典午隐含了司马的意思。晋帝姓司马，因此后来说典午指的就是晋。

⑤青龙：三国时期魏明帝曹叡的年号（二三三年至二三七年），一共五年。

⑥赤乌：三国时期东吴君主孙权的第四个年号，一共十四年。

又

诸葛①垂名各古今，三分鼎足势浸淫②。
蜀龙吴虎真无愧，谁解公休③事魏心④。

【注】

①诸葛：指诸葛亮、诸葛瑾及诸葛亮的堂弟诸葛诞。

②浸淫：逐渐蔓延，扩散。

③公休：诸葛诞的字。

④事魏心：忠于魏国的心。

又

汉江①高接蜀江②流，霖雨漂沉版筑③休。
可惜不教樊口④下，襄阳⑤仍属魏荆州⑥。

【注】

①汉江：又叫汉水，古代叫沔水，发源于陕西西南部，由北向南贯穿湖北省，到武汉流入长江。全长一五七七千米，是长江最大的支流。

②蜀江：长江。

③版筑：在两个夹板中间填上土筑成墙，即城防。

④樊口：在今湖北省襄阳境内，因为樊港流入江之口，所以叫樊口。

⑤襄阳：原名襄樊，今湖北省的重镇。

⑥荆州：古代称为江陵，在今湖北省，曾是三国时期魏、蜀、吴争相抢夺的军事要地。

又

痛哭难为入庙身，谯周①本意劝称臣。
市桥②旗帜咸阳战，不及成家尚有人。

【注】

①谯周（二〇一年至二七〇年）：字允南，巴西郡西充国县（今四川西充）人。三国时期蜀汉学者、官员，著名的儒学大师和

史学家。

②市桥：也叫金花桥或者石牛门，在今四川省成都市之西。

又

卷甲空回①丁奉军，陵江②官号已更新。
若将唇齿论吴蜀，可有宫门拜表人。

【注】

①卷甲空回：吴永安六年（二六三年），魏国伐蜀国，蜀国向吴国求救，吴国派丁奉率军向寿春，结果蜀国灭亡，丁奉率军返回，吴国并没有诚意要救蜀国，仅仅是作势回应，其实就是看着蜀国灭亡，所以叫卷甲空回。

②陵江：魏国的杂号将军，是五品官员。

又①

劳苦西南事可哀，也知刘禅本庸才。
永安②遗命分明在，谁禁先生自取来。

【注】

①有的学者说此诗是批评诸葛亮不听从刘备的"永安遗命",而对刘禅愚忠,以致耽误国事,表现出了纳兰性德开明的政治思想,在他所处的皇权至上的时代,难能可贵。

②永安:刘备章武三年四月二十四日逝世时候的宫名。

又

名士①何曾忘义熙②,故将山水托游嬉。
韩亡秦帝浑闲事,谁续临川内史诗。

【注】

①名士:指谢灵运(三八五至四三三年),东晋著名的山水诗人,东晋陈郡阳夏(今河南太康)人。

②义熙:四〇五年至四一八年,东晋安帝司马德宗的第四个年号,一共十四年。

又

宝槊①金貂②别有才,踏围鸣鼓日千回。

老兵不少俞灵韵,亲向营门逐马来。

【注】

①宝槊:槊上系着七宝彩饰,骑在马上的武将手中所拿的长矛。槊,长丈八的茅。

②金貂:汉朝以后皇帝左右侍臣官员的冠饰。

又

零落金莲帖地灰,练儿①顾盼自雄才。
三千宫女同时出,也爱潘妃国色来。

【注】

①练儿:指梁高祖武皇帝萧衍(四六四年至五四九年),字叔达,小字练儿。南兰陵(今江苏省常州市)人。大梁政权的建立者,庙号高祖。开始在齐国做雍州刺史,他的兄弟萧懿是齐国的有功之臣,却被谗冤而死,萧衍就起兵灭了齐国,自立为帝。

又

注籍^①纷纷定价余,市曹行雁^②待铨除^③。
后来又变停年格,请命谁收薛琡书。

【注】
①注籍:按照户口登记在册,此处指注册任官职。
②行雁:比喻求官的人很多。
③铨除:选官入职。

又

上使空持白虎幡^①,谁教博议采袁翻。
高车劲敌婆罗在,特与凉州作外藩。

【注】
①白虎幡:绘有白虎图案的旗。古代用作传布朝廷政令或军令的标志。

又

金龙玉凤埒①高阳,富贵从夸章武王。
王谢风流君不见,世家原自重文章。

【注】

①埒(liè):等同,媲美。

又

朝政神龟①已可知,羽林②旁午③辱张彝。
洛阳大有平城使,正是倾赀④结客时。

【注】

①神龟:五一八年二月至五二〇年七月,北魏君主魏孝明帝元诩的第二个年号,一共两年多。

②羽林:羽林军,皇宫内的禁卫军。

③旁午:一纵一横叫旁午,此处形容羽林军无所顾忌地侮辱殴打张彝一家人。

④赀(zī):财物。

又

中允①功名洗马②才,旧僚陪送有谁哀。
临湖殿③里弯弓客④,却向宜秋洒涕回。

【注】

①中允:官名。掌管侍从礼仪。

②洗马:本来是太子出行前的引官,到隋唐的时候改为司经局洗马,专门掌管太子宫中的书。

③临湖殿:朝参的地方。

④弯弓客:指杀死李建成的李世民。

又

羽衣木鹤想前身,不到升仙到奉宸①。
自是平章②曾入奏,在廷何限赋诗人。

【注】

①奉宸:唐代武则天称帝时设立的宿卫近侍的官府。开始叫控鹤院,后来改叫奉宸院。

②平章：官名，即同平章事，同中书门下平章事的简称。平章本是商量处理国事的意思。位高时，相当于宰相之职；位低时，也在五品以上。

又

军职新加吕用之，神仙楼殿极参差。
那知论谪浑①无赖，曾傍江阳后土祠。

【注】

①浑：全，都。

又

博学今无沈晦①伦，宣和②名论③一时新。
众中大有摇头客，莫便轻欺下坐人④。

【注】

①沈晦（一〇八四年至一一四九年），字元用，号胥山，钱塘（今浙江杭州）人。宋徽宗宣和六年（一一二四年）间进士。

②宣和：一一一九年至一一二五年，宋徽宗的第六个年号和最后一个年号。北宋用宣和这个年号一共七年。宣和七年十二月宋钦宗即位仍用此年号。

③名论：沈晦等人的著名的政论。

④下坐人：指沈晦等职位不高的人。

又

都监声名敌指挥，隔河降表最先驰。
赤岗事与滹沱①异，勿问中朝没字碑。

【注】

①滹（hū）沱：金攻打北宋的重要战场，此处指代金讨伐北宋这一历史事件。

密云①

白檀山下水声秋,地踞潮河最上流。
日暮行人寻堠馆②,凉砧③一片古檀州。

【注】

①密云:位于北京市东北部的燕山山脉脚下,历史悠久。从诗中内容可知,此诗是写秋天的景象。康熙十五年(一六七六年)农历九月十二日皇帝曾停留密云,纳兰性德也随皇帝出巡停留在此,但此说尚待考证。

②堠(hòu)馆:山村的小店。

③砧:捶布捣衣用的石头。

南海子①

分弓列戟四门开,游豫②长陪万乘来。
七十二桥天汉③上,彩虹飞下晾鹰台。

【注】
①此诗应当是康熙二十三年二月所作。
②游豫:快乐安闲的样子,后来指帝王出巡。
③天汉:天河。

又

红桥夹岸柳平分,雉兔年年不掩①群。
飞放何须烦海户,郊南新置羽林军②。

【注】
①掩:趁其没有防备的时候,射中他。
②羽林军:守卫皇宫的禁卫军。

上元即事

翠眊①银鞍南陌回,凤城箫鼓殷如雷。
分明太乙峰头过,一片金莲②火里开。

【注】
①眊:用羽毛或兽毛制成的装饰物,常用来装饰头盔、犬马或兵器。
②金莲:黄色,迎着太阳而开,花开成片。

咏柳偕梁汾赋①

烟水频年瘦不支,相看余得许多丝。
灵和旧事今如梦,却到人间管别离。

【注】

①梁汾:指顾贞观(一六三七至一七一四年),原名华文,字远平、华峰,也作华封,号梁汾,清代著名词人,江苏无锡人。与陈维嵩、朱彝尊并称明末清初"词家三绝",同时与纳兰性德、曹贞吉共享"京华三绝"之誉。偕,一起。

又

弱絮残莺一半休,万条千缕不胜愁。
只应天上张星①伴,莫向青门②系紫骝。

【注】

①张星:二十八星宿之一,在天的南方。此星掌管珍宝、宗庙所用以及衣服,同时掌管饮食、赏罚之事。此处指朝廷的俸禄。
②青门:泛指京城的都门。

题虞美人蝴蝶画扇

写得春风分外娇,粉痕零落晕红潮。

曲终梦醒浑①无那②,同向斜阳恨寂寥。

【注】

①浑:真的,的确是。

②无那:无可奈何。

有感

帐中人去影澄澄①,重对年时芳苡灯。
惆怅月斜香骑散,人间何处觅韩冯②。

【注】

①澄澄:原是形容水澄净清澈,此处指空荡荡。

②韩冯:也作韩凭或者韩朋。传说战国时期宋康王舍人韩冯,娶何氏为妻,很漂亮,被康王抢走了。韩冯抱怨,康王把他囚禁,韩冯于是自杀。何氏也自杀,留下遗书,希望康王把她的尸骨和韩冯合葬。康王很生气,于是命人把两人埋了,但是坟墓相对。然而一夜之间,两坟墓之间生出梓木来,根在地下相交,枝盘错在上面,又有鸳鸯栖息在树上,朝夕不离,悲鸣不已,让人悲伤。后世用此代表男女相爱、至死不渝的爱情。

书鲍让侯诗后①

多少才情艳绮霞,羡君能赋上林花。

如余砚北②浑③无事,只傍红窗枕木瓜。

【注】

①鲍让侯:指鲍鼎铨,字让侯,康熙八年(一六六九年)举人,曾任知县,江苏无锡人。

②砚北:几案面朝南,人坐在砚的北面,指从事著作。

③浑:一直。

记征人语①

列幕平沙夜寂寥，楚②云燕③月两迢迢。
征人自是无归梦，却枕兜鍪④卧听潮。

【注】

①康熙十七年八月清军在衡州打败了吴三桂，进驻到岳州，此诗即作于那时。

②楚：指湖北、湖南一带。

③燕：指河北燕山一带。

④兜鍪（dōu móu）：也作"兜牟"。秦汉以前叫胄，古代战士戴的头盔。

又

横江①烽火未曾收，何处危樯系客舟。
一片潮声飞石燕，斜风细雨岳阳楼②。

【注】

①横江：古代的长江渡口，在今安徽省和县的东南部。

②岳阳楼：在今湖南岳阳西门城头，紧挨着洞庭湖畔，始建于三国东吴时期，与湖北武汉的黄鹤楼、江西南昌的滕王阁并称为江南三大名楼。

又

楼船昨过洞庭湖①，芦荻萧萧宿雁呼。
一夜寒砧霜外急，书来知有寄衣无。

【注】

①洞庭湖：在今湖南省北部，是我国第二大淡水湖，号称"八百里洞庭"，风光绮丽动人。

又

旌旗历历射波明，洲渚宵来画角①声。
啼遍鹪鸪②春草绿，一时南北望乡情。

【注】

①画角：古代一种乐器，外形像竹筒，竹木或皮革制成，外加彩绘，所以叫"画角"。通常在黎明和黄昏时吹响，等同于出操或休息的信号，古时军中常用来报警黄昏黎明，声音高亢动人，鼓舞士气。

②鹧鸪：鸟类的一种，体形像鸡，但比鸡小，大多羽毛黑白杂错，背上和胸、腹等部的眼状白斑非常明显。

又

青磷点点欲黄昏，折铁难消战血痕。
犀甲玉枹①看绣涩②，九歌原自近招魂③。

【注】

①枹（fú）：今作"桴"，指鼓槌。

②绣涩：不光滑并且生锈了。绣，此处是"锈"。

③《楚辞》中有《九歌》和《招魂》，此处是告慰死难的战士的亡魂。

又

战垒临江少落花,空城白日尽饥鸦。
最怜陌上青青草,一种春风直到家。

又

阵云黯黯①接江云,江上都无雁鹜群。
正是不堪回首夜,谁吹玉笛吊湘君②。

【注】
①黯:黑。
②湘君:传说舜南巡死后,成为湘水男神,后世称之为湘君。

又

边月无端照别离,故园何处寄相思。
西风不解征人苦,一夕萧萧①满大旗。

【注】

①萧萧：凄清孤独的样子。

又

移军日夜近南天，蓟北①云山益渺然。
不是啼乌衔纸②过，那知寒食又今年。

【注】

①蓟北：今河北省蓟县以北。
②纸：此处指清明时节上坟用的纸。

又

鬓影萧萧夜枕戈，隔江清泪断猿多。
霜寒画角吹无力，归梦秦川①奈尔何。

【注】

①秦川：泛指今陕西、甘肃的秦岭以北的关中平原地带。因为春秋、战国时期地属秦国而得名。

又

一曲金笳客泪垂,铁衣闲却卧斜晖。
衡阳十月南来雁①,不待征人尽北归。

【注】

①雁:一种候鸟,古代传说雁十月南归到衡阳就不再往南了,此处暗指衡阳已经从吴三桂手中收回两个月了。

又

才歇征鼙①夜泊舟,荻花枫叶共飕飕②。
醉中不解双鞬③卧,梦过红桥访旧游。

【注】

①鼙(pí):古代军中的战鼓。
②飕飕:形容风声。
③鞬:盛弓箭的工具。

又

去年亲串^①此从军,挥手城南日未曛^②。
我亦无端双袖湿,西风原上看离群。

【注】
①亲串:指亲戚或者关系亲近的人。
②曛:落日的余光。

赋得柳毅传书图次陈其年韵[①]

黄陵[②]祠庙白苹洲，尺幅图成万古愁。
一自牧羊泾水上，至今云物不胜秋。

【注】

①柳毅传书是神话故事。洞庭龙女在夫家遭虐待，柳毅见此就仗义为龙女传送家书，入海见龙王。龙女得救后，与柳毅感情日增，于是结成夫妇。陈其年：即陈维崧（一六二五至一六八二年），字其年，号迦陵，清代词人、骈文作家，宜兴（今江苏）人。清初与朱彝尊、纳兰性德并称为三大词人。

②黄陵：指洞庭湖边的黄陵庙，古称黄牛庙、黄牛祠，又称黄牛灵应庙，都建在舜之二妃的坟墓上。

又

花愁雨泣总无伦，憔悴红颜画里真。
试看劈天金锁去，雷霆原恼薄情人[①]。

【注】

①薄情人：指虐待龙女的丈夫。

又

晶帘碧砌玉玲珑，酒滴珍珠日未中。
忽报美人天上落，宝筝筵里尽春风。

又

凝碧宫寒覆羽觞，洞庭歌罢意茫茫。
玉颜寂寞今依旧，雨鬟风鬓①枉断肠。

【注】

①鬓：古代妇女梳成环形的发卷。

题照①

画出东风别一般,绿窗人静独凭阑。
就中真色②图难就,最是春山③两笔难。

【注】

①题照:在画像上题词。
②真色:人的真实本色,内在思想和性格。
③春山:春天的山色如黛,比喻女子的双眉如春山。

别意

晶帘低映美人蕉①,雨歇芳丛点未消。
应是玉鞭归较晚,故从花底坐无聊。

【注】
①美人蕉:双关语。既是花的名字,又说美人的心焦躁难捱。

又

浓香如雾恍难寻,执烛樱桃①伴夜深。
惭愧十郎②归未得,空题红泪寄焦琴③。

【注】
①樱桃:比喻女人的樱桃小嘴,此处代指女人。
②十郎:古代有两个"十郎",唐代的李益和清代的李渔。因为李渔和纳兰性德同处一个时代,当时也没有社会地位,所以此处指的应该是李益。李益,字君虞,唐代诗人,陕西姑臧(今甘肃武

威)人,后迁往河南郑州。

③焦琴:琴中的佳品。

又

独拥余香冷不胜,残更数尽思腾腾①。
今宵便有随风梦②,知在红楼第几层。

【注】

①腾腾:一直跳动,好似火焰那样旺盛。
②随风梦:随风而来的好梦。

又

芭蕉阴暗玉绳①斜,风送微凉透碧纱。
记得夜深人未寝,枕边狼藉一堆花。

【注】

①玉绳:星名。经常泛指群星。

又

银屏对影自生怜,正是看花中酒①天。

剪却合欢双带子,一般牵恨又今年。

【注】

①中酒:醉酒。

又

茗碗①香炉事事幽,每当相对便无愁。

金笼自结双栖愿,那得齐纨怨早秋。

【注】

①茗碗:茶碗。茗,由嫩芽制成的茶或者由老叶制成的茶。

暮春见红梅作简梁汾①

杏花庭院月如弓,又见江梅一瓣红。
知是东皇②深着意,教他终始③领春风。

【注】

①康熙二十一、二十二年春季纳兰性德都不在京城,只有二十三年春天在京城,所以此诗应该是作于那时。

②东皇:指司春之神。

③终始:指始终。

咏絮

落尽深红绿叶稠,旋看轻絮扑帘钩①。
怜他借得东风力,飞去为萍②入御沟③。

【注】

①帘钩:卷帘用的钩子。古代的床上都有幔,睡觉时拉上,白天用帘钩挂在两旁,就像现在的蚊帐一样。

②萍:水上的浮萍。

③御沟:也叫禁沟,指的是宫墙外面的护城河。

柳枝词

一枝春色又藏鸦①,白石清溪望不赊②。
自是多情便多絮③,随风直到谢娘④家。

【注】

①藏鸦:乌鸦躲藏起来。此处是说柳树枝繁叶茂,春色渐深。

②赊:远。

③絮:双关语。既指柳絮,又指思绪。

④谢娘:晋朝女诗人谢道韫有文才,所以后人把才女称为"谢娘"。

又

春到江南春草生,乍惊摇曳扑帘旌①。
黄鹂无语昏鸦起,深闭重门②待月明。

【注】

①帘旌：帘端所缀的装饰。也泛指帘幕。

②重门：多层的门。

又

七香车①过殷②轻雷，十里红楼③照水开。
遥指玉鞭④鞭白马，柳阴阴下是郎来。

【注】

①七香车：用多种香木制成的车，非常华贵，最早出现于商周时期。

②殷：雷声。

③红楼：古代富贵人家的女儿住的地方。

④玉鞭：比喻有才之士。

又

水亭无事对斜阳，宛地①轻阴却过墙。
休折长条惹轻絮，春风何处不回肠。

【注】

①宛地:此处应该是指纳兰性德曾经到过的北京近地宛平。

又

何处纤腰不可怜,缠头①抛与沈郎钱②。
女儿睡觉推窗看,忽忆迎欢旧系船。

【注】

①缠头:唐朝打赏给唱歌跳舞之人的小费。

②沈郎钱:东晋大将军王敦手下的参军沈充所造的钱币。此种钱非常轻,并且小,就像榆钱似的。

又

永丰坊里谢啼鹃①,移植红泥②曲槛边。
凉月一帘思往事,是他曾与伴无眠。

【注】

①啼鹃:传说杜鹃啼血,叫声凄苦。

②红泥：因为杜鹃啼血，染红了泥土。实际上指的是花栏边上的落红花瓣。

又

人去楼空属阿谁，月明惟见影垂垂。
寻常已是堪愁绝，何况春来赠别离。

又

何事凭阑怨月明，乍晴楼阁倍晶莹。
相思一夕溪流涨，倒影丝丝拂水平。

又

绿到长干①第几桥，晚晴帘幕隔吹箫。
前身自是轻狂甚，嫁得东风带水飘。

【注】

①长干：古代建康里的巷名，此处泛指京城里的街巷名。

又

辛夷①开罢絮纷纷,青粉墙头日未曛。
记得个人春病起,是他萦惹②绿罗裙。

【注】
①辛夷:中药材,又叫木笔,俗称玉兰,落叶乔木,高数丈,春初开花,有香气,主要产于中国河南、陕西等地。
②萦惹:牵缠,招引。

又

手绾长条倚水楼,困人风日懒梳头。
濛濛一抹催花雨,半系斑骓①半系舟。

【注】
①斑骓:毛色相杂的骏马。

又

软风吹雪带微香,曾向珠楼扫钿[1]床。
塘上鸳鸯三十六,只今何处月茫茫。

【注】
[1]钿:把金属宝石等镶嵌在物品上作装饰。

又

风过游丝卷落花,又随飞絮上檐牙。
东邻为约清明后,陌[1]上轻衫共采茶。

【注】
[1]陌:田间东西方向的道路,也泛指道路。

又

一水萦回雁齿桥,红泥亭搭绿丝绦[1]。
浔阳纵有麻姑[2]信,春雨春风自寂寥。

【注】

①绦：用丝线编织的花边或扁平带子，用来装饰衣物。

②麻姑：道教中的神话人物。《神仙传》有记载：麻姑，修道于牟州东南姑馀山，东汉时应仙人王方平之召，降于蔡经家，十八九岁，很漂亮，自称"已见东海三次变为桑田"。所以古代用麻姑比喻高寿。江西有麻姑山，在今南城县的西南部，风景秀丽，物产丰富。

又

细细萍吹水面风，百花飞尽绿阴同。
别离管尽人如昨，罗袖长垂玉筋①红。

【注】

①玉筋：眼泪。

又

休栽杨柳只栽桐，待凤藏鸦好尽空①。
不见胥台②明月夜，一池黄叶但西风③。

【注】

①好尽空：结果总是一场空。

②胥台：指姑苏台，故址在今江苏省苏州市的西南部，为春秋时期的吴王阖闾所建。

③黄叶、西风：眼前所见的秋景，也象征了吴王的失败。

又柳枝词[1]

长条短叶漾东风,寒食青郊处处同。
不待含烟兼带雨,春山一半绿纱中。

【注】

[1]马云翎死于康熙十七年(一六七八年)秋天,由诗意来看,此诗应当是在马云翎辞世之后所作。系康熙十八年晚春时所作。

又

马卿[1]苦忆红泥阁[2],我亦伤心碧树村。
病骨沉绵词客死[3],更谁攀折与招魂。

【注】

[1]马卿:纳兰性德的已故的朋友马云翎。
[2]红泥阁:"绿杨天半红泥阁,朱槿风前翠袖人。"亡友马孝廉云翎《柳枝词》。
[3]词客死:马云翎因为没考中回乡,却不幸早逝,年仅三十岁。

又

池上闲房①碧树围,帘文如縠上斜晖。
生憎飞絮吹难定,一出红窗便不归。

【注】
①闲房:可能是马云翎曾经住过的地方。

又

翠袖寒轻立画桥,江讴越吹激山椒①。
看来都未关情绪,别向东风弄柳条。

【注】
①山椒:山顶。

又

只恐随风化彩云,梦回酒醒怨斜曛①。
陌头自领行人意,可奈闲来便见君。

【注】

①曛：落日的余光。

又

三春何处系人情，惟有垂杨傍户明。
月到帘栊①遮不断，雨来池馆听无声。

【注】

①帘栊：也作"帘笼"。窗帘和窗牖。也泛指门窗的帘子。

又

萧条齐映白苹洲，宛转青蛾恨未休。
梅雨过时憔悴了，年年无绪到清秋。

又

密护轩窗障小楼，从今不作少年游。
一生几许心闲日，不见相思见又愁。

初夏月偕仲弟作①

云母②窗扉夜不扃③,露华和月满中庭。
可怜春去无多日,已怯微暄④敞画屏。

【注】

①仲弟:纳兰性德的二弟揆叙,生于康熙十三年(一六七四年)二月。纳兰性德比他大十九岁。

②云母:矿石名,俗称千层纸。因为它的晶体呈片状,极薄,并且很华丽,所以古人常用云母装饰门窗。

③扃(jiōng):本指从外面关门的门闩。后来用为动词,即上闩关门。

④暄:暖。

龙泉寺书经岩叔扇①

雨歇香台散晚霞，玉轮②轻碾一泓③沙。
来春合向④龙泉寺，方便⑤风前检较⑥花。

【注】
①岩叔：经纶的字，著名画家。龙泉寺有多处。此处的龙泉山寺可能是以前曾以"龙泉寺"为名的潭柘寺或者灵光寺，两寺都在北京的西郊。
②玉轮：月亮。
③泓：深而广。
④合向：共同向某处去。
⑤方便：佛语，指诱导某人，使其领悟佛的真正意义。
⑥检较：本来写作"检校"，散官名，非正式官衔。

又

绣旛①风定昼愔愔②，证取莲花不染心。

佛法自来空色相③,当年何事苦吞针④。

【注】

①幡:古时仪仗用绣帛作长幅,上面围上圆罩子,下面系着铃铛,后来作为旌旗的总称。

②愔愔(yīn yīn):寂静凄清。

③空色相:佛家讲究一切皆空之相。

④吞针:佛语。但此处是自讨苦吃的意思。

上元竹枝词①

碧落②箫声转玉壶③,踏灯④随处笑相呼。
相逢若个能相赏,消得金霞⑤照夜珠。

【注】

①竹枝:乐府名。由古代巴蜀间民歌演变而来。唐代刘禹锡把民歌变为诗体,开始盛行起来。后来多写为《竹枝词》。

②碧落:天空。

③转玉壶:漏声已经转了好几次,夜都过午了。玉壶,即漏,计时的工具。

④踏灯:上元节的时候,街市挂满灯,人们上街赏灯叫作踏灯。

⑤金霞:妇女缀有金饰的礼服。

又

舞散应怜化彩云,尽收红紫付东君①。
长安②一片团圆月,只有秧歌彻晓闻。

【注】

①东君：司春之神。

②长安：泛指京城。

又

天上①朱轮绣幰②车，几看春色到梅花。

而今却畏春寒甚，独掩重门自试茶。

【注】

①天上：皇帝所住的地方。

②幰（xiǎn）：车上的帷幔。此处指皇宫里的车。

又

半落银灯爆麝煤①，似闻秾②李踏歌回。

上清③更有新翻曲，不许琼签④傍晓催。

【注】

①麝煤：指麝墨，写字所用的墨。

②秾（nóng）：花木茂盛的样子。

③上清：指侍女。

④琼签：漏壶的美称，报时用的工具。

杂题

岩扉日日望城闉[1],近水谁家背市尘。
白板[2]窗齐乌桕树,红衫飘曳上楼人。

【注】
①闉(yīn):城的重门。
②白板:门。

又

碧嶂夫容[1]不可攀,闲听客话钓台间。
惟应短棹迎潮去,雷殷空江看雪山。

【注】
①夫容:指芙蓉,荷花的别称。

又

亦有闲园临水裔①,行来棋响渐丁丁。
新阴四面无穷竹,一迳中通白石亭。

【注】
①水裔:水边。

又

碧城①西去面山椒,细路缘堤未觉遥。
日上丽谯看浴马,千章②高柳赤阑桥。

【注】
①碧城:《太平御览》有记载:"元始(元始天尊)居紫云之阙,碧霞为城。"后来"碧城"指仙人住的地方。
②千章:千棵,指数量之多。

缑山曲①

刘郎西阁阮郎东,嬴女吹箫别故宫。
嫁尽仙姬春寂寞,独留鸡犬护花丛。

【注】
①缑山:在今河南省偃师县。

又

人间曾见杜兰香①,乱点明珰压绣裳。
今日素衣翻贝叶②,一灯风雨拜空王③。

【注】
①杜兰香:仙女名。
②贝叶:佛经名。
③空王:佛的别称。

又

齐州客去九烟青,送别蓬山第二亭。

浅酌劝君休①尽醉,人间百岁酒初醒。

【注】

①休:不要。

又

紫诰①题衔敕众灵,明朝同谒翠华②亭。

垂鬟小女司铜漏,误报晨签落曙星。

【注】

①紫诰:指诏书。古代皇帝的诏书装在锦囊中,用紫泥封口,加盖印章,所以称紫诰为诏书。

②翠华:皇帝的仪仗中,旗杆上的旗帜用翠装饰,后来翠华多指皇帝。

又

智琼①携手阿环②随,同侍瑶阶看舞姬。
玉茗主人新换职,大罗宫③里教填词。

【注】
①智琼:《搜神记》中的仙女。
②阿环:仙女名。
③大罗宫:天宫。

又

绿蒲经雨叶初齐,箫鼓楼船下碧溪。
风散满衣红蜡泪①,五更同化杜鹃啼。

【注】
①蜡泪:蜡油顺点着的蜡烛向下流,像流泪一样。

又

鹤俸①分田②过海隅,碧窗鹦鹉记呼卢③。
唐家空有王摩诘④,不识瑶池⑤雪后图。

【注】

①鹤俸:泛指微薄的官俸。

②分田:分得田地里的作物。

③呼卢:古代一种赌博游戏。总共五子,五子全黑的叫"卢",头彩。掷子时,大声喊叫,希望全黑,因此叫"呼卢"。

④摩诘:指王维,号摩诘,唐朝大诗人、著名的画家。

⑤瑶池:传说中西王母为天子祝寿的地方。

又

校书①香案石函②开,楚庙③残碑绣紫苔。
一纸黄封呼宋玉④,好携天问礼瑶台⑤。

【注】

①校书:本来是汉魏时期校勘书籍的官员,后来用来形容有才

的女子。但也把能诗能文的妓女称为女校书。

②石函：石头制成的匣子。

③楚庙：巫山的神女庙。

④宋玉：又名子渊，东周战国时鄢（今襄阳宜城）人，楚国的诗人。

⑤瑶台：仙人住的地方。

又

侍女开笼放白云，两天晴雨一山分。

上元①不喜方壶②住，借与苏家玉局③君。

【注】

①上元：仙女名。

②方壶：传说是东海仙山。

③玉局：地名，在今四川成都。

和元微之杂忆诗①

卸头才罢晚风回,茉莉吹香过曲阶。
忆得水晶帘畔立,泥人②花底拾金钗。

【注】

①元微之:即元稹(七七九至八三一年),字微之,别字威明,唐代洛阳(今河南洛阳)人,著有爱情诗《杂忆诗》五首。早年和白居易一起提倡"新乐府"。后人常把他和白居易并称"元白"。
②泥人:低声细语乞求别人。

又

春葱①背痒不禁爬,十指掺掺②剥嫩芽。
忆得染将红爪甲,夜深偷捣凤仙花③。

【注】

①春葱:形容女子手指嫩白的样子。

②掺掺:形容女子的手指纤细。

③凤仙花:也叫指甲花、小桃红、金凤花等。花有红白紫等色,把花捣碎加上明矾可以用来染指甲。

又

花灯小盏聚流萤,光走琉璃贮不成①。

忆得纱橱和影睡,暂回身处妩分明。

【注】

①形容萤火虫发出的光就像琉璃一般,一直飞动,就是没法贮存。

柬西溟①

廿载疏狂世未容,重来依旧寺门钟。
晓衾何处还家梦,惟有凉飙起占松。

【注】

①西溟:纳兰性德的好友姜宸英的字。柬:信件等,此处以诗代信,即寄。此诗是姜宸英南归之后的寄诗。

题歌儿诗册①

分明雪面②转金铃③,红烛娇歌倚画屏。
作使④座中诸狎客⑤,泥他沉醉唤他醒。

【注】

①给歌女的诗册题诗。

②雪面:此处是说歌女涂白粉涂得很厚。

③金铃:本是一种植物。此处形容歌女长时间跳舞歌唱,白粉已经被汗水洗掉,脸色发黄了,然而还得像金铃一样摇摆。

④作使:强作姿势应付人。

⑤狎(xiá)客:本义是伴随皇帝游玩的人,后来指嫖客。

松花江[1]

弥天塞草望逶迤[2],万里黄云四盖垂。
最是松花江上月,五更曾照断肠时。

【注】

①纳兰性德在康熙二十一年春随皇帝东巡,又在同年秋天奉命"觇梭龙",都经过松花江。此诗应是其中一次经过此地所作。松花江流域在我国东北地区的北部,是黑龙江右岸最大的支流。

②逶迤(wēi yí):也作逶迆、逶蛇。形容道路、山脉、河流等弯弯曲曲,拐来拐去,此处指松花江弯弯曲曲。

渌水亭①

野色湖光两不分,碧云万顷变黄云。
分明一幅江村画,着个闲亭挂夕曛②。

【注】

①渌水亭:纳兰性德与朋友们相聚的地方,性德还把自己的一处住宅叫作"渌水亭",然而渌水亭所在的位置说法不一,有的说在北京什刹海边,有的说在西郊玉泉山下,还有的说在封地皂甲屯玉河边,有待考证。渌水,即清澈干净的水。

②夕曛:落日。

玉泉

芙蓉殿①俯②御河③寒,残月西风并马看。

十里松杉清绝④处,不知晓雪在西山。

【注】

①芙蓉殿:皇宫内的宫殿名。

②俯:俯瞰。

③御河:指玉泉,因为河流源于玉泉。

④清绝:十分凄清幽静。

西苑杂咏和荪友韵①

宫花半落雨初停,早是新炎撤画屏。
何必醴泉②堪避暑,藕丝风好水西亭。

【注】

①纳兰性德的好友严绳孙(字荪友)写七言绝句《西苑侍直》诗二十首,根据朱彝尊《曝书亭集卷三十七》中的《严中允(瀛台侍直)诗序》记载"诗作于二十一年六月",那么纳兰性德的和诗应当在其后不久,由诗意看来,各诗不是作于同一时间。此诗写作时间当在康熙二十一年(一六八二年)六月之后,到这一年九月上旬性德赴东北边疆"觇梭龙"前。

②醴泉:指甘泉,泉水里带有甘美的味道。此处指唐代的醴泉宫(在今陕西麟游)。

又

离宫近绕绿苹洲,冰簟银床①到处幽。

好是万几②清暇日,亲持玉勒③奉宸游④。

【注】

①冰簟银床:本意是清凉的竹席,以银装饰床。此处是说湖面平静的样子。

②万几:皇帝治理国事称为万几。

③玉勒:玉装饰的马衔,此处代指御马。

④宸游:皇帝出巡游玩。

又

太液①东头散直②迟,一双水鸟掠杨枝。
从臣献罢平滇③颂,坐听中涓④报午时。

【注】

①太液:太液池,此处指北京的西华门外的北海、中海、南海三海。元明清都有太液池,元时叫西华潭;清时叫太液池。

②直:今作值,值班的意思。

③滇:云南。

④中涓:宫中的侍卫。

又

进来瓜果每承恩,豹尾前头拜至尊[1]。
正是日斜花雨散,传呼声在望春门[2]。

【注】

①至尊:对皇帝的尊称。
②望春门:宫门名,故宫内的一道宫门。

又

幔展轻罗一色裁,琐窗[1]深映拂云槐。
重帘那得微风入,叶叶荷声急雨来。

【注】

①琐窗:雕有或者绘有花纹的窗子,指妇人的居室。

又

黄幄临池白鸟飞,金盘初进鲙鱼肥。
太平时节多欢赏,丝络雕鞍[1]半醉归。

【注】

①丝络雕鞍：本指马饰，此处指受到皇帝赏赐的官员。

又

射生①才罢晚开筵②，十部笙箫动暝烟③。
月上南湖波似练，几星灯火是龙船。

【注】

①射生：射猎鸟兽等。

②筵：酒席。

③暝烟：本来是比喻战乱的，此处形容暮色昏暗。

又

青丝蜀锦护银塘①，谁许延秋②报早凉。
缥缈③蓬山应似此，不知何处白云乡。

【注】

①银塘：清澈干净的池塘。

②延秋:本是唐宫的宫门名。此处泛指宫门。

③缥缈:高远,隐隐约约的样子。

又

才翻①急雨②暗金河③,曲罢催呈杂技多。

一自花竿身手绝,那将妙舞说阳阿④。

【注】

①翻:编制辞曲,此处指吹奏、演唱。

②急雨:比喻气势宏伟的歌曲。

③暗金河:此处反映塞外歌曲的内容。

④阳阿:古代著名的娼女阳阿擅长歌舞,后来便将乐曲称为阳阿。

又

玉映窗扉静不开,藕花深处绝①尘埃。

三更露坐清无暑,共待蕉园彩鹢②回。

【注】

①绝：隔绝。

②彩鹢：古人常在船头画上鹢，绘以彩色。后来便借指船。

又

香引轻飔①散玉除②，下帘声彻退朝初。

马曹③此日承恩数，也逐清班④许钓鱼。

【注】

①飔：凉风。

②玉除：用玉石砌成或装饰的台阶，此处指皇宫宫殿的台阶。

③马曹：管理马匹的官。纳兰性德做侍卫期间曾管理御用的马匹，所以此诗中自称"马曹"。

④清班：清贵的官员。多指文学侍从等官员。

又

烟柳①千行宿鸟多，虹梁②曲曲水萤过。

新凉却爱中元节，万点荷灯散玉河。

【注】

①烟柳：烟雾笼着的柳树林。也泛指柳树林。

②虹梁：拱桥弯弯像彩虹一样，所以叫虹梁。

又

夜深帘幕卷银泥①，十二楼②高望欲迷。

莲漏③滴残闻动锁，一钩斜月碧河西。

【注】

①银泥：用金银装饰窗棂的花纹窗户。

②十二楼：此处指皇宫中的楼阁。

③莲漏：计时用的工具。

又

轻云欲傍最高楼，重露看垂白玉旒①。

处处红芳零落尽，众香国里不曾秋。

【注】

①旒（liú）：旗子下面悬挂的饰物。

又①

时攀御柳拂华簪②，水槛行开玉一函。
几日乌龙江上去，回看北斗是天南。

【注】

①此诗作于康熙二十一年秋天，纳兰性德奉命"觇梭龙"离京前几天。

②华簪：头饰，华贵的冠簪。

又

玲珑朱阁拟三山，上驷门①依御柳间。
倦听月中歌吹杳②，晨凫③秣④罢夜分还。

【注】

①上驷门：指上驷院的门。上驷院是康熙年间隶属内务府管的

三院之一（三院是上驷院、奉宸苑、武备院），掌管宫内所用的马。

②杳：渺茫，深远。

③晨凫：野鸡，因为它常常在早晨飞，所以叫晨凫。

④秣：本义是喂马的饲料，此处用作动词，即饲喂。

又

制胜由来仗德威，夜郎何物敢轻违。

河清①欲颂惭才尽，空羡儒臣②赐宴归。

【注】

①河清：形容国家太平盛世之貌。

②儒臣：泛指读书人出身或者有学问的大臣。

又

讲帷迟日记花砖，下直归来一惘然。

有梦不离香案①侧，侍臣那得日高眠。

【注】

①香案：放置香炉的长方形桌子。此处指皇帝的御案。

又

不须惆怅忆江湖，身入金门①待漏图。
中使擎来仙掌露，蓴羹风味得如无。

【注】

①身入金门：指自己在朝廷做官。

又

花映初阳覆绮寮①，玉珂②双引望中遥。
凭君莫作烟波③梦，曾是烟波梦早朝。

【注】

①绮寮（liáo）：雕刻或装饰的漂亮的窗子。寮，小窗。

②玉珂：本义是马头上的装饰。此处指马。

③烟波：本指烟雾缭绕的湖面。此处是归隐的意思。

从军曲

细柳门开部曲①闲②,元戎③亲送六飞④还。
预陈辟谷⑤他年志,许赐华阳十里山。

【注】
①部曲:军队。
②闲:安静的样子,此处形容军队纪律严肃分明。
③元戎:主将,统帅。
④六飞:古代皇帝的车用六匹马驾驭,所以叫六飞。
⑤辟谷:不吃五谷,只食气,吸取自然的正能量,是道家修炼成仙的一种方法。

又

锦衾①千里惜余香,独宿天山五月凉。
梦断荒城天欲晓,李陵②祠下月如霜。

【注】

①锦衾:锦缎制成的被子,此处代指家人。

②李陵:字少卿,西汉将领,陇西成纪(今甘肃天水市秦安县)人。率军与匈奴作战,战败投降于匈奴,后来病死在匈奴。后人为他建了祠堂,即李陵祠。

塞垣却寄

绝塞山高次第登,阴崖时见隔年冰。
还将妙写簪花手①,却向雕鞍②试臂鹰。

【注】

①簪花手:比喻中了进士。因为纳兰性德也是进士,所以用簪花手自称。

②雕鞍:雕刻着华美图案的马鞍,此处指宝马。

又

千重烟水路茫茫,不许征人不望乡。
况是月明无睡夜,尽将前事细思量。

又

碎虫零叶共秋声,诉出龙沙①万里情。

遥想碧窗红烛畔,玉纤[2]时为数归程。

【注】

①龙沙:指白龙堆,是非常著名的罗布泊景观之一。

②玉纤:纤细如葱,洁白如玉的手指,此处指代女人。

又

枕函[1]斜月不分明,梦欲成时那得成。

一派西风连角[2]起,寒鸡已到第三声。

【注】

①枕函:中间可以藏东西的枕头。

②角:号角。

平山堂[1]

竹西歌吹忆扬州,一上虚堂[2]万象[3]收。
欲问六朝佳丽地,此间占绝广陵[4]秋。

【注】

[1]平山堂:在今扬州市西北郊蜀的大明寺内,是扬州西北名胜之地。康熙二十三年十月二十二日(一六八四年十一月二十七日)纳兰性德随皇帝南巡到扬州,曾在此游玩,此诗应该是作于那时。

[2]虚堂:没有人住的地方。

[3]万象:江南的各处名胜。

[4]广陵:指江苏扬州。

江南杂诗^①

妙高云级试孤攀,一片长江去不还^②。
最是销魂难别处,扬州风月润州山。

【注】
①纳兰性德在康熙二十三年十月下旬至十一月初随皇帝南巡,曾先后到镇江、苏州、无锡、江宁。
②去不还:江水东去不复返。

又

邓尉溪村万树梅,霜残月白半春开。
金台游客时相忆,那得年年看一回。

又

九龙^①一带晚连霞,十里湖堤半酒家。

何处清凉堪沁骨,惠山泉试②虎丘③茶。

【注】

①九龙:山名,在今江苏无锡的西郊,因为泉水著称。

②试:品尝。

③虎丘:在今苏州西北郊,传说春秋时期吴王夫差把他的父亲葬在这里,葬后三天有白虎盘踞在坟墓,所以叫虎丘。

又

紫盖黄旗①异昔年,乌衣朱雀②总荒烟。
谁怜建业③风流地,燕子归来二月天。

【注】

①紫盖黄旗:比喻皇帝的气势。

②乌衣朱雀:乌衣巷、朱雀桥。东晋王导、谢安所住的地方,两个地方离得很近,故址在今南京的秦淮河一带。

③建业:吴国的都城,今江苏省南京市的旧称之一。

秣陵怀古

山色江声共寂寥，十三陵①树晚萧萧。
中原事业如江左，芳草何须怨六朝。

【注】
①十三陵：中国明朝皇帝的墓葬群，从明成祖到明毅宗共十三个皇帝。在北京市昌平区的天寿山。

四时无题诗①

挑尽银灯月满阶,立春先绣踏青鞋。
夜深欲睡还无睡,要听檀郎②读紫钗。

【注】

①此诗的第一首及第十四首是根据张纯修在康熙三十年（一六九一年）刊刻的《饮水诗词集》补进来的。

②檀郎：妇女对丈夫或所倾慕的男子的赞称。

又

一树红梅傍镜台,含英次第晓风催。
深将锦幄①重重护,为怕花残却怕开。

【注】

①锦幄：用锦绣的帐幕。幄，帐幕。

又

金鸭①香轻护绮棂②,春衫一色飐蜻蜓。

偶因失睡娇无力,斜倚熏笼③看画屏。

【注】

①金鸭:鸭形的香炉,金属铸造。

②棂:窗户或者栏杆上的格子。

③熏笼:古代放在炭盆上的一种烘烤和取暖的用具,可以熏香,熏衣。

又

手捻红丝凭绣床,曲阑亭午柳花香。

十三时节春偏①好,不似而今惹恨长。

【注】

①偏:正好,恰巧。

又

青杏园林试越罗,映妆残月晓风和。
春山①自爱天然妙,虚费筠奁②十斛螺。

【注】
①春山:形容女人的眉毛很美。
②筠奁(lián):女人用的梳妆匣。

又

绿槐阴转小阑干,八尺龙须①玉簟寒。
自把红窗开一扇,放他明月枕边看。

【注】
①龙须:多年生草本植物,根茎贴着地生长,极细软,多分枝。茎可以用来织席,叫作龙须席。

又

水榭同携唤莫愁①,一天凉雨晚来收。
戏将莲菂②抛池里,种出花枝是并头。

【注】

①莫愁:古代传说之女子名,后来常用来当作女孩儿名。
②莲菂(dì):莲实,即莲子。

又

小睡醒来近夕阳,铅华①洗尽淡梳妆。
纱幮②此日偏惆怅,剪取巫云③做晚凉。

【注】

①铅华:指铅粉,古代妇人用的化妆品。
②纱幮:也作"纱厨",即纱帐,室内用来避蚊。
③巫云:巫山的云。巫云是云的一种极致。用来比喻爱情。

又

追凉池上晚偏宜,菱角鸡头①散绿漪。
偏是玉人怜雪藕,为他心里一丝丝。

【注】

①鸡头:芡实的别称。一年水生草本植物,有白色的须根及不明显的茎,茎上和花叶都有刺,夏天茎端开花,结果实。新鲜鸡头可生吃。煮熟的鸡头味像莲子,也可酿酒及入药。

又

却对菱花①泪暗流,谁将风月印绸缪②。
生来悔识相思字,判与齐纨③共早秋。

【注】

①菱花:菱的花。菱,一年水生草本植物,夏天开白色的花,果实有硬壳,有角,可以食用。

②绸缪(chóu móu):男女之间的情爱缠绵。

③齐纨:齐地产的扇子,扇子以齐地出产的白细绢制作的为佳品。

又

解尽余酲①爇②尽香,雨声虫语两凄凉。
如何刚报新秋节,便觉清宵分外长。

【注】

①余酲:指宿醉,酒没有醒。
②爇(ruò):烧。

又

璇玑①好谱断肠图,却为思君碧作朱。
几夜西风消瘦尽,问侬还似旧时无。

【注】

①璇玑:前秦窦滔的妻子所织的回文诗图。总计八百四十一字,纵横反复,纵、横、斜、交互、正、反读、退一字、迭一字读都可成诗,诗有三、四、五、六、七言不等,堪称绝妙,广为流传,叫作璇玑图。她为寻回真爱所作的故事也流传至今。

又

菊香细细扑重帘,日压雕檐起未忺①。
端的为花憔悴损,一枝还向胆瓶添。

【注】
①忺(xiān):想要。

又

是谁看月是谁愁,夜冷无端上小楼。
已过日高还未起,任教鹦鹉唤梳头。

又

凝阴容易近黄昏,兽锦①还余昨夜温。
最是恼人风弄雪,睡醒无事总关门。

【注】
①兽锦:织有兽形图案的锦被。

又

玉指吴盐[①]待剖橙,忽听楼外马蹄声。
问郎今日天寒甚,却是何人抵暮行。

【注】

①吴盐:江淮一带晒制的散盐,色白而味淡。

又

漫学吹笙苦未调,娇痴且自阅焚椒[①]。
博山[②]香尽残灰冷,零落霜华带月飘。

【注】

①焚椒:椒有香味,可以作饮食用,也可入酒,还可以焚烧当作香薰或者取暖用。
②博山:香炉。

又

漫爇甜香漫煮茶,桃符①换却已闻鸦。
宿妆②总待侵晨③换,留取鬟心柏子花。

【注】

①桃符:用桃木刻成的符,古人在元旦,用桃木板写上"神荼""郁垒"二神的名字,或者用纸画上二神的图像,挂在或者贴在门首,来祈福消灾。

②宿妆:夜晚画的妆容。

③侵晨:天快亮的时候。

艳歌①

红烛迎人翠袖垂,相逢长在二更时。
情深不向横陈②尽,见面消魂去后思。

【注】
①有的学者认为《艳歌》四首是纳兰性德为爱妻卢氏所作,也有学者认为,是为住在外面的沈宛所作,有待考证。
②横陈:横卧,横躺。

又

欢近三更短梦休,一宵才得半风流。
霜浓月落开帘去,暗触玎玲碧玉钩①。

【注】
①碧玉钩:挂门帘用的玉制成的钩子。

又

细语回延①似属丝,月明书院可相思。
墙头无限新开桂,不为儿家折一枝②。

【注】
①回延:形容雨细并且绵长。
②古代把科举中第称为"折桂"。

又

洛神①风格丽娟肌,不见卢郎年少时。
无限深情为郎尽,一身才易数篇诗。

【注】
①洛神:神话中的女神。

为友人赋①

不将才思唱临春②,爱着荷衣③狎④隐沦⑤。
分付芙蓉湖上月,好留清影待归人。

【注】

①此诗中的景物像极了江南风光,且有"才思"之女子也与沈宛相一致。所以有的学者认为此诗虽以《为友人赋》为题,然实则表达出纳兰性德对沈宛的思念之情。
②临春:南朝陈后主所建的楼阁。此处代指宫廷。
③荷衣:如荷叶般的衣裳,后来常指隐者的服饰。
④狎:亲近,接近。
⑤隐沦:指隐者。

又

梦里谁曾与画眉,别来几度燕相窥。
小楼日暮愁无那①,折取藤花寄所思。

【注】

①无那：无可奈何。

又

往事惊心玉镜台①，分香庭院长莓苔。
百花深护桃源犬，不许潜吟②起夜来。

【注】

①玉镜台：晋代温峤的玉镜台。温峤北征刘聪，获得一枚玉镜台。从姑有女，嘱咐温峤替她寻找女婿，温峤有和此女成婚的意思，所以下玉镜台为定礼。后引申为结婚的聘礼。

②潜吟：低吟。

又

长安北望杳茫茫，泣向薰笼忆旧香。
惆怅玉环空寄与，紫薇郎①是薄情郎。

【注】

①紫薇郎：唐朝的官名。紫薇侍郎的简称，后来改名叫中书侍郎。

又

珍重娇莺啄柳芽，清狂曾赋压墙花。

皑皑①自许人如雪，何必丁宁②系臂纱③。

【注】

①皑皑：雪白的样子。

②丁宁：指"叮咛"。

③系臂纱：比喻宫女受宠。

又

朝衣①欲脱换轻衫，无恙西风旧布帆②。

秋入玉潭新月冷，休因索寞③怨崔咸④。

【注】

①朝衣：指官衣，朝官所穿的官服。

②布帆：用布做船帆的小船。后人以此比喻旅途平安。

③索寞：形容消沉，没有生气。

④崔咸：字重易，咸元和二年中进士。尤善诗歌，死于太和八年十月。

偕梁汾过西郊别墅①

迟日②三眠伴夕阳,一湾流水梦魂凉。
制成天海风涛曲,弹向东风总断肠。

【注】
①此诗是在康熙二十四年(一六八五年)春天所作。
②迟日:指春天。

又①

小艇壶觞晚更携,醉眠斜照柳梢西。
诗成欲问寻巢燕,何处雕梁有旧泥。

【注】
①此首诗未载于《通志堂集》,而是据张纯修的《饮水诗词集》补入。

别荪友口占①

离亭人去落花空,潦倒②怜君类转蓬。
便是重来寻旧处,萧萧日暮白杨风。

【注】
①纳兰性德的好友严绳孙,在康熙二十四年(一六八五年)四月离京返家乡无锡,所以纳兰性德以此二诗送别。
②潦倒:颓废,失意。比喻仕途曲折不顺,十分艰难。

又

半生余恨楚山①孤,今夜送君君去吴。
君去明年今夜月,清光犹照故人无。

【注】
①楚山:指巫山,因为战国时期巫山属于楚国。

纳兰性德全集

[清] 纳兰性德 著
闵泽平 评注

④ 文集

哈尔滨出版社
HARBIN PUBLISHING HOUSE

图书在版编目（CIP）数据

纳兰性德全集. 4 /（清）纳兰性德著；闵泽平评注. —哈尔滨：哈尔滨出版社，2021.6
　　ISBN 978-7-5484-5683-4

Ⅰ. ①纳… Ⅱ. ①纳… ②闵… Ⅲ. ①纳兰性德（1654-1685）—全集 Ⅳ. ①I214.92

中国版本图书馆CIP数据核字（2020）第210855号

书　　名：	纳兰性德全集. 4
	NALAN XINGDE QUANJI. 4

作　　者：	[清]纳兰性德　著　闵泽平　评注
责任编辑：	尉晓敏　孙　迪
责任审校：	李　战
封面设计：	济南新艺书文化｜蔡小波

出版发行：	哈尔滨出版社（Harbin Publishing House）
社　　址：	哈尔滨市香坊区泰山路82-9号　邮编：150090
经　　销：	全国新华书店
印　　刷：	天津光之彩印刷有限公司
网　　址：	www.hrbcbs.com　　www.mifengniao.com
E-mail：	hrbcbs@yeah.net
编辑版权热线：	（0451）87900271　87900272
销售热线：	（0451）87900202　87900203

开　本：	880mm×1230mm　1/32　印张：35　字数：545千字
版　次：	2021年6月第1版
印　次：	2021年6月第1次印刷
书　号：	ISBN 978-7-5484-5683-4
定　价：	228.00元（全4册）

凡购本社图书发现印装错误，请与本社印制部联系调换。　服务热线：（0451）87900278

目 录

【赋】

雨霁赋 …………………………………… 002
自鸣钟赋 ………………………………… 004
五色蝴蝶赋 ……………………………… 006
金山赋 …………………………………… 009
灵岩山赋 ………………………………… 012

【杂文】

石鼓记 …………………………………… 016
贺人婚序 ………………………………… 018
拟《设东宫官属谢表》 ………………… 020
节录嵇中散《与山巨源绝交书》并书后 …… 022
拟《御制大濩景福颂贺表》 …………… 024

赋论	026
原诗	029
原书	031
忠孝二箴有序	033
《易》九六爻大衍数辨	035
《诗》名物驺虞辨	037
元旦帖子	039
端午帖子	040
书《昌谷集》后	041
题米元章《方圆庵碑》	042
题董文敏《秋林书屋图》	043
题文与可《墨竹》	044
募建普同塔引	045
渌水亭宴集诗序	047
《名家绝句钞》序	049

万年一统颂有序 ……………………… 052
祭吴汉槎文 …………………………… 055
曹司空手植楝树记 …………………… 057

【渌水亭杂识】

【书简】

致张纯修简 …………………………… 120
上座主徐健庵先生书 ………………… 132
与韩元少书 …………………………… 134
与某上人书 …………………………… 137
致严绳孙简（八月六日）…………… 139
致严绳孙简（七月廿一日）………… 140
致严绳孙简（十二月十五日）……… 141

致严绳孙简（正月廿日）……………………142
致严绳孙简（九月廿七日）…………………143
致阙名简……………………………………145
上颜太夫子书………………………………146
致顾贞观简…………………………………147
与顾梁汾书…………………………………148
与梁药亭书…………………………………151

【经解诸序及书后】

经解总序……………………………………154
《子夏易传》序……………………………156
三衢刘氏《〈易〉数钩隐图》序……………158
同州王氏《易学》序………………………160
朱氏《汉上〈易传〉并〈易图〉丛说》序…162

《〈周易〉义海撮要》序 …………… 164

赵氏复斋《易说》序 ………………… 166

谷水林氏《易裨传》序 ………………… 167

吴氏《易图说》序 …………………… 168

《〈周易〉启蒙通释》序 ……………… 170

《〈周易〉玩辞》序 …………………… 171

东谷郑先生《易翼传》序 ……………… 173

《〈三易〉备遗》序 …………………… 175

《丙子〈学易编〉》（节本）序 ………… 177

赵氏《易叙丛书》序 ………………… 178

《水村易镜》序 ……………………… 179

文公《易说》序 ……………………… 181

王巽卿《大易缉说》序 ………………… 183

崇仁吴氏《〈易〉璇玑》序 …………… 185

《合订大易集义粹言》序 ……………… 186

董氏《〈周易〉程朱氏说》序 …………… 188
题《读易私言》 …………… 190
石涧俞氏《大易集说》序 …………… 191
胡一桂《〈易〉本义附录纂注》
《启蒙翼传》合序 …………… 193
《〈周易〉本义集成附录》序 …………… 195
鄱阳董氏《〈周易〉会通》序 …………… 197
雷思齐二种《易》序 …………… 199
《〈周易〉参义》序 …………… 200
程泰之《〈禹贡〉图论》序 …………… 202
新昌黄氏《尚书说》序 …………… 204
时氏《增修东莱书说》序 …………… 205
《书集传或问》序 …………… 207
王鲁斋《书疑》序 …………… 208
杏溪傅氏《禹贡集解》序 …………… 210

梅浦王氏《尚书纂传》序 …… 211
《今文尚书纂言》序 …… 212
《〈尚书〉通考》序 …… 214
王鲁斋《诗疑》序 …… 215
《诗传遗说》序 …… 216
《毛诗名物解》序 …… 218
朱孟章《诗疑问》序 …… 220
雪山王氏《诗总闻》序 …… 222
孙泰山《〈春秋〉尊王发微》序 …… 223
《〈春秋〉皇纲论》序 …… 224
刘公是《春秋》序 …… 225
龙学孙公《〈春秋〉经解》序 …… 226
涪陵崔氏《〈春秋〉本例》序 …… 228
《〈春秋〉经筌》序 …… 230
叶石林《〈春秋〉传》序 …… 231

吕氏《〈春秋〉集解》序 …………………… 233
清江张氏《〈春秋〉集注》序 ………………… 235
《〈春秋〉五论》序 …………………………… 236
《〈春秋〉经传类对赋》题辞 ………………… 238
程积斋《春秋》序 ……………………………… 239
赵氏《〈春秋〉集传》序 ……………………… 241
清全斋《读春秋编》序 ………………………… 243
张翠屏《〈春秋〉春王正月考》序 …………… 244
《〈春秋〉集传释义大成》序 ………………… 245
河南聂氏《三礼图》序 ………………………… 247
卫氏《〈礼记〉集说》序 ……………………… 249
东岩《〈周礼〉订义》序 ……………………… 251
《〈仪礼〉集说》序 …………………………… 253
赵氏《〈四书〉纂疏》序 ……………………… 254
永嘉蔡氏《论语集说》序 ……………………… 256

建安蔡氏《〈孟子〉集疏》序 ……………… 257
书成氏《毛诗指说》后 ……………………… 259
书张文潜《诗说》后 ………………………… 260

【赋】

雨霁赋

宿雾开，阴霾豁。纸窗明，檐溜寂。柱础润收，鸟啼音悦。爰启户以驰眸，快晴光之朗澈；瞻暖霼以渐高，觉霡霂之顿绝。尔乃风帷开卷，云绮舒张；鹊刷羽以出树，日穿漏而逗光。远山皎兮如沐，流水奔兮若狂。园林被濯以呈彩，草砌迎薰而异香。密筱摇烟而挺翠，幽兰含露而腾芳。鱼喁喁以噞水，蝶款款以轻飐。炉烟直而缭绕，琴韵调而铿锵。此则积雨初晴之候，诚不禁其惊异而徜徉也。至若涂泥静涤，平原旷邈；油衣乍脱，轻轩载道；足轻蜡屐，颅掀雨帽；乘盈潦而行舟，曳晴丝以垂钓。落彩虹于天半，挂朱霞于木杪。叹万象之俱新，羡两仪之信好。

回思风雨如晦，鸡鸣不已之时，魂消夜暗，梦断晨曦。谁知天漏忽补，毕宿差池。谁炼女娲之石，长曳醉酒之旗。是则有往必有复，有戚必有怡。观初晴于积雨，乐天命而奚疑。更有霭霭浮云，去若飘蓬；恢恢碧宇，独露苍穹。目无纤翳，皎魄当空；天君安泰，清明在躬。摄伏群阴，以成大工。万汇昭苏，其乐融融。不又以悟改过迁善之业，与惩忿窒欲之功也哉。于是瞻眺庭除，中心豁如；静坐晴轩，乐志琴书。观我生之消息，任天运以卷舒。知显晦之维命，而又何所用其健羡与？

注：有学者认为这篇赋应为纳兰性德的早期作品，具体的写作年代尚待考证。

自鸣钟赋

　　缅昔二仪肇判,三辰初曦。轩辕制器尚象,伊祁治历明时。岐伯铸钟而调嶰竹,挈壶司漏以协璿玑。用能揆合昏旦之盈缩,平章度数之精微。是以仲叔、羲和守之,百世而勿失;天官、太史用之,亿代而靡违者也。丕惟圣祖龙兴,造邦中宇。聪明时宪,风云应虞。改革制度,厘定规矩。历授西洋,法依古里。
　　厥初爰有自鸣之钟,创于利马豆氏,虽形体之大小多所殊,而循环于亥子初无异。至其后人之传教推步,益臻于神妙。帝乃命以钦天,纪官司于凤鸟;易刻漏以兹钟,建灵台于云表,显列众辰之图,深藏运机之奥,抉《宣夜》之渊弘,殚《周髀》之浩渺尔。其外之可见者,加尺茎于图上,俨窥天之玉衡,譬夸父之逐日,莫之推而勇行。辰标上下四刻之初正,刻著一十四分之奇赢。尺每交于一辰之疆界,则内钟之不可睹者,若为考击而闻声。始则宫商间发,继则剽栈齐鸣。珰珰丁丁,钣钣铮铮。随烟高下,从风飘零。

既犹伦、夔之和律吕，渐若襄、旷之奏韶頀。逾半晷而稍歇，遇中正而愈铿。盖如龙吟寂而虎啸旋起，猿啼息而鸡号迭兴。实动仪苍昊健行之无息，而一准朱轮飞辔之均平。赐谷虞渊，蚤暮不差于累黍；昆吾蒙汜，昼宵罔忒于权衡。故其为声也，不假鲸鱼之象，非由乐人之撞。

　　四序流音于汉殿，奚关铜岫之颓；终年叶韵于丰山，岂尽繁霜之降。于以范围岁月，统章而无乖；消息寒暑，晦朔而勿爽。此其造历之密，不徒与太初、麟德为颉颃；制作之精，非仅同弘度、承天相揖让。知自此枫庭蓂荚，可勿生阶；彤陛鸡人，无烦戴绛。总由一机柚所自舒卷，若有群鬼神为之鼓荡。于是深宫听之，不失九重之宵旰；在位闻之，毋愆百职之居诸。纵令雨晦风潇，而惜阴之士自识晨昏而运甓；即使终霾且曀，而刺绣之姬应知中昃而添丝。或处深山幽谷之中，若聆音而起，当弗昧于茅索绹之候；或居修竹长林之内，若辨响而兴，亦勿迷弋凫与雁之期矣。余为转辗思维，末由悟其蕴，低徊俯仰，惟有叹其神。则知为是钟者，诚默夺造化之工巧，潜移二气之屈伸。洵足媲铜仪玉箫，垂为典则而难改；且可配大挠章亥，祀之奕世而常新。迨将黜公输而褫子野，夫何《周礼》凫氏之足云。

　　注："自鸣钟"是指一种按时自击，发出声音来报告时间的钟。

五色蝴蝶赋

夫惟昆虫之羽化兮,俨离俗而登仙。矧彩翼之有斐兮,备文章之自然。伊蝴蝶之微物兮,久托兴于曩篇。陋唐人短赋之未工兮,余因感徼外之有五色者,乃为之抽茧绪于毫端。肆考载籍所记,则产自丹青之树;流观博物之编,则生于橘柚之园。腻软纤腰,若荆艳临风而婵婉;参差舞翼,似阳阿长袖之翩翻。尔其啄芳尘于蕊里,饮玉露于花间。弱比收香之么凤,清同翳叶之寒蝉。柳院儿童,解惜轻须除细网;兰闺窈窕,最怜新粉扑齐纨。双飞款款,并戏娟娟。所由荡子之妻,见悠扬而兴惋;怀春之女,对夹拍而含酸者也。又尝旁搜《尔雅》之书,泛览方舆之记。曾闻栖香鹤蔓者,则帷帐牵情;绚彩罗浮者,则车轮比翅。既小大之形殊,亦玄黄之色异。说者谓南方朱鸟之乡,位属离明之地。故其山川卉木,悉炫菁华;鸟兽虫鱼,咸彰绮丽。

曩余奉使出塞,吉日脂车。晓背阳乌而轥辘,宵瞻玄武而驰驱。经途万里之远，径陟大荒之隅。讵知绝漠固阴之薮，太蒙沍寒之区。葱菁乔陵，匪乘春而燠若；逶迤深谷，不吹律而阳舒。其中乃有同心并蒂之葩，含英而翕赩；四照九衢之萼，吐秀而扶疏。遥而睇之，初疑百阵文禽之翔集；迫而观之，乃识千群锦蜨之翩飞。尔时忽睹斯蝶，目夺志丧；玩其藻缋非常，斑斓诡状；几为延伫而流连，几为凝神而仿像。或玄如阆风之鹤，或赤若炎洲之雀。或黄如金衣公子，或缟若雪衣慧女。或彪炳如长离之羽，或错落如孔爵之尾。或黑若隃糜之墨，或黝若秋蝼之翼。或青如木难之珍，或红如守宫之殷。或绿若雉头之毳，或晃如鹦鹉之背。或赪似珊瑚，或纹成玳瑁。或缥碧如八蚕之绵，或绀翠若螺子之黛。或蔚若天台建霞，或鲜如蝃蝀垂华。或褐若伊蒲之色，或绛比鸡人之帻。或炯炯如银睛，或辉辉若金星。或紫似河庭之贝，或蓝同琼岛之瑛。或烂漫若析支氍毹，或璀璨如大秦琉璃。于斯益信宇宙之广大，造化之绸缪，地何生而非美，物何处而无忧。假有绘于紫茸云气之帐者，必谓赵后香魄之变化；若有绣于冰绡雾縠之裙者，必非汉宫赤凤所能留。是岂止唐家芍药阑前，仅有玉屑金麸之熠熠；南氏桂椒厨内，但诧离红胗白之翛翛而已哉。意惟是域也，远接昆仑之丘，遥连星宿之海。玄圃群玉之恒储，碧水九芝之常茷。女床鸾鸟之攸栖，丹穴凤皇之是萃。故为珍族所诞生，而有此文蟠之可爱者欤。爰是遂命从者麾筸，仆夫张罗，剪取组羽，全生修柯。曜灵时未匿，停骖聊复歌。歌曰："翩翩者蝶，飏彩幽墟。与蜂为侣，作凤之车。偷得嫦娥月华帔，裁为蛾女五云裾。诗人遇物能成赋，那羡滕王《蛱蝶图》。"歌毕就枕，倦游华胥，不觉梦为蝴蝶而栩栩，寤同庄叟而蘧蘧也。噫，异矣。

注：《五色蝴蝶赋》写于康熙二十一年至康熙二十四年之间，应是纳兰性德奉命出使太皇太后的家乡科尔沁草原后回京所作的颂扬文字，以表示对太皇太后的敬意。

金山赋

粤艮兑之涵峙，趈覆载之殊观；矧金山之灵秀，蠢砥柱于波澜；踞南徐之京口，对瓜步之江干。焦屿东浮，则抹微云而似髻；石帆西漾，则罨轻霭而如鬟。尔其为山也，形惟特立，势若凌空。岩巘砌云而磊砢，洞穴漱浪而玲珑，珍卉含葩而笑露，虬枝接叶而吟风。芝英翕艳，兰蕊青葱。仙杏敷霞以弄色，江梅吐玉以舒容。青鸟扬音于修竹，天鸡耀羽于芳丛。上栖鹳鹊之危巢，下潜鬐鬣之幽宫。其中则有绀宇栉比，丹楼鳞集。高台崔巍而孤耸，虚亭弘厂而双立。登殿则绚烂丹青，瞻像则辉煌金碧。周廊庑于山根，俯檐楹于水侧。镂珉石以为阑，饰椒泥而成壁。亘宇宙之古今，历乾坤之阖辟。阳侯荡之而不动，蜚廉鼓之而不仄。远而望之，疑蜃气之结银楼；近而即之，恍鲛人之开绡室。时而烟霏雾凝，则水天杳冥，不辨灵仙之宅，惟闻钟磬之声；时而云开日霁，则景色澄丽。两岸之间，可晰鳌峰之毫发；百里之外，能窥贝阙之参差。或当秋月如练，金波潋艳，则山阁晶莹，若冰壶之灈桂殿也。或当雪密寒江，林峦玉装，则浮图倒景，若玻璃之涌宝幢也。

曾闻韵士，至此相羊；亦有名流，于焉寄赏。苏子瞻留玉带于山门，滕元发乘扁舟而破浪。贤如鸿渐，漫云泂井在盘涡；智若景纯，何事栖神于浩荡。以山僻在东南，孤悬沉澥。故为轩驾之所弗游，虞巡之所未上。今皇帝膺宝箓，揽乾纲，轶羲农，跨陶唐。武功诞著，文德丕彰，兼总六合，并包八荒。勋高乎千古，道冠乎百王。赐粟帛于庶老，蠲田赋于万邦。河海清宴，中外乐康。以岳镇为苑囿，以溟澥为池隍。爰稽自古巡狩之典，诹吉上元甲子之辰。命屏翳先驱而洒道，使箕伯挥扇而清尘。肃天驷王良之万骑，戒羽林列宿之千屯。飙驰玉轸，雷动金根。旌旗蔽云日，鼓吹咽山林。

天子乃升泰岱，越徐扬，逾淮泗，渡长江，泛楼船于中流，遂登兹山，驻跸而骋望焉。于是南眺江路，百川争赴。始汗漫于巴梁，恣汪洋于荆楚；北眷海门，万壑竞奔。吐潮汐而不息，注扶桑而无垠。乃眷西顾，泮涣邗沟，实京坻于天庾，亶漕运之咽喉；左睇丹徒，襟江带湖，弩百粤之商贾，辀三吴之舳舻。是日也，皇情既畅，天颜有喜，爰亲展宸翰，麾毫陟厘，星流电激，龙翔凤鸷，笑汉帝章草之弗工，陋唐宗飞白之无势。聿题以江天一览，永宠光于山寺。时某以小臣，幸得备虎贲之执戟，隶宿卫于钩陈。虽不敢追踪于风后、力牧陪游襄城、姑射之盛；庶窃比迹于相如、扬雄

扈从上林、甘泉之伦也。因逡巡匍匐于帐殿之下,谨再拜手稽首而献颂曰:

圣德备矣巡万方,鸾旗羽葆纷蔽江。蛟龙为驾鼋鼍梁,陟彼金山瞰大荒。朝宗碧海波不扬,雕题穷发尽来王。带砺江山历服长,南巡游豫岁为常,亿万斯年乐未央。

注:纳兰性德曾于康熙二十三年十月二十三日随皇帝游览金山,此赋应为当时所作。

灵岩山赋

神仙堂奥，阊阖屏藩。万峰环拱，百渎横奔。问吴宫之故址，伤越国之兵屯。楼台非昔，川谷犹存。惟南斗之星分，实咸池之禀气。山势天平，湖光日沸。路羊肠以南趋，水龙池而东溉。倚孤塔之凌霄，俯姑苏之丛卉。北枕支硎，西瞻邓尉。接穹窿以为宗，镇崒嶨以为纬。东带横山五岛，前瞰胥溪一市。万顷苍茫，四时叆叇。既采掇乎芳菲，亦顾盼以雄毅。思夫三让之高风，使荆蛮之俗同；及两国之仇始，乃吴都之更雄。凭高论守，隔水谋攻。石室羁人，囚栋梁之策士；苎萝娇女，备洒扫于后宫。既开四域，渐薄侯封。酒已倾而连醉，歌益妙而未终。

山川际盛，草木向荣。既安逸乐，遂广游踪。春泾采春，溪花如倩；扁舟驾风，锦帆似箭。泛越女于溪中，馆吴娃于天半。步廊响屧，离宫酣宴。妆台秋镜，万六千顷之波；黛点春螺，七十二峰之变。坐峨石以鸣琴，临平池而洗砚。浓淡俱鲜，阴晴各善。亦有豨巷鸡陂，鹿洲鸭苑。洞庭消夏之湾，浮玉可盘之甸。岂若云岫参差，林岚隐见。台阁玲珑，烟霞舒卷，雪积璘璘，晴开面面，东吴胜游，兹实其选也。夫何阊阖晨开，不废长洲之猎；艅艎夕至，遂径酿酒之城。有目空悬，无心效颦。虎丘谁踞，鹤市多惊。惟兹岩石，巍然不倾。乃至辘轳断绠，双井犹清；罗绮烟消，百花常发。松杉古路，反为竹杖盘桓；兰桂深岛，惟是棋枰暂歇。彼老人之枯坐，石不点头；乃艳女之经游，迹余深窟。无生国里，高阁涵空；有色天中，讲堂喻筏。亦人事之更新，非天道之若阙。龟望水而能化兮，鱼听讲而不没。信斯岩之有灵兮，亦何异乎林屋之终塞。

注：纳兰性德于康熙二十三年随扈南巡到苏州，此赋应写于当时或其后不久。灵岩山是苏州的名胜，又因塔前的一块"灵芝石"而得名"灵芝山"。

【杂文】

石鼓记

予每过成均,徘徊石鼓间,辄竦然起敬曰:此三代法物之仅存者。远方儒生,或未多见,身在辇毂,时时摩挲其下,岂非至幸?惜其至唐始显,而遂致疑议之纷纷也。《元和志》云:"石鼓在凤翔府天兴县南二十里,其数盈十,盖纪周宣王田于岐阳之事。而字用大篆,则史籀之所为作也。"自贞观中,苏勖始志其事。而虞永兴、褚河南、欧阳率更、李嗣真、张怀瓘、韦苏州、韩昌黎诸公,并称其古妙,无异议者。

迨欧阳文忠,则疑自周宣至宋垂二千年,理难独存。夫岣嵝之字,岳麓之碑,年代更远,尚在人间,此不足疑一也。程大昌则疑为成王之物,因《左传》成有岐阳之蒐,而宣王未必远狩丰西。今蒐岐遗鼓既无经传明文,而帝王辙迹可西可东,此不足疑二也。至温彦威、马定国、刘仁本皆疑为后周文帝所作,盖因史"大统十一年西狩岐阳"之语故尔。按古来能书如斯、冰、邕、瑷无不著名,岂有能书若此而不名乎？况其词尤非后周人口语。苏、李、虞、褚、欧阳近在唐初，亦不遽尔昧昧。此不足疑三也。至郑夹漈、王顺伯皆疑五季之后，鼓亡其一，虽经补入，未知真伪。然向傅师早有跋云："数内第十鼓不类，访之民间，得一鼓，字半缺者，较验甚真，乃易置以足其数。"此不足疑四也。郑复疑靖康之变未知何在，王复疑世传北去，弃之济河。尝考虞伯生尝有记云："金人徙鼓而北，藏于王宣抚宅。迨集言于时宰，乃得移置国学。"此不足疑五也。予是以断然从《元和志》之说而并以幸其俱存无伪焉。

尝叹三代文字，经秦火后至数千百年，虽尊彝鼎敦之器，出于山岩屋壁陇亩墟墓之间，苟有款识文字，学者尚当宝惜而稽考之，况石鼓为帝王之文，列胶庠之内，岂仅如一器一物供耳目奇异之玩者哉？谨记其由来，以告夫世之嗜古者。

注：石鼓于唐代初年发现于陕西凤翔三畤原，上面刻有四言诗，但文字已残缺不全。对于此石是何时之物众说纷纭，无有定论。石鼓先后曾被安置在凤翔孔庙和学府，宋大观二年，徽宗将其迁到汴京国学。金兵入汴京后，见到石鼓颇以此为奇，便将其运到燕京，后由元大德间虞集移置于国子监。纳兰性德于康熙十年辛亥（一六七一年）就读国子监，当有机会观览石鼓，并于其后撰此记。纳兰性德旁征博引，力主石鼓为周宣王时物，可供参考。

贺人婚序

　　桥填乌鹊，停梭传天上双星；门列鸳鸯，挟瑟艳人间三妇。荧荧碧月，玉镜临台；扰扰绿云，珠帘动幌。谱秦箫于岭上，岂有他欤？解郑佩于江皋，方斯盛矣！东家某子，芙蓉秋藻，杨柳春姿。临琪树于崔生，照玉山于裴叔。纪瑜逸藻，青镂投怀；江令高情，彩毫入梦。才擅枯珠之岸，缘成种玉之田。青锁窥窗，香染尚书之宅；红绡系幔，丝牵宰相之楼。觅杵臼于玄霜，得灵犀于彩翼。于是雀屏夜启，鸳帐晨开。旭日初升，方当奠贽；晓霞未烂，早赋催妆。

　　争萦潘岳之车，轻飏弱袂；顾盼王濛之镜，重整新冠。百子催铺，七香待驾。路焚石叶，携来红泪之壶；台照环榴，看挂火齐之钏。流苏四角，垂锦带于中心；罗绣双缠，系朱丝于上腕。正安抹额，反插搔头。繁休伯之定情，相于永结；贾公闾之联句，叹息应知。莞蒻横陈，丽三星于洞户；葳蕤浅闭，对满月于高楼。况复七日初还，五云方现。纹添弱线，可知缘结今生；漏永银壶，幸值筹长此夜。凤皇应律，自识阳回；鹖旦销声，无忧天曙。仆燕贺未能，凤占有庆。美人公子，宁代董生却扇之词；名士倾城，庶同曹植感婚之赋。聊疎短引，用佐美谈云尔。

拟《设东宫官属谢表》

康熙十五年月日，臣等恭遇皇上册立东宫，特设詹事府、左右春坊、司经局等官，以资辅导。臣等谨奉表称谢者。伏以宫悬银榜，长男题青石之书；门启铜扉，元良居白鹤之禁。正重离之位，玉册金文；命渚震之官，银章紫绶。爰求博望之多才，允入瀛洲之妙选。庆流宗祐，欢洽舆图。窃惟冢嫡所以系人心，储闱所以贰宸极。是以帝王大典，豫教为先；辅导得人，宫僚为重。承华斯建，必资羽翼之功；崇贤既开，即勤师傅之任。不登嗜鲍，引礼惟严；旋赋钓鳌，绳愆特峻。

晋重贺循之儒宗，亲受太子之拜；汉尚桓荣之稽古，群看博士之尊。温峤上侍臣补益之箴，伯药献赞导嬉游之讽。未有九旗初建，四友即宾，五胜凤娴，三长咸集如今日者也。陛下太室呈祥，尧门启瑞。幼敏等于汉㻉，孝德迈于周门。胥臣之答文公，端俟贤良之赞；贾生之规汉帝，快瞻有道之长。将君我而齿让之惟先，自长世而慈保之无尽。亦有山涛作傅，小辇称荣；刘寔为师，行高致誉。于是斟酌隋唐之制，增设辅导之员。一宫弹肃，答于王珉之书；一时才贤，让诸王恭之表。萧傅风高于杜曲，殊宠攸加；窦婴戚重于西京，清秩斯显。遂使龙楼应制，瞻驰道而从容；凤阁登英，向苍旂而赓拜。五礼六乐，无非毓性之方；三德九功，并是储精之具。岂直处瑶山而作咏，见诸山海之经；吹铜律以迎和，得之太师之户。臣等愧家丞之秋实，鲜庶子之春华。藻思难窥，本乏卞兰泉涌之赞；盛德靡际，惟矢乐人海润之歌。伏愿天姿玉裕，茂德川沉。得保傅若二疏，有宾客如四皓。问安视膳，克尽两宫之欢；继体重轮，大慰兆民之望。则千年少海之波，光浮若镜；五色前星之曜，气蔚成珠矣。

注：胤礽于康熙十四年（一六七五年）十二月十三日被立为皇太子，纳兰性德拟此谢表以颂圣。

节录嵇中散《与山巨源绝交书》并书后

"不涉经学,性复疎懒,筋驽肉缓。头面常一月十五日不洗,不大闷痒,不能沐也。每常小便而忍不起,令胞中略转,乃起耳。又纵逸来久,情意傲散,简与礼相背,懒与慢相成,而为侪类见宽,不攻其过。又读《庄》《老》,重增其放。故使荣进之心日颓,任实之情转笃。此由禽鹿,少见驯育,则服从教制;长而见羁,则狂顾顿缨,赴汤蹈火;虽饰以金镳,飨以嘉肴,愈思长林而志在丰草也。"

嵇中散绝交书 为澹兄写,丙辰余月哉生明 成德

赋性迂僻,落落寡合,益成真懒。澹兄索书甚久,不为握管。偶于案间见中散绝交书,喜其懒与予同,乃为书此。

注:此文并未载入《通志堂集》中。正文中前几行为纳兰性德

节选并亲手书写的嵇康《与山巨源绝交书》来应答高士奇的请求，其后则为纳兰性德为此文所写的"书后"，虽然只有寥寥数语，但从中仍可看见浓浓衷曲。

高士奇，字澹人，号江村、全祖。清朝史学家。官至詹府少詹事，为清圣祖康熙帝所崇信。后因结党营私被弹劾，解职归乡。他与纳兰性德是字交，颇有才华。

嵇康，字叔夜，三国著名思想家、音乐家、文学家。他的《与山巨源绝交书》是历史上第一篇真正体现文人独立性格的讽喻作品。

拟《御制大德景福颂贺表》

康熙十六年月日，臣等恭遇皇上御制《大德景福颂》，恭祝太皇太后万寿。臣等谨奉表称贺者。伏以瑶池高宴，白云飞长乐之宫；骞树清歌，玉霞映濯龙之殿。青瞳白发，下金母于西池；琼佩仙琚，联婺光于南极。集九重之庆，君子惟祺；进万年之觞，天颜有喜。窃惟大电绕斗，统辟寿丘；瑶光贯虹，庆流华渚。吞神珠而诞禹，晕璧月而生汤。仰圣哲之降祥，实隆慈之载育。他若汉皇提三尺剑，瑞启昭灵；唐宗成一统功，美钟神武。各本让善于天之义，以展事亲如帝之思。然上和熹圣德之颂，著述徒出史官；尊文明崇化之宫，徽号空加文母。未有兼禄位寿名之德，致显扬祝嘏之休，焕彩兰宫，增华桂殿，如今日者也。陛下仁孝性成，尊养备至。两宫定省，奉太任太姒之欢；一德趋承，竭文子文孙之力。

钦惟太皇太后福懋三朝，恩昭九有。诚周方甸，非止崇曳练之风；机协圆灵，不仅恃观图之识。诒谋恭俭，上掩汉京；缔造艰难,争光邲室。犹念非景福咸备,曷瞻四海之母仪;惟大德在躬,斯表九重之福禄。维时当阳春布泽之辰,正宝婺腾辉之日。玉舆随侍,翟服齐班。八千岁为春秋,孰比大椿之遐算;三千年一花实,谁似蟠桃之植根。亲制《卿云》《晨露》之词,恭上南山万寿之颂。奏《霓裳》于大内,如聆侍女之笙;庆长宁之永年,应送上元之酒。乌飞可祝,引彼虎贲之弓;鸽放未央,纪以金笼之数。岂止奚斯颂鲁,燕喜来寿母之诗;文考歌风,思媚及周姜之妇。臣等《内则》粗窥,阴教未谙。学惭博物,讵进张华女史之箴;才谢天人,敢效陈思姜嫄之颂。伏愿道洽彤庭,范垂椒寝。启贤启圣,龙栋盘于亿龄;母地母天,燕玺宝于百世。法宋家圣后,号尧舜于女中;追汉代贤妃,习经典为博士。不须泰山进长生之枕,授术神仙;新垣刻延寿之杯,迓休人主矣。

注:康熙十六年(丁巳)四月二十五日(一六七七年五月二十六日)为太皇太后的寿辰,圣祖康熙帝制《大德景福颂》,书锦屏,进献给太皇太后。纳兰性德撰此《拟御制大德景福颂贺表》以贺。也有学者怀疑此文乃为代明珠拟。

赋论

诗有六义，赋居其一。记曰：登高能赋，可为大夫。诗一变而为骚，骚一变而为赋。屈原作赋二十五篇，其原皆出于《诗》。故《离骚》名经，以其所出之本同也。于时景差、唐勒、宋玉之徒相继而作。而原之同时大儒荀卿亦始著赋五篇。原激乎忠爱，故其辞缠绵而悱恻；卿纯乎道德，故其辞简洁而朴茂。要之，皆以羽翼乎经，而与三百篇相为表里者也。

汉之兴也，名儒则有董仲舒、贾谊、儿宽、司马迁、萧望之、扬雄、刘向、刘歆父子；东京则有班固、崔骃、崔寔、张衡、蔡邕之徒，多者至数十篇，少者亦数篇。而其最著者曰司马相如。相如之词虽称侈丽闳衍，失讽谕之义。然考之佚传，相如尝受经于胡安，蜀人多传其业，其功至与文翁等。故曰："文翁倡其教，相如为之师"《地里志》语。后世以俳优目相如之词者，非也。班固书称枚皋善为赋，特以皋不通经术，为赋颂，好嫚戏，以故得媟黻贵幸，仅比东方朔、郭舍人，而皋亦自言为赋不如相如。由此观之，则知相如之赋之所以独工于千古者，以其能本于经术故也。其言曰："赋家之心包括宇宙，总览人物，斯乃得之于内，不可得而传。"推相如之意，盖真有所谓不可传者哉。其可传者，侈丽闳衍之词，而不可传者其赋之心也。若能原本经术，以上溯其所为不传之赋之心，则所可传者出矣。

经术之要莫过于三百篇，以三百篇为赋者，屈原、荀卿而下至于相如之徒是也；以三百篇为诗者，苏、李而下至于晋、魏、六朝、三唐以及于今之作者皆是也。《艺文志》曰："自孝武立乐府而采歌谣，于是有代、赵之讴，秦、楚之风，皆感于哀乐，缘事而发，亦可以观风俗，知厚薄云。"则乐府者，又赋之变也。诗变而为骚，骚变而为赋，赋变而乐府，乐府之流漫浸淫而为词曲，而其变穷矣。穷则必复之于经，故能以六经持万世文章之变，即诗赋一道，犹可以见贤人君子之用心。若遂薄之为雕虫末技，吾未见扬雄之《法言》《太玄》，谓可直驾《离骚》而上之。天下万世可无《法言》《太玄》，决不可无《离骚》；《法言》《太玄》或有时可泯没，《离骚》决不可泯没也。愚按赋之心本一原，而其体制递换，亦可缕数。骚一也，两京之浑融博奥一也。黄初以还，及乎晋、宋之初，潘、陆、孙、许以隽雅为宗；南北朝以降，颜、鲍、三谢以繁丽为主；萧氏之君臣，争工月露；徐、庾之排调，竞美宫衮。至唐，例用试士，而骈四俪六之习，风雅之道，于斯尽丧。中世杜牧之辈始推陈出新，更为奇肆，实以开宋人漶漫无纪极之风，而赋之休又穷矣。本赋之心，正赋之体，吾谓非尽出于三百篇不可也。

注：文中提到的《地里志》为《汉书·地理志》，《艺文志》为《汉书·艺文志》。《法言》《太玄》二书皆由西汉扬雄所著。《法言》一书旨在捍卫和宣扬儒家的仁义道德思想；而《太玄》一书则是以儒家思想为出发点，阐发了作者的哲学思想。

原诗

世道江河，动成积习，风雅之道，而有高髻广额之忧。十年前之诗人，皆唐之诗人也，必嗤点夫宋。近年来之诗人，皆宋之诗人也，必嗤点夫唐。万户同声，千车一辙。其始亦因一二聪明才智之士深恶积习，欲辟新机，意见孤行，排众独出，而一时附和之家，吠声四起。善者为新丰之鸡犬，不善者为鲍老之衣冠。向之意见孤行、排众独出者，又成积习矣。盖俗学无基，迎风欲仆，随踵而立，故其于诗也，如矮子观场，随人喜怒，而不知自有之面目，宁不悲哉。

有客问诗于予者曰："学唐优乎，学宋优乎？"予曰："子无问唐也宋也，亦问子之诗安在耳。《书》曰：'诗言志。'虞挚曰：'诗发乎情，止乎礼义。'此为诗之本也。未闻有临摹仿效之习也。古诗称陶、谢，而陶自有陶之诗，谢自有谢之诗；唐诗称李、杜，而李自有李之诗，杜自有杜之诗。人必有好奇缒险、伐山通道之事，而后有谢诗；人必有北窗高卧、不肯折腰乡里小儿之意，而后有陶诗；人必有流离道路、每饭不忘君之心，而后有杜诗；人必有放浪江湖，骑鲸捉月之气，而后有李诗。近时龙眠钱饮光以能诗称。有人誉其诗为剑南，饮光怒；复誉之为香山，饮光愈怒；人知其意不慊，竟誉之为浣花，饮光更大怒，曰：'我自为钱饮光之诗耳，何浣花为！'此虽狂言，然不可谓不知诗之理也。"客曰："然则诗可无师承乎？"曰："何可无也？杜老不云乎：'别裁伪体亲风雅，转益多师是汝师。'凡骚、雅以来，皆汝师也。今之为唐为宋者皆伪体也，能别裁之，而勿为所误，则师承得矣。"作诗原。

注：此文体现了纳兰性德诗论的最主要的核心思想，即诗要有自家的面目。

原书

予笃好书，每谓书有天分，而非尽关乎仿效；书有兴会，而不必出乎矜持。《传》云："人心不同，有如其面。"桓温欲似刘琨，而琨婢以为甚似而非。予谓惟书亦然。聚千百能书之人于此，其笔迹无一同。聚千百不能书之人于此，其笔迹亦无一同。使必出于同，则千古书法止一右军足矣。即如右军学卫夫人，而究之卫自卫、王自王，临《兰亭》者亦各自见笔意也。若铢而较、寸而合，岂复有真面目耶？王绍宗曰："我书每精心空思，率意而成。闻虞世南不临摹，但被中画肚，我亦如之。"坡公云："我书意造本无法。"盖古人绝技必有神明所寓，兴会所触，动与天随而不自知。

予每当笔砚精良时，或无意中有得意之笔，否则不但掣肘迫书，即稍一勉强，而愈作愈不佳。程子所云："作字须敬。"此亦儒者持心语，而书法岂关此哉？古之能书者，或观剑器，或听江声，或见蛇斗，此岂有书之事哉？然而会心有在矣。予尝谓熟读蒙庄即可悟作书之理。悠悠千古，解吾语者谁也？予恐书家之涉仿效矜持者，有鹦哥娇、秦吉了之诮，故作书原。

注："鹦哥娇"为鹦鹉的俗称，宋代苏轼《仇池笔记·李十八草书》有云："刘十五论李十八草书，谓之鹦哥娇。"比喻书艺犹鹦鹉之学人语仅能数句，尚未成熟。秦吉了，鸟名，又称吉了、了哥、八哥，能说人语。

忠孝二箴有序

窃惟含齿戴发之伦，罔不知有君亲。而生成高厚，在某更有不同者。肉食锦衣，朱轮华毂，出自襁褓，至于弱壮，承恩席宠，溢分逾涯。而悠悠岁月，罔知报称，朝夜兴思，怵惕靡安。夫苍穹之高，非虫豸所能感；春晖之煦，非寸草所能答。然而犬马之诚，乌鸟之私，有不能自已者。敬赋二箴，书之座右，庶几出入观览云。

济济群工，盈盈朝列，独臣卑微，瞻天近日，缀衣趣马，俾之供职。长杨五柞，豹尾龙脊，晷刻无离，时呼在侧。尔发尔肤，咸帝之德。尔食尔衣，咸帝之泽。恩之渥矣，真同罔极。葵思倾阳，马思竭力。曾是有知，不共朝夕。胝踵可捐，敬勤无忒。

右忠箴

高门悬薄，孰不有亲。藐予小子，独异等伦。有怙有恃，玉叶金茎。鞠我育我，早被华缨。程母画荻，韦相传经。延师就塾，望尔有成。箕裘之业，庶几克承。婉兮娈兮，突弁如星。有玉勿琢，恐坠家声。先师垂训，显亲扬名。敢不黾勉，无忝所生。

右孝箴

注：此文应是纳兰性德于康熙十五年（一六七六年）三月中进士后所作。与他其他的作品相比较，这篇文章流露出的情感明显地有某些"违心"的地方，想必在当时的处境下，纳兰性德自有他的苦衷。

纳兰性德虽从小便受忠孝的礼教熏陶，但思想开明、抱负远大的他却屈为一个朝廷侍卫，且他的父亲结党营私、收受贿赂，这些使得性德对内心深处的忠孝观念产生怀疑。

《易》九六爻大衍数辨

《易》言理也，而数有不通，则无以明理。何先儒亦似有昧于数以昧于理者乎？他不具论，即如每卦六爻，必分冠之曰九曰六。先儒曰："九为老阳，六为老阴，君子欲抑阴而扶阳，故阳用极数，阴用中数。"是说也，予窃疑之。

夫阴阳天道，岂徒用数而能抑之扶之哉？尝深思而得之，曰：此无他，天地之正数不过一二三四五之正数，至六七八九十之成数，则各有所配，非正数矣。作《易》者每用正数，故孔子曰："参天两地而倚数。"其参天，不过一也三也五也，而一与三与五非九乎？其两地，不过二也四也，而二与四非六乎？此九六为天地正数，故可分冠于各爻。若曰扶阳抑阴，于分爻之义无取，其昧于数者一也。又如"大衍之数五十，其用四十有九"，先儒曰："数所赖者五十。"又曰："非数而数以之成。"是说也，予尤疑之，夫数贵一定，而曰所赖五十，非数而数，不大诞缪哉？

尝深思而断之曰：此脱文也。天一地二、天三地四、天五地六、天七地八、天九地十，数正五十有五。故乾坤之策始终此数。《系辞》明曰："天数二十有五，地数三十。"五十有五，岂不显然？而何独于此减其五数，以另为起例哉？至于所用之数，或曰："除六虚言之。"引揲蓍为证，亦非也。盖数始于一，终于五。天道每秘其始终，以神其消长。故虚一与五，以退藏于密，则其用四十有九而已。此后世遁甲之术所由出也。若曰除六虚，于始终之义未明，其昧于数者二也。虽然，亦谓其理当如是耳。有不信者，试为焚香静坐以深探之。

《诗》名物驺虞辨

身为大儒,则毋务为新奇之论。如《诗》驺虞之为仁兽,其说旧矣。独贾谊《新书》本《韩诗》章句,谓驺为文王之囿名,虞乃司兽之官。后儒竟无有从之者。欧阳文忠学博才鸿,常力诋先儒穿凿附会之非,其立论不诐,固粹然大儒也。乃独于《新书》有取焉,谓毛、郑未出之前,说者不闻以驺虞为兽,汉人侈称祥瑞,亦无有以为言,不知其何物也,于是直断以无此义。噫,误矣。

按《山海经》云:"林氏国有珍兽,大若虎,五彩毕具,名曰驺牙。"即《诗》所谓驺虞也。太公《六韬》、淮南《鸿烈》皆云散宜生曾得驺虞以献纣。相如《封禅书》曰:"囿驺虞之珍禽,徼麋鹿之怪兽。"又一见于《瑞应图》,一见于《王会图》,皆是物也。张平子《东京赋》则曰:"囿林氏之驺虞。"何平叔《景福殿赋》则曰:"驺虞承兽,素质仁形。"晋安帝时,新野有驺虞见,又罗愿《尔雅翼》以为似马,王伯厚以为驺吾、驺牙、驺虞一物也。然则确证甚多，安得谓无是物乎？其他纵不可信，而太公在毛、郑之前，淮南、相如、《山海经》与毛同时，比郑为先，尚亦不足信乎？乃知毛、郑之说不为无据，而欧公此论特未之详考耳。吁，是诗词旨与序义相合，较更明白，似无待辨。而吾独惜文忠大儒，乃有此误也，或亦其好新奇之过与？

元旦帖子

黍谷阳回,葭灰气动。车迎三素,斗转七星。晓莺传第一新声,早识上林树色;江鲤破千层冻浪,遥连太液波光。句芒始届东郊,青帝旋居左个。销沉寒漏,胥归爆竹声中;绽泄春光,先到梅花影里。于时青袍朝士,金谷名流,并簇辛盘,争烧甲煎。举尊前柏叶,夸盛事于年年;传胜里金花,览物华于处处。达夫常侍,怀故乡客鬓之篇;摩诘词臣,赋元旦早朝之什。莫不惊心岁腊,属望书云。至于鸟卜年丰,蚕烧岁稔;燕裁双尾,鸡画重睛;当门并贴桃符,委巷竞称椒颂。尔乃对景物之更新,伤华年之易逝;醉屠苏而耳热,拨商陆而心寒。噫嘻!庭除拥篲,漫陈崔寔之书;旃厦横经,空梦戴凭之席。倘化工假我以岁月,花鸟助我以文章,庶几日丽嘤鸣,即待寸珠之照;当此冰开鱼曝,可无尺素之移?

端午帖子

节自天中，时当夏仲。五花施帐，争歌长命之词；重碧盈尊，叠和延年之颂。钗名玉燕，两两斜飞；臂绕朱丝，双双并结。捕鸲鹆而作供，惜鹳鹆之能言。草是宜男，共斗五时之胜；镜呼天子，相传百炼之金。团扇鲛绡，画凤文而绕户；赤符神印，穿金镂以垂门。采术浴兰，俗传万井；菖蒲簪艾，胜极千秋。水跃丹鱼，广泽鼓青龙之舰；风高黄雀，灵飙迥彩鹢之帆。哭曹女于婆娑，吊屈平于湘汉。既望古而增慨，遂即事以兴怀。于是接景光，睹云物，可以处台榭而居高，相与升山陵而眺远。翩跹羽扇，挹清飕以俱来；缥缈仙舟，泛绿波而竞去。我之怀矣，眷言念之。嗟乎！胜事常存，良辰难再。孟尝不作，空余木梗之悲；胡广既生，乃有葫芦之弃。回思往昔之陈陈，勿使今兹之寂寂。情有同乎，乐可知矣。

书《昌谷集》后

　　尝读吕汲公《杜诗年谱》，少陵诗首见于"冬日雒城谒老子庙"。时为开元辛巳，杜年已三十，盖晚成者也。李长吉未及三十，已应玉楼之召，若比少陵，则毕生无一诗矣。然破锦囊中，石破天惊，卒与少陵同寿千百年。大名之垂，彭殇一也。优昙之华，刹那一现；灵椿之树，八千岁为春秋，岂计修短哉！

题米元章《方圆庵碑》

探河源者于星宿，寻地脉者于昆仑。书家之有钟王，诗家之有李杜，其昆仑星宿也。书至南宫，而书之能事毕矣，然南宫书从钟王来。诗至东坡，而诗之能事毕矣，然东坡诗从李杜出。山谷云："老杜之诗，昌黎之文，无一字无来历处。"书犹是矣。见近时学苏诗米字者，不知其来历而径学苏米，且并不见苏米而学。夫学苏米者之点画与唇吻，每况愈下，久而弥失其真。吁，可慨也！近有人自龙井得米元章《方圆庵碑》初揭示予。其笔法瘦劲，全学《圣教序》，与俗所摹痴肥一种迥异。学米者见之，当知老颠来历，必不专专为天马赋伎俩矣。

注： 北宋书法家米芾（一〇五二年至一一〇八年），字元章，号襄阳漫士、海岳外史等。祖籍山西，后迁居襄阳，世人又称他为"米襄阳"。传说他个性怪异，爱穿唐装，嗜洁成癖，遇石称"兄"，膜拜不已，因而人又称其为"米颠"。《圣教序》即唐代储遂良所写的《大唐三藏圣教序》。

题董文敏《秋林书屋图》

世之目文敏者动于巨然、北苑内求之,非是辄云伪。此如画竹林诸贤,必写其沉湎潦倒、科头袒胸之状,而不知山公启事,叔夜挥弦,彼自有正笏端绅,目送飞鸿时也。此卷红树绿莎,朱阑石砌,颇极雅丽,是文敏少年得意之笔,以为赝者乃见橐驼谓马肿背也,识者辨之。

注:董其昌(一五五五年至一六三六年),字玄宰,号思白、香光居士,明代书画家。华亭(今上海松江)人,祖籍山东莱阳。直至其三十四岁之时,即万历十七年方中进士,授翰林院编修,后官至南京礼部尚书,卒后谥文敏。

题文与可《墨竹》

读东坡《篔筜谷记》,便如有兔跗蛇腹之干凌霄汉而出,以为与可之竹在是也。观与可之竹,亦如见掀髯扣腹、兔起鹘落之笔,拂拂在丛筱间。两者俱有神遇,知笔墨外,别有事在矣。京师苦无竹,得此幅挂壁,恍身在潇湘淇澳间也。王子猷曰:"何可一日无此君。"知言哉。

注:文仝(一○一八年至一○七九年),字与可,宋代梓州永泰人。善长画墨竹,曾任陵州、湖州等知州或知县。云"画竹必先胸有成竹,不能节节叶叶为之"。有《墨竹图》传世。

募建普同塔引

　　盖闻惠必旁敷，史著泽枯之德；慈当下逮，礼垂掩骼之文。烟横古冢，骚人以此徘徊；月隐北邙，词客缘斯愀怆。讵必过桥公之墓，始解回车；奚须上董相之坟，方图漬酒。蛇犹思报，愿酬魏颗于他年；蚁尚衔恩，敢让宋郊于异日。因尘不谬，果报非虚。旧有普同塔者，屡经缔构，多历岁年。敛万骨以同埋，聚千骸而并坎。人天共鉴，庶免荒榛蔓草之悲；魂魄咸依，可无怪雨盲风之恨。然而运逢历劫，积蜕何多；人比恒沙，陈根不少。叹瓶罍之已满，舍此安之；嗟泉壤以难容，逝将不免。纵使付咸阳之烈焰，灰烬堪怜；假令投白马之洪流，漂浮足惜。爰有沙门，弘斯善愿。拟买松楸之隙地，充彼牛眠；欲求虞芮之闲田，封兹马鬣。然而，画饼奚裨，望梅曷补。定藉檀施之乐助，共成震旦之良因。不揣刍荛，为之乘韦。嗟乎，丹丘不到，人间少换骨之方；绿字无名，海上乏返魂之术。嬴政之鲍鱼空载，园寝同归；茂陵之鹤驾终荒，辒辌共尽。茫茫绝壑，难禁幽独之宵啼；宵宵穷尘，忍听黎丘之夜哭。但获少施涓滴，千秋郁原氏之阡；第令共损锱铢，万鬼安滕公之室。敢邀花雨，仰庇慈云。

注：有学者说纳兰性德的老师徐乾学对于僧人扩建普同塔一事曾给予支持，而此文并未说到，可能是由于此文写在扩建普同塔之前的原因。虽然对于徐乾学与扩建普同塔一事的关系还尚待考证，但如何对徐乾学其人做出比较客观而全面的评价则是个值得探讨的话题。

世人对徐乾学这个人物一直颇有争议。纵观其一生，他确实做过一些好事，但也不是什么道德高尚之士，对于有关他的一些"负面评价"不应笼统地认为是"诋毁""颠倒黑白"，等等，而有待研究者实事求是地加以分析考证。

渌水亭宴集诗序

　　清川华薄，恒寄兴于名流；彩笔瑶笺，每留情于胜赏。是以庄周旷达，多濠濮之寓言；宋玉风流，游江湘而托讽。《文选》楼中揽秀，无非鲍谢珠玑；孝王园内搴芳，悉属邹枚黼黻。予家象近魁三，天临尺五。墙依绣堞，云影周遭；门俯银塘，烟波溔漾。蛟潭雾尽，晴分太液池光；鹤渚秋清，翠写景山峰色。云兴霞蔚，芙蓉映碧叶田田；雁宿凫栖，秔稻动香风冉冉。设有乘槎使至，还同河汉之皋；倘闻鼓枻歌来，便是沧浪之澳。

　　若使坐对亭前渌水，俱生泛宅之思；闲观槛外清涟，自动浮家之想。何况仆本恨人，我心匪石者乎？间尝纵览芸编，每叹石家庭树，不见珊瑚；赵氏楼台，难寻玳瑁。又疑此地田栽白璧，何以人称击筑之乡；台起黄金，奚为尽说悲歌之地？偶听玉泉呜咽，非无旧日之声；时看妆阁凄凉，不似当年之色。此浮生若梦，昔贤于以兴怀；胜地不常，曩哲因而增感。王将军兰亭修禊，悲陈迹于俯仰，今古同情；李供奉琼筵坐花，慨过客之光阴，后先一辙。但逢有酒，开尊何须北海？偶遇良辰雅集，即是西园矣。且今日芝兰满座，客尽凌云；竹叶飞觞，才皆梦雨。当为刻烛，请各赋诗。宁拘五字七言，不论长篇短制。无取铺张学海，所期抒写性情云尔。

注：太液池在京师西苑内，是如今的北海、中海、南海的统称。而关于渌水亭的所在地，各家则颇有争议。或云在京城什刹海畔，或云在西郊玉泉山下，亦或云在其封地皂甲屯玉河之浜，总之，该亭依水而建，是纳兰性德与朋友们的雅聚之所。此文的写作年代应为康熙十八年（一六七九年）初秋之时。

《名家绝句钞》序

夫圜流千顷，鸡犀划而中分；灵岳三成，屃屭开而独擘。吴淞之水，并剪双裁；昆岫之瑶，昆刀缕切。只袜溅杨家之泪，自尔温麕；半鬟窥徐后之妆，居然掠削。团囷三五，乍看新月宜人；烂熳千行，时或残英照眼。靡不宝文鳐之单翼，珍赤鲤之片鳞。物既有之，并以偏隅擅胜，文亦宜尔，自应断句专长也。然则《阳春》《渌水》，缔构差同；《子夜》《前溪》，体裁相类。较之《易水》两言之制，《大风》三叠之章，机上盘中，迥旋隐互；焦卿秦女，飒沓纵横。似犹凫鹤之异短长，不啻马牛之殊逆顺。而乃同收乐府，狎处词坛，泾渭可以不分，涪汉于焉相混。盖古人言以足志，声律不以为程；情见乎辞，字句非其所限。流泉鸣咽，行止随时；天籁噫嘘，洪纤应节。无律体之可称，何绝句之能准乎？

自夫沈宋连镳，斫雕破朴；高岑继轨，毁瓦为方。则有沉香倾妃子之杯，画壁下女伶之拜。仲初新体，并咏宫中；少伯悲吟，都由塞上。柘枝蛮舞，鼓腰魂断流官；杨柳妍词，笏面神飞节使。恼鄜州之从事，何物红儿；悲蜀国之夫人，当年白帝。固不独义山咏史，讽托情深；抑岂惟杜牧闲愁，风流调逸。迩来作者，代不乏人。始则蒐讨于洪公，继复校雠于赵氏，观斯止矣，可略言焉。独有明起元宋之衰，昭代际唐虞之盛。洪河岱岳，既颂洞而惊神；拳石偃松，亦留连而动目。短章片什，可喜可观。至乃鹤裘客妇，裂长笛于五湖；乌犍伴狂，垫角巾于三泖。四杰之争芳兰蕙，月死珠伤；七子之互有薰犹，水清石见。谢山人邺下琵琶，徐博士扬州烟月。昆仑兀臬，不减白蓑青笠之游；蒙叟幽忧，可怜红豆碧梧之句。尧峰山麓，踏歌旧有汪伦；历下亭隅，觞咏夙推王令。并可以发挥《雅》《颂》，领袖《风》《骚》。迷谷之华，四照炜炜欲浮；版桐之圃，九层峣峣直上。顾以简编杂沓，载重牛腰；后学模糊，情惊鼠吓。于是杜陵蒋诩宣虎，扫径余闲；吴郡顾荣茂伦，挥扇多暇。适逢吴札乍返延州汉槎，遂相与研露晨书，然糠暝写。撷两朝之芳润，掇数氏之菁英。凡若干篇，都为一集。

按新词于菊部，磊磊敲珠；奏丽曲于芍阑，声声戛玉。若彼文犀翠羽，拣自金盘；因而合组纂綦，织成璇锦。藏之秘帐，顿令更得异书；悬彼国门，定是难增一字。某技愧雕虫，识惭窥豹。入贾胡之肆，目炫琳琅；游广乐之庭，梦迷阆阖。惊看妙选，悬冰鉴而呈形；快睹雅裁，衔烛阴而照夜。自此南山望雪，何妨意尽终篇；

抑令东海熬波，不惮应声成韵。循环在手，似获灵珠；吟讽忘疲，如探束锦。爰题简首，载以芜词。拟玄晏先生之笔，非所敢居；诵昭明太子之编，实缘多幸尔。

注：后人有认为《名家绝句钞》是由蒋诩、顾荣、吴兆骞（汉槎）和纳兰性德四人编选，实为有误。纳兰性德只是应其请作序，并非编者。此书现在已失传。

万年一统颂有序

恭惟皇帝陛下神凝得一，学懋通三，建八柱于天枢，张四维于地络，固已德隆宙始，功焕乾金者矣。至如敬天深钦若之心，法祖大配京之烈。龙骧奋武，绍智勇于商汤；虎观雠经，接心源于羲《易》。圣孝之侍膳，问安无间；皇慈之训储，毓德尤勤。莫非万善咸该，一中独运，故能万邦和协，而四海永清者也。犹恐精一危微，史册有难详之粹美；圣神文武，廷臣多未悉之载飏。臣日侍螭坳，亲依黼座，游街衢而鼓腹，比葵藿以倾心。白鸟栖周围之中，饮和既久；青凫托尧阶之上，沾泽惟多。扈从之余，见闻无非至理；趋锵之下，纪述已积名言。敢为击壤之歌，用伸天保之祝。识同萤爝，宁有见于曦舒；才极涓埃，曾何加于海岳。第枥马恋主，自知盈缶之诚；而梧凤鸣时，聊卜过历之瑞云尔。颂曰：

巍巍惟天，穆穆惟皇。帝力何有？有此万方。有风有雨，有日月光。休兹皞皞，澹然以忘。万年一统，世跻羲黄。天祚有清，万方颂圣。譬彼观天，在衡齐政；譬彼测海，蠡智私逞。康衢之谣，辂轩无斳，臣师其意，对扬休命。天眷在帝，帝益虔虔。陶匏藁秸，匪直郊坛。亦临亦保，举念皆天。怀柔百神，爰及竺乾。面稽昭格，灵贶殷阗。猗与那与，世有浚哲。绍庭上下，无竞维烈。开创守成，同涂合辙。万物作睹，缵承不辍。昭克配功，万世是揭。念典于学，逊志时敏。乐此不疲，广览博引。理学洙泗，异端无躇。勤若儒生，五夜功准。况天纵资，一览而尽。问夜辨色，寒暑视朝。天颜龙表，云日则尧。委裘垂芺，政简科条。惟廉与法，以肃百僚。

无汉杂霸，迈周诵钊。勤政之后，孝奉两宫，问安侍膳，尊养必躬。天子而孝，其德弥弘。而又斋遫，以时谒陵。六飞屡驾，感慕遗弓。重兹国本，元良庆衍。毓德少阳，承华乃践。慎简名臣，谕道以善。鲍鱼必除，邪蒿弗荐。礼乐诗书，圣训不倦。鲸鲵横海，猰貐载涂。不思报德，恣其啸呼。爰飞金矢，张我天弧。皇威所暨，拉朽摧枯。山无伏莽，海不扬波。加以文治，临雍讲学。璧水环桥，陈经扬搉。绝域从师，虎贲磨琢。四海弦歌，九州礼乐。一道同风，群归被濯。忧劳万姓，罔或宴安。翠华所至，亲问闾阎。民依轸念，知悉艰难。撙节爱养，财货无殚。九年之蓄，式是周官。于铄放勋，昭兹万世。声教四敷，下蟠上际。民时雍哉，尧曰治未。小臣何幸，亦是悠憩。沐泽沾渥，臣节自励。何以事君，曰忠与爱。暨清慎勤,以效感戴。踊跃欢欣,颂其梗概。帝德如天,治隆三代。寿祚悠长,万有千载。

注: 观此文意,此文的写作时间应在康熙二十年年底平定三藩之乱和康熙二十二年七月平台湾以后,其时国家版图刚刚统一不久。系康熙二十二年的下半年或更晚些时候。

祭吴汉槎文

呜呼！我与子昔，爰居爰处。谁料倏忽，死生异路！自我别子，子病虽遽。款款话言，历历衷素。初谓奄旬，尚可聚首，俄然物化，杨生左肘。青溪落月，台城衰柳。哀讣惊闻，未知是否。畴昔之夜，玄冕垂缨，呼我永别，号痛就醒。非子也耶，仿佛精灵。我归不闻，子笑语声。子信死矣！传言是矣！帷堂而哭，寡妻弱子。七十之母，远在故里。返輀何日？倚闾何俟？嗟嗟苍天，何厚其才，而啬其遇，亦孔艰哉。弱龄克赋，左马右枚。未题雁塔，先泣龙堆。中郎朔方，亭伯辽海，萧萧寒吹，荒荒破垒。

子穷过此，二十四载。凌云欲奏，狗监安在？自我昔年，邂逅梁溪，子有死友，非此而谁！《金缕》一章，声与泣随，我誓返子，实由此词。皇恩荡荡，磅礴无垠，皂帽归来，呜咽沾巾。我喜得子，如骖之靳，花间草堂，月夕霜辰。未几思母，翩然南棹，凭舻发咏，临流垂钓。舟还巨壑，鹤归华表，朋旧全非，容颜乍老。中得子讯,卧疴累月,数寄尺书,趣子遄发。授馆甫尔,遂苦下泄,两月之间,便成永诀。自古才人,易夭而贫,黄金突兀,白玉嶙峋。以彼一日,易我千春,知子不愿,卓哉斯文。子志未竟,子劳已息。有子与女,块然苫席。言念交期,慰尔营魄,灵兮鉴之,无嗟远客。尚飨。

注:吴汉槎,名兆骞,字汉槎,江苏吴江人,为纳兰性德之好友。顺治十四年中举人,后因科场案被流放宁古塔。康熙二十三年十月在北京去世,当时纳兰性德正在随扈南巡,十一月初在江宁闻此噩耗,书写此文遥寄哀思。

曹司空手植楝树记

《诗》三百篇,凡贤人君子之寄托,以及野夫游女之讴吟,往往流连景物,遇一草一木之细,辄低徊太息而不忍置,非尽若召伯之棠"美斯爱,爱斯传"也。又况一草一木,倘为先人之所手植,则眷言遗泽,攀枝执条,泫然流涕,其所图以爱之而传之者,当何如切至也乎!余友曹君子清,风流儒雅,彬彬乎兼文学政事之长,叩其渊源,盖得之庭训者居多。子清为余言:其先人司空公当日奉命督江宁织造,清操惠政,久著东南;于时尚方资黼黻之华,间阎鲜杼轴之叹;衙斋萧寂,携子清兄弟以从,方佩觿佩韘之年,温经课业,靡间寒暑。

其书室外,司空亲栽楝树一株,今尚在无恙;当夫春葩未扬,秋实不落,冠剑廷立,俨如式凭。嗟乎!曾几何时,而昔日之树,已非拱把之树,昔日之人,已非童稚之人矣!语毕,子清愀然念其先人。余谓子清:"此即司空之甘棠也。惟周之初,召伯与元公尚父并称，其后伯禽抗世子法，齐侯伋任虎贲，直宿卫，惟燕嗣不甚著。今我国家重世臣，异日者子清奉简书乘传而出，安知不建牙南服，踵武司空。则此一树也，先人之泽，于是乎延；后世之泽，又于是乎启矣。可无片言以志之？"因为赋长短句一阕。同赋者，锡山顾君梁汾。

注：此文没有载入《通志堂集》，是根据周汝昌先生的《红楼梦新证》补入的。文中所说的司空就是曹寅的父亲曹玺。曹寅，字子清，号荔轩，与纳兰性德为好友，曾邀人为其画《楝亭图》题咏。据考，此文似是纳兰性德为《楝亭图》第一卷所题之文。此文的写作时间大约是在康熙二十三年十一月纳兰性德随扈到金陵之时或更晚一些时候。

【渌水亭杂识】

癸丑病起，披读经史，偶有管见，书之别简。或良朋莅止，传述异闻，客去辄录而藏焉。逾三四年遂成卷，曰《渌水亭杂识》，以备说家之浏览云尔。

一

燕山窦十郎故居，或云在城西，或云在昌平，或云在涿州，或云在蓟州。当时冯瀛王道赠诗有"灵椿一株老"之句，今北城有灵椿坊，疑是十郎旧里，此灵椿所以名坊也。

元时，海子岸有万春园，进士登第恩荣宴后，会同年于此。宋显夫诗所云"临水亭台似曲江"也。今失所在。元有甄氏访山亭，在城西，今莫详其处矣。

李长沙赐第在西长安门西，俗呼李阁老胡同是也。其别业在北安门北。集中《西涯十二咏》，程篁墩学士和之，有桔槔亭、杨柳湾、稻田、菜园、莲池，而响闸、钟鼓楼、慈恩寺、广福观皆在十二咏中，今其遗址不可问，当在越桥相近。盖响闸即越桥下闸，而钟鼓楼则园中可遥望尔。

红螺山大明寺碑，元昭文馆大学士、太史院使、领司天监事樊从义撰文，宣文阁监书博士兼经筵译文官王与书。称寺始于唐，金世宗大定间，召佛觉禅师于真定之弘济，来住兹山。元仁宗时，诏云山禅师以荣禄大夫、大司空、佩一品银章主大圣安寺。内侍大司徒王伯顺以大明为圣安宗派，请太皇太后发帑五万为修寺之赀。至正中，云山从圣安归老于此，尽捐前后所赐金帛重修焉。盖沙门检校司空，在辽时已然，金元循之不改也。碑又云两红螺死，为双浮图瘗之寺中。今寺南一池曰红螺池，三面皆果园，花时游览颇胜。殿西有竹一亩。寺东南二里许为明怀宁侯孙武敏公墓，有两碑，一李贤撰，一彭时撰，中一碑刻谕祭文。

呼奴山白云观，有元大德八年集贤学士宋渤碑。

千佛寺建于明万历初，中有长沙杨守鲁、安阳乔应春二碑，皆镇阳林潮书。潮以鸿胪寺主簿直文华殿中书。应春碑称诸天、阿罗汉皆太监杨用所铸。刘同人《帝京景物略》（注：刘侗，字同人，号格庵，明代著名散文家。和于奕正合撰《帝京景物略》，于收集材料，他撰写文字。）乃谓为朝鲜国王所贡，当以碑为实也。

药王庙，天启中魏忠贤所建。落成时，帝加奖谕，赐赉甚厚。当年必有丰碑，今无片石，盖为人所踣矣。（注：此当指普济药王庙，位于今北京地安门西大街，建于明朝万历三年十月，民国十二年重修，属私建。现已无存。）

龙华寺明碑二。其一播阳释道深撰，广陵赵昂书，抚宁侯朱永篆额；其一金陵朱之蕃撰，高阳孙承宗篆额，永春李开藻书。文辞甚俚，不足观。

资福寺，明正统间僧圆升建。至嘉靖初，尚膳监太监马潮修之。中有山西按察司佥事、督理宣府边储四明钱俊民碑，书之者礼部左侍郎任丘李时也。殿前梵塔上勒片石，有壬寅三月三日字，未知何时所建。明正德癸酉司礼监太监张雄建寺于宛平县香山乡畏吾村，赐额曰大慧，并护敕勒于碑。寺有大悲殿，重檐架之。中范铜为佛像，高五丈，土人遂呼为大佛寺。嘉靖中，太监麦某提督东厂，于其左增盖佑圣观。于是合寺、观计之，殿宇凡一百八十三楹，拓地四百二十一亩。盖是时世宗方信道士而厌缁流。内官惟恐寺刹之毁，故建道观于其旁。而寺后之山又有真武祠，藉此以存寺也。寺之始建，大学士茶陵李东阳为碑，工部尚书汤阴李燧书之，新宁伯谭祐篆额。其增置佑圣观也，大学士余姚李本撰文、礼部尚书高安吴山书之，成国公朱希忠篆额。其后万历壬辰重修，则太子太保、礼部尚书太仓王锡爵撰记。

功德寺有木球使者，其事近于怪。按宋张世南《游宦纪闻》载：雪峰寺僧义存于唐懿宗咸通十一年开山创寺，乾符二年，赐号真觉禅师。寺有木球，相传受真觉役使，呼仆延客，球皆自往来。

嘉泰间寺灾，球忽滚入池中，得不坏。然则以木球为使，浮屠固有其术，盖有先版庵而役之者矣。

五台山僧侈言娑罗树灵异，至画图镂版。然如巴陵、淮阴、安西、伊洛、临安、白下、峨嵋山，在处有之。闻广州南海神庙四本特高，今京师卧佛寺二株亦有干霄之势。顾或著、或不著，草木亦有幸、不幸也。

怀柔城极坚整，西南在平地，东北则因山为之。其南瓮城可盘马。丽谯片石，记万历九年增修丈尺，末云并用纯灰铺底，灌抿全完，以垂永久。宜其历百年尚如新筑也。

钓鱼台在怀柔县西三里，山水殊胜。涧流至此广丈余，横板桥以渡，东南一望，渚烟村树，仿佛江乡。

琼华岛土取自塞外，《辍耕录》《西轩客谭》可稽也。石移自艮岳，明宣宗《广寒记》可证也。

西山有君子口，疑即《寰宇记》所云君子城，讹为箕子城者也。

驾到口在西山，其曰驾到，不知何年事。

斋堂村在西山之北百余里，产画眉石处也。元豫章熊自得偕崇真张真人往居，撰《燕京志》。欧阳元功、张仲举皆有诗送之。元功诗云："先生去隐斋堂村，境趣佳处如桃源。西出都门二百里，山之螯屋水浩亹。一重一掩一聚落，一溪十渡深而浑。羊肠险径挂山腹，蜂房小屋粘云根。立当阨塞若关隘，视入衍沃同川原。

市朝甚迩俗尘远，土产虽少人烟繁。钼畬艺陆宜麦菽，树栅作圈收鸡豚。园蔬地美夏不燥，煤炭价贱冬常温。前年熊郎入卖药，施贫者药人感恩。熊君携笈今就子，绕舍木叶书缤翻。崇真真人又继往，况是偓佺之子孙。紫箫夜吹辽鹤至，林响谷应松风喧。登高东望直沽口，海日涌出黄金盆。应怜曼倩恋象阙，坐羡庞公归鹿门。"仲举诗云："燕垂赵际中有村，正在西湖之上源。源头落花每流出，亦有浴凫时在鼋。隐君葺茅据幽胜，仿佛小庄如陆浑。环之苍松数十树，拔出太古虚无根。攒峰叠壁何盘盘，地多硗碛少平原。先生生计虽苦薄，最喜静无人事繁。黄精本肥术苗脆，疆场有瓜牢有豚。吟诗作画百不理，一家笑语常春温。功名只遣世涂累，饱暖已荷皇天恩。近闻"京志"将脱稿，贯穿百氏手自翻。朱黄堆案墨满砚，钞写况有能书孙。云晴辄辱羽客去，谷熟方来山鸟喧。土床炕暖石窑炭，黍酒香注田家盆。要知精舍白鹿洞，不待公车金马门。"元之《大一统志》卷帙繁富，考证亦綦详矣，而自得复撰《燕京志》，仲举谓其贯穿百氏，必有出于《大一统志》之表者。惜乎其书之不传也！

"圣朝建都燕山，民物日富，八九十岁翁敦茂庞硕，朝廷优之，徭役弗事。岁时得升殿上，上皇帝寿。百官衣朝服鞠躬以进，视班次惟谨，毋敢越尺寸。而诸耆老高帻博褐，从容暇豫，以齿后先。门者不敢谁何。视百官退乃陟峻陛，承清光。归而娱戏井陌，或骑或步，更过饮食，和气粹如。大驾出，则庞眉黄发序勾陈环卫间。见者咸曰：'乐哉太平之民也'！"此元王士熙《张进中墓表》。进中居京师，亦耆老之一也。进中字子正，善为笔。管以坚竹，毫以鼬鼠。淇上王仲谋，上党宋齐彦，吴兴赵子昂，皆与之游。以一笔工而数得持笔以入禁中。观元盛时尊养耆老之典，亦庶几上庠之风矣。

明初有玉鸽十二从南方来，飞集燕山，识者谓北平当王，盖兆燕山十二陵也。

都中遗老述万历间西山戒坛四月游女之盛，钿车不绝，茶棚酒肆相接于路，至有挟妓入寺者。一无名子嘲以诗云："高下山头起佛龛，往来米汁杂鱼盐。不因说法坚持戒，那得观音处处参。"

项羽徙齐王田市为胶东王，徐广曰："都即墨。"又立齐将田都为齐王，都临淄。又立故秦所灭齐王建孙田安为济北王，都博阳，《正义》曰："在济北。"是为三齐。后田荣自立为齐王，并王三齐之地。《正义》"三齐记"云："右即墨，中临淄，左平陆，谓之三齐。"

句吴，按《史记》泰伯奔荆蛮，荆蛮义之，从而归者千余家，号曰句吴。《正义》引《世本》注云："泰伯始所居地名。"许慎《淮南子注》云："吴人语不正，言吴而加以'句'。"颜师古云："'句'，夷俗发声，亦犹'越'为'于越'。"《正义》又云："泰伯居梅里，在常州无锡县东南六十里。至十九世孙寿梦居之，号句吴。"《吴越春秋》："泰伯号句吴越，在城西北隅，名曰故吴。"注："泰伯所都谓之吴城，在梅里平墟，今无锡县境。"其后楚封春申君黄歇为相，以吴故墟为都邑，即此也。

吴有数称。《汉书·项羽传》：举吴中兵，曰吴中。《汉书·灌婴传》：渡江破吴郡，长吴卜。按吴县本平地，概言之犹言稷下、敖下云。见叶氏《过庭录》曰：吴下。今人多称平江为吴门。按李德裕文，指润州为吴之门户。又王充《论衡》云：孔子与颜渊上泰山，东望吴阊门外，白马如练。充谓：人目所见不过十里，鲁去吴千有余里，使离朱望之终不能见。他书作吴门，而此云阊门者，误也。此吴门，即冀郭门也。冀与鲁为邻，非今阊门明矣。又见汉《五行志》洪州亦有吴门镇，曰吴门。又吴县有大吴乡，曰大吴。沈休文安陆王碑文："鸿骞旧吴。"李善注刘琨《劝进表》："奄有旧吴。"曰旧吴。梁简文帝《浮海石像铭》云："长处全吴。"今昆山有全吴乡，又长洲县上元乡全吴里是也。梁同光二年，升苏州为中吴军节度。吴越时称中吴府，亦曰东吴。

吴会，世多称平江为吴会，意谓吴为东南一都会也，自唐以来如此。今郡中有吴会亭，府治前有吴会坊，皆承其误。按"史""汉"等书所载，皆以吴会为吴越。汉《吴王濞传》："上患吴会轻悍。"此时未分会稽为吴郡，盖指吴，会稽之地耳。至吴郡既立之后，若曹子建诗云："行行至吴会，吴会非吾乡。"诸葛孔明论荆州形势云："东连吴会。"东汉《蔡邕传》云："寄命江海，远迹吴会。"谢承《后汉书·施延传》云："吴会未分。"吴张纮谓："收兵吴会，则荆扬可一。"王羲之为会稽内史，时朝廷赋役繁重，吴会尤甚。石崇论伐吴之功曰："吴会僭逆。"则斥言孙氏。《庄子》释文："浙江今在余杭郡，后汉以为吴会分界，今在会稽钱塘。"以上皆指二浙之地。又按《吴·孙贲传》云："策已平吴会二郡。"《朱桓传》云："使部伍吴会二郡。"宋褚伯玉，吴郡钱塘人，隐居剡山。齐太祖即位，手诏吴会二郡，以礼迎遣。六朝亦有下吴会两郡造船若干者。此类甚多，证据尤切。或谓为会稽二字可独称会乎？按宋元嘉时，以扬州、浙西属司隶校尉，而分浙东五郡，立会州，以隋王诞为刺史。晋宋间亦以会稽为会土，故谢灵运有《会行吟》，此独称会之征也。

苏台，《青箱杂记》云："苏州有姑苏台，故谓苏台。相州有铜雀台，滑州有测景台，故亦称相台、滑台。"又见《古迹考》。

三楚，《史记·货殖传》："淮南为西楚。彭城以东，东海、吴、广陵为东楚。衡山、九江、江南、豫章、长沙为南楚。"孟康曰："旧名江陵为南楚，吴为东楚，彭城为西楚。"

水乡，陆士衡答张士然诗云："余固水乡士。"注："吴地也。"当时水势弥漫，流亦湍急，自后人筑堤立塘，村市错置，水稍平减，流渐宽缓。

三吴之说互有不同。《十道四蕃志》以吴郡、丹阳、吴兴为三吴。《通典》及《元和郡国图志》并同。又以义兴、吴郡、吴兴为三吴。《郡国志》同。郦道元注《水经》云：永建中，阳羡周嘉上书，以县远赴会至难，求得分置。遂以浙江西为吴，东为会稽，后分为三，号三吴，即吴兴、吴郡、会稽也。按《晋书》：咸和三年，苏峻反，吴兴太守虞潭，与庾冰、王舒等起义兵于三吴。时冰为吴郡，舒为会稽，则是吴郡、吴兴、会稽为三吴矣。安帝隆安三年，孙恩陷会稽，刘牢之遣将桓宝率师救三吴。及陶回为吴兴太守，时大饥，谷贵，三吴尤甚。回开仓赈之，不待诏及，割府库军资以救乏绝，一境获全。诏会稽、吴郡依回赈恤。据此则与《水经》合矣。又《虞潭传》：苏峻反，潭为吴兴太守，诏加潭督三吴、晋陵、宣城、义兴五郡事。孝武帝宁康二年，太后诏曰："三吴奥壤，水旱并臻，宜时拯恤。三吴、义兴、晋陵及会稽遭水之县，全除一年租。"以此两事考之，则义兴固在三吴之外。而太后之诏，亦不在三吴之数，岂一时称谓，初无定说，抑史传各有详简差互耶？或云虞潭所督三吴、晋陵、宣城、义兴计六郡，而称五郡，潭自为吴兴，增督五郡，盖丹阳其一也。桓宝救三吴者，以孙恩既陷会稽，遂逼吴中，故云。今当以《十道四蕃志》及《郡国志》别说为正。

陆广微《吴地记》，以金陵为中吴，鄂州为南吴，武昌为下吴，即三吴也。《地理指掌图》："三吴，今苏、润、湖州。"亦据吴、丹阳、吴兴三郡而言也。

虎丘山，在吴县西北九里，唐避讳曰武丘。先名海涌山。高一百三十尺，周二百十丈。山在郡城西北五里，《吴地记》云：去吴县西九里二百步。遥望平田中一小丘，比入山，则泉石奇诡，应接不暇。《吴越春秋》："阖闾葬此三日，金精为白虎，踞其上，因名虎丘。"《郡县志》云："秦皇凿山以求珍异，孙权穿之亦无所得，其凿处遂成深涧。今剑池，两厓划开，中涵石泉，深不可测，为吴中绝景。王元之、张敬夫皆有铭。"晋王珣《虎丘铭》曰："虎丘先名海涌山。山大势，四面周迴，岭南则是山径，两面壁立，交林上合，蹊路下通，升降窈窕，亦不卒至。"王僧虔《吴地记》云："虎丘山绝岩耸壑，茂林深篁，为江左丘壑之表。吴兴太守褚渊昔尝述职，路经吴境，淹留数日，登览不足，乃叹曰：'今之所称多过其实，今睹虎丘逾于所闻。'斯言得之矣。"顾野王《虎丘山序》云："高不抗云，深无藏影。卑非培塿，浅异棘林。路若绝而复通，石将断而更缀。抑巨麓之名山，信大吴之胜壤也。"御史中丞沈初明等游山赋诗，并书屋壁。梁郡守谢举有《虎丘山赋》。宋何求及二弟点、胤，陈顾越，唐史德义，并隐此山。绍兴中，洛人尹焞避地山中，书堂存焉。旧有东西二寺，即王珣别馆，皆在山下。山半大石盘陀数亩，高下如刻削，因神僧竺道生于此说法，号千人坐石，他山所无。白莲池、虎跑泉亦生公遗迹。陆羽泉即藏殿侧石井。试剑石因大石中裂，故名，及望海楼、真娘墓，皆有古人赋咏。

旧称虎丘为王珣宅，未审所据。王劭《诸州舍利感应记》："虎丘山寺，其地是晋司徒王珣琴台。"是矣。

三江，《史记正义》曰："在苏州东南三十里，名三江口。下文'于分处号三江口'，此三十里太近。一江西南上七十里至太湖，名曰松江，古笠泽江。一江东南上七十里白蚬湖，名曰上江，亦曰东江。一江东北下三百余里入海，名曰下江，亦曰娄江。三百里当云二百余里。于其分处号三江口。"顾夷《吴地记》顾野王《地里志》同。云："松江东北行七十里得三江口，东北入海为娄江，东南入海为东江，并松江为三。"《水经》云："松江自太湖东北流径七十里，江水奇分，谓之三江口。"《吴越春秋》称范蠡去越，乘舟出三江之口，入五湖之中，此亦别为三江、五湖。庾仲初《扬都赋》注："太湖东注为松江。下七十里有水口，流东北入海，为娄江，东南入海为东江，与松江而三也。"古迹如此，先儒蔡仲默取以证《禹贡》之说。

吴王阖闾十九年伐越，越王勾践迎击之。吴败于檇李。《左传》谓阖庐伤将指，卒于陉。《史记》乃谓败之姑苏，自是夫差败处。《史记正义》谓姑苏、槜李相去百里，疑太史公误。又吴王夫差二年悉兵伐越，败之夫椒，报姑苏也。此语亦当云报槜李矣。

姑胥台，台因山名，合作胥，今作苏者，盖吴音声重，凡胥、须字皆转而为苏，故后人直曰姑苏。隋平陈，乃承其讹，改苏州。以《吴越春秋》《越绝》二书考之，一作姑胥，一作姑苏，则胥、苏二字，其来远矣。

山得水而景物奇变。泰山在平地，不及匡庐之多态。澎浪为彭郎，小孤为小姑，诗人借景作情，不宜坚索故实。

牡丹近数曹、亳，北地则大房山僧多种之，其色有夭红浅绿，江南所无也。

白樱桃生京师西山中，微酸，不及朱樱之甘硕。

福建、江西、广东深山中有畲民，同于猺獞，不与平民相接。有作工于民家者，食之阶石，不以人礼待之。其人射鸟兽，种麦，此山住一二年移至别山，官府不能制，有数种姓，自相婚配。

今之黑鬼，可人可鱼，晋时谓之昆仑，即蜑民也。海船用以守缆，恐为鱼蟹所伤。

高丽、日本之间，海中有釜山，为往来之中顿。海道无程，而顺风行一日夜可得千里。贸易者曾有顺风行五日至长岐岛者，故知其国去宁波五千里。

日本海中有鱼，与人无异，而秃首有尾，通番者谓之海和尚。

日本至中国海面五千里，而禽鸟有来去者，望见海船即来，息力于樯篷，倦不能动，或施之以米，或掇而食之。

日本之外有一国，彼人谓之东京。其间有夜海，白日昏黑得见天星，海水有一处高起二三丈如槛然。凡有东京贩者，而日本人为驵侩，则中国货贵，若日本居货以待东京人之来则贱也。日本人操场练兵必以夜，盖灯火整，乱易见也。其教艺处不令中国人见之。

日本，唐时始有人往彼，而留居者谓之大唐街，今且长十里矣。

日本之东北有食人者，倭亦畏甚，因山作关以拒之。倭人精于刀，且不畏死。登岸则难敌，而舟甚小，故汤和立法，于海中以大船冲沉其船。

二

唐肃宗撤西北边兵平内贼，代、德遂以京师为边镇。明弃三卫亦然。

明于金陵、关中、洛阳无不可都。本朝惟都燕，足以兼制南北。而明预建宫殿于三百年前，天也！

陆广微《吴地记》云："宋时苏州田租三十万。"王圻《续文献通考》云："南宋江南水田每亩租六升。"明洪武年，凡淮张之文、武、亲、戚及籍没富民之田，皆为官田。《宣德实录》载太守况钟疏云:"苏田以十六分计之,十五分为官田,一分为民田。"所以洪武加租至二百二十万也。建文曾减之。燕王篡位,悉复洪武之制。后又渐次增之至二百七十万。苏之田租虽重,其逋负时有蠲赦。民谣曰:"朝廷贪多,百姓贪拖。"万历末年,上司恐州县横征,揭榜令民纳至八分,不许复纳。

宋之漕法,积于半途,次年至京。遇有凶馑处,转运使得以转移其间,民以不困。蔡京改为直达,以济徽宗之妄费,而漕法始变。

明之军卫,仿唐府军之法,其后官存而军丁渐消,遂无实用,召募起焉。既有召募之兵,而军卫之屯田如故,徒为不肖卫官所衣食,亦困民之一端也。

明都于燕,海运最为便利。《元史》载,海运之逋负,少者每石不及三合,多者不及三升。然须选近海为官丁乃可,陆地之人谈海色变,不足与言。

捕勒鱼处当兖、济之东,海运之半道也,何独于北半道而难之?

铸钱有二弊,钱轻则盗铸者多,法不能禁,徒滋烦扰。重则奸民销钱为器。然红铜可点为黄铜,黄铜不可复为红铜。若立法令民间许用红铜,惟以黄铜铸重钱,一时少有烦扰,而钱法定矣。

禁银用钱,洪、永年大行之,收利权于上耳。以求赢利,则失治国之大体。

中国天官家俱言天河是积气,天主教人于万历年间至,始言气无千古不动者,以望远镜窥之,皆小星也,历历分明。

西人云,望远镜窥金星,亦有弦望。夫月借日光以有光,故有弦望。金星自有光,不仗日光,不知何以有弦望。

武侯木牛流马,古有言是小车者。西人有自行车,前轮绝小,后轮绝大,则有以高临下之势,故平地亦得自行,或即木牛流马乎?而坎壈曲折,大费人力也。

西人测五星,谓近地二十度,虽晴时亦有清濛气,星体为此气浮而上登,不得其真数,须于此气以上测之,又须有次第乃正。如木、水、金前后相次而行,欲测金星,先测木星在何处,俟其西行至某度,乃于其度测水星,又于水星上测金星,乃不受清濛之混,诚良法也。

西人历法实出郭守敬之上,中国曾未有也。

西人医道与中国异,有黄液、白液等名。其用药,虽人参亦以烧酒法蒸露而饮之。

西人之字,因人之语声而作之。其书名曰《耳目资》,唯谐声一门,非六书也。

西人长于象数,而短于义理。有书名《七克》,亦教人作善者也。尊其天主为至极,而谤佛又全不知佛道。

后世言历者必宗《元史》,以历书为郭守敬所作,高出古人故也。明朝郑世子之于乐亦然。余尝谓作《明史》,乐书宜以冷谦所作用于朝庙者为上卷，刺聚郑世子乐书之精义为下卷，后世言乐者亦必宗之同郭守敬矣。

世子于古人惟取管仲、子长之说，而极轻班固，荀勖以下不论也。自汉至宋，能历历详举其故，可谓异人。世子外祖何塘谓黄钟之体，本是一尺，乃度尺也。以度尺分为九寸，名为律尺，非有二也。此论既出，孟坚以下之醉梦皆醒矣。世子之学自何公开之。

世子谓汉人以度尺之九寸为黄钟，律短故乐高，最为有据。且出自世子，谁敢有疑？窃谓乐声之高，不始于汉也。男外阳而内阴，力壮而声下。女外阴而内阳，力弱而声高。故女之歌声高于男者二律，倚之箫而可证也。夏桀作女倡，乐声之高殆始于此。古之箫，即律管也。三十六律管长短作一排，形如凤翅，故《楚词》曰"吹参差兮谁思"也。然管多而一人吹之，何以高下曲折绎如？今之箫，乃古之龠，名异而体同。王褒有《洞箫赋》，不言其状，未知洞箫即龠否？

王子晋之笙，其制象凤，形亦如参差竹。《九歌》："吹参差兮谁思。"王元长《曲水序》："发参差于王子。"皆言笙，李善《注》则谓洞箫。

五音有二义，一者高下，二者类聚。高下者宫、商、角、变征、征、羽、变宫也。类聚，宫大而浊，商清而冽，角径而直，征文而繁，羽细而碎，此之谓类。聚其类以成调，故曰类聚。竹声惟有高下，丝声兼备二义。

今世以琴之第一弦为宫，非也，乃太律之征，林钟也。第二弦为太律之羽，无射也。第三弦乃为正律黄钟宫，故《国语》曰："声莫大于征。"非谓正律征也。

唯作八音而无人之歌声，谓之徒奏；唯人声而无八音，谓之徒歌。徒歌曰谣，谓此，非谓民谣也。旋宫至姑洗、仲吕则声高极，非人声所能倚，故有徒奏，而徒歌则兴到者随便为之耳。

明代之乐，冷启敬所作。声下而浊，其黄钟乃太律之无射，下于正律黄钟二律。朝天宫道士云："凡用于郊庙者，以启敬之大蔟为宫，若如启敬之法，声如梵呗矣。"作者无过习者之门，道士所用适是古之黄钟。所以房庶为伶人所侮而不觉。

革薄则声亮，厚则声雌。木、金、石薄则声下，厚则声高。议乐须学士与伶工共成之。学士知古不知今，言理不言器；伶工知今不知古，言器不言理。彼此相讥，在虚心者，则彼此可以相成也。人之虚心者鲜则成偏见。郑世子博极群书，又甚习伶工之器，所以特绝。

乐者，声也。凡以算数言乐者，多拘泥，参差不合于律。郑世子二艺俱精，以算算乐，妙有神解。河南久被兵火，未知书版不散失否。世子文笔稍芜，书繁，难于翻刻，得健笔径省其辞，存三分之一，庶可易传。

《考工》云：鱼胶黏，凡黏之类不能方。不能方，谓易翻也。而今世之弓，必以海中石首鱼之鳔为之，未有用鼠胶者也。《考工》弓体又上檿而下竹，今弓胎多用竹，激矢能远，木胎者不及也。

宋人歌词，而唐人歌诗之法废。元曲起而词废。南曲起而北曲又废。今世之歌《鹿鸣》，尘饭涂羹也。

獶读猱伶盛于元世，而梁时《大云》之乐，作一老翁演述西域神仙变化之事，獶伶实始于此。

宋时士大夫犹有起舞以劝酒者，自獶作而舞遂废。

今所噉之烟草，孙光宪已言之，载于《太平广记》："有僧云：'世尊曾言山中有草，然烟噉之，可以解倦。'"则西域之噉烟，三千余载矣。

《史记》：乌氏倮，用谷量牛马，秦始皇令比封君，与朝请。巴寡妇用财自卫，为筑女怀清台。此用礼安富遗意，亦秦致富强之本教也。后世动破坏富家，诡云强干弱枝之计者，亦暴秦之不如矣。高欢问尔朱荣"闻公有马十二谷"云云，以谷量马，乃边陲旧俗也。

高允伯恭以昔岁同征零落将尽，感逝怀人，作《征士颂》，合三十四人。其颂末曰："昔因朝命，与之克谐。披襟散想，解带舒怀。此欣犹昨，存亡奄乖。静言思之。中心犹摧。"亦后世敦厚同年之意也。东汉同举者谓之同岁生，见《李固传》。

周李孝轨封奇章公，隋牛引封奇章公。

齐氏胄子以通经入仕者，唯博陵崔子发、广陵宋游卿而已。

隋秦孝王妃生男，文帝大喜，颁赐群官。李文博云："王妃生男，于群官何事，乃妄受赏？"此与晋元帝所云："此事岂容卿等有勋？"正可相合。

宋文帝欲犯河南，行人曰云云。太武帝闻而大笑曰："龟鳖小竖，自顾不暇，何能为也！"宋时有龙虎大王，亦佳对也。

唐昭宗欲伐李克用、李茂贞，无可将者，而朱温、杨行密辈其下智勇如林。盖朝廷用卢携、王铎之流，其所举者李系、宋威耳。智力勇艺者壅于下，悉为强藩所用。

永嘉时事大坏，惟有南迁而已。王衍卖车牛以安众心，不久随司马越径去，弃其君于贼手。《世说》载之，以为美谈，刘临川非有识者也。

宋文帝时，员外散骑侍郎孔熙先与范晔谋逆，事露，付廷尉。熙先望风吐款，辞气不挠。上奇其才，遣人慰勉之曰："以卿之才而滞于集书省，理应有异志，此乃我负卿也。"又责前吏部尚书何尚之曰："使孔熙先三十年作散骑郎，那不作贼？"此与唐武后之见骆宾王讨己檄文曰："有才如此而使之沦落不偶，宰相之过也。"皆绰有帝王之度，足令才士心死。若梁元欲赦王伟，却不可同年而语。

沈庆之议北伐曰："今欲伐国，而与白面书生谋之，事何由济？"后颜峻曰："今举大事，而黄头小儿皆得参预，何得不败？"白面、黄头恰可相对。

刘歆自以朝政多失，作《遂初赋》以叹往事而寄己意。其乱曰："处幽潜德，含圣神兮。抱奇内光，自得真兮。宠幸浮寄，奇无常兮。寄之去留，亦可伤兮。大人之度，品物齐兮。舍位之过，忽若遗兮。求位得位，固其常兮。守信保己，比老彭兮。"其言颇似旷达，而为莽佐命，终致夷灭。视孙绰之赋，义正桓温，相去何啻霄壤。

宋真宗时知制诰周起患贡举之弊，建议糊名以革之，糊名之制始此。

中晚唐立君必由寺人，南宋立君必由权相，其国可知。

刘琨经略远不及祖逖，东晋人绝重之，寻名不责实之故习。

陶侃勤于职业，虚浮之士，不敢议之，功名显著故也。何敬容亦勤于职业，虚浮之士即大讥之。敬容能早知侯景之反梁，人不能及，后世亦颇忽其人。甚矣，邪说之害正也。

汉陈蕃曰："期月之间不见黄生，则鄙吝之萌复存于心。"唐陆象先谓人曰："贺季真清谈风流，吾一日不见，则鄙吝生矣。"是学蕃语。

骐骥得伯乐，而后脱盐车，青萍、结绿得薛、卞而后长价，然则伯乐、薛、卞有功于良马、宝剑也多矣。二子名亦以是不朽，则良马、宝剑亦有功于二子矣。

北宫纯，凉州所遣以卫京师者也，于汉兵恣横时累挫其锋。陆氏不负晋，纯亦不负陆氏矣。

白敏中以李赞皇荐得入翰林，及为相，诋赞皇者甚力。吕惠卿以工荆公汲引得预政，所以摧害荆公者无所不至。三代以还，似此者指不胜屈，是可叹也。

黄雀、白龟、蛇、鱼之类，犹知衔恩图报，况人乎？彼怀私罔上、负恩蔑礼者，曾虫鱼之不如矣。

灌夫不负窦婴于摈弃之时，任安不负卫青于衰落之日。徐晦越乡而别临贺，后山出境以见东坡。刘元诚事司马公，在朝不通书问，闲居则问无虚月。巢谷徒步访颍滨于漳海之南。今无复若人矣。

韩退之自其远祖麒麟以文名于北朝，文业不绝。数世后，至其父仲卿、兄会，文誉益甚。传至退之，遂为一代醇儒。其子昶、符与诸孙，皆举进士。而昶子襄复状元及第，韩氏流泽可谓长矣。

汉晁错议削七国，其父曰："刘氏安，晁氏危矣。"南齐徐文景方贵盛，其父深忧之，曰："我正当扫墓待丧耳。"唐路严屡迁要地，其父寄书曰："闻汝已判户部，是吾必死之年。又闻欲求仆射，是我必死之日也。"彼皆不学无术，而识见若此。严延年之母为其子扫墓地。李络秀知其子周嵩、周颤俱不得善终。二人女子耳，而有识见，尤难得。

李益文名与李贺相埒，每一篇出，乐工争以贿求之，被声歌供奉天子，天下施之图绘。与太子庶子李益同在朝，世称文章李益，以别之。大历十才子，韩翃之名独重，时又有刺史韩翃，德宗命知制诰曰："与诗人韩翃。"

汉高帝素恨雍齿，比沙中偶语，张良劝帝封之，以厌众心。偶语果息，曰："雍齿且侯，吾属无患。"晋文公出亡，里凫须盗其资而去。文公饥饿不能行，介之推刲股以食，然后能行。文公返国，国人多不附，乃赦里凫须之罪，使之骖乘游于国中。见者皆曰："里凫须且不诛，吾何惧也。"晋国大宁。良策殆本诸此。

蔡京当国，刻党籍碑，凡忠臣名士，一网俱尽。然其中亦有本非君子，而偶以一事不合京意，亦指为党，平生过愆，顾反得洗雪。如曾布、曾肇、王觌、章惇辈不可枚举。宦竖亦近三十人。汉皇甫规深以不与党人为耻。数子碌碌，乃获附骥尾。士固有幸不幸耶。

汉颜驷对武帝曰："文帝好文而臣好武，景帝好美而臣貌丑，陛下好少而臣已老。"唐卢照邻著《五悲文》，自以高宗尚吏而己独儒，武后尚法而己独黄老，后封嵩山，屡聘贤士，而己已废。噫！士之不遇如二子者亦多矣。悲夫！

泰陵金井内，水孔如巨杯，水仰喷不止。杨名父子器亲见之，归而疏诸朝，请易地。事下工部，汤阴李司空镃怒其多言，害成功，阴令人塞其孔，谓诽谤狂妄，奏命锦衣官校枷杻押赴陵所验看。名父《亲三木朝辞候驾》诗曰："禁鼓无声曙色迟，午门西畔立多时。楚人抱璞云何泣？杞国忧天竟是痴！群议已公须首实，众言不发但心知。殷勤为问山陵使，谁与朝廷决大疑。"孝庙竟葬此中。

苻坚锐意伐晋，曰："以吾之众，投鞭于江，足断其流。"及登晋阳城，望晋兵部阵严整，怃然而惧，曰："此亦劲敌，何谓弱也。"五代慕容彦超谓汉隐帝曰："臣视北军，犹蠛蠓耳。"退问兵数及将校姓名，颇惧，曰："此亦剧贼，未易轻也。"兵甫合辄先遁。二事如出一辙。

耿弇为张步所攻，光武自往救之。或谓剧贼兵盛，宜闭营休士，以须上来。弇曰："乘舆且到，臣子当击牛酾酒以待百官。反欲以贼遗君父耶！"李道宗将四千骑击高丽，皆以为众寡悬绝，宜深沟高垒，以俟车驾之至。道宗曰："吾属为前军，当清道以待乘舆，乃更以贼遗君父乎？"二子武夫也，其所见乃有儒生不及者，人臣当以此为法。

尚书令左雄荐冀州刺史周举为尚书，又荐故冀州刺史冯直任将帅。直尝坐赃受罪，举并以劾雄。雄曰："诏书使我选武猛，不使我选清高。"举曰："诏书使君选武猛，不使君选贪污。"雄曰：

"进君适所以自伐。"举曰:"昔赵宣子任韩厥为司马,厥以军法戮宣子仆。宣子谓诸大夫曰:'可贺我矣,吾选厥也任其事。'今君不以举之不才,误升诸朝。不敢阿君以为君羞。不寤君之意与宣子殊也。"雄悦谢曰:"吾尝事冯直之父,又与直善。今宣光以此奏吾,乃是韩厥之举也。"宣光,周举字也。天下益以此贤之。梁冀跋扈,带剑入省。尚书张陵叱令出,敕虎贲羽林夺剑。冀跪谢,陵不应,劾奏冀,请廷尉论罪。诏罚一岁俸,百官肃然。冀弟不疑为河南尹,尝举陵孝廉,谓陵曰:"昔举君,适所以自罚也。"陵曰:"明府不以陵不肖,误见擢序,今申公宪以报私恩。"不疑有愧色。二事乃相类。

黄门监魏知古本起小吏,因姚崇引荐,以至同为相。崇意轻之,请摄吏部尚书,知东都选。知古憾焉。时崇二子分司东都,恃其父有德于知古,颇招权请托。知古归,悉以闻。他日,帝召崇曰:"卿子才乎?皆安在?"崇揣知帝意,曰:"臣二子分司东都。其为人多欲而寡慎,是必尝以事干魏知古。"帝始以崇必为其子隐,及闻崇奏,乃大喜。问安从得之,对曰:"知古微时,臣卵而翼之。臣子愚,以为知古必德臣,容其为非,故敢干之耳。"帝于是爱崇不私而薄知古,欲斥之。崇曰:"臣子无状,挠陛下法,而逐知古,外必谓陛下私臣。"乃止,然卒罢为工部尚书。《新唐书》载此事,谓姚崇巧于料事,而知古薄待所知,至动人主之疑,终身不复用。可见伦理一也，交友不能信者，事君必不忠。

《钱徽传》：长庆元年，徽为礼部侍郎。时宰相段文昌出镇蜀川。故刑部侍郎杨凭子浑之求进，尽以家藏书画献文昌，求致进士第。文昌将发，面托徽，继以私书保荐。翰林学士李绅亦托举子周汉宾于徽。及榜出，浑之、汉宾皆罢。李宗闵与元稹有隙，宗闵子墀苏巢及杨汝士季弟殷士俱及第。文昌、绅大怒。文昌赴镇，辞日，内殿面奏，言"徽所放进士皆子弟，艺薄，不当在选中。"穆宗访于学士元稹、李绅，二人对与文昌同，遂命中书舍人王起、主客郎中、知制诰白居易重试。内出题目《孤竹管赋》、《鸟散余花落》诗，而十人不中选。寻贬徽为江州刺史，中书舍人李宗闵剑州刺史，右补阙杨汝士开江令。初议贬徽，宗闵、汝士令徽以文昌、绅私书进呈，上必开悟。徽曰："不然。苟无愧心，得丧一致，修身慎行，安可以私书相证耶？"令子弟焚之。呜呼！如徽居心行事，休休有容，大臣器量也。

王勃"落霞与孤鹜齐飞，秋水共长天一色"，当时以为奇绝，然亦有所本。庾信《马射赋》："落花与翠盖齐飞，杨柳共青旗一色"，隋《长寿寺碑》："浮云共岭松张盖，明月与岩桂分丛。"然勃则青出于蓝也。

考《唐书》，"文庙"下不言笾豆之数。《明宪宗实录》：成化十二年七月，祭酒周弘谟请增笾豆舞佾，言"唐玄宗既正孔子南面之位，服以衮冕。宋徽宗考正孔子冠服加十二旒。金世宗加孔子冠十二旒，服十二章。今圣朝尊崇孔子，既用天子之礼，而笾豆则非天子之制。乞敕礼部会议，增十笾十豆各为十二。"从之。是成化以前至唐宋用十笾十豆，逮宪宗始用十二笾十二豆，后张璁更定祀典，复用十笾十豆也。其略如此。

李焘《续资治通鉴长编》：一、孝宗隆兴元年癸未，进太祖建隆至开宝十七年事。一、孝宗乾道四年戊子，进太祖建隆元年至英宗治平四年闰三月五朝事迹。一、孝宗淳熙元年甲午，进熙、丰、祐、圣、符、靖、崇、观、和、康六十年事。一、孝宗淳熙九年壬寅，合写长编重进；又进《续资治通鉴长编举要》六十八卷。今只存五朝事迹。

明制，父兄官三品大僚，子弟不得居言路。考之前代不然。《唐书》"三郑"列传：郑余庆，宪宗立，复拜同中书门下平章事。子澣，本名涵，第进士，累迁右补阙，敢言无所讳。宪宗谓余庆曰："涵，卿令子而朕直臣也，更可相贺。"郑覃，文宗太和九年拜同中书门下平章事。弟朗，由山南幕府入迁右拾遗。郑绁，宪宗即位，拜中书侍郎同中书门下平章事。绁，余庆从父，视澣为从孙，时正官右补阙。只以"三郑"列传证之，唐父子兄弟从祖孙不相避，明矣。惟《杜佑列传》：佑子从郁，元和初为左补阙，崔群等以宰相子为嫌，再徙秘书丞。然不过嫌之云尔，初未尝如明制必相避者也。

　　韩魏公三守乡郡，每谒先垅辄有诗，自矜其荣遇。如曰："至日郊原拥节旄，先茔躬得奉牲醪。霜威压野寒方重，山色凌虚气自高。衣锦不来夸富贵，报亲惟切念劬劳。"又曰："昼锦三来治邺城，古人无似此公荣。首过先垅心先慰，一见家山眼自明。"又曰："风入旌旗撼晓光，两茔亲展喜非常。浓阴蔽野瞻乔木，逸势横天认太行。自叹重茵宁及养，纵垂三组敢夸乡。路人或指荣虽甚，明哲何如汉子房。"又曰："暂趋先垅弭旌旄，因恤吾民穑事劳。田舍罕逢车骑过，聚门村妇拥儿曹。"又曰："两飨先坟已致诚，却严轩从指东茔。鸿惊去斾参差起，马避柔桑诘曲行。"又曰："乡守三逢禁火天，每驱旌纛扫松轩。衰残岂足酬恩遇，光宠徒知及祖先。"如此者不一而足。孟郊云："春风得意马蹄疾，一日看遍长安花。"王禹玉云："出门四塞如黄雾，始觉身从天上归。"论者咸议其器量。二人者虽不可与公同语，然比之向时刺客取首，延颈以授，吏碎玉残，笑而抚之，若两人矣。

　　辽曲宴宋使，酒一行，觱篥起歌。酒三行，手伎入。酒四行，琵琶独弹。然后食入，杂剧进，继以吹笙、弹筝、歌击、架乐、角觝。王介甫诗："涿州沙上饮盘桓，看舞春风小契丹。"盖纪其事也。至范致能北使，有《鹧鸪天》词，亦云："休舞银貂小契丹，满堂宾客尽关山。"则金源燕宾或袭为故事，未可定耳。

玉堂赏花会，赋诗者四十人。学士则南阳李贤、安成彭时、樵李吕原、莆田林文、安成李绍、永新刘定之、钱塘倪谦、东吴钱溥；侍读则金城黄谏；詹事则庐陵陈文、长洲刘铉；侍讲则眉山万安、渔阳李泰；中允则古杞孙贤；赞善则范阳牛纶；修撰则吴中陈鉴、博野刘吉、钱塘童缘、华容黎淳；编修则西蜀李本、昆陵王亻與、余姚戚澜、宜兴徐溥、琼山丘濬、泰和尹直、安成彭华、雪川陈秉中、临川徐琼、四明杨守陈、临江吴汇；检讨则严州傅宗、安成张业、河东邢让；翰林五经博士则天台鲍相；典籍则西蜀李鉴、泰和陈谷；侍书则浙江谢昭。其二人则礼部员外郎临淮凌耀宗，中书舍人江东曹冕。诗成，李贤序之，彭时作后序。

妇人匀面，古惟施朱傅粉而已，至六朝乃兼尚黄。《幽怪录》：神女智琼额黄。梁简文帝诗："同安鬟里拨，异作额间黄。"唐温庭筠诗："额黄无限夕阳山。"又，"黄印额山轻为尘。"又，词"蕊黄无限当山额。"牛峤词："额黄侵腻发。"此额妆也。北周静帝令宫人黄眉墨妆。温诗："柳风吹尽眉间黄"，张泌词："依约残眉理旧黄"，此眉妆也。段氏《酉阳杂俎》所载有黄星靥。辽时俗，妇人有颜色者目为细娘，面涂黄，谓为佛妆。温词："脸上金霞细"，又"粉心黄蕊花靥"，宋彭汝砺诗："有女夭夭称细娘，真珠络髻面涂黄"，此则面妆也。

泽州李俊民用章，举承安五年进士第一。金亡后，其同年三十三人惟高平赵楠仅存，又挈家之燕京。俊民感旧游，以诗题"登科记"后云："试将小录问同年，风采依稀堕目前。三十一人今鬼录，与君虽在各华颠。"又云："君还携幼去幽燕，我向荒山学种田。千里暮鸿行断处，碧云容易作愁天。"录中：张孺卿介甫、晁李中宝臣、任德维公理、孔天昭文安、王毅知刚、赵铢敬之，皆中都大兴府人。

元裕之寄书耶律中书，荐当时士大夫在河朔者，固安李天翼、渔阳赵铸、燕人张舜俞、曹居一、王铸，且曰："凡此诸人，虽其学业操行，参差不齐，要皆天民之秀，有用于世者也。"按虞文靖《学古录》有田氏《先友翰墨序》，称彰德田师孟辑其先友手翰，中有刘百熙字善甫，曹居一字通甫，赵著字光祖，俱燕人。其称著曰大侠。按元集作铸者，字才卿，别是一人也。

唐设九科，童子居其一。负半千、杨炯、吴通元、裴耀卿、李泌、刘晏，皆由是举。宋则杨亿、宋绶、晏殊、李淑，均以童子出身。然汉有童子郎，梁有童子奉车郎，以童子拜官者多矣。元童子科见于《选举志》者一十六人。仁宗延祐七年举陈聃，则大兴人也。

明弘治壬戌状元康德涵海、榜眼孙直卿清，皆以不拘小节被劾去国。然二君实才雄一代，德涵词锋如云，直卿劲气毅然不可夺。论者谓二君为是科冠冕，以忌嫉者多，老于摈斥，可惜。

萧道成既篡宋，光禄大夫王琨在晋世已为郎中，攀废帝车恸哭曰："人以寿为欢，老臣以寿为戚，不能先驱蝼蚁，乃复频见此事。"西涯李阁老咏田蚡乐府曰："谁云死速不如迟，幸未淮南语泄时。"语意本诸此。

庾子嵩目和峤曰："森森如千丈松。"卞壸目叔向曰："朗朗如百间屋。"乃成一佳对。汉人目李元礼曰："谡谡如松下风。"此等标榜语亦是当时习气。

郑锐、郭仙舟献诗，不切时事，惟崇道德。玄宗皆令罢官为道士。萧瑀好奉佛，亦令出家为僧。孔武仲曰："如使佞佛者为僧，谄道者为道士，则士夫为异论者息矣。"

官制：五品以上者为大夫，六品以下者为郎官，皆散官也。然各置于官衔之上，如曰："光禄大夫、太保""承德郎、某部主事"之类，惟翰林则置于官衔之下，如曰："翰林院学士、奉政大夫""翰林院检讨、从仕郎"之类。盖史官尊重，不欲以散官压之，自明时重翰林始。

明时，朝贵三品则乘轿，荫子，封及三代，俸入优厚，例以隶执长柄大扇拥护。四品以下只于马上用翣扇遮日而已。自九卿外三品者多在闲散地，如太常、太仆、光禄卿、京兆尹之类。弘治间多升佥都御史，威权虽重，然佥都系四品阶，仪制反减削矣。至末年，佥都御史出城即乘轿。至今佥都为巡抚者肩舆用八人，假用三品仪从也。国子祭酒则自灯市以北改用大轿。故祭酒、佥都与府尹皆曰半城轿。府尹本三品，不知于何处骑马。

明朝翰林官五品多借三品服色。讲官破格，有赐斗牛服者。毛公纪《归田杂识》云："当孝宗朝，东宫出阁选侍讲读。是时礼重宫僚，特赐予。或亲御春坊，面赐温谕。坊局官即用孔雀金带服色，及奉朝省亲，便用仙鹤服色犀带。"又云："故事，每岁亲郊庆成，赐文武大臣宴于奉天殿。上御宝座，尚膳进馔，传旨官人满饮。教坊九奏乐，具如仪。余自为翰林院学士，即得如例升殿，以五品官坐于四品之上，三品后，盖屡预焉。我朝大臣赐坐仅见此与耕藉幸学，而此为尤重。"又言："春秋二丁祭文庙，遣大学士一人行礼，前一日御殿，百官朝服侍班，传制。廷试天下贡士，上御文华殿，内阁率诸臣以第一甲三卷面奏，上亲批定名次。明日早先御华盖殿，内阁复于黼座前拆卷奏名，中书填黄榜，然后御奉天殿传胪。丘文庄公谓谨身读卷，即华盖也。华盖读卷，外朝臣无由而至。是日惟内阁得入殿内，而九卿以下皆在阃限之外。"此亦一代典故。

建置官署，必立土谷祠。翰林院所祠则昌黎伯韩子也。古称乡先生殁而祭于社。夫以土谷名祠，亦祭社之义，宜以乡先生主之。京师燕地，窃谓祀昌黎伯不若易以常山太傅婴也。

《大兴县题名记》，光禄少卿新安尹校书，隆庆四年立。《顺天府尹丞题名记》，工部尚书丰城雷礼文也，嘉靖三十九年立。

《寮佐题名碑记》二：一为礼部左侍郎铅山费寀撰，嘉靖二十二年立；一为顺天府通判晋江张问仁撰，万历十三年立。

《宛平县题名记》，翰林院检讨郭盘撰，嘉靖二十八年立。

古葬宫人之所，谓之宫人斜。京城阜成门外五里许有静乐堂，砖甃二井，屋以塔，南通方尺门，谨闭之。井前结石为洞，四方通风。宫人有病，非有名称者，例不赐墓，则出之禁城后顺贞门傍右门，承以敛具，舁出玄武门，经北上门、北中门，达安乐堂，授其守者，召本堂土工移北安门外，易以朱棺，礼送之静乐堂，火葬塔井中。凡宫人故，必请旨；凡出必以铜符，合符乃遣。嘉靖末，有贵嫔捐赀，易民地数亩，其焚烬不愿井者悉内地中。

卢沟河畔元有苻氏雅集亭。蒲道源诗："卢沟石桥天下雄，正当京师往来冲。苻家介侧敞亭构，坐对奇趣供醇酿。"又有野亭，见贡仲章《云林诗集》。今一望疆砾，并民居亦寥寥也。

懿安皇后张氏，性贤明。魏珰诛戮朝士，后闻杨、左诸君子死，色不豫者累月。李自成入犯，思陵将殉社稷，传旨后宫令自裁。时周皇后及贵妃、宫嫔之承宠者皆遵旨毕命。独长公主年尚幼，未奉诏，帝怒，拔刃斫其臂，公主仆地。而宫监王永寿方从懿安皇后宫至，白帝曰："懿安皇后业缢死宫中矣。"帝乃走煤山自经。当魏忠贤柄国时，有养女任氏，美而狡，进之熹宗，立为贵妃。及贼入宫，任诡曰："我天启皇帝后也。"贼不敢犯。既而流转民间，或送于官，永寿从旁窃窥之，曰："此任贵妃也。"贵妃睨永寿，面发赪，旋闭目如不闻见者。永寿终亦不敢置诈也。永寿事熹宗，不入魏党；甲申寇乱后，削发为僧，往来西山间，谈及故宫事，辄语人云。

三

今人多云，设虚位禘其祖之所自出，如杨志仁复议论者，仅嘉靖十年举行一次，后不复行。适考之《实录》，嘉靖十年辛卯举行，诏以后丙辛年行之。十五年丙申四月仍行大禘礼。二十年辛丑四月九庙火，诏暂罢，遂永停矣。其实行大禘凡两次。

《洪范》五福六极，无贵贱。盖古无不肖而贵，亦无有德而贱者。贵，则禄及之而富矣，故富可以概贵；贱，则禄弗及而贫矣，故贫可以概贱。《周礼》八柄驭群臣，二曰禄，以驭其富；六曰夺，以驭其贫。是也。

"'望其彀，欲其掔尔而纤也'。《注》：'郑司农云：读为纷容掔参之掔'。《疏》：'先郑云此，盖有文，今检未得。'"（注：'先郑'指的是东汉儒家学者郑众，官至大司农，后世又称之为'郑司农'，而'后郑'则指晚于他且与他同宗的郑玄。）此句本见《上林赋》："纷溶掔蓡，猗狔从风。"前注"迤崇于轸"："读为'倚移从风'之'移'。"《疏》："司马长卿《上林赋》云：'从风倚移'"。此二句连文，而复云"检未得"，未知何意。

兑，为口舌。其于人也，但可以为臣为妾而已。以言说人，岂非妾妇之道乎？

凡人于交友之间，口惠而实不至，则其出而事君，必至于静言庸违。故舜之御臣也，敷奏以言，明试以功。而孔子之于门人，亦尝听其言而观其行。

《淮南子·泛论训》："直躬，其父攘羊，而子证之。尾生与妇人期而死之。"是径以"直躬"为人名矣。然此说本于《吕氏春秋》。

吕子："昔者禹一沐而三握发，一食而三起，以礼有道之士。"周公吐握之说见于《荀子》，人罕称禹也。

齐武帝云："学士辈不堪经国，惟大读书耳。经国，一刘系宗足矣。沈约、王融数百人，于事何用？"此大字是多字义。

《艺术传》："徐之才常与朝士出游，遥望群犬竞走，诸人请令试目之。之才即应声云：'为是宋鹊，为是韩卢，为逐李斯东走，为负帝女南徂！'"此段复见之序传，是温子升与李神俊语。当时传闻之讹，亦失于检正。

宋人有嫁子者云云，其子窃而藏之。君公知其盗也，逐而去之。君公，其舅之称欤？故妇人谓夫之兄曰兄公。

郭况，族姊为皇祖考夫人，谒见，光武大喜，曰："乃今得大舅乎！"按大舅称舅公。

董征迁安州刺史，因述职路次过家，置酒高会，乃言曰："腰龟返国，昔人称荣；仗节还家，云胡不乐！"诫子弟曰："此之富贵非是天降，乃勤学所致耳。"与桓荣稽古之荣，皆老生陋态，遗嗤千古。

李绅《周员外席上观柘枝》诗："画鼓拖环锦臂攘。"今京师迎年鼓制，施两铜环，以手擎之高下，环声相间。疑即其遗制也。

宋湜，字持正。名字与皇甫俱同。《诗笺》："湜湜，持正也。"

杜子美《昔游》诗："幽燕凤用武，供给亦劳哉。吴门持粟帛，泛海凌蓬莱。"《后出塞》云："渔阳豪侠地，击鼓吹笙竽。云帆转辽海，粳稻来东吴。"按《唐会要》：开元二十七年李适为幽州节度、河北海运使。《唐书》：姜师度穿平卤渠，以避海难。盖元之海运，自崇明抵直沽；唐时海运，则自登州转而平州，以达于蓟。故子美云然也。

天、地、人，谓之三才。轮人以毂、辐、牙为三才。弓人，胶、漆、丝为三才。然其所谓三才者，亦眇矣。

史记韩世忠江上事云：金山有红袍者堕马，腾而跨之，驰去。今则未见有驰处。史言诬乎？古今地异乎？

《周礼》注疏，疏糁食菜铼蒸，若今煮菜也。按今俗蒸饼用菜为馅，此类是矣。《易·鼎·九四》："鼎折足，覆公铼。"郑注云：糁谓之铼，震为竹，竹萌曰笋，笋者，铼之为菜也，是八珍之食。按周亦以笋为珍味，故其诗曰："维笋及蒲。"馈食之笾，亦有笋俎。

廪法有数名。《春秋》"御廪灾"，天子亦有御廪。单言廪，则平常掌米之廪。《明堂位》：鲁有米廪，有虞氏之学。以有虞氏尚孝，合藏粢盛之委，故名学为米廪，非廪禄也。诗："亦有高廪"，以其"万亿及秭"，非藏米之数，故以藏穗言之，与常廪、御廪又异。

《周礼》注："堂涂，谓阶前，若今令甓祴也。"疏：汉时名堂涂为令甓祴。令甓，则今之砖也；祴则砖道也。令音零，祴音阶。

羊车，注："羊，善也，羊车若今定张车。"疏：亦未知定张车何所用，但知在宫内所用，故差小为之，谓之羊车也。愚按：定张车与果下马俱宫内所用。

服虔曰："持高帝衣冠，月旦以游于众庙，已而复之。"按：月旦，谓月出时也。

傅介子年十四，好学书，尝弃觚而叹曰："丈夫当立功绝域，何能坐事散儒？"弃觚与班生投笔相类。

《春秋》书星孛，有言其所起者，有言其所入者。文公十四年秋，有星孛入于北斗，不言所起，重在北斗也。昭公十七年有星孛于大辰西，及汉，不言及汉，重不在汉也。

按《宋史》祈报礼曰："凡旱、蝗、水潦、无雪，皆禜祷焉。"故《本纪》太祖乾德元年十二月甲寅，命近臣祈雪。开宝五年十二月乙酉朔祈雪，乙卯大雨雪。六年十二月壬午，命近臣祈雪。七年十二月辛亥，命近臣祈雪。太宗雍熙二年十一月戊子，祷雪；十二月癸卯，南康军言雪降三尺。三年十一月丙戌，幸建隆观、相国寺祈雪；十二月乙未朔，大雨雪，宴群臣玉华殿。四年十二月壬寅，幸建隆观、相国寺祈雪；丁巳，大雨雪。淳化二年十一月己酉，幸建隆观、相国寺祈雪。至道二年十二月，命宰相以下百官诣诸寺观祷雪，甲寅雨雪，大有年。仁宗天圣九年十一月己丑，祈雪于会灵观。神宗熙宁元年十一月癸未，命宰臣祷雪。十二月己亥朔，命宰臣祷雪。癸丑祷雪于郊庙社稷。哲宗元祐七年十二月庚午，祈雪。绍圣元年十二月庚辰，命诸路祈雪。终北宋之世，祈雪凡十有五见。或曰：此礼古乎？愚曰：考之《周礼》未见。而《左传》昭公元年子产曰："山川之神，则水旱疠疫之灾，于是乎禜之；日月星辰之神，则雪霜风雨之不时，于是乎禜之。"此非祈雪之明证乎？或曰：雪风雨之不时，当禜矣，而霜则何为？愚曰：《诗》"正月繁霜"，正月，建巳之月也；《春秋》"冬十月，陨霜杀菽"，十月，建酉之月也。于此二月而霜，非灾变之尤者乎？

遇灾而惧，故亦为之禜祷焉。

《文献通考》止有祈雨、祈晴，并无祈雪。愚尝谓《通考》虽千古奇书，而多未备，兹其一端乎？又考《唐书·礼乐志》，并祈雨、祈晴亦缺，疏矣。祈雪礼实昉于宋。

《晋书·贾谧传》：谧为秘书监，掌国史。先是，朝廷议立《晋书》限断。中书监荀勖谓宜以魏正始起年。著作郎王瓒欲行嘉平以下朝臣尽入晋史，于时依违，未有所决。惠帝立，更使议之。谧上议，请从泰始为断。于是下三府，司徒王戎、司空张华、领军将军王衍、侍中乐广、黄门侍郎嵇绍、国子博士谢衡，皆从谧议。骑都尉济北侯荀畯、侍中荀藩、黄门侍郎华混以为宜用正始开元。博士荀熙、刁协谓宜嘉平起年。谧重执奏戎、华之议，事遂始行。《潘岳传》：谧晋书限断，亦岳之辞也。按：正始，魏主曹芳年号，始庚申，终戊辰，凡九年。嘉平，则芳在位之第十年，己巳，司马懿杀曹爽，自为丞相时也。又后十六年，方为泰始元年乙酉，司马炎篡魏自立矣。窃以贾谧限断请自泰始，虽圣人亦不能废其言。

《吕氏春秋·尊师》云："子张，鲁之鄙家也；颜涿聚，梁父之大盗也；学于孔子。段干木，晋国之大驵也，学于子夏。高何、县子石，齐国之暴者也，指于乡曲，学于子墨子。索卢参，东方之钜狡也，学于禽滑黎。此六人者，刑戮死辱之人也。今非徒免于刑戮死辱也，由此为天下名士显人，以终其寿，王公大人从而礼之。

此得之于学也。"

《史记·李斯列传》："秦王乃拜斯为长史，听其计，阴遣谋士赍持金玉以游说诸侯。诸侯名士可下以财者，厚遗结之；不肯者，利剑刺之。离其君臣之计。"又《张耳陈余列传》："秦灭魏数岁，已闻此两人魏之名士也。"

或问：名士之称何昉乎？曰：见于经，则《月令》聘名士。见于史，则《李斯传》"诸侯名士"，《张耳陈余传》"此两人魏之名士"。见于子，则子张、颜涿聚、段干木、高何、县子石、子索卢参，此六人"为天下名士显人"是也。大抵名士之称，权舆于六国之末，而极盛于东汉之世。

张天如史论有云："桓帝之世，有宦官，有名士。天子为宦官而驱除名士。灵帝之世，有宦官，无名士。宦官不复畏名士，而专制天子。"

北齐济南王立为皇太子，初学反语，于"迹"字下注云"自反"。侍者未达其故，太子曰："迹字足旁亦，岂非自反耶？"以足亦反为迹也。

《魏书》：安同父屈，仕慕容㥽为殿中郎将。同长子亦名屈，典太仓事，盗粳米者也，孙竟与祖同名。

魏黄门王遵业，风仪清秀，从容恬素，若处丘园。尝着穿角履，好事者多毁履以学之。可与郭泰折角巾作对。

世传宣炉由炼铜十二火，故有光彩。而云南丽江之铜甚精，曝以日光，即有光彩。安知宣炉非此铜所铸？宣炉世所重者，如鳅耳、鱼耳，雅式者也。亦有至怪之式，如波斯马槽者，而实出宣朝所作。

宋砚大抵不发墨。近年竭江以取下岩之石曰蕉叶白者，发墨如泛油。则知传世宋砚本非良材。砚取发墨，非止易浓，亦以作字有宝光耳。

宋之团茶，末之而加以香药，失茶之本味，极为可笑。而墨则必贵香，冰麝之值倍烟值。

造墨用独草取烟，独草则烟细，而烟非桐油不黑。墨工在徽、歙，而烟则产于楚地，彼处产桐子故也。

文衡山曾见一纸，广二丈。赵文敏不敢作字，题记而已。此必王家之物，不知纸工以何器成之。

墨之善者不独在烟，亦在于杵。墨料同而蒸碓多百日者则倍胜，更多更胜。李廷珪墨可以刮舌，殆亦以此。

墨用鹿角胶，非良法也。墨忌者卤气，鹿生深山中，其角犹有卤气，生海滨者更甚。但用黄牛之革，天泉漂之，至卤气去，煎之成胶，即以入烟最善。若寒凝之后更溶化而为之，即不尽美。故曰：胶新杵到。

古之车战，以一车统百人，万人只须百车统之。法甚简易。废车用步，法不得不密，密则烦矣。

古兵法只用车，驾车以马。故《周礼·夏官》称司马。国大则马多，故问国君之富，数马以对。

獠獞兵器，每洞各习一种。其习标枪者，铁刃重二斤，把围之木，一臂而开，发无不中。狼兵则专习筅。田州岑氏则习双刃，皆绝技也。邻洞莫非世雠，其精兵留以自卫，应调乃次等者。

西人风车借风力以转动，可省人力。此器扬州自有之，而不及彼之便易。西人取井水以灌溉，有恒升车，其理即中国之风箱也。

中国用桔槔，大费人力。西人有龙尾车，妙绝。其制用一木柱，径六七寸，分八分。橘囊如螺旋者围于柱外，斜置水中而转之。水被诱则上行而登田。又以风车转之，则数百亩田之水，一人足以致之，大有益于农事。苟得百金，鸠工庀材，必相仿效，通行天下，为利无穷。

中国鸟铳，利器也。倭人来，始得其式。倭人鸟铳之底不焊，焊者有失。作螺旋铁砧，塞之不炸，又可水涤也。近处有照星，铳端有照门，照星、照门与所击之物相应，发无不中，矢又去远，远胜弓矢。

宋之神臂弓，本弩也，名为弓者有故。弓弦必刮弩臂而行，弓力不尽于矢。神臂于臂之行矢处削而下之，弦得空行，力得尽于矢也。

龙蛰而起，其破墙屋，穴如碗许大，无风雷，无云水。蛟、蜃则乘风雷，作大水，出而伤物甚多。龙故称为神也。释典言：龙有蛇形、马形、蛤蟆形者。又言：天帝宫殿在空中，乃龙持之。又言：龙能变人形，唯生时、死时、睡时、淫时，嗔时，不能变本形。又言：龙有热沙着身、烈风坏衣之苦，有金翅鸟吞啖之苦。

天龙为贵，海龙次之，江湖之龙又次之，井潭之龙下矣。

龙喜睡，数百年一觉，甚至积沙其身成村落。觉即脱神弃身而去，不伤于物。

神龙行雨以利物，毒龙为恶风以害物。

海中夏秋间，时有取水之龙。云断处如悬一带，袅袅而动。海运之道，每当龙宫而过，舟师识之，其水湛然，人不敢作语声。不知者发铳，则惊跃而破舟矣。

定海有龙夜归，目如双炬。指挥万姓者不知，以为寇警，发矢射之，伤一目。风涛大作，舟击撞而破者甚众。其后龙出止见一炬。龙于淫时不能变形，则非人所能匹。《柳毅传》亦不读释典者所作。

释典言：毒龙目光及人，其人即死。又言：以龙心念力，故水即沛然，则不在乎取水以成雨也。

龙以石为食，挐攫所及，石即如粉。夏禹凿三峡门、龙门，必是役龙为之，非人力所及也，故曰神禹。

陈宠曰：萧何草律，俱避立春之月，而不计天地之正、三王之春，实颇有违。此亦三王改月并改时之一证也。

上巳祓除谓之戒浴，见祓除疏。挚虞、束晢之对皆失引，或贾氏是唐人语。

明弘治六年奏准每科一选，不拘地方，不限年岁，待进士分拨办事之后行。令有志学古者各录其平日所作古文十五篇以上，限一月以里投送礼部。礼部阅试讫，编号分送翰林院，考订文理，可取者按号行取。吏部该司仍将各人试卷记号名送内阁，照例考选。每科取选不过二十人，留不过三五人。

四

古人咏史，叙事无意，史也，非诗矣。唐人实胜古人，如："江流石不转，遗恨失吞吴""武帝自知身不死，教修玉殿号长生""东风不假周郎便，铜雀春深锁二乔""此日六军同驻马，当时七夕笑牵牛"，诸有意而不落议论，故佳。若落议论，史评也，非诗矣。宋已后多患此病。愚谓唐诗宗旨断绝五百余年，此亦一端。

咏史只可用本事中事，用他事中事，须宾主历然，若只作古事用之，便不当行。如："太平天子朝元日，五色云车驾六龙"，元者，玄元皇帝老子也，唐世奉为始祖，事固诬诞。天子五色车，用汉武甲乙日青车、丙丁日赤车事。周伯强引杜预《左传序》语，谓之"具文见意"，以其意在文中，更不出意也，乃为高手。

今世之大为诗害者，莫过于作步韵诗。唐人中、晚稍有之，宋乃大盛，故元人作《韵府群玉》。今世非步韵无诗，岂非怪事？诗既不敌前人，而又自缚手臂以临敌，失计极矣。愚曾与友人言此，渠曰："今人止是做韵，谁曾做诗？"此言利害，不可不畏。若人不戒绝此病，必无好诗。

诗乃心声，性情中事也。发乎情，止乎礼义，故谓之性。亦须有才，乃能挥拓；有学，乃不虚薄杜撰。才、学之用于诗者，如是而已。昌黎逞才，子瞻逞学，便与性情隔绝。

《雅》《颂》多赋，《国风》多比兴。《楚词》从《国风》而出，纯是比兴，赋义绝少。唐人诗宗《风》《骚》，多比兴。宋诗比兴已少。明人诗皆赋也，便觉版腐少味。

山谷"猩猩毛笔"诗，不失唐人丰致，反自题为戏作，失正眼矣。

唐人诗意不在题中，亦有不在诗中者，故高远有味。虽作咏物诗，亦必意有寄托，不作死句。老杜"黑白鹰"、曹唐"病马"、韩偓"落花"可证。今人论诗，惟恐一字走却题目，时文也，非诗也。

自五代兵革，中原文献凋落，诗道失传，而小词大盛。宋人专意于词，实为精绝，诗其尘饭涂羹，故远不及唐人。

人情好新，今日忽尚宋诗。举业欲干禄，人操其柄，不得不随人转步。诗取自适，何以随人？

诗之学古，如孩提不能无乳姆也。必自立而后成诗，犹之能自立而后成人也。明之学老杜、学盛唐者，皆一生在乳姆胸前过日。

庾子山句句用事，固不灵动；六一禁绝之，一事不用，故遂至于澹薄空疏，了无意味。

唐人有寄托，故使事灵；后人无寄托，故使事版。

刘禹锡云："阁上掩书刘向去，门前修刺孔融来。"借古以叙时事则灵动。武元衡云："刘琨长啸风生坐，谢朓题诗月满楼。"实用古事而无寄托，便成死句。

建安无偶句，西晋颇有之。日盛月加，至梁、陈谓之格诗，有排偶而无粘。沈、宋又加剪裁，遂成五言唐律。《长庆集》中尚有半格体。

七言，汉人犹未成体，至魏文帝之《燕歌行》而成体，至梁人渐近于律，至初唐而遂成七言律诗。

七言歌行始于六朝，其间有长短句，有换韵，音节低昂，声势稳密，居然近体，非古诗也。

《北史·卢思道传》曰："周武帝平齐，授思道仪同三司，追赴长安。与同辈杨休之等数人作《听鸣蝉篇》，思道所为，词意清切,为时人所重。新野庾信遍览诸同作者而叹美之。"今读其词,居然初唐王、杨诸子。隋炀帝《江都宫乐歌》,七言律体已具,律诗亦不始于唐。

五、七言绝句,唐人加以粘缀,声病耳,其体未变于古也。

五言律诗,其气脉犹与古诗相近,至于七言律诗,则别一世界矣。

六朝人凡两句谓之联,凡四句谓之绝,非必以四句一篇者为绝句。

休文八病,宋人已不能辨。大约有声病、守粘缀、无叠韵、不口吃者,八病俱离。

口吃诗,即翻也;叠韵诗,即切也。"古今贵经教",口吃也;"屋北鹿独宿",叠韵也。口吃亦名双声。

"独树临江夜泊船",或本作"独戍"。愚谓大江中有戍兵处,可泊船,以"独戍"为是。后读《宋史·王明传》,见其地有独树口,不觉自失。

唐人以韵字之少者,与他部合之为通用。咍当与佳通,以隔一部故,遂与灰通,以致字声乱极。

韵本休文小学之书,以为诗韵,已误。今人又作词韵,谬之谬也。

人之作诗,必宗"三百篇",而用韵反不宗之,岂非颠倒?

"东"翻"登","冬"翻"丁",声固不同,而非不可同押者也。休文诸公强作解事,分为二部,后人以是唐人所遵,不敢相异。

　　赵文敏诗,不独在元人为翘楚,在宋可比晏同叔。而本传云:"以书画掩其文章,以文章掩其经济。"元世祖开国之君,所用当不谬也。

　　杨铁崖乐府,别是一种奇特之文,谓之乐府则不可,李宾之亦然。

　　汉人乐府多浓谵,"十九首"皆高澹,而"文选注"亦有引入乐府者,不知何故。

　　乐府,汉武所立之官名,非诗体也。后人以为诗体。

　　古人乐府词,有切题者,有不切题者,其故不可解。

　　少陵自作新题乐府,固是千古杰人。

　　大抵古人诗有专为乐歌而作者,谓之乐府;亦有文人偶作,乐工收而歌之者,亦名乐府。

　　乐府题,今人多不能解,则不必强作。李于鳞优孟衣冠,徒为人笑。

　　《焦仲卿妻》又是乐府中之别体,意者如后之《数落山坡羊》,一人弹唱者乎?

　　曲起而词废,词起而诗废,唐体起而古诗废。作诗欲以言情耳，生乎今之世，近体足以言情矣。好古之士，本无其情，而强效其体以作古乐府，殊觉无谓。

律诗，近体也。其开承转合，与时文相似，惟无破承起讲耳。古诗，则欧、苏之文，千变万化者也。作时文者多不敢擅作古文，而作律诗者无不竟作古诗，可乎哉？

古诗，汉枚乘所作，有在"十九首"中者，然亦不殊于建安。但举建安之名，以为宗极可也。

阮公《咏怀》不下建安人作，自此而后，西晋已变，建安体绝于阮公。

西晋之《白纻舞词》不言何人作，那得下于汉人。

东晋竟无诗，至陶、谢而复振。

康乐，矜贵之极，不知者反以为才短幅狭，将为东坡如搓黄麻绳千百尺乎？

诗至明远而绚丽已极，虽不似建安，而别立门户，不肯相下也。

昌黎作《王仲舒碑》，又作志；作《刘统军志》，又作碑。东坡作《司马公行状》，又作碑。其事虽同，而文词句律乃无一字相似者。蔡中郎为陈太丘、胡广作碑，及为二公作祠铭，同者乃十七八。

韩退之作《博士李君墓志》，通无一语及其家世、宦迹、才行，直谓其误服方士柳泌药下血以死，且援引数人同以是死者，自李虚中、孟简、卢坦而下六七人。其文甚奇。公刻意而作，意欲后世永为鉴戒。然古今碑志无此体也。虞伯生作《晏氏家谱序》亦历数宋窦俨、贾昌期而下数十人之子孙隆替，当亦效昌黎而作，然于晏氏亦有感激称颂语，不似昌黎之漠然于李氏也。

欧阳公《谢赐衣带马表》，东坡幼时，老泉命拟作，语意甚工。明成化丙午，场屋出此题以试士，所刻程文则益该博精切。至弘治壬子，复出魏征《谢黄金厩马》，则益工矣。余意谓宋人尚四六，丙午刻者不失为宋表。壬子所刻，唐人则无是语也。后见常衮集中有《谢绯衣银牙笏玉带表》云："臣学愧聚萤，才非倚马。典坟未博，谬膺良史之官；词翰不工，叨辱侍臣之列。惟知待罪，敢望殊私。银章雪明，朱韍电映；鱼须在手，虹玉横腰。祇奉宠荣，顿忘惊惕。蜉蝣之咏，恐刺《国风》；蝼蚁之诚，难酬天造。"然则唐世已有此体矣。

唐之诗人惟陈子昂、张说、高适集中间有幽州之作，此外游宦于兹土者寡。宋则非奉使不至，故题咏亦无多。王之涣《九日送别》诗云："蓟庭萧瑟故人稀，何处登高且送归。今日暂同芳菊酒，明朝应作断蓬飞。"窦巩《蓟门》诗云："自从身属富人侯，蝉噪槐花已四秋。今日一茎新白发，懒骑官马到幽州。"马戴诗云："荆卿西去不复返，易水东流无尽期。日暮萧条蓟城北，黄沙白草任风吹。"张耒诗云："十月北风燕草黄，燕人马饱风力强。

虎皮裁鞍雕羽箭，射杀阴山双白狼。"四诗辞俱工。其余杂见于出塞送行之作，如："屡战桥恒断，长冰堑不流。"徐陵诗。"塞禽惟有雁，关树但生榆。"王褒诗也。"万里寒光生积雪，三边曙色动危旌。"祖咏诗也。"日生方见树，风定始无沙。"裴说诗也。"沙河流不定，春草冻难青。"王贞白诗也。"风折旗杆曲，沙埋树杪平。"马戴诗也。"黄云战后积，白草暮来看。"释皎然诗也。"塞馆皆无簟，儒装亦有弓。""已行难避雪，何处合逢花。"项斯诗也。"戍楼承落日，沙塞碍征蓬。"张蠙诗也。"有雪常经夏，无花空到春。下营云外火，驱马月中尘。"于鹄诗也。"野烧枯蓬旋，沙风匹马冲。"黄滔诗也。"儿童能走马，妇女亦弯弓。"欧阳修诗也。"边日照人如月色，野风吹草作泉声。"范镇诗也。皆善状燕中风景者。

李群玉《湘妃庙诗》："相约杏花坛上去，画阑红紫斗挼蒱。"范摅《云溪友议》曰："群玉题庙见二女，曰：'二年当与君为云雨之游。'段成式戏之曰：'不意足下是虞舜之辟阳。'"诗人轻薄至此，比于周秦行纪甚矣。按舜升遐已一百十岁，三十征庸，帝妻二女，度其年已及笄，至此时亦是七八十岁老妪。后人纷纷摹拟湘筠染泪，比迹巫山，非独亵慢圣人，亦且有乖事实。

唐李益赠卢纶诗曰："世故中年别，余生此会同。却将悲与病，独对朗陵翁。"卢和云："戚戚一西东，十年今始同。可怜风雨夜，相对两衰翁"句律悽惋，如出一口。

张继在临川寄皇甫冉诗曰："京口情人别久，扬州估客来疏。潮至浔阳回去，相思何处通书。"以上三句见下一句，别是一休，然其声调亦不愧盛唐。冉答之云："望望南徐登北固，迢迢西塞望东关。落日临川问音信，寒潮惟带夕阳还。"不但格律与之相埒，而一时相与之情亦可想见也。

王建《宫词》："太仪前日暖房来，嘱向昭阳乞药栽。敕赐一科红踯躅，谢恩未了奏花开。"今人有迁居或新筑室，朋侪醵金往贺，曰"暖房"，盖自唐人已有之矣。

《兰亭》记丝竹管弦之词，诚为重复。然不特右军言之，西汉《张禹传》"后堂理丝竹管弦"，则汉初已有此语矣。

六一诗云："徐福行时书未焚，逸书百篇今尚存。令严不敢传中国，举世无由识古文。"谓日本国有逸书，历问之贸易往来，不然。昔又传闻彼国无《易经》，舟中有此经，即波浪不得过，亦不然。

元遗山编唐诗，鼓吹以柳子厚"登柳州城楼"诗置之篇首。此诗果足以压卷乎？且其中许浑诗入选最多。今人脍炙不厌，无怪乎诗格日卑。

丁鹤年，西域人。洪武初，回回人禁例甚严，行止皆不得自由。丁尝有诗云："行踪不定枭东徙，心事惟随雁北飞。"刘伯温家居危疑，《九日》诗云："薏苡明珠千古恨，却嫌黄菊似金钱。"其意皆可伤也。

《花间》之词如古玉器，贵重而不适用；宋词适用而少贵重。李后主兼有其美，更饶烟水迷离之致。

词虽苏、辛并称，而辛实胜苏。苏诗伤学，词伤才。

宋人好推誉本朝人物。以六一比子长，犹十得五六；以放翁比太白，十不得三四。

昔人好取华丽字以名类事之书，如编珠、合璧、雕金、玉英、玉屑、金钥、金匮、宝海、宝车、龙筋、凤髓、麟角、天机锦、五色线、万花谷、青囊、锦带、玉连环、紫香囊、珊瑚木、金銮、香蕊、碧玉、芳林之属，未能悉数。闻国学镂版向有《玉浮图》，不知何书，当亦属类家也，又有《孟四元赋》。孟名宗献，字友之，自号虚静居士，金时冠于乡、于府、于省、于御前，故号四元。其律赋为学者法，然《金史》不入"文苑"之列，惟见于刘京叔《归潜志》。

三教中皆有义理，皆有实用，皆有人物。能尽知之，犹恐所见未当古人心事，不能伏人。若不读其书，不知其道，唯恃一家之说冲口乱骂，只自见其孤陋耳。昌黎文名高出千古，元晦道统自继孔孟，人犹笑之，何况余人。大抵一家人相聚，只说得一家话，自许英杰，不自知孤陋也。读书贵多贵细，学问贵广贵实，开口捉笔，驷马不及，非易事也。

儒道，在汉为谶纬所杂，在宋为二氏所杂。杂谶纬者粗而易破，袭二氏者，细而难知。苟不深穷二氏之说，则昔人所杂者必受其瞒，开口被笑。

《楞严》云：以世界轮迴取颠倒，故人、畜、仙，其类充塞。世之学仙者守清净而间阴阳。非色界天无女人，但有色身，故名色界，欲念消尽者生于此。玉帝犹在欲界第二天。其上更有四层，皆有女人。有女则有欲，但以次轻微而上耳。神仙统于玉帝，事可知矣。人世事，释典无不言之，谓有力者从修罗、虎、象中来。

唐太宗命三藏法师取经，既至西域，有老僧年已七百，谓之曰："此间经籍甚多，人命短促，能读几何？须服我延年药，庶可读少分。"藏师以帝命有定期而辞之。

《楞严》翻译在武后时，千年以来，皆被台家拉去作一心三观。万历中年僧交光始发明根性宗趣，暗室一灯矣。钱牧斋研究之工，远过钟伯敬。钟于《楞严》，知有根性，钱竟不知也。生天牧斋必在伯敬前，成佛当在伯敬后。

人不可强所不知以为知。唐荆川博极群书，其作《稗编》，门类议论无不精确，唯所列释氏之徒，宗教不分，为人所议。

万松老人，耶律文正王之师也。其语文正王曰："以儒治国，以佛治心。"王亟称之，谓："云门之宗，悟者得之于紧峭，迷者失之识情。临济之宗，明者得之于峻拔，昧者失之卤莽。曹洞之宗，智者得之于绵密，愚者失之廉纤。独万松老人全曹洞之血脉，具云门之善巧，备临济之机锋，诚宗门之大匠，四海之所式范。"其倾心至矣。老人有《万寿语》，录释氏新闻。又善抚琴，尝从文正王索琴，王以承华殿《春雷》及种玉翁《悲风谱》赠之。见《湛然居士集》。且作诗寄老人，有"一曲悲风对谱传"之句。又尝寄孔雀便面，附以诗云："风流彩扇出西州，寄与白莲老社头。遮日招风都不碍，休从侍者索犀牛。"传之法门，亦佳话也。

元人事佛，最可笑者游皇城一事，作史者乃载入《祭祀志》，甚无识见。

明慈圣太后生于漷县之永乐店，事佛甚谨，宫中称为九莲菩萨。每岁十一月十九日为其诞辰，百官率于午门前称贺，长安百姓妇孺，俱与佛寺前焚香祝禧。享天子奉养四十三年，古今太后称全福者所未有也。

火葬倡于释氏，末俗因之。焚尸之惨，行路且不忍见，况人孤、人弟乎？燕京土俗，以清明日聚无主之柩，堆若丘陵，又剖童子之棺敛而未化者，裸而置之高处，剪纸为旗，缚之于臂，此尤不仁之甚矣。或谓火化俗始自元代，然世祖至元十五年曾严焚尸之禁，且载《大元典章》，论世者未之考尔。

史籍极斥五斗米道，而今世真人实其裔孙，以符箓治妖有实效。自云其祖道陵与葛玄、许旌阳、萨守坚为上帝四相。其言无稽，而符箓之效不可没也。故庄子曰："六合之内，圣人论而不议；六合之外，圣人存而不论。"

少所见多所怪，见骆驼谓马肿背。《楞严》言十二类生甚详，而谭景升《化书》举之以为异事，人安可不学乎？

释典多言六道，唯《楞严》合神仙而言七趣。神仙在天下之人之上，虽是长年，实有死时，故又言寿终仙再活，为色阴魔也。道士每言历劫不死，夫众生以四大为身，神仙又以四大之精华为身，故得长年。至劫坏则四大亦坏，身于何而可言历劫？旅次一食可以疗饥，一宿可以适体，谓之到家可乎？

以一药遍治众病之谓道，以众药合治一病之谓医。医术始于轩辕、岐伯，二公皆神仙也。故医术为道之绪余。

《楞严》所言十种仙，唯坚固变化是西域外道，余九种东土皆有之。而魏张人元、旌阳地元、丘长春天元为最盛。取药于人之精血者为人元，取药于地之金石者谓之地元，取药于天之日精月华者谓之天元。而餐松食柏如木客毛女辈者，名为草仙，非所贵也。地元、人元有治病接命之术，天元无之。

明惠安伯张庆臻患痛疾，伏床七年。涿州冯相国请道师梁西台治之，吸真气二三口。再阅日，庆臻设宴请道师，能自行宾主之礼。京师人所共知者。

劳山、青城、太白、武当诸深山人迹不至之地，有宋元以来不死之人，皮着于骨，见者返走，皆草仙也。既入此途，则与三元永绝。故平叔云："未炼还丹莫入山，山中内外尽非铅"也。然唯绝于人元，而地元、天元则可作。

《楞严》所谓坚固动止而不休息，即华佗之五禽戏法，庄子所谓熊经鸟伸也，以之治病亦有效，成仙则未闻也。

什师《维摩经》注有云：天人以山中灵药置大海中，波涛日夜冲激，遂成仙药。又在《楞严》十种之外，以非人所能为故也。

兽中唯狐最灵，猿次之。狐多成仙，服役于上帝，如宫奴阉者然。猿，地仙耳。

金华人家忌畜纯白猫，能夜蹲瓦顶，盗取月光，则成精为患也。兽亦知天元哉。

鹿仙，非鹿成仙也。山中道士知人元之法者，以鹿代人取药物以有成者之名也。

人之得药者有洗心之工，丹房器皿，弃之而去，故得成仙。不弃去，只成接命者异类。类为孽，无不击于雷神，淫致祸也。乍能变为人形，以为稀事，奇味耽溺不舍，以致丧命，非药之咎也。《楞严》又有云："日月薄蚀，精气流注，著物成妖。"亦天元之意也。古人有不修而得仙者，其偶遇此精气乎？

魏伯阳以六十四卦譬喻丹道之药物火候，后人遂引《易》成仙家之书。

仙书唯《参同契》《入药镜》《悟真篇》是真书，其外《钟吕问答》《仙佛同源》等皆伪。

谚语云："剑法不传。"有王老人云："非不传也，剑以槊比之，锋锷如槊刃，而以身为之柄。徽州目连獿人之身法，轻如猿鸟，即剑法也。"

唐人小说所言剑仙，似乎寓言。而钱牧斋于明末，有客谒之，方巾青布袍，钱以下客畜之。数日后造钱之友冯班，谓曰："古有剑术，予即其人也。闻牧斋名，故来见之，乃俗流不我识也。"班问其术，答曰："亦服药，亦祭炼。术成，遇大风即蓦然起行，不觉已乘空矣。后则微风初起而为之，又后则见旭日之光即为之，久久无不如意矣。"言别送至门外，相揖。班揖起，已失其人。

由吾道荣善洞视萧轨之败，言之如目见。盖即道家之所谓出神也。

中行说难汉使曰："且礼义之敝，上下交怨，而室屋之极，生力屈焉。"此老氏之旨，当时文帝尚黄老，故其一时相习成风如此。

张紫阳之丹法，阴阳清净兼用之。不得其全者互相攻诋，终无效也。唯治病则偏者亦有效，接命则偏者不可矣。

人唯种禾以取米，则糠自得，本无种糠之法。地元之用金石亦然，而世之种糠者甚多。

涿州冯相国之长子名源淮，作元戎于楚时，追取银魂，每两一分,存者散碎为铜铁,天主教之法也。其人来中国,携银甚多,以追取其魂,故行囊不重滞,名"老子藏金法"。

以药汁蒸取黄金之汗以治火病,其效如神。明末宿将曾有之,尝以示客,状如麻油。自云:"攻南方时,有大将被铳伤垂死者,与二匙即愈。"铅汗亦可用,噎隔者进之直下无阻。呕吐之甚者,大肠中粪秽从而出,立刻命尽。非得金石重药,无以治之。草木药轻浮,随呕而出也。故地元家谓草木经火则灰,经水则烂,不可为丹药。金则水火不能伤,故能养命。《抱朴子》中有服金银法。王涯置金沙于井而饮其水,甘露之变受刑,肉色如金。

以药汁浸珠自成粉,能治危病,又能救记性,不健忘。

《相如传》言:在梁著《子虚赋》,天子读而善之。相如曰:此诸侯之事未足观,请为天子游猎之赋。上令尚书给笔札。相如以"子虚",虚言也,为楚称;"乌有先生"者,乌有此事也,为齐难;"亡是公"者,亡是人也。欲明天子之义,故虚借此三人为辞。其为"子虚"也,既立此三人名以为上林之地矣。后《上林赋》"亡是公"语与"乌有先生"齐难紧接,无从分段,不知缘何有先后篇之别,岂著《上林》时始改剟前赋而为之耶?不然,则前赋为不了语矣。

注:本篇《渌水亭杂识》,摘自《通志堂集》,包含了其中

十五卷到十八卷的全部内容，且按照各卷的原篇章始末将其分为以上四节。纳兰性德于《渌水亭杂识》小序中写道："癸丑病起，披读经史，偶有管见，书之别简。或良朋莅止，传述异闻，客去辄录而藏焉。逾三四年遂成卷……"由此可知，《渌水亭杂识》应当作于康熙十二年（一六七三年）至康熙十五年（一六七六年）间，即在他18~21岁时完成。而且，由小序也可以看出，纳兰性德并未将《渌水亭杂识》认为是自己的研究成果，而是通过和朋友在聊天中的相互切磋，再加上自己的研究，共同取得此成就。

【书简】

致张纯修简

第一简

厅联书上,甚愧不堪。昨竟大饱而归,又承吾哥不以贵游相待,而以朋友待之,真不啻既饱以德也。谢谢!此真知我者也。当图一知己之报于吾哥之前,然不得以寻常酬答目之。一人知己,可以无恨,余与张子,有同心矣。此启,不一。成德顿首。十二月岁除前二日。因无大图章,竟不曾用。

注:由此简的内容可知,这篇书简应写于纳兰性德与张纯修都在国子监学习时,其时二人刚结交不久,系年当为康熙十年十二月。

第二简

"箭决"二,谨遣力驰上。其物甚鄙,祈并存之为感!所言书幸于明朝即令纪纲往取。晤期俟再订。不尽。弟成德顿首。

见阳道兄足下。

第三简

"箭决"原付小力奉上,因早间偶失检察,竟致空手往还,可笑甚矣。今特命役驰到,幸并存之。书祈于明后日即取至,则感高爱于无量也。晤期再报,不一。成德顿首。

见阳道兄足下。

第四简

花马病尚未愈,恐食言,昨故令带去。明早家大人扈驾往西山,他马不能应命,或竟骑去亦可。文书已悉,不宣。成德顿首。

第五简

明晨欲过尊斋,同往慈仁松下,未审尊意如何?特此,不一。成德顿首。

注:慈仁即指大报国慈仁寺,俗称报国寺,位于北京的西城区。据考证称报国寺始建于辽代,塌毁于明代,于成化二年重建。纳兰性德曾与徐乾学、宸英、严绳孙等一众师友一同在寺内的昆卢阁吟诗作对。由此可推想,身为性德好友的纯修亦很有可能与性德同游此寺。

第六简

一二日间,可能过我?张子由画三弟像,望转索付来手。诸子及悉,特此。成德顿首,七月四日。

第七简

天津之行,可能果否?斗科望速抄出见示。聚红杯乞付来手。三令弟小照亦检发,至感,至感!特此,不一。成德顿首。

第八简

比日未奉教诲,何任思慕。前所云表帖张庆美,幸致其过荒斋。奚汇升亦遣其过我。秋色满阶,忽有迅雷,斯亦奇也,不知司天者亦有占验否?此上。不尽,不尽。九月十三日,成德顿首。

《从友人乞秋葵种》一绝呈教:"空庭脉脉夕阳斜,浊酒盈樽对晚鸦。添取一般秋意味,墙阴小种断肠花。"

第九简

令弟小照可谓逼肖,然妆点未免少俗耳。吾哥似少不像,而秋水红叶,可无遗憾也。一两日可能过我?特此,不尽。来中顿首。

注: 书简末句署名中的"来"字,有其他版本写作"耒"的。

第十简

正因数日不见,怀想甚切,不道驾在津门也。海上风烟,想大可观。有新作,归来即望示我。来笺甚佳,乞惠我少许。尊使还,草此奉覆。不尽,不尽。十月五日,成德顿首。

第十一简

久未晤面,怀想甚切也,想已返辔津门矣。奚汇升可令其于一二日间过弟处。感甚,感甚!海色烟波,宁无新作?并望教我。十月十八日,成德顿首。

第十二简

日暮望即付来手,诸容另布,不一。期弟成德顿首。
见阳道长兄。

注:"期"在古代代表丧期一周年之意,而性德在署名中自用"期弟"二字,可见此书简应写于性德的妻子卢氏去世后服丧期间,即康熙十六年(一六七七年)。

第十三简

日暮不值,望以前所见者赐下,否则俱不必耳。恃在道义相照,故如是贪鄙也。平子已托六公,如何竟有舛谬?俟再订之。诸不悉。成德顿首。

注：此篇书简亦写于康熙十六年。文中所说的平子指的是篆刻家吴晋，犹善画兰。

第十四简

连日未晤，念甚。黄子久手卷借来一看，诸不一。期小弟成德顿首。

注：此书简写于康熙十六年。

第十五简

亡妇柩决于十二日行矣，生死殊途，一别如雨。此后但以浊酒浇坟土，洒酸泪，以当一面耳。嗟夫，悲矣！澹庵画册附去，宋人小说明晨望送来。成德顿首。

注：该书简中写道"决于十二日行矣"，是说预定于十二日送卢氏灵柩启行，由此可知，此书简应写于康熙十七年的七月上旬左右。但据考，卢氏的葬期为康熙十七年七月二十八日，疑似后因某事并未如期启行。前后时间有矛盾，待考。

第十六简

倪迂《溪山亭子》乃借耿都尉者，顷已送还，俟翌日再借奉鉴耳。四画若得司农慨然发览，当邀驾过共赏也。率覆，不一。弟德顿首。

欹斜一径入，门向夕阳边。何必堪娱赏，凋零自可怜。松寒疑有雪，僧老不知年。只合千峰上，长吟看月圆。（《戒坛》）

注：据考证，《溪山亭子图》为倪瓒之作品，本来由都尉耿信公所收藏（此人擅文章，富收藏，工艺事）。纳兰性德曾多次向他借观此画，并最终把它买来，置于通志堂中，由此可见纳兰性德对此画的钟爱程度。

第十七简

德白：比来未晤，甚念。平子兄幸嘱其一二日内拨冗过我为祷。此启，不尽。初四日，德顿首。

并欲携刀笔来，有数石可镌也。如何？

第十八简

前托济公一事,乞命使促之。夜来微雨西风,亦春来头一次光景。今朝霁色,亦复可爱。恨无好句以酬之,奈何,奈何!平子竟不来,是何意思?成德顿首。

第十九简

前来章甚佳,足称名手。然自愚观之,刀锋尚隐,未觉苍劲耳。但镌法自有家数,不可执一而论,造其极可也。日者竭力构求旧冻,以供平子之镌,尚未如愿。今将所有寿山几方,敢求渠篆之。石甚粗砺,且未磨就,并希细致之为感。叠承雅惠,谢何可言!特此,不备。十七日,成德顿首。

石共十方,其欲刻字样,俱书于上。又拜。

第二十简

前求镌图书,内有欲镌"藕渔"二字者。若已经镌就则已,倘未动笔,望改篆"草堂"二字。至嘱,至嘱!茅屋尚未营成,俟葺补已就,当竭诚邀驾作一日剧谈耳。但恨无佳茗供啜也。平子望致意。不宣。成德顿首,初四日。

"卿自见其朱门,贫道如游蓬户。"容兄因仆作此语,构此见招,有诗刻《饮水集》中,适睹此简,为之三叹!贞观。

注:由"茅屋尚未营成,俟葳补已就,当竭诚邀驾作一日剧谈耳"可知,茅屋应建于康熙十八年见阳南赴江华前。最后两行是顾贞观多年后观此简时所题,根据词意,茅屋又必建于康熙十六年冬梁汾南还之后。茅屋既已建成,改称草堂或花间草堂。草堂落成应在康熙十七年内,此词作于草堂建成之际,所以此书简的写作年代应为康熙十七年。

第二十一简

前正以风甚不得相过为憾,值此好风日,明早准拟同诸兄并骑而来,奈又属入直之期,万不得脱身。中心向往,不可言喻。另日奉屈过小圃,快晤终日,以续此缘,何如?成德顿首。

见阳道兄。

第二十二简

来物甚佳,渠索价几何?欲倾囊易也。弟另觅鳅角,尚欲转烦茂公等再为之,未审如何?先此覆,不尽,不尽。初四日,成德顿首。

第二十三简

姚老师已来都门矣,吾哥何不于日斜过我?不尽。成德顿首,三月既日。

第二十四简

两日体中大安否?弟于昨日忽患头痛,喉肿。今日略差,尚未痊愈也。道兄体中大好,或于一二日内过荒斋一谈,何如,何如?特此,不一。来中顿首。

更有一要语,为老师事,欲商酌。又拜。

第二十五简

周、伊二人昨竟不来,不知何意?先生幸促之。诸容面悉,不尽。七月七日，成德顿首。

见阳足下。

第二十六简

素公小照奉到，幸简入，简入！诸容再布，不尽。成德顿首，七月十一日。

第二十七简

成德白：渌水一樽，黯然言别，渐行渐远，执手何期？心逐去帆，与江流俱转，谅知己同此眷切也。衡阳无雁，音问久疏。忽捧长笺，正如身过临邛，与我故人琴酒相对。乡心旅况，备极凄其，人生有情，能不惆怅？念古来名士多以百里起家者，愿足下勿薄一官，他日循吏传中，借君姓名，增我光宠。种种自当留意，乃劳谆嘱耶？鄙性爱闲，近苦鹿鹿。东华软红尘，只应埋没慧男子锦心绣肠，仆本疏慵，那能堪此。家大人以下，仗庇安和，承念并谢。沅湘以南，古称清绝，美人香草，犹有存焉者乎？长短句固骚之苗裔也，暇日当制小词奉寄，烦呼三闾弟子，为成生荐一瓣香，甚幸。邮便率勒，不尽依驰。成德顿首。

注：此书简应写于张纯修就任江华知县后不久，即康熙十八年左右。

第二十八简

四月廿一日成德白：朝来坐渌水亭，风花乱飞，烟柳如织，则正年时把酒分襟之处也。人生几何，堪此离别？湖南草绿，凄咽同之矣。改岁以还，想风土渐宜，起居安适。惟是地方兵燹之后，兴除利弊，动费贤令一番精神。古人有践历华要，犹恨不为亲民之官，得展其志愿者。勉旃，勉旃！勿谓枳棘非鸾凤所栖也。蕞尔荒残，料无脂腻可点清白，但一从世俗起见，则进取既急，逢迎必工，百炼刚自化为绕指柔。我辈相期，定不在是。兄之自爱，深于弟之爱兄，更无足为兄虑者。至长安中，烟海浩浩，九衢昼昏，元规尘污，非便面可却。以弟视之，正复支公所云："卿自见其朱门，贫道如游蓬户"耳。诗酒琴人，例多薄命，非为旷达，妄拟高流。顷蒙远存，聊悉鄙念。来扇并粗筐写寄，笔墨芜率，不足置怀袖间。穆如之清，借此奉扬。楚云燕树，宛然披拂，或暂忘其侧身沾臆也。努力珍重！书不尽言。成德顿首。

注：此书简应写于张纯修于江华县任职期间，即康熙十九年（一六八〇年）左右。

上座主徐健庵先生书

某以诠才末学,年未弱冠,出应科举之试,不意获受知于钜公大人,厕名贤书。榜发之日,随诸生后端拜堂下,仰瞻风采,心神肃然。既而屡赐延接,引之函丈之侧,温温乎其貌,谆谆乎其训词,又如日坐春风,令人神怿。由是入而告于亲曰:"吾幸得师矣!"出而告于友曰:"吾幸得师矣!"即梦寐之间,欣欣私喜曰:"吾真得师矣!"夫师岂易言哉!

古人重在三之谊,并之于君亲。言亲生之,师成之,君用而行之,其恩义一也。然某窃谓师道至今日亦稍杂矣。古之患,患人不知有师。今之患,患人知有师而究不知有师。夫师者,以学术为吾师也,以文章为吾师也,以道德为吾师也。今之人谩曰,师耳,师耳。于塾则有师,于郡县长吏则有师,于乡试之举主则有师,于省试之举主则有师,甚而权势禄位之所在,则亦有师。进而问所谓学术也,文章也,道德也,弟子固不以是求之师,师亦不以是求之弟子。然则师之为师,将仅仅在奉羔、贽雁、纳履、执杖之文也哉?洙泗以上无论已。

唐必有昌黎,而后李翱、皇甫湜辈肯事之为师;宋必有程、朱,而后杨时、游酢、黄干辈肯事之为师。夫学术、文章、道德罕有能兼之者,得其一已可以为师。今先生不止得其一也,文章不逊于昌黎,学术、道德必本于洛、闽,固兼举其三矣。而又为某乡试之举主,是为师之道,无乎不备。而某能不沾沾自喜乎!先生每进诸弟子于庭,示之以六经之微旨,润之以诸子百家之芬芳,且勉以立身行己之谊。一日进诲某曰:"为臣贵有勿欺之忠。"某退而自思,以为少年新进,未有官守,勿欺在心,何裨于用,先生何乃以责某也?及退而读史,宋寇准年十九登第,时崇尚老成,罢遣年少者,或教之增年,准不肯,曰:"吾初进取,何敢欺君?"又晏殊童年召试,见试题曰:"臣曾有作,乞别命题,虽易构文,不敢欺君。"然后知所谓勿欺者,随地可以自尽。先生固因某之少年新进而亲切诲之也。某即愚不肖,敢不厚自砥砺奋发,以庶几无负大君子之教育哉!承示宋、元诸家经解,俱时师所未见,某当晓夜穷研,以副明训。其余诸书,尚望次第以授,俾得卒业焉。

注:此文的标题是按照《通志堂集》的原标注名。徐乾学,字原一,号玉峰、健庵先生。性德于康熙十一年八月在由徐乾学任副主考的科考中中举人,此文应写于其后不久。

与韩元少书

仆幼习科举业,即时时窃喜为古文词,然不敢令师友见也。今幸出大匠之门,且与足下为同年友,当古学振兴之日,人思自奋,仆亦妄希著述,以正有道。而作者林林,浩乎渊海,才单力弱,绠短汲深,尚同彭祖之观井,惴惴惟恐失坠,而足下遽欲引之于十洲三岛之间,以问五城十二楼之胜,其可得哉?惶恐!惶恐!至所商明文选,仆颇得其梗概,敢为足下陈之。

明之为代,近接宋、元。则明之为学,亦直承宋、元诸儒之学。三百年间,追踪大家者,约略得数人焉。宋潜溪经学醇正,故文有根柢,春容大雅,无蹶张叫嚣之气,自成清庙明堂之音。虽梵宇琳宫,多其碑碣,竺书道笈,无所不收,偶或牵率应酬,尚少持择,然不足为之病也。方逊志如黄河天落,直泻万里,而风激湍迴,正复沦涟绮潆,是子瞻之后身也。至其不磨之气节,涌现行墨间,又与文山、叠山颉颃矣。杨东里平澹之中饶有妙味。朱弦疏越,一唱三叹,沨沨乎多古意也。

当时仁宗最喜永叔文字,而东里似之,主臣一德,仿佛可见。王伯安以天纵之奇才,加心学之独得,故其为文如昆刀之切玉,快马之斫阵,为天地间第一种快文。即其论学有偏,然而文自单行,功斯不朽矣。王遵岩学南丰经术之气,溢于楮墨,宁迂而不径,宁拙而不巧,如入宗庙、庠序,所见无非瑚琏、簠簋也。归震川之文,源本性灵,取材经史,淘汰之功,良为心苦。柳宗元云"本之太史以著其洁",似足当之。虽斤斤绳尺,而当其得意时,正复汪洋洸恣,故不得病其尺幅之狭耳。唐荆川如大鹏培风,游龙戏海,力量气魄,迥异寻常,世间无物可以夭阏之者。至其文多偶比,是学昌黎《原道》《原毁》之文,而尚少变化。钱牧齐腹笥既富,文笔又长,援古证今,每发一端,便如瓶水泻地,迸注分流。惟深锢于朋党之见,或有失实。而其为珰祸诸君子志传之文,淋漓感慨,足裨史乘,然亦病其杂矣。

大抵弘、正以前,皆无意为古文者也,以其学问之余,溢为鸿章巨制。嘉、隆以来,有意为古文者也,波澜驰骋,远逼古人,而未免有规摹之迹。他如刘青田、王子充之雅洁,李崆峒之雄古,罗圭峰之僻涩,罗念庵之醇茂,赵浚谷之苍莽,王弇州之瑰奇,虽非大家嫡系,亦文坛之雄霸也。自此以外,桧后无讥焉。愚见如此,足下以为然否?幸进而教我。

注：此文的题目亦是按照《通志堂集》的原标注名。此文的写作年代应是纳兰性德于康熙十一年中举人后不久。韩菼为性德好友，与性德同时中举人。韩学识渊博，淡泊名利。虽与性德交好，但是两人的学术观点颇有不同，韩的道学气息浓重。纳兰性德去世后，韩为他撰写神道碑铭。

与某上人书

　　昨见过时,天气甚佳,茗碗熏炉,清谈竟日,颇以为乐,今便不可得已。承示"万法归一,一归何处"令仆参取。时即下一转语曰:"万法归一,一仍归万。"此仆实有所见,非口头禅也。上人心有不契,不复作答,仆亦畏丰干饶舌,默默而退。既而思韩昌黎性喜辟佛,然而凡为诸上人作序,必告之以吾儒之理,亦以竺氏之教虽非,而其徒皆吾万物一体中人也,何忍竟摈而不与之言?仆何人哉,敢与昌黎比?然而既与上人交,则极欲上人之共知此理,犹如人得美饮食,而不与一父之子同享之,岂情也哉?

　　自有天地以来,有理即有数,数起于一,一与一对而为二,二积而成万。凡二便可见,一便不可见,故乾坤也,阴阳也,寒暑也,昼夜也,呼吸也,皆可见者也。一者何?太极也。欲指一物以为太极,即伏羲、文王、周公、孔子之圣亦有所不能。故周子曰:"无极而太极。"此无上妙谛也。吾儒太极之理,在物物之中,则知一之为一,即在万法之中。竺氏亦知有所为太极者,彼误认太极为一物,而其教又主于空诸所有,故并欲举太极而空之,所以有"一归何处"之语,不知物物具一太极,一即在万法中。竺氏求空而反滞于有,不如吾道之物物皆实,而声臭俱冥,仍不碍于空也。黄面瞿昙,定不河汉吾言,上人亦能再下一语否?

注:根据文章的内容来看,这应该是纳兰性德早期的作品。

致严绳孙简（八月六日）

成德白：前有一字托郑谷口寄去，想先后可达台览，种种非片言可尽。未审起居如何？家严病已渐差，辱吾哥垂虑，敢并附闻。弟今于闲中，留心《老子》，颇得一二人开悟，未敢云为得也。马云翎不及另字，幸道思念之意。别后光阴，不觉已四越月，重来之约，应成空谈。明年四月十七，算吾咏正是去年今日别君时也。吴伯老不专启，幸道意。赵声伯若进谒时，并望周旋之。此泐，不尽。八月六日，成德顿首。

注：此文写作时间为康熙十五年八月，其时严绳孙离京返故里约四个月之久。严绳孙，字荪友，号藕荡渔人，又号藕渔。无锡人，善词，与纳兰性德结交于北京。

致严绳孙简(七月廿一日)

　　成德顿首。前有一函托汤商人寄去,想入览矣。近况已略悉前柬,兹不复具。惟乞我哥于八月间到都,以慰我愁思也。华山僧鉴乞转达鄙意,求其北来为感。留仙事今已大妥,不必为念,特此附闻。余情缕缕,不宣。七月廿一日成德白。

　　注:此篇书简的写作时间有学者称应在康熙十六年(一六七七年),有待考证。

致严绳孙简(十二月十五日)

十二月十五日成德白:荪友长兄足下,慕大哥去,曾附一信,想已入览矣。闻已自浙中来家,囊橐不知如何?息影之计,可能遂否?前有新词四十余阕附去,未审得细加删定否?华封在都,相得甚欢。一旦忽欲南去,令人几日心闷,数年之间,何多离别!订在明年八月间来都,若吾哥明春北来则已,否则秋间即促其发轫,亦吾哥之大惠也。前吾哥在浙时,江烟湖鸟,景物自佳,但恐如白香山所云:"诚知老去风情少,见此争无一句诗"耳。江南风景如何?伯成身后事,已嘱料理,想不有误。新令韩君,觅人转致。邛仙尚留滞京中,颇见不妥。留仙亦一淹蹇人也。有新诗即寄我。二郎读书如何?并示为慰。家大人皆无恙。几年以来,吾哥意中人,想俱已衰丑零落,亦大凄凉也,呵呵。阔怀如缕,捉管顿不能言,奈何奈何!诸惟鉴,不尽。成德顿首。

注:此文的写作时间可能在康熙十六年(一六七七年)。

致严绳孙简（正月廿日）

分袂三日，顿如十载，每念清夜酒阑，残星凉月，相对言志，不禁泣下。前者因行李匆遽，未能抱臂一送，深为歉仄。驰恋之心，想彼此同之也。至叮嘱之言，以吾兄高明人，故不敢琐琐。然此中愁肠，正不知有几千结也。稍俟绿肥红瘦，即幸北来，万勿以寻旧约，作当日轻薄态，留滞时日，以负弟望也，至恳！慕鹤老处嘱其照拂。留老相会时，希致意。诸草草不一。成德顿首，左至，正月廿日。

注：有学者称该件书简所标之收件人有误，并非是严绳孙，而应是顾贞观。此书简的写作时间应为康熙十七年（一六七八年）。

致严绳孙简（九月廿七日）

　　中秋后曾于大恩僧舍以一函相寄，想已入览矣。弟秋深始归，日直驯苑，每街鼓动后，才得就邸。曩者文酒为欢之事，今只堪梦想耳。兹于廿八日又扈东封之驾，锦帆南下，尚未知到天涯何处，如何言归期耶？汉兄病甚笃，未知尚得一见否，言之涕下。弟比来从事鞍马间，益觉疲顿。发已种种，而执殳如昔。从前壮志，都已隳尽。昔人言：身后名不如生前一杯酒，此言大是。弟是以甚慕魏公子之饮醇酒，近妇人也。

　　行前得吾哥手书，知游况不佳，甚为悬念。然人世常情，毋足深讶。东封返驾，计吾哥已到都亭，当为弹指画谋生之计。古人谓：好官不过多得金耳。吾哥但得为饱暖闲人，又何必复萌宦情耶？吾哥所识天海风涛之人，未审可以晤对否？弟胸中块磊，非酒可浇，庶几得慧心人以晤言消之而已。沦落之余，方欲葬身柔乡，不知得如鄙人之愿否耳。乘舆南往，恐难北上，如尚未发棹，须由中州从陆。以岁前为期，便当别置帷房，以炉茗相待也。此札到日，速以答书见寄。必附章藩乃能速达。九月廿七日午刻，饮水弟顿首白。

注：此书简的写作时间应为康熙二十三年（一六八四年），纳兰性德随康熙帝南巡之前。书简中的"天海风涛之人"出自李商隐的《柳枝词序》："柳枝，洛中里娘也。……生十七年，涂装绾髻，未尝竟，已复起去。吹叶嚼蕊，调丝擫管，作天海风涛之曲，幽忆怨断之音。"身为歌伎的柳枝乃是李商隐的红颜知己，而性德在此处指的应是与柳枝身份背景相似的沈宛。此文的原简中其实并未署名收信人的姓名、字、号，所以有学者对于此书简是否是写给严绳孙的表示怀疑。

致阙名简

　　成德白：不见忽已二十余日。重城间隔，趋侍每难。日夕读《左氏》《离骚》，余但焚香静坐。新法如麻，总付不闻，排遣之法，推此为上。来言尽悉，俟面布，再宣。初三日，成德顿首。谨状。伏惟鉴察。

上颜太夫子书

　　成德谨禀太夫子台下：前接手谕，因悉起居佳胜，翘首南天，益增怅望。悠悠梦想，愿飞无翼，种种并志之矣。使旋，布候不宣。成德顿首。

　　注：颜太夫子，字逊甫，名光敏，山东曲阜人，清代著名诗人、书法家，康熙六年进士。性德与他的关系颇为复杂。颜与顾炎武是好朋友。纳兰性德的老师徐乾学是顾炎武的外甥及受业弟子，所以性德便相当于顾炎武的再传弟子。许是出于顾与颜的好友关系，性德才尊称其为太夫子，实际二人并无师生关系。

致顾贞观简

望前附一缄于章藩处,计应彻览。弟比日与汉槎共读《萧选》,颇娱岑寂,只以不对野王为怊怅耳。黄处捐纳事,望立促以竣,不可以泄泄委之也。顷闻峰泖之间,颇饶佳丽,吾哥能泛舟一往乎?前字所言半塘、魏叟两处如何?倘有便邮,即以一缄相及。杪夏新秋,准期握手。又闻琴川沈姓有女颇佳,亦望吾哥略为留意。愿言缕缕,嗣之再邮,不尽。鹅黎顿首。

注:章藩,指的是章钦文,因任江苏布政使一职而得名"章藩"("藩台"为当时布政使的尊称)。"沈姓有女"指的应是沈宛;沈宛曾跟随父亲住在吴兴、常熟两地,而顾贞观也在吴兴、无锡两地之间奔波,当有机会认识沈宛。所以性德有"亦望吾哥略为留意"一说,让他帮忙注意沈宛。顾贞观于康熙二十一年正月自京返乡,二十三年秋重返京。再结合文意,此书简的写作时间应在康熙二十二年冬至二十三年春这一期间。

与顾梁汾书

扈跸遄征,远离知己,君留北阙,仆逐南云。似蛮蚯之初分,如珪璋之乍判。柳青青于客舍,魂恻恻于河梁。缱绻之情,兄固有之,弟亦何能不尔也。惟是登封大典,旷代希逢,趣马微劳,臣职已定。老父艾年,尚勤于役;渺予小子,敢惮前驱?况复王道荡平,非同九折。天清气朗,时值三秋。风伯驱尘,雨师洒路,千乘万骑,驰骤风飙。豹蘨蜺旌,蔽亏日月。云门宛转,与雁唳而俱闻;铙吹悠扬,随渔歌以互答。黄华分翠凤之香,紫蓼映红云之丽。仆手携湘管,身佩吴刀。随昌宇以侍衣,偕方明而夹毂。日睹龙颜之近,时亲天语之温,臣子光荣,于斯至矣。虽霜花点鬓,时冒朝寒,星影入怀,长栖暮草,然但觉其欢欣,亦竟忘其劳勚也。

若夫登岱宗之绝顶,齐鲁皆青;涉河济之波涛,鱼龙可狎。金泥玉检,秦篆依然;瓠子宣房,汉歌不远。指匹练而吴趋在望,乘枯槎而银汉可通,此亦宇宙之神皋,河山之奥室也。虽无才藻,颇有赋心。既而自念身在属车豹尾之中，名属缀衣虎贲之列，尚敢与文学侍从铺《羽猎》而叙《长杨》也乎？至于铁锁横江，金焦蠹日，倚妙高之台畔，访瘗鹤之遗踪。瓜步雄风，神鸦社鼓；扬州逸兴，坐月吹箫。听六代之钟声，半沉流水；望三山之云影，时动褰裳。此亦可以兴吊古之思，发游仙之梦者矣。更有鹤林旧刹，甘露精蓝，近海岳之幽偏，多老颠之遗墨。零缣断素，虽不可求；薛碣牛磨，时有可问。此又仆所徘徊慨慕而不自已者也。及夫楚树连云，吴舠泊岸；牙樯锦缆，觉鱼鸟之亲人；青幰碧油，喜风花之媚客。梁溪几曲，无异鉴湖；虎阜一拳，依稀灵岫。千章嘉树，户户平泉；一领绿蓑，行行西塞。品名泉于萧寺，听鸟语于花溪。昔人所云茂林修竹，清流激湍者，向于图牒见之，今以耳目亲之矣。且其土壤之美，风俗之醇，季札遗风，人多揖让，言偃故里，士尽风流。稻蟹蓴鲈，颇堪悦口；渚茶野酿，实足销忧。而况林屋龙峰，布帆不断；金阊锡岭，兰楫可通；侍绛帐于昆冈，结芳邻于吾子；平生师友，尽在兹邦；左挹洪厓，右拍浮丘；此仆来生之夙愿，昔梦之常依者也。

夫苏轼忘归，思买田于阳羡；舜钦沦放，得筑室于沧浪。人各有情，不能相强。使得为清时之贺监，放浪江湖，亦何必学汉室之东方，浮沉金马乎？倘异日者脱屦宦涂，拂衣委巷；渔庄蟹舍，足我生涯；药臼茶铛，销兹岁月；皋桥作客，石屋称农；恒抱影于林泉，遂忘情于轩冕，是吾愿也，然而不敢必也。悠悠此心，惟子知之，故为子言之。北风多厉，千万眠食自爱。

注：根据文意，本文应写于纳兰性德跟随皇帝南巡期间。康熙二十三年九月二十八日至十一月二十九日期间性德随皇帝出行，此文应于十月末写于江南。

与梁药亭书

仆少知操觚,即爱《花间》致语,以其言情入微,且音调铿锵,自然协律。唐诗非不整齐工丽,然置之红牙银拨间,未免病其版榻矣。从来苦无善选,惟《花间》与《中兴绝妙词》差能蕴藉。自《草堂》《词统》诸选出,为世脍炙,便陈陈相因,不意铜仙金掌中竟有尘羹涂饭,而俗人动以当行本色诩之,能不齿冷哉!近得朱锡鬯《词综》一选,可称善本。闻锡鬯所收词集凡百六十余种,网罗之博,鉴别之精,真不易及。然愚意以为吾人选书不必务博,专取精诣杰出之彦,尽其所长,使其精神风致涌现于楮墨之间。每选一家虽多取至什、至佰无厌。其余诸家不妨竟以黄茅、白苇概从芟薙。青琐绿疏间粉黛三千,然得飞燕、玉环,其余颜色如土矣。

天下惟物之尤者断不可放过耳!江瑶柱入口,而复咀嚼鲍鱼、马肝,有何味哉!仆意欲有选,如北宋之周清真、苏子瞻、晏叔原、张子野、柳耆卿、秦少游、贺方回,南宋之姜尧章、辛幼安、史邦卿、高宾王、程钜夫、陆务观、吴君特、王圣与、张叔夏诸人，多取其词汇为一集，余则取其词之至妙者附之，不必人人有见也。不知足下乐与我同事否？有暇及此否？处雀喧鸠闹之场，而肯为此冷澹生活，亦韵事也。望之望之！

注：梁佩兰，字芝五，药亭是他的号，又号柴翁、二楞居士，晚号郁洲，广东南海人，纳兰性德的好友。梁于康熙二十年离京返乡，此文应是两人离别期间纳兰性德写给梁佩兰的，又因梁于康熙二十三年冬归京，故写作时间应在其年夏秋间。

【经解诸序及书后】

经解总序

经之有解,自汉儒始。故《戴礼》著经解之篇。于时分门讲授,曰《易》有某家;《诗》《书》《三礼》有某家;《春秋》有某家者。某,宗师大儒也。传其说者,谓之受某氏学,则终身守其说,不敢变。党同觚异,更废迭兴。虽其持论互有得失,要其渊源皆自圣门,诸弟子流分派别,各尊所闻,无敢私创一说者,盖其慎也。

东汉之初,颇杂谶纬,然明、章之世,天子留意经学,宣阐大义。诸儒林立,仍各专一家。今谱系之列于《儒林传》者可考而知也。自唐太宗命诸儒删取诸说为《正义》,由是专家之学渐废,而其书亦鲜有存矣。至宋二程、朱子出,始刊落群言,覃心阐发皆圣人之微言奥旨。当时如临川、眉山、象山、龙川、东莱、永嘉、夹漈诸公,其说虽微有不同,然无有各名一家如汉氏者。逮宋末元初,学者尤知尊朱子。理义愈明,讲贯愈熟。其终身研求于是者,各随所得以立言,要其归趋,无非发明先儒之精蕴,以羽卫圣经。

斯固后世学者之所宜取衷也。惜乎其书流传日久，十不存一二。

　　余向属友人秦对岩、朱竹垞购诸藏书之家。间有所得，雕版既漫漶断阙，不可卒读；钞本讹谬尤多，其间完善无讹者又十不得一二。间以启于座主徐先生，先生乃尽出其藏本示余小子，曰："是吾三十年心力所择取而校定者。"余且喜且愕，求之先生，钞得一百四十种。自《子夏易传》外，唐人之书仅二三种，其余皆宋、元诸儒所撰述，而明人所著间存一二。请捐赀经始与同志雕版行世。先生喜曰："是吾志也。"遂略叙作者大意于各卷之首，而复述其雕刻之意如此。

　　注：《戴礼》分为《大戴礼》八十五篇，为戴德所著；《小戴礼》四十九篇，为戴圣所著，二人为叔侄关系。《儒林传》指的是《后汉书·儒林传》，《正义》指的是《五经正义》。

《子夏易传》序

汉《艺文志》：《易》十三家，无所谓《子夏传》者。《隋唐志》始有《卜夏传》二卷，云已残缺。今书十一卷，首尾完具，盖后人之书，托言卜商者也。案：古《易》上、下二篇惟文、周之象、爻；而孔子所系之辞则别名曰《传》，谓之《十翼》，各自为书，不相联属。今本象、爻之下即系以孔子之《传》，如今所行王弼本，其非古《易》也明矣。

陈氏谓李鼎祚、陆德明所引用皆不见是书，则亦岂隋、唐所载之旧哉。《崇文总目》虽疑之，而未能确指为何人。晁景迂始以为唐张弧作。弧尝著《易·王道小疏》，或即此书，未可知也。唐人经解存于世者：于《易》，惟李鼎祚之《集解》；《诗》，成伯玙之《指说》；《春秋》，陆淳之《纂例》《辨疑》《微旨》三数种。若长孙无忌之《要义》，则约《正义》而为之者。其他未见也。然则是书虽近而不笃，又岂可使无传也哉。弧尝官试大理评事，别有《素履子》三卷，见道家。

注：汉《艺文志》指的是《汉书·艺文志》。《指说》即《毛诗指说》。《纂例》《辨疑》《微旨》分别为《春秋集传纂例》《春秋集传辨疑》《春秋微旨》。

三衢刘氏《〈易〉数钩隐图》序

三衢刘氏《易解》,晁氏《读书志》(注:参考下文,此处似少一'载'字。)一十五卷,《崇文书目》载《新注》十一卷,今之存者《易数钩隐图》三卷及《遗论九事》一卷而已。刘氏之《易》传于范谔昌。谔昌自谓其学出于李处约、许坚,二子实本于种放者也。其为图采摭天地奇偶之数成之,释其义于下,凡五十有五。李觏删之,止存其三,以为彼五十二皆疣赘,穿凿破碎,鲜可信用。

然当庆历初,吴秘献之于朝,有诏优奖,当其时田况序其书。秘之《通神》、黄黎献之《略例》《隐诀》徐庸之《〈易〉缊》,皆本刘氏。逮鲜于侁稍辨其非,其后论《易》者交攻之,而以九为《河图》,十为《洛书》,宋之群儒恒主其说。自蔡元定之论出,朱子取之,于是人不敢异议。然朱子之言曰:"安在《图》之不可为《书》,《书》之不可为《图》?"朱子盖未尝胶执己见也。然则刘氏之书固宜并存焉而不可废者已。

  注：《隐诀》指的是《室中记师隐诀》，《通神》指的是《周易神通》，皆载入《宋史·艺文志》中。

同州王氏《易学》序

王氏湜《易学》一卷,《文献通考》载其名,又述晁氏之论,称湜为同州人,而不言生于何世。考书中语,约略在南渡前。其自为之序曰:"予平生喜《易》,晚得邵康节'易学',喜不自禁,昼夜覃思,未尝暂舍。"又曰:"愚于《观物篇》之所得,既推其所不疑,又存其所可疑,不敢轻其去取故也。"绎其辞,盖研精邵子之学而不欲自异者矣。西山蔡氏以十为《河图》,九为《洛书》,称系邵子之说。然邵子第言:"圆者《河图》之数,方者《洛书》之文。"以数之体言之,则奇为圆,而偶为方也。今王氏之学一本邵子,而主《河图》九数。又魏华父论精通"邵学"者数朱子发,亦以九为《图》而十为《书》。予未能阐《图》《书》之奥义也,序其端,以见昔人所以说"邵易"者如此。

注:《观物篇》指的是宋朝邵雍所著的《观物内篇》和《观物

外篇》,这两本均载入《宋史·艺文志》中。《河图》和《洛书》只是数学的一个分支,通常又称幻方或魔方。汉代孔安国曾云:"《河图》者,伏羲氏王天下,龙马出河,遂则其文以画八卦。《洛书》者,禹治水时,神龟负文而列于背,其数至九,禹遂因而第之,以成九类。"

朱氏《汉上〈易传〉并〈易图〉丛说》序

荆门朱子发以赵元镇之荐，入论《易》殿中，称帝意，除祠部员外郎。及迁秘书少监，告词敷以"否""泰"之义。其后以起居郎兼资善堂赞读，则申以山下出泉为喻。集传之作，命尚方给纸札。而林𤩽上所著《易说》，有诏俾其详问。当时学《易》之醇深莫有远过之者，故其告词多以《易》为喻。受知于主，不可谓不遇矣。书成日，表上于朝，自言："由政和迄绍兴十有八年，造次不舍，上采汉、魏、吴、晋，下逮有唐及今，包括异同，补苴罅漏。"盖若是其勤且博也。

元袁学士伯长谓："《易》以辞象变占为主，王辅嗣出，一切理喻，汉学几于绝熄。尧夫、子发始申言之，后八百年而始兴者也。"所以推崇子发者亦至矣乎！今则罕有刊其书以行者，可慨已。高宗之告词曰："朕惟《否》《泰》二卦论君子小人消长之理甚明。或谓消长系乎时数，此大不然。上下交而志同，于时为

'泰',故君子以其汇征;上下不交而天下无邦,于时为'否',故君子以俭德避难而已。"观其幸学讲《泰卦》;张魏公入朝,则书《否》《泰》二卦赐焉;未尝不审于阴阳消长、君子小人进退之机而反复绅绎。顾卒退元镇,俾小人得进,何欤?善乎魏公之言曰:"'否''泰'之理,起于人君一心之微。一念之正,其画为阳,'泰'自是而起矣;一念之不正,其画为阴,'否'自是而起矣。"子发之传亦云:"时已'泰'矣,苟轻人才,忽远事,植朋党,好恶不中,不足厌服人心,天下复入于'否'。"又云:"天地反复之际,小人必因君子有危惧之心,乘隙而动。"皆切中南渡君臣之病者。吾故表而著之,书以为序。

《〈周易〉义海撮要》序

宋熙宁间，蜀人房审权集汉郑康成以下至王介甫《易》说凡百家，择取专明人事者编为百卷，曰《〈周易〉义海》。至绍兴中，江都李衡删其重叠冗琐，又益以伊川、东坡、《汉上〈易传〉》，为《撮要》十卷，而以群儒杂论附焉。自汉以来，说经者惟《易》义最多，隋《经籍志》凡六十九部，《唐志》增至八十八部，《宋志》则二百一十三部。然今之传者盖罕矣。唐李鼎祚合三十五家《易》说为《集解》，遗文坠简，借之得见指归，而《义海》一编克能表章百家之说，惜乎全书之不可复睹也。

衡，字彦平，宣和末入辟雍，乾道中官秘阁修撰，寻除侍御史，改起居郎。时张说以外戚为节度使，给事中莫济不书勅，翰林周必大不草制，衡与右正言王希吕相继论奏，同时去国。士子为《四贤诗》以纪之。其后徙昆山，聚书万卷，号所居曰："乐庵"。其为学以《论语》为本，盖有得于洛人赵孝孙之说。孝孙之父受业于伊川者也。李氏《集解》一刻于明·宗正灌甫，再刻于海盐胡氏，三刻于常熟毛氏。而是编未有刊行者，乃勘其舛误而镂诸版。

注：《唐志》即《新唐书·艺文志》。

赵氏复斋《易说》序

严陵赵子钦，宋宗室子，仕为宁海军节度推官，当时目为复斋先生者也。《易说》六卷，朱子寓书，嘉其用意精密。而门人喻仲可传之，郡守许兴裔刊之。兴裔谓其体察也精，推研也审，深窥爻象之变。仲可称其师则曰："探赜钩深，简严精切，他人千百言不能该者，约以数语，盖卓然可传者也。"子钦尝著《广杂学辨》，朱子每语学者，以为近世未有。至《士冠礼》《昏礼》《馈食图》，朱子见而作《通解》。及先生之殁，朱子哭之恸，曰："赵丈为人，今岂易得！"当日荐先生于朝者，彭忠肃龟年、薛文节叔似、孙献简逢吉。而其平生交最契者，赵忠定汝愚、吕忠公祖俭。观其友，可以信先生之为人；诵其友之言，可以证先生之学术。虽其论《易》间与朱子不同，然可云笃志于道者已。

谷水林氏《易裨传》序

朱子门人《易》义有成书者,瓜山潘氏、盘涧董氏、谷水林氏。潘之《集义》、董之《师训》,予皆未之见,所见者林之《裨传》三篇而已。其言曰:"〈易〉之道变通不穷,得其一端,皆足以为说。"是亦善《易》者之言也。独怪鄱阳董季真会通经传,集诸家《易》义,从游朱子者凡七十五人,而林氏顾不与焉,盖有不可解者。迨元至正间,嘉兴路总管刘贞、教授陈泰始刊之于郡学,而囊之雕本今又不可得矣,乃复镂板,以广其传焉。林氏名至,字德久,淳熙中以太学上舍释褐,官秘书省。潘氏名柄,字谦之。董氏名铢,字叔重。

吴氏《易图说》序

《古易》一册，附以《易图说》三卷，宋河南吴仁杰斗南父著。《易》上下二篇，盖伏羲所画之卦、文王所演之象、周公所系之爻辞而已。孔子《十翼》本自为书，后人欲便学者习读，始分附彖、象传于各卦爻之下，而古初之经遂乱而不可识。宋之吕微仲、晁以道、吕伯恭及睢阳王氏、九江周氏，咸有所更定，亦人各不同。

仁杰则以为：《易》上下经而外，孔子之传卦象者当曰《彖传》，传大象者当曰《象传》，传爻辞者当曰《系辞传》，而今之《系辞》二篇当总名《说卦》，即汉河内女子所献三篇也。故析为《彖传》《象传》各一篇，《系辞传》上、下二篇，《说卦》上、中、下三篇，《文言》《序卦》《杂卦》各一篇，凡十篇，而《古易》复完。又以卦必有变，极其变，则每卦可为六十四。爻之动者则占对卦，爻之不动者则占覆卦。对卦亦谓之变卦，变者用九六，不变者用七八。又言伏羲所画之☰，☰即乾字；☷，☷即坤字。他卦皆然，不必更著卦名，与所论乾坤用九用六之义最精详，具于所订《古易》之后。而《易图说》者则演之为图，以明其旨者也。是二书固相辅而行者与？仁杰《古易》本十二卷，今本止举其略，而集诸家所订于后。考张昶《吴中人物志》：仁杰有《集古易》，盖此书也。仁杰本昆山人，其称河南者，举其郡望。登淳熙进士，累官国子学录。尝讲学朱子之门。他所著，如《乐舞新书》《盐石新论》《两汉刊误补遗》《离骚草木虫鱼疏》，世多有存者。

《〈周易〉启蒙通释》序

　　《〈周易〉启蒙通释》二卷，宋婺源梅里胡方平著。方平字师鲁，世所称玉斋先生，而双湖胡一桂庭芳父也。朱子之为《启蒙》，盖发明象数，为读《本义》者设。玉斋之《通释》，则因《启蒙》以发明《本义》者也。其言曰："《本义》阐象数、理义之原，示开物、成务之教。象非卦不立，数非蓍不行。象，出于图书而形于卦画，则上足以演太极，而《易》非沦于无体；数，衍于蓍策而达于变占，则下足以济生人之事，而《易》非荒于无用。《易》之要领孰大于是？明乎此，则《本义》一书如指诸掌也。"盖其沉潜反复，研精《易》旨者二十余年，始成是书。故其见之精卓若此。其生平，《易》学本于介轩董梦程，复师毅斋沈贵瑶，二君皆饶之德兴人。介轩故受《易》于勉斋黄干，又为盘涧董铢之犹子，宜其渊源有自来也。是书新安旧有椠本，今已不可得。此本为元建阳刘泾所梓，有泾及熊禾去非序。泾字楫之，云庄文简公爚后人。

《〈周易〉玩辞》序

宋江陵项平甫先生，光、宁两朝以直谏著声。庆元中坐党籍罢官，杜门著书，为《〈周易〉玩辞》十六卷，发挥卦爻，抉摘精蕴。其意以为：辞者象之疏也，"玩辞"者读《易》之法也，不玩其辞而知其象，不知其象而能观变玩占，以尽人合天者，未有也。其言苞举天人，兼该理数学者探索之不尽。其书盛行于宋季。迨元大德中，淮西廉访佥事干玉伦徒尝刻于齐安，而马贵与、虞伯生为之序。数百年来传本渐稀，近得善本于吾师东海先生，因重校而梓之。

古今言《易》者奚啻数百家，然自注疏外惟程、朱《传义》为世所传习。平甫自言读程三十年，而又尝问学于朱子，与之往复辨论，故其书独得理要。陈直斋谓："《程传》一于言理，尽略象数，而此书未尝偏废。程氏于小象颇欠发明，而此书爻象尤贯通。"又谓其"遍考诸家，断以己意，诚精且博。"不其然哉？吴草庐为学得力于《易》，自注疏、程、朱外，惟取是书及蔡节斋《训解》。则是书之宜辅《传义》而行也审矣，可不急为传之乎？干玉伦徒者北庭人，虞伯生称其好古博雅，学道爱人，其人可想见。于以见有元一代缙绅士大夫通经慕古，宋世之风规未尝坠也。

东谷郑先生《易翼传》序

《易》之教失，而为卜筮之书，以流于阴阳占验之术。王辅嗣曰："互犹不足，遂及卦变；变又不足，推致五行；一失其原，巧愈弥甚。"故其注《易》，专务明理。自谓有得于言象之表。然其失也，祖述老庄，谓有从无出，理寓于无。《易》以垂教，本备于有，是知有无之截然为两，而不知体用一源，显微无间之原无二致也。于是心迹始判，学术事功纷然驳杂矣。或者不安于浅近，而徒索之于无。其弊也，不至糟粕诗书，土苴仁义不止。

程氏有忧之，作为《易传》，一以玩辞为主。其言曰："得于辞不达其意者有矣；未有不得于辞而能通其意者也。"故不涉于象数，象与占在其中矣。不落于有无，性命幽明之理著，事物情尽，而开物成务之道备矣。朱子谓其用意精密，道理平正；尚疑其举三百八十四爻尽属之于人身，于作《易》之意有所未尽，且其间义理多伊川所自发，与经文隔膜，所以读者难于贯穿。而程子亦自云:"成书旋复修补,期于七十,其书始出。"又曰:"吾于此书,止说得七分,后人更须自体究。"其不敢自信如此。此东谷郑氏舜举《翼传》之所以作也。舜举自序其所得于伊川者,由体用显微之旨,而于其中犹不能以无疑。疑斯辨,辨斯明。凡伊川之隐而未发者,莫不尝其籔繁,尽其节目,融会贯通而出之,然后确乎其有以自得也。夫明经者必博观众家之说,折衷其是,以定一宗,故其理可明,而异说不得以惑。则是书之作虽不足以尽《易》,其有功于《易》也多矣,况于程氏之书也哉。予故特梓之,以广其传。

《〈三易〉备遗》序

《周礼》太卜掌《三易》之法：一曰《连山》，二曰《归藏》，三曰《周易》。其经卦皆八，其别皆六十有四。杜子春注曰："《连山》伏羲，《归藏》黄帝。"合《周易》为三代之书。《连山》首艮，夏用之。《归藏》首坤，商用之。《周易》首乾，周用之。孔子叹杞、宋无征，于杞得夏时，于宋得坤乾。康成注以《夏时》为夏四时之书，其存者有《小正》；坤乾，商阴阳之书，其存者有《归藏》。考班固《艺文志》，《归藏》不著于录，康成何从得之？毋亦张霸《古文尚书》之流乎？《隋志》有薛贞注《归藏》十三卷，至唐已亡，别有司马膺注。又有《连山》十卷。宋《崇文总目》独存《归藏》，《初经》《齐母》《本蓍》三篇间见诸书所引，颇类诸子百氏之语。

愚窃以为：太卜之所掌者《三易》之筮法。筮人掌《三易》，以辨九筮之名，但有端龟命蓍吉凶悔吝之兆，原无彖爻所系之辞。孔子所得或出献老口授，非有成书，故后世无传。否则秦政禁书，《二易》当以卜筮得存，不应不见于西汉也。宋东嘉朱日华氏精心象数之学，以为天下有亡书，无亡言。因夏时坤乾之言，即河洛先后天之图，推五行生成，以明五十五图之为《洛书》，述《连山象数图》，以备《夏易》之遗。推五行纳音，以明四十五数之为《河图》，述《归藏象数图》，以备《商易》之遗。因先天后天之体用即象数之合，以证羲文之合，以繇爻象象之辞证互体，演反对互体图例，以备《周易》之遗。而首之以《河图》《洛书》之辩，凡为书十卷。

日华中嘉定辛未武科，官承节郎，差处州、龙泉、遂昌、庆元及建宁、松溪、政和巡检。家则堂提刑两浙，见其书异之，因进于朝，请收之冗散之役，处以校雠之任。时为咸淳八年之夏。未三年，纪元德祐，不及收用，徒录其书于后省而宋社屋矣。其子士可、士立，先后补成，乞序于同邑林千之以传之。父子用心于是书，可谓勤矣。日华名元升，温之平阳人。士可登开庆己未武科。千之字能一，举宝祐癸丑进士，官编修。林霁山赠之以诗，有"大雅凋零尚此翁"句，盖宋之遗老也。

注：家铉翁，号则堂，眉州（今四川眉山）人，以荫补官，历任权户部侍郎兼知临安府、权侍右侍郎、浙西安抚使、签书枢密院事等职，政绩斐然。宋亡后，他守志不仕，直至终老。

《丙子〈学易编〉》（节本）序

《丙子学易编》，宋陵阳李心传微之著。本十五卷，此仅一卷，盖元·俞琰石涧节本也。微之之父舜臣常著《〈易〉本传》三十三卷，洪景卢为之序。微之本父书，并采王弼、张载、程颐、郭雍、朱熹诸家而成是编。阅其序目，大抵以象占为主，尽扫虚无穿凿之缪，盖有功于《易》道者，惜不得见其全也。其书之成仅二百八十日，是为宋嘉定九年，岁在丙子，故曰《丙子〈学易编〉》。石涧借全编于书肆而手抄之，自云："寒天短晷，老目昏霿，并日而录其可取者。"盖时年已七十余，可谓老而好学也矣。

赵氏《易叙丛书》序

《〈周易〉辑闻》六卷、《易雅》一卷、《筮宗》三卷，合名之曰《易叙丛书》，宋户部侍郎赵汝楳所著。汝楳者，商恭靖王元份七世孙，资政殿大学士、天水郡公善湘之子也。善湘于群经皆有撰述，而于《易》则有《约说》八卷、《或问》四卷、《指要》四卷、《学易读问》八卷、《学易补过》六卷。汝楳自序其书，谓受《易》于父，盖六易稿而传之者。惜乎《丛书》在，而善湘之经义无存。父子著书则同，而传不传，信有幸不幸也。汝楳以宗室子为宰相史弥远女婿，顾能谦抑自修，研精《易》象，又以余暇引致黄问、黄中、吴仲孚诸人，诗篇唱和，其风流儒雅犹可想见。至晚岁用理财进，虽历膴仕而失士誉。然则善《易》者必明乎进退得丧之理而审择焉，庶几可以动而无悔也已。

《水村易镜》序

《水村易镜》一卷，宋莆田林光世著。光世字逢圣，敕令所删定林霆曾孙。靖康初，霆叔冲之被命使金，是时霆为乌江丞，三上书请代往，不报。冲之竟执节死。事具《宋史》本传。霆博学，深象数，与郑樵为金石交。光世渊源家学，遍览藏书，因《易》十三卦取法乾象者著为图说，以明圣人仰观之义，名曰《易镜》。淮东漕黄汉章上其书于朝，理宗览而惊异，以为先儒所未发，命有司以礼津遣赴阙，由布衣授史馆检阅，迁校勘。历将作丞，知潮州，数迁得提举浙东常平茶盐。进《嘉言》二十篇，赐进士出身，召拜司农少卿兼史职。俄而去食祠，复起知隆兴府，以言者寝新命，遂用朝请大夫知秘阁归老。

林氏世多忠节。冲之子郁，官福建茶司，遇乱，骂贼死。霆兄震，知镇江府，力攻蔡京、卞兄弟，有声崇宁、大观间。霆与秦桧同登进士，不附和议，常责桧曰："公何忍置二帝万里外，博一宰相?"故莆人谓之忠义林氏。光世之擢官也,以趣贾似道进。师还朝,被劾而去。岂亦为似道所恶,故不安其位耶?今不得而考矣。所进《嘉言》,理宗比之杨万里《千虑策》,手书"水村"二字赐之。光世因作亭于莆之峏崝山,以彰其宠。吁!岂非布衣稽古之至荣欤?

文公《易说》序

自文公《本义》出，而《易》道大明，久为天下学士所服习。然而公论《易》之精义微言，见于同时之论难与及门弟子之辨说者，不一而足。又或著为文章，发之歌咏，间有可以阐羲、文之秘，抉周、孔之奥者。虽文集、语录各有成编，然以简帙重大，学者或未能周览。且丛见杂出，非汇而归于一，亦无由得其要领也。公孙子明绍承家学，取文集、语类汇而葺之。首之以河洛、太极、两仪、四象、八卦、重卦与乾坤之要指；次取论上、下二篇之策与《十翼》之言；而终之以卜筮与蓍卦。

考误正郭子和之失者，及凡注、疏、欧、苏、《参同契》及《麻衣心法》之类，靡不著其得失，明其归趣，使学者知所从违，而不惑于群言之淆乱。信如杨东里所云，学《易》之士不可无之书也。其后董正叔、胡庭芳、董真卿亦缘子明之意而各为《附录》《纂注》诸书，然或不专取朱子之言。若自为一书，且采之博而择之精，惟是书为优。子明名鉴，文公长子塾之子，以荫补迪功郎，官至奉直大夫、湖广总领，居建安紫霞洲。文公子孙居建安者自子明始。

注：此处的文公应指的是南宋著名思想家、教育家朱熹。字元晦，号晦庵，又称考亭先生、紫阳先生。谥文，故又称朱文公。《正易心法》则是指《麻衣道者正易心法》，该书由麻衣道者撰写，宋初陈抟作注。

王巽卿《大易缉说》序

《易》之为书，广大悉备，不可以一端尽也。故自汉以至宋，言《易》者凡七百家。有宋而后，为书益伙。朱氏《授经图》、焦氏《经籍志》所载几备矣，乃巽卿是书独遗而不录，《文渊阁书目》中亦失之。近始得于藏书之家。其书前为《图说》《论辩》二卷，后为《解说》八卷，而总名之曰《大易缉说》。大旨则分纬《河图》以溯伏羲画卦之由；错综河洛，以定文王位卦之次，而义之最精者，则每卦必论成卦之主，以为圣人观象设卦，咸自乾坤而出，乾坤二体之变，即成卦之主。

文王主之以成卦体，周公主之以取爻义，夫子主之以为彖传。故圣人所系之辞，无不因六画而来，则昔贤所谓假象以设辞者非矣。其言至当。吴草庐称其书平正稳审，盖谓是乎！其于有宋诸儒，独右濂溪之《太极图说》，等之羲、文、周、孔，尊为《六易》。而于康节、晦庵少有所轻。虽未免或过，要皆出于心解理会，非因仍蹈袭者比也。是书元常德路推官田泽尝请于朝，为之刊行。申子出处详于泽所为《续刊〈缉说〉始末》中，兹不赘。泽者，居延人，后官海南海北道廉访司副使，著有《洪范洛书辨》一卷，见《授经图》中。

崇仁吴氏《〈易〉璇玑》序

《〈易〉璇玑》三卷，绍兴中崇仁布衣吴沆所进，当时目为环溪先生者也。先生幼孤，事母孝，政和间尝献书于朝，不报，乃归隐环溪。其言《易》，自象而求之卦，次求之象，次求之爻，为论二十七篇。其文简奥，间以韵语行之，类古繇辞，卓尔成一家之言者也。当其时，高宗留意学《易》，书《乾卦》赐侍讲秦梓，书《否泰卦》赐右相张浚。于是以《易》义进者朱氏震、林氏儵、李氏授之、刘氏翔、郭氏伸、彭氏与、宋氏大明、都氏絜、吴氏适，或令秘省看详，或令有司给札，或与堂除，或补上州文学。先生独高尚不仕，没而祀于郡县学宫。读其书，思其人，镂版传之，益信立言之必本乎德。

《合订大易集义粹言》序

宋陈隆山《大易集义》六十四卷，曾穜《大易粹言》七十卷。二书撼集宋儒论说凡十八家。而《粹言》所采，二程、横渠、龟山、定夫、兼山、白云父子七家。其康节、濂溪、上蔡、和靖、南轩、蓝田、五峰、屏山、汉上、紫阳、东莱十一家之说，皆《集义》上下经所引，《粹言》则未之及也。《粹言》有系辞、说卦、序卦、杂卦；《集义》止上下经。余窃病其未备，因于十一家书中将讲论《系辞》以下相发明者一一采集，与《粹言》合而订之，间以臆见，考其源委，定其体例，芟其繁冗，补其脱漏，成八十卷，庶使二书之发凡、起例互相吻合，而十八家之精义奥旨无不网罗毕具。繇是而上求三圣之心于千载之下，和合诸儒之言于一堂之中。虽人自为说，有彼此浅深详略之不同，而会而归之，罔所乖剌；测度摹拟，无有不备；纵衡变化，无有不通；理象之粲然者，莫是过矣。自揣固陋，未必有当于《集义》《粹言》所以为书之宗要，或亦陈、曾两公之所不废也。书成，请正于座主徐先生，先生曰善，命梓之，附诸《经解》之末。

注：陈友文，字隆山，他所撰写的《大易集传精义》，实际上共六十四卷。而《大易粹言》只有十卷，实为方闻一所编纂，性德此处以为曾穜所著，有误。

董氏《〈周易〉程朱氏说》序

宋哲宗元符己卯，程伊川先生序《易传》十卷。后七十九年为孝宗淳熙丁酉，晦庵先生《本义》成。自有两书而四圣人之精义微旨益著。又八十九年为咸淳丙寅，实度宗即位之二年，天台董正叔取二先生之书合而一之，为《〈周易〉程朱氏说》，盖始终百七十年矣。尝观程先生之《传》主于言理，而朱子《本义》则推本圣人因卜筮教人之意，第明其为卦象、卦变、卦体、卦德而不费于辞说。

夫以二先生学之渊源有本，而论《易》若是不同，何也？盖尝征之程先生之言曰："有理而后有气，有气而后有数。《易》因象以知数，得其义则象在其中。"又曰："理无形也，因象以明理。理见乎辞者也，则可由辞以观象。"是程先生虽专言理，实兼包乎象数也。朱子曰："《易》只是卜筮之书，今人说得来太精了，然却入粗不得。某之说虽粗，然却入得精，精义皆在其中。"良以卜筮象数原未尝外于义理，盖有此理，则有此象，有此数，即卜筮所谓趋吉避凶，惠迪吉、从逆凶者未尝外义理而得，是理与数岂岐而二之物乎？正叔有见于此，故辑为成书，依程《传》之文而录《本义》于后。

凡程之遗书，朱之文集、语类有裨于《传》《义》者，咸取而附之。《系辞》以后，程子无《传》，则取程子平日论说补之，而附录如上下经之例，于以明两夫子之同有功于四圣，而非有所异也。其后董真卿之《辑录纂注》，与明永乐之《大全》，实权舆于此。正叔之有功于两夫子不亦大乎！正叔名楷，台之临海人，中文天祥榜进士，知洪州，有惠政，后官吏部郎中，从潜室陈器之游，得朱子再传之学者也。

注：《系辞》一般是指《易传·系辞》或《周易·系辞》。亦称《系辞传》，分为上、下两部分。《大全》指的是明代永乐年间编成并颁布的《五经四书大全》。

题《读易私言》

许文正公以正大之学，当草昧之世，辅翊世祖，建学明伦，其有功于斯道甚大，所著书不多见，行于世者《鲁斋遗书》而已。《读易私言》者，统论六画大义，简括精当，足以见公学之纯而养之邃也。金源以来，苏黄之学行于中州。公从江汉先生得闻伊洛之旨，与柳城共倡明之。元儒学之醇，惟公上接有宋，惜世祖用之未尽，终惑于桑哥、王文统之徒，使斯民不获被其泽，岂不惜哉！公又有《〈大学〉要略》一卷，盖领成均时以教胄子者，直述常语，俾使通晓，可与并行者也。

石涧俞氏《大易集说》序

《大易上下经说》二卷,《彖辞说》一卷,《象传说》二卷,《爻传说》二卷,《文言传说》一卷,《系辞传说》二卷,《说卦说》一卷,《序卦说》一卷,《杂卦说》一卷,合一十三卷,各冠以序,统名曰《大易集说》。而《易图纂要》一卷,《易外别传》一卷附焉。吴人俞琰玉吾叟所著也。

叟于宝祐间以词赋称,宋亡,隐居不仕,自号石涧道人,又称林屋洞天真逸。其书草创于至元甲申,断手于至大辛亥,用力可谓勤矣。世之言图书者类以马毛之旋,龟文之坼。独叟之持论谓:"《尚书·顾命》:'天球、河图,在东序。'河图与天球并列,则'河图'亦玉也,玉之有文者尔。昆仑产玉,河源出昆仑,故河亦有玉,洛水至今有白石。洛书,盖石而白有文者。"其立说颇异。至其集众说之善,以朱子《本义》为宗,而邵子、程子之学,义理、象数一以贯之,诚有功于《易》者也。考叟之说《易》,尚有《经传考证》《读易须知》《六十四卦图古占法》《卦爻象占分类》《易图合璧连珠》诸书，咸附于《集说》之后，而今已无存。当日共讲《易》者则有西蜀苟在川、新安王太古、括苍叶西庄、鄱阳齐节初。其名字、官阀亦不复可考矣。呜呼惜哉。

胡一桂《〈易〉本义附录纂注》《启蒙翼传》合序

考亭之学一再传,后惟新安尤盛。父兄师友各自名家。若玉斋、双湖父子,其最著也。双湖名一桂,字庭芳,领宋景定甲子乡荐。入元,隐居著书。以闽为文公讲学之地,过其乡,访求绪论。复从建安熊禾勿轩游,与之上下讲议者十余年。归则裒集诸家之说,疏朱子之言,为《〈易〉本义附录纂疏注》及《启蒙翼传》二书,论者谓其得朱子源委之正。勿轩尝谓之曰:"更得《诗》《书》《春秋》《周礼》《仪礼》,一如《易》书,以复六经之旧,岂非文公所望于吾辈者乎!"惜先生仅成此二书及《书说、诗传附录纂疏》,而他书竟未及为也。

尝观汉人经学,各有师法,此韦表微有《九经师授谱》,刘悚有《授经图》,李焘亦有《五经传授》,著其流派,咸有条理。近代经学至朱子而得其归,若节斋蔡氏、盘涧董氏之于《易》,九峰蔡氏之于《书》，传贻辅氏之于《诗》，清江张氏之于《春秋》，勉斋黄氏、信斋杨氏之于《礼》，皆朱子嫡嗣也。再传而后，怀孟、金华、新安、鄱阳，其传益著，其派益广。苟能为之稽其授受，别其源流，使后之学者知渊源之有自，岂不为明经者之一助乎！今世通经学古之士，必有继而为之者，尤予所望也。

注：胡一桂，字庭芳，号"双湖先生"，徽州婺源人。精于易学，是朱熹易学的传人。《书说、诗传附录纂疏》，似是《书说附录纂疏》和《诗传附录纂疏》二书的合刊本，尚待考证。

《〈周易〉本义集成附录》序

朱子《易本义》一书，疏明其义者，有董楷之《正书》，蔡渊之《训解》，胡炳文之《通释》，胡一桂之《附录纂注》，董真卿之《会通》，而熊良辅之《集成》亦其一也。良辅字季重，别号梅边，南昌人，举元延祐丁巳乡试，早师遥溪熊凯学《易》，复得《〈易〉传》于凯之友泉峰龚焕。试礼部不第，归训徒乡塾，研究《易》旨，乃为是书，采摭诸家之说，与《本义》合者录之，即不合而有得于经旨者亦备录以相发，末则折衷以己意，盖本朱子之书而不泥焉者也。

始朱子《本义》，一遵吕成公所订古文为主，以六十四卦象爻之辞为上下经，而孔子所释彖、象、文言及上下系、说卦、序卦、杂卦为《十翼》。明永乐时编次《大全》，乃以朱子《本义》附程《传》以行，而初本遂淆。良辅是书犹仍旧本上下经二卷，谓之《集成》，《十翼》十卷谓之《附录》，总为十二卷，统名之曰《〈周易〉本义集成附录》。《授经图》但录《集成》二卷，盖未见全书也。嗟乎！自《〈周易〉传义大全》行，而世无知朱子《易》之为古文也久矣。故科试者往往合周公、孔子之辞以命题，割裂纰缪，良可怪叹。得是书，庶可一正之乎！良辅所采摭自唐迄元凡八十四家中姓氏多不著者，于以见《易》书之多，后世不可得尽见，犹赖是书以传，亦可尚也。

鄱阳董氏《〈周易〉会通》序

《〈周易〉会通》一十四卷，题曰《经传》，集程朱解，附录纂注，冠以凡例十条，《经传历代因革》一卷，而以《启蒙五赞筮仪附录纂注》终焉。鄱阳董真卿季真父所编集也。金华吴正传驳之，谓朱子之《义》自与程《传》体制不同，不当强求其通。而季真自序则云："自包牺氏作《易》，至于文王、周公，不知几年而后有卦、爻之辞。由文王、周公至于孔子五百余年，而后有《十翼》。由孔子至程、朱子千五百余年，而后有《传》《义》。今讵程、朱子百有余年，乃敢析合经传，集四圣二贤及历代诸儒之说以备一书。"其亦勇于自任者矣。

季真为深山先生之子，盘涧先生之从子，受学于双湖胡氏、勿轩熊氏。胡之学本于其父玉斋，玉斋师毅斋沈氏，沈学于介轩董氏，董学于勉斋黄氏。熊之学本于进斋徐氏，徐学于节斋蔡氏，蔡又为勉斋之友。当时师弟子授受渊源可考，皆本于程、朱子者也。

其曰:"程子主理义,朱子主象占。求朱子象数之《易》得其旨,因朱子以求程子理义之《易》,又于诸家之《易》,理之所聚而不可遗,理之所行而无所碍者,相与发明之。"故虽林黄中、袁机仲之说,双湖诋为惑世诬民者,季真或有取焉,其亦善于言《易》者矣。

雷思齐二种《易》序

《易图通变》五卷，《易筮通变》三卷，元临川道士雷思齐著。《易图》世有传本，《易筮》则得之《道藏》中。二书固相为表里，宜并行者也。思齐字齐贤，别号空山，居钟湖观，授玄教讲师，乐与士大夫游。吴文正赠以诗，有"钩深十翼象外易，罗络三苍篇内文"句。《十翼》即指二书，《三苍》者，岂思齐于六书之学亦有撰著欤？思齐虽羽流，实当时高士。其游于黄冠，盖亦有托而逃，若梁隆吉、邓牧心辈，非寻常道流比，其所撰宜吾儒所不摈也。世所传二氏之藏，惟道家最多牵合，举夫名、法、兵、形、医、卜诸家，咸以为出于黄老，遂援而取之，以增广其类。而《易》为三圣人之书，凡言图书象数者亦入焉，至与其所谓符箓科仪荒谬诞妄者同汇而藏之，然前人之遗书或借以传，则亦未可尽罪也。嗟乎！彼二氏虽为吾儒所不道，然为其徒者，犹能世守其所传于琳宫梵宇之中，而儒家者流举所谓淹中柱下之藏，盖无有也。岂不重可慨也欤！

《〈周易〉参义》序

新喻梁孟敬先生，元季用荐为集庆路儒学训导，居二载，念亲老，谢归。入明，郡守刘真辟教授临江府。明太祖既定天下，稽古礼文，召名儒修述，定一代之制。于是先生征诣金陵，年已六十矣。时分礼、律、制三局，先生在礼局中，讨论精审，诸儒皆推伏之。书成，不受官，赐金还乡里。筑室蒙山，为书庄以藏所著书，《周易参义》其一也。

是书盖分教集庆时所作，以程朱《传》《义》学者所宗，然程主于玩辞，而朱主于观象，一本于理，一尚其占，其说遂殊，《参义》者，融会二家之旨合而一之也。先生于六籍咸有述，当时目为梁五经。《春秋》曰《考义》，《书》曰《纂义》，《礼》与《周官》曰《类》，《礼》曰《考注》，《诗》曰《演义》。《易》《春秋》作于元季，他皆蒙峰退隐后所成。其卒也在建文二年，年八十有七。嗟乎！当时被召诸儒如青田、金华、新安、义乌，身非不显,名非不著,而或以谗死,或以身殉,或遭迁谪,或不享年,求如先生优游终老,著作垂于后世,岂非幸哉!先生之论,以言忠信行笃敬为天德,不伤财不害民为王道。其言纯以正。《记》称好学不倦,好礼不变,耄期称道不乱者,其殆斯人也欤!

程泰之《〈禹贡〉图论》序

宋新安程泰之尚书以该洽直谅见知于孝宗,尝侍光宗潜邸讲读,及即位,以吏部尚书进龙图阁学士致仕。公老而得谢于家,著书立言,尽发所蕴。今所传《演繁露》《考古编》《雍录》诸书,辨证古今之讹谬,订正书传之得失,多卓然可观者。《〈禹贡〉论》五十二篇,亦公所著,辩江、河、淮、汉、济、黑水、弱水七大川甚悉,凡诸儒舍经泥传注者,一一正之。又专论河、汴二水之患为《后论》八篇。又为《山川地理图》,因《禹贡》而备论历代山川郡县名称改易,以唐世地书为正,总为四卷。汪端明应辰见而叹为不可及。淳熙四年,公为刑部侍郎,因进讲黑水,陈其素所辩论,孝宗嘉赏,命进其全书付秘阁。其后公出知泉州,同年舶使彭椿年始命教授陈应行校而刊之。图本三十有一,今仅存《序说》,兼有所缺。考归熙甫为跋时,图已不及见,况又百余年乎!夫古今之宇宙,疆域大矣,自非身所亲历,安必其无讹?

《经》所纪，皆禹随山刊木所身历也。后世为传注者，乃欲以一己见闻举而核之，诚不能无误。公之为是书也，尽屏训传，独取经文而熟复之。于一言一字间有意指可以总括后先者，则主以为据，而后采历世载籍以证之。其用志可谓勤矣。虽其谓鸟鼠同穴为二山，亦拘于一隅之见，然而弘肆渊雅，不诡随传注，固经说之杰也。尝考南宋诸儒称博洽者凡三人，一为鄱阳洪景卢迈，一为四明王伯厚应麟，其一则公。洪之《容斋随笔》，博矣而未核，王之《困学纪闻》，精且核矣，而援经证史，解驳尽致，则于公是书见之。公复尝考究《书》之历代地理，为谱二十卷，取五十八篇互相发明，篇为一论。周益公称其抉隐正讹，有功学者，嗟乎，安得并传之为快欤！

新昌黄氏《尚书说》序

宋新昌黄宣献公经学博通，著《诗说》三十卷、《周礼说》五卷，其《易传》未成而殁，今惟《尚书说》七卷仅存。吴兴陈氏谓公"晚年制阃江淮，著述不辍。时得新意，则晨夜叩书塾为友朋道之。"盖其穷经老而不倦若是。夫说《书》亦难矣，九峰之《传》，程直方辨之，余芑舒疑之，袁仁砭之，明太祖集诸儒更定之。公之说，诸儒未有议之者，由其义之纯而辞之约也。惟于《书》终《秦誓》，公以为夫子知其终必得志于天下，推其效自穆公垂创之为可继，故录其书，使与《费誓》自为后先。窃以为不然。周公、鲁公皆周卿士，周公之《诰》录于《书》，鲁公之《誓》亦录于《书》，无以异也。夏之书终以《嗣征》，周之书终以《秦誓》，无以异也。而谓夫子序《书》，以秦承周，以《肴誓》继《典》《谟》《命》，其旨则微，毋乃近于谶纬之说，不若九峰比于《诗》之录《鲁颂》《商颂》，犹未害于义也。

时氏《增修东莱书说》序

宋乾、淳中，东莱吕成公讲道金华，四方从游者千人。公同年进士时铸寿卿与其弟铱长卿，率其家子弟曰沄、曰澜、曰泾，悉从公学。公尝辑《书说》，先之《秦誓》《费誓》，上至《洛诰》，凡一十三卷。阅再岁而公殁。澜增修之，成二十二卷，合为三十五卷，于是《书说》乃全。予考成公实受业于林少颖之门，少颖有《拙斋书集解》五十八卷。朱子谓《洛诰》以后非其所解，则亦门人续成之者。夫林氏之书既以《召诰》终，公之书因以《洛诰》始，是公之用意，本以续其师说。而门人莫喻厥旨，忾其书之未就，辄补其余，其用心则勤，而公之意未免因之反晦矣。虽然，澜，公之高弟子也。其所补缀，一本师说。学者取林氏之书暨先生讲论，与澜所增修合而观之，匪独见今古文正摄义蕴之全，而丽泽书院师友之渊源亦可睹矣。

注：乾、淳分别为宋孝宗的年号乾道、淳熙。《书说》全书共三十五卷，前二十二卷由南宋吕祖谦的门人时澜所增修，后十三卷为祖谦原书，即起自《洛诰》而终于《泰誓》部分。

《书集传或问》序

宋东阳陈大猷作《尚书集传》，用朱子释经，法吕氏读诗记例，采辑群言，附以己意成编。宋季其书盛行，学者多宗之。《集传》而外，复成《或问》二卷，明《集传》去取之意，亦犹紫阳《论孟集说》别为《或问》之旨也。《集传》未及见，而《或问》偶有传本。尝取而读之，其中变难往说，著其从违，使治经者有所依归，无岐途之惑，其便于学者甚钜。惜全编不可得见，然因此以推，则其搜辑之博，持择之精，信乎可传也矣。大猷登绍定二年进士，由从仕郎历六部架阁，官不甚显，故《宋史》无传。同时有都昌陈大猷者，号东斋，常师饶双峰，仕为黄州军州判官，亦著《书传会通》，实元陈澔之父，与东阳别为一人，世人往往混而一之。故举而并著之，使校雠《四库》者有所考焉。

王鲁斋《书疑》序

《书疑》九卷，宋金华王文宪公柏所著。《书》自伏、孔二家传出，于是有今文、古文之别。由唐以前未有疑之者，有宋诸儒始疑古文后出，非尽孔壁之旧，然于今文固未有拟议也。其并今文而疑之，则自公始。公高明绝识，于群经穿穴钻研，不狃于训诂之旧。故虽以二千年相传口授壁藏之书，汉、唐诸儒所服习者，犹有缺佚脱误之疑，至谓《大诰》宁王遗我大宝龟，西土有大艰，人亦不靖之语，无异于唐德宗奉天之难委之于定数。圣如姬公宁肯为此语？《洛诰》复辟之事，谓成王幼，周公代王为政。成王长，周公归政于王。苏氏所谓归政，初无害义，何所嫌而避此名乎？其不苟为同如此。

元吴礼部师道言，公初见何北山，北山谦抑，不敢以弟子视之。公宏论英辩，质疑往复，一事或十数过。公之为此书也，岂有得于北山与？是书之最善者，如订正皇极之经传，谓《论语》咨尔舜二十二言，《孟子》劳来匡直数语，宜补《尧典》缺文；《禹贡》叙一事之终始，《尧典》叙一代之终始，《禹贡》当继《尧典》之后，居《三谟》之前。皆卓然伟论，即以补伏、孔所未逮，可也。

杏溪傅氏《禹贡集解》序

义乌傅寅同叔徙居东阳之杏溪,著《禹贡集解》二卷,乔文惠行简序之。其书先以山川总会之图,次九河、三江、九江之图,次及诸家说断。其言谓:禹之治水,皆自下而上。曰治水者,必使其下能容而有余,易泄而无碍,然后可以安受上流,而不至于冲激以生怒。又曰治其最下而速其行,通其傍流而使其中无停积之患,则河之大体无足忧矣。吾于其言默然有取焉。惜乎是编流传者寡,不见采于董氏之《纂注》。而焦氏《经籍志》,西亭王孙《授经图》,或以为说,或以为论,盖未尝见此书而著于录者。是本为吴人王止仲藏书,其后归于都少卿穆,其第一卷阙三十有七版,第二卷又阙其四版。验少卿前后私印,则知当日已非足本,亟刊行之,俟求其完者嗣补入焉。

梅浦王氏《尚书纂传》序

　　梅浦王氏《尚书纂传》四十六卷，先引汉、唐二孔氏之说，次收诸家传注，而一以晦庵朱子、西山真氏为归，与其乡先生彭翼夫往复考正十五年而后成。大德中，鄞人臧梦解为宪使，以其书上于朝，得授临江路儒学教授。其子振板行之。予所见者即至大锓本也。吉安自宋季文信公谋兴复不遂，被执以死，其门人宾客咸以忠义自奋，乡曲之士多知自好，恒绝意仕进，潜心经义。于《易》，则有龙仁夫之《集传》，刘霖之《太极图解》《〈易〉本义童子说》；于《诗》，则有刘瑾之《通释》；于《礼》，则有彭丝之《集说》；于《春秋》，则有丝之《辨疑》，李廉之《会通》。《书》自梅浦而外，则耕野王氏其撰述多有得者。梅浦是书，其抄撮也博，而甄综也简。其心似薄蔡氏而不攻其非，间亦采摭其说，择焉可谓精矣。彭翼夫者，尝仕于宋，为江陵府教授，即丝之父也。

《今文尚书纂言》序

《今文尚书纂言》四卷,元草庐先生吴澄所辑。《尚书》既遭秦火,汉初济南伏生以所忆二十八篇教授齐鲁间,即今书是也。其后孔壁书出,增多二十五篇,谓之《古文〈尚书〉》,而目伏生所授者为《今文》。自东汉及魏世所行者,惟伏生之书而已。《古文》旧藏于官,人不及见,迄东晋始复出。唐孔颖达因安国《传》而作《正义》,《书》以盛行,于是伏生之书遂为其所乱。有宋诸儒始疑其文体不协,朱子亦曰:"孔书至东晋方出,前此诸儒皆未见,可疑之甚。"又曰:"《孔传》及《序》不类西京文字。"则疑古文者非一人矣。至先生序录群经,始分而出之。取伏生之二十八篇序于前以还其旧,而以孔壁所出之《古文》别序于后。至为纂言,则独有《今文》,《古文》置而不释,其见可谓卓矣。

而说者或谓先生果于自信,轻于非圣经。余以为非也。孔氏壁书已不可见,至东晋所上之书,出于梅赜一手,其非安国原本明甚。至重华之名虽见于太史公《本纪》，彼姚方兴者，岂遂不能援以自实其所撰耶？固未可知也。呜呼！圣人之经灿若日星，甲是乙非，未能遽定。而先生是编考据详博，厘正错简，咸皆确当。学者将以明经祛惑，其于是书必有取尔矣。

《〈尚书〉通考》序

宋元之际,闽之樵川儒学蔚起,若严粲明卿之于《诗》,黄清老子肃之于《春秋》,黄镇成元镇之于《易》于《书》,《易》有《通义》,《书》有《通考》,各十卷。予所见者惟严氏之《〈诗〉缉》,黄氏之《〈尚书〉通考》而已。《通考》纪《尚书》名物度数,举夫七政、九畴、六宗、五礼,方州之贡赋、水土,律吕之长短、忽微,皆著其说,说有未尽,复系以图。汇集诸家而衷以己意,详且备矣。夫《书》以载道,二帝三王之大经大法存焉。度数名物,靡非经法之所寓,稍有未晰,则无以措诸事而施于用,何以免不学墙面之讥乎!是编由器而寓夫道,由数以达其义,学者能详考精察,于以定礼乐,设制度,有裕如者矣。元镇书成,执政因荐为江西路儒学提举。命下,禄不及而卒。集贤议谥曰贞文处士以旌之。当时如元好问、安熙亦皆以下僚布衣得与易名之典,于以见元节惠之锡,不视爵位为予夺,亦可录也。

王鲁斋《诗疑》序

金华王文宪公于六经四子之书论说最富，《诗》则有《读诗纪》十卷，《诗可言》二十卷，《诗辨说》二卷，见吴礼部正传节录《行实》中。今所传《诗疑》则《行实》未载，卷帙不分。绎其辞殆即《诗辨说》。因公于《书》有《书疑》，遂比而同之也。古之说《诗》者率本大小《序》，自晦庵朱子去《序》言《诗》，遂以列国之风多指为男女期会赠答之作。公师事何文定，文定学于黄文肃，文肃受业朱子之门，宜其以郑、卫诸诗信为淫奔者所作。且疑三百五篇岂尽夫子之旧，容或有删去之诗存于闾巷之口，汉初诸儒各出所记，以补其缺佚者。又以《二南》各十有一篇，两两相配，于是削去"野有死麕"一篇，退"何彼秾矣"《甘棠》于《王风》，其自信之坚，过于朱子。此则汉唐以来群儒莫之敢为者也。文定尝语公矣：诸经既经朱子订定，且当谨守，不必又多起疑论。有欲为后学言者，谨之又谨可也。昔贤之善诲人盖如此。

《诗传遗说》序

子明于《易说》外复取文集、语录论诗者为书六卷,一、二卷纲领及序辩,三卷六义与思无邪问答,四、五、六卷论四诗之旨,末附以逸诗、诗乐谱叶韵,皆《集传》所不载者,名曰《诗传遗说》。时为端平乙未,子明官承议郎、权知兴国军事所成也。

按公凡三子,长曰塾,字受之,以荫补将仕郎,为子明之父,与弟野皆受业于吕东莱,先文公十年卒,公请陈同父志其墓者也。仲即野,字文之,淳祐间荫补迪功郎,差监德清县户部赡军酒库,后公十一年卒,黄直卿诔之,称其在家之贤。季曰在,字敬之,一字叔敬,亦以荫补官,累至焕章阁待制,知袁州。野之子钜,南康丞,铨知登闻鼓院;在之子铉,两浙转运判官;名皆见黄直卿所为行状中。再传曰溥者,浙西提举;浞,知丹徒县;淮,泉州路推官;沂,考亭书院山长;行状不载,盖皆后公卒而生者。若泉州于宋为军州,至元始改为路。岂淮与沂又已入元欤?若鉴之子浚,行状亦不载其名，尝尚宋理宗公主，官两浙转运使兼吏部侍郎。元兵入建宁，浚与公主走福州。知府王刚中以城降于阿剌罕。浚谓公主曰："君帝室王姬，吾大儒世胄，不可辱人手！"夫妇仰药死，其事尤烈。浚之子林，官甘肃提举。林之子炯，延平路照磨；焰，武平簿；耿，邵武路照磨。林弟彬之子炜，济宁路同知。林之孙堂，建宁路照磨；壑，屏山书院山长。壑之子銮。銮之子淞。淞之子梃，明景泰壬申诏录文公后，得世袭五经博士，主建宁祠祀。其在婺源者曰稳，于公为十世孙，举明天顺丁丑进士，官福建盐运使，以廉称。弟懋，永年丞；桢，本县训导。

正德中，给事中戴铣等请朱氏比孔氏，衢州例增一博士，以主婺源祀事，以十一世孙墅为之。嗟乎！我徽国文公著书明道，上继二程、周、张诸子之后而集其大成，盖孔子后一人也。故其垂裕之泽长且久者如此。而子若孙如鉴者，能采葺公之所著以开示来学；其子浚能执节守义，不愧乃祖，他小说或讥其作书与贾似道称万拜，诚诬诋不足道也。鉴父塾之卒，公贻书同父及题其诗卷，有深痛焉。在当理宗朝请进曾子为公，崇祀二程及横渠，而黜扬雄、王雱之祀，数者皆有关于人伦世教之大，咸出于公之子若孙，何其多贤哲欤！噫！斯又周、程、张、邵所不逮也夫。

《毛诗名物解》序

六经名物之多无踰于《诗》者,自天文、地理、宫室、器用、山川、草木、鸟兽、鱼虫,靡一不具。学者非多识博闻,则无以通诗人之旨意而得其比兴之所在。自《尔雅》释《诗》,而后如《博雅》《埤雅》《尔雅翼》诸书,虽主于训诂,要以名物为重。此外复有疏草木、鱼虫及门类、物性,抄《集传》名物者,若蔡卞之《毛诗名物解》亦其一也。

卞为王介甫婿,其学一以王氏为宗。其书自释天至杂释,类凡十。卞为人固不足道,然为是书,贯穿经义,会通物理,颇有思致。盖熙、丰以来之小人如吕惠卿、章惇、曾布及卞兄弟,咸能以文采自见,而亦或傅致经义以文其邪说,斯所以能惑世听而自结于人主也。嗟乎!当其诬罔宣仁窜逐众正之时,吾不知其于兴观美刺之义何居?斯其人所谓投畀豺虎不食,投畀有北不受者,而吾之犹录其书存之者,殆所谓不以人废言之意也欤。

注：熙、丰指的是宋神宗的年号熙宁、元丰。自王安石的《新义》《字说》盛行以来，宋代的士风为之一变。其为名物训诂之学者，仅蔡卞与陆佃二家。卞作《毛诗名物解》，大旨皆以《字说》为宗。

朱孟章《诗疑问》序

《诗疑问》七卷，元进士朱倬孟章著。朱氏《授经图》、焦氏《经籍志》皆作六卷，今本七卷，末附南昌赵德《诗辩说》一卷。始予得是书，称盱黎进士朱倬，莫知为何如人。考之《汉书·地理志·豫章郡》下有南城县，注云："县有盱水。"《图经》云："在县东二百一十步，一名建昌江，亦名盱江。"《名胜志》云："县之东境有新城县，立于宋绍兴八年，就黎滩镇置县，因号黎川。"然后知倬为建昌新城人。及考近所为《建昌志》，仅于科第中有倬姓名，载其为遂昌尹而已，他无所见也。

暇读新安《文献志》载明初歙人汪叡仲鲁所为《七哀辞》，盖录元季守节服义者七人，而倬与焉。因得据其《辞》而考定之。《辞》言倬以辛巳领江西乡荐，登壬午第。考龚艮《历代甲子编年》，辛巳为顺帝至正元年，壬午其二年。而《志》载倬以至顺元年登第。考至顺为文宗纪元，岁在庚午。仲鲁之交倬当辛卯、壬辰间。倬自言登第十年，壬午至辛卯恰如其数。则《志》所云至顺者误也。岂以顺帝至正二年遂讹而为至顺耶？《辞》言初授某州同知，以忧家居，服阕授文林郎、遂安县尹，则已为官矣。而倬之言于仲鲁者曰："登科十年未沾寸禄。"仲鲁《哀辞》亦有"十年未禄，奚命之屯"语，殊不可解。岂两任皆试职，故不授禄耶？《哀辞》言，壬辰秋寇由开化趋遂安，吏卒逃散。倬大书于座，有"生为元臣，死为元鬼"语，遂坐公所以待尽。寇焚廨舍，乃赴水死。遂安为严州属邑，壬辰为至正十二年。考《元史》是年七月饶徽贼犯昱岭关，陷杭州路，当是其时。盖蕲黄余党由衢而至严者也。

　　《哀辞》言，后竟无传其事者，岂非以邑小职卑，时方大乱，省臣以失陷郡邑自饰不遑，遂掩其事而不鸣于朝耶？《哀辞》又称其下车兴学诵诗，民熙化洽，盖倬固当时良吏，不仅以一死自了者。而《元史》既不为之立传，郡人亦不载其行事于《志》，苟非仲鲁是《辞》，不几与荒燐野蔓同尽哉，诚可哀也矣！《辞》称岁庚寅倬同考江浙乡试，始识仲鲁于葛元哲家，因见仲鲁《诗义》而惜其不遇，盖倬以同经阅卷，则其著是书无疑。其为是书也，当在未为县尹之前。其论经义大抵发朱子《集传》之蕴，往往微启其端，而不竟其说。盖欲使学者心思自得，不欲遽告以微辞妙义也。赵德者，故宋宗室，举进士，入元不仕，隐居豫章东湖，于诸经皆有辩说，《诗》其一耳。嗟嗟！倬以义烈著，德以高隐称，虽无经学，皆可表见，况著述章章若是乎，是不可以无传也已。

雪山王氏《诗总闻》序

雪山王氏《诗总闻》二十卷,每章说其大义,复有闻音、闻训、闻章、闻句、闻字、闻物、闻用、闻迹、闻事、闻人,凡十门。每篇为总闻,又有闻风、闻雅、闻颂,冠于四始之首。自汉以来,说《诗》者率依《小序》,莫之敢违。废《序》言《诗》,实自王氏始。既而朱子《集传》出,尽删《诗序》,后之儒者咸宗之。而王氏之书晦而未显,其自诩谓研精覃思几三十年,而吴兴陈日强称其自成一家,能寤寐诗人之意于千载之上。要之虽近穿凿,而可以解人颐者多矣。王氏名质,字景文,汶阳人,过江侨居兴国,中绍兴庚辰进士。

孙泰山《〈春秋〉尊王发微》序

宋晋州孙明复先生，庆历间隐居泰山，学《春秋》，著《尊王发微》十二篇，以教授弟子。范文正、富文忠两公言先生道德经术，宜在朝廷，召拜校书郎、国子监直讲，后官至殿中丞而卒。方先生卧病时，天子从韩忠献之言，命其门人祖无择就家录其书，藏于秘阁。案唐以前诸为《春秋》说者，多本《三传》，至陆淳始别出新义，柳子厚所谓明章大中发露公器者也。先生之书因淳意而多与先儒异，故当时杨安国谓其说戾先儒，而常秩亦言其失之刻，石林叶氏谓其不达经例，又不深礼学，议者殊纷纭。虽然，群言异同必质诸大儒而论定。欧阳子言："先生治《春秋》，不惑《传》《注》，不为曲说以乱经，其言简易于诸侯、大夫功罪，以考时之盛衰，而推见王道之治乱，得经之义为多。"而朱子亦谓："近时言《春秋》者如陆淳、孙明复，推言治道，凛凛可畏，终是得圣人意。"绎二子之言以读先生是书，则《春秋》大义诸家所不及者，先生独得之，又岂可以说之异同而妄议之也哉。

《〈春秋〉皇纲论》序

宋《艺文志》：《春秋》之书凡二百四十部，二千七百九十九卷。余所见者仅三十余部，为卷数百，王晳《皇纲论》其一也。晳不知何如人，自称为太原王晳。陈直斋《书录解题》亦但言其官太常博士，至和间人而已，不能详其生平也。直斋《解题》于著书之人往往举其立身大概，使后世读其书者虽不获亲见其人，犹稍稍得其本末，以为论世知人之据，乃于晳独否，岂其人在直斋当时已不可得而论定耶？然直斋所录《皇纲论》外尚有《明例隐括图》。又云：馆阁目有《通义》十二卷。而王伯厚又云：《通义》之外别有《异义》十二卷。《通义》据《三传》注疏及啖、赵之学。其说，通者附经文之下；缺者，以己意释之。则晳所著《二义》者，正其解经之本书，兹论则总括立言大旨以成编者也。论特弘伟卓荦，则《二义》亦必有足观，惜乎不得而见也。嗟乎！古人辛勤著书，将以求知于后世，而世顾不得而知之。即其书幸而传矣，又不能尽传也，岂不重可叹也欤！《论》凡五卷，二十有三篇。

刘公是《春秋》序

石林叶氏谓：庆历间欧阳文忠公以文章擅天下，世莫敢抗衡。刘原父虽出其后，以通经博学自许。文忠亦以是推之，作《五代史》《新唐书》凡例，多问《春秋》于原父。又曰：原父为《春秋》，知《经》而不废《传》，亦不尽泥《传》。据义考例以折衷之，《经》《传》更相发明，虽间有未然，而渊源已正。今学者治经不精，而苏、孙之学，近而易明，故皆信之。而刘以难入，或诋以为用意太过，出于穿凿，彼盖不知《经》，无怪其然也。石林所谓苏、孙，盖指子由、莘老也。晁公武谓刘氏《传》如桓无王季友卒胥命用郊之类，皆古人所未言，诸公之推伏原父者若此。

今观《权衡》之作，折衷三家，傍引曲证以析经义，真有权之无失轻重，衡之得其平者。《传》十五卷，集众说而断以己见。文类《公》《谷》。独《意林》一编，元吴莱谓多遗缺，疑未脱稿之书，然究而论之，皆经学名书也。宋四明史有之刊《权衡》《意林》于清江，其本犹有传者。《传》则出于录本，人或以为非真，观其文义与二书合，疑非赝鼎，故并刊之，以传示学者。

龙学孙公《〈春秋〉经解》序

宋熙宁以前,荆舒未用,《春秋》犹立于学官。以是经名者有两孙先生,一为泰山孙明复,一为甓社孙莘老。两人俱有著书传世。明复以师道与胡安定并称,石介辈至尊之如孔子。然石林叶氏谓其书不尽达于经例,又不深礼学,故其言多自牴牾,有甚害于经者。莘老则早从安定游,有声经社中,患诸儒解经之凿,蠹蚀遗经,乃摅其所得而为之解。谓《谷梁》最饶精义,故多从之。而参以《左氏》《公羊》及汉、唐诸家之说。义有未安,则补以所闻于安定者。

晁公武称其论议精严,良然也。王介甫甚其不能胜之也,因举圣人笔削之经而废之且为"断烂朝报"。其始不过忮刻,而终于无忌惮若此。龟山乃言当时《三传》异同无所是正,于他经为难知,故不列于学官,非废而不用。殆曲护之而为是言欤?是书宋南渡已不常见,故海陵周之麟有学士大夫罕知之叹。至绍熙癸丑阳羡邵辑始得之而刊于斄社。其后庆元乙卯槜李张祯、嘉定丙子新安汪纲皆增为序跋。三君皆官于其地，争与表章先贤经术，可谓知所先务矣。先生别有《〈春秋〉经社》六卷，晁氏言其亦本啖、赵，凡四十门，惜乎不可复得而并行于世也。

涪陵崔氏《〈春秋〉本例》序

以"例"说《春秋》著于录者：郑众、刘寔之《牒例》，何休之《谥例》，颍容、杜预之《释例》，荀爽、刘陶、崔灵恩之《条例》，方范之《经例》，范宁之《传例》，吴略之《诡例》，刘献之之《略例》，韩滉、陆希声、胡安国之《通例》，啖助、丁副之《统例》，陆淳之《纂例》，韦表微、成元、孙明复、叶梦得、吴澄之《总例》，李瑾之《凡例》，刘敞之《说例》，冯正符之《志例》，刘熙之《演例》，赵瞻之《义例》，张思伯之《刊例》，王晳之《明例》，陈德宁之《新例》，王炫之《门例》，李氏之《异同例》，程迥之《显微例》，石公孺之《类例》，家铉翁之《序例》，而梁之简文帝、齐晋安王子懋皆有《例苑》，刁氏有《例序》，张大亨有《例宗》。

杜氏之言曰：为例之情有五，推此以寻《经》《传》，王道之正，人伦之纪，备矣。而说《公羊》者则有五始、三科、九旨、七等、六辅、二类、七缺之义，毋乃过于纷纶与？涪陵崔彦直尝与苏、黄诸君子游，知滁州日，曾子开曾为作记，刻石醉翁亭侧。其说《春秋》有《经解》十二卷，《本例》二十卷。建炎中江端友请下湖州取彦直所著《春秋传》藏秘书省，于是其孙若上之于朝。今其《经解》不可得见，而《本例》独存。其说以为圣人之书，编年以为体，举时以为名，著日月以为例，《春秋》固有例也，而日月之例盖其本。乃列一十六门而皆以日月时例之，其义约而该，其辞简而要，可谓善学《春秋》者也。题曰西畴居士者，殆书成于晚年罢官之日与？

《〈春秋〉经筌》序

《春秋》之《传》五,邹氏无师,夹氏未有书,列于学官者三焉。《汉志》二十三家,《隋志》九十七部,《唐志》六十六家,未有舍《三传》而别自为传者。自啖助、赵匡稍有去取折衷。至宋诸儒各自为传;或不取《传注》,专以经解经;或以《传》为案,以经为断;或以《传》有乖谬,则弃而信经;往往用意太过,不能得是非之公。呜呼!圣人之志不明于后世久矣。盖尝读黄氏《日钞》,见所采木讷赵氏之说,恒有契于心焉。既得《经筌》定本,乃镂版传之。善哉木讷子之言乎!善学《春秋》者当先平吾心,以经明经,而无惑于异端,则褒贬自见。盖《春秋》公天下之书,学者当以公天下之心求之。斯言也庶几得是非之公,而圣人之志可以勿晦焉已。

叶石林《〈春秋〉传》序

宋吴郡叶少蕴当绍兴中著《〈春秋〉传》《考》《谳》三书，凡七十卷，又为《指要》《总例》二卷，《例论》五十九篇。开熙中公孙筠守延平，刊于郡斋。历世既久，其书不可尽见，所见者《传》二十卷而已。少蕴之言曰："《春秋》非为当世而作，为天下后世而作也。后世言《春秋》者不外三家。《左氏》传事不传义，是以详于史而事未必实，以其不知经也。《公》《谷》传义不传事，是以详于经而义未必当，以其不知史也。"乃酌三家求史与经。其不得于事者，则考于义；不得于义者，则考于事；更相发明，以作是传。辩定考究，最称精详。

直斋陈振孙言其学视诸儒为精。则是书岂非有志《春秋》者所当研究者欤？其为《谳》也，即啖、赵《辩疑》、刘氏《权衡》而正其误，补其疏略。自序《〈春秋〉考》曰："自吾所为《谳》推之，知吾之所正为不妄也，而后可以观吾《考》。自其《考》推之，知吾之所择为不诬也，而后可以观吾《传》。"是三书者，阙一则无以见少蕴之用心，而惜乎今之不得见其全也。虽然，即《传》所取之义以求其所舍择，纵全书未能尽窥，亦可得其大概矣。况四海之大，好事之儒，藏书之老，宁无秘而传之者？安知不因是书之行而亟出欤？少蕴名梦得，官至参知政事，生平具见《宋史》，居吴兴弁山，为园亭，奇石森列，故用《楚词·天问》语自号云。

注：参考中国年限索引可知，南宋并无开熙年号，所以该序中所说的开熙应为有误，尚待考证。

吕氏《〈春秋〉集解》序

《〈春秋〉集解》三十卷，赵希弁《读书附志》云东莱先生所著也。长沙陈邕和父为之序。按成公年谱，凡有著述必书，独是编不书。《宋史》本传，公所著有《易》《书》《诗》而独无《春秋》。惟《艺文志》于《〈春秋〉集解》三十卷直书成公姓名。考吴兴陈氏"书录解题"有《〈春秋〉集解》十二卷，云是吕本中撰，且撮其大旨，谓"自《三传》而下，集诸儒之说，不过陆氏、两孙氏、两刘氏、苏氏、程氏、计氏、胡氏数家而已，其所择颇精，却无自己议论。"合之是编诚然。盖吕氏自右丞好问徙金华，成公述家传，称为东莱公；而本中为右丞子，学山谷为诗，作《江西宗派图》，学者称为东莱先生，以之名集。然则吕氏三世皆以东莱先生为目，成公特最著者尔。朱子尝曰："吕居仁《春秋》亦甚明白，正如某《诗传》相似。"窃疑是编为居仁所著，第卷帙多寡不合，或居仁草创而成公增益之者。与序其端，用质渊通博达之君子，倘获善本有陈和父序者，予之疑庶可以释矣。

康熙丙辰二月纳兰成德容若序

注：此篇并没有载入《通志堂集》，而是据《通志堂经解》补入。《江西宗派图》是由宋代著名诗人吕本中所作，而宋代最具影响力的诗歌流派——江西诗派即得名于其作。

清江张氏《〈春秋〉集注》序

清江张元德游朱子之门，为白鹿书院长，终著作佐郎，迨除直宝章阁，而元德已殁矣。其于《春秋》有《集传》《集注》《地理沿革表》三书，端平中进于朝，宣付秘阁。朱子尝报元德书矣，曰："《春秋》某所未学，不敢强为之说。而于《尚书》，则谓有老师宿儒所未晓者。"夫学至朱子，智足以知圣人矣，而于《尚书》《春秋》无传，非不暇为，亦慎之至也。明洪武初颁《五经》《四书》于学官，传注多宗朱子。惟《易》则兼用程、朱《传义》，《春秋》则胡氏《传》、张氏《注》并存。久之习《易》者舍《程传》而专宗朱子，习《春秋》者《胡传》单行，而《集注》流传日鲜矣。余诵其书，集诸家之长，而折衷归于至当，无胡氏牵合之弊，允宜颁之学官者也。昔明太祖不主蔡仲默七政左旋之说，乃命学士刘三吾率儒臣二十六人更定书传曰《书传会选》，今其书渐废而仍行蔡《传》。顾元德是书昔之所颁行者，反不得与蔡氏并，书之取舍兴废，盖亦有幸不幸焉，可感也已！

《〈春秋〉五论》序

《春秋论》五篇，共一卷。一曰《论夫子作〈春秋〉》，二曰《辩日月褒贬之例》，三曰《特笔》，四曰《论〈三传〉所长所短》，五曰《世变》。宋吏部侍郎、知兴化军、武荣吕大圭圭叔所著也。《五论》闳肆而严正，《春秋》大旨具是矣。

圭叔登淳祐七年进士，授潮州教授，改赣州提举司干官，秩满调袁州、福州通判，升朝散大夫，行尚书吏部员外郎，兼国子编修实录检讨官，兼崇政殿说书。出知兴化军，常以俸钱代中下户输税。德祐初元，转知漳州军节制左翼屯戍军马，未行，属元兵至沿海，都制置蒲寿庚举全州降，令圭叔署降笺，圭叔不肯，将杀之。会圭叔门弟子有为管军总管者，掖之出。圭叔变服遁岛上。寿庚将逼以官，遣追之，问其姓名不答，被害。先是圭叔缄其著书于一室，至是毁焉。《五论》与《读易管见》《〈论语〉〈孟子〉解》以传在学者得存。然《管见》诸书皆不可见，见者又仅此而已，惜哉！

圭叔少嗜学，师事乡先生潜轩王昭。昭为北溪陈淳弟子，淳受业晦庵，称高足。渊源之来，人称温陵截派。呜呼！当时诋訾道学者，往往谓其迂疏无济。然宋社既屋，人争北向。圭叔独不为诡随，甘走海岛，不惮以身膏斧钺，大节何凛凛也。以是观之，道学又何负于人国乎？良可叹也矣。武荣即今泉郡之南安县，唐嗣圣中尝以县为武荣州，故名。圭叔居县之朴兜乡大丰山下，学者因号为朴乡先生。

《〈春秋〉经传类对赋》题辞

《春秋》，其事二百四十年，其文一万八千言尔，视诸经为最简。左氏作《传》，而事与文详矣，学者不能殚记也。宋皇祐中，徐秘书以韵语包括之，计一万五千言，而其义大备。《记》曰："属辞比事，《春秋》教也。属辞比事而不乱，则深于《春秋》者也。"诵秘书之赋，其比事之切，非深于《春秋》者能然欤？春秋赋见宋《艺文志》，有崔升、裴光辅、尹玉羽、李象诸家，而晁氏《读书志》又有杨筠《分门属类赋》十篇，独不载是书。朱氏《授经图》、焦氏《国史经籍志》亦无之，则诸君子皆未之见者。古人之书往往不尽传于后世，或并其姓氏失之。若秘书赋，寥寥数简，以藏书家所未及见者幸得传于今日，此予所为靦然而喜也。

程积斋《春秋》序

元四明程积斋先生，尝慨《春秋》在诸经中独未有归一之说，遍索前代说《春秋》者凡百三十家，沉潜绅绎者二十余年，著《春秋本义》三十卷，《〈三传〉辩疑》二十卷，《或问》十卷。经筵申请下有司锓板于集庆路儒学。南海黄佐南雍志录其书，而别有《纲领》一卷，明著书大义。大旨以程、朱二氏之论考正《三传》及胡氏之得失，作《本义》以发圣人之经旨，《辩疑》以订《三传》之疑似，《或问》以校诸儒之异同。

其书世有传本，然余所见则《本义》《或问》而已，《辩疑》缺佚不完。今刻二书，而《辩疑》姑俟焉。始四明之学多宗象山，惟黄震、史蒙卿实为朱子之学。先生与其兄畏斋师事蒙卿，尽得朱子明体达用之指。二难自为师友，方严刚正，时人以二程目之。畏斋发明朱子读书之法，作《读书工程》，国子监尝取其书颁示校官，以式学者。先生为是书，一本伊川、晦庵之意，遍览传说，折衷同异。欧阳圭斋言其精神、心术，萃在是书，朝夕改订，寝食为废。盖二先生学本紫阳，故其道问学之功精专若是也。先生名端学，字时叔，举进十第二人，为国子助教，改翰林国史院编修官，出为筠州幕，有循良称。畏斋名端礼，字敬叔，以荐为台州路儒学教授，《元史》有传。今著其略，俾读是书者有以论其世焉。

赵氏《〈春秋〉集传》序

东山赵子常先生,元季师事九江黄楚望,传《春秋》之学,著《属辞》《补注》《师说》三书,为《三传》之学者尊称之。先生复有《集传》十五卷,则先《属辞》而成者。自序言策书之例十有五,而笔削之义有八。迨后《属辞》成,以《集传》义例微有未合,更须讨论。至正壬寅先生再著其书,至昭公二十七年,以病辍笔。门人倪尚谊援先生之义续成之,即今书也。先生常谓:"《属辞》特推笔削之权,而《集传》大明经世之志,必二书相表里,而后《春秋》之旨方完。"则是书宜与《属辞》并行也明矣。予得千顷堂藏本,因论次焉。

窃观宋、元之际,新安沐浴紫阳之泽,老师宿儒多出其间,若云峰、双湖两胡氏,定宇陈氏,仲弘倪氏,见心程氏,皆能著书推明朱子之学。其与先生同时,又有环谷、蓉峰两汪氏,风林朱氏,与先生辅翊开代,修明礼乐,为世儒宗。其纂辑群言,羽翼往说如环谷之纂疏者,亦有其人。然未有迥然特出,能得知我罪我之义如先生者。先生早见楚望,即告以穷经之要在乎致思,于是深悟夫《鲁史》有一定之书法,圣经有笔削之大旨。《鲁史》亡而圣人所书遂莫能辨。独幸《左氏传》尚存遗法,杜预注《左》,于史例推之颇详。

公、谷二氏多举书、不书见义。其后止斋陈氏因公、谷所举之书法以考正《左传》笔削人义,最为有征。故先生为《集传》,本之二家,而兼采众说,要使学者即策书之例,以求笔削之旨。则知圣经不可以虚词立异,破碎牵合以为说,而后圣人之经明矣。故朱风林一见其书辄曰:"前无古人。"其推服之如此,岂同时诸儒所可及哉!先生卒后,门人辑成藏弄,故人不见。嘉靖中,东阿刘隅始得其书于先生乡人汪元锡,而属教谕夏镗传之。噫,后之学者知《三传》之不可废,不仅抱遗经以究终始者,岂必赖是书也夫。

清全斋《读春秋编》序

　　宋、元之际，吴中多老师宿儒，若俞石涧琰、陈清全深、俞邦亮元燮、汤思言弥昌、王子英元杰，皆精究群经，咸有撰著。石涧之《大易会通》至一百三十卷，又为《集说》十卷，而他如《经传考证》《读易须知》《卦爻象占分类》不与焉。清全于《易》、于《诗》、于《春秋》，皆有编。自宋社既屋，即谢去举业，沉潜问学，淹贯遗经，闭门教授。郑元祐称其"年登耄耆，生识先辈，著书立言，咸造底蕴"，良有然矣。《读〈春秋〉编》十二卷，原本左、胡，采摭诸说，深有益于学者。偶获元椠本，为加校勘而属之梓。先生字子微，世为吴人。元天历间奎章阁臣以能书荐，匿不肯出。别号宁极，所著诗文名《宁极斋稿》。子直，字叔方，有孝行，能继父业，以慎独名其斋，盖父子皆吴隐君子也。

张翠屏《〈春秋〉春王正月考》序

　　《春秋》，纪事之书也。纪事者必有岁时月日，此经所以有春王正月之笔也。春者，周之春；正月者，周之子月，此鲁史册书之旧也。曰春王正月者，吾夫子之特笔也。后世不知册书之义，于是有夏时冠周月之说，而夫子从周之志荒矣。翠屏张志道先生始采摭群书以考订之，本之以《语》《孟》之言，而归宿于紫阳晚年之定论。别引《三传》与他经及史传以证之，其说之庞者则为辩疑以折其误，凡为书二卷。嗟乎！《六经》之旨未易窥也。学者治经必先明其大者，则其余可得而通矣。《易》乾之四德、《诗〈二南〉》之关雎、《书》之二典、《春秋》之春王正月，皆经旨之大者，于此无定论焉，则微言精意将有不能究者矣。先生是书剖析精当，于开章之大义井如，学者诚有得于此，则于全经之旨，不有如振裘而挈领者哉。先生举元泰定丁卯进士，累官翰林侍讲学士，入明仍故官。洪武二年奉使册封安南国王。是书安南寓舍所著，书成而卒。宣德中先生嗣孙隆始取手泽而梓之。

《〈春秋〉集传释义大成》序

《春秋》之义明,而《传》之真伪自辩。《春秋》何义乎?尊周明法,黜霸崇王,彰善代恶而已。王者之治天下,先之以教化,继之以法令,申之以赏罚,三者行则王政举、人心正,而《春秋》可以不作。周之东也,教化既衰,法令赏罚不行于天下,于是诸侯并吞,仁义道息,不有圣人出而正之,则乾坤不几息乎?故曰:"迹息《诗》亡,然后《春秋》作。"又曰:"《春秋》成而乱臣贼子惧。"此《春秋》之义也。

夫举其纲而未及其目,断其义而未详其案,《三传》之作可少哉!乃有《传》而事之湮没者虽少,义之隐晦者滋多,盖以传闻异辞,各以意见为言,而理有未合。汉儒又各执一家之说,以相传习,遂使后世因《传》以误《经》,觉《经》之立法多不明,赏罚多不当,而尊王立教之本义亦遂失矣。程子曰:"读《春秋》者,当以《传》考《经》之事迹,以《经》别《传》之真伪。"朱子曰："孔子非有意以一字为褒贬，但直书其事而善恶了然。"元新安俞氏著《〈春秋〉集传释义》，一以程、朱为断，参以啖、赵诸家，而折衷以己意，于是经义明，而《传》之真伪是非，判如黑白。

噫，汉、唐诸儒但知释《传》，不知明《经》。胡氏虽明经义而时事激发，又多附会。较之程、朱无事穿凿而自得圣人之意者，大有径庭。俞氏之书出，可以救胡氏之偏而发程、朱所未尽。二百四十二年之间，其治乱兴衰之故，仁义诈力之异，贤不肖之用舍，行政出令之得失，足为人鉴戒者，何可胜数？特经义不明，而学术之害有不可胜言者。夫以圣人垂训之经，反致有贻误后学之弊，此俞氏之书所以不可不亟为表彰于天下也。

河南聂氏《三礼图》序

《九经》，《礼》居其三。其文繁，其器博，其制度今古殊。学者求其辞不得，必为图以象之，而其义始显，即书以求之，不若索象于图之易也。《礼》之有图自郑康成始，而汉侍中阮谌受《礼》于綦母君，取其说为图，又有梁正、夏侯伏朗、张镒三家，而今皆无传矣。周世宗厘正典礼，洛阳聂崇义以国子司业兼太常博士，凡山陵禘祫、郊庙器玉之制度，悉从其讨论。乃考正《三礼》旧图，缋素而申释之，篇叙其凡，参以古今沿革之说。至宋建隆三年表上于朝，诏太子詹事尹拙集儒学之士重加参议，拙所驳正，崇义复引经释之。当书成时，太祖嘉其刊正疑讹，既被紫绶、犀带、白金、缯帛之赐，颁其书学宫，又以其图绘国子监宣圣殿后北轩之壁。逮至道初，旧壁颓落，命易以版，改作于论堂之上。咸平中，天子幸学，亲览观焉。

《宋史》列诸儒林之首，可谓极儒生稽古之荣矣。其后陆佃撰

《礼象》，陈祥道作《太常礼书》，正聂氏之失而补其阙。于是贾安宅、王普交言崇义未尝亲见古器，出于臆度，有诏毁学宫旧画两壁图。然绎窦学士俨序聂氏书，称其博采旧图，凡得六本，则实原于梁、郑、阮、张、夏侯诸家之言，而非出于臆说。礼图之近乎古者，莫是书若也。惟是尹拙依旧图画釜，聂氏去釜画镬，两人异同，当日下中书省集议。张昭谓釜不可去，而《周官》《仪礼》皆有镬，因请两存之，图镬于鼎下。而今流传雕本有釜无镬，则有不可解者，请以质深思博学之君子。

卫氏《〈礼记〉集说》序

高堂生传《士礼》十七篇，五传而得戴德、戴圣。德因河间献王所得《记》百三十一篇及《明堂阴阳记》三十三篇，删其繁重，为八十五篇，号《大戴礼记》。圣复删次德书为四十六篇，号《小戴礼记》。其后马融传小戴之学，增入《月令》《明堂位》《乐记》三篇，合四十九篇，今列在学官者是。《郑注》《孔疏》而外，宋之李格非、吕大临、陆佃、马希孟、方悫皆有《解》，世不尽传。

宋昆山卫湜集诸家《解》为《说》百六十卷，各著其姓氏，理宗宝庆二年表上于朝，得寓直中秘，盖嘉其用心之勤也。尝慨是经虽列学官，而士子所习惟元东汇陈澔之《集说》，与永乐时所辑《大全》而已。澔书陋略不足观，《大全》主澔而无所阐发，又成于胡广辈之手，其与《易》《春秋》诸经之剿袭先儒成书者等耳。正叔网罗采辑无所不周，即他书杂录有所论及，亦摭入之，使先王立纲陈纪之道，为经为曲之详，灿然明著，岂非是经之大全也欤？是书钞帙颇有缺轶，然不碍其可传。因从东海夫子请归，校而授梓焉。湜，字正叔，卫文节公泾弟，累官朝散大夫，知袁州，学者称栎斋先生。兄弟三世同居，理宗名其堂曰友顺，实夫子邑先正也。

东岩《〈周礼〉订义》序

东岩《〈周礼〉订义》八十卷，载《宋史·艺文志》。宋之群儒经义最富，独诠解《周礼》者寡，见于志者，仅二十有二家而已。盖自王安石当国，变"常平"为"青苗"，借口《周官》泉府之遗，作新经义，以所创新法尽傅著之。又废《春秋》，不立学官，于是与王氏异者多说《春秋》而罢言《周礼》。若颍滨苏氏、五峰胡氏，殆攻王氏而并及于《周礼》者欤？

昔之言《周礼》者，郑康成信为"周公致太平之迹"，陆陲谓为"群经源本"，王仲淹美其"经制大备"，朱子亦称其"广大精密，非圣人不能作"，则为先秦古书无可疑焉者。东岩之说谓"周公将整齐《六典》以为宅洛计，不幸殁，而成王不果迁，规模不获究"，其说本郑氏注而畅发之。至云："冬官未尝亡，错见于五官中。"则与临川俞寿翁合。其编集诸家之说，宋儒自刘仲原父以下凡四十五家，可谓详且博矣。东岩，姓王氏，名与之，字次点，乐清人，从松溪陈氏学，传《六典》要旨。其书淳祐初郡守赵汝腾进于朝，付秘书省，特补一官，授宾州文学，终通判泗州，卒年九十有七。

《〈仪礼〉集说》序

鲁高堂生传《士礼》十七篇,即今《仪礼》也。生之传既不存,而王肃、袁准、孔伦、陈铨、蔡超宗、田僧绍诸家注亦未流传于世。今自注疏而外,他无闻焉。岂非昌黎所言"文既奇奥,且沿袭不同,复之无由",学者不好,故亦不之传说耶?夫亦周公之著作,三代之仪文,学者有志稽古礼文之事,乃以其词之难习,遂无以通其义,非有志于学者之所为也。元大德中,长乐敖继公以康成旧注疵多醇少,辄为删定,取贾疏及先儒之说补其阙,又未足,则附以己见,名曰《集说》,盖不以其艰词奥义自委者已。宋相马廷鸾,生五十八年始读《仪礼》,称其"奇词奥旨,中有精义妙道焉;纤悉曲折,中有明辨等级焉"。观于继公是书,不信然欤?继公字君善,闽人,而家于吴兴,居小楼,日从事经史。吴士多从之游,赵孟頫,其弟子也。以江浙平章高彦敬荐为信州教授。

赵氏《〈四书〉纂疏》序

格庵赵氏《〈四书〉纂疏》共二十六卷。前有清源洪天锡序，而陵阳牟子才又分序之。其书一以朱子为归，不杂异论。于《大学》《中庸》，先之以《章句》，次以《或问》，间以所闻附其后，又以《语录》暨诸儒发明大义者注其下。于《论语》《孟子》则一本《集注》，而采《或问》《集义》《详说》《语录》所载分注焉。昔朱子之为《章句》也，《大学》则宗程子，会众说而折其中；《中庸》则以己意分之，复取石子重《集解》删其繁，名以《辑略》。

其为《集注》也，取二程、张、范、二吕、谢、游、杨、侯、尹十一家之说，辑为要义，更名之曰《精义》。载更集义，又本注疏参说，又会诸家之言为《训蒙口义》，更名之曰《详说》，然后约其精粹，为《集注》。而于《集注》《章句》之外，记其所辨论取舍之意别为《或问》，若是其严密也！朱子自言："《集注》如称上称来,无异不高不低。"又言"添减一字不得。"然学者非由《集义》《详说》《或问》《语录》以观其全,无由审《章句》《集注》之精粹,则是书之有功于朱子多矣。今学宫所颁《四书大全》,盖即倪仲弘之辑释,而是编之流传者少,乃较而刊行之,俾相为表里云。

康熙丁巳纳兰成德容若序

注:此序并未载入《通志堂集》,而是据《通志堂经解》补入。

永嘉蔡氏《论语集说》序

《论语集说》二十卷，宋朝散郎、试太府卿兼枢密副都承旨永嘉蔡节编，淳祐五年表进于朝。今作十卷，盖当日刊于湖泮本已然也。是书宋《艺文志》不载，诸家藏书目俱未收，予乃购得之，幸矣。永嘉自伊洛诸儒未作，王景山出，发明经蕴，述《儒志》一编。其后则有刘安节元承、鲍若雨商霖、谢天申用休、潘旻子文、周行己恭叔、陈经正贵一暨弟经邦贵叙，其姓名皆入《伊洛渊源录》中。而著群经说者若陈鹏飞少南、薛季宣士龙、张淳忠甫、叶适正则、戴溪肖望、陈傅良君举、叶味道知道、钱文子文季、黄仲炎若晦、汤建达可、陈埴潜室、王与之次点，皆有成书著录。谚曰："温居瀛壖，理学之渊。"不信然欤？顾诸君子之书，或存或亡，不可尽得。予序蔡氏《集说》而附及之，盖将以求所未见焉。

建安蔡氏《〈孟子〉集疏》序

牧堂老人蔡发仲与，朱子称其"教子不于利禄，而开之以圣贤之学，非世人所及"。其子元定季通，孙渊伯静、沉仲默，曾孙模仲觉、抗仲节，皆隐居著书。既而仲觉任建安书院席长，以谢方叔、汤恢荐补廸功郎、添差本州教授。而仲节旋中进士，为诸王教授，累迁端明殿学士，参知政事。

蔡氏撰述，季通《律吕新书》、仲默《书传》最著，而伯静《〈易〉训解》，鄱阳董氏载入《诸儒沿革》中，仲觉则有《〈易传〉集解》《〈大学〉衍》《〈论语〉〈孟子〉集疏》《河洛探赜》《续近思录》诸书。予所见者仅《孟子集疏》十四卷而已，仲节为之后序，称其参《或问》以见同异，采《集义》以备阙遗，洵有功于《集注》者矣。仲觉被荐，尝疏言敬义为万世帝王心学之本，而《大雅》价人维藩六语为国家守邦要道。又请以《白鹿洞学规》颁诸天下，盖无愧牧堂老人之教，而其家学，诚非世人所能几及也。

注：《〈论语〉〈孟子〉集疏》或为《〈论语〉集疏》和《〈孟子〉集疏》两本书的合刊本。《白鹿洞学规》即《白鹿洞书院揭示》，集儒家经典而成，提出了教育的根本任务，指明了修身处世之道，乃封建社会教育的基本准绳。

书成氏《毛诗指说》后

右《毛诗指说》四篇：一《兴述》，二《解说》，三《传受》，四《文体》，合为一卷，唐成伯瑜撰。后有建安熊子复跋尾，盖乾道中尝刊于京口者。唐以诗取士，而三百篇者诗之源也，宜一代论说之多。乃见于《艺文志》者，自《毛诗正义》而外，惟成氏二书及许叔牙《纂义》而已。成氏《断章》二卷、许氏《纂义》十卷，今俱无存，惟是编在耳，不可不广其传也。

注：《纂义》指的是《毛诗纂义》。

书张文潜《诗说》后

文潜《诗说》一卷,杂论《雅》《颂》之旨,仅十二条,已载《宛丘集》中,后人抄出别行者。观所论土宇皈章一则,其有感于熙宁开边斥境之举而为之也欤?《宛丘集》今不甚传,此亦经学一种,因校而梓之。